BASTEI
LÜBBE
TASCHENBUCH

Weitere Titel der Autorin:

Die Jesus-Verschwörung
Der verlorene Ursprung (nur als E-Book erhältlich)
Iacobus (nur als E-Book erhältlich)

ÜBER DIE AUTORIN:

Matilde Asensi, 1962 in Alicante geboren, arbeitete nach dem Journalismusstudium für Rundfunk und Printmedien. Ihr Roman *Wächter des Kreuzes* aus dem Jahr 2001 entwickelte sich zu einem internationalen Bestseller, der von Kritikern hochgelobt wurde. Inzwischen ist ihre Leserschaft auf mehr als 20 Millionen Menschen weltweit angewachsen. Für ihre literarische Arbeit wurde Matilde Asensi mit mehreren Preisen ausgezeichnet. 2015 erschien mit *Die Jesus-Verschwörung* die lang ersehnte Fortsetzung ihres Erfolgsromans *Wächter des Kreuzes*, die sofort auf Platz 1 der Bestsellerliste landete.

MATILDE ASENSI

WÄCHTER DES KREUZES

THRILLER

Aus dem Spanischen von
Silvia Schmid

BASTEI LÜBBE
TASCHENBUCH

BASTEI LÜBBE TASCHENBUCH
Band 17603

Dieser Titel ist auch als E-Book erschienen

MIX
Papier aus verantwortungsvollen Quellen
FSC® C083411

Vollständige Taschenbuchausgabe

Alle deutschen Zitate aus Dantes »Die Göttliche Komödie«
stammen aus folgender Ausgabe: Manesse Verlag, Zürich 1963,
übersetzt von Ida und Walther von Wartburg.
Titelillustration: © www.buerosued.de
Umschlaggestaltung: www.buerosued.de
Satz: two-up, Düsseldorf
Gesetzt aus der Minion
Druck und Verarbeitung: CPI books GmbH, Leck – Germany
Printed in Germany
ISBN 978-3-404-17603-8

3 5 7 6 4

Sie finden uns im Internet unter www.luebbe.de
Bitte beachten Sie auch: www.lesejury.de

Für Pascual, Andrés, Pablo und Javier

EINS

Alles Schöne, alles Kunstvolle, alles Sakrale spürt wie wir die unaufhaltsam verrinnende Zeit. Sei er sich der Eintracht mit dem Unendlichen bewusst oder nicht, sobald der Schöpfer sein Kunstwerk als vollendet betrachtet und seiner Bestimmung übergibt, beginnt für ebendieses Werk ein Dasein, das es im Laufe der Jahrhunderte auch immer dem Alter und dem Tod ein Stück näher bringt. Jedoch verleiht ihm die Zeit, die uns altern lässt und zugrunde richtet, eine neue Dimension von Schönheit, von welcher der Mensch nur träumen kann: Würde ich heute das Kolosseum mit all seinen Mauern und Stufen wiedererrichtet sehen wollen? Gäbe ich etwas für das Parthenon, in grellen Farben bemalt, oder für die Nike von Samothrake wieder mit Kopf? Nicht um alles in der Welt.

Derlei Gedanken gingen mir durch den Kopf, während ich mit den Fingerkuppen über die rauen Ecken des vor mir liegenden Pergaments strich. Ich war so in meine Arbeit vertieft, dass ich das Klopfen an der Tür gänzlich überhörte. Ebenso wenig nahm ich wahr, wie der Archivsekretär William Baker die Türklinke herunterdrückte und seinen Kopf hereinstreckte. Als ich ihn letztendlich dann doch bemerkte, stand er schon in der Tür meines Labors.

»Dottoressa Salina«, flüsterte Baker, hütete sich jedoch, über die Schwelle zu treten, »Hochwürden Pater Ramondino bat mich, Ihnen auszurichten, Sie mögen sofort in sein Büro kommen.«

Ich blickte von den Schriftstücken hoch und nahm meine Brille ab, um den Sekretär besser mustern zu können, in dessen ovalem Gesicht sich die gleiche Ungläubigkeit widerspiegelte wie in meinem. Mit seiner dicken Brille aus Schildpatt und dem schütteren, zwischen Blond und Grau changierenden Haar, das er peinlich genau so hingekämmt hatte, dass die größtmögliche Fläche seiner glänzenden Halbglatze verdeckt wurde, war Baker einer dieser kleinen, stämmigen Nordamerikaner, die unschwer auch als Südeuropäer durchgehen könnten.

»Entschuldigen Sie, Dr. Baker«, meinte ich mit weit aufgerissenen Augen, »könnten Sie mir bitte wiederholen, was Sie da soeben gesagt haben?«

»Hochwürden Pater Ramondino will Sie so schnell wie möglich in seinem Büro sehen.«

»Der Präfekt will mich sehen? … *Mich?*« Ich konnte der Botschaft keinen Glauben schenken; Guglielmo Ramondino, die Nummer zwei des Vatikanischen Geheimarchivs, war die oberste Instanz nach Seiner Exzellenz Monsignore Oliveira, und man konnte die wenigen Male an einer Hand abzählen, die er einen seiner Angestellten in sein Arbeitszimmer beordert hatte.

Ein verlegenes Lächeln huschte über Bakers Gesicht, als er nickte.

»Und haben Sie eine Ahnung, *warum* er mich sehen will?«, fragte ich ganz eingeschüchtert.

»Nein, Dottoressa Salina, doch wird es zweifellos wegen etwas sehr Wichtigem sein.«

Damit schloss er, noch immer ein Lächeln auf den Lippen, sacht die Tür hinter sich und war verschwunden. Zu diesem Zeitpunkt plagten mich schon die Symptome dessen, was man gemeinhin als einen Anfall von Panik bezeichnet: schweißnasse Hände, ein trockener Mund, Herzrasen und zitternde Knie.

Irgendwie gelang es mir, mich von meinem Hocker zu erheben, die Schreibtischlampe zu löschen und einen letzten schmerzerfüllten Blick auf die beiden herrlichen byzantinischen Kodizes zu werfen, die vor mir ausgebreitet auf dem Tisch lagen. Ich hatte die vergangenen sechs Monate darauf verwandt, mit ihrer Hilfe das berühmte ›Panegyrikon‹ des heiligen Nikephoros zu rekonstruieren, und ich stand kurz vor seiner Fertigstellung. Resigniert seufzte ich ... Um mich herum herrschte tiefe Stille. Mein kleines Labor – dessen ganzes Mobiliar aus einem alten Holztisch, ein paar langbeinigen Hockern, einem Kruzifix an der Wand und einer Vielzahl randvoller Bücherregale bestand – lag vier Ebenen unter der Erdoberfläche und gehörte zum Hypogäum, dem Teil des Vatikanischen Geheimarchivs, zu dem nur eine sehr beschränkte Anzahl von Menschen Zutritt hatte; es war die unsichtbare Abteilung des Vatikans, für die Welt wie die Geschichte nicht existent. Viele Journalisten und Gelehrte hätten ihr Leben dafür gegeben, auch nur eines der Dokumente einsehen zu können, die während der letzten acht Jahre durch meine Hände gegangen waren. Doch allein die Annahme, dass irgendein der Kirche nicht nahestehender Mensch die nötige Erlaubnis bekäme, bis dorthin vorzudringen, war reine Illusion; noch nie hatte ein Laie Zugang zum Hypogäum erhalten, und niemandem würde dies je gewährt werden.

Auf meinem Schreibtisch waren außer dem Lesepult, den vielen Notizbüchern und der Speziallampe – die Pergamente sollten sich nicht erwärmen – auch noch Radiermesser, Latexhandschuhe und Aktenmappen mit hochaufgelösten Reproduktionen der am schwersten beschädigten Blätter der byzantinischen Kodizes zu finden. Wie ein sich windender Wurm ragte an einer Seite des Tisches der lange Arm einer Lupe heraus, an der eine aus rotem Karton gefertigte Hand baumelte, auf der viele Sterne klebten: ein Andenken an den letzten – ihren fünften – Geburtstag der kleinen Isabella, meiner Lieblingsnichte unter den fünfundzwanzig Nachkommen, die sechs meiner acht Geschwister der Herde des Herrn beigesteuert hatten. Ein Lächeln erhellte mein Gesicht, als ich mich jetzt an das lustige kleine Mädchen erinnerte, wie sie rief: »Tante Ottavia, Tante Ottavia, lass mich dir mit dieser roten Hand ein paar herunterhauen!«

Der Präfekt! Mein Gott, der Präfekt erwartete mich, und ich stand hier wie angewurzelt und dachte an Isabella! Hastig zog ich den weißen Kittel aus, hängte ihn an seinen Haken an der Wand, und nachdem ich meinen Ausweis mit der Benutzer-ID, auf dem neben einem schrecklichen Porträtfoto ein großes C zu sehen war, an mich genommen hatte, trat ich hinaus auf den Flur und schloss hinter mir die Tür. Mein Mitarbeiterstab saß an einer langen Reihe von Tischen, die sich gute fünfzig Meter bis zu den Fahrstuhltüren erstreckte. Auf der anderen Seite der Stahlbetonwand katalogisierte und archivierte subalternes Personal Hunderte, Tausende von Verzeichnissen und Akten über die Kirche und ihre Geschichte, ihre Diplomatie und sämtliche sie betreffende Aktivitäten vom 2. Jahrhundert bis zum heutigen Tag. Die mehr als fünfundzwanzig Kilometer langen Bücherregale des Vatikanischen Geheimarchivs ließen das Ausmaß der erhaltenen Dokumentation erahnen. Offiziell verwahrte das Archiv nur Schriftstücke der letzten achthundert Jahre; doch auch die der tausend Jahre zuvor (jene, die nur im dritten und vierten Untergeschoss des Hochsicherheitstrakts zu finden waren) befanden sich in seiner Obhut. Seit sie aus den Pfarreien, Klöstern oder Kathedralen, von archäologischen Ausgrabungen oder aus den ehemaligen Archiven der Engelsburg und der Apostolischen Kammer hierher überführt worden waren, hatten diese wertvollen Dokumente das Sonnenlicht nicht mehr gesehen, welches sie neben anderen, gleichermaßen gefährlichen Dingen für alle Ewigkeit zerstören könnte.

Schnellen Schrittes ging ich zu den Aufzügen, blieb jedoch kurz an einem der Tische stehen, um die Arbeit Guido Buzzonettis, eines meiner Assistenten, zu begutachten, der sich mit einem Brief des mongolischen Großkhans Güyük abmühte, den dieser im Jahre 1246 an Papst Innozenz IV. geschickt hatte. Wenige Millimeter von seinem rechten Ellenbogen entfernt, genau neben einigen Fragmenten des Schreibens, stand ein kleines Gefäß mit alkalischer Lösung. Unverschlossen.

»Guido!«, rief ich erschrocken. »Keine Bewegung!«

Entsetzt starrte Guido mich an; er wagte nicht einmal mehr, Luft zu holen. Das Blut war aus seinem Gesicht gewichen und stieg langsam in seine Ohren, die wie zwei rote Tücher wirkten, die ein weißes Schweißtuch umrahmten. Mit der geringsten Bewegung seines Arms würde er die Lösung über die Fragmente verschütten und damit irreparable Schäden auf einem für die Historie einzigartigen Dokument anrichten. Um uns herum hatten alle in der Arbeit innegehalten. Es herrschte tiefes Schweigen. Ich nahm das Gefäß, stöpselte den Deckel darauf und stellte es ans andere Ende des Tischs.

»Buzzonetti«, zischte ich und sah ihn dabei mit durchdringendem Blick an, »packen Sie sofort Ihre Sachen zusammen und sprechen Sie beim Vizepräfekten vor.«

Nie hatte ich in meinem Labor ein derart fahrlässiges Verhalten geduldet. Buzzonetti war ein junger Dominikaner, der an der Vatikanischen Schule für Paläographie, Diplomatik und Archivistik studiert und sich auf orientalische Kodikologie spezialisiert hatte. Ich selbst hatte ihn zwei Jahre lang in griechischer und byzantinischer Paläographie unterrichtet, bevor ich den Vizepräfekten des Archivs, Hochwürden Pater Pietro Ponzio, darum gebeten hatte, ihm eine Stelle in meinem Team zu offerieren. So sehr ich Bruder Buzzonetti auch schätzte und um seinen großen Wert wusste, war ich dennoch nicht bereit, ihn weiterhin im Hypogäum zu beschäftigen. Unser Material war einzigartig, einfach unersetzlich, und wenn in tausend oder zweitausend Jahren irgendjemand den Brief Güyüks an Innozenz IV. einsehen wollte, musste ihm dies auch möglich sein. So einfach war das. Was wäre denn einem Restaurator des Louvre passiert, der einen Topf voll Farbe auf dem Rahmen der ›Mona Lisa‹ hätte stehenlassen? … Seit ich dem Labor für Restaurierung und Paläographie des Vatikanischen Geheimarchivs vorstand, hatte ich für derartige Verfehlungen meiner Mannschaft niemals Verständnis aufgebracht – alle wussten dies –, und heute würde ich es ebenso wenig aufbringen.

Während ich den Aufzug rief, war ich mir wieder einmal vollkommen im Klaren darüber, dass mich meine Mitarbeiter nicht sonderlich schätzten. Es war nicht das erste Mal, dass ich ihre vorwurfsvollen Blicke in meinem Rücken spürte, weshalb ich mir nicht einmal zu denken gestattete, dass sie mir Hochachtung zollten. Nichtsdestotrotz dachte ich, dass man mir vor acht Jahren die Leitung des Labors nicht übertragen hatte, um die Zuneigung meiner Untergebenen oder Vorgesetzten zu gewinnen. Es bereitete mir großen Kummer, Bruder Buzzonetti entlassen zu müssen, und nur ich wusste, wie schlecht ich mich deswegen in den folgenden Monaten fühlen würde, doch war es gerade meine Entschiedenheit, die mir zu dieser Führungsposition verholfen hatte.

Leise hielt der Lift im vierten Untergeschoss. Vor mir gingen die Türen auf. Ich steckte den Sicherheitsschlüssel in die Schalttafel, zog meine Benutzer-ID durch den Scanner und drückte auf die Null. Augenblicke später durchbohrte die durch die großen Glasscheiben vom Damasushof hereinflutende Sonne meinen Kopf wie ein Messer, blendete und betäubte mich. Das künstliche Licht der unterirdischen Stockwerke verwirrte einem die Sinne, so dass man dort die Nacht nicht vom Tag unterscheiden konnte; bei mehr als einer Gelegenheit, wenn ich in irgendeine wichtige Arbeit vertieft war, hatte ich das Archivgebäude mit dem ersten Licht des neuen Tages verlassen, verblüfft, wie viel Zeit inzwischen verstrichen war. Noch immer blinzelnd blickte ich zerstreut auf meine Armbanduhr. Es war genau ein Uhr mittags.

Zu meiner Überraschung ging der Präfekt, Hochwürden Guglielmo Ramondino, im großen Vorzimmer voller Ungeduld auf und ab, statt mich gemächlich in seinem Büro zu erwarten, wie ich dies eigentlich vermutet hatte.

»Dottoressa Salina«, murmelte er, drückte mir die Hand und wandte sich gleich zum Ausgang, »kommen Sie bitte mit. Wir haben nur sehr wenig Zeit.«

An jenem Morgen Anfang März war es im Cortile del Belvedere sehr warm. Als wären wir exotische Tiere in einem extravaganten Zoo, starrten die Touristen von den großen Flurfenstern der Apostolischen Pinakothek gebannt auf uns herab. Ich kam mir immer sehr komisch vor, wenn ich durch die für den Publikumsverkehr geöffneten Teile der Vatikanstadt ging, und nichts ärgerte mich mehr, als wenn ich mitten in das auf mich gerichtete Objektiv eines Fotoapparats sah, sobald ich den Blick hob. Leider genossen es gewisse Prälaten sehr, ihren Status als Bewohner des kleinsten Staates der Welt zur Schau zu stellen. Pater Ramondino war einer von ihnen. Im typisch schwarzen Anzug mit Kollar, das Jackett offen, konnte man den plumpen Körper dieses lombardischen Bauern schon auf kilometerweite Entfernung ausmachen. Er bemühte sich, mich entlang der Touristenroute zu den Räumlichkeiten des Staatssekretariats im dritten Stock des Apostolischen Palasts zu geleiten, und während er mir erzählte, dass wir von Seiner Eminenz Kardinalstaatssekretär Angelo Sodano persönlich empfangen würden (mit dem ihn anscheinend eine alte und innige Freundschaft verband), blickte er mit strahlendem Lächeln mal nach links, mal nach rechts, so als defiliere er inmitten einer provinzlerischen Osterprozession.

Die Schweizergardisten, die am Eingang der Diensträume des Heiligen Stuhls postiert waren, zuckten nicht einmal mit der

Wimper, als wir an ihnen vorbeigingen. Ganz im Gegensatz zu dem Sekretär, der die Aufsicht darüber führte, wer dort ein und aus ging, und unsere Namen und Funktionen gewissenhaft in seinem Register vermerkte. Der Kardinalstaatssekretär würde uns erwarten, erklärte er, stand auf und führte uns durch einige lange Gänge, deren Fenster auf den Petersplatz hinausgingen.

Obwohl ich mir nichts anmerken ließ, lief ich neben dem Präfekten her mit dem Gefühl, als balle sich eine stählerne Faust um mein Herz: Auch wenn ich wusste, dass die Angelegenheit, die all diesen seltsamen Ereignissen zugrunde lag, nicht mit Fehlern in Zusammenhang stehen konnte, die mir bei meiner Arbeit unterlaufen waren, ging ich doch in Gedanken alles durch, was ich in den letzten Monaten getan hatte, forschte nach irgendeiner Verfehlung, die eine Rüge seitens der höchsten kirchlichen Hierarchie wert wäre.

Schließlich blieb der Sekretär in irgendeinem der vielen Säle stehen – er sah genauso aus wie alle anderen auch, mit den gleichen Ornamenten und Freskenmalereien – und bat uns, einen Augenblick zu warten, woraufhin er hinter einer der Flügeltüren verschwand, die so leicht und zerbrechlich wirkten, als seien sie aus Blattgold gemacht.

»Wissen Sie eigentlich, wo wir uns befinden, Dottoressa?«, fragte mich der Präfekt mit nervösem Gebaren und einem außerordentlich zufriedenen Lächeln auf den Lippen.

»Mehr oder weniger, Euer Hochwürden …«, erwiderte ich und blickte mich aufmerksam um. Es roch ganz eigenartig, wie nach frisch gebügelter Wäsche, vermischt mit Firnis und Wachs.

»Dies hier sind die Räumlichkeiten der Zweiten Sektion des Staatssekretariats« – mit dem Kinn beschrieb er einen allumfassenden Kreis – »der Abteilung, die sich mit den diplomatischen Beziehungen des Heiligen Stuhls zum Rest der Welt befasst. Geleitet wird sie von Erzbischof Monsignore François Tournier.«

»Ach ja, Monsignore Tournier!«, erklärte ich im Brustton der

Überzeugung. Ich hatte keine Ahnung, wer das war, auch wenn sein Name mir irgendwie bekannt vorkam.

»Hier, Dottoressa Salina, lässt sich mühelos nachweisen, dass die kirchliche Macht über sämtliche Regierungen und Staatsgrenzen erhaben ist.«

»Und warum hat man uns hierherbestellt, Euer Hochwürden? Unsere Arbeit hat damit doch nichts zu tun.«

Verlegen sah er mich an und senkte die Stimme.

»Ich darf Ihnen den Grund nicht nennen … Was ich Ihnen aber versichern kann, ist, dass es sich um eine Angelegenheit von größter Wichtigkeit handelt.«

»Aber Euer Hochwürden«, bohrte ich starrköpfig nach, »ich bin eine ganz gewöhnliche Angestellte des Geheimarchivs. Jegliche Angelegenheit auf höchster Ebene müssen doch wohl Sie, als Präfekt, oder Seine Eminenz, Monsignore Oliveira, regeln. Aber ich, was mache ich hier?«

Er schaute mich an, als ob er nicht wüsste, was er darauf antworten sollte. Dann klopfte er mir ein paarmal aufmunternd auf die Schulter, wandte sich um und ging auf eine große Gruppe von Prälaten zu, die nahe den Fenstern standen, um ein paar wärmende Strahlen der Sonne zu erhaschen. In diesem Moment wusste ich, wo der Geruch nach frisch gebügelter Wäsche herkam: von ebenjenen Prälaten.

Es war beinahe Essenszeit, allerdings schien das hier niemanden zu kümmern; in den Fluren und Diensträumen herrschte nach wie vor fieberhafter Betrieb, Geistliche und Laien liefen geschäftig hin und her. Ich war noch nie hier gewesen, so dass ich die Gelegenheit beim Schopf packte und mir die Zeit damit vertrieb, die unglaubliche Pracht des Saals zu bestaunen, die Eleganz des Mobiliars, die unschätzbaren Gemälde und den wertvollen Zierat. Noch bis vor einer halben Stunde hatte ich in meinem weißen Kittel, die Brille auf der Nase, allein und in völliger Stille in meinem kleinen Labor über der Arbeit gesessen … und jetzt befand ich mich unversehens in einer der weltweit wichtigsten Schaltzentralen der Macht, umgeben von den höchsten internationalen Würdenträgern!

Plötzlich hörte man das Quietschen einer Tür und anschwellendes Stimmengewirr, so dass alle jäh den Kopf wandten. Unmittelbar darauf kam ein lärmender Pulk von Journalisten, einige mit Fernsehkameras oder Tonbandgeräten, den Hauptflur entlang. Schallendes Gelächter und lautes Geschrei waren zu vernehmen. Die meisten der Journalisten waren Ausländer, hauptsächlich Europäer und Afrikaner, aber es gab auch etliche Italiener darunter. Insgesamt waren es wohl an die vierzig, fünfzig Reporter, die innerhalb von Sekunden über unseren Saal hereinbrachen. Einige blieben stehen, um die Priester, Bischöfe und Kardinäle zu begrüßen, die wie ich dort herumspazierten, andere wiederum eilten zum Ausgang. Fast alle musterten mich verstohlen, überrascht vom ungewohnten Anblick einer Frau in diesen heiligen Hallen.

»Man hat Lehmann ohne langes Federlesen abblitzen lassen«, rief eben neben mir ein kahlköpfiger Journalist mit einer Brille für Kurzsichtige aus.

»Es ist doch ganz klar, dass Wojtyla nicht an Rücktritt denkt«, erklärte ein anderer und kratzte sich dabei an den Koteletten.

»Oder aber man lässt ihn nicht zurücktreten!«, urteilte ein dritter verwegen.

Ihre weiteren Worte verhallten, während sie sich über den Flur entfernten. Der Vorsitzende der Deutschen Bischofskonferenz, Karl Lehmann, hatte ein paar Wochen zuvor eine gewagte Äußerung fallengelassen, wonach es wünschenswert wäre, dass Johannes Paul II. aus freien Stücken zurücktrete, falls er sich nicht mehr in der Lage sähe, die Kirche verantwortungsbewusst zu lenken. In den Kreisen, die dem Papst nahestanden, hatte der Mainzer Bischof, der in Anbetracht des schlechten Gesundheitszustands Seiner Heiligkeit nicht als Einziger eine solche Empfehlung ausgesprochen hatte, mit seiner Bemerkung Öl ins Feuer gegossen, und anscheinend hatte Kardinalstaatssekretär Angelo Sodano soeben in einer stürmischen Pressekonferenz ein solches Ansinnen mit einer angemessenen Erklärung zurückgewiesen. Das Barometer steht auf Sturm, sagte ich mir besorgt; das würde nun so weitergehen, bis der Heilige Vater unter der Erde läge und ein neuer Hirte mit ruhiger Hand die kirchliche Weltherrschaft übernähme.

Von all den Angelegenheiten des Vatikans ist zweifellos die Wahl eines neuen Papstes diejenige, die am meisten Interesse hervorruft und für größte Faszination sorgt, offenbaren sich dabei doch nicht nur die niederträchtigsten Ambitionen der Kurie, sondern auch die alles andere als frommen Wesenszüge der göttlichen Stellvertreter. Leider schien ein solch aufsehenerregendes Ereignis unmittelbar bevorzustehen, und der Stadtstaat war der reinste Intrigenherd, da die verschiedenen Fraktionen allerhand Ränke schmiedeten, um den jeweilig bevorzugten Kandidaten auf den Petrusstuhl zu hieven. Offen gesagt hatte man im Vatikan schon seit geraumer Zeit das Gefühl, dass das Pontifikat seinem Ende zuging, und auch wenn mich diese Frage als Kind der Mutter Kirche und Ordensschwester überhaupt nicht berührte, so waren für mich als Forscherin unmittelbare Nachteile daraus erwachsen, weil die Bewilligung und Finanzierung mehrerer Projekte in der Schwebe blieben. Während des erzkonservativen Pontifikats Johannes Pauls II. war nicht daran zu denken gewesen, eine bestimmte Art von Forschung zu betreiben. In meinem tiefsten Inneren wünschte ich mir, dass der nächste Heilige Vater größeren Weitblick besäße und sich nicht so viele Gedanken darüber machte, wie man die offizielle Version der Kirchengeschichte zementieren könne (es gab so unendlich viel Material, welches unter »Streng vertraulich« archiviert war!). Allerdings hegte ich keine großen Hoffnungen auf einschneidende Reformen, da die Macht, welche die von Johannes Paul II. in den letzten zwanzig

Jahren ernannten Kardinäle angehäuft hatten, den Sieg eines Papstes des fortschrittlichen Flügels beim Konklave unmöglich machte. Wenn nicht der Heilige Geist persönlich für einen Wandel eintrat und seinen Einfluss bei einer so wenig geistvollen Ernennung geltend machte, war es alles andere als wahrscheinlich, dass der neue Pontifex nicht konservativer Prägung war.

In diesem Moment trat ein in eine schwarze Soutane gekleideter Priester zu Hochwürden Ramondino und flüsterte ihm etwas ins Ohr, woraufhin dieser mir mit hochgezogenen Augenbrauen zu verstehen gab, dass ich mich wappnen sollte: Man erwartete uns.

Die fein gearbeiteten Türen öffneten sich leise. Ich ließ dem Präfekten den Vortritt, wie dies das Protokoll verlangte. Der Saal vor uns war von oben bis unten mit Spiegeln, vergoldeten Leisten und Freskenmalereien von Raffael dekoriert und dreimal so groß wie der, in dem man uns hatte warten lassen. Ganz hinten, für meine Augen schon fast unsichtbar, standen auf einem Teppich lediglich ein klassischer Schreibtisch und ein Stuhl mit hoher Lehne: Es war das größte Büro, das ich in meinem Leben gesehen hatte. An einer der Längsseiten unter den schmalen Fenstern, die das Licht von draußen hereinließen, unterhielt sich angeregt eine Gruppe von Kirchenmännern, die auf niedrigen, von den Soutanen verdeckten Schemeln saßen. Hinter einem der Prälaten stand ein Ausländer in Straßenkleidung, der sich an dem Gespräch nicht beteiligte und eine so offensichtlich martialische Haltung an den Tag legte, dass es sich zweifellos um einen Polizisten oder Soldaten handeln musste. Er war sehr groß, bestimmt über einen Meter neunzig, kräftig und so gestählt, als stemme er ständig Gewichte; das blonde Haar trug er so kurz, dass gerade einmal ein Schimmer davon im Nacken und über der Stirn zu entdecken war.

Einer der geistlichen Würdenträger stand sogleich auf, als er uns hereinkommen sah. Kardinalstaatssekretär Angelo Sodano war von mittlerer Statur und schien weit über siebzig zu sein; unter dem Scheitelkäppchen aus purpurroter Seide war eine hohe Stirn zu sehen, die von einer beginnenden Glatze herrührte, und weißes, mit Brillantine gebändigtes Haar. Er trug eine altmodische erdfarbene Brille mit großen rechteckigen Gläsern, einen schwarzen Talar mit purpurnen Borten und Knöpfen, eine schillernde rote Schärpe und Socken gleicher Farbe. Über seiner Brust baumelte ein kleines goldenes Pektorale. Ein strahlendes Lächeln erhellte das Gesicht Seiner Eminenz, als er nun auf den Präfekten zutrat und ihn mit dem Bruderkuss begrüßte.

»Guglielmo!«, rief er aus. »Wie schön, dich zu sehen!«

»Eure Eminenz!«

Die beiderseitige Zufriedenheit über das Wiedersehen war offenkundig. Also hatte der Präfekt nicht phantasiert, als er mir von seiner alten Freundschaft mit dem wichtigsten Entscheidungsträger des Vatikans erzählt hatte. Meine Verwirrung wuchs; das Ganze kam mir immer mehr wie ein Traum denn wie greifbare Wirklichkeit vor. Was war geschehen, dass ich mich plötzlich im Staatssekretariat befand?

Die übrigen Anwesenden, welche die Szene aufmerksam und neugierig verfolgten, waren der Kardinalvikar von Rom und Vorsitzende der Italienischen Bischofskonferenz, Seine Eminenz Kardinal Carlo Colli, ein ruhiger Mann von umgänglichem Wesen; Erzbischof Monsignore François Tournier, der Sekretär der Zweiten Sektion (den ich daran erkannte, dass er ein violettes Scheitelkäppchen trug und kein purpurnes, welches den Kardinälen vorbehalten war); und der einsilbige blonde Recke, der seine durchscheinenden Augenbrauen runzelte, als ob er sich maßlos über das Geschehen ärgerte.

Plötzlich drehte sich der Präfekt zu mir um, fasste mich an den Schultern und schob mich vor den Kardinalstaatssekretär.

»Eure Eminenz, das ist Dottoressa Ottavia Salina.«

Kardinal Sodano musterte mich von Kopf bis Fuß. Zum Glück

hatte ich mich an diesem Tag dezent gekleidet: Ich trug einen netten grauen Rock und ein lachsfarbenes Twinset. Vor seiner Eminenz stand eine etwa achtunddreißigjährige Frau von mittlerer Statur, die sich für ihr Alter gut gehalten hatte, mit einem freundlichen Gesicht, kurzem schwarzen Haar und dunklen Augen.

»Eure Eminenz …«, murmelte ich, beugte respektvoll den Kopf und das Knie und küsste den Ring, den der Staatssekretär mir entgegenstreckte.

»Sind Sie Nonne, Dottoressa?«, vernahm ich als einzige Begrüßung. Er hatte einen leichten piemontesischen Akzent.

»Schwester Ottavia, Eure Eminenz«, beeilte sich der Präfekt zu erklären, »gehört der Kongregation der Glückseligen Jungfrau Maria an.«

»Und warum tragen Sie dann keine Tracht?«, wollte der Sekretär der Zweiten Sektion, Erzbischof Monsignore François Tournier, wissen. »Hat Ihre Gemeinschaft etwa keine, Schwester?«

Sein Tonfall war äußerst angriffslustig, aber ich würde mich nicht einschüchtern lassen. Unzählige Male schon hatte ich in den letzten Jahren im Stadtstaat Ähnliches erlebt und tausendundeine Schlacht für meinen Orden geschlagen. Ich blickte ihm fest in die Augen.

»Nein, Monsignore. Meine Kongregation legte sie nach dem Zweiten Vatikanischen Konzil ab.«

»Ach ja, das Konzil …«, brummte er mit offenkundigem Missfallen. Monsignore François Tournier war ein gutaussehender Mann, ein wahrer Kirchenfürst, einer dieser Gecken, die auf Fotografien immer gut wirkten. »Ziemt es sich, dass eine Frau unbedeckt vor Gott betet?«, fragte er sich nun laut, auf eine Stelle im ersten Brief des heiligen Paulus an die Korinther anspielend.

»Monsignore«, führte der Präfekt zu meiner Verteidigung an, »Schwester Ottavia hat in Paläographie und Kunstgeschichte promoviert und besitzt darüber hinaus noch weitere akademische Grade. Seit acht Jahren leitet sie das Labor für Restaurierung und Paläographie des Vatikanischen Geheimarchivs, außerdem lehrt sie an der Vatikanischen Schule für Paläographie, Diplomatik und Archivistik und hat für ihre Forschungen bereits zahlreiche internationale Preise erhalten, unter anderem 1992 und 1995 den renommierten Getty Prize.«

»Aha!« Der Kardinalstaatssekretär Sodano schien nun besänftigt und nahm wieder unbefangen neben Tournier Platz. »Also gut … nun, deshalb sind Sie auch hier, Schwester, aus diesem Grund haben wir Sie um Ihre Teilnahme bei dieser Versammlung ersucht.«

Alle blickten mich nun mit unverhohlener Neugier an. Doch ich sprach kein Wort, harrte erst einmal dessen, was da kommen sollte; nicht, dass der Erzbischof auch noch jene Passage des heiligen Paulus zitieren würde, die da lautete: »Frauen sollen in der Gemeindeversammlung schweigen, denn es ist ihnen nicht gestattet zu reden.« Vermutlich hätte Monsignore Tournier wie auch der Rest der hier Versammelten lieber eine ihrer eigenen beflissenen Ordensschwestern (in ihren Diensten mussten jeweils mindestens drei oder vier davon stehen) vor sich gehabt oder eine der polnischen Schwestern der Liebe vom Kinde Maria, die sich in ihrem Habit mit der dachförmigen Haube um die Verköstigung Seiner Heiligkeit sowie die Reinigung und Pflege seiner Gemächer und Gewänder kümmerten; selbst einer Nonne der *Congregazione delle Suore Pie Discepole del Divin Maestro,* der »Schwestern vom Göttlichen Meister«, die in der Telefonzentrale des Vatikans arbeiteten, hätten sie wahrscheinlich den Vorzug gegeben.

»Jetzt, Schwester«, fuhr Seine Eminenz Angelo Sodano fort, »wird Ihnen Erzbischof Monsignore Tournier erklären, warum wir Sie hierherbestellt haben. Guglielmo, komm«, sagte er zum Präfekten, »setz dich neben mich. Monsignore, Sie haben das Wort.«

Mit einer Selbstsicherheit, die nur besitzt, wer weiß, dass sein Äußeres ihm sämtliche Schwierigkeiten aus dem Weg räumt, stand Monsignore Tournier gleichmütig von seinem Schemel auf und streckte, ohne sich umzublicken, eine Hand nach dem blonden Soldaten aus, der ihm gehorsam ein dickes, schwarz eingebundenes Dossier reichte. Mir blieb fast das Herz stehen, und einen Augenblick lang dachte ich, was auch immer ich falsch gemacht haben mochte, es musste ganz schrecklich sein. Sicherlich würde man mich aus diesem Büro hinauskomplimentieren, mit meinen Entlassungspapieren in Händen.

»In dieser Mappe, Schwester Ottavia«, begann Monsignore Tournier mit tiefer, nasaler Stimme, wobei er es jedoch vermied, mich anzusehen, »werden Sie einige Fotos finden, die man wohl als … nun ja, sagen wir, als *ungewöhnlich* bezeichnen darf. Bevor Sie sie aber in Augenschein nehmen, sollten wir Sie davon in Kenntnis setzen, dass darauf die Leiche eines erst kürzlich verstorbenen Mannes zu sehen ist, eines Äthiopiers, dessen Identität wir noch nicht mit absoluter Sicherheit kennen. Wie Sie feststellen werden, handelt es sich bei den Aufnahmen um Vergrößerungen verschiedener Körperteile.«

Ach … dann wollte man mich also gar nicht entlassen?

»Vielleicht sollten wir Schwester Ottavia zuerst fragen, ob sie mit solch unangenehmem Material auch arbeiten möchte«, mischte sich der Kardinalvikar von Rom, Seine Eminenz Carlo Colli, erstmals ein. Er schaute mich mit väterlicher Besorgnis an und fuhr dann fort: »Der arme Kerl starb bei einem fürchterlichen Unfall, wobei er entsetzlich verstümmelt wurde. Diese Bilder zu betrachten wird ziemlich widerwärtig sein. Glauben Sie, dass Sie das ertragen können? Falls nicht, brauchen Sie es nur zu sagen.«

Starr vor Staunen stand ich da und hatte das dumpfe Gefühl, dass man mich mit jemandem verwechselte.

»Verzeihung, Eure Eminenzen«, stammelte ich, »aber wäre

es nicht ratsamer, einen Gerichtsmediziner zu konsultieren? Ich verstehe ehrlich gesagt nicht ganz, wobei ich nützlich sein könnte …«

»Schauen Sie, Schwester«, fiel mir Monsignore François Tournier ins Wort und schritt nun langsam den Kreis seiner Zuhörer ab, »der Mann auf den Fotos war in ein schweres Delikt gegen sämtliche christlichen Kirchen verwickelt. Leider dürfen wir Ihnen nicht mehr Details nennen. Was wir von Ihnen erwarten, ist, dass Sie mit größtmöglicher Diskretion gewisse Zeichen untersuchen, ungewöhnliche Narben, die man auf der Leiche entdeckt hat, als man die Obduktion vornahm. Skarifikation ist, glaube ich, der fachsprachliche Ausdruck für diese … wie soll man sie bezeichnen? … für diese rituellen Narbentätowierungen oder Klanmerkmale. Anscheinend ist es bei bestimmten alten Kulturen Brauch, die Körper mit zeremoniellen Hautritzungen zu schmücken. Die von diesem Unglücksraben hier …« – er schlug die Mappe auf und warf einen Blick auf die Fotografien – »… sind allerdings ziemlich sonderbar: Es sind griechische Buchstaben, Kreuze und andere gleichermaßen … wie soll man es nennen? … *künstlerische* Darstellungen … ja, zweifellos ist das der richtige Ausdruck dafür: künstlerisch.«

»Was Monsignore Ihnen zu vermitteln versucht«, unterbrach ihn plötzlich Seine Eminenz der Staatssekretär mit einem herzlichen Lächeln auf den Lippen, »ist, dass Sie alle diese Symbole unter die Lupe nehmen und analysieren sollen, um uns danach eine möglichst genaue und ausführliche Deutung davon zu geben. Selbstverständlich stehen Ihnen dafür sämtliche Mittel des Geheimarchivs zur Verfügung. Und natürlich auch die des Vatikans.«

»Auf alle Fälle kann Dottoressa Salina mit meiner uneingeschränkten Unterstützung rechnen«, erklärte der Präfekt des Archivs und blickte beifallheischend in die Runde.

»Wir danken dir für das Angebot, Guglielmo«, stellte Seine

Eminenz jedoch klar, »aber Schwester Ottavia wird in diesem Fall nicht unter dir arbeiten. Ich hoffe, du bist jetzt nicht beleidigt, aber bis sie ihr Gutachten abgegeben hat, wird sie dem Staatssekretariat unterstehen.«

»Keine Sorge, Euer Hochwürden«, fügte Monsignore Tournier sanft hinzu und vollführte mit der Hand eine Geste eleganter Gleichgültigkeit, »Schwester Ottavia wird ein unschätzbarer Mitarbeiter zur Seite stehen. Darf ich vorstellen: Hauptmann Kaspar Glauser-Röist von der Schweizergarde. Er ist einer der wertvollsten Beamten Seiner Heiligkeit und steht in Diensten der *Sacra Rota Romana*, des höchsten Kirchengerichts. Er hat die Fotos geschossen und koordiniert die laufende Untersuchung.«

»Eure Eminenzen …«

Es war meine zitternde Stimme, die da um Gehör bat. Die vier Prälaten und der Schweizergardist drehten sich zu mir um.

»Eure Eminenzen«, wiederholte ich mit all der Demut, derer ich fähig war, »ich bin Ihnen zu tiefstem Dank verpflichtet, dass Sie bei einer so wichtigen Mission an mich gedacht haben, aber ich fürchte, ich kann sie nicht übernehmen …« – ich wog jedes einzelne meiner Worte sorgsam ab, bevor ich fortfuhr – »nicht allein, weil ich momentan meine Arbeit nicht im Stich lassen kann, die meine ganze Zeit in Anspruch nimmt, sondern auch, weil mir die nötigen Grundkenntnisse fehlen, um mit der Datenbank des Geheimarchivs umgehen zu können. Zudem wäre ich auf die Hilfe eines Anthropologen angewiesen, um die wichtigsten Aspekte der Untersuchung zu bündeln. Was ich damit sagen will, Eure Eminenzen, … ich … ich fühle mich außerstande, diese Aufgabe zu erfüllen.«

Monsignore Tournier war der Einzige, der auf diese Worte eine Reaktion zeigte. Während die anderen vor Überraschung kein Wort herausbrachten, zeichnete sich auf seinen Lippen ein sarkastisches Lächeln ab, das mich seinen verbissenen Widerstand ahnen ließ, als es darum gegangen war, meine Dienste in

Anspruch zu nehmen. Ich konnte ihn förmlich hören, wie er voller Verachtung protestierte: »Eine Frau …?« Gerade diese spöttische und bissige Art war es wohl, die mich urplötzlich eine Wendung um 180 Grad machen ließ.

»Obwohl, wenn ich es mir recht überlege … ich könnte sie vielleicht doch übernehmen, vorausgesetzt, man gibt mir genügend Zeit dafür.«

Monsignore Tourniers höhnische Grimasse war auf einmal wie weggezaubert, und die Gesichtszüge der anderen entspannten sich; sie seufzten erleichtert. Einer meiner größten Fehler ist mein Stolz, ich gebe es zu, der Stolz in all seinen Variationen von Arroganz über Eitelkeit, Überheblichkeit bis … so sehr ich das auch bereue und versuche, hinreichend Buße dafür zu tun, so bin ich doch nicht imstande, mich von einer Herausforderung, die meine Intelligenz oder mein Wissen in Zweifel stellt, einschüchtern zu lassen oder sie nicht anzunehmen.

»Großartig, dann ist es also beschlossene Sache!«, rief Seine Eminenz der Kardinalstaatssekretär jetzt aus und schlug sich auf die Schenkel. »Das Problem hätten wir gelöst, Gott sei Dank! Von nun an wird Hauptmann Glauser-Röist Ihnen also bei allem mit Rat und Tat zur Seite stehen, Schwester Ottavia. Jeden Morgen wird er Ihnen die Fotos aushändigen und sie bei Feierabend wieder an sich nehmen. Haben Sie noch Fragen, bevor Sie sich an die Arbeit machen?«

»Ja«, erwiderte ich befremdet. »Darf der Hauptmann denn mit in das Geheimarchiv? Unbefugten ist der Zutritt verboten, und er ist kein Geistlicher, und …«

»Natürlich darf er, Dottoressa!«, fiel mir der Präfekt Ramondino ins Wort. »Ich selbst werde ihm die Vollmacht ausstellen; noch heute Nachmittag wird sein Ausweis fertig sein.«

Ein Zinnsoldat (was sonst waren sie denn, diese Schweizergardisten?) war im Begriff, mit einer ehernen, jahrhundertealten Tradition zu brechen.

Ich aß in der Kantine des Archivs zu Mittag und verwendete den Rest des Tages darauf, alles, was sich auf meinem Labortisch befand, wegzuräumen. Meine Untersuchung des ›Panegyrikon‹ auf die lange Bank zu schieben, ärgerte mich mehr, als ich mir eingestehen wollte, doch war ich nun einmal in meine eigene Falle getappt. Nun denn, jedenfalls hätte ich mich einem direkten Befehl des Kardinalstaatssekretärs ohnehin nicht widersetzen können. Außerdem war ich schon so gespannt, was es mit dem Auftrag auf sich hatte, dass ich das leichte Kribbeln einer ruchlosen Neugier in den Fingern spürte.

Als alles so weit in Ordnung war, dass ich die neue Aufgabe am nächsten Morgen beruhigt angehen konnte, suchte ich meine Siebensachen zusammen und ging. Unter den Bernini-Kolonnaden hindurch schlenderte ich gedankenverloren über den Petersplatz zur Via di Porta Angelica, vorbei an den zahlreichen Souvenirläden, in denen sich noch immer die Touristenmassen drängten, welche wegen des Heiligen Jahrs nach Rom gekommen waren. Wir Angestellte des Vatikans kannten zwar fast alle Taschendiebe des Borgo, doch hatte sich ihre Zahl seit Beginn des Heiliges Jahres – allein in den ersten zehn Januartagen waren drei Millionen Menschen in die Stadt geströmt – sprunghaft erhöht; das Jubiläum hatte Gelegenheitsdiebe aus ganz Italien angelockt. Daher umklammerte ich meine Tasche fest und beschleunigte meine Schritte. Das Abendlicht wurde im Westen langsam schummrig, und da die Dämmerung mir von jeher etwas unheimlich war, hatte ich es eilig, nach Hause zu kommen. Es war nicht mehr weit, denn zum Glück war unsere Mutter Oberin der Auffassung gewesen, dass der Kauf einer Wohnung in der unmittelbaren Nähe des Vatikans sehr wohl gerechtfertigt sei, wenn eine ihrer Schwestern eine so hohe Position bekleidete. Daher teilte ich mit drei Mitschwestern ein winziges Appartement an der Piazza delle Vaschette, von dem aus man einen Blick auf den von Francesco Buffa geschaffenen Brunnen hatte, der vormals, als er noch an der Porta Angelica stand, von Engelswasser gespeist worden war, dem man bei Magenbeschwerden große Heilkraft zuschrieb.

Ferma, Margherita und Valeria unterrichteten an einer öffentlichen Schule in der Umgebung und waren kurz vor mir nach Hause gekommen. Sie standen in der Küche und bereiteten das Abendessen zu, während sie lebhaft über irgendwelche Nichtigkeiten plauderten. Ferma, mit ihren 55 Jahren die Älteste, hielt starrköpfig an einer einheitlichen Kleidung fest – weiße Bluse, marineblaue Strickjacke, einen bis unter die Knie reichenden Rock derselben Farbe und grobe schwarze Strümpfe –, die sie seit dem Ablegen der Ordenstracht trug. Margherita stand unserer kleinen Schwesterngemeinschaft vor und war die Direktorin der Schule, in der die drei arbeiteten. Sie war nur ein paar Jahre älter als ich, und im Laufe der Jahre hatte sich die anfängliche Distanz zwischen uns in Zuneigung und die Zuneigung in Freundschaft gewandelt, jedoch ohne allzu sehr in die Tiefe zu gehen. Und schließlich gab es noch die junge Valeria aus Mailand. Sie unterrichtete die Kleinsten in der Schule, die Vier- bis Fünfjährigen, bei denen allmählich die Kinder von arabischen und asiatischen Emigranten überhandnahmen, was im Klassenzimmer allerlei Verständigungsprobleme mit sich brachte. Erst neulich hatte ich sie einen dicken Wälzer über Sitten und Religionen anderer Kontinente lesen sehen.

Die drei nahmen auf meine Arbeit im Vatikan sehr viel Rücksicht. Allerdings wussten sie auch nicht so genau, womit ich mich dort eigentlich tagein, tagaus beschäftigte; sie wussten nur, dass sie mich nicht darüber ausfragen durften (ich vermute, dass unsere Mutter Oberin sie aufs Eindringlichste davor gewarnt hatte), da ich laut einer unmissverständlichen Klausel in meinem Arbeitsvertrag zum Stillschweigen gegenüber Unbefugten verpflichtet war und bei Zuwiderhandlung mit dem Ausschluss aus der Kirche bestraft würde. Hin und wieder erzählte ich ihnen trotzdem, wenn auch nicht im Detail, was wir über die ersten christlichen Gemeinden oder die Anfänge der Kirche herausgefunden hatten, da ich wusste, dass sie ihre Freude daran hatten. Natürlich offenbarte ich ihnen nur die positiven Dinge, das, was man preisgeben konnte, ohne die offizielle Geschichtsschreibung oder die Grundpfeiler des Glaubens zu unterminieren. Wozu sollte ich ihnen zum Beispiel schildern, dass Irenäus von Lyon, einer der Kirchenväter, in einem Schreiben aus dem Jahr 138 n. Chr. als ersten Papst Linus anführte und nicht Petrus, der nicht einmal erwähnt wurde? Oder dass im *Catalogus Liberianus*, dem sogenannten ›Chronographen vom Jahre 354‹, das Verzeichnis der Päpste gefälscht war und die darin aufgelisteten, vermeintlich ersten Pontifizes (Anaclet I., Clemens I., Evaristus, Alexander I.) nicht einmal existiert hatten? Wozu sollte ich ihnen das alles erzählen? Wozu ihnen beispielsweise erklären, dass die vier Evangelien erst nach den Paulus-Briefen entstanden waren und deshalb den Lehrmeinungen des wahrhaften Begründers unserer Kirche folgten und nicht umgekehrt, wie dies die ganze Welt annahm? Meine Zweifel und Ängste, die Ferma, Margherita und Valeria intuitiv erfassten, meine große Pein und mein Ringen mit mir waren ein Geheimnis, das ich nur mit meinem Beichtvater, Franziskanerpater Egilberto Pintonello, teilen durfte, zu dem alle gingen, die im dritten und vierten Untergeschoss des Vatikanischen Geheimarchivs arbeiteten.

Nachdem wir das Essen in den Ofen geschoben und den Tisch gedeckt hatten, ging ich mit meinen drei Mitschwestern in die Hauskapelle, wo wir uns auf die auf dem Boden verstreuten Kissen um das Tabernakel herum knieten, vor dem ein kleines Ewiges Licht brannte. Gemeinsam beteten wir die Schmerzhaften Geheimnisse des Rosenkranzes, und danach hing jede im stillen Gebet ihren Gedanken nach. Wir befanden uns mitten in der Fastenzeit, und auf Anraten von Pater Pintonello meditierte ich dieser Tage über die Stelle im Evangelium, derzufolge Jesus in der Wüste vierzig Tage gefastet und sich den Versuchungen des Teufels gestellt hatte. Die Passage gehörte nicht gerade zu meinen liebsten Bibelstellen, doch konnte ich mich von jeher am Riemen reißen, und nie wäre es mir in den Sinn gekommen, mich einer Anordnung meines Beichtvaters zu widersetzen.

Während ich betete, ging mir die Unterredung vom Mittag allerdings nicht aus dem Sinn. Ich fragte mich, ob ich eine Aufgabe meistern konnte, zu der man mir Informationen vorenthielt, zumal es eine ziemlich merkwürdige Geschichte war. *Der Mann auf den Fotos,* hatte Monsignore Tournier gesagt, *war in ein schweres Delikt gegen sämtliche christlichen Kirchen verwickelt. Leider dürfen wir Ihnen nicht mehr Details nennen.*

In dieser Nacht hatte ich schreckliche Alpträume, in denen ein übel zugerichteter Mann ohne Kopf – wohl die Reinkarnation des Bösen – mir an allen Ecken einer langen Straße auflauerte, die ich wie betrunken entlangstolperte, und mich mit der Macht und dem Ruhm aller Königreiche dieser Welt in Versuchung führen wollte.

Punkt acht Uhr morgens klingelte es stürmisch an unserer Haustür. Margherita ging in den Flur zur Gegensprechanlage und kam kurz darauf mit verdutztem Gesicht in die Küche zurück.

»Ottavia, unten wartet ein gewisser Kaspar Glauser auf dich.«

Ich war wie versteinert.

»Hauptmann Glauser-Röist?«, stammelte ich mit dem Mund voller Kekse.

»Ob er Hauptmann ist, hat er nicht gesagt«, stellte Margherita klar, »aber der Name stimmt.«

Ich schluckte den Keks hinunter und trank in einem Schluck meinen Milchkaffee leer.

»Das betrifft die Arbeit …«, entschuldigte ich mich und stürmte unter dem überraschten Blick meiner Mitschwestern aus der Küche.

Die Wohnung an der Piazza delle Vaschette war zum Glück so klein, dass ich im Handumdrehen mein Bett gemacht und das Zimmer aufgeräumt hatte und auch noch kurz Zeit fand, mich vor unserem Hausaltar zu bekreuzigen. In fliegender Hast riss ich dann in der Diele meinen Mantel und meine Tasche vom Haken und zog völlig verwirrt die Tür hinter mir zu. Warum wartete Hauptmann Glauser-Röist auf mich? War irgendetwas passiert?

Die Augen unergründlich hinter einer dunklen Brille verborgen, lehnte der stämmige Zinnsoldat gegen die Tür eines dunkelblauen Alfa Romeo. In Rom ist es üblich, den Wagen immer direkt vor der Tür zu parken, egal, ob man damit den Verkehr behindert oder nicht. Jeder gute Römer wird einem nachsichtig erklären, dass man so keine Zeit verliert. Wenn Hauptmann Glauser-Röist, der ja Schweizer Staatsbürger war – Voraussetzung für den Eintritt in das kleine vatikanische Korps –, die schlechtesten Angewohnheiten der Römer mit so viel Gelassenheit praktizierte, so musste er wohl schon etliche Jahre in der Stadt leben. Gleichgültig gegenüber dem Aufsehen, welches er bei den Nachbarn im Borgo erregt hatte, verzog der Hauptmann keine Miene, als ich endlich auf die Straße trat. Im unbarmherzigen Sonnenlicht freute es mich dann festzustellen, dass es mit der Muskelkraft des stattlichen Schweizer Soldaten doch nicht ganz so weit her war. Die Zeit hatte auch in seinem trügerisch jugendlichen Gesicht ihre Spuren hinterlassen, und in den Augenwinkeln zeichneten sich erste kleine Fältchen ab.

»Guten Morgen«, begrüßte ich ihn und knöpfte mir den Mantel zu. »Ist irgendetwas passiert?«

»Guten Morgen, Dottoressa«, entgegnete er in einwandfreiem Italienisch; die Aussprache des »R« verriet jedoch eine gewisse helvetische Färbung. »Seit sechs Uhr schon warte ich vor dem Archiv auf Sie.«

»Warum denn so früh, Herr Hauptmann?«

»Ich dachte, Sie würden um diese Zeit anfangen zu arbeiten.«

»Für gewöhnlich beginne ich um acht Uhr«, brummte ich unwillig.

Der Hauptmann warf einen gleichgültigen Blick auf seine Armbanduhr.

»Es ist bereits zehn nach acht«, verkündete er so kalt und sympathisch wie ein Felsklotz.

»Ach ja? … Na, dann lassen Sie uns fahren.«

Dieser Mann konnte einen zur Weißglut treiben! Wusste er etwa nicht, dass man als Vorgesetzter grundsätzlich immer zu spät kommt? Das war schließlich Teil unserer Privilegien.

Der Alfa Romeo raste durch die Gassen des Borgo, denn der Hauptmann hatte sich auch den selbstmörderischen Fahrstil der Römer zu eigen gemacht. Bevor ich noch ein Stoßgebet zum Himmel schicken konnte, fuhren wir auch schon durch die Porta Sant'Anna an den Kasernen der Schweizergarde vorbei. Dass ich nicht aufschrie und mich während der Fahrt aus dem Wagen stürzen wollte, verdankte ich einzig und allein meiner sizilianischen Herkunft, das heißt, der Tatsache, dass ich als junges Mädchen meinen Führerschein in Palermo gemacht hatte, wo die Verkehrszeichen bloß schmückendes Beiwerk waren und sich alles ausschließlich nach den Motorstärken, dem Gebrauch der Hupe und dem gesunden Menschenverstand richtete. Jäh bog der Hauptmann nun in einen Parkplatz ein, den ein Schild mit seinem Namen zierte, und stellte gutgelaunt den Motor ab. Es war der erste menschliche Zug, der mir an ihm auffiel: Offenbar machte ihm Autofahren Spaß. Auf dem Weg zum Archiv kamen wir dann an Orten vorbei, von deren Existenz ich nicht das Mindeste geahnt hatte, wie beispielsweise einem Fitnessraum mit den modernsten Kraftgeräten oder einem Schießplatz, und alle Schweizergardisten, denen wir begegneten, nahmen vor Glauser-Röist Haltung an und salutierten.

Eines der Dinge, die über die Jahre meine Neugier angestachelt hatten, war die Herkunft der auffällig bunten Uniformen der Schweizergarde. Leider fand sich in den im Geheimarchiv katalogisierten Dokumenten nichts, was bewies oder widerlegte, dass sie, wie allgemein behauptet, von Michelangelo entworfen worden waren, doch vertraute ich fest darauf, dass eines Tages, wenn man es am wenigsten erwartete, besagter Nachweis unter den Bergen noch unerforschter Archivalien zum Vorschein käme. In jedem Fall schien Glauser-Röist im Gegensatz zu seinen Kameraden nie Uniform zu tragen, denn beide Male war er bisher in Zivil und überdies sehr teuer gekleidet gewesen, meiner Ansicht nach *zu* teuer für den mageren Sold eines einfachen Schweizergardisten.

Vorbei am noch geschlossenen Büro des Präfekten, Hochwürden Ramondino, durchquerten wir schweigend den Eingangsbereich des Geheimarchivs und betraten dann gemeinsam den Fahrstuhl. Glauser-Röist steckte seinen nagelneuen Schlüssel in die Schalttafel.

»Haben Sie die Fotos dabei, Hauptmann?«, fragte ich neugierig, während wir zum Hypogäum hinabfuhren.

»Sicher, Dottoressa.« Er bekam für mich immer mehr Ähnlichkeit mit einem schroffen Felsen. Wo hatte der Vatikan wohl solch einen Kerl aufgegabelt?

»Dann fangen wir vermutlich gleich an zu arbeiten, nicht wahr?«

»Auf der Stelle.«

Meine Mitarbeiter sahen Glauser-Röist mit offenem Mund hinterher, als er durch den Flur zu meinem Labor schritt. Der Tisch von Guido Buzzonetti wirkte an jenem Morgen schrecklich leer.

»Guten Morgen«, rief ich laut.

»Guten Morgen, Dottoressa«, murmelte irgendjemand pflichtschuldig.

Zwar begleitete uns eisiges Schweigen bis zu meinem Büro,

doch der Schrei, den ich ausstieß, als ich die Tür öffnete, war mindestens bis zum Forum Romanum zu hören.

»O mein Gott! Was ist denn hier passiert?«

Mein alter Schreibtisch war erbarmungslos in eine Ecke geschoben worden. An seiner Stelle stand nun ein Metalltisch mit einem riesigen Computer mitten im Raum. Noch mehr Computerkram hatte man auf kleine Acryltischchen gestellt, die aus irgendeinem unbenutzten Büro herbeigeschafft worden waren, und Dutzende von Kabeln liefen quer über den Boden zu den zahlreichen Mehrfachsteckern oder hingen von den Brettern meiner alten Regale herab.

Entsetzt schlug ich die Hände vor den Mund und betrat den Raum wie auf Eiern, als bewege ich mich zwischen lauter Schlangennestern.

»Wir werden diese ganze Ausrüstung zum Arbeiten brauchen«, verkündete der Felsen hinter mir.

»Das will ich hoffen, Hauptmann! Wer hat Ihnen eigentlich die Erlaubnis gegeben, in meinem Labor ein solches Chaos anzurichten?«

»Präfekt Ramondino.«

»Also, Sie hätten mich wirklich fragen können!«

»Wir haben die EDV-Anlage gestern Nacht aufgebaut, als Sie schon weg waren.« In seiner Stimme lag nicht einmal ein Hauch von Bedauern oder Zerknirschung; er beschränkte sich darauf, mich zu informieren und Punktum, als ob sein Handeln über jede Diskussion erhaben wäre.

»Wunderbar! Wirklich wunderbar!«, zischte ich grimmig.

»Wollen Sie nun anfangen oder nicht?«

Ich schnellte herum, als ob er mir eine schallende Ohrfeige gegeben hätte, und blickte ihn mit all der Verachtung an, derer ich fähig war.

»Je schneller wir es hinter uns bringen, umso besser.«

»Wie Sie wünschen«, brummte er. Er knöpfte sich das Sakko

auf und zog aus einem mir völlig unverständlichen Ort das dicke Dossier mit den schwarzen Aktendeckeln heraus, das mir Monsignore Tournier am Tag zuvor gezeigt hatte. »Das hier gehört ganz Ihnen«, sagte er und streckte es mir hin.

»Und was tun Sie inzwischen?«

»Ich werde mich vor den Computer setzen.«

»Wozu?«, fragte ich befremdet. Was meine Computerkenntnisse betraf, so war ich die reinste Analphabetin. Mir war bewusst, dass ich dieses Problem eines Tages angehen musste, doch im Augenblick war mir als anständiger Gelehrten noch sehr wohl dabei, über das ganze Teufelszeug die Nase zu rümpfen.

»Um jeden aufkommenden Zweifel aus dem Weg zu räumen. Und um Ihnen alle nötigen Informationen über jedes gewünschte Thema zu beschaffen.«

Und dabei blieb es.

Ich machte mich also daran, die Fotos zu sichten. Es waren etliche, dreißig, um genau zu sein, durchnummeriert und chronologisch geordnet von Anfang bis Ende der Obduktion. Nachdem ich sie alle einmal flüchtig durchgeblättert hatte, suchte ich diejenigen heraus, auf denen man die Leiche des Äthiopiers in Bauch- oder Rückenlage sehen konnte. Auf den ersten Blick sprang besonders der unnatürliche Winkel seiner Beine ins Auge, was auf einen Bruch der Beckenknochen hinwies, aber auch eine schreckliche Kopfverletzung am rechten Scheitelbein, welche zwischen Knochensplittern die graue Substanz des Gehirns freigelegt hatte. Die restlichen Bilder sonderte ich aus; zwar musste die Leiche zahlreiche innere Verletzungen haben, doch weder wusste ich sie zu diagnostizieren, noch schienen sie für meine Arbeit relevant zu sein. Mir entging jedoch nicht, dass er sich womöglich während des Aufpralls auf die Zunge gebissen hatte.

Der Tote wäre niemals als etwas anderes durchgegangen, als das, was er war. Seine Physiognomie ließ keine Zweifel aufkommen: Wie die meisten Äthiopier war er äußerst hager und lang aufgeschossen, sein Körper war straff und sehnig und von extrem dunkler Hautfarbe. Der untrügliche Beweis für seine abessinische Herkunft waren jedoch seine Gesichtszüge: hohe und stark ausgeprägte Wangenknochen, eingefallene Backen, große schwarze Augen – die auf den Fotos noch offenstanden, was sehr wirkungsvoll war –, eine breite, knochige Stirn, wulstige Lippen und eine feine Nase von fast griechischem Profil. Bevor man ihm den unversehrt gebliebenen Teil seines Kopfes rasiert hatte, war sein blutverkrustetes Haar spröde und kraus gewesen; nach der Rasur konnte man mitten auf dem Schädel eine feine Narbe entdecken in Form des griechischen Buchstabens Sigma: Σ.

An besagtem Vormittag tat ich nichts anderes, als ein ums andere Mal die schrecklichen Bilder zu betrachten und jedes Detail genauestens unter die Lupe zu nehmen, das mir bedeutsam erschien. Wie Straßen auf einer Landkarte hoben sich die seltsamen Narben von der Haut ab. Einige, sehr hässliche, waren fleischig und wulstig, andere wiederum kaum sichtbar, so filigran wie Seidenfäden, doch alle zeigten ohne Ausnahme eine rosige Färbung, die an einigen Stellen sogar ins Rötliche ging, so als ob weiße auf schwarze Haut verpflanzt worden wäre. Ein widerlicher Anblick.

Am frühen Abend rauchte mir der Kopf, und es war mir ganz flau im Magen. Auf dem Tisch häuften sich die Notizen und Skizzen zu den Narbentätowierungen des Toten. Noch sechs weitere griechische Buchstaben hatte ich über den Körper verteilt gefunden: auf dem Bizeps des rechten Arms ein Tau (T), auf dem linken ein Ypsilon (Y), mitten auf der Brust über dem Herzen ein Alpha (A), auf dem Unterleib ein Rho (P), auf dem rechten Oberschenkel über dem Quadrizeps ein Omikron (O) und auf dem linken an derselben Stelle ein zweites Sigma (Σ). Direkt unter dem Alpha und über dem Rho, etwa auf der Höhe des Magens, war ein großes Christusmonogramm zu sehen, wie man es von den Tympana und Altären mittelalterlicher Kirchen kannte. Wie üblich bestand es aus den beiden griechischen Anfangsbuchstaben von Christi Namen, Chi und Rho (X und P), allerdings wies dieses Christusmonogramm eine Besonderheit auf: Die beiden Buchstaben hatte man ineinandergefügt und dabei das Rho mit einem Längsbalken verlängert, so dass ein Kreuz entstanden war. Einmal abgesehen von den Händen, den Füßen, den Pobacken, dem Hals und dem Gesicht, war der übrige Körper voller Kreuze in den originellsten Formen, die ich je gesehen hatte.

Hauptmann Glauser-Röist verbrachte indessen viel Zeit vor seinem Computer und tippte unermüdlich mysteriöse Befehle ein. Hin und wieder rückte er seinen Stuhl an den meinen heran und verfolgte schweigend die Fortschritte meiner Untersuchung. Deshalb zuckte ich erschreckt zusammen, als er mich plötzlich fragte, ob mir der Umriss eines Menschen in Lebensgröße von Nutzen wäre, ich könne darauf die Narben einzeichnen. Um meine schmerzenden Nackenmuskeln zu lockern, bewegte ich den Kopf ein paarmal nach oben und unten, drehte ihn nach links und rechts.

»Das ist eine gute Idee. Ach übrigens, Hauptmann, inwieweit sind Sie eigentlich befugt, mir Auskünfte über diesen armen Kerl zu geben? Monsignore Tournier hat erzählt, dass Sie diese Fotos gemacht haben.«

Glauser-Röist stand auf und wandte sich wieder zu seinem Computer.

»Dazu darf ich Ihnen nichts sagen.«

Schnell drückte er auf ein paar Tasten, und augenblicklich begann der Drucker zu rattern und große Mengen Papier auszuspucken.

»Ich müsste schon etwas mehr wissen«, protestierte ich und rieb mir die Nasenwurzel unter der Brille. »Vielleicht kennen Sie ja Details, die mir die Arbeit erleichtern würden.«

Glauser-Röist ließ sich durch meine Bitten nicht erweichen.

Mit den Zähnen riss er Streifen vom Tesafilm ab und klebte damit die Blätter aus dem Drucker hinten auf die Tür – der noch einzig freien Stelle in meinem kleinen Labor –, bis die gesamte Silhouette eines Menschen zusammengesetzt war.

»Kann ich Ihnen sonst noch irgendwie behilflich sein?«, fragte er dann und drehte sich zu mir um.

Ich sah ihn herablassend an.

»Können Sie von diesem Computer aus auch die Datenbank des Geheimarchivs einsehen?«

»Mit diesem Computer hier komme ich in sämtliche Datenbanken der Welt. Was wollen Sie wissen?«

»Alles, was Sie über Skarifikationen finden können.«

Ohne auch nur eine Sekunde zu verlieren, machte er sich ans Werk. Währenddessen holte ich eine Handvoll bunte Filzstifte aus meiner Schreibtischschublade und baute mich voller Tatendrang vor dem Umriss des Toten auf. Nach einer halben Stunde hatte ich darauf ziemlich genau die traurige Weltkarte seiner Narben rekonstruiert, wobei ich mich wiederholt fragte, warum ein gesunder, kräftiger Mann um die dreißig sich so hatte foltern lassen. Das war wirklich äußerst merkwürdig.

Außer den griechischen Buchstaben hatte ich sieben wunderschöne, völlig unterschiedliche Kreuze gefunden: ein Passionskreuz auf der Innenseite des rechten Unterarms, ein Griechisches Kreuz (mit dem Querbalken genau in der Mitte) auf dem linken Unterarm, ein Schächerkreuz im Nacken, ein ägyptisches Henkelkreuz auf der Wirbelsäule, ein Ankerkreuz in der Lendengegend und schließlich, um die Sieben vollzumachen, zwei sogenannte Andreaskreuze, die auf der Rückseite der Oberschenkel eintätowiert waren. Es war eine erstaunliche Vielfalt, dennoch hatten alle etwas gemeinsam: Alle waren von Rechtecken umrahmt, die wie kleine Fenster oder mittelalterliche Schießscharten aussahen, und darüber war eine kleine siebenzackige Krone zu sehen.

Gegen 21 Uhr waren wir hundemüde. Glauser-Röist hatte über Skarifikationen gerade mal ein paar dürftige Informationen gefunden. Er erläuterte mir kurz, dass es sich um eine rituelle Praxis handle, die vor allem in einer bestimmten Gegend von Zentralafrika verbreitet sei, das Äthiopien aber zu unserem Leidwesen nicht umfasse. Dort würden mit kleinen messerscharfen Knochen Schnitte in die Haut gesetzt. Allem Anschein nach rieben die Naturvölker die Wunden dann mit einer bestimmten Kräutertinktur ein und verlangsamten so den Heilungsprozess, damit sich an den Rändern dicke Wülste bilden konnten. Die dekorativen Muster könnten sehr kompliziert sein, erklärte er weiter, doch entsprächen sie im Wesentlichen geometrischen Formen aus der religiösen Symbologie und würden sich oftmals auf irgendeinen Ritus beziehen.

»Ist das alles?«, fragte ich enttäuscht, als er nach dem kärglichen Bericht verstummte.

»Also … es gibt da noch etwas, aber es ist nicht sonderlich bezeichnend. Die Keloide, das heißt die richtig dicken, wulstigen Narben, mit denen sich die Frauen oft schmücken, üben einen starken sexuellen Reiz auf die Männer aus.«

»Na so was«, meinte ich befremdet. »Sachen gibt's! Darauf wäre ich nie gekommen!«

»Nun …«, fuhr er gleichgültig fort, »… wir wissen also nach wie vor nicht, wie der Tote zu den Narben auf seinem Körper gekommen ist.« Damals, glaube ich, war mir zum ersten Mal aufgefallen, dass seine Augen von einem verwaschenen Grau waren. »Es gibt da übrigens noch etwas, das zwar interessant, für unsere Arbeit allerdings genauso irrelevant ist: In letzter Zeit ist diese Art von Körperschmuck in vielen Ländern bei den Jugendlichen in Mode. Sie nennen es *body art* oder *performance art,* und einer ihrer größten Anhänger ist der Sänger und Schauspieler David Bowie.«

»Nicht zu fassen!«, seufzte ich, und ein Lächeln huschte über mein Gesicht. »Wollen Sie damit sagen, dass sie sich nur so aus Spaß an der Freude verunstalten lassen?«

»Also …«, murmelte er, wohl ähnlich verwirrt wie ich, »… es hat wohl etwas mit Erotik und Sinnlichkeit zu tun, doch wüsste ich es Ihnen nicht zu erklären.«

»Versuchen Sie es auch gar nicht erst …« Ich stand auf. »Lassen Sie uns schlafen gehen, Hauptmann. Morgen wird es wieder ein langer Tag werden.«

»Erlauben Sie, dass ich Sie nach Hause bringe? Um diese Zeit sollten Sie nicht mehr allein durch den Borgo spazieren.«

Ich war viel zu müde, um sein Angebot auszuschlagen, weshalb ich also erneut mein Leben in jenem spektakulären Schlitten aufs Spiel setzte. Vor unserer Haustür bedankte ich mich artig; ich hatte ein schlechtes Gewissen, weil ich ihn so schlecht behandelt hatte, doch war es gleich wieder verflogen. Höflich lehnte ich seinen Vorschlag ab, mich am nächsten Morgen wieder abzuholen. Da ich schon zwei Tage keine Messe mehr gehört hatte, war ich nicht gewillt, noch einen weiteren darüber verstreichen zu lassen. Ich würde eben früh aufstehen, um noch vor der Arbeit in die Kirche Santi Michele e Magno zu gehen.

Ferma, Margherita und Valeria sahen sich im Fernsehen gerade einen alten Film an, als ich hereinkam. Fürsorglich hatten sie mir das Abendessen in die Mikrowelle gestellt. Ich aß, wenn auch lustlos, einen Teller Suppe. Ich hatte an diesem Tag einfach zu viele Narben gesehen. Vor dem Schlafengehen zog ich mich noch kurz in die Hauskapelle zurück. Aber an diesem Abend konnte ich mich nicht auf das Gebet konzentrieren: nicht nur, weil ich viel zu müde war, sondern weil es just an diesem Abend dreien meiner acht Geschwister einfiel, mich aus Sizilien anzurufen und sich zu erkundigen, ob ich zu dem Fest kommen würde, das wir wie jedes Jahr am Josefstag, dem Namenstag unseres Vaters Giuseppe, für ihn ausrichteten. Ich sagte allen dreien zu und ging dann gereizt zu Bett.

In den folgenden Wochen arbeiteten Hauptmann Glauser-Röist und ich mit Hochdruck. Ohne einen Tag auszusetzen, gingen wir in meinem Labor von acht Uhr morgens bis neun Uhr abends immer wieder die spärlichen Informationen durch und werteten aus, was wir nach und nach aus den Archiven erhielten. Die griechischen Buchstaben und das Christusmonogramm zu entschlüsseln erwies sich dabei als relativ einfach im Vergleich zu der unendlich großen Mühe, die wir mit dem Rätsel um die sieben Kreuze hatten.

Kaum hatte ich am zweiten Tag mein Labor betreten und die Tür hinter mir geschlossen, um einmal mehr die Papiersilhouette zu betrachten, da sprang mir auch schon die Lösung der griechischen Buchstaben ins Auge. Heureka! Es war so offensichtlich, dass ich nicht glauben konnte, es nicht tags zuvor entdeckt zu haben, auch wenn es durchaus verständlich schien, wenn ich bedachte, wie müde ich gewesen war: Von oben nach unten und von rechts nach links gelesen, bildeten die sieben Buchstaben das griechische Wort STAUROS (ΣΤΑΥΡΟΣ), was so viel hieß wie »Kreuz«. Nun war es unbestreitbar, dass alles, was auf unserer Leiche zu sehen war, miteinander in Beziehung stand.

Einige Tage später, nachdem wir etliche Male erfolglos die Geschichte des alten Abessiniens (und heutigen Äthiopiens) durchgearbeitet und die verschiedensten Unterlagen über die griechischen Einflüsse auf die Kultur und Religion jenes Landes studiert hatten, nachdem wir viele Stunden eifrig ausführliche Dossiers über Sekten aus den verschiedenen Abteilungen des Geheimarchivs und Dutzende von Kunstbüchern zu sämtlichen Epochen und Stilrichtungen gewälzt und schließlich auch noch die erschöpfenden Berichte über Christusmonogramme ausgewertet hatten, welche wir den Computerrecherchen des Hauptmanns verdankten, machten wir eine weitere bedeutsame Entdeckung: Das Christusmonogramm, das der Äthiopier auf seiner Brust trug, entsprach einer Variante, die man unter dem

Namen »Konstantinisches Kreuz« kannte und die nach dem 6. Jahrhundert aus der christlichen Kunst verschwunden war.

So überraschend es auch klingen mag, das Kreuz war in den Anfängen des Christentums zunächst keineswegs verehrt worden. Für die sinnbildliche Darstellung ihrer Religion zogen die ersten Christen fröhlichere Dinge dem Symbol des Leidens Christi vor. Während der römischen Christenverfolgungen – die sich in Grenzen hielten, weil sie nicht systematisch durchgeführt wurden und sich im Großen und Ganzen auf die Ausschreitungen unter Nero nach dem Brand Roms im Jahr 64 und, dem Kirchenhistoriker Eusebius zufolge, auf die beiden Jahre der sogenannten großen Diokletianischen Christenverfolgung von 303/304 beschränkten – wäre die Zurschaustellung und Verehrung des Kreuzes zudem äußerst gefährlich gewesen. Darum waren auf den Wänden der Katakomben und Häuser, auf den Grabplatten, den persönlichen Gegenständen und den Altären lediglich Symbole wie das Lamm, der Fisch, der Anker oder die Taube zu finden.

Das wichtigste Symbol für sie war jedoch das Christusmonogramm, das aus den griechischen Anfangsbuchstaben gebildete Symbol für den Namen Christi, mit dem man häufig geweihte Orte verzierte. Es gab zahlreiche Varianten des Monogramms, je nachdem, was für eine religiöse Deutung man ihm geben wollte: So waren auf den Grabmälern der Märtyrer zum Beispiel Christusmonogramme mit einem Palmenzweig anstelle des Buchstabens P eingemeißelt, was den Sieg Christi symbolisieren sollte, und wenn sie in der Mitte ein Dreieck hatten, so stellte dies ein Sinnbild für die Heilige Dreifaltigkeit dar.

Im Jahr 312 unserer Zeitrechnung hatte Konstantin der Große in der Nacht vor der entscheidenden Schlacht gegen Maxentius, seinen Hauptkontrahenten um den Kaiserthron, einen Traum: Darin erschien ihm Christus und befahl, die beiden Buchstaben XP auf die Schilder seines Heeres malen zu lassen. Die Legende lässt Konstantin – der eigentlich den Sonnengott anbetete – dann am folgenden Tag kurz vor dem Kampf über der blendenden Sonne erneut besagtes Christusmonogramm sehen und darunter das griechische EN-TOUTOI-NIKA, besser bekannt in der lateinischen Übersetzung *In hoc signo vinces:* »Mit diesem Zeichen wirst du siegen.« Nachdem Konstantin Maxentius bei der Schlacht an der Milvischen Brücke vernichtend geschlagen hatte, machte er dieses Christusmonogramm zu seinem Feldzeichen und kaiserlichen Banner, das man, umrahmt von einem aus Gold und Edelsteinen geflochtenen Kranz, vom Jahre 324 an *Labarum* nannte. Das Symbol erlangte im Römischen Reich außergewöhnliche Bedeutung. Als das Weströmische Reich, das heutige Europa, den Barbaren in die Hände fiel, wurde es weiterhin im oströmischen Teil, in Byzanz, verwendet, zumindest bis ins 6. Jahrhundert, als es wie gesagt vollständig aus der christlichen Kunst verschwand.

Nun denn, das Christusmonogramm, welches unser Äthiopier auf seiner Brust zur Schau stellte, war genau jenes, welches der Kaiser vor der Schlacht am Himmel erblickt hatte, das mit dem Querbalken und nicht irgendeines seiner Varianten, was kurios, ja geradezu befremdlich war, da man es zuletzt vor etwa 1400 Jahren verwendet hatte, wie dies der Kirchenvater Johannes Chrysostomos in seinen Schriften bekundete, wonach besagtes Symbol gegen Ende des 5. Jahrhunderts durch das echte Kreuz ersetzt worden war, welches man von da an voller Stolz öffentlich ausstellte. Sicherlich waren Christusmonogramme im Laufe der Romanik und Gotik als Schmuckelemente wiederaufgetaucht, doch verwandte man dann nicht mehr das einfache Konstantinische Kreuz, sondern abgewandelte Formen.

Ein weiteres Rätsel war also anscheinend gelöst. Doch wie bei dem aus griechischen Buchstaben gebildeten STAUROS standen wir ihm völlig ratlos gegenüber. Mit jedem Tag, der verging, wuchs unser Bedürfnis, das ganze Durcheinander zu entwirren, zu verstehen, worauf die eigentümliche Leiche uns hinzuweisen versuchte. Mein Auftrag beschränkte sich indes auf die Deutung der einzelnen Zeichen, unabhängig davon, was alle zusammen aussagen sollten; mir blieb also keine andere Wahl als weiterzumachen, ohne vom vorgezeichneten Kurs abzukommen, und endlich die Bedeutung der sieben Kreuze zu ergründen.

Warum waren es gerade sieben und nicht acht? Oder fünf? Oder fünfzehn? Warum glich nicht eines dem anderen? Warum waren alle von geometrischen Figuren umrahmt, die wie mittelalterliche Luken aussahen? Und warum hatte man alle mit einer kleinen Krone geschmückt? … Nie im Leben würden wir das herausfinden, sagte ich mir bedrückt, es war zu kompliziert und gleichzeitig zu absurd. Ich sah von den Fotos und Kreuzskizzen hoch und starrte auf die Papiersilhouette an der Tür: Konnte die Anordnung der Kreuze mich auf die richtige Spur bringen? Doch ich entdeckte nichts, was mir helfen konnte, das Bilderrätsel zu entschlüsseln. Also blickte ich wieder auf den Tisch und konzentrierte mich auf das ermüdende Studium jeder einzelnen der eigenartigen, gekrönten Schießscharten.

Glauser-Röist sprach in all der Zeit kaum ein Wort; er verbrachte Stunden damit, auf seinen Computer zu hämmern. In meinem Innern begann sich ein absurder Groll aufzustauen, weil er die Zeit so vertrödelte, während mein Hirn sich langsam in Pappmaché verwandelte.

Mit Riesenschritten kam der 19. März, der Namenstag von San Giuseppe, näher. Ich musste unbedingt meine Reise nach Palermo vorbereiten. Ich fuhr nur selten nach Hause, gerade zwei- oder dreimal im Jahr, aber wie jede gute sizilianische Familie hielten wir Salinas wie Kletten zusammen, waren unzertrennlich, sogar über den Tod hinaus. Die Vorletzte von neun Geschwistern zu sein – daher mein Name: Ottavia, die »achte« – hat den Vorteil, dass man sich allerhand Überlebenstechniken aneignet; immer gibt es einen älteren Bruder oder eine ältere

Schwester, die dich liebend gern piesacken oder dich durch ihre Autorität einschüchtern. Deine Sachen gehören auf einmal dem Erstbesten, der sie sich nimmt; in dein Zimmer darf eindringen, wer will; deine Triumphe oder Misserfolge waren bereits die Triumphe oder Misserfolge derjenigen gewesen, die vor dir kamen und so weiter. Dennoch hielten die neun Kinder von Filippa und Giuseppe Salina wie Pech und Schwefel zusammen: Obwohl ich schon zwanzig Jahre von zu Hause weg war und Pierantonio als Franziskaner im Heiligen Land und Lucia als Dominikanerin in England lebten, zählte man auf uns, wenn es darum ging, Familienfeiern zu organisieren, Geschenke für unsere Eltern zu besorgen oder gemeinsame Entscheidungen zu treffen, welche die ganze Familie betrafen.

Am Donnerstag vor meiner Abreise kam Hauptmann Glauser-Röist mit einem seltsam metallischen Glanz in seinen grauen Augen vom Essen in der Kaserne der Schweizergarde zurück. Ich hatte mich in die Lektüre eines verworrenen Traktats über die christliche Kunst des 7. und 8. Jahrhunderts verbissen, in der törichten Hoffnung, darin irgendeine Anspielung auf eines der Kreuze zu finden.

»Dottoressa Salina«, brummte er, kaum dass er die Tür hinter sich geschlossen hatte, »mir ist da eine Idee gekommen.«

»Ich höre«, erwiderte ich und schob mit beiden Händen das langweilige Kompendium von mir.

»Wir benötigen ein Programm, das die Kreuze des Äthiopiers mit allen Bilddateien des Geheimarchivs und der Bibliothek vergleicht.«

Ich machte große Augen.

»Ist so etwas denn möglich?«

»Das Rechenzentrum des Geheimarchivs kann das.«

Ich dachte einige Augenblicke lang nach.

»Ich weiß nicht …«, meinte ich dann nachdenklich. »Das wird sehr kompliziert sein. Es ist eine Sache, dem Computer Wörter vorzugeben, damit er in sämtlichen Datenbanken nach ihnen sucht, aber es ist etwas anderes, zwei Bilder eines Gegenstands abzugleichen, die in verschiedenen, inkompatiblen Formaten abgespeichert, aus verschiedenen Winkeln aufgenommen oder sogar von so schlechter Qualität sein können, dass das Programm sie nicht als ein und dasselbe Bild erkennt.«

Glauser-Röist blickte mich verächtlich an. Es war, als ob wir beide dieselbe Treppe hinaufstiegen und dieser Mann mir immer ein paar Stufen voraus war, so dass er auf mich herabsehen konnte, wenn er sich umdrehte.

»Bildrecherchen stellt man nicht mit den von Ihnen genannten Faktoren an.« Aus seinem Ton war eine Spur von Mitleid herauszuhören. »Haben Sie denn noch nie im Fernsehen gesehen, wie ein Polizeicomputer das Phantombild eines Mörders mit den digitalisierten Fotos der Verbrecherkartei abgleicht? … Man benutzt dazu Parameter wie Augenabstand, Breite des Mundes, Koordinaten der Stirn, der Nase und des Kinns und so weiter. Diese Fahndungsprogramme basieren auf der Berechnung von Zahlenwerten.«

»Ich bezweifle sehr«, zischte ich wütend, »dass unser Rechenzentrum ein Programm besitzt, mit dem man Ausbrecher ausfindig machen kann. Wir sind nicht bei der Polizei, Hauptmann. Wir bilden das Zentrum der katholischen Welt, und in der Vatikanischen Bibliothek und dem Geheimarchiv befassen wir uns nur mit der Geschichte und der Kunst.«

Glauser-Röist drehte sich um und griff nach dem Türknauf.

»Wohin gehen Sie?«, fragte ich ungehalten, als ich begriff, dass er mich einfach stehen lassen wollte.

»Ich will mit dem Präfekten Ramondino sprechen. Er wird dem Rechenzentrum die nötigen Anweisungen erteilen.«

Am Freitag nach dem Mittagessen holte mich Schwester Chiara mit ihrem Auto ab, und wir verließen Rom über die Autobahn Richtung Süden. Chiara wollte das Wochenende bei ihrer

Familie in Neapel verbringen und freute sich, nicht allein fahren zu müssen; die beiden Städte liegen zwar nicht weit auseinander, aber die Zeit vergeht schneller, wenn man jemanden bei sich hat, mit dem man sich unterhalten kann. Chiara und ich waren jedoch nicht die Einzigen, die Rom an jenem Wochenende den Rücken kehrten. Um sich einen seiner sehnlichsten Wünsche zu erfüllen, mobilisierte der Heilige Vater all seine Kräfte: Mitten im Heiligen Jahr wollte er zu den heiligen Stätten in Jordanien und Israel reisen, zum Berg Nebo, nach Bethlehem, Nazareth … Es war erstaunlich, wie jemand, dessen Gesundheit dermaßen zu wünschen übrigließ und der nur noch selten bei wirklich klarem Verstand war, angesichts einer bevorstehenden anstrengenden Reise wieder auflebte. Johannes Paul II. war ein wahrhafter Weltenpilger; der Kontakt mit den Menschenmassen belebte ihn sichtlich. Deshalb herrschte an jenem Freitag in der Vatikanstadt geschäftiges Treiben. Die Vorbereitungen für die päpstliche Reise liefen auf vollen Touren.

In Neapel nahm ich dann die Nachtfähre der Schifffahrtsgesellschaft Tirrenia Navigazione, die in den frühen Morgenstunden des Samstags in Palermo anlegen würde. Es herrschte herrliches Wetter, weshalb ich es mir voll Vorfreude auf eine ruhige Überfahrt in einem Sessel auf dem Oberdeck bequem machte und mich gut zudeckte.

Die Vergangenheit an mir vorüberziehen zu lassen gehörte nicht gerade zu meinen Lieblingsbeschäftigungen, trotzdem suchte mich jedes Mal, wenn ich dieses Stück Meer in Richtung Sizilien überquerte, das hypnotische Traumbild der dort verbrachten Jahre heim. Eigentlich wollte ich als Kind Spionin werden: Mit acht Jahren bedauerte ich es zutiefst, dass es keine Weltkriege mehr gab, an denen ich wie Mata Hari hätte teilnehmen können; mit zehn bastelte ich mir eine kleine Taschenlampe aus einer Flachbatterie und winzigen Glühbirnen, die ich meinen älteren Brüdern aus ihren Elektronikbaukästen klaute, und verbrachte die Nächte damit, unter der Bettdecke Abenteuergeschichten zu lesen. Später, im Internat der Kongregation der Glückseligen Jungfrau Maria, in das man mich mit dreizehn Jahren gesteckt hatte (weil ich mit meinem Freund Vito mit der Fähre ausgerissen war), übte ich mich weiter in dieser Katharsis, der alles verschlingenden Lektüre, mit der ich die Welt nach meinem Geschmack veränderte, sie mittels meiner Phantasie so gestaltete, wie ich sie gerne gehabt hätte, denn die Wirklichkeit erwies sich als nicht besonders erfreulich und glücklich für ein Mädchen, welches das Leben durch ein Vergrößerungsglas wahrnahm. Im Internat las ich zum ersten Mal die ›Bekenntnisse‹ des heiligen Augustinus und das ›Hohelied‹ und entdeckte darin eine starke Ähnlichkeit zwischen den dort beschriebenen Gefühlen und meinem turbulenten, empfindsamen Innenleben. Vermutlich weckte diese Lektüre in mir die Rastlosigkeit der religiösen Berufung, doch mussten noch einige Jahre vergehen, bis ich die Ordensgelübde ablegte … Mit einem Lächeln kam mir nun jener unvergessliche Abend in den Sinn, an dem meine Mutter mir das Schreibheft aus der Hand riss, in das ich die Abenteuer der nordamerikanischen Spionin Octavia Prescott gekrakelt hatte. Wenn sie eine Pistole oder eine Zeitschrift mit nackten Männern entdeckt hätte, wäre sie nicht empörter gewesen: Für sie wie auch für meinen Vater und den Rest der Familie Salina war meine Lesewut ein sinnloser Zeitvertreib, der eher zu einem müßigen Bohemien passte als zu einem jungen Mädchen aus guter Familie.

Am dunklen Himmel war der Mond hell aufgegangen. Der herbe Geruch des Meeres, den die kalte Nachtluft mir ins Gesicht wehte, war so intensiv geworden, dass ich Mund und Nase mit dem Kragen meines Mantels bedeckte und mich bis zum Hals unter die Reisedecke verkroch. Die Ottavia aus Rom, die Paläographin des Vatikans, blieb allmählich zurück, entfernte sich wie die italienische Küste, während von irgendeinem fernen Ort jene Ottavia Salina auftauchte, die Sizilien nie verlassen hatte. Wer war Hauptmann Glauser-Röist? Was hatte *ich* mit einem toten Äthiopier zu tun? Mitten in diesem Umwandlungsprozess schlief ich ein.

Als ich die Augen wieder öffnete, ging im Osten gerade blutrot die Sonne auf, und die Fähre fuhr zügig in den Golf von Palermo ein. Während ich die Decke zusammenlegte und meine Reisetasche packte, konnte ich auch schon die stämmigen Arme meiner älteren Schwester Giacoma und meines Schwagers Domenico ausmachen, die mir vom Kai aus stürmisch zuwinkten … Es stand außer allem Zweifel, dass ich wieder zu Hause war.

Sowohl die Matrosen der Fähre als auch die übrigen Passagiere, die Carabinieri des Hafens wie die Leute, die am Fuße der soeben ausgefahrenen Gangway auf ihre Lieben warteten, blickten mich mit großer Neugier an, als ich von Bord ging; Giacomas Gegenwart, die berühmteste unter den jüngeren Salinas, und die äußerst *diskrete* Eskorte – zwei beeindruckende gepanzerte Wagen mit verdunkelten Scheiben – machten es unmöglich, nicht aufzufallen.

Meine Schwester erdrückte mich fast, als sie mich in die Arme schloss, während mein Schwager mir nur leicht auf die Schulter klopfte und einer der Männer meines Vaters mein Gepäck im Kofferraum verstaute.

»Ich habe dir doch gesagt, dass du mich nicht abholen sollst!«, wisperte ich in Giacomas Ohr, die mich daraufhin losließ und verständnislos ansah. Ein hinreißendes Lächeln erhellte ihr Gesicht. Meine Schwester, die gerade 53 Jahre alt geworden war, trug langes, kohlrabenschwarzes Haar und hatte so viel Schminke aufgetragen, wie auf die ganze Palette von van Gogh gepasst hätte. Trotzdem war sie schön, ja man könnte sie sogar ausgesprochen attraktiv nennen, brächte sie nicht zwanzig bis dreißig Kilo zu viel auf die Waage.

»Was für ein Dummerchen du doch bist!«, rief sie aus und

schubste mich in Domenicos Arme, der mich nun ebenfalls an sich drückte. »Wie, du willst allein nach Palermo kommen? Um dann womöglich den Autobus nach Hause zu nehmen? Ausgeschlossen!«

»... zumal wir gerade einige Probleme mit den Sciarras von Catania haben«, fügte Domenico in väterlichem Ton hinzu.

»Was ist mit den Sciarras?«, wollte ich besorgt wissen. Concetta Sciarra und ihre jüngere Schwester Doria waren in der Kindheit meine Freundinnen gewesen. Unsere Familien hatten sich immer gut verstanden, und wir hatten viele Sonntagnachmittage miteinander gespielt. Concetta war ein großmütiger und verständnisvoller Mensch. Nach dem Tod ihres Vaters vor zwei Jahren hatte sie die Geschäfte der Familie Sciarra übernommen, und soweit ich wusste, waren ihre Beziehungen zu uns ziemlich gut. Doria hingegen bildete die Kehrseite der Medaille: Falsch, missgünstig und egoistisch wie sie war, versuchte sie immer, anderen die Schuld für ihre Untaten zu geben, und mir gegenüber hatte sie von klein auf blassen Neid bekundet, der sie mein Spielzeug und meine Bücher stehlen oder rücksichtslos kaputtmachen ließ.

»Sie überschwemmen unsere Absatzgebiete gerade mit Billigprodukten«, erklärte mir meine Schwester, »es ist ein schmutziger, unverständlicher Krieg.«

Ich schwieg. Eine so schwerwiegende Tat sah ganz nach einer verwerflichen Provokation aus; womöglich wollte man sich den unausbleiblichen Verfall meines Vaters zunutze machen, der schon auf die fünfundachtzig zuging. Doch die gute Concetta musste eigentlich wissen, dass Giuseppe Salinas Kinder so etwas nie dulden würden, so geschwächt er selbst auch sein mochte.

Mit hoher Geschwindigkeit ließen wir das Hafenbecken hinter uns und bremsten auch nicht vor der roten Ampel ab, die uns an der Kreuzung mit der Via Francesco Crispi entgegenleuchtete, wo wir nach rechts in Richtung La Cala fuhren. Auch in der

Via Vittorio Emanuele achteten wir nicht sonderlich auf die Verkehrszeichen, doch musste uns das nicht weiter kümmern: An jeder Kreuzung und an allen Stoppschildern gewährte man unseren beiden Fahrzeugen absolute Vorfahrt, wussten doch alle, wer wir waren. Links am Palazzo dei Normanni vorbei verließen wir die Stadt über die Ausfallstraße Corso Calatafimi. Wenige Kilometer vor Monreale, mitten in der fruchtbaren Ebene Conca d'Oro, die schon herrlich grün und mit den ersten Frühlingsblumen übersät war, bog das vorderste Auto jäh nach rechts in die Privatstraße ab, die direkt zu unserem Haus führte, der alten, monumentalen Villa Salina, die Ende des 19. Jahrhunderts von meinem Urgroßvater Giuseppe erbaut worden war.

»Während du dich frisch machst und deine Sachen auspackst«, erklärte mir meine Schwester und brachte mit beiden Händen ihr Haar in Ordnung, »fahren Domenico und ich zum Flughafen, um Lucia abzuholen; sie landet um zehn Uhr.«

»Und Pierantonio?«

»Er ist schon gestern Abend angekommen!«, entgegnete Giacoma vergnügt.

Ich strahlte übers ganze Gesicht. Pierantonios Kommen, das bis zur letzten Minute nicht sicher gewesen war, machte dieses Familientreffen zu einem ganz besonderen Ereignis. Schon zwei Jahre hatte ich meinen Bruder nicht mehr gesehen, den gütigsten und sanftmütigsten Mann der Welt, dem ich nach Meinung meiner ganzen Familie nicht nur auffallend ähnlich sah, sondern mit dem mich auch gemeinsame Neigungen und ein ähnlicher Charakter verbanden, was uns von jeher unzertrennlich gemacht hatte. Nach einem brillanten Hochschulabschluss in Archäologie war Pierantonio mit fünfundzwanzig Jahren in den Franziskanerorden eingetreten – ich war damals fünfzehn –, und schon im darauf folgenden Jahr hatte man ihn zuerst nach Rhodos und später nach Zypern, Ägypten, Jordanien und schließlich nach Jerusalem entsandt, wo er 1998 zum Kustos des

Heiligen Landes ernannt worden war (ein 1342 von Papst Clemens VI. eingerichtetes Amt, mit dem Seine Heiligkeit nach der endgültigen Niederlage der Kreuzfahrer die katholische Präsenz an den heiligen Stätten sichern wollte). Mein Bruder Pierantonio war also eine hochgestellte Persönlichkeit im christlichen Abendland, der einem Ehrfurcht einflößte und fast wie ein Heiliger verehrt wurde.

»Wie glücklich Mama sein wird!«, rief ich freudig aus und warf einen Blick aus dem Autofenster.

Von hohen Eisengittern und Zementmauern umgeben, hatte sich die alte vierstöckige Villa in letzter Zeit sehr verändert. Zahlreiche Überwachungskameras entlang der Villa registrierten nun jede Bewegung in der Umgebung, und die Wärterhäuschen, in meiner Kindheit simple Holzhütten mit ein paar Korbstühlen, hatte man in wahre Kontrollposten zu beiden Seiten des schmiedeeisernen Schiebetors verwandelt und mit Computern ausgestattet, mit denen man sämtliche Sicherheitsvorrichtungen und Alarmanlagen überwachen konnte.

Die Männer meines Vaters grüßten mit einem leichten Kopfnicken, als wir an ihnen vorbeifuhren, und mir entschlüpfte ein Jubelschrei, als ich unter ihnen Vito erkannte, meinen alten Freund aus Kindertagen.

»Da ist Vito!«, schrie ich und fuchtelte wie wild mit den Armen durch die Heckscheibe. Vito lächelte mir scheu, nahezu unmerklich zu.

»Er ist soeben aus den *carceri giudiziarie* entlassen worden.« Domenico lächelte und zog seine Jacke über dem Bauch enger. »Dein Vater ist sehr froh, ihn wieder hier zu haben.«

Endlich hielt der Wagen vor dem Portal der Villa. Meine Mutter, wie immer völlig in Schwarz gekleidet, ihren silbernen Stock fest in der Hand, erwartete uns oben auf den Treppen. Die fünfundsiebzig Jahre bewegten Lebens, die auf den Schultern dieser vornehmen sizilianischen Dame, der jüngsten Tochter der

Zafferanos, lasteten, hatten nicht im Geringsten ihre aufrechte Haltung verändert.

Ich nahm immer zwei Stufen auf einmal und umarmte dann meine Mutter so stürmisch, als hätte ich sie seit dem Tag meiner Geburt nicht mehr gesehen. Ich hatte sie schmerzlich vermisst und verspürte eine kindliche Erleichterung, sie in so guter körperlicher Verfassung vorzufinden, festzustellen, dass ihr Körper nach wie vor kräftig und energisch und ihre Küsse so herzlich wie immer waren. Ich dankte Gott von ganzem Herzen, dass ihr während meiner Abwesenheit nichts passiert war. Lächelnd trat sie einen Schritt zurück, um mich von Kopf bis Fuß zu mustern.

»Meine kleine Ottavia!«, rief sie mit glücklicher Miene aus. »Gut siehst du aus! Weißt du schon, dass Pierantonio gekommen ist? Er will dich sofort sehen! Ich möchte, dass ihr beide mir ganz viel erzählt.« Sie legte mir eine Hand auf die Schulter und schob mich sanft, aber bestimmt ins Innere des Hauses. »Wie geht es dem Heiligen Vater? Was macht seine Gesundheit?«

Den restlichen Tag herrschte ein ständiges Kommen und Gehen: Giuseppe, der Älteste, lebte mit seiner Frau Rosalia und den vier Kindern in der Villa; Giacoma und Domenico, die ebenfalls bei unseren Eltern in der Villa lebten, hatten fünf Kinder, die allesamt aus den Internaten und von der Universität Messina anreisten. Cesare, der dritte, war mit Letizia verheiratet und hatte weitere vier Abkömmlinge, die glücklicherweise in Agrigento übernachteten. Pierluigi, der fünfte, kam mit seiner Frau Livia und den fünf Kindern gegen späten Nachmittag. Salvatore, der siebte – der Bruder direkt vor mir –, war als Einziger geschieden, aber trotzdem erschien er am Nachmittag mit dreien seiner vier Kinder. Und zu guter Letzt tauchte auch noch Agatha, das Nesthäkchen – die auch schon 38 Jahre alt war –, mit ihrem Mann Antonio und ihren drei Sprösslingen auf, von denen die kleinste meine geliebte fünfjährige Isabella war.

Pierantonio, Lucia und ich waren die drei Ordensgeistlichen

der Familie. Immer schon hat es mir eine merkwürdige Unruhe bereitet, wenn ich die hohen Erwartungen, die meine Mutter in jedes einzelne ihrer Kinder gesetzt hatte, mit dem verglich, was wir aus unserem Leben gemacht haben. Es ist, als ob Gott den Müttern die nötigen hellseherischen Fähigkeiten verliehe, um zu erahnen, was passieren würde, oder – und das war noch besorgniserregender – als ob Gott seine Pläne dem anpassen würde, was sich die Mütter für ihre Kinder erhofften. Rätselhafterweise hatten Pierantonio, Lucia und ich die Ordensgelübde abgelegt, so wie es sich meine Mutter immer von Herzen gewünscht hatte. Ich erinnere mich noch, wie sie zu meinem damals siebzehn- oder achtzehnjährigen Bruder sagte: »Du kannst dir nicht vorstellen, wie stolz ich wäre, dich zum Priester geweiht zu sehen! Zu einem guten Priester, der du sicher sein würdest, denn du hast das Zeug, mit ruhiger Hand wenigstens eine Diözese zu leiten.« Oder wie sie Lucias wundervolles blondes Haar kämmte und ihr dabei ins Ohr flüsterte: »Du bist zu aufgeweckt und zu eigenständig, um dich einem Ehemann unterzuordnen. Die Ehe ist nichts für dich. Ich bin sicher, du wirst viel glücklicher sein, wenn du ein Leben wie die Ordensschwestern deiner Schule führst, frei und unabhängig bist, Reisen unternimmst, studierst, gute Freundinnen hast …« Ganz zu schweigen von dem, was sie zu mir sagte: »Von all meinen Kindern, Ottavia, bist du das brillanteste, das stolzeste … Du hast einen so außergewöhnlichen, so starken Charakter, dass nur Gott aus dir den Menschen machen kann, den ich mir wünsche.« All diese Dinge wiederholte sie immer wieder mit dem Nachdruck und der festen Überzeugung einer Wahrsagerin. Seltsamerweise erging es meinen übrigen Geschwistern nicht anders: Was ihre Beschäftigungen, Studien oder Ehen betraf, so erfüllten sich die mütterlichen Prognosen auch bei ihnen.

Die kleine Isabella ständig auf dem Arm, verbrachte ich den ganzen Tag damit, hin und her zu laufen, mich mit meinen zahlreichen Familienangehörigen zu unterhalten und Onkel und Tanten, Cousins, Cousinen und Bekannte zu begrüßen, die meinem Vater im Voraus gratulieren und Geschenke bringen wollten. Es kamen so viele, dass ich kaum Zeit fand, ihn zu umarmen und zu küssen, bevor ich ihn auch schon wieder aus den Augen verlor. Ich entsinne mich nur noch, wie mein unendlich müde wirkender Vater mich eine Sekunde lang voll Stolz ansah, mir mit seiner runzeligen Hand über die Wange strich … und schon war er wieder von der Menschenmenge fortgerissen worden. Das Ganze glich eher einem Rummelplatz denn einer Villa.

Am späten Nachmittag tat mir der Rücken schrecklich weh, da Isabella kein Erbarmen kannte und nicht einmal aus Mitleid meinen Hals losließ. Jedes Mal, wenn ich versuchte, sie auf dem Boden abzusetzen, umschlang sie mit ihren Beinen meine Hüften wie ein kleines Äffchen. Als es Zeit wurde, das Abendessen zuzubereiten, gingen wir Frauen in die Küche, um den Bediensteten zu helfen, während die Männer sich im großen Wohnzimmer versammelten, um die Angelegenheiten und Geschäfte der Familie zu besprechen. Es wunderte mich folglich nicht, wenige Augenblicke später meinen Bruder Pierantonio zwischen all den Töpfen und Pfannen auftauchen zu sehen. Ich konnte nicht umhin, eine gewisse Ähnlichkeit zwischen seiner Art, sich zu bewegen und zu gehen, und der Eleganz des Erzbischofs Monsignore Tournier festzustellen, dem Sekretär der Zweiten Sektion des Staatssekretariats. Natürlich gab es zwischen beiden auch beträchtliche Unterschiede – zunächst einmal war einer von ihnen mein Lieblingsbruder –, doch zweifellos hatten sie miteinander gemein, sich des Lebens freuen zu können, ihrer selbst und ihres Charismas sicher.

Es lag auf der Hand, dass meine Mutter ihn verzückt ansah, als er auf sie zukam.

»Mama«, sagte Pierantonio und drückte ihr einen Kuss auf die Wange, »darf ich dir Ottavia eine Weile entführen? Ich würde vor dem Abendessen gern einen Spaziergang mit ihr im Garten machen und mich ein wenig unterhalten.«

»Und wer fragt mich um meine Meinung?«, erwiderte ich von der anderen Seite der Küche aus, wo ich gerade sachkundig Gemüse anbriet. »Vielleicht möchte ich ja gar nicht.«

Meine Mutter lächelte.

»Das darf doch wohl nicht wahr sein! Warum solltest du denn nicht wollen?«, meinte sie schmunzelnd, als ob es unvorstellbar wäre, dass ich keine Lust hätte, mit meinem Bruder ein paar Schritte zu gehen.

»Und uns andere soll wohl der Teufel holen, wie?!«, protestierten Giacoma, Lucia und Agatha.

Pierantonio, der Schwerenöter, gab daraufhin jeder Einzelnen einen Kuss und schnippte dann mit den Fingern, als ob er einen Kellner in einer Kneipe herbeizitiere.

»Ottavia … gehen wir.«

Maria, eine der Köchinnen, nahm mir die Pfanne aus der Hand. Alle schienen sich gegen mich verschworen zu haben.

»In meinem ganzen Leben habe ich noch nie einen anmaßenderen Franziskaner gesehen als Pater Salina«, legte ich los, während ich die Schürze abnahm und sie auf die Küchenbank legte.

»Kustos, Schwesterherz …«, erwiderte er. »Kustos des Heiligen Landes.«

»Immer so bescheiden!« Giacoma brach in schallendes Gelächter aus, in das die Übrigen sogleich einstimmten.

Wenn ich meine Familie wie eine simple Zuschauerin von außen hätte betrachten können, müsste ich unter den vielen Dingen, die meine Aufmerksamkeit erregen würden, fraglos die Verehrung hervorheben, die alle weiblichen Salinas Pierantonio entgegenbrachten. Nie hatte jemand über einen eifrigeren, unterwürfigeren Bund von Liebedienerinnen verfügt. Selbst die belanglosesten Wünsche des göttlichen Pierantonio wurden ihm mit der griechischen Mänaden eigenen rauschhaften Verzückung erfüllt, und er, der dies ganz genau wusste, genoss es wie ein Kind, wenn er wie ein launenhafter Dionysos agierte. Schuld daran war natürlich meine Mutter, die uns die blinde Vergötterung ihres Lieblingssohnes wie einen Virus eingepflanzt hatte. Warum sollten wir dem jungen Gott nicht jede Grille nachsehen, wenn er uns dafür mit Küssen und reizenden Kindereien beschenkte? Man konnte ihn doch so leicht glücklich machen!

Dieses vergötterte Wesen fasste mich nun also um die Taille, und gemeinsam schlenderten wir auf den Hinterhof hinaus und weiter bis zur Gartenpforte.

»Los, erzähl!«, rief er übermütig aus, kaum hatten wir einen Fuß auf den weichen Rasen gesetzt, der das Haus umgab.

»Erzähl du!«, erwiderte ich und sah ihn an. Er hatte inzwischen ausgeprägte Geheimratsecken, aber immer noch dichte Augenbrauen, was ihm ein etwas wildes Aussehen verlieh. »Wieso verlässt der berühmte Kustos des Heiligen Landes seinen Posten genau dann, wenn der Papst nach Jerusalem aufbricht?«

»Donnerwetter, du gehst gleich aufs Ganze!« Er lachte und legte mir einen Arm um die Schultern.

»Ich freue mich unheimlich, dass du kommen konntest«, erklärte ich ihm, »das weißt du ganz genau, ich wundere mich nur sehr darüber: Seine Heiligkeit bricht morgen zu deinem Territorium auf.«

Er sah zerstreut zum Himmel hinauf, um damit durchblicken zu lassen, dass er der Sache keinerlei Bedeutung beimaß, doch ich kannte ihn gut genug, um zu wissen, dass diese Geste bei ihm genau das Gegenteil bedeutete.

»Na ja, du weißt schon … Die Dinge liegen nicht immer so, wie sie nach außen hin erscheinen.«

»Schau, Pierantonio, möglicherweise kannst du deine Mönche täuschen, mich aber doch nicht!«

Er lächelte, blickte indes weiterhin zum Himmel hinauf.

»Schluss jetzt! Wirst du mir endlich erzählen, warum der

hochverehrte Kustos wegfährt, wenn der Pontifex ins Heilige Land reist?«, drängte ich, bevor er noch auf die Idee kam, mir die Schönheit der Gestirne zu beschreiben.

Dem kleinen Abgott blitzte nun wieder der Schalk aus den Augen.

»Ich kann einer Nonne, die im Vatikan arbeitet, doch nicht von den Problemen berichten, die die Franziskaner mit Roms hohen Prälaten haben.«

»Du weißt ganz genau, dass ich mein Leben hinter den verschlossenen Türen meines Labors verbringe. Wem sollte ich von solchen Problemen erzählen wollen?«

»Dem Papst …?«

»Ganz gewiss!«, stieß ich aus und blieb mitten im Garten plötzlich stehen.

»Kardinal Ratzinger?«, zählte er auf. »Kardinal Sodano …?«

»Also wirklich, Pierantonio!«

Doch musste er etwas an meinem Gesicht abgelesen haben, als er den Kardinalstaatssekretär erwähnte, denn er machte nun große Augen und zog misstrauisch die Augenbrauen hoch.

»Ottavia! … Kennst du Sodano etwa?«

»Man hat ihn mir vor einigen Wochen vorgestellt«, gab ich zu, wich jedoch seinem Blick aus.

Da trat er ganz nahe an mich heran und griff mir unter das Kinn, so dass ich zu ihm aufsehen musste.

»Ottavia, kleine Ottavia … Warum verkehrst ausgerechnet du mit Angelo Sodano? … Na? … Ich habe das Gefühl, dass du mir da etwas sehr Interessantes verheimlichst.«

Was für ein Pech aber auch, sich so gut zu kennen, und dann auch noch die zweitjüngste von einer Reihe von Geschwistern zu sein, die allesamt viel Erfahrung darin hatten, wie andere zu manipulieren und auszunutzen waren!, dachte ich in dem Moment.

»Du hast mir ja auch nicht erzählt, was für Probleme ihr Franziskaner mit Seiner Heiligkeit habt, und stell dir vor, ich habe dich sogar danach gefragt«, wich ich seiner neugierigen Frage aus.

»Lass uns einen Kompromiss schließen«, schlug er fröhlich vor, hakte mich unter und zwang mich so, weiterzugehen, »ich erzähle dir, warum ich hergekommen bin, und du erzählst mir, woher du den allmächtigen Kardinalstaatssekretär kennst.«

»Ich kann nicht.«

»Du kannst sehr wohl!«, rief er, überglücklich wie ein Kind mit nagelneuen Schuhen. Wer hätte das gedacht, dass dieser Ausbeuter kleiner Schwestern schon fünfzig Jahre alt war! »Denk an das Beichtgeheimnis. In der Hauskapelle habe ich mein Ornat. Los, gehen wir.«

»Hör zu, Pierantonio, das ist eine ernste Angelegenheit und …«

»Phantastisch! Es freut mich, dass es ernst ist!«

Was mich am meisten in Rage brachte, war, dass ich mich selbst verraten hatte. Wenn ich mich nur etwas besser verstellt hätte, befände ich mich jetzt nicht in dieser misslichen Lage! Ich selbst war es gewesen, die dem aufdringlichen, unermüdlichen Jagdhund die Beute direkt unter die Nase gehalten hatte, und je mehr ich mich scheute, es ihm zu offenbaren, umso größer würde seine Neugier werden. Also gut, das war's!

»Es reicht, Pierantonio, wirklich. Ich darf dir nichts erzählen. Gerade du, mehr als sonst irgendjemand, solltest das verstehen.«

Meine Stimme musste wirklich unerbittlich geklungen haben, denn er legte nun ein ganz anderes Verhalten an den Tag. Seinen ursprünglichen Plan schien er aufgegeben zu haben.

»Du hast recht …«, gab er mit reuevoller Miene zu, »es gibt Dinge, die man nicht erzählen darf … Doch nie im Leben wäre ich auf die Idee gekommen, dass meine Schwester in Geheimnisse des Vatikans eingeweiht ist.«

»Das bin ich nicht, man hat mich nur um meine Hilfe bei einer merkwürdigen Ermittlung gebeten. Bei etwas höchst Seltsamem, keine Ahnung ...«, murmelte ich nachdenklich und quetschte dann mit dem Zeigefinger und dem Daumen meine Unterlippe zusammen, »ich bin, ehrlich gesagt, etwas verwirrt.«

»Ein seltsames Dokument? Ein rätselhafter Kodex? Irgendein beschämendes Geheimnis aus der Vergangenheit der Kirche?«

»Schön wär's! Davon habe ich schon etliche gesehen. Nein, es ist weitaus ungewöhnlicher, aber am schlimmsten ist, dass man mir Informationen verheimlicht, die ich bräuchte.«

Mein Bruder blieb stehen und musterte mich mit entschlossener Miene.

»Dann setz dich darüber hinweg.«

»Ich verstehe dich nicht ganz«, entgegnete ich. Ich war ebenfalls stehen geblieben und stupste mit der Schuhspitze ein Insekt von einem Grashalm. Zu dieser dämmrigen Stunde wurde es bereits kühl. Bald würden im Garten die Lichter angehen.

»Du sollst dich über ihre Anordnungen hinwegsetzen. Hoffen sie nicht auf ein Wunder? Dann zeig es ihnen. Schau, ich schlage mich in Jerusalem mit vielen Schwierigkeiten herum, mehr, als du dir vorstellen kannst.« Er ging langsam weiter, und ich folgte ihm. Plötzlich wirkte mein Bruder mehr denn je wie ein wichtiger Staatschef, auf dem die Verantwortung schwer lastete. »Der Heilige Stuhl hat uns Franziskaner im Heiligen Land mit diversen, höchst schwierigen Aufgaben betraut, die von der Wiedereinführung des katholischen Kultus an den heiligen Stätten über das Vorantreiben der biblischen Studien und archäologischen Ausgrabungen bis hin zur Aufnahme der Pilger reichen. Wir leiten Schulen, Krankenhäuser, Ambulanzen, Altenheime und vor allem die eigentliche Kustodie, die zahlreiche politische Konflikte mit den anderen Konfessionen mit sich bringt. Weißt du, was gerade mein Hauptproblem ist? ... Der Abendmahlsaal, wo Jesus die Eucharistie einsetzte. Zurzeit ist er eine Moschee, die von den israelischen Behörden verwaltet wird. Der Vatikan drängt mich fortwährend, endlich einen Kaufvertrag auszuhandeln. Doch stellt man mir dafür vielleicht die nötige Summe bereit? … Nein!«, rief er wütend aus. Seine Stirn und die Wangen liefen rot an. »Momentan unterstehen mir 320 Ordensbrüder aus sechsunddreißig Ländern, die in Palästina, Israel, Jordanien, Syrien, Ägypten, im Libanon, auf Zypern und Rhodos arbeiten. Du darfst nicht vergessen, dass das Heilige Land ein konfliktgeladenes Gebiet ist, wo man mit Gewehren, Bomben und üblen politischen Intrigen kämpft. Womit ich all diese religiösen, kulturellen und sozialen Werke bestreite? … Glaubst du, dass mir mein Orden, der nicht eine Lira besitzt, hilft? Glaubst du, dass dein steinreicher Vatikan etwas beisteuert? … Nichts, nicht eine müde Lira sehe ich! Der Heilige Vater zweigte unter der Hand kirchliche Gelder ab, Millionen über Millionen, um damit durch Strohmänner, Scheinfirmen und Überweisungen aus Steuerparadiesen den polnischen Gewerkschaftsverband Solidarność zu unterstützen und den Kommunismus in seiner Heimat zu Fall zu bringen. Wie viele Lire, glaubst du, gibt er uns im Gegenzug für das, was er von uns verlangt? … Na? … Nicht eine einzige! Nichts! *Niente!*«

»Das stimmt nicht ganz, Pierantonio«, flüsterte ich bekümmert. »Die Kirche führt für euch einmal im Jahr eine weltweite Kollekte durch.«

Er blickte mich mit vor Wut blitzenden Augen an.

»Mach dich nicht lächerlich!«, fauchte er verächtlich, drehte sich um und ging den Weg zurück zum Haus.

»In Ordnung, aber erklär mir wenigstens, wie ich an die nötigen Informationen komme«, schrie ich ihm nach, während er mit ausgreifenden Schritten davoneilte.

»Sei schlau, Ottavia«, rief er zurück, ohne sich umzudrehen. »Heutzutage findet man doch immer Mittel und Wege, um an das Gewünschte zu kommen. Du musst nur Prioritäten setzen, abwägen, was wichtig ist und was nicht. Finde heraus, bis zu welchem Punkt du willens bist, den Anordnungen deiner Vorgesetzten zuwiderzuhandeln oder auf eigene Rechnung zu agieren oder sogar …« – er zögerte kurz – »… dich über das hinwegzusetzen, was dir dein eigenes Gewissen eingibt.«

In der Stimme meines Bruders schwang tiefe Verbitterung, als ob er ständig mit der unerträglichen Last leben müsste, gegen sein eigenes Gewissen zu handeln. Ich fragte mich, ob ich dazu fähig wäre, ob ich den Mut aufbringen würde, gegen die Anweisungen von oben zu verstoßen und mir auf eigene Rechnung die gewünschten Informationen zu beschaffen. Doch noch bevor ich den Gedanken aussprach, wusste ich auch schon die Antwort: Ja, natürlich, nur: Wie?

»Ich bin dazu bereit«, erklärte ich. Ich hätte mir damals den Spruch in Erinnerung rufen sollen: *Pass auf, was du dir wünschst, es könnte in Erfüllung gehen.* Doch ich tat es nicht.

Mein Bruder drehte sich um.

»Was willst du?«, rief er noch immer gereizt zurück. »Was ist es, was du willst?«

»Information.«

»Dann kauf sie dir! Und wenn du das nicht kannst, dann verschaff sie dir eben selbst!«

»Und wie?«, fragte ich verwirrt.

»Frag diejenigen, die sie besitzen, spür ihnen nach, frag sie geschickt aus, stell Ermittlungen an, stöbere in Archiven, Schubladen und Papierkörben, durchforste ihre Büros danach, die EDV … Wenn nötig, stiehl sie!«

Ich verbrachte eine schlaflose Nacht, in der ich mich in meinem alten Bett unruhig von einer Seite auf die andere wälzte. Neben mir schlief Lucia tief und fest. Ab und zu schnarchte sie leicht. Ich zerbrach mir den Kopf über Pierantonios Worte, und doch sah ich keinen Weg, wie ich all diese schrecklichen Dinge bewerkstelligen sollte, die er mir vorgeschlagen hatte: Wie sollte ich denn auf intelligente Weise diesen Felsblock von Glauser-Röist ausfragen? Und wie die Büros des Staatssekretariats oder das des Erzbischofs Monsignore Tournier durchsuchen? Und wie sollte ich mich vor allem in die Computer des Vatikans einloggen, wo ich doch nicht die leiseste Ahnung hatte, wie diese verflixten Apparate funktionierten?

Erschöpft schlief ich ein, als das erste Tageslicht schon durch die Jalousien drang. Ich träumte von Pierantonio, daran kann ich mich noch erinnern; es war kein angenehmer Traum, weshalb ich unendlich froh war, als ich ihn am nächsten Morgen gesund und munter, das Haar noch nass vom Duschen, in der Hauskapelle die heilige Messe feiern sah.

Mein Vater, der Jubilar des Tages, saß neben meiner Mutter in der ersten Bank. Ich heftete den Blick auf ihre Rücken – der meines Vaters war schon wesentlich gebeugter –, und ich war stolz auf sie, auf sie und meine große Familie, auf die Liebe, die sie uns, ihren neun Kindern, und nun auch ihren zahlreichen Enkeln schenkten. Ich sah sie an und dachte, dass sie ein ganzes Leben lang einander nicht von der Seite gewichen waren, natürlich auch Scherereien und Probleme gehabt hatten, ihre Verbindung aber trotzdem nichts zerstören konnte, sie waren unzertrennlich.

Des Stillsitzens während der Zeremonie überdrüssig geworden, gingen die Kleinsten nach der Messe im Garten spielen, während wir Großen im Haus frühstückten. Meine ältesten Nichten und Neffen setzten sich an eine Ecke des langen Esszimmertischs, weit weg von den Erwachsenen. Sobald sich mir eine günstige Gelegenheit bot, schnappte ich mir Stefano, den Zweitjüngsten von Giacoma und Domencio, und zog ihn in eine Ecke:

»Stefano, du studierst doch Informatik, nicht wahr?«

»Ja, Tante.« Der Junge schaute mich voller Besorgnis an; er fragte sich wohl, ob seine Tante plötzlich verrückt geworden war und ihm jeden Augenblick ein Messer in den Magen rammen würde. Warum waren junge Leute nur so seltsam?

»Hast du in deinem Zimmer einen Computer stehen, mit dem du ins Internet kannst?«

»Ja, Tante.« Jetzt lächelte er voller Stolz, erleichtert darüber, dass seine Tante ihn wohl doch nicht umbringen wollte.

»Wunderbar … du müsstest mir nämlich einen Gefallen tun …«

Stefano und ich verbrachten daraufhin den ganzen Vormittag in seinem Zimmer, tranken Coca-Cola und klebten mit der Nase am Bildschirm. Er war ein kluger Junge; ungezwungen surfte er durchs Netz und steuerte souverän die Tools der Suchmaschinen. Um die Essenszeit – ich hatte meinen Neffen mit einer schönen Summe für seine hervorragende Arbeit belohnt; hatte Pierantonio mir etwa nicht geraten, ich solle mir die Information kaufen? – wusste ich, wer mein Äthiopier war, wie er ums Leben kam und warum die christlichen Kirchen seinen Fall untersuchten: Es war eine so ernste Angelegenheit, dass mir die Beine zitterten, als ich die Treppen zum Esszimmer hinunterging.

ZWEI

Montagnacht kehrte ich nach Rom zurück. Ich war völlig durcheinander und schwebte in tausend Ängsten, denn ich hatte etwas getan, was ich nie von mir gedacht hätte: Ich war ungehorsam gewesen, und ich hatte mir eine wichtige Information auf reichlich unorthodoxem Wege und gegen den ausdrücklichen Wunsch der Kirche besorgt. Ich fühlte mich ziemlich unsicher und verzagt, als träfe mich jeden Moment ein göttlicher Blitz zur Strafe für meine Untat. Normen zu befolgen ist wesentlich einfacher: Man erspart sich die Gewissensbisse, Schuldgefühle und Ängste und kann darüber hinaus noch stolz auf sich sein. Mir war in meiner Haut gar nicht wohl, wenn ich an meine schäbige Schnüffelei dachte. Beklommen überlegte ich, wie ich Glauser-Röist gegenübertreten sollte, war ich doch davon überzeugt, dass man mir meine Schuldgefühle an der Nasenspitze ansah.

In dieser Nacht bat ich Gott um Trost und Vergebung. Alles hätte ich dafür gegeben, zu vergessen, was ich wusste, die Zeit zurückzudrehen zu dem Augenblick, als ich zu Pierantonio sagte: »Ich bin dazu bereit«, diesen Satz einfach zu widerrufen, um meinen inneren Frieden wiederzufinden. Doch das war nun nicht mehr möglich …

Als ich am nächsten Morgen die Tür meines Labors hinter mir schloss und die traurige, mit Tesafilm ans Holz geklebte Silhouette voller Filzstiftgekritzel sah, fiel mir unwillkürlich wieder der Name des Äthiopiers ein: Abi-Ruj Iyasus … Armer Abi-Ruj, sagte ich mir und trat zögernd an den Tisch, auf dem die entsetzlichen Fotos seines entstellten Körpers lagen; er hatte einen schrecklichen Tod gefunden, wie man ihn sich selbst auf keinen Fall wünschte, der aber unbestritten im Einklang mit der schweren Sünde stand, die er begangen hatte.

Bevor mein Neffe Stefano, dem ein paar braune Haarsträhnen in die Augen fielen, die Tastatur seines Computers bearbeitete, hatte er mich ausgefragt: »Was soll ich für dich suchen, Tante Ottavia?«, worauf ich ihm antwortete: »Unfälle … jeden Unfall, bei dem ein junger Äthiopier ums Leben gekommen ist.« – »Wann?« – »Keine Ahnung.« – »Und wo?« – »Ich habe nicht den leisesten Schimmer.« – »Das heißt, eigentlich weißt du gar nichts.« – »Genau«, entgegnete ich und zuckte mit den Schultern. In atemberaubender Geschwindigkeit begann Stefano nun Tausende von Dokumenten zu durchforsten. Unsere Stichwörter lauteten »Unfall« und »Äthiopier«, aber auch »accident« und »ethiopian«, um uns die Unmenge von englischsprachigen Websites zunutze zu machen. Er hatte verschiedene Fenster gleichzeitig geöffnet, für jede Suchmaschine ein anderes: Virgilio, Yahoo Italia, Google, Lycos, Dogpile … Blitzschnell listete Stefanos Computer unzählige Dokumente auf, die er jedoch mit derselben Geschwindigkeit wieder wegklickte, sobald er feststellte, dass der Unfall nichts mit unserem Äthiopier zu tun hatte (der, aus welchem Grund auch immer, drei Absätze weiter unten aufgeführt wurde), der Äthiopier schon achtzig Jahre alt war oder der Unfall aus der Zeit Alexander des Großen stammte. Die Websites jedoch, die irgendwie in Beziehung mit dem stehen konnten, was ich suchte, speicherte er in einem – natürlich virtuellen – Ordner unter dem Namen »Tante Ottavia« ab.

Hinter meinem Rücken öffnete und schloss sich die Tür des Labors leise.

»Guten Morgen, Dottoressa.«

»Guten Morgen, Hauptmann«, antwortete ich, ohne mich umzudrehen. Ich konnte meine Augen nicht von dem armen Abi-Ruj wenden.

Gegen Mittag ging Stefano offline, und wir begannen das archivierte Material zu sieben. Bei einer ersten Durchsicht verwarfen wir sämtliche italienischsprachigen Dokumente. Nachdem wir in einem zweiten Durchgang höchst gewissenhaft und peinlich genau alles aussortiert hatten, was nichts zur Sache tat, fanden wir schließlich das, was wir suchten: fünf Pressetexte, datiert von Mittwoch, den 16., bis Sonntag, den 20. Februar dieses Jahres: eine englische Ausgabe der griechischen Tageszeitung ›Kathimerini‹, ein Pressebericht der ›Athens News Agency‹ und drei äthiopische aus ›Press Digest‹, ›Ethiopian News Headlines‹ und ›Addis Tribune‹.

Die Geschichte hatte sich folgendermaßen zugetragen: Am 15. Februar, einem Dienstag, war gegen 21.35 Uhr eine gemietete Cessna 182 am Berg Chelmos auf dem nördlichen Peloponnes zerschellt. Bei dem Unfall kamen sowohl der Pilot, ein dreiundzwanzigjähriger Grieche, der gerade seinen Flugschein erworben hatte, als auch der fünfunddreißigjährige Passagier, ein Äthiopier namens Abi-Ruj Iyasus, ums Leben. Gemäß dem Flugplan, der den Flughafenbehörden von Alexandroupolis im Norden Griechenlands vorlag, war die Maschine auf dem Weg zum peloponnesischen Flugplatz von Kalamata, wo sie gegen 21.45 Uhr landen sollte. Doch zehn Minuten vorher sackte das Flugzeug, das gerade den 2341 Meter hohen bewaldeten Chelmos überflog, urplötzlich auf 2000 Fuß ab und verschwand vom Radarschirm, ohne dass der Pilot SOS gefunkt hätte. Die Feuerwehrmänner des nahe gelegenen Dorfs Kértezi, die von den Luftfahrtbehörden alarmiert worden waren, eilten daraufhin zur Absturzstelle, wo sie nur noch die qualmenden Überreste der Maschine, die im Umkreis von einem Kilometer verstreut waren, sowie die in einigen nahe stehenden Bäumen hängenden Leichen des Piloten und des Passagiers fanden. So weit die Meldungen in den griechischen Zeitungen, die sich auf ihre Korrespondenten vor Ort beriefen. In der ›Kathimerini‹ wurde darüber hinaus noch ein ziemlich unscharfes Foto des Unfalls gezeigt, auf dem man Abi-Ruj auf einer Bahre ausmachen konnte. Obwohl man ihn darauf nur äußerst schlecht erkennen konnte, bestand für mich nicht der geringste Zweifel, dass es sich um unseren Äthiopier handelte: Sein Gesicht hatte sich mir unauslöschlich eingeprägt, hatte ich doch immer und immer wieder die Fotos seiner Autopsie studiert. Im Bericht des Korrespondenten der ›Athens News Agency‹ waren zudem ausführlich die tödlichen Verletzungen beschrieben, die mit denen unseres Äthiopiers übereinstimmten. Die Skarifikationen waren den Journalisten jedoch nicht aufgefallen, wohl weil sie unter seiner Kleidung verborgen waren.

»Ich habe gute Neuigkeiten, Dottoressa Salina.«

»Ach ja? … Schießen Sie los«, murmelte ich völlig desinteressiert.

Ein Satz der Nachricht der ›Athens News Agency‹ hatte allerdings meine Aufmerksamkeit gefesselt: Die Feuerwehrleute hatten unter Iyasus' Leiche eine schöne Silberdose entdeckt (so als wäre sie ihm erst beim letzten Atemzug aus den Händen geglitten), aus der aufgrund des Aufpralls einige sonderbare Holzstücke herausgefallen waren.

Die äthiopischen Zeitungen brachten im Gegensatz dazu kaum Details des Unfalls, den sie nur beiläufig erwähnten; sie beschränkten sich darauf, ihre Leser aufzurufen, sie bei der Suche nach Abi-Ruj Iyasus' Angehörigen zu unterstützen, welcher der Ethnie der Oromo angehört habe, einem Volksstamm von Viehhirten und Bauern in der Zentralregion Äthiopiens. Ihre Bitte richteten sie insbesondere an die Aufseher der Flüchtlingslager (eine schreckliche Hungersnot hatte das Land soeben heimgesucht), aber auch, und das war ziemlich kurios, an die religiösen Obrigkeiten von Äthiopien, da man bei dem Verstorbenen einige *heilige und sehr kostbare Reliquien* gefunden habe.

»Vielleicht sollten Sie sich zu mir umdrehen und einen Blick auf das werfen, was ich Ihnen zeigen möchte«, ließ sich der Hauptmann wieder vernehmen.

Nur mit Mühe gelang es mir, meine fünf Sinne zusammenzunehmen. Zähneknirschend wandte ich mich um. Die kräftige Gestalt des Schweizers – dessen Lippen, o Wunder, ein breites Lächeln umspielte – streckte mir ein großformatiges Foto entgegen. Mit dem größtmöglichen Gleichmut, dessen ich fähig war, griff ich danach und warf einen hochmütigen Blick darauf. Doch sofort hellte sich meine Miene auf, und ich stieß einen Schrei aus: Was für eine Überraschung! Auf dem Bild sah man einen Mauerabschnitt aus rötlichem Granit, der, angestrahlt von der Sonne, reliefartig zwei kleine Kreuze in rechteckigen Rahmen zeigte, die mit kleinen siebenzackigen Kronen geschmückt waren.

»Unsere Kreuze!«, rief ich hellauf begeistert.

»Ich habe fünf der leistungsstärksten Computer des Vatikans vier Tage lang unaufhörlich arbeiten lassen, um schließlich auf das zu stoßen, was Sie jetzt in der Hand haben.«

»Und was ist das?« Am liebsten hätte ich Luftsprünge vollführt, wenn dies bei einer Frau meines Alters nicht komisch gewirkt hätte. »Los, spucken Sie es endlich aus, Hauptmann! Was habe ich hier?«

»Die Reproduktion eines Teils der südwestlichen Mauer des griechisch-orthodoxen Katharinenklosters, das im Herzen des südlichen Sinai liegt.«

Glauser-Röist schien so froh zu sein wie ich. Er lächelte vergnügt vor sich hin, und obwohl er sich, stocksteif wie immer, nicht von der Stelle rührte – mit den Händen in den Hosentaschen hatte er die Zipfel eines eleganten marineblauen Jacketts eingeklemmt –, strahlte aus seinen Augen eine Freude, die ich nie im Leben bei jemandem wie ihm erwartet hätte.

»Das Katharinenkloster?« Ich traute meinen Ohren nicht. »Das Kloster der heiligen Katharina auf der Sinai-Halbinsel?«

»Genau das«, antwortete er. »Das Katharinenkloster am Fuße des Djebel Musa in Ägypten.«

Ich konnte es nicht fassen. Das Katharinenkloster war für jeden Paläographen ein mythischer Ort. Seine für Fremde unzugängliche Bibliothek beherbergte eine der umfassendsten, wertvollsten Handschriftensammlungen der Welt nach der *Bibliotheca Apostolica Vaticana* und war wie diese geheimnisumwittert.

»Und was hat das Katharinenkloster mit unserem Äthiopier zu tun?«, fragte ich verwundert.

»Ich habe nicht die geringste Ahnung. Eigentlich hoffte ich, dass wir das heute herausfinden würden.«

»Dann also an die Arbeit«, meinte ich und rückte mir die Brille über der Nasenwurzel zurecht.

Zu den Beständen der Vatikanischen Bibliothek gehörte eine umfangreiche Sammlung von Büchern, Memoiren, Kompendien und Traktaten über das Kloster. Die meisten Leute haben keine Ahnung, dass sich mitten in der ägyptischen Wüste ein so bedeutendes orthodoxes Kloster an den Hang des Horeb-Gebirges schmiegt. Umgeben von heiligen Bergen, ist es an einem Ort von unvergleichlich großer religionsgeschichtlicher Bedeutung errichtet worden: der Stelle, wo Jahwe in Gestalt eines brennenden Dornbuschs Moses die Gesetzestafeln überreicht haben soll.

Befasst man sich mit der Geschichte des Klosters, so stößt man auf einige alte Bekannte: Um das 4. Jahrhundert unserer Zeitrechnung herum, im Jahre 337, ließ Kaiserin Helena, die Mutter Konstantins des Großen (jener unseres Christusmonogramms), an der Stelle des brennenden Dornbuschs eine wunderschöne Kapelle errichten, da bereits zahlreiche Christen dorthin pilgerten. Unter den ersten Pilgern befand sich auch die berühmte Egeria, eine galicische Nonne, die zwischen Ostern 381 und 384 eine lange Reise durch das Gelobte Land unternahm, welche sie in ihrem ›Itinerarium‹ vortrefflich festgehalten hat. Egeria schildert darin, dass dort, wo später das Katharinenkloster erbaut werden sollte, eine Gruppe Anachoreten in einer kleinen Kapelle den noch existierenden heiligen Dornbusch hütete. Da besagter Ort sich jedoch an dem Weg befand, der Alexandria mit Jerusalem verband, wurden die in der Region des heiligen Berges siedelnden christlichen Mönche immer wieder von in der Wüste lebenden Räuberbanden überfallen. Zum Schutz der Anachoreten und der heiligen Stätte beauftragten deshalb der oströmische Kaiser Justinian und seine Gemahlin Theodora um das Jahr 548 n. Chr. den byzantinischen Baumeister Stephanos Ailisios mit dem Bau einer festungsähnlichen Klosteranlage.

Nach den neuesten Forschungen waren deren Mauern im Laufe der Jahrhunderte immer wieder verstärkt, ja sogar größtenteils neu errichtet worden. Auf diese Weise war vom ursprünglichen Grundriss nur die südwestliche Mauer übrig geblieben, jene, auf der die seltsamen Kreuze zu finden waren, die auch die Haut unseres Äthiopiers schmückten, sowie die einstige Kapelle, welche Kaiserin Helena errichten ließ, wenngleich Stephanos Ailisios sie im 6. Jahrhundert restauriert und ausgebaut hatte. Und so hat sich das Kloster bis heute erhalten, zur Bewunderung und zum Staunen von Gelehrten und Pilgern.

1844 gewährte man einem deutschen Wissenschaftler Zutritt zur Klosterbibliothek. Er entdeckte dort den berühmten ›Codex Sinaiticus‹, die vollständigste und älteste Abschrift des Neuen Testaments in Unzialschrift. Besagter Wissenschaftler, ein gewisser Constantin von Tischendorf, raubte die aus dem frühen 4. Jahrhundert stammende Bibelhandschrift und verkaufte sie dem Britischen Museum in London, wo sie sich seither befindet und wo ich vor einigen Jahren auch die Gelegenheit hatte, sie eingehend zu betrachten. Wenn ich sage, dass ich sie eingehend unter die Lupe nahm, dann, weil zum damaligen Zeitpunkt sich in meinen Händen ihr mögliches Pendant befand, der ›Codex Vaticanus‹, der ebenfalls im 4. Jahrhundert verfasst worden war und womöglich denselben Ursprung hatte. Das parallele Studium beider Kodizes hätte mir erlaubt, eine der bedeutsamsten paläographischen Forschungsarbeiten zu betreiben. Das war damals jedoch ein aussichtsloses Unterfangen.

Als wir Feierabend machten, hatten wir zwar ausführliches und höchst interessantes Material über das sehenswerte orthodoxe Kloster zusammengetragen, doch noch immer hatten wir die Frage nicht geklärt, was für eine Beziehung zwischen den Narbentätowierungen unseres Äthiopiers und der südwestlichen Mauer des Katharinenklosters bestand.

Mein Verstand, der für gewöhnlich in jedem Informationswirrwarr gleich die relevanten Fakten entdeckte und die Ergebnisse jeder Untersuchung blitzschnell zusammenfassen konnte, hatte zwar schon eine komplexe Theorie mit den sich wiederholenden Elementen dieser Geschichte entwickelt, da Glauser-Röist jedoch davon ausging, dass ich einen guten Teil davon nicht kannte, konnte ich ihm meine Ideen nicht unterbreiten, obwohl ich gern erfahren hätte, ob er zu ähnlichen Konklusionen gelangt war. Ich brannte darauf, ihn mit meinen Schlussfolgerungen aus der Fassung zu bringen und ihm damit zu beweisen, wer hier die Klügste und Intelligenteste war. Bei meiner nächsten Beichte würde mir Pater Pintonello eine äußerst strenge Buße für meinen Stolz auferlegen müssen.

»Wunderbar, das hätten wir also!«, entschlüpfte es Glauser-Röist am späten Abend, als er den dicken Architekturband vor sich zuschlug.

»Was hätten wir?«, wollte ich wissen.

»Unsere Arbeit, Dottoressa«, erklärte er, »wir sind fertig.«

»Wir sind fertig?«, stammelte ich und starrte ihn mit offenem Mund an. Natürlich wusste ich, dass ich meine Rolle in der Geschichte früher oder später ausgespielt hätte, aber nicht eine Sekunde war mir in den Sinn gekommen, dass man mich an einem so interessanten Punkt der Nachforschungen kurzerhand ausbooten würde.

Glauser-Röist sah mich lange mit dem bisschen Mitgefühl und Verständnis an, die sein schroffes Wesen ihm gerade noch erlaubten, für jemanden aufzubringen, so als ob wir im Laufe dieser drei Wochen geheimnisvolle Bande des Vertrauens und der Kameradschaft geknüpft hätten, derer ich mir nicht bewusst geworden war.

»Wir haben die Arbeit beendet, mit der man Sie beauftragt hatte, Dottoressa. Es bleibt für Sie nichts mehr zu tun.«

Ich war so perplex, dass es mir die Sprache verschlug und die Kehle zusammenschnürte, bis ich fast keine Luft mehr bekam. Glauser-Röist beobachtete mich lange. Er sah mich leichenblass werden und dachte bestimmt, ich würde jeden Moment in Ohnmacht fallen.

»Dottoressa Salina …«, murmelte der Schweizer beunruhigt, »geht es Ihnen nicht gut?«

Es ging mir blendend. Mein Verstand arbeitete nur mit Hochdruck, und meine ganze Energie und das gesamte Blut meines gelähmten Organismus konzentrierten sich auf meine kleinen grauen Zellen, die gleich zum Angriff ansetzen würden.

»Wie, es bleibt für mich nichts mehr zu tun?«

»Es tut mir leid, Dottoressa«, stammelte er. »Sie hatten einen Auftrag, den wir jetzt erledigt haben.«

Mit gerunzelter Stirn sah ich ihn entschlossen an.

»Warum lässt man mich außen vor, Hauptmann?«

»Das hatte Ihnen Monsignore Tournier doch schon zu Beginn erklärt, Dottoressa. Erinnern Sie sich nicht? Ihre paläographischen Kenntnisse waren unentbehrlich, um die Symbole auf der Leiche des Äthiopiers zu deuten. Das ist allerdings nur ein kleiner Teil unserer Ermittlungen, die weit über das hinausgehen, was Sie sich vorstellen können. Ich darf Ihnen nichts erzählen, Dottoressa. Obwohl ich es sehr bedauere: Sie müssen sich nun wieder Ihrer eigentlichen Arbeit zuwenden und vergessen, was in den letzten drei Wochen passiert ist.«

Also gut. Dann würde ich eben alles auf eine Karte setzen. Es war riskant, sicher, aber wenn man einer so mächtigen und unerbittlichen Hierarchie wie der der katholischen Kirche eine Schlacht liefern will, so bleibt einem nur eins: Entweder man siegt, oder man endet im Zirkus bei den Löwen.

»Ist Ihnen bewusst, Hauptmann« – ich sprach laut und deutlich, damit ihm kein einziges Detail von dem entging, was ich ihm zu sagen hatte –, »dass unser Äthiopier Abi-Ruj Iyasus nur ein sehr kleines Rädchen in einem gigantischen Räderwerk darstellt, das aus irgendeinem Grund in Gang gesetzt worden ist, um die Reliquien des Heiligen Kreuzes verschwinden zu lassen? Ist Ihnen das *bewusst,* Hauptmann?« Mein Gott, welch unsägliche Verzweiflung musste mich gepackt haben, dass ich meinen Worten solchen Nachdruck verlieh. Als riefe ich in einer griechischen Tragödie die Götter an! »Ist Ihnen bewusst, dass hinter all dem nur eine religiöse Sekte stecken kann, die allem Anschein nach eine Tradition wiederaufgenommen hat, welche auf die Ursprünge des Byzantinischen Reiches und auf Kaiser Konstantin zurückgeht, dessen Mutter, die heilige Helena, nicht nur die Kapelle des späteren Katharinenklosters errichten ließ, sondern 326 auch das Heilige Kreuz entdeckte?«

Betrachtete man in diesem Augenblick Glauser-Röists graue Augen und sein totenblasses Gesicht, das von den metallischblonden Reflexen seines Haars umrahmt wurde, so glich er mehr denn je einem jener wilden Herkulesköpfe aus weißem Marmor, die in den Kapitolinischen Museen im Palazzo Nuovo von Rom ausgestellt waren. Ich gewährte ihm jedoch keine Atempause, sondern fuhr unbarmherzig fort.

»Ist Ihnen bewusst, Hauptmann, dass wir auf Abi-Ruj Iyasus' Leiche die sieben griechischen Buchstaben ΣΤΑΥΡΟΣ gefunden haben, die zusammengesetzt ›Kreuz‹ bedeuten, dazu sieben verschiedene *Kreuze*, die, jedes mit einer kleinen siebenzackigen Krone geschmückt, mit denen an der südwestlichen Mauer des Katharinenklosters am Djebel Musa identisch sind? ... Ist Ihnen bewusst, dass Abi-Ruj Iyasus im Augenblick seines Todes im Besitz von bedeutenden Kreuzreliquien war?«

»Es reicht!«

Wenn Blicke töten könnten, so wäre ich in diesem Moment sicher tot umgefallen. Die Funken, die aus seinen metallischgrauen Augen sprühten, schwirrten durch die Luft wie weißglühende Pfeile.

»Woher wissen Sie das alles?«, brüllte er. Er war aufgesprungen und kam nun mit drohender Miene auf mich zu. Er schaffte es tatsächlich, mir etwas Angst einzujagen, aber ich wich nicht zurück; schließlich war ich eine Salina.

Es war nicht sonderlich kompliziert gewesen, die seltsamen Holzstücke, welche die Feuerwehrmänner bei Iyasus' Leiche gefunden hatten, mit jenen *heiligen und sehr kostbaren Reliquien* in Verbindung zu bringen, welche die äthiopischen Zeitungen erwähnt hatten. Welche Holzpartikel konnten den Vatikan und alle übrigen christlichen Kirchen derart mobilisieren? Es lag auf der Hand. Und Iyasus' Skarifikationen bekräftigten meine Hypothese. Nach einer von der christlichen Wissenschaft allgemein anerkannten Legende hatte Konstantins Mutter, die heilige Helena, im Jahre 326 das Kreuz Jesu entdeckt. Wie der Dominikanermönch und spätere Erzbischof von Genua, Iacobus de Voragine, in seiner berühmten Sammlung der Lebensgeschichten von Heiligen, der ›Legenda aurea‹, berichtete, war die damals achtzigjährige Helena nach Jerusalem gereist, um das Heilige Grab zu finden. Dort angekommen, ließ sie die weisesten Juden des Landes foltern, damit sie gestanden, was sie über den

Ort wussten, wo Jesus gekreuzigt worden war – was machte es schon, dass seither über dreihundert Jahre vergangen waren und Christi Tod einst keinerlei Aufsehen erregt hatte? Offensichtlich gelang es ihr, ihnen das Geheimnis zu entreißen: Man führte sie zum mutmaßlichen Golgatha, dem Kalvarienberg – der bis heute von den Archäologen noch nicht eindeutig bestimmt worden ist –, wo Kaiser Hadrian zweihundert Jahre zuvor einen der Venus geweihten Tempel hatte errichten lassen. Die heilige Helena befahl daraufhin, diesen niederzureißen und dort zu graben. Man fand drei Kreuze: selbstverständlich das von Jesus und die der beiden Schächer. Um festzustellen, welches das des Erlösers war, ließ Helena einen Toten herbeischaffen, der auferstanden sein soll, als man ihn auf das echte Heilige Kreuz legte. Nach diesem Wunder ließen die Kaisermutter und ihr Sohn über dem Ausgrabungsort eine prächtige Basilika bauen, die sogenannte Grabeskirche, in der die Reliquie aufbewahrt wurde. Von dort stammten die zahlreichen Kreuzespartikel, die man im Laufe der Jahrhunderte in die ganze Welt versendete.

»Woher wissen Sie das alles?«, brüllte der Hauptmann wieder und baute sich drohend wenige Zentimeter vor mir auf.

»Haben Sie und Monsignore Tournier mich für so dumm gehalten?«, entgegnete ich heftig. »Glaubten Sie etwa, Sie könnten nur den Teil von mir verwenden, der Sie interessiert, wenn Sie mir alles Übrige vorenthalten? Also wirklich, Hauptmann! Ich habe zweimal den Getty Prize für Paläographie erhalten!«

Einige endlos währende Sekunden rührte sich der Schweizer nicht, er starrte mich nur an. Ich ahnte, was in jenem Augenblick durch seinen Kopf schoss: Ärger, Wut, Ohnmacht, mörderische Instinkte … und schließlich die Erkenntnis, dass er auf der Hut sein musste.

Dann begann er urplötzlich wortlos die Fotos einzusammeln, die Blätter mit Abi-Rujs Silhouette von der Tür abzureißen und sämtliche Notizzettel, Skizzen, Bilder und Hefte in seinen Lederkoffer zu stopfen. Zu guter Letzt schaltete er den Computer aus. Ohne ein Wort des Abschieds, ohne mich auch nur noch eines Blickes zu würdigen, knallte er die Tür hinter sich zu, dass die Wände wackelten.

Da begriff ich, dass ich mir mein eigenes Grab geschaufelt hatte.

Wie soll ich erklären, was ich fühlte, als ich am nächsten Morgen meinen Dienstausweis durch den Scanner zog und ein rotes Lämpchen zu blinken begann und eine Sirene wie die eines Feuerwehrautos ertönte, so dass sich alle im Eingangsbereich des Geheimarchivs zu mir umdrehten und mich anstarrten, als wäre ich eine Verbrecherin? ... Nein, nein, das ist nicht in Worte zu fassen. Noch nie zuvor hatte ich mich so gedemütigt gefühlt. Noch bevor ich Zeit fand, Gott anzuflehen, es möge sich die Erde vor mir auftun, pflanzten sich zwei Angehörige des Sicherheitsdienstes in Zivil mit dunklen Sonnenbrillen und Headsets vor mir auf und ersuchten mich höflich, sie zu begleiten. Ich kniff die Lider so fest zusammen, dass es schmerzte; nein, das konnte nicht sein, sicher war das alles nur ein schrecklicher Alptraum, aus dem ich jeden Augenblick erwachen würde. Doch die freundliche Stimme eines der beiden Männer holte mich in die Realität zurück: Ich solle ihnen doch bitte ins Büro des Präfekten, Hochwürden Pater Ramondino, folgen.

Ich war drauf und dran, ihnen zu entgegnen, dass dies nicht nötig sei, dass sie mich gehen lassen sollten, ich wüsste schon, was Hochwürden mir zu sagen habe. Dann hielt ich aber doch den Mund und ging widerstandslos und mehr tot als lebendig hinter ihnen her, wohl wissend, dass meine jahrelange Arbeit im Vatikan ein jähes Ende gefunden hatte.

Es hat nicht viel Sinn, mir krampfhaft alles in Erinnerung rufen zu wollen, was im Büro des Präfekten geschah. Wir führten eine freundliche und korrekte Unterhaltung, in der er mich offiziell davon in Kenntnis setzte, dass mein Vertrag aufgelöst worden sei; selbstverständlich würde man mich bis auf die letzte Lira abfinden, wie dies in solchen Fällen gesetzlich vorgeschrieben sei. Meine Schweigepflicht über alles, was mit dem Vatikanischen Geheimarchiv und der Bibliothek in Zusammenhang stand, gelte natürlich bis an mein Lebensende. Dann meinte er noch, dass er mit meinen Diensten sehr zufrieden gewesen sei und von ganzem Herzen hoffe, dass ich eine andere Beschäftigung fände, die mit meinen umfangreichen Fähigkeiten und Kenntnissen einhergehe. Und schließlich – wobei er mit einer Hand eine unsichtbare Schmeißfliege auf der Tischplatte zerquetschte – teilte er mir noch mit, dass ich aufs Härteste bestraft und sogar exkommuniziert würde, wenn ich irgendjemandem gegenüber auch nur die geringste Bemerkung über die Sache mit dem Äthiopier fallenließe.

Mit einem kräftigen Händedruck verabschiedete er sich an der Tür seines Büros, wo Dr. William Baker, der Archivsekretär, mich mit einem mittelgroßen Karton geduldig erwartete.

»Ihre Sachen, Dottoressa«, erklärte er verächtlich.

Ich glaube, in diesem Moment begriff ich, dass ich zu einer Aussätzigen geworden war, zu jemandem, dem man im Vatikan nicht mehr zu begegnen wünschte. Ich wurde geächtet und hatte die Vatikanstadt schnellstens zu verlassen.

»Geben Sie mir bitte auch Ihren Dienstausweis und die Schlüssel!«, sagte Baker und drückte mir die Schachtel mit meinen wenigen persönlichen Dingen in die Hand. Sie war mit breitem Paketband zugeklebt, und ich fragte mich, ob sie auch Isabellas rote Papphand hineingelegt hatten.

Doch das war noch nicht alles, ja noch nicht einmal das Schlimmste. Zwei Tage später ließ mich die Mutter Oberin zu sich rufen. Selbstverständlich empfing sie mich nicht selbst, da sie sich wie immer mit tausend Obliegenheiten herumzuschlagen hatte, sondern ihre Stellvertreterin, Schwester Giulia Sarolli, die mich davon unterrichtete, dass ich meine Schwesterngemeinschaft

meinschaft an der Piazza delle Vaschette unverzüglich zu verlassen habe, da ich nach Connaught, unserem Haus in Irland, versetzt würde, wo ich die Verantwortung für die Archive und Bibliotheken verschiedener Klöster der Region übernehmen sollte. Dort würde ich sicherlich meinen inneren Frieden wiederfinden, fügte Schwester Sarolli hinzu. Ich habe mich in der folgenden Woche zwischen Montag, dem 27., und Freitag, dem 31. März, in Connaught einzufinden. Für wann ich mein Flugticket benötige? Vielleicht wolle ich ja zuvor noch nach Sizilien reisen, um mich von meiner Familie zu verabschieden … Aber ich lehnte das Angebot mit einem heftigen Kopfschütteln ab; ich war so niedergeschmettert, dass ich kein Wort herausbrachte.

Ich hatte keine Ahnung, wie ich das meiner Mutter beibringen sollte. Sie tat mir unwahrscheinlich leid. Es würde ihr in der Seele wehtun, und ich war daran schuld. Wo sie doch so stolz auf ihre Tochter Ottavia war! Und was würde Pierantonio sagen? Und Giacoma? Das einzig Gute an dieser Verbannung war, dass ich auf diese Weise näher bei meiner Schwester Lucia wäre, die in London lebte und mir helfen würde, meinen seelischen Tiefpunkt zu überwinden, mit meinem Scheitern fertigzuwerden. Denn das war es letztlich, wie auch immer ich es betrachten mochte: ein klägliches Fiasko und ich – eine Versagerin. Ich hatte die Erwartungen meiner Familie enttäuscht. Nicht, dass sie mich in Zukunft weniger lieben würden, weil ich statt im Vatikan an einem einsam gelegenen Ort in Irland arbeitete, aber ich wusste, dass alle meine Geschwister und insbesondere meine Mutter mich nun nicht mehr auf die gleiche Weise betrachten würden. Arme Mama, sie, die auf Pierantonio und mich so stolz war! Nun musste sie die kleine Ottavia aus ihrem Gedächtnis streichen und durfte nur noch von Pierantonio reden.

Da wir in der Fastenzeit waren, gingen Ferma, Margherita, Valeria und ich an diesem Freitag in die Patriarchalbasilika San Giovanni in Laterano, um dort an der abendlichen Kreuzwegandacht teilzunehmen. Zwischen ihren geschichtsträchtigen Mauern spürte ich, wie ich klein beigab, die Waffen streckte; und ich sagte Gott, dass ich diese Buße für die schwere Sünde meines Hochmuts akzeptieren würde. Ich hatte es nicht anders verdient: Anmaßend hatte ich geglaubt, mehr Macht zu besitzen, weil ich geschickt etwas herausgefunden hatte, das mir verweigert worden war, und mit dieser größeren Macht ausgestattet, hatte ich mein Ziel auch erreicht. Nun, gebrochen und besiegt, bat ich demütig um Vergebung, bereute, was ich getan hatte, wohl wissend, dass meine Reue zu spät kam und ich die gerechte Strafe nicht mehr abwenden konnte. Voll Gottesfurcht nahm ich den Kreuzweg als einen weiteren Beweis der göttlichen Gnade an, die mir erlaubte, Christi Leidensweg zu teilen.

Doch nicht genug damit: Als ob er den Schmerz, der in meinen Eingeweiden wühlte, noch unterstreichen wollte, brach in jener Nacht der Ätna aus, dieser Vulkan, den wir Sizilianer, weil wir ihn so gut kannten, ständig furchtsam im Auge behielten. Es war spektakulär: Bis in die frühen Morgenstunden ergoss sich ein Lavastrom über seine Hänge, während ein Nebenkrater auf 3200 Meter Höhe Feuer und Asche spie. Palermo liegt zum Glück ziemlich weit weg, was die Stadt jedoch nicht vor den Folgen des Ausbruchs bewahrte: Erdstöße, Stromausfälle, geplatzte Wasserleitungen, gesperrte Straßen … Besorgt rief ich zu Hause an, wo alle wach waren und die Nachrichten im Radio und den örtlichen Fernsehsendern verfolgten. Gottlob sei niemand in Gefahr geraten und man habe die Lage unter Kontrolle, beruhigten sie mich. Eigentlich hätte ich ihnen in diesem Moment erzählen sollen, dass ich Rom und dem Vatikan den Rücken kehrte und nach Irland ging, doch ich traute mich nicht, so sehr fürchtete ich ihre Enttäuschung und ihre Kommentare. Wenn ich erst in Connaught wäre, würde mir schon irgendetwas einfallen, um sie davon zu überzeugen, dass die Veränderung durchaus positiv war und ich mich über meine neue Bestimmung freute.

Am darauf folgenden Donnerstag bestieg ich um 13 Uhr das Flugzeug, das mich in die Verbannung bringen sollte. Nur Margherita hatte Zeit, mich zum Flughafen zu begleiten. Sie küsste mich traurig auf beide Wangen und bat mich eindringlich, mich Gottes Willen nicht zu widersetzen, ich solle versuchen, mich voll Freude in mein neues Schicksal zu fügen und mein lebhaftes Temperament zu zügeln. Es war der traurigste und beklemmendste Flug meines Lebens. Weder wollte ich mir den Film ansehen noch einen Happen von jenem in Plastik eingeschweißten Essen probieren, das man mir an Bord vorsetzte. Mein ganzes Denken war darauf ausgerichtet, mir mühevoll die Sätze zurechtzulegen, die ich meiner Schwester Lucia sagen wollte, und auch jene für meine Familie, wenn ich mich zu einem Telefonat mit ihnen imstande fühlte.

Fast zweieinhalb Stunden später landeten wir endlich auf dem Flughafen von Dublin, und müde und nervös hasteten wir Passagiere zur internationalen Gepäckausgabe. Dort zog ich meinen riesigen Koffer vom Förderband, holte tief Luft und wandte mich zum Ausgang, wo ich nach den Schwestern Ausschau hielt, die mich abholen sollten.

Wahrscheinlich würde ich die nächsten zwanzig, dreißig Jahre in diesem Land verbringen. Vielleicht würde es mir mit ein bisschen Glück gelingen, mich dort einzugewöhnen und ein zufriedenes Leben zu führen, sagte ich mir nicht sonderlich überzeugt. Solche albernen Gedanken gingen mir durch den Kopf, und doch wusste ich, dass ich mir etwas vormachte: Irland war mein Grab, das Ende meiner beruflichen Ambitionen, die Aufgabe all meiner Projekte und Forschungsvorhaben. Wozu hatte ich so lange studiert? Wofür hatte ich mich so viele Jahre angestrengt und einen Doktortitel nach dem anderen erworben, wenn mir das alles jetzt in diesem Kuhdorf in Connaught nichts mehr nützen würde, wo man mich lebendig begraben wollte? Niedergeschlagen musterte ich alles um mich herum und fragte mich, wie lange ich die Schmach wohl ertragen würde, als mir gramgebeugt einfiel, dass ich die irischen Schwestern nicht länger warten lassen durfte.

Doch zu meiner Überraschung wartete keine einzige Schwester der Kongregation der Glückseligen Jungfrau Maria auf mich. An ihrer Stelle rissen mir ein paar junge, altmodisch mit Kollar, Soutane und schwarzem Regenmantel gekleidete Priester meinen Koffer aus der Hand und fragten mich – natürlich auf englisch –, ob ich Schwester Ottavia Salina sei. Als ich nickte, sahen sie sich erleichtert an, packten mein Gepäck auf einen Kofferkuli, und derweil einer mit dem Karren davonstürmte, als ob sein Leben davon abhinge, erklärte mir der andere, dass ich sofort einchecken müsse, da mein Flug zurück nach Rom schon in einer Stunde gehen würde.

Ich konnte mir keinen Reim auf das machen, was da gerade vor sich ging, aber sie schienen noch weitaus weniger zu wissen. Während der wenigen Minuten an ihrer Seite, bevor ich der Stewardess meine Bordkarte überreichte, die die beiden mir ausgehändigt hatten, erklärten sie mir, sie seien Sekretäre des Bistums und man habe sie zum Flughafen geschickt, um mich von dem einen Flugsteig abzuholen und zum nächsten zu geleiten. Diesen Befehl hätten sie vom Bischof höchstpersönlich erhalten, der sich auf Reisen durch seine Diözese befände und sie von seinem Handy aus angerufen habe.

Das war alles, was ich von der Republik Irland sah: das internationale Terminal. Um 20 Uhr landete ich wieder in Fiumicino. Ich hatte den Tag damit verbracht, wie ein Vogel von einem Ort zum anderen zu fliegen! Zu meinem Erstaunen führten mich ein paar Stewardessen in die VIP-Lounge, wo mich in einem Séparée Seine Eminenz Carlo Colli, Kardinalvikar von Rom und Vorsitzender der Italienischen Bischofskonferenz, erwartete und mir nun verlegen seine Hand entgegenstreckte, nachdem er sich aus seinem bequemen Sessel erhoben hatte.

»Eminenz …«, begrüßte ich ihn, während ich vor ihm das Knie beugte und seinen Ring küsste.

»Schwester Salina …«, stammelte er bestürzt, »Schwester Salina … Sie können sich gar nicht vorstellen, *wie* sehr wir die ganze Angelegenheit bedauern!«

»Eminenz … wie Sie vielleicht vermuten werden, habe ich nicht die geringste Ahnung, wovon Sie sprechen.«

Er bezog sich natürlich auf die schlechte Behandlung, die mir der Vatikan und mein Orden während der letzten acht Tage hatten angedeihen lassen, doch war ich nicht bereit, es ihm so leicht zu machen. Deshalb gab ich Seiner Eminenz zu verstehen, dass ich befürchtete, es müsse irgendein Unglück geschehen sein, um mich derart überstürzt zurückkehren zu lassen.

»Irgendjemand aus meiner Familie?«, deutete ich mit einer Miene unendlicher Besorgnis an.

»Nein, nein! O nein, das doch nicht! Gütiger Gott! Ihre Familie ist wohlauf!«

»Was dann, Eminenz?«

Der Kardinalvikar von Rom schwitzte Blut und Wasser. Trotz der Klimaanlage.

»Begleiten Sie mich bitte in die Vatikanstadt. Monsignore Tournier wird es Ihnen erklären.«

Durch eine kleine Pforte traten wir direkt auf die Straße hinaus. Dort erwartete uns eine jener schwarzen Privatlimousinen der Kardinäle mit dem amtlichen Kennzeichen SCV *(Stato della Città del Vaticano),* welches die Römer, denen der Schalk im Nacken sitzt, in *Se Cristo Vedesse* (»Wenn Christus das sehen könnte …!«) umgetauft hatten. Etwas sehr Ernstes musste vorgefallen sein, sagte ich mir, während ich im Wagen neben dem Kardinal Platz nahm: Man hatte mich nicht nur den ganzen Tag durch die Weltgeschichte jetten lassen, sondern man hatte auch noch den Vorsitzenden der Italienischen Bischofskonferenz höchstpersönlich zum Flughafen geschickt, um mich abzuholen (so als ob sich der Herr Graf persönlich bemühen würde, eine seiner Dienerinnen in Empfang zu nehmen). Das kam mir doch sehr spanisch vor.

Die Limousine durchquerte stolz die Straßen Roms, die sogar noch zu dieser kühlen nächtlichen Stunde von Touristen verstopft waren, und fuhr durch den sogenannten Cancello Petriano in den Vatikanstaat, der, zur Linken des Petersplatzes gelegen, wesentlich diskreter und unbekannter ist als die Porta Sant'Anna. Sowie uns die Schweizergardisten in ihren aufsehenerregenden Uniformen passieren ließen, fuhren wir auf den breiten Boulevards links am Palazzo del Sant'Ufficio und der Audienzhalle vorbei, um die gewaltige Sakristei des Petersdoms herum – die man aufgrund ihrer Größe durchaus für eine weitere Basilika halten konnte – und bogen dann auf die weiträumige Piazza di Santa Marta ein, an deren Parkanlagen und Springbrunnen wir entlangfuhren, bis wir vor dem Haupteingang des neu erbauten Domus Sanctae Martae hielten.

Das Domus Sanctae Martae (benannt nach Lazarus' Schwester, der heiligen Martha, die Jesus in ihrem bescheidenen Haus in Bethanien bewirtet hatte) war ein protziges Gästehaus, dessen Bau über 35 000 Millionen Lire gekostet hatte und das einen doppelten Zweck erfüllen sollte: Zum einen würde es den Kardinälen während des nächsten Konklave komfortable Unterkunft bieten, zum anderen diente es schon jetzt als Luxusherberge für illustre Gäste wie die Prälaten und jeden, der bereit war, die überhöhten Preise zu bezahlen. Also genau wie das bescheidene Haus der heiligen Martha.

Am Eingang des prächtig geschmückten und beleuchteten Hotelfoyers wurden Seine Eminenz und ich von einem alten Portier willkommen geheißen, der uns zum Empfang führte. Kaum hatte der Hotelier den Kardinal erblickt, kam er auch schon hinter seiner marmornen Rezeptionstheke hervor und begleitete uns dienstfertig durch die große Hotelhalle zu einer eindrucksvoll geschwungenen Freitreppe, die zu einer Hotelbar mit mehreren Räumlichkeiten hinunterführte. Durch eine offene Tür konnte ich eine Bibliothek erspähen und in einer Ecke die Verwaltungsbüros des Domus. Und auf der anderen Seite im Halbdunkel einen Kongresssaal gigantischen Ausmaßes.

Der Hotelier, der uns immer einen Schritt vorauseilte, seinen Körper jedoch immer leicht nach hinten verrenkte, um dem Würdenträger Respekt zu zollen, geleitete uns zu den Räumlichkeiten neben der Bar. Respektvoll klopfte er an die erste Tür, öffnete sie ein wenig, damit wir eintreten konnten, machte eine elegante Verbeugung und verschwand.

Im Séparée – eine Art Konferenzraum mit einem kleinen ovalen Tisch, um den schwarze, moderne Sessel mit hohen Lehnen gruppiert waren – sahen uns drei Personen entgegen: am oberen Tischende Monsignore Tournier, der ein unfreundliches Gesicht zog. Zu seiner Rechten Hauptmann Glauser-Röist, so versteinert wie immer, auch wenn er irgendwie anders aussah, was mich ihn mit größerer Aufmerksamkeit mustern ließ: Verblüfft stellte ich fest, dass er eine wunderschöne Sonnenbräune (die teilweise ins Krebsrote spielte) zur Schau stellte, als hätte er eine Woche an irgendeinem Touristenstrand der Adriatischen Küste verbracht, so dass sich nun endlich sein helles Haar von der Haut abhob. Der Dritte im Bunde war ein mir unbekannter Mann, der mit gesenktem Kopf rechts neben Glauser-Röist saß und fest die Hände ineinander verschränkt hatte, als wäre er unglaublich nervös.

Monsignore Tournier und Glauser-Röist standen auf, um uns zu begrüßen. An den cremefarbenen Wänden bemerkte ich jetzt eine Reihe von Fotografien. In ihren weißen Soutanen und Scheitelkäppchen lächelten mir alle Päpste dieses Jahrhunderts freundlich und väterlich entgegen. Ich beugte vor Tournier das Knie und wandte mich dann an den Zinnsoldaten.

»So sieht man sich also wieder, Hauptmann. Habe ich Ihnen diesen interessanten Hin- und Rückflug zu verdanken?«

Glauser-Röist lächelte, und zum ersten Mal, seit wir uns kannten, traute er sich, mich zu berühren; er fasste mich am Ellbogen und führte mich zu dem Sessel, wo der Unbekannte regungslos sitzen geblieben war und nun einen heillosen Schrecken bekam, als er uns so direkt auf sich zukommen sah.

»Dottoressa, erlauben Sie mir, dass ich Ihnen Professor Farag Boswell vorstelle. Professor …« Der Mann sprang so schnell auf, dass sich eine seiner Jackentaschen an der Sessellehne verfing und er brüsk innehalten musste. Er lieferte sich einen verzweifelten Kampf mit der Lehne, bis es ihm schließlich gelang, sich zu befreien, und erst nachdem er seine kleine runde Nickelbrille auf der Nase zurechtgerückt hatte, war er imstande, mir tief in die Augen zu sehen und schüchtern zu lächeln. »Professor Boswell, darf ich Ihnen Dottoressa Ottavia Salina vorstellen, Schwester der Kongregation der Glückseligen Jungfrau Maria. Ich hatte Ihnen ja bereits von ihr erzählt.«

Professor Boswell streckte mir zaghaft eine Hand entgegen, die ich nicht sonderlich überzeugt drückte. Er war ein sehr attraktiver Mann, beinahe so groß wie Glauser-Röist, etwa achtunddreißig Jahre alt und leger gekleidet mit einem blauen Polohemd, einer sportlichen Jacke, beigen, ziemlich zerknitterten Hosen und ein paar abgelaufenen, schmutzigen Schnürstiefeln. Er blinzelte nervös, während er versuchte, meinen Blicken nicht ständig erschreckt auszuweichen. Professor Boswell war ein seltsamer Typ: Die Haut so braun wie die eines Arabers, waren seine Gesichtszüge der Inbegriff jüdischer Physiognomie, hingegen war sein Haar, das sein Gesicht weich umrahmte, von einem hellen, fast ins Blonde spielende Kastanienbraun. Seine Augen waren tiefblau, von einem wunderschönen Türkisblau so wie die jenes Schauspielers, der in dem Film … wie hieß er doch gleich? … Es fällt mir nicht mehr ein. Kurzum: Dieser wunderliche Professor Boswell gefiel mir vom ersten Moment an. Vielleicht rührte mich seine Unbeholfenheit (er würde noch über die Ritzen im Fußboden stolpern, selbst wenn es gar keine gab) oder seine Schüchternheit (wenn er reden sollte, versagte ihm vor Aufregung die Stimme), jedenfalls empfand ich für ihn unerwartet viel Sympathie.

Wir nahmen nun um den Tisch herum Platz. Der stets freundliche Sekretär der Zweiten Sektion, Monsignore Tournier, überließ Kardinal Colli den Platz am Tischende und setzte sich neben mich, während Glauser-Röist und Professor Boswell sich mir gegenüber niederließen. Obwohl ich vor Neugier platzte, beschloss ich, mich nach außen hin erst einmal völlig gleichgültig zu zeigen. Letztendlich saß ich ja hier, weil man mich offensichtlich wieder brauchte; man hatte mir während der vergangenen Woche zu viel Leid zugefügt, als dass ich mich jetzt dazu herabließe, von ihnen eine Erklärung zu verlangen. Wo ich schon einmal bei den Erklärungen war: Wusste man in meinem Orden überhaupt, wo ich mich zu dieser Stunde befand? … Da fiel mir ein, dass die irischen Schwestern ja nicht zum Flughafen gekommen waren, um mich abzuholen; also mussten sie es wissen, weshalb ich mir keine weiteren Gedanken darüber machte.

Der Hauptmann ergriff als Erster das Wort.

»Nun, Dottoressa«, begann er mit seiner germanischen Baritonstimme, »die Dinge haben eine unerwartete Wendung genommen.«

Damit beugte er sich zum Boden hinunter und hievte seinen Lederkoffer auf den Tisch, öffnete ihn bedächtig und holte ein Paket von der Größe einer Geburtstagstorte hervor, das in ein weißes Leinentuch eingeschlagen war. Wenn ich eine Entschuldigung oder sonst irgendein versöhnendes Wort erwartet hatte, so hatte ich mich gewaltig getäuscht. Alle Anwesenden starrten auf das Bündel, als sei es das wertvollste Juwel der Welt, und ließen es auch nicht aus den Augen, als die Hände des Hauptmanns es nun sanft über den Tisch schoben. Jetzt lag es genau vor mir:

keinen blassen Schimmer, was ich damit tun sollte. Außer mir, glaube ich, hielten alle den Atem an.

»Sie dürfen es aufmachen«, ermunterte mich Glauser-Röist.

Durch meinen Kopf schossen in diesem Moment allerhand Gedanken ohne großen Zusammenhang, aber wenn ich mir über etwas im Klaren war, so darüber, dass ich, wenn ich das Bündel öffnete, mich wieder in ein willenloses Werkzeug verwandeln würde, welches man nach Gebrauch rücksichtslos entsorgte. Man hatte mich nach Rom zurückkehren lassen, weil man mich brauchte, doch ich wollte nicht mehr kollaborieren.

»Nein, danke«, entgegnete ich und schob das Bündel wieder zu Glauser-Röist hinüber. »Ich habe nicht das geringste Interesse daran.«

Der Felsen lehnte sich zurück und rückte sich den Kragen seiner Jacke entschieden zurecht. Dann warf er mir einen langen, vorwurfsvollen Blick zu.

»Die Lage hat sich geändert, Dottoressa. Sie müssen mir vertrauen.«

»Wären Sie so freundlich, mir zu sagen, warum ich das auf einmal tun sollte? Wenn ich mich recht entsinne, und ich habe ein sehr gutes Gedächtnis, so verließen Sie das letzte Mal, als wir uns sahen, das heißt vor genau acht Tagen, mit einem lauten Türknall mein Labor, und am nächsten Tag hat man mich, ich nehme an, *rein zufällig*, entlassen.«

»Lassen Sie mich das erklären, Kaspar«, mischte sich plötzlich Monsignore Tournier ein und hob sogar beschwichtigend die Hand, während er seinen Sessel zu mir drehte. Seine Stimme hatte einen melodramatischen Ton angenommen, sie klang zerknirscht, was ich ihm jedoch nicht abnahm. »Was der Hauptmann Ihnen nicht preisgeben mochte, ist, dass … dass ich Ihre Entlassung zu verantworten habe. Ja, ich weiß, dass es schwer ist, so etwas zu glauben …« In der Tat, dachte ich, die Welt ist nicht darauf vorbereitet, zu erfahren, dass Monsignore Tournier einen Fehler begangen hatte. »Hauptmann Glauser-Röist hatte strikte Befehle … von mir, muss ich hinzufügen, und als Sie ihm gestanden, dass Sie alle Einzelheiten der Untersuchung kannten, sah er sich verpflichtet, mich … wie soll ich sagen? … mich darüber zu informieren, ja. Sie müssen allerdings wissen, dass er sich energisch gegen Ihre … Entlassung aussprach. Heute bin ich hier, um Ihnen zu sagen, wie sehr ich die irrige Haltung bedauere, die die Kirche Ihnen gegenüber einnahm. Es war zweifellos … ein bedauernswerter Fehler.«

»De facto hat Seine Eminenz, Kardinalstaatssekretär Angelo Sodano«, ließ sich in diesem Moment Kardinal Colli vernehmen, »Hauptmann Glauser-Röist mit der Leitung der Untersuchung betraut. Monsignore Tournier hat, wenn man so sagen darf, die Zügel der Angelegenheit nicht mehr in der Hand.«

»Und die beiden ersten Dinge, die ich gefordert habe, als ich diese Aufgabe übernahm«, warf Glauser-Röist ein und hob dabei ungeduldig die Augenbrauen, »waren Ihre unmittelbare Aufnahme in die Untersuchungskommission als Mitglied meiner Mannschaft und die Erneuerung Ihres Vertrags mit dem Geheimarchiv und der Vatikanischen Bibliothek.«

»So ist es!«, bestätigte Kardinal Colli.

»Also, Dottoressa«, schloss Glauser-Röist, »wenn Sie damit einverstanden sind, dann öffnen Sie endlich das verdammte Ding!«

Und er versetzte dem Bündel einen so heftigen Stoß, dass es wieder zu mir herüberschlitterte. Professor Boswell stieß einen Schreckensschrei aus.

»Tut mir leid, ich habe die Nerven verloren«, entschuldigte sich der Hauptmann.

Ich war ehrlich gesagt so durcheinander, dass ich nicht wusste, was ich von dem Ganzen halten sollte. Ich legte die Hände auf das weiße Leinen des Pakets und starrte dann eine Zeitlang unschlüssig vor mich hin. Ich hatte meine Arbeitsstelle im Geheimarchiv wiederbekommen, ich war nicht mehr länger eine Geächtete im Vatikan und darüber hinaus war ich nun vollberechtigtes Mitglied in Glauser-Röists Untersuchungskommission, die mit einer Mission beauftragt war, welche mich vom ersten Augenblick an fasziniert hatte. Das war mehr, als ich an jenem Morgen erwartet hatte, da ich aufgestanden war, um mich auf den Weg ins Exil zu machen! Während ich diese guten Nachrichten zu verdauen versuchte, spürte ich ein leichtes Kribbeln unter meinen Handflächen, so dass ich sie mir instinktiv rieb, um den lästigen Sand loszuwerden, der urplötzlich an ihnen klebte. Perplex betrachtete ich die winzigen weißen Körnchen, die wie Schneeflocken auf das dunkle, polierte Holz des Tisches fielen.

Glauser-Röist wies mit dem Finger darauf.

»Sie sollten mit dem heiligen Sand des Sinai etwas vorsichtiger umgehen.«

Ich starrte ihn an, als ob ich ihn noch nie zuvor gesehen hätte. Meine Überraschung, ja meine Verblüffung kannte keine Grenzen.

»Vom Sinai?«, wiederholte ich automatisch, um mir blitzschnell einen Reim auf alles zu machen.

»Um genauer zu sein, aus dem Katharinenkloster auf dem Sinai.«

»Wollen Sie damit sagen ... Wollen Sie damit sagen, dass Sie im Katharinenkloster waren?«, zischte ich vorwurfsvoll und zielte mit dem rechten Zeigefinger auf ihn. Das war doch unerhört! Während ich die schrecklichste Woche meines Lebens verbracht hatte, hatte er eine Reise unternommen, die eigentlich mir, der Paläographin, zugestanden hätte! Glauser-Röist schien indes meinen Unmut nicht zu bemerken.

»Genau, Dottoressa«, erwiderte er nun wieder in seinem normalen nüchternen Tonfall, »letztlich war es unumgänglich. Und da ich sicher bin, dass Sie mir viele Fragen zu stellen haben, verspreche ich Ihnen, dass ich ...« Er stockte plötzlich und wandte den Kopf zu Professor Boswell, der daraufhin in seinem Sessel ganz klein wurde: »… dass wir sie alle beantworten werden, ohne Ihnen irgendetwas zu verheimlichen.«

Natürlich war ich aufgebracht, dennoch bemerkte ich Glauser-Röists verändertes Verhalten gegenüber Monsignore Tournier und Kardinal Colli. Während sich der Hauptmann beim ersten Treffen, an dem auch Sodano und Ramondino teilgenommen hatten, diskret und diszipliniert im Hintergrund gehalten hatte (und nur auf Tourniers Befehle reagierte), schien er sie nun vollkommen zu ignorieren, als wären beide nichts weiter als an die Wand projizierte Schatten.

»Vortrefflich, wirklich vortrefflich …«, erwiderte ich, hob die Arme gen Himmel und ließ sie dann resigniert wieder sinken. »Schildern Sie mir also alles von Abi-Ruj Iyasus bis zu diesem Bündel voller Sand aus dem Sinai.«

Glauser-Röist blickte zur Decke und holte tief Luft, bevor er zu erzählen ansetzte.

»In Ordnung, also … Der Unfall der Cessna 182 am 15. Februar in Griechenland markiert den eigentlichen Beginn dieser Geschichte. Unter der Leiche des Äthiopiers Abi-Ruj Iyasus fand die Feuerwehr eine sehr alte und wertvolle Silberdose, die mit Smaragden und Gemmen verziert war und einige seltsame Holzstücke ohne ersichtlichen Wert enthielt. Da die Dose einem Reliquienschrein glich, zog die Polizei die griechisch-orthodoxe Kirche zu Rate. Die kirchlichen Behörden waren sichtlich überrascht, als sich eines der trockenen Holzsplitter ausgerechnet als das berühmte *lignum crucis* des Klosters Dochiariou auf dem Berg Athos herausstellte. Schnell alarmierten sie die übrigen orthodoxen Patriarchate des Ostens, und nachdem man entsetzt festgestellt hatte, dass alle Reliquiare mit Fragmenten des Heiligen Kreuzes ausgeraubt worden waren, beschlossen sie, sich mit uns, den katholischen Häretikern, in Verbindung zu setzen, da wir weltweit die meisten *ligna crucis* besitzen.«

Der Hauptmann rutschte auf seinem Sessel herum, um es sich etwas bequemer zu machen, und fuhr dann fort.

»Das, was ich Ihnen gerade erzähle, trug sich in einem atemberaubenden Tempo zu: Gerade einmal vierundzwanzig Stunden nach dem Unfall war Seine Eminenz der Kardinalstaatssekretär schon von der Synode der Griechischen Kirche informiert worden und hatte den Befehl gegeben, dass alle katholischen Kirchen auf der Welt, die im Besitz eines *lignum crucis* waren, so diskret wie möglich ihre Reliquiare überprüfen sollten. Dabei zeigte sich, dass zwei Drittel davon leergeräumt waren, darunter ausgerechnet diejenigen, welche die wichtigsten Kreuzespartikel enthalten hatten: die Reliquienschreine in Verona, von San Gerusalemme in Croce und San Giovanni in Laterano in Rom, von Santo Toribio de Liébana und Caravaca de la Cruz in Spanien, vom Zisterzienserkloster La Boissière und von Sainte-Chapelle in Frankreich. Aber – und das ist sehr bezeichnend – auch die lateinamerikanischen Kirchen waren ausgeplündert worden: Man vermisste unter anderem die berühmten Kreuzreliquien der Catedral Metropolitana von Mexiko City und das der Bruderschaft Jesús Nazareno del Consuelo in Guatemala.«

Noch nie habe ich dem Reliquienkult etwas abgewinnen können. Niemand in meiner Familie befürwortete die Anbetung von sonderbaren Knochen , Stoff oder Holzpartikeln, nicht einmal meine Mutter, die in Glaubensdingen den Beschlüssen des Trienter Konzils folgte, und schon gar nicht Pierantonio, der im Heiligen Land lebte und mehr als einen archäologischen Fund von Gebeinen zu verantworten hatte, die im Ruf der Heiligkeit standen. Die Geschichte aber, die mir der Hauptmann da erzählte, erschütterte mich. Viele Gläubige setzen ihr Gottvertrauen wirklich in diese heiligen Dinge, und unter keinen Umständen durfte man deswegen gegen sie ausfallend werden. Auch wenn die Kirche selbst mit den Jahren diese zweifelhafte Praktik aufgegeben hatte, so existierte immer noch eine der

Reliquienverehrung gewogene Strömung. Am verblüffendsten war jedoch, dass es sich hier weder um den mumifizierten Arm noch um den unversehrten Leichnam eines x-beliebigen Heiligen handelte. Wir sprachen gerade von nichts anderem als vom Kreuz Christi, vom Holz, auf dem der Erlöser vermeintlich den Foltertod erlitten hatte, und es war äußerst merkwürdig, dass, auch wenn man alle *ligna crucis* der Welt a priori als Fälschungen oder Täuschungen bezeichnen konnte, eine Bande von Fanatikern es sich zum Ziel gesetzt hatte, diese Holzpartikel in ihren Besitz zu bringen.

»Den zweiten Teil der Geschichte, Dottoressa«, fuhr Glauser-Röist unbeirrt fort, »bildet die Entdeckung der Skarifikationen auf Iyasus' Leiche. Während die griechischen und äthiopischen Behörden damit begannen, Nachforschungen über das Leben des Toten anzustellen, die übrigens erfolglos blieben, verfügte Seine Heiligkeit durch den Kardinalstaatssekretär – und auf Ersuchen der Ostkirchen, die über nur wenige Mittel für eine solche Untersuchung verfügen –, dass wir herausfinden sollten, wer die *ligna crucis* stahl und warum. Wenn ich mich recht entsinne, lautete der päpstliche Befehl, dass wir den Diebstählen sofort ein Ende bereiten und dafür sorgen sollten, dass die verschwundenen Reliquien wiederauftauchten. Und natürlich sollten wir auch die Diebe finden, damit man sie vor Gericht bringen konnte. Als die griechische Polizei bei dem Äthiopier die seltsamen Narben entdeckte, teilte man dies dem Erzbischof von Athen und ganz Griechenland, Seiner Seligkeit Christodoulos Paraskevaidis, mit, der – obwohl seine Beziehungen zu Rom nicht die allerbesten sind – den Vatikan um einen Vertreter des Apostolischen Stuhls ersuchte, der bei der Autopsie dabeisein sollte. Dieser Sonderbeauftragte war ich, und was danach kam, wissen Sie ja aus eigener Anschauung.«

Ich hatte den ganzen Tag noch nichts gegessen, und allmählich bekam ich Hunger. Es musste schon sehr spät sein, doch wollte ich lieber nicht auf die Uhr schauen, um mich nicht noch schlechter zu fühlen: Ich war um sieben Uhr aufgestanden, hatte mittags ein Flugzeug genommen, das mich nach Irland brachte, war abends wieder nach Rom zurückgekehrt und … Ich fühlte mich so erschöpft, dass mich sogar das Atemholen schmerzte.

Noch fehlte ein beträchtlicher Teil der Geschichte, dachte ich, als mein Blick wieder auf das weiße Bündel vor mir fiel, aber so neugierig ich auch war, wenn ich nicht bald etwas aß, würde ich am Tisch zusammenklappen. Deshalb nutzte ich das plötzliche Schweigen des Hauptmanns, um zu fragen, ob wir nicht eine Pause machen und etwas essen könnten, da mir ganz flau im Magen sei. Von allen Seiten war zustimmendes Gemurmel zu hören – natürlich hatte hier noch niemand zu Abend gegessen –, weshalb seine Eminenz Kardinal Colli dem Hauptmann ein Zeichen machte, woraufhin dieser mir das Bündel aus den Händen nahm und es wieder in seinen Lederkoffer steckte. Dann verließ er für einen Augenblick den Raum und kehrte unverzüglich mit dem Restaurantchef zurück.

Kurz darauf kam ein ganzes Heer von Kellnern in weißen Livreen herein, die große Servierwagen vor sich herschoben. Seine Eminenz segnete die Speisen und sprach ein einfaches Dankgebet, und dann fielen wir alle, selbst der schüchterne Professor Boswell, mit einem wahren Heißhunger über das Essen her. Ich war so ausgehungert, dass mein Appetit immer größer zu werden schien, je mehr ich aß. Zwar vergaß ich meine guten Manieren nicht, dennoch langte ich so tüchtig zu, als hätte ich schon einen ganzen Monat lang nichts mehr bekommen. Ich vermute mal, dass mein unsäglicher Appetit auch auf den mangelnden Schlaf und meine Müdigkeit zurückzuführen war. Als ich allerdings Monsignore Tourniers hämisches Lächeln bemerkte, legte ich schnell Messer und Gabel beiseite; zu diesem Zeitpunkt fühlte ich mich schon ziemlich wiederhergestellt.

Während wir nach dem Abendessen die köstlichen, dampfenden Espressi schlürften, berichtete uns Seine Eminenz Kardinal Colli von den großen Hoffnungen, die Seine Heiligkeit, Papst Johannes Paul II., auf die Aufklärung dieses Reliquienraubs setzte. Die Beziehungen zu den Ostkirchen waren nach so vielen Jahren des Kampfes für die Ökumene schlechter als erwartet; falls es uns gelänge, ihnen ihre *ligna crucis* wiederzubeschaffen und den Plünderungen ein Ende zu bereiten, wären der Patriarch von Moskau und ganz Russland, Aleksij II., und der Ökumenische Patriarch von Konstantinopel, Bartholomaios I. Archondonis – die beiden wichtigsten orthodoxen Kirchenführer bei all den vielen orthodoxen Oberhäuptern –, vielleicht zum Dialog und zur Versöhnung bereit. Allem Anschein nach hatten sich die beiden Patriarchen gerade wegen der Aufteilung der orthodoxen Kirchen der Länder der ehemaligen Sowjetunion überworfen, doch bildeten beide nach wie vor eine unerschütterliche Koalition gegenüber der Römischen Kurie, wenn es um die Ansprüche der unierten Kirchen des griechischen oder byzantinischen Ritus ging, die ihr einst vom kommunistischen Regime beschlagnahmtes Eigentum einforderten, welches sich gegenwärtig in orthodoxer Hand befand. Im Grunde handelte es sich also um eine ganz gewöhnliche Frage von Macht und Besitz. Die Hierarchie der christlich-orthodoxen Kirchen – die, zumindest in der Theorie, so eigentlich nicht existierte – war ein engmaschiges Netz aus historischen Intrigen und wirtschaftlichen Komplotten: Das Patriarchat von Moskau und ganz Russland unter Seiner Heiligkeit Aleksij II. hatte die unabhängigen orthodoxen Kirchen der osteuropäischen Länder (Serbien, Bulgarien, Rumänien …) unter seinen Fittichen und das Ökumenische Patriarchat von Konstantinopel unter Seiner Allheiligkeit Bartholomaios I. alle übrigen (Griechenland, Syrien, Türkei, Palästina, Ägypten … inklusive der bedeutsamen griechisch-orthodoxen Kirche von Amerika). Die Grenzen waren jedoch nicht so klar abgesteckt, wie dies auf den ersten Blick erscheinen mochte, und sowohl in dem einen als auch in dem anderen Einflussbereich der beiden Patriarchate gab es Klöster und Gotteshäuser der jeweils anderen Fraktion. In jedem Fall wurde dem Ökumenischen Patriarchen von Konstantinopel jedoch von allen anderen orthodoxen Patriarchen der Welt der Rang eines *primus inter pares,* eines »Ersten unter Gleichen«, zuerkannt, Aleksij II. eingeschlossen, obwohl dieser gegenwärtig diese althergebrachte, über tausendjährige Tradition vollkommen zu ignorieren schien und sich ausschließlich darum sorgte, zu verhindern, dass die russische Obrigkeit das Eindringen der katholischen Kirche in sein orthodoxes Hoheitsgebiet erlaubte, was ihm bis dato mit einigem Erfolg gelungen war.

Kurzum: das reine Chaos; und wir, wir sollten also dazu beitragen, die steinigen Wege zu ebnen, um alle Christen dieser Erde zusammenzuführen, indem wir das Rätsel um den Diebstahl der Kreuzespartikel lösten, da dies für den stotternden Motor der Ökumene wie Öl und Benzin wäre.

Während all der Stunden, die wir nun schon im Nebenzimmer der Hotelbar saßen, hatte Professor Boswell außer zum Essen nicht einmal den Mund aufgemacht. Man spürte jedoch, dass er allem Gesagten aufmerksam folgte, da er hin und wieder, ohne dass es ihm selbst bewusst wurde, unmerklich mit dem Kopf nickte oder ihn schüttelte. Er war der schweigsamste Mensch, dem ich in meinem Leben je begegnet war. Er erweckte den Eindruck, dass er der Umgebung nicht gewachsen war, dass ihm die Situation großes Unbehagen bereitete.

»Schön, schön, nun … Professor Boswell«, ließ sich in diesem Augenblick Monsignore Tournier vernehmen, als habe er meine Gedanken gelesen, »ich glaube, jetzt sind Sie an der Reihe. Ach übrigens, sprechen Sie eigentlich unsere Sprache? Verstehen Sie mich? Haben Sie etwas von dem erfasst, was heute abend hier besprochen worden ist?«

Ich beobachtete, wie Glauser-Röist den Monsignore mit zusammengekniffenen Augen streng ansah. Professor Boswell blinzelte verblüfft und räusperte sich in dem verzweifelten Versuch, seine Stimme unter Kontrolle zu bringen.

»Ich verstehe Sie voll und ganz, Monsignore«, murmelte der Professor schließlich mit ausgeprägtem arabischen Akzent. »Meine Mutter war Italienerin.«

»Ach, wunderbar, wie wunderbar!«, rief Tournier aus, und ein breites Lächeln huschte über sein Gesicht.

»Monsignore«, erklärte Glauser-Röist in schneidendem Tonfall, der keine Zweifel aufkommen ließ, »Professor Farag Boswell beherrscht außer dem Arabischen und Koptischen noch Griechisch, Türkisch, Latein, Hebräisch, Italienisch, Französisch und Englisch.«

»Das ist nichts Besonderes«, beeilte sich der Professor stotternd zu erklären, »mein Großvater väterlicherseits war Jude, meine Mutter Italienerin und alle Übrigen meiner Familie, mich natürlich inbegriffen, sind katholische Kopten.«

»Aber Sie haben einen englischen Nachnamen, Professor«, bemerkte ich verwundert, obwohl mir gleich darauf wieder einfiel, dass Ägypten lange Zeit britisches Protektorat gewesen war.

»Das wird Ihnen sicher gefallen, Dottoressa«, meinte da Glauser-Röist und lächelte, was selten vorkam, »Professor Boswell ist der Urenkel von Dr. Kenneth Boswell, einem der Archäologen, die die antike Stadt Oxyrhynchos in Mittelägypten entdeckten.«

Oxyrhynchos! Wenn dieses Faktum allein schon höchst interessant war, so war es noch besser, Glauser-Röist in seiner neuen Rolle eines dem Ägypter in Freundschaft verbundenen Gefolgsmanns zu sehen.

»Stimmt das, Professor?«, fragte ich ihn.

»So ist es, Dottoressa«, bestätigte mir Boswell mit einer leichten Verbeugung. »Mein Urgroßvater entdeckte Oxyrhynchos.«

Oxyrhynchos, eine der wichtigsten Städte des byzantinischen Ägyptens und jahrhundertelang unter dem Wüstensand in Vergessenheit geraten, war 1895 von den englischen Archäologen Bernard P. Grenfell, Arthur S. Hunt und Kenneth Boswell ausgegraben worden. Bis zum heutigen Tag ist es die bedeutendste Fundstätte von byzantinischen Papyri, eine wahrhafte Bibliothek von verloren geglaubten Werken griechischer, koptischer und arabischer Autoren.

»Und Sie sind natürlich auch Archäologe«, bemerkte Tournier.

»Genau. Ich arbeite …« Er hielt einen Moment inne, runzelte die Stirn und korrigierte sich dann: »Ich arbeitete im Griechisch-Römischen Museum von Alexandria.«

»Und warum arbeiten Sie nicht mehr dort?«, wollte ich erstaunt wissen.

»Dies ist der Augenblick, Dottoressa, Ihnen eine weitere Geschichte zu erzählen«, kündigte Glauser-Röist an. Und er beugte sich wieder hinunter zu seinem Lederkoffer, um das weiße Leinenbündel voller Sinaisand herauszuholen. Allerdings überließ er es dieses Mal nicht mir; er legte es vielmehr behutsam auf den Tisch, hielt es aber mit beiden Händen fest. Seine metallisch-grauen Augen blitzten: »Nachdem ich Ihr Labor verlassen und mich, wie Sie schon wissen, mit Monsignore Tournier beredet hatte, flog ich noch am selben Tag nach Kairo. Dort erwartete mich am Flughafen Professor Boswell, den Sie hier sehen und der von der koptisch-katholischen Kirche beauftragt worden war, mir vor Ort als Übersetzer und Fremdenführer behilflich zu sein.«

»Seine Seligkeit Kardinal Stephanos II. Ghattas«, unterbrach ihn Boswell und rückte dabei nervös seine Brille zurecht, »der Patriarch unserer Kirche, bat mich persönlich um den Gefallen. Er bat mich, alles zu tun, was in meiner Macht stünde, um dem Hauptmann zu helfen.«

»Die Unterstützung des Professors war wirklich von unschätzbarem Wert«, fügte der Hauptmann hinzu. »Ohne ihn hätten wir heute nicht … *das* hier.« Er wies mit dem Kinn auf das Paket. »Als er mich vom Flughafen abholte, wusste er in etwa Bescheid, was für eine Aufgabe ich zu bewältigen hatte, und stellte mir all seine Kenntnisse, seine ganzen Mittel und Kontakte zur Verfügung.«

»Ich würde gern noch einen Kaffee trinken«, fiel ihm in diesem Augenblick Kardinal Colli ins Wort, »Sie auch?«

Monsignore Tournier warf einen schnellen Blick auf seine Armbanduhr und nickte. Glauser-Röist stand wieder auf und verließ den Raum. Er benötigte zwar einige Minuten länger, als ich diese Gesellschaft allein ertragen konnte, kam dann aber mit einem Tablett voller Tassen und einer großen Kaffeekanne zurück und erzählte weiter, während wir uns bedienten.

Ins Innere des Katharinenklosters am Fuße des Djebel Musa zu gelangen, sei keine leichte Aufgabe gewesen, erklärte uns Glauser-Röist. Für die Touristen sei die Besuchszeit beschränkt, und zudem sei nur ein ganz kleiner Teil des klösterlichen Komplexes zur Besichtigung freigegeben. Da sie nicht wussten, was genau sie eigentlich suchten, noch, wie sie diese Suche bewerkstelligen sollten, benötigten sie jedoch große Bewegungsfreiheit und viel Zeit. Der Professor habe deshalb einen kühnen Plan ersonnen, der auch vollauf gelungen sei:

Obwohl sich 1782 das orthodoxe Katharinenkloster aus unerfindlichen Gründen vom Patriarchat von Jerusalem losgesagt hatte und damit zur autokephalen orthodoxen Kirche vom Berg Sinai wurde, die heute zusammen mit wenigen Beduinenfamilien im Umkreis die kleinste der orthodoxen Kirchen bildete, hatte das Patriarchat nach wie vor noch einen gewissen moralischen Einfluss auf das Kloster und sein Oberhaupt, den Erzbischof und Abt in einer Person. Da Kardinal Stephanos II. Ghattas um diesen Einfluss wusste, hatte er den Patriarchen von Jerusalem, Diodoros I., gebeten, für Hauptmann Glauser-Röist und Professor Boswell mit einem Empfehlungsschreiben ungehinderten Zutritt zur gesamten Klosteranlage zu erwirken. Doch warum sollte das Katharinenkloster überhaupt dieser Bitte des Patriarchen von Jerusalem entsprechen? Nun, ganz einfach: Die Klostergemeinschaft wurde von Geldnöten geplagt, und einer der beiden Besucher, genauer gesagt, der europäische Fremde, war ein bedeutender deutscher Philanthrop, der beabsichtigte, dem Kloster mehrere Millionen Mark zu stiften. De facto hatten die Mönche 1997 zum ersten und einzigen Mal in der Geschichte die Einladung des New Yorker Metropolitan Museum of Art angenommen, in einer großartigen Ausstellung einige ihrer wertvollsten Schätze zu zeigen. Man hatte dabei nicht nur das Honorar im Auge gehabt, welches das Museum für diese bedeutende Leihgabe bezahlen wollte, sondern sich zudem zum Ziel gesetzt, Investoren zu finden, die bereit wären, die Restaurierung der alten Klosterbibliothek und der einmaligen Ikonensammlung zu finanzieren.

In der Absicht, irgendeine Spur zu finden, welche die Untersuchung vorantreiben könnte, wurden Hauptmann Glauser-Röist und Professor Boswell also in den Kairoer Geschäftsräumen der orthodoxen Kirche vom Berg Sinai vorstellig, wo sie kaltblütig ihre Lügenmärchen auftischten. Noch in derselben Nacht mieteten sie sich einen wüstentauglichen Landrover und machten sich auf den Weg zum Kloster. Der Abt höchstpersönlich, ein äußerst höflicher und intelligenter Mann, empfing sie: Seine Eminenz Erzbischof Damianós Samartsis hieß sie willkommen und nahm sie mit großer Gastfreundschaft auf. Gleich am Nachmittag hätten sie dann begonnen, die Abtei zu inspizieren.

»Ich habe die Kreuze gesehen, Dottoressa«, murmelte Glauser-Röist sichtlich bewegt. »Ich habe sie mit eigenen Augen gesehen! Sie sehen genauso aus wie die auf der Leiche unseres Äthiopiers. Und es waren ebenfalls sieben an der Zahl. Sie waren einfach dort an der Mauer, als ob sie die ganze Zeit schon auf mich gewartet hätten.«

Und ich habe sie nicht gesehen, dachte ich aufgebracht. Ich habe sie nicht gesehen, weil man mich vorher ausgeschaltet hatte. Ich war weder in der ägyptischen Wüste gewesen, noch hatte ich mit einem Landrover die Dünen überquert, und das nur, weil Monsignore Tournier die Auffassung vertrat, dass man Schwester Salina entlassen müsse, weil sie zu viel wusste und es ihm von Anfang an nicht gefallen hatte, dass eine Frau mit der Angelegenheit betraut worden war.

»Ich sollte es zwar nicht, aber ich platze vor Neid, Hauptmann«, gestand ich laut und nahm einen großen Schluck Kaffee. »Ich hätte diese Kreuze unheimlich gern gesehen. Letztlich sind sie genauso meine wie Ihre.«

»Sie haben recht«, gab der Hauptmann zu. »Ich hätte mir auch gewünscht, dass Sie sie sehen könnten.«

»Auch wenn es Sie nicht trösten wird, Schwester«, fügte Professor Boswell mit seinem ausgeprägten arabischen Akzent hinzu, »so hätten Sie jedenfalls …« – er blinzelte jetzt wieder verlegen und schob seine Brille ganz nach oben – »… Sie hätten im Katharinenkloster nicht viel ausrichten können. Die Mönche gewähren Frauen nicht so leicht Einlass zu ihrer Abtei. Nicht, dass sie so weit gehen wie die Bruderschaft vom Berg Athos, wo, wie Sie wissen, nicht einmal weibliche Tiere reinkommen, aber ich glaube auch nicht, dass man Sie dort hätte übernachten oder unbeaufsichtigt herumschlendern lassen, wie uns dies glücklicherweise gestattet war. Orthodoxe Mönche ähneln den Moslems sehr, was die Frauen betrifft.«

»Das stimmt«, bestätigte Glauser-Röist, »der Professor sagt Ihnen die Wahrheit.«

Es überraschte mich nicht. Alle Religionen der Welt diskriminierten die Frauen, ob man sie nun auf einen der hinteren Ränge verbannte oder es für rechtmäßig erklärte, dass sie schikaniert und misshandelt wurden. Es war wirklich bedauerlich, doch gab es offenbar niemanden, der dafür eine Lösung finden wollte.

Das Katharinenkloster befand sich mitten im Wadi Ed Deir, zu Füßen eines Ausläufers des Sinai-Gebirges, und war einer der schönsten von Menschenhand errichteten Orte in Gottes freier Natur. Das von Justinian I. im 6. Jahrhundert befestigte Kloster beherbergte so unvorstellbare Schätze und war von so grenzenloser Schönheit, dass es allen, welche seine Schwelle überschreiten durften, die Sprache verschlug. Die Trockenheit der umliegenden Wüste und die kahlen Berge aus rötlichem Granit, welche die Klosteranlage vor Gefahren schützten, bereiteten die Pilger nur schlecht auf das vor, was sie dort erwartete: eine beeindruckende byzantinische Basilika, Kapellen, ein riesengroßes Refektorium, die zweitwichtigste Bibliothek und die bedeutendste Ikonensammlung der Welt … und all das geschmückt mit Lampen aus Gold, Mosaiken, Holzschnitzereien, Marmor, Intarsien, Juwelen, vergoldetem Silbergeschirr … Das Kloster war ein einzigartiges Fest für die Sinne und eine unvergleichliche Lobpreisung des Glaubens.

»Einige Tage lang«, erzählte Glauser-Röist, »durchkämmten der Professor und ich jeden Winkel des Klosters nach irgendetwas, das mit dem Äthiopier in Beziehung stünde. Die sieben Kreuze an der südwestlichen Mauer verloren allmählich ihren Sinn, und ich begann mich schon zu fragen, ob es sich nicht einfach nur um einen lächerlichen Zufall handelte und wir auf dem Holzweg waren. Doch dann, am dritten Tag …« – sein Gesicht verzog sich nun zu einem breiten Grinsen, und Zustimmung suchend drehte er sich zum Professor um – »… am dritten Tag stellte man uns endlich Pater Sergio vor, der für die Bibliothek und die Ikonensammlung verantwortlich ist.«

»Die Mönche sind sehr vorsichtig«, erklärte der Professor fast flüsternd, »ich sage das nur, damit Sie verstehen, warum zwei Tage verstrichen, bis man uns die kostbarsten Objekte des Klosters zeigte. Sie trauen niemandem über den Weg.«

Da schaute ich auf die Uhr: Es war drei Uhr nachts. Ich war

am Ende, das konnten nicht einmal die zwei Tassen Kaffee ändern. Doch der Felsen tat, als habe er weder meine Handbewegung noch mein erschöpftes Gesicht bemerkt, und redete unbeirrt weiter.

»Pater Sergio holte uns nach dem Abendessen gegen sieben Uhr ab und leuchtete uns mit einer alten Öllampe den Weg durch die schmalen Klostergänge. Er war ein beleibter, wortkarger Mönch, der eine spitze, wollene Mütze trug anstelle der schwarzen viereckigen seiner Mitbrüder.«

»Und er zupfte sich ständig an seinem Bart«, warf der Professor ein, als hätte ihn das köstlich amüsiert.

»Als wir vor der Bibliothek standen, zog der Pater unter den Falten seines Habits einen eisernen Schlüsselring hervor und öffnete nacheinander sieben Schlösser.«

»Schon wieder sieben«, entschlüpfte es mir, schon halb eingeschlafen, in Gedanken an die sieben Buchstaben und Kreuze von Abi-Ruj.

»Die Türflügel gingen mit einem lauten Knarren auf. Drinnen war es stockdunkel. Doch am schlimmsten war der Gestank. Sie können sich das nicht vorstellen … einfach widerlich.«

»Es roch nach schimmligem Leder und alten Lumpen«, erläuterte Boswell.

»Im Halbdunkel gingen wir durch die Regalreihen voller byzantinischer Manuskripte, deren mit Goldblättchen kunstvoll ausgemalte Buchstaben im Schein von Pater Sergios Lampe funkelten. Zu guter Letzt blieben wir vor einer Vitrine stehen. ›Hier bewahren wir einige der ältesten Kodizes auf. Sie können sie sich gerne anschauen‹, erklärte uns Pater Sergio. Ich dachte, er wolle uns auf den Arm nehmen: Man sah rein gar nichts!«

»Genau in dem Augenblick stolperte ich über etwas und stieß mich an der Kante einer alten Vitrine«, fügte der Professor hinzu.

»Stimmt, das war genau in diesem Moment.«

»Und da sagte ich zu Pater Sergio, dass …« – Boswell räusperte sich tapfer und rückte sich abermals die Brille zurecht – »… es das mindeste sei, sie ihm bei Tageslicht und ohne so viele Vorbehalte zu zeigen, wenn der ausländische Gast ihnen schon Geld für die Restaurierung der Bibliothek zur Verfügung stellen wolle. Der Pater erwiderte, dass sie die Handschriften unter Verschluss halten müssten, da man sie bereits einmal bestohlen habe; wir sollten doch würdigen, dass er uns gerade einen Blick auf den größten Schatz des Klosters werfen lasse. Weil ich aber nicht aufhörte zu murren, ging der Mönch schließlich in eine Ecke und drückte auf einen Lichtschalter.«

»Nun ist es so, dass die Bibliothek durchaus eine sehr helle Deckenbeleuchtung hat«, fuhr der Hauptmann fort, »aber die Mönche des Katharinenklosters schützen ihren Handschriftenbestand ganz einfach dadurch, dass sie ihn nur denjenigen zeigen, die eine Genehmigung des Erzbischofs vorweisen können, und das auch nur im Halbdunkeln, damit niemand sich eine Vorstellung davon machen kann, was für Kostbarkeiten man dort eigentlich aufbewahrt. Wenn sie nun irgendein Wissenschaftler aufsucht, führen sie ihn des Nachts in die Bibliothek und lassen ihn im Halbdunkel das Manuskript studieren, das ihn interessiert. Auf diese Weise wird er nie erfahren, was er alles um sich herum gehabt hat. Ich vermute einmal, dass Tischendorfs Raub des ›Codex Sinaiticus‹ im Jahre 1844 bei den Mönchen des Katharinenklosters einen schmerzlichen, unauslöschlichen Eindruck hinterlassen hat.«

»Den auch unser Diebstahl hinterlassen wird, Hauptmann«, murmelte Boswell mit bekümmerter Miene.

»*Wie bitte?* Sie haben … aus dem Kloster ein Manuskript … *gestohlen?*«, fragte ich voller Entsetzen. Unversehens war ich wieder hellwach.

Totenstille breitete sich aus. Meine Augen wanderten verstört von einem zum anderen, doch die vier Gesichter um mich herum hatten sich in ausdruckslose Wachsmasken verwandelt.

»Hauptmann …«, bohrte ich, »antworten Sie mir! Bitte! Sie waren fähig, ein Manuskript aus dem Katharinenkloster zu entwenden?«

»Urteilen Sie selbst«, entgegnete er eiskalt und schob mir das in weißes Leinen gewickelte Bündel hin, »und sagen Sie mir dann, ob Sie an meiner Stelle nicht genauso gehandelt hätten.«

Wie vom Donner gerührt starrte ich auf das Bündel, als wäre darin eine Ratte oder Kakerlake. Ich dachte nicht im Traum daran, *das Ding* noch einmal anzufassen.

»Machen Sie es auf«, befahl Monsignore Tournier urplötzlich.

Ich drehte mich zu Kardinal Colli um, seine Protektion suchend, doch sein Blick war geistesabwesend auf irgendeinen Punkt unterhalb des Tisches gerichtet. Professor Boswell hatte die Brille abgenommen und putzte sie mit einem Zipfel seiner Jacke.

»Schwester Salina«, ließ sich Monsignore Tourniers Stimme wieder ungeduldig vernehmen, »ich habe Ihnen doch soeben gesagt, dass Sie das Paket öffnen sollen. Haben Sie mich nicht verstanden?«

Mir blieb keine andere Wahl als zu tun, was er mich hieß. Es war jetzt nicht der richtige Zeitpunkt, sich zu zieren oder mit Gewissensfragen herumzuschlagen. Das weiße Leinen stellte sich als Beutel heraus, und kaum hatte ich die Bänder gelockert, mit denen er zugebunden war, wurde auch schon die Ecke eines alten Kodexes sichtbar. Ich traute meinen Augen nicht … Je weiter ich den schweren Band aus seiner Hülle herauszog, desto größer wurde meine Bestürzung. Schließlich hielt ich ein dickes byzantinisches Manuskript in Händen, von einfachem quadratischen Format in Holzdeckeln, die mit gepunztem Leder überzogen waren und auf denen man reliefartig die sieben Kreuze des Katharinenklosters erkennen konnte (zwei Spalten zu je drei Kreuzen auf jeder Seite des Einbands und unten eines zentriert, das mit den beiden letzten Kreuzen eine Reihe bildete), oben in der Mitte das konstantinische Christusmonogramm und darunter das griechische Wort mit den sieben Buchstaben, welches der Schlüssel zum Ganzen zu sein schien: ΣΤΑΥΡΟΣ, STAUROS, das Kreuz. Einer Ohnmacht nahe, begannen meine Hände so heftig zu zittern, dass ich den Kodex beinahe fallen ließ. Ich versuchte mich wieder unter Kontrolle zu bekommen, doch war ich dazu nicht mehr imstande. Vermutlich war es zu einem guten Teil meiner Übermüdung zuzuschreiben, dass Monsignore Tournier mir den Band aus der Hand reißen musste, damit er unversehrt blieb.

Ich entsinne mich noch, dass in diesem Moment ein seltsames Geräusch an mein Ohr drang, was mich Mund und Augen aufsperren ließ: Hauptmann Glauser-Röist hatte soeben laut aufgelacht.

Es liegt auf der Hand, dass es nicht in unserer Macht steht, jemanden vom Tode zu erwecken, da nur Gott solche Wunder zu vollbringen vermag. Aber auch wenn wir nicht wieder das Blut in den Adern eines leblosen Körpers fließen lassen können, so sind wir doch imstande, die Pigmente zu restaurieren, welche die Zeit auf den Pergamenten verblassen ließ, und dadurch die Ideen und Gedanken, die jemand darauf festgehalten hat, dem Vergessen zu entreißen. Das Wunder, einen Menschen von den Toten auferstehen zu lassen, zählt also nicht zu unseren Fähigkeiten, einverstanden, aber das Wunder, dem Geist, der im Inneren eines mittelalterlichen Kodexes schlummert, neues Leben einzuhauchen, durchaus.

Als Paläographin brachte ich die nötigen Voraussetzungen mit, jede alte Handschrift zu entziffern und zu deuten; was ich aber keinesfalls vermochte, war, zu erraten, was auf jenen brüchigen, vergilbten und durchscheinenden Pergamenten geschrieben stand, deren Schrift im Laufe der Jahrhunderte bis zur Unleserlichkeit verlaufen war.

Der ›Codex Iyasus‹, wie wir das von Glauser-Röist und Boswell aus dem Katharinenkloster gestohlene Manuskript zu Ehren unseres Äthiopiers getauft hatten, befand sich in einem wirklich beklagenswerten Zustand. Wie der Hauptmann erzählte, hatten sie die Klosterbibliothek mehrere Tage lang vergeblich erkundet, bevor sie in einer Ecke neben dem Haufen Brennholz, mit dem die Mönche den Saal während der kalten Wintermonate heizten, einige Körbe voller Pergamente und Papyri entdeckten, die man zum Anzünden und Schüren des Feuers benutzte. Um Pater Sergio abzulenken, solange Glauser-Röist den Inhalt der Körbe untersuchte, nahm Professor Boswell eine Flasche des wirklich hervorragenden ägyptischen Weins »Omar Khayyam« mit in die Bibliothek, eine exquisite Köstlichkeit, die ausschließlich für die Nichtmoslems und Touristen bestimmt war (der Professor, aufmerksam wie immer, hatte von Alexandria mehrere Flaschen mitgebracht, um sie Erzbischof Damianós als Abschiedsgeschenk zu überreichen). Pater Sergio, der über diese kleine Aufmerksamkeit hocherfreut war, revanchierte sich daraufhin mit einer weiteren Flasche Wein, den man im Kloster kelterte, und darüber tranken sich die beiden einen ziemlichen Schwips an, so dass sie alte ägyptische Volkslieder zu grölen begannen (bevor Pater Sergio ins Kloster eintrat, war er Matrose gewesen) und in lauten Jubel ausbrachen, als sie Glauser-Röist wieder auf der Bildfläche erscheinen sahen, der zu diesem Zeitpunkt bereits den ›Codex Iyasus‹ hinten unter sein Hemd gestopft hatte.

Der Kodex hatte sich nach den Worten des Hauptmanns in einem der Körbe aus wildem Zuckerrohr unter einem Haufen loser Blätter und zerrissener Bögen befunden, so wie auch andere, von den Mönchen ebenfalls weggeworfene Kodizes – sei es aufgrund ihres schlechten Zustands wie im Fall unseres Manuskripts oder weil sie schlichtweg wertlos waren. Glauser-Röist erzählte, dass er, kaum habe er mit der Hand eine dicke Schicht Staub und Schmutz weggewischt und die Holzschnitte auf den

Deckeln entdeckt, einen so gellenden Schrei der Überraschung ausgestoßen habe, dass er glaubte, die ganze Klostergemeinschaft geweckt zu haben. Zum Glück hatten aber nicht einmal Pater Sergio und Professor Boswell, die nicht weit weg waren, etwas bemerkt.

Am nächsten Morgen hatten die beiden mit dem ersten Tageslicht das Kloster verlassen. Die Mönche mussten das Unheil allerdings gewittert haben, sobald sie Pater Sergios großen Katzenjammer sahen, denn wenige Kilometer vor Kairo, als es schon dunkel zu werden begann, klingelte Professor Boswells Handy, und am anderen Ende der Leitung war der Sekretär Seiner Seligkeit Stephanos II. Ghattas, der ihnen mitteilte, dass sie die Hauptstadt meiden und so schnell wie möglich über Nebenstraßen Richtung Osten fahren und dann über die Grenze fliehen sollten, da der Abt des Sinaiklosters, Erzbischof Damianós, wegen eines mutmaßlichen Manuskriptraubs Anzeige erstattet habe gegen die beiden Betrüger, die seinen Bibliothekar betrunken gemacht hatten.

Sie drehten also um und fuhren wieder nach Bilbeis hinauf, überquerten den Suezkanal bei Al Qantara und brausten dann die ganze Nacht durch bis El-Arisch nahe der israelischen Grenze, wo ein Vertreter der Apostolischen Delegation von Jerusalem sie mit diplomatischen Pässen des Heiligen Stuhls erwartete. Bei Rafah passierten sie den Grenzposten, und knapp zwei Stunden später konnten sie sich schließlich in der Niederlassung etwas ausruhen. Kurz darauf – während ich ins Flugzeug nach Irland stieg – hoben sie mit einer Boeing 747 der israelischen Fluglinie »El Al« vom Tel Aviver Flughafen Ben Gurion ab und landeten dreieinhalb Stunden später auf dem Militärflughafen Rom-Ciampino, als ich gerade den Rückflug antrat.

Nun gut, wenn wir also dachten, dass all das ernste Schwierigkeiten gewesen wären, so war dem mitnichten so, bedenkt man das, was uns damals noch bevorstand.

In jener Nacht stellte ich beim Überfliegen des Kodexes gleich fest, dass er schon so schwer beschädigt war, dass wir nur schwerlich einige Absätze daraus exzerpieren könnten, die in einem so annehmbaren Zustand waren, dass ich damit zu arbeiten vermochte. Man konnte gerade einmal ein paar Flecken und Schatten erahnen, wie auf einem Aquarell, über das jemand mehrere Gläser Wasser geschüttet hatte. Pergament, das man sich wie das gespannte Fell einer Trommel vorstellen kann, saugt Tusche nicht so gut auf wie Papier, so dass mit der Zeit die Schrift verblasst oder sogar völlig verschwinden kann, je nachdem, aus welchem Material das Pergament hergestellt worden ist. Wenn unser Manuskript also irgendwann einmal aufschlussreiche Hinweise darauf enthalten hatte, warum Abi-Ruj Iyasus – und sicherlich auch noch andere – dieser Tage die Partikel des Heiligen Kreuzes stahlen, so waren diese unwiederbringlich verloren … Zumindest glaubte ich das, aber ich war ja auch nur eine kleine Paläographin des Vatikanischen Geheimarchivs und keine Archäologin am berühmten Griechisch-Römischen Museum von Alexandria, weshalb meine Kenntnisse sehr zu wünschen übrigließen, was die neuesten technischen Methoden betraf, die man einsetzte, um alte Pergamente und Papyri wieder lesbar zu machen, wie mir Professor Boswell, natürlich ohne böse Absicht, offenbarte.

Am Freitagmorgen, ich schlief noch in einem der Zimmer des Domus Sanctae Martae, fuhr Hochwürden Pater Ramondino ins Hypogäum hinunter und teilte den Abteilungsleitern des Rechenzentrums, der Restaurierungswerkstätten und Labors für Paläographie, Kodikologie und Bildreproduktion mit, dass sowohl sie als auch ihre Angestellten bis auf Weiteres nicht in ihre Klöster oder Kongregationen zurückkehren könnten; man habe über sie den Ausnahmezustand verhängt, und niemand dürfe den Stadtstaat verlassen, bis die anstehende Aufgabe erledigt sei. Als er sie dann darüber aufklärte, worum es sich handelte, wandten die Verantwortlichen ein, dass dies mindestens einen Monat harter Arbeit rund um die Uhr voraussetze, was der Präfekt Ramondino mit der Bemerkung abtat, sie verfügten lediglich über eine Woche und könnten, wenn sie in dieser Zeit ihr Pensum nicht bewältigt hätten, gleich ihre Sachen packen und die Karriere im Vatikan abschreiben. Kurz darauf stellte sich zwar heraus, dass es damit keine so große Eile hatte, aber damals kam es uns vor, als dürften wir keine Zeit verlieren.

Auf Professor Boswells Anweisung nahm die Restaurierungswerkstatt zunächst die in der Bogenmitte gefalzten Pergamentbogen aus den Holzdeckeln, die, wie bei byzantinischen Manuskripten üblich, aus Zedernholz waren. Aufgrund der Einbandgestaltung konnte man unseren Kodex eindeutig in das 4./5. Jahrhundert unserer Zeitrechnung datieren. Sobald man dann die 45 Doppelbogen (das heißt insgesamt 360 Seiten, die aus hochwertiger Gazellenhaut hergestellt waren und ursprünglich von blütenweißer Farbe gewesen sein mussten) auseinandergenommen hatte, machte das Fotolabor Probeabzüge, um zu sehen, welches der beiden in Frage kommenden Verfahren – die Infrarotfotografie oder die Digitalfotografie mit einer Telekamera mit CCD-Sensor für hochauflösende Bilder – eine vollständigere Reproduktion des Textes ermöglichen würde. Schließlich benutzte man eine Kombination von beiden, da sich die dadurch erhaltenen Fotos auf dem Computerbildschirm leicht übereinanderschieben ließen, sobald man sie unter dem Stereokomparator ausgemessen und dann eingescannt hatte. Auf diese Weise begann das fragile, vergilbte Pergament seine wunderbaren Geheimnisse zu enthüllen: Das scheinbar leere oder höchstens mit Schattierungen übersäte Blatt entwickelte sich allmählich zu einer prächtigen Kopie in griechischer Unzialschrift, die weder Akzente noch Leerzeichen zwischen den Wörtern kannte und über zwei breite Kolumnen von jeweils achtunddreißig Linien lief. Die Ränder waren breit und ebenmäßig, und man konnte deutlich die purpurroten, linksbündig ausgerichteten Initialen vom laufenden Text unterscheiden, der mit schwarzer Rauchtinte geschrieben war.

Als man den ersten Doppelbogen aufbereitet hatte, war eine vollständige Lektüre des Textes allerdings immer noch nicht möglich. Eine ganze Reihe unvollständiger Wörter und Sätze, ja ganze Fragmente, wo weder das Infrarotlicht noch der Stereokomparator und die Digitalisierung etwas ausrichten konnten, schienen auf den ersten Blick unwiederbringlich verloren. An diesem Punkt kam das Rechenzentrum zum Einsatz: Mit hochentwickelten Grafikprogrammen selektierte man dort aus dem gewonnenen Material zunächst einen Satz Buchstaben aus. Da das Manuskript von Hand geschrieben war, extrahierte man jeweils fünf verschiedene Varianten. Geduldig maßen sie das Verhältnis von Höhe zu Breite der einzelnen Buchstaben aus, ihre Rundungen, die Versalhöhen, Oberlängen und Unterlängen, ihre Dickte und die »Fleisch« und »Punze« genannten freien Stellen … und als dies alles beendet war, rief man mich, um mir das seltsamste Schauspiel vorzuführen, das ich in meinem Leben je gesehen hatte: Eine Gesamtansicht des Doppelbogens auf dem Bildschirm, probierte der Computer in atemberaubender Geschwindigkeit aus, ob die Buchstaben in die verbleibenden Leerstellen auf dem Pergament passten. Wenn es ihm gelang, eine Buchstabenreihe zu vervollständigen, dann prüfte das System nach, ob besagtes Wort im Lexikon des erstklassigen Programms »Ibycus« vorkam, welches die gesamte uns bekannte griechische – biblische, patristische und klassische – Literatur enthielt, und glich es gleichzeitig mit dem Text ab, wenn es vorher schon einmal darin vorgekommen war, um die Richtigkeit des Funds zu überprüfen.

Dies ging, wie gesagt, sehr schnell vor sich, aber trotzdem war das Verfahren unglaublich aufwendig, so dass man mir erst nach einem ganzen Tag einen Ausdruck des ersten Doppelbogens in einem nahezu einwandfreien Zustand überreichen konnte: Fünfundneunzig Prozent des ursprünglichen Textes waren wiederhergestellt. Das Wunder war geschehen: Dem Geist, der im Innern des ›Codex Iyasus‹ schlummerte, war neues Leben eingehaucht worden, und der Augenblick war gekommen, dass ich seine Botschaft entzifferte und deutete.

Ich war wirklich ergriffen, als ich nach der Messe des vierten Fastensonntags vom Petersdom ins Hypogäum zurückkehrte, mich an meinem Schreibtisch niederließ und die Brille aufsetzte. Meine Mitarbeiter, welche die gleichen Kopien des Textes vor sich liegen hatten, rüsteten sich ebenfalls für die paläographische Analyse, die auf dem Studium der individuellen Schriftmerkmale beruhte: deren Morphologie, die einzelnen Buchstabenformen, Kürzungen, Ligaturen, Satzzeichen und den Duktus, den Gesamteindruck der Schrift, der durch Neigung, Strichstärke und die Art der Tusche mit bestimmt wird.

Zum Glück verwendete das byzantinische Griechisch nur wenige Abkürzungen und Kontraktionen, die im Latein und in den mittelalterlichen Transkriptionen häufig vorkamen. Die Eigentümlichkeiten einer so hochentwickelten Sprache wie das byzantinische Griechisch konnten dennoch zu großer Verwirrung führen, da weder die Schreibweise noch der Wortsinn dieselben waren wie in Zeiten von Aischylos, Platon und Aristoteles.

Die Lektüre des ersten der Doppelbogen des ›Codex Iyasus‹ zog mich ganz in ihren Bann. Der Schreiber, der behauptete, Myrogenes von Neapolis zu heißen, sich aber im Laufe des Textes wiederholt den Namen »Cato« gab, schilderte, wie durch den Willen von Gott Vater und Sohn sich einige Diakone der Grabeskirche von Jerusalem und ein paar Gläubige, die das Heilige Kreuz verehrten, zu einer Art Bruderschaft zusammenfanden und sich fortan ΣΤΑΥΡΟΦΥΛΑΧΕΣ (STAUROPHYLAKES), das heißt, »Wächter des Kreuzes« nannten. Er, Myrogenes, sei unter dem Namen »Cato« zum Archimandriten der Bruderschaft ernannt worden, und zwar am ersten Tag des ersten Monats des Jahres 5850.

»5850?«, fragte Glauser-Röist verblüfft.

Der Hauptmann und der Professor saßen mir gegenüber und lauschten meiner Transkription des Doppelbogens.

»Eigentlich«, erklärte ich ihm und schob die Brille auf die Stirn, »entspricht das dem Jahr 341. Die byzantinische Zeitrechnung setzt am 1. September 5509 ein, dem Tag, an dem ihrem Glauben nach Gott die Welt erschaffen hat.«

»Dieser Myrogenes, Diakon der heiligen Grabeskirche von Jerusalem«, folgerte der Professor und verschränkte dabei die Hände ineinander, »wurde also am 1. September 341 zum geistigen Führer der Bruderschaft der Staurophylakes. Das heißt, wenn ich mich recht erinnere, fünfzehn Jahre, nachdem Kaiserin Helena das Heilige Kreuz entdeckt hatte.«

»Genau. Und ab diesem Zeitpunkt«, fügte ich hinzu, »nennt er sich Cato und beginnt die Chronik zu verfassen.«

»Wir brauchen zu dieser Bruderschaft zusätzliche Informationen«, urteilte der Hauptmann und richtete sich auf. Obwohl Koordinator der Mission, hatte er momentan am wenigsten Arbeit und wollte sich endlich wieder nützlich machen. »Ich kümmere mich darum.«

»Das ist eine gute Idee«, stimmte ich zu, »ganz unabhängig von der Untersuchung des Kodexes sollten wir nachprüfen, ob es die Staurophylakes wirklich gegeben hat.«

An der Tür meines Labors war ein leichtes Klopfen zu vernehmen. Es war der Präfekt, Hochwürden Pater Ramondino, der von einem Ohr zum anderen strahlte.

»Ich wollte Sie zum Essen ins Restaurant des Domus einladen«, sagte er. »Wir sollten die Fortschritte feiern.«

Doch nicht alles lief so gut, wie wir glaubten: Noch am selben Abend, während ich ehrenvoll in unsere kleine Wohnung an der Piazza delle Vaschette zurückkehrte, verschwand die berühmte

Kreuzreliquie des Klosters von Sainte-Gudule in Brüssel aus ihrem silbernen Reliquienschrein.

Hauptmann Glauser-Röist blieb den ganzen Montag über verschwunden. Sowie im Vatikan die Nachricht vom neuerlichen Diebstahl eines *lignum crucis* eingegangen war, hatte er das erste Flugzeug nach Brüssel genommen. Unterdessen arbeiteten Professor Boswell und ich in meinem Labor im Hypogäum weiter. Die restaurierten Doppelbogen gelangten nun immer schneller auf meinen Schreibtisch, da die Informatiker den Prozess ständig perfektionierten, weshalb ich manchmal nur über zwei bis drei Stunden verfügte, um das neue Material zu lesen und zu transkribieren, bevor der nächste Schwung kam.

Ich glaube, es war an jenem Montag Anfang April, als Professor Boswell und ich ganz allein in der Personalkantine des Geheimarchivs zu Abend aßen. Anfangs fürchtete ich, dass es ziemlich kompliziert werden würde, mit einem so schüchternen und schweigsamen Menschen eine Unterhaltung zu führen, doch der Professor entpuppte sich bald als ein sehr angenehmer Gesprächspartner. Wir plauderten angeregt über dies und das. Nachdem er mir noch einmal minutiös die ganze Geschichte des Handschriftenraubs geschildert hatte, fragte er mich über meine Familie aus, wollte wissen, ob meine Eltern noch lebten und ich Geschwister habe. Im ersten Moment überrascht, dass unser Gespräch eine so persönliche Wendung nahm, präsentierte ich ihm eine Kurzfassung, doch als er die Zahl der Familienmitglieder hörte, welche den Salina-Clan bildeten, wollte er unbedingt mehr wissen. Ich entsinne mich, dass ich ihm sogar einen Stammbaum auf die Papierserviette skizzierte, damit er immer verfolgen konnte, von wem gerade die Rede war. Es war eigenartig, auf jemanden zu treffen, der zuhören konnte. Professor Boswell fragte nie direkt, er zeigte nicht einmal eine außergewöhnliche Neugier: Er schaute mich lediglich aufmerksam an und nickte oder lächelte im passenden Augenblick. Und ich ging ihm natürlich auf den Leim. Als ich schließlich merkte, was da gerade vor sich ging, hatte ich schon meine ganze Lebensgeschichte vor ihm ausgebreitet. Er lachte vergnügt, und ich dachte, dass es an der Zeit war, zum Gegenangriff überzugehen. Ich fühlte mich auf einmal sehr verletzlich, als hätte ich zu viel geredet und mich überkäme die Reue. Also fragte ich ihn, ob er sich nicht um den möglichen Verlust seines Arbeitsplatzes im Griechisch-Römischen Museum von Alexandria sorge. Er runzelte die Stirn, nahm die Brille ab und rieb sich dann die Nasenwurzel.

»Meine Arbeit …«, murmelte er und schwieg einen Augenblick lang nachdenklich, »Dottoressa, Sie haben keine Ahnung, was in Ägypten gerade vor sich geht, oder?«

»Nein, ich habe nicht den geringsten Schimmer«, antwortete ich verwirrt.

»Sehen Sie … ich bin Kopte, und in Ägypten Kopte zu sein bedeutet, ein Aussätziger zu sein.«

»Das überrascht mich, Professor Boswell«, erwiderte ich. »Sie, die Kopten, sind doch die wahren Nachkommen der alten Ägypter. Die Araber kamen erst viel später. Und Ihre Sprache, das Koptische, hat seinen Ursprung doch im Altägyptischen, das man zu Zeiten der Pharaonen sprach.«

»Schon, aber … wissen Sie, die Dinge sind nicht so schön, wie Sie sie zeichnen. Wenn sie doch nur alle so sehen könnten wie Sie. In Wirklichkeit sind wir Kopten in Ägypten eine Minderheit, eine zudem noch in katholische und orthodoxe Christen geteilte Minderheit. Seit Beginn der fundamentalistischen Revolution bringen die *irhebin* … ich meine, die Terroristen der radikalen Muslimbruderschaft Al-Gama'a al-Islamiyya unaufhörlich Mitglieder unserer kleinen Gemeinden um: Im April 1992 erschoss man in Assiut vierzehn Kopten, weil sie sich weigerten, ›Schutzgelder‹ zu bezahlen. 1994 griff eine bewaffnete Gruppe *irhebin* das koptische Kloster Al Muharraq in Oberägypten, vierzig Kilometer nördlich von Assiut, an und tötete die Mönche und Gläubigen.« Boswell seufzte. »Ständig gibt es Attentate, Diebstähle, Todesdrohungen, Schlägereien … In letzter Zeit hat man sogar damit begonnen, Bomben vor die Portale der bedeutendsten Kirchen von Alexandria und Kairo zu legen.«

Im Stillen folgerte ich aus seinen Erzählungen, dass die ägyptische Regierung wohl nicht viel dafür tat, diese Verbrechen zu verhindern.

»Zum Glück«, rief er plötzlich aus und lachte, »bin ich ein sehr schlechter koptischer Katholik, ich gebe es zu. Schon seit Jahren gehe ich nicht mehr in die Kirche. Das hat mir das Leben gerettet.«

Noch immer schmunzelnd setzte er die Brille auf und schob sorgfältig die Bügel hinter die Ohren.

»Im Juni vergangenen Jahres hat Al-Gama'a al-Islamiyya eine Bombe vor die Kirche des heiligen Antonius in Alexandria gelegt. Fünfzehn Menschen kamen dabei ums Leben, darunter mein jüngerer Bruder Juhanna, seine Frau Zoe und ihr fünf Monate alter Sohn.«

Gelähmt vor Schreck brachte ich kein Wort heraus und starrte auf den Tisch.

»Es tut mir leid …«, stammelte ich mit Mühe und Not.

»Sie … sie müssen nun nicht mehr leiden. Wer hingegen leidet, das ist mein Vater. Er wird es nie verwinden. Als ich ihn gestern anrief, flehte er mich an, nie wieder nach Alexandria zurückzukehren, ich solle für immer hierbleiben.«

Ich wusste nicht, was ich sagen sollte. Angesichts solchen Unglücks, welche Worte waren denn da noch angemessen?

»Meine Arbeit gefiel mir«, fuhr er fort, »aber wenn ich sie verloren habe, wie dies höchstwahrscheinlich der Fall ist, so werde ich eben irgendwo anders wieder von vorn anfangen. Zum Beispiel in Italien, wie es mein Vater wünscht, wo ich in Sicherheit bin. Ich habe ja auch die italienische Staatsbürgerschaft. Durch meine Mutter, das wissen Sie ja.«

»Ach ja, Ihre Mutter war Italienerin, nicht wahr?«

»Sie stammte aus Florenz, um genau zu sein. Mitte der fünfziger Jahre, als das Ägypten der Pharaonen wieder in Mode kam, hatte meine Mutter gerade ihr Archäologiestudium abgeschlossen und erhielt ein Stipendium für die Ausgrabungen in Oxyrhynchos. Mein Vater, der ebenfalls Archäologe ist, war dort eines Tages zu Besuch und … wie das Leben eben so spielt! Meine Mutter meinte immer, sie habe meinen Vater nur geheiratet, weil er ein Boswell sei.« Er lächelte wieder. »Aber sie sagte das natürlich nur im Spaß, denn eigentlich führten meine Eltern eine glückliche Ehe. Sie konnte sich den Sitten und Gebräuchen ihrer neuen Heimat und Religion schnell anpassen, auch wenn sie im Grunde immer die Riten der römisch-katholischen Kirche vorzog.«

Mich plagte die Neugier, ob er dieses intensive Türkisblau seiner Augen von seiner Mutter geerbt hatte – viele Norditalienerinnen haben blaue Augen – oder von seinen entfernten englischen Verwandten, doch erschien es mir nicht sonderlich höflich, ihn jetzt danach zu fragen.

»Professor Boswell …«, begann ich.

»Dottoressa, was halten Sie davon, wenn wir uns bei unseren Vornamen anreden?«, unterbrach er mich und schaute mir dabei wie üblich tief in die Augen. »Hier sind alle so steif und förmlich.«

Ich lächelte.

»Das ist so, weil im Vatikan persönliche Beziehungen nur in einem sehr eingeschränkten Rahmen möglich sind.«

»Na gut … doch was halten Sie davon, wenn wir diesen Rahmen sprengen? Glauben Sie, dass Monsignore Tournier und der Hauptmann sehr schockiert sein werden?«

Ich lachte laut auf.

»Ganz sicher!« Ich gluckste vor Vergnügen. »Aber das geschieht ihnen ganz recht!«

»Fabelhaft!«, rief der Professor aus. »Also … Ottavia?«

»Sehr erfreut, Farag.«

Und wir drückten einander über den Tisch hinweg die Hände.

An diesem Abend entdeckte ich, dass Professor Boswell – Farag – ein ganz bezaubernder Mensch war, vollkommen anders, als er sich in der Öffentlichkeit gab, und ich begriff, dass den Professor nicht die Menschen an und für sich einschüchterten, mit denen er einzeln gut zurechtkam, sondern ihr Auftreten in Gruppen. Je größer der Kreis war, umso schlimmer wurde es für ihn: Dann begann er zu stottern und sich zu verschlucken, er musste sich räuspern und sich immer wieder die Brille zurechtrücken, er blinzelte und war sich unschlüssig …

Tags darauf kehrte Glauser-Röist aus Brüssel zurück. Mit grimmiger Miene erschien er im Labor, die Stirn gerunzelt und die Lippen in einer kaum wahrnehmbaren Linie zusammengekniffen.

»Schlechte Nachrichten, Hauptmann?«, fragte ich, als ich ihn so hereinkommen sah, und blickte vom Doppelbogen (dem vierten) auf, den man mir soeben gebracht hatte.

»Ja, schlechte. Sehr schlechte.«

»Bitte setzen Sie sich und erzählen Sie.«

»Da gibt es nichts zu erzählen«, knurrte er und ließ sich auf einen Stuhl fallen, der unter seinem Gewicht knirschte, »rein gar nichts. Weder hat man Fingerspuren gefunden noch Zeichen von Gewaltanwendung wie aufgebrochene Türen oder sonstige Fährten. Nichts! Die Ganoven haben ganze Arbeit geleistet. Auch hat sich der Verdacht nicht bestätigt, dass man in den letzten Wochen einem Äthiopier die Einreise gestattet hat. Die belgische Polizei will die dort wohnhaften Äthiopier zur Sache vernehmen, vielleicht bringt uns das ja weiter. Man wird mich anrufen, sobald sich etwas Neues ergibt.«

»Womöglich war der Dieb dieses Mal gar kein Äthiopier«, wandte ich ein.

»Daran haben wir auch schon gedacht. Aber wir haben sonst nichts in der Hand.«

Er schaute sich um, mit den Gedanken weit fort.

»Und? Wie läuft es hier so?«, fragte er schließlich und blickte auf den Doppelbogen, der auf meinem Tisch lag. »Sind Sie gut vorangekommen?«

»Es geht immer schneller vorwärts«, erwiderte ich zufrieden, »eigentlich bin ich der Flaschenhals des Ganzen. Ich kann nicht mit der Geschwindigkeit der restlichen Mannschaft mithalten. Das Transkribieren und Übersetzen des Textes erweist sich als sehr kompliziert.«

»Könnte Ihnen nicht irgendeiner Ihrer Mitarbeiter dabei helfen?«

»Die haben schon genug zu tun mit der paläographischen Analyse. Momentan arbeiten sie an der Chronik des zweiten Cato.«

»Es gibt einen zweiten Cato?«, fragte er und machte große Augen.

»O ja! Allem Anschein nach starb Myrogenes früh, schon im Jahre 344. Danach wählte die Bruderschaft der Staurophylakes einen gewissen Pertinax zum Archimandriten. An seiner Chronik arbeiten wir gerade. Laut den Erkenntnissen meiner Mitarbeiter war Cato II. (der sich auch selbst so nannte) ein sehr gebildeter Mann, der über einen reichen Wortschatz verfügte. Sie müssen wissen, dass man das Griechische, welches man in Byzanz benutzte, ganz anders aussprach als das klassische Griechisch, dennoch folgte es dessen grammatischen und lexikographischen Regeln.« Der Hauptmann sah mich an, als könne er sich auf all das keinen Reim machen, weshalb ich versuchte, es ihm anhand eines Beispiels zu erklären: »Das war damals so wie heute mit dem modernen Englisch. Die Kinder müssen es zunächst buchstabieren und dann auswendig lernen, denn seine Aussprache hat nichts zu tun mit dem, wie man es schreibt. Das

Byzantinische war, nach vielen Jahrhunderten der Veränderungen, genauso kompliziert.«

»Ach so, o. k. …«

Er hat's begriffen, Gott sei Dank, dachte ich erleichtert.

»Pertinax, oder Cato II., musste in einem Kloster, in dem man Handschriften verfertigte, eine gute Erziehung genossen haben. Im Gegensatz zu dem reichlich ungebildeten Cato I. beherrschte er die Grammatik tadellos, und sein Stil war sehr elegant. Einige meiner Mitarbeiter vertreten die Auffassung, dass Pertinax womöglich irgendein Angehöriger der kaiserlichen Familie oder des Adels von Konstantinopel war, da sein Duktus sehr vornehme Charakteristiken aufweist, *zu* vornehme für einen Mönch, könnte man meinen.«

»Und was berichtet Cato II.?«

»Gerade eben habe ich seine Chronik beendet«, verkündete ich freudestrahlend. »Während seiner Amtszeit ist die Bruderschaft übermäßig gewachsen. Unzählige Pilger kamen während der religiösen Feste nach Jerusalem, wovon viele sich anschließend im Heiligen Land niederließen. Einige dieser Fremden schlossen sich den Staurophylakes an, und Cato II. berichtet von seinen Schwierigkeiten, so viele Brüder von so unterschiedlicher Gemütsart zu lenken. Es wirft sich für ihn sogar die Frage auf, ob er die Zahl der neuen Mitglieder beschränken soll, doch kommt er zu keinem Entschluss, da der Patriarch von Jerusalem mit dem Anwachsen der Bruderschaft sehr zufrieden ist. Zu dieser Zeit …« – ich blätterte in meinen Notizen – »… zu dieser Zeit muss Maximos II. oder Kyrill I. Patriarch gewesen sein. Ich habe unsere Archivare schon gebeten, ihre Biographien zu überprüfen; vielleicht finden wir ja dort etwas.«

»Hat irgendjemand schon die Datenbanken nach der Bruderschaft durchsucht?«

»Nein, Hauptmann. Diese Aufgabe steht Ihnen zu. Ist Ihnen entfallen, dass Sie sich opfern wollten?«

Als bedeute es eine große Anstrengung für ihn, stand Glauser-Röist schwerfällig auf. Sein für gewöhnlich höchst eleganter Anzug war von der Reise ganz zerknittert. Man merkte ihm seine Niedergeschlagenheit an.

»Ich gehe in die Kaserne, duschen. Am Nachmittag mache ich mich dann an die Arbeit.«

»Der Präfekt, Professor Boswell und ich wollen gleich hinauf in die Personalkantine gehen. Wenn Sie mit uns zu Mittag essen wollen …«

»Warten Sie nicht auf mich«, schlug er meine Einladung ab, »ich habe eine dringende Audienz beim Kardinalstaatssekretär und Seiner Heiligkeit.« Und mit diesen Worten verließ er mein Büro.

Nach Cato II. kam Cato III., Cato IV., Cato V. … Aus irgendeinem unerfindlichen Grund hatten die Archimandriten der Staurophylakes diesen seltsamen Namen gewählt, der die höchste Autorität ihrer Bruderschaft bezeichnen sollte. Zu den hinlänglich bekannten Titeln des Papstes und des Patriarchen gesellte sich so die merkwürdige Anrede eines Cato. Professor Boswell zog sich an einem Tag mit den sieben dicken Wälzern von Plutarchs vergleichenden Biographien, den ›Bioi paralleloi‹, in die Vatikanische Bibliothek zurück und studierte eingehend die Lebensgeschichten der beiden einzigen in die Geschichte eingegangenen Männer mit Namen Cato: Marcus Porcius Cato und Marcus Porcius Cato Uticensis. Nach etlichen Stunden kehrte er mit einer einigermaßen plausiblen Theorie zurück, die von uns für gut befunden wurde, weil es vorerst keine bessere gab.

»Ich bin felsenfest davon überzeugt«, erklärte er uns, »dass einer der beiden Catos den Archimandriten der Staurophylakes als Vorbild gedient hat.«

Wir waren in meinem Labor um meinen mit Papieren und Notizen überhäuften alten Schreibtisch versammelt.

»Marcus Porcius Cato, später *Cato Maior,* Cato der Ältere, genannt«, fuhr er fort, »war ein echter Römer alten Schlags, ein fanatischer Verfechter der althergebrachten römischen Wertvorstellungen, im Stil wie diese amerikanischen Südstaatler, die an die Überlegenheit der weißen Rasse glauben und mit dem Ku-Klux-Klan sympathisieren. Er verachtete die griechische Kultur und Sprache, da er der Auffassung war, dass das Hellenentum die Römer schwäche; aus demselben Grund bekämpfte er auch sonst alles Fremde. Er war so hart und kalt wie Stein.«

»Na, da gibst du uns ja ein schönes Bild von ihm!«, kommentierte ich vergnügt.

Glauser-Röist schaute mich befremdet an, als er das vertrauliche »Du« vernahm und merkte, dass Farag und ich uns angefreundet hatten.

»Von 204 bis 184 v. Chr. wurde Cato nacheinander zum Quästor, Prätor, Konsul und Censor ernannt. Obwohl er sehr vermögend war, lebte er sehr spartanisch. So betrachtete er es zum Beispiel als unnötige Ausgabe, alte, arbeitsunfähig gewordene Sklaven weiterhin zu verköstigen. Um zu sparen, brachte er sie einfach um. Die römischen Bürger rief er auf, es ihm zum Wohle der Republik gleichzutun; er hielt sich für perfekt und vorbildlich.«

»Dieser Cato gefällt mir nicht«, meinte Glauser-Röist, während er sorgsam einen meiner Notizzettel zusammenfaltete.

»Mir auch nicht«, stimmte Farag ihm zu und schüttelte den Kopf. »Ich denke, dass die Bruderschaft ihr Augenmerk zweifellos auf den anderen Cato richtete, Marcus Porcius Cato Uticensis, Urenkel des vorigen und so genannt, weil er sich nach dem Untergang der Republik in Utica das Leben nahm. Ein wahrhaft bewundernswerter Mann, wohlgesittet und pflichtbewusst. Als Quästor der Republik verschaffte er dem römischen Staatshaushalt wieder ein ehrenhaftes Ansehen, wie er dies schon seit Jahrhunderten nicht mehr gehabt hatte. 63 v. Chr. zum Volkstribun designiert, war er unbestechlich und unvoreingenommen, denn er war davon überzeugt, dass, wollte man Gerechtigkeit walten lassen, lediglich der Wille zählte. Seine Rechtschaffenheit war in Rom geradezu sprichwörtlich: Wenn man eine Behauptung energisch bestreiten wollte, sagte man: ›Ich kann's nicht glauben, selbst aus Catos Munde nicht!‹ Er war ein leidenschaftlicher Gegner Julius Caesars, den er zu Recht beschuldigte, ehrgeizig, korrupt und manipulatorisch zu sein und zudem Rom oppositionslos beherrschen zu wollen, das damals noch eine Republik war. Caesar und er konnten sich auf den Tod nicht ausstehen. Jahre-, jahrzehntelang lieferten sie sich einen erbitterten Kampf, der eine, um Alleinherrscher eines riesigen Imperiums zu werden, der andere, um genau dies zu verhindern. Als Julius Caesar schließlich 46 v. Chr. bei Thapsos triumphierte, zog Cato sich nach Utica zurück und tötete sich selbst mit dem Schwert, weil er, wie er sagte, nicht genügend Feigheit besäße, Caesar um sein Leben anzuflehen, noch den nötigen Mut, sich bei seinem Feind zu entschuldigen.«

»Seltsam …«, meinte Glauser-Röist, der Farags Erzählung aufmerksam gelauscht hatte. »Caesar, der Name von Catos Erzfeind, wurde später zum Titel der römischen Herrscher. So wie Cato zum Titel der Archimandriten der Staurophylakes wurde.«

»Das ist wirklich seltsam«, stimmte ich ihm zu.

»Cato Uticensis wurde zum Sinnbild für die Freiheit«, fuhr Farag fort. »Seneca zum Beispiel sagte: ›Weder blieb Cato am Leben, als die Freiheit starb, noch gab es länger Freiheit, als Cato starb‹, und Valerius Maximus fragte sich: ›*Quid ergo Libertas sine Catone?*‹, was so viel heißt wie: ›Was wird ohne Cato aus der Freiheit?‹«

»Catos Name wurde also zum Synonym für Ehrhaftigkeit und Freiheit genauso wie der Caesars zum Synonym für Machtfülle«, folgerte ich.

»So ist es«, erwiderte der Professor und schob sich im selben Moment wie ich die Brille wieder zur Nasenwurzel hoch.

»Es ist … sehr merkwürdig, zweifellos«, meinte nun auch Glauser-Röist und blickte abwechselnd zu Farag und zu mir.

»Allmählich haben wir einige wirklich interessante Bruchstücke dieses unglaublichen Puzzles zusammen«, sagte ich, um das Schweigen zu brechen, das plötzlich eingetreten war, »am Phantastischsten von allem ist aber, was ich beim Lesen der Chronik von Cato v. herausgefunden habe.«

»Was denn?«, wollte Farag interessiert wissen.

»Die Catos schrieben ihre Chroniken im Katharinenkloster!«

»Im Ernst?«

Ich nickte bedeutungsvoll.

»Eigentlich hatte ich so etwas Ähnliches schon vermutet, denn so ein Kodex wie unserer hier muss in irgendeinem Kloster oder in einer großen byzantinischen Bibliothek entstanden sein. Das Pergament musste zugeschnitten und mit winzigen Löchern perforiert werden, welche auf dem Blatt den Anfang und das Ende des Textes markieren; man musste es linieren, damit die Schrift nicht krumm und schief verlief; man hatte die Initialen zu Beginn jedes Absatzes zu zeichnen … Kurzum: eine Arbeit, die Gewissenhaftigkeit und Sachkenntnis erfordert. Und wir sollten auch daran denken, dass die Doppelbogen danach noch ineinandergesteckt und mit den Holzdeckeln verbunden werden mussten. Es liegt auf der Hand, dass die Catos die Dienste von Spezialisten in Anspruch nahmen, und da der Inhalt der Chroniken vermutlich streng geheim war, kann es sich dabei nur um einen Klosterkomplex handeln, der so abgeschieden wie möglich sein musste.«

»Aber es gab Hunderte von Klöstern, wo sie dies hätten tun können!«, wandte Farag ein.

»Ja, das stimmt, aber das Katharinenkloster wurde ja auf Geheiß der heiligen Helena errichtet, der Kaiserin, die das Heilige Kreuz entdeckt hatte. Und vergiss nicht, dass ihr den Kodex dort auch gefunden habt. So kam ich zu dem logischen Schluss, dass man ihn wohl im Katharinenkloster aufbewahrte und die Catos entweder in das Sinai-Gebirge reisten, um ihre Chronik vor Ort zu verfassen, oder der Kodex ihnen zugesandt wurde und sie ihn später wieder dem Kloster zurückgaben. Das würde auch erklären, warum er später nicht fortgeführt wurde. Vielleicht haben die Staurophylakes keine weiteren Chroniken mehr verfasst, vielleicht war aber auch etwas geschehen, was dies verhinderte. Jedenfalls erklärt Cato v., dass seine Reise ins Kloster beschwerlich und voller Gefahren gewesen sei, er sie aufgrund seines hohen Alters aber nicht länger habe aufschieben können.«

»Ich denke, dass die Beziehungen zwischen der Bruderschaft und dem Kloster sehr eng gewesen sein müssen«, erklärte Farag, »doch wie eng, werden wir wahrscheinlich nie erfahren.«

»Was haben wir noch herausgefunden?«

»Also …« Ich konsultierte meine flüchtigen Notizen, die ich mir während der Lektüre der ausführlichen Gutachten meiner Mitarbeiter mit flinker Feder gemacht hatte: »… noch bleibt mir einiges zu übersetzen, aber ich kann Ihnen schon berichten, dass die meisten Catos kaum ein paar Zeilen der Chronik gefüllt haben, andere hingegen eine Seite oder einen Doppelbogen, ein paar sogar zwei und ganz wenige drei. Aber alle, ohne Ausnahme, sind in den letzten fünf oder zehn Jahren ihres Lebens ins Katharinenkloster gereist, und wenn sie etwas zu erwähnen vergaßen oder aus welchen Gründen auch immer nicht erzählen konnten, so setzt es der nächste Cato an den Anfang seiner Chronik.«

»Wissen wir, wie viele Catos es insgesamt gab?«

»Das kann ich noch nicht mit Gewissheit sagen, Hauptmann. Das Rechenzentrum hat noch nicht das gesamte Manuskript rekonstruiert, aber bis zur Einnahme Jerusalems im Jahre 614 durch den sassanidischen König Chosrau II. waren es sechsunddreißig Catos.«

»Sechsunddreißig Catos!« Der Hauptmann machte große

Augen. »Und was geschah während dieser ganzen Zeit mit der Bruderschaft?«

»Oh, scheinbar nichts Besonderes! Ihr Hauptproblem waren die römischen Pilger, die zu bestimmten Zeiten zu Tausenden ins Land strömten. Die Staurophylakes mussten eine Art Leibwache zusammenstellen, die sich neben dem Heiligen Kreuz postierte, denn neben etlichem anderen Unfug rissen zahlreiche Pilger, wenn sie sich zum Kusse niederknieten, mit ihren Zähnen Splitter vom Holz ab. Um das Jahr 570 geriet man unter Cato XXX. erstmals ernsthaft in Bedrängnis. Eine Bande korrupter Staurophylakes hatte versucht, das Heiligtum zu stehlen: ehemalige Pilger, die Jahre zuvor der Bruderschaft beigetreten waren und die man nie im Leben verdächtigt hätte, wären sie nicht auf frischer Tat ertappt worden. Offenbar bildete die Bruderschaft eine Art Trittbrett für das latinische Lumpenpack, das nur auf Profit aus war und zu Reichtum kommen wollte. Dies entfachte wieder die alte Diskussion, ob man die Zahl der Staurophylakes nicht beschränken sollte. Doch weder bei dieser Gelegenheit noch in den darauf folgenden Jahren unternahm man etwas, da die Patriarchen von Jerusalem, Alexandria und Konstantinopel die Brüder gehörig unter Druck setzten: Sie wollten, dass alles beim Alten blieb, da sie die Überwachungsfunktion der Staurophylakes sehr schätzten und folglich nicht daran interessiert waren, dass sich die Bruderschaft in eine Art Privatclub verwandelte.«

»Und Sie, Hauptmann?«, ließ sich Farag plötzlich erwartungsvoll vernehmen. »Haben Sie irgendetwas über die Staurophylakes entdeckt?«

Während der letzten Tage hatten wir ihn fieberhaft am Computer arbeiten sehen, wie er Seite um Seite ausdruckte und sie ein ums andere Mal durchging. Ich hatte eigentlich erwartet, dass er uns irgendwann von einem interessanten Fund berichten würde, doch die Tage vergingen, und Glauser-Röist war wieder zum altbekannten Felsen geworden: schweigsam und unerschütterlich wie eh und je.

»Ich habe die Tage etliche Datenbanken durchforstet, in der Tat. Aber ich habe rein gar nichts in Erfahrung gebracht.« Er schien in tiefes Nachdenken versunken zu sein. »Also gut ... das stimmt nicht ganz. Ich habe durchaus einen Hinweis gefunden. Doch der war so belanglos, dass ich ihn eigentlich nicht für erwähnenswert hielt.«

»Also bitte, Hauptmann!«, protestierte ich ehrlich entrüstet.

»O.k., ist ja gut ...« Er zerrte an seinem Jackett herum. »Ich fand eine Anspielung in dem sonderbaren Manuskript einer galizischen Nonne.«

»Im ›Itinerarium‹ der Egeria?«, unterbrach ich ihn bissig. »Davon habe ich Ihnen doch schon erzählt, als wir Hintergrundinformationen zum Katharinenkloster suchten.«

Der Hauptmann nickte.

»Genau, das ›Itinerarium‹ der Egeria, geschrieben zwischen Ostern des Jahres 381 und 384. Nun, in dem Kapitel über die Karfreitagsriten in Jerusalem behauptet sie, dass das Heilige Kreuz sich in der Obhut der Staurophylakes befindet und sie die Gläubigen zu beaufsichtigen haben, die sich ihm nähern. Egeria hat es mit ihren eigenen Augen gesehen.«

»Da haben wir den Beweis!«, rief Farag freudestrahlend aus. »Die Staurophylakes hat es gegeben! Der ›Codex Iyasus‹ sagt die Wahrheit!«

»Dann an die Arbeit!«, knurrte Glauser-Röist übel gelaunt. »Der Kardinalstaatssekretär ist höchst unzufrieden mit unserer bescheidenen Ausbeute.«

Zum ersten Mal in meinem Leben nahte die Karwoche, ohne dass ich mir dessen bewusst wurde. Weder beging ich den Palmsonntag noch den Gründonnerstag, noch den Ostersonntag; ebenso wenig eilte ich zu den Bußandachten oder der Osterwache. Und wo ich schon dabei bin: Nicht einmal zu meiner allwöchentlichen Beichte beim gütigen Pater Pintonello ging ich. Alle, die im Hypogäum in Arbeit versunken waren, erhielten von Seiner Heiligkeit eine Dispens, die uns von unseren religiösen Pflichten entband. Der Papst, der zur selben Zeit die Liturgie der Karwoche feierte und in allen Medien erschien (und damit wieder einmal bewies, dass er entgegen der landläufigen Meinung so rüstig wie eh und je war), wünschte, dass wir tief unter der Erde weiterarbeiteten, bis wir das Problem gelöst hätten. Und trotz aller Müdigkeit versuchten wir seinem Wunsch auch mit wahrem Eifer nachzukommen: Wir gingen nicht mehr in die Personalkantine, weil man uns das Essen ins Labor hinunterbrachte; wir übernachteten auch nicht mehr zu Hause, da man uns im Domus Sanctae Martae Zimmer zur Verfügung gestellt hatte; wir ließen sogar die kurzen Pausen ausfallen, weil wir einfach keine Zeit mehr dazu hatten. Wir waren freiwillige Gefangene, die der Rausch der Leidenschaft gepackt hatte, die von dem Gedanken besessen waren, ein über Jahrhunderte sorgsam gehütetes Geheimnis endlich zu lüften.

Der Einzige, der das Hypogäum einigermaßen regelmäßig verließ, war der Hauptmann. Abgesehen von seinen gewohnten Unterredungen mit dem Kardinalstaatssekretär Angelo Sodano, den er über den Stand der Untersuchung zu informieren hatte, ging Glauser Röist zum Schlafen in die Kaserne der Schweizergarde (die Offiziere und Unteroffiziere des Korps verfügten dort über eigene Zimmer), und manchmal blieb er auch mehrere Stunden fort, um Schießübungen zu machen oder Angelegenheiten zu regeln, von denen wir nicht den leisesten Schimmer hatten. Er war ein geheimnisvoller Kerl, dieser Glauser-Röist: zurückhaltend, fast immer einsilbig und hin und wieder sogar ein wenig unheimlich. Zumindest mir kam er so vor. Farag war da ganz anderer Meinung. Er war davon überzeugt, dass Glauser-Röist ein aufrichtiger und umgänglicher Mensch war, dem die Art der Arbeit, die er zu erledigen hatte, zu schaffen machte.

Während der langen Fahrt im Landrover quer durch ganz Ägypten hatten sie viel miteinander geredet, und obwohl der Hauptmann ihm nicht den Inhalt seiner Zuständigkeiten enthüllte, hatte Farag gespürt, dass sie ihm nicht übermäßig gefielen.

»Was hat er dir sonst noch verraten?«, wollte ich an einem Nachmittag wissen, während wir (endlich!) an einem der letzten Doppelbogen des Kodexes arbeiteten. Ich platzte fast vor Neugier. »Ist er nicht ins Detail gegangen und hat dir von seinem Leben erzählt? Ist ihm denn keine unbedachtsame Äußerung entschlüpft?«

Farag kugelte sich vor Lachen, wobei seine Zähne im Kontrast zu seiner dunklen Haut strahlend weiß blitzten.

»Ich … ich erinnere mich nur«, brach es glucksend aus ihm heraus, während er gleichzeitig versuchte, seinen arabischen Akzent auszumerzen, »dass er meinte, er sei in die Schweizergarde eingetreten, weil das schon all seine Familienangehörigen gemacht hätten, seit sein Vorfahre, Oberst Kaspar Röist, 1527 während der Plünderung Roms Papst Clemens VII. vor den Landsknechten Karls V. gerettet habe.«

»Donnerwetter! Der Hauptmann ist also von edler Abkunft!«

»Und er hat mir erzählt, dass er in Bern geboren wurde und an der Universität Zürich studiert hat.«

»Und was?«

»Agrartechnik.«

Ich sperrte Mund und Augen auf.

»Agrartechnik?«

»Was ist daran so seltsam?«, fragte er erstaunt. »Na ja, womöglich kannst du ja eher damit was anfangen: Ich glaube, dass er auch erzählte, er habe an der Universität Rom einen Abschluss in italienischer Philologie gemacht.«

»Ich kann ihn mir wirklich nicht vorstellen, wie er Gewächshäuser für Obst und Gemüse baut«, stammelte ich, noch immer tief beeindruckt.

Da platzte Farag so laut heraus, dass er sich mit beiden Händen die Tränen aus den Augen wischen musste.

»Du bist unmöglich! Du hast einen solchen Dickschädel, dass …« Er sah mich einen Augenblick mit leuchtenden Augen an, schüttelte dann allerdings den Kopf und deutete mit dem Finger auf den Doppelbogen, den wir erst zur Hälfte bearbeitet hatten. »Was hältst du davon, wenn wir wieder ein bisschen arbeiten?«

»Ja, das wird besser sein … Hier … hier sind wir stehen geblieben«, meinte ich und deutete mit dem Kugelschreiber auf eine Stelle mitten in der zweiten Kolumne der Seite.

Mit der Einnahme Jerusalems durch den sassanidischen König Chosrau II. im Jahre 614 ballten sich über den Staurophylakes dunkle Wolken zusammen. Nach dem Sieg verschleppte Chosrau II. das Heilige Kreuz nach Ktesiphon, der Hauptstadt seines Reiches, wo er es als Symbol für seine eigene Göttlichkeit zu Füßen seines Throns aufstellen ließ. Die willensschwächsten Brüder stoben daraufhin erschreckt auseinander und suchten das Weite, während die wenigen, die unter Cato XXXVI. übrig geblieben waren und sich für den Verlust der Reliquie verantwortlich fühlten, sich allen nur erdenklichen Sühneopfern wie Geißelungen und Sonstigem verschrieben, die sie sich für ihre vermeintliche Fahrlässigkeit auferlegt hatten. Einige starben sogar an den Folgen der selbst zugefügten Wunden. Es verstrichen fünfzehn traurige Jahre, in denen der byzantinische Kaiser Herakleios Chosrau II. erbitterte Kämpfe lieferte, bis er ihm die vernichtende Niederlage zufügte. Kurz darauf kehrte das Heilige Kreuz nach Jerusalem zurück: Am 14. September des Jahres 629 brachte es der Herrscher höchstpersönlich in einer bewegenden Prozession, an der auch die Staurophylakes teilnahmen, wieder in die Grabeskirche, wo im Anschluss daran ein feierlicher Gottesdienst zelebriert wurde. Seit damals ist der 14. September in den liturgischen Kalendern als Tag der Kreuzerhöhung vermerkt.

Doch die Schrecken hatten damit noch kein Ende. Nur neun Jahre später, im Jahre 638, stand ein anderes mächtiges Heer vor den Toren Jerusalems: die Araber unter der Befehlsgewalt des Kalifen Omar. Damals hatte die Bruderschaft gerade erst einen neuen Cato gewählt – Cato XXXVII. mit ursprünglichem Namen Anastasios –, welcher der Überzeugung war, dass man der drohenden Gefahr nicht untätig entgegensehen durfte. Sobald die ersten Nachrichten von der bevorstehenden Invasion eintrafen, schickte Cato XXXVII. eine Abordnung von angesehenen Staurophylakes zum Kalifen, um mit ihm über einen Pakt zu unterhandeln. Im Geheimen vereinbarte man, dass die Araber die Unversehrtheit des Heiligen Kreuzes garantieren würden, wenn die Bruderschaft als Gegenleistung mit ihnen kollaborierte, um die christlichen und jüdischen Schätze ausfindig zu machen, die man in der Stadt angesichts der muslimischen Bedrohung sorgfältig versteckt hatte. Omar hielt Wort und die Wächter des Kreuzes ebenfalls; und über ein paar Jahrhunderte lebten die drei monotheistischen Religionen (Christen, Juden, Moslems) miteinander in Frieden und Eintracht.

In dieser geruhsamen Zeit machte die Bruderschaft einschneidende Veränderungen durch. Der Verlust des Heiligen Kreuzes während der persischen Eroberung Jerusalems und die spätere Übereinkunft mit den Arabern war den Staurophylakes eine Lehre gewesen. Felsenfest davon überzeugt, dass ihre Mission schlicht darin bestand, das »Holz des Lebens« vor allen Gefahren zu schützen, gaben sie sich fortan zurückhaltender. Sie sagten sich vom Einfluss der Patriarchen los, agierten mehr im Verborgenen und wurden dadurch wesentlich mächtiger. Männer aus den besten Familien Konstantinopels, Antiochias, Alexandrias und Athens, aber auch aus Florenz, Ravenna, Mailand und Rom traten der Bruderschaft bei, die nicht länger aus ein paar starken Burschen bestand, die den Pilgern entschlossen den Kopf zurechtrückten, sollten sie es wagen, das Heilige Kreuz zu berühren; nein, jetzt gehörten ihr gebildete, intelligente Männer an, die eher Soldaten und Diplomaten denn Diakone und Mönche waren.

Wie das den Staurophylakes gelungen war? Nun, indem sie genau das taten, was Cato II. schon im 4. Jahrhundert vorgeschlagen hatte: Sie legten eine Reihe von Aufnahmebedingungen fest. So mussten die Anwärter lesen und schreiben können, Latein und Griechisch beherrschen und über Kenntnisse in Mathematik, Musik, Astrologie und Philosophie verfügen. Desgleichen hatten sie sich bestimmten sportlichen Prüfungen zu unterziehen, bei denen sie ihre Kraft und Ausdauer unter Beweis stellen mussten. So verwandelte sich die Bruderschaft mit der Zeit in eine bedeutsame, unabhängige Institution, die sich ganz ihrer einzigartigen Mission weihte.

Probleme tauchten erst wieder auf, als infolge einer Vertiefung der christlichen Frömmigkeit im 11. Jahrhundert europäische Pilgerscharen ins Land strömten, vornehmlich Bettelvolk, Strauchdiebe, Abenteurer, Asketen und Mystiker: pittoreske Gestalten, die ein Plätzchen suchten, wo sie sich über Wasser halten konnten, bis der Tod sie ereilte. Während des 9. und 10. Jahrhunderts verschlechterte sich die Lage zusehends, da die nachfolgenden Kalifen längst nicht mehr so edelmütig wie Omar waren und den Christen den Zutritt zu den heiligen Stätten verboten. Dann, im Jahre 1009, befahl der fanatische Kalif Al-Hakim, mit dem der Patriarch von Jerusalem und auch die Bruderschaft bereits ernsthafte Probleme gehabt hatten, die Zerstörung aller nichtislamischen Heiligtümer. Während seine muslimischen Gotteskrieger Kirche um Kirche und Tempel um Tempel dem Erdboden gleichzumachen begannen, brachten die Staurophylakes das Kreuz mit fliegender Hast in Sicherheit. Sie versteckten es an einem Ort, den man in weiser Voraussicht für den Notfall vorbereitet hatte: eine geheime Krypta unter der Grabeskirche. So konnte das Kreuz gerettet werden; einige Staurophylakes mussten allerdings im Kampf gegen die Araber ihr Leben opfern, damit ihre Mitbrüder unbemerkt in das Versteck gelangen konnten.

Die Restaurierungswerkstatt vervollständigte den Doppelbogen Nr. 182, den letzten, am ersten Sonntag nach Ostern. Zwei Tage später, Anfang Mai, schlossen meine Mitarbeiter die paläographische Analyse ab. Nun fehlte nur noch mein Part, der am langsamsten vorwärtsging, weshalb wir die Aufgaben umverteilten. Nachdem man die übrigen Mitarbeiter des Geheimarchivs freigestellt hatte, machte sich meine gesamte Abteilung an die Übersetzung. Auf diese Weise konnten Glauser-Röist, Farag und ich uns entspannt dem Studium der Chroniken widmen, die übersetzt aus dem Labor kamen.

1054 kam es zum großen Schisma. Ost- und Westkirche gerieten wegen des Universalanspruchs beider Kirchen heftig aneinander: Rom behauptete, dass der Papst Petrus' einziger und unmittelbarer Nachfolger sei, was die Patriarchen energisch zurückwiesen und wogegen sie geltend machten, dass sie nach dem Vorbild der frühchristlichen Gemeinden allesamt legitime Nachfolger des Apostels seien.

Die Staurophylakes bezogen in diesem Konflikt keine Stellung; sie waren nur sich selbst und dem Heiligen Kreuz treu. Ihre Haltung gegenüber dem Rest der Welt war von tiefem Misstrauen geprägt, das mit jeder politischen oder religiösen Krise wuchs. Während Cato LXVI. noch darüber nachdachte, welche Maßnahmen zu ergreifen wären, um die Bruderschaft vor den heftigen Angriffen beider christlicher Kirchen zu schützen, stand das Heilige Land erneut vor einem Krieg: Im Frühling des Jahres 1097 sammelten sich in Konstantinopel vier große Kreuzritterheere mit dem gemeinsamen Ziel, Jerusalem zu erobern und die heiligen Stätten von der muslimischen Herrschaft zu befreien.

Wiederum schlichen sich Unterhändler der Bruderschaft aus der Stadt, dieses Mal in der Absicht, mit dem Kreuzfahrerheer unter Führung von Gottfried von Bouillon zu paktieren. Zu dem konspirativen Treffen kam es zwei Monate später vor Antiochia, das von den Kreuzfahrern gerade belagert wurde, nachdem man in Nikaia und Dorylaion die Seldschuken besiegt hatte. Wie Cato LXVI. in seiner Chronik berichtete, ging Gottfried von Bouillon jedoch nicht auf die vorgeschlagene Geheimabsprache ein, da die Rückgewinnung des Heiligen Kreuzes, dessen Symbol auf allen Ritterrüstungen prangte, das eigentliche Ziel ihres Kreuzzuges sei und er um nichts in der Welt, auch um keinen muslimischen, jüdischen oder orthodoxen Schatz, davon Abstand nehmen würde. Doch nicht genug damit: Gottfried von Bouillon drohte ihnen gleichfalls an, sie nach der Erstürmung Jerusalems zu exkommunizieren und die Bruderschaft aufzulösen, da sie sich während des großen Schismas nicht auf die Seite der römischen Kirche hatten schlagen wollen.

Mit solch schlechten Nachrichten kehrten die Gesandten nach Jerusalem zurück. Tiefe Verzweiflung kam über die Wächter des Heiligen Kreuzes. In der Nacht zum 3. Juli 1098 berief Cato LXVI. alle Staurophylakes zu einer Versammlung in der Grabeskirche ein und berichtete ihnen von den heraufziehenden Gefahren. Daraufhin beschlossen alle Anwesenden einmütig, mitsamt der Reliquie unterzutauchen. Ab diesem Zeitpunkt hörte die Bruderschaft der Staurophylakes auf, offiziell zu existieren.

Ein Jahr danach stürmten die Kreuzritter nach fünf Wochen Belagerung mit Katapulten die Stadt und massakrierten im wahrsten Sinne des Wortes die gesamte Bevölkerung. Das Blut muss in solchen Strömen durch die Gassen geflossen sein, dass das kriegerische Fußvolk nicht vorrücken konnte und die Pferde sich erschreckt aufbäumten und scheuten. Inmitten dieses Gemetzels schlug sich Gottfried von Bouillon zur Grabeskirche durch, um das Heilige Kreuz in Besitz zu nehmen. Es war jedoch spurlos verschwunden. Zornerfüllt befahl er, ihm alle überlebenden Staurophylakes vorzuführen, doch man konnte keinen einzigen aufspüren. Daraufhin ließ er die orthodoxen Priester foltern, bis diese gestanden, dass sich unter ihnen drei Staurophylakes befanden: Agapios, Elijjahu und Theophanes, die drei jüngsten Mönche, waren in Jerusalem geblieben, um das Kreuz zu bewachen. Gottfried von Bouillon folterte sie zu Tode; zuerst ließ er sie auspeitschen, dann brachte er sie auf den Scheiterhaufen oder ließ sie vierteilen. Theophanes, der von den dreien am wenigsten Rückgrat besaß, hielt den Qualen nicht stand. Mit Händen und Füßen schon an die Pferde gebunden, schrie er im letzten Moment, dass das Kreuz unter der Basilika verborgen lag. Fast bewusstlos von Bouillons Kreuzrittern in die Grabeskirche geschleift, zeigte er ihnen mit letzter Kraft die geheime Krypta. Danach überließ man ihn auf der Straße seinem Schicksal: von unbekannter Hand erstochen zu werden.

Das Heilige Kreuz wurde auf diese Weise zur wichtigsten Reliquie der Kreuzfahrer, das sie fortan auf all ihren Schlachten vorantrugen und dem sie es auch zu verdanken glaubten, dass sie über hundert Jahre lang nicht geschlagen wurden. Unterdessen machte man europäischen Kirchenfürsten, Königen, Klöstern und Adelsfamilien unzählige *ligna crucis* zum Geschenk. Das Heilige Kreuz wurde verteilt, als wäre es eine Torte, und wer einen seiner Splitter bekam, der konnte sich glücklich schätzen, denn die herbeieilenden Pilger brachten ihm großen Reichtum. Ohnmächtig mussten die Staurophylakes diese Zerstückelung aus der Ferne mit ansehen. Ihr anfänglicher Verdruss wandelte sich in Groll, in blinde Wut, und sie schworen sich, die Überreste des Heiligen Kreuzes zurückzuerobern, koste es, was es wolle. Aber vorerst war daran noch nicht zu denken.

Aus der Chronik von Cato LXXII. erfuhren wir dann, dass sich einige der Brüder unbemerkt in die Reihen der Kreuzfahrer eingeschleust hatten, um das Kreuz nicht aus den Augen zu verlieren, da man befürchtete, dass es bei irgendeiner Schlacht oder einem Scharmützel in muslimische Hände fallen könnte, denn die

Araber und Türken kannten durchaus seine Bedeutung für die Christen und wussten, dass, wenn sie es ihnen entrissen, deren siegreiche Tage gezählt waren. Zur selben Zeit, etwa um das Jahr 1150 herum, brachen etliche Staurophylakes nach den wichtigsten christlichen Städten des Abend- und Morgenlandes auf. Man hatte sich überlegt, mit hochgestellten Persönlichkeiten Fühlung aufzunehmen; vielleicht konnte man so erreichen, dass diese sich zu gegebener Zeit für die Bruderschaft verwenden und die Rückgabe der Reliquie einfordern würden. Mit der Zeit traten die Staurophylakes auch mit einigen der auf dem Christentum gründenden Orden und Vereinigungen mit Initiationscharakter in Verbindung, die im damaligen Europa weite Verbreitung gefunden hatten. Von den Templern und Katharern über die provenzalische *Massenie du Saint Graal,* die *Compagnonnage* oder die italienischen *Fedeli d'Amore:* Mit fast allen nahmen die Staurophylakes Kontakt auf, tauschten Wissen aus, ja traten ihnen sogar bei, so dass es zu einer gegenseitigen Durchdringung kam. Zudem warb man etliche Jünglinge der angesehensten Familien an; sie sollten unter dem wachsamen Auge der Bruderschaft zunächst heranwachsen, bevor man ihnen Machtpositionen anvertraute, die ihnen aufgrund ihrer Abstammung zukamen. Allerdings hatte für diese jungen Männer die Tatsache, »Wächter des Heiligen Kreuzes« zu sein, nur wenig Substanz; das Kreuz verbanden sie mit Jerusalem, und Jerusalem war viel zu weit weg. Viele von ihnen verließen deshalb die Bruderschaft schon wenige Jahre nachdem sie ihr beigetreten waren, und es war gerade einer dieser Abtrünnigen, der der geistlichen Obrigkeit von Mailand minutiös schilderte, was er über die Staurophylakes wusste. Der Grünschnabel maß der Sache keine Bedeutung bei, auf sein Leben wirkte sich die Denunziation nicht nachteilig aus, und er hatte das Ganze schon bald vergessen. In Jerusalem und Konstantinopel jedoch gereichte sie durchaus jemandem zum Schaden: Ein Jahr später nahm man Cato LXXV. und die dort wohnhaften Staurophylakes fest und warf sie in den Kerker, wo man sie daran erinnerte, dass ihre Bruderschaft über hundert Jahre vorher von Gottfried von Bouillon aufgelöst worden war und man sie exkommuniziert hatte, weshalb man sie jetzt als rückfällige Ketzer betrachtete, die mit dem Tode zu bestrafen waren. Alle, ohne Ausnahme, wurden hingerichtet.

Der nachfolgende Cato, der diese traurigen Ereignisse zu Beginn seiner Chronik beschrieb, war einer der Staurophylakes, die sich in Antiochia niedergelassen hatten. Ende des Jahres 1187 berief er alle Brüder zu einer Versammlung ein und musste ihnen zur Begrüßung gleich eine schreckliche Mitteilung machen, die bereits in aller Munde war: Saladin, der Sultan der Ayyubiden, hatte die Kreuzritter in der Schlacht von Hattin in Galiläa geschlagen und, den in das Kreuzzugsheer infiltrierten Staurophylakes zufolge, das Heilige Kreuz dem Frankenkönig Guy de Lusignan entrissen. Christi Kreuz war in muslimische Hände gefallen.

Viele wichtige Dinge wurden bei jenem Treffen in Antiochia beschlossen, das sich über mehrere Monate hinzog. Nicht nur, dass man die Brüder bestimmte, die Saladins Heer durchsetzen sollten, um das Kreuz im Auge zu behalten und es den Arabern gegebenenfalls zu entwenden (Nikephoros Panteugenos, Sophronios von Teila, Joachim Sandalya, Dionysos von Dara und Abraham Abdounita); man sah auch die Notwendigkeit ein, die Staurophylax-Anwärter sorgfältiger auszuwählen, damit sich nicht noch einmal so ein Verrat wiederhole wie der, welcher Cato LXXV. und den Brüdern von Jerusalem und Konstantinopel das Leben gekostet hatte. Deshalb sollten fünfzehn Brüder aus Rom, Ravenna, Athen, Antiochia und Alexandria einen Initiationsritus ersinnen, der streng genug war, dass nur die besten und treuesten unter den Anwärtern wirklich in die Bruderschaft eintreten konnten. Man wollte kein Mitleid haben mit dem, der die Prüfungen nicht bestand; man würde ihn für alle Zeiten zum

Schweigen bringen. Eine weitere Gruppe von zwölf Staurophylakes wurde damit beauftragt, den sichersten und abgeschiedensten Ort auf der Welt zu finden, wo man die Reliquie verstecken konnte, sobald man sie zurückerobert hatte. Wenn das Heilige Kreuz erst einmal wieder in ihren Händen wäre, würde man es nie wieder ans Tageslicht holen und auch nie wieder zulassen, dass ein Ungläubiger es nochmals berührte; weder berührte noch zu Gesicht bekam, denn sein Zufluchtsort müsste wirklich uneinnehmbar sein. Die zwölf Brüder sollten die ganze Welt bereisen, bis sie den idealen Ort gefunden hätten; unterdessen würden alle Anstrengungen der übrigen Staurophylakes darauf ausgerichtet sein, die Reliquie wieder in ihren Besitz zu bringen. Die mehr als achthundert Jahre, die es ihre Bruderschaft nun schon gab, konnten einfach nicht mit einem schmählichen Fiasko enden.

Nur wenige Monate hatte Saladin benötigt, um fast das gesamte Heilige Land einzunehmen. Die Kreuzritter sahen sich zum Rückzug an die Küsten von Tyros im heutigen Libanon genötigt. 1191 bot Richard I. Löwenherz von England den Arabern die Stirn, eroberte Zypern, erstürmte Akkon und besiegte sie in zahlreichen Schlachten. Da willigte der Sultan endlich in Gespräche über die Rückgabe des Heiligen Kreuzes ein. Die Unterhändler des englischen Königs, unter ihnen auch ein Staurophylax, bekamen die Reliquie von Nahem zu sehen und durften sie auch anbeten; doch dann befahl Richard aus irgendeinem unerfindlichen Grund, zweitausend muslimische Kriegsgefangene zu töten. Saladin brach die Verhandlungen ab.

Vier Jahre später, im Juli 1195, brachten die Staurophylakes, welche den Initiationsritus entwickeln sollten, ihre Arbeit zum Abschluss. Man schickte Boten in die wichtigsten Städte der Welt, damit sie den Brüdern die erfreuliche Nachricht mitteilten, und schon kurz darauf unterzog sich der erste Kandidat den Prüfungen. Cato LXXVI. beschrieb sie folgendermaßen:

Damit seine Seele rein zum Heiligen Kreuz des Erlösers gelangt und sich seiner Verehrung auch würdig erweist, muss der Anwärter zuvor all seine Sünden büßen, bis seine Seele frei von jedem Makel ist. Die sieben Todsünden soll er in den sieben Städten sühnen, die sich des furchtbaren Privilegs rühmen, dafür sattsam bekannt zu sein: Rom für seinen Hochmut, Ravenna für den Neid, Jerusalem für den Zorn, Athen für die Trägheit, Konstantinopel für die Habsucht, Alexandria für die Völlerei und Antiochia für die Lüsternheit. In jeder von ihnen, als handle es sich um ein Fegefeuer auf Erden, wird er für seine Fehler büßen, um an den verborgenen Ort gelangen zu können, den wir, die Staurophylakes, das »irdische Paradies« nennen, da von einem Zweig des Baums der Erkenntnis, welchen der Erzengel Michael Adam anvertraute und den dieser einpflanzte, der Baum heranwuchs, aus dessen Holz das Kreuz gemacht wurde, an welchem Jesus Christus starb. Und damit die Brüder einer Stadt von dem Geschehen in der vorherigen Stadt Kenntnis bekommen, wird der Anwärter nach jeder bestandenen Prüfung als Erinnerung an seine Sühnetat mit einem Kreuz gezeichnet werden. Eines für jede Todsünde, die von seiner Seele genommen wird. Die Kreuze werden dieselben sein wie auf der Mauer des Katharinenklosters am heiligen Berg Sinai, wo Jahwe Moses die Zehn Gebote anvertraute. Wenn der Bittsteller mit sieben Kreuzen bis ins irdische Paradies gelangt, wird er freundlich aufgenommen werden und auf seinem Körper für alle Zeiten das Christusmonogramm und das heilige Wort tragen, welches unserem Leben seinen Sinn verleiht. Falls es ihm jedoch nicht gelingt, so möge Gott sich seiner Seele erbarmen.

»Sieben Prüfungen in sieben Städten …«, murmelte Farag beeindruckt. »Und Alexandria zählt dazu. Wegen der Sünde der Völlerei.«

Seit zwei Tagen studierten und analysierten wir nun schon den letzten Teil des Materials, das bewegte 12. Jahrhundert, und alles, was wir lasen, brachte uns Abi-Ruj Iyasus ein Stück näher: die Skarifikationen mit den sieben Kreuzen des Katharinenklosters, das Christusmonogramm und das Wort STAUROS. Allein die Vorstellung, dass es die Bruderschaft 1659 Jahre nach ihrer Gründung womöglich noch immer gab, war erschütternd; aber ich glaube, dass inzwischen niemand von uns mehr daran zweifelte, dass sie es waren, die hinter dem Reliquienraub steckten.

»Wo mag sich dieses irdische Paradies wohl befinden?«, fragte ich, während ich meine Brille abnahm und mir die Augen rieb.

»Vielleicht offenbart uns das ja der letzte Doppelbogen«, meinte Farag und griff nach der von meinen Mitarbeitern angefertigten Übersetzung, »na los, wir haben es gleich geschafft. He! Hauptmann!«

Doch Hauptmann Glauser-Röist rührte sich nicht. Sein Blick verlor sich in der Ferne.

»Hauptmann …«, rief ich und schaute Farag dabei fröhlich an. »Ich glaube, er ist eingeschlafen.«

»Nein, nein …«, murmelte Glauser-Röist gedankenverloren, »ich bin hellwach.«

»Was ist es dann?«

Farag und ich kamen aus dem Staunen nicht heraus. Das Gesicht des Hauptmanns war ganz fahl geworden, und seine Augen flackerten. Plötzlich sprang er auf und starrte uns von oben herab an, ohne uns wirklich wahrzunehmen.

»Machen Sie weiter. Ich muss etwas überprüfen.«

»Sie müssen *was* …?«, wollte ich gerade fragen, doch da war Glauser-Röist auch schon aus der Tür hinaus. Ich drehte mich zu Farag um, der ungläubig den Kopf schüttelte. »Was ist denn mit dem los?«

»Das wüsste ich auch gern.«

In Grunde gab es für das Verhalten des Hauptmanns eine einfache Erklärung: Unter großer Anspannung arbeiteten wir viele, viele Stunden lang, wir schliefen kaum noch und verbrachten die Tage in der künstlichen Unterwelt des Hypogäums, ohne je einen Sonnenstrahl zu erhaschen oder etwas frische Luft zu schöpfen. Aber ein erholsamer Ausflug aufs Land oder ein Tag am Strand waren nicht drin, denn wir mussten uns beeilen, wir strengten uns über alle Maßen an, fürchteten wir doch, dass man uns jeden Augenblick die schlechte Nachricht von einem weiteren gestohlenen *lignum crucis* überbrachte.

»Lass uns weitermachen, Ottavia.«

Der letzte Cato, seltsamerweise der Siebenundsiebzigste der langen Reihe, begann seine Chronik mit einem wunderschönen Dankgebet: 1219 hatte die Bruderschaft das Heilige Kreuz wieder in ihren Besitz gebracht.

»Sie haben es wieder!«, rief ich freudestrahlend. Ich hatte vollkommen verdrängt, dass die Staurophylakes eigentlich die Bösen waren.

»Das ist doch klar, meinst du nicht?«

»Also, ich weiß nicht, warum …«, entgegnete ich beleidigt.

»Mensch, Ottavia, weil das Heilige Kreuz damals verlorenging! Oder erinnerst du dich schon nicht mehr an die Geschichte? Nie hat man in Erfahrung gebracht, was mit ihm geschah.«

Farag hatte natürlich recht. Offen gestanden war ich schon so erschöpft, dass ich kein bisschen Grütze mehr im Kopf zu haben schien. Das Heilige Kreuz war während des fünften Kreuzzugs zu Beginn des 13. Jahrhunderts auf geheimnisvolle Weise verschwunden. Cato LXXVII. beschrieb dies selbstverständlich von einem wesentlich parteiischeren Standpunkt aus: Während das Heer des gebannten Kaisers Friedrich II. den Hafen von Damiette im Nil-Delta belagerte, schlug Catos Bericht zufolge Sultan Al-Kamil den Lateinern vor, das Kreuz zurückzugeben, wenn sie dafür Ägypten den Rücken kehrten. Kurz zuvor war Dionysios von Dara, einer der fünf Staurophylakes, die sich zweiunddreißig Jahre zuvor in Saladins Heer eingeschmuggelt hatten, zum

Schatzmeister des Sultans ernannt worden. Er spielte die Rolle eines wichtigen mameluckischen Diplomaten so perfekt, dass ihn Nikephoros Panteugenos in der Nacht, in der er in dessen bescheidenem Haus mit einem großen Paket in den Händen erschien, nicht sogleich erkannte. Beide knieten vor der Reliquie nieder und weinten lange vor Freude. Anschließend gaben sie den restlichen drei Waffenbrüdern heimlich Bescheid. Mit dem ersten Licht des neuen Tages machten sich die fünf verkleideten Staurophylakes auf den Weg ins Katharinenkloster, wo sie sich versteckt hielten, bis Cato LXXVII. mit ihren Mitbrüdern eintraf. Daraufhin verfasste Cato LXXVII. die vor uns liegende Chronik, auf deren vorletzter Seite er erklärt, dass sich die Bruderschaft der Staurophylakes auf ewig in das irdische Paradies zurückzuziehen gedenke, das endlich von den anderen Brüdern gefunden worden war.

»Aber er sagt nicht, wo!«, murrte ich und blätterte weiter.

»Ich denke, wir sollten auch den Schluss lesen.«

»Er wird es nicht preisgeben, du wirst schon sehen!«

Und in der Tat, Cato LXXVII. ließ kein Wort darüber verlauten, wo sich das irdische Paradies befand. Er erwähnte nur, dass es in einem weit entfernten Land liege und da die Vorbereitungen für die lange Reise schon abgeschlossen seien, er den Schlusspunkt unter seinen Bericht setzen müsse, da man gleich aufbrechen würde. Der Kodex verblieb in der Obhut der Mönche des Katharinenklosters, in dessen Bibliothek er nun schon seit neun Jahrhunderten aufbewahrt worden war. Nicht ohne Bedauern kündigte der letzte uns bekannte Cato an, dass die Geschichte der Bruderschaft dort nicht mehr weitergeschrieben werde. »Meine Nachfolger«, notierte er zum Schluss, »werden sie an unserem neuen Zufluchtsort fortführen. Dort werden wir das wenige behüten, das uns die Boshaftigkeit der Menschen vom Heiligen Kreuz übriggelassen hat. Unser Schicksal ist besiegelt. Möge Gott uns beschützen.«

»Das war's«, schloss ich und ließ verzagt das letzte Blatt sinken.

Wie vom Donner gerührt brachten Farag und ich eine ganze Weile kein Wort heraus. Wir konnten nicht glauben, dass das schon die letzten Seiten der Handschrift gewesen waren und wir nicht viel mehr wussten als am Anfang. Wo auch immer sich das glückselige irdische Paradies der Staurophylakes befinden mochte, würden auch die *ligna crucis* zu finden sein, die den christlichen Kirchen entwendet worden waren, doch außer der Genugtuung, nunmehr die Identität der Diebe zu kennen, hatte uns die Lektüre keinerlei weitere Anhaltspunkte für deren Verbleib geliefert.

Wir hatten über Monate recherchiert und dabei alle Möglichkeiten des Geheimarchivs und der Vatikanischen Bibliothek ausgeschöpft, wir waren fast rund um die Uhr im Hypogäum gewesen, und unser Mitarbeiterstab hatte im Akkord gearbeitet … und all die Mühe war nahezu umsonst gewesen.

Ich seufzte tief und ließ deprimiert den Kopf auf die Brust sinken. Mein müder Nacken knirschte wie zersplitterndes Glas.

Seit dem Beginn der Geschichte um die Wächter des Kreuzes hatte ich keine einzige Nacht mehr gut geschlafen. Entweder konnte ich sowieso kein Auge zutun, oder es weckte mich das kleinste Geräusch, das im Zimmer des Domus zu hören war (der brummende Kühlschrank, die Uhr an der Wand, das knarrende Holz der Möbel, der Wind in der Jalousie …), und wenn es das nicht war, dann hatte ich wirre Träume, in denen mir die unglaublichsten Geschichten widerfuhren. Es waren zwar keine wirklichen Alpträume, dennoch bekam ich es in vielen regelrecht mit der Angst zu tun, etwa in der Nacht, als ich im Traum eine lange, sich im Bau befindliche Straße entlanggehen musste, die voller gefährlicher Schlaglöcher war, so dass ich über äußerst wacklige Planken balancieren oder mich an Seilen darüber entlanghangeln musste.

Nach dem frustrierenden Ende unseres Abenteuers, nicht wissend, was aus dem Hauptmann geworden war, gingen Farag und ich ins Domus, aßen zu Abend und zogen uns danach auf unsere Zimmer zurück. In unseren Gesichtern stand tiefe Mutlosigkeit geschrieben. Wir waren enttäuscht, und obwohl Farag mich aufzumuntern versuchte, indem er meinte, sobald wir etwas geschlafen hätten, würden wir aus den Chroniken der Catos schon das Wesentliche folgern, ging ich mit hängendem Kopf ins Bett und versank in jenen Traum, der mich zu der Straße voller Schlaglöcher führte.

Ich hing gerade an einem Seil, unter mir der gähnende Abgrund, und überlegte, ob ich umkehren sollte, als mich das Klingeln eines Telefons hochschrecken und im Dunkeln die Augen weit aufreißen ließ. Ich hatte weder eine Ahnung, wo ich mich befand, noch, was das für ein Lärm war oder wie ich verhindern konnte, dass mir das Herz fast stehen blieb, doch eines war klar: Ich war hellwach, und alle meine Sinne waren geschärft. Als ich endlich imstande war, zu reagieren, und mich auch in Raum und Zeit zurechtfand, versetzte ich dem Lichtschalter einen Schlag und hob übelgelaunt den Hörer ab.

»Ja?«, knurrte ich.

»Dottoressa?«

»Hauptmann …? Aber … um Gottes willen! Wissen Sie, wie spät es ist???« Wütend blickte ich auf die Uhr an der gegenüberliegenden Wand.

»Halb vier«, antwortete Glauser-Röist gelassen.

»Halb vier! Das ist noch mitten in der Nacht, Hauptmann!«

»Ich stehe an der Rezeption. Professor Boswell wird in fünf Minuten herunterkommen. Beeilen Sie sich bitte, Dottoressa. Wie lange wird es dauern, bis Sie so weit sind?«

»So weit für was???«

»Um ins Hypogäum zu gehen.«

»Ins Hypogäum? Um *diese* Uhrzeit?«

»Was ist jetzt? Kommen Sie mit oder nicht?« Der Hauptmann verlor langsam die Geduld.

»O. k., o. k., ich komm ja schon! Geben Sie mir fünf Minuten.«

Ich torkelte ins Bad und schaltete das Licht an. Kaltes Neonlicht blendete meine Augen. Ich wusch mir das Gesicht, putzte mir die Zähne und fuhr mit dem Kamm durch das zerzauste Haar. Im Zimmer schlüpfte ich schnell in einen schwarzen Rock und einen dicken, beigefarbenen Wollpullover, griff nach der Jacke und meiner Handtasche und trat dann auf den Flur hinaus, noch immer betäubt von einem vagen Gefühl von Irrealität, als ob ich direkt von den Planken der Straße meiner Träume in den Aufzug des Domus gestolpert wäre. Während ich hinunterfuhr, betete ich zu Gott, er möge mich nicht im Stich lassen, auch wenn ich ihn vor lauter Müdigkeit vernachlässigte.

Farag und Glauser-Röist erwarteten mich im Foyer. Sie flüsterten aufgeregt miteinander. Farag wirkte noch ganz verschlafen und strich sich mit nervösen Handbewegungen seine ungekämmten Haarsträhnen nach hinten, wohingegen der tadellos gekleidete Hauptmann einen überraschend frischen, aufgeweckten Eindruck machte.

»Gehen wir«, meinte er, als er mich kommen sah, und wandte sich Richtung Straße, ohne sich darum zu kümmern, ob wir ihm auch folgten.

Der Vatikan ist der kleinste Staat der Welt. Doch wenn man gegen vier Uhr morgens, in der Kälte und umgeben von absoluter Stille, ein gutes Stück zu Fuß laufen muss, kommt es einem vor, als ob man ohne einen einzigen Zwischenstopp von Küste zu Küste der Vereinigten Staaten wanderte. Wir begegneten einigen schwarzen Limousinen mit dem Kfz-Kennzeichen *Se Cristo Vedesse,* die uns nur flüchtig mit ihren Scheinwerfern streiften und sich dann wieder in den engen Gassen der Stadt verloren.

»Wohin fahren die Kardinäle denn um diese Uhrzeit?«, fragte ich überrascht.

»Nirgendwohin«, antwortete Glauser-Röist trocken. »Sie kommen gerade zurück. Fragen Sie aber lieber nicht, woher. Die Antwort würde Ihnen nicht gefallen.«

Daraufhin kam kein Wort mehr über meine Lippen, als ob man mir den Mund zugenäht hätte. Ich sagte mir, dass der Hauptmann recht hatte; zweifelsohne war das Privatleben vieler Kardinäle der Kurie ausschweifend, doch war das letztendlich ihre Sache, sollten sie doch sehen, wie sie es mit ihrem Gewissen vereinbaren konnten!

»Fürchten sie denn keinen Skandal?«, wollte Farag trotz des vom Hauptmann angeschlagenen schneidenden Tonfalls wissen. »Was würde geschehen, wenn irgendeine Zeitung darüber berichtet?«

Glauser-Röist ging einige Augenblicke schweigend weiter.

»Darin besteht genau meine Arbeit«, knurrte er schließlich, »ich habe zu verhindern, dass die schmutzige Wäsche des Vatikans ans Tageslicht kommt. Die Kirche ist heilig, aber ihre Mitglieder sind hartgesottene Sünder.«

Der Professor und ich blickten uns bedeutsam an und schwiegen dann, bis wir im Hypogäum waren. Der Hauptmann besaß die Schlüssel und Zugangscodes zu sämtlichen Türen des Geheimarchivs, und wenn man ihn so sicher damit herumhantieren sah, begriff man, dass dies nicht die erste Nacht war, in der er sich dort einschlich.

Schließlich betraten wir mein Labor. Ein dickes Buch, das auf meinem Schreibtisch lag, erregte meine Aufmerksamkeit. Angezogen wie von einem Magneten ging ich darauf zu, doch Glauser-Röist kam mir zuvor und riss es an sich, ohne dass ich auch nur einen Blick darauf werfen konnte.

»Dottoressa … Professor …«, begann der Felsen und bedeutete uns, Platz zu nehmen, damit er fortfahren konnte: »Das Buch, das Sie hier sehen, … dieses Buch ist eine Art Reiseführer, der uns ins irdische Paradies führen wird.«

»Sagen Sie jetzt bloß nicht, dass die Staurophylakes einen Baedeker veröffentlicht haben!«, meinte ich spöttisch.

Der Hauptmann warf mir einen vernichtenden Blick zu.

»So etwas Ähnliches«, entgegnete er und drehte den Band um, damit wir den Buchtitel lesen konnten.

Für einen Augenblick waren Farag und ich sprachlos, so verblüfft wie ein paar Schulkinder angesichts eines Woduzaubers.

»Dantes ›Göttliche Komödie‹???« Ich traute meinen Augen nicht. Entweder machte sich der Hauptmann gerade über uns lustig, oder, was noch schlimmer wäre, er hatte vollkommen den Verstand verloren.

»›Die Göttliche Komödie‹, in der Tat.«

»Aber … aber … die von Dante? … Dante Alighieri?«, hakte Farag nach, der noch erstaunter wirkte als ich, wenn dies überhaupt möglich war.

»Gibt es etwa noch eine andere ›Göttliche Komödie‹, Professor?«, erwiderte Glauser-Röist.

»Also …«, stammelte Farag und starrte ihn ungläubig an, »also, Hauptmann … Sie müssen doch zugeben, dass das nicht viel Sinn ergibt.« Er lachte jetzt leise, als habe er gerade einen guten Witz gehört. »Kommen Sie, Kaspar, führen Sie uns nicht an der Nase herum!«

Als einzige Antwort setzte sich Glauser-Röist auf meinen Tisch und öffnete das Buch auf einer mit einem roten Post-it markierten Seite.

»›*Purgatorio*‹, das ›Fegefeuer‹«, begann er aufzusagen, »erster Gesang, Vers 31 und folgende. Dante kommt mit seinem Meister Vergil zum Läuterungsberg und sagt:

Sah neben mir ich einsam einen Greis,
dess' Anblick schien mir solcher Ehrfurcht würdig,
dass nie ein Sohn dem Vater größre schuldet.

Lang trug er seinen Bart, mit weißen Fäden
war er durchzogen und dem Haupthaar ähnlich,
das zweigeteilt auf seine Brust herabfiel.

Die Strahlen dieser heiligen vier Lichter
umsäumten so sein Angesicht mit Helle,
dass ich ihn sah, als ständ' er in der Sonne.«

Der Hauptmann blickte uns erwartungsvoll an.

»Sehr schön, wirklich«, meinte Farag.

»Zweifellos poetisch«, bestätigte ich voller Zynismus.

»Aber sehen Sie es denn nicht?« Glauser-Röist verzweifelte fast.

»*Was* sollen wir sehen?«, rief ich.

»Der Alte! Erkennen Sie ihn denn nicht?« Doch als der Hauptmann sah, dass wir ihn weiterhin erstaunt und völlig verständnislos anstarrten, seufzte er resigniert und nahm die Haltung eines geduldigen Grundschullehrers ein. »Vergil hält Dante dazu an, sich vor dem Alten respektvoll niederzuknien, woraufhin der Alte sie fragt, wer sie seien. Da erklärt Vergil ihm, dass er auf Ersuchen von Jesus Christus und Beatrice, Dantes verstorbener Angebeteten, seinem Begleiter die Reiche des Jenseits zeige.« Glauser-Röist blätterte um und las weiter:

»Ich hab ihm die Sünder all gezeigt;
nun will ich ihm auch jene Geister weisen,
die hier sich läutern unter deiner Obhut.

So mögst du denn sein Kommen gnädig dulden:
die Freiheit sucht er, die so teuer ist,
das weiß wohl, wer für sie das Leben opfert'.

Du weißt es, denn für sie war dir nicht bitter
in Utica der Tod, wo du gelassen
das Kleid, das leuchten wird am großen Tag.«

»Utica! Cato Uticensis!«, schrie ich. »Der Alte ist Cato Uticensis!«

»Na endlich! *Das* sollten Sie entdecken!«, erklärte Glauser-Röist. »Cato Uticensis, jener, der den Archimandriten der Staurophylakes den Namen gab, ist der Wächter des Fegefeuers in Dantes ›Göttlicher Komödie‹. Erscheint Ihnen das nicht bezeichnend? Wie Sie wissen, besteht die ›Göttliche Komödie‹ aus drei Teilen: ›Hölle‹, ›Fegefeuer‹ und ›Paradies‹. Jeder Teil wurde zwar einzeln veröffentlicht, dennoch gehören sie zusammen. Beachten Sie die Übereinstimmungen zwischen der Chronik des letzten Cato und dem ersten Gesang von Dantes ›Fegefeuer‹ …« Glauser-Röist blätterte ein paar Seiten hin und her und suchte dann auf meinem Schreibtisch nach der Übersetzung des letzten Doppelbogens. »In Vers 82 bittet Vergil Cato: ›Lass uns durch deine sieben Reiche gehen‹, denn Dante muss die sieben Todsünden sühnen, eine auf jedem Kreis oder jeder Terrasse des Läuterungsbergs: Hochmut, Neid, Zorn, Trägheit, Habsucht, Völlerei und Lüsternheit«, zählte er auf. Dann nahm er den Doppelbogen in die Hand und las vor:

»Die sieben Todsünden soll er in den sieben Städten sühnen, die sich des furchtbaren Privilegs rühmen, dafür sattsam bekannt zu sein: Rom für seinen Hochmut, Ravenna für den Neid, Jerusalem für den Zorn, Athen für die Trägheit, Konstantinopel für die Habsucht, Alexandria für die Völlerei und Antiochia für die Lüsternheit. In jeder von ihnen, als handle es sich um ein Fegefeuer auf Erden, wird er für seine Fehler büßen, um an den verborgenen Ort gelangen zu können, den wir, die Staurophylakes, das ›irdische Paradies‹ nennen.«

»Und auf dem Gipfel von Dantes Läuterungsberg befindet sich das irdische Paradies?«, fragte Farag interessiert.

»So ist es«, bestätigte Glauser-Röist, »der zweite Teil der ›Göttlichen Komödie‹ endet damit, dass Dante nach der Sühne der sieben Todsünden ins irdische Paradies kommt. Von dort aus kann er leicht ins himmlische Paradies gelangen, was den dritten und letzten Teil des Werks bildet. Aber hören Sie, was der Engel an der Pforte zum eigentlichen Fegefeuer zu Dante sagt, als dieser ihn bittet, hindurchgehen zu dürfen:

Da schrieb er sieben P auf meine Stirne
mit seines Schwertes Spitze, sprach: ›Sieh zu,
dass du dich drin von diesen Wunden reinigst.‹

Sieben P, eines für jedes *peccatum,* jede Todsünde! Verstehen Sie? Dante sieht sich von ihnen befreit in dem Maße, wie er seine Sünden auf den sieben Terrassen sühnt. Die Staurophylakes zeichnen ihre Anwärter ebenfalls mit sieben Kreuzen, eines für jede Todsünde, die sie in den sieben Städten sühnen.«

Ich wusste nicht, wie ich darüber denken sollte. War Dante etwa ein Staurophylax gewesen? Das klang ein wenig absurd. Ich hatte eher das Gefühl, dass wir im Dunkeln tappten und so erschöpft waren, dass wir sonst keine Perspektiven sahen.

»Wie können Sie sich Ihrer Behauptungen so sicher sein, Hauptmann?«, fragte ich, wobei ich nicht verhindern konnte, dass in meiner Stimme all meine Zweifel mitschwangen.

»Schauen Sie, Dottoressa, ich kenne dieses Werk in- und auswendig. Ich habe es an der Universität eingehend studiert, und ich verbürge mich dafür, dass Dantes ›Purgatorio‹, so wie Sie gesagt haben, der Baedeker ist, der uns zu den Staurophylakes und den gestohlenen Reliquien führen wird.«

»Aber wie können Sie sich da so sicher sein?« Ich ließ nicht locker. »Es könnte doch auch bloßer Zufall sein. Aller Stoff, den Dante in der ›Göttlichen Komödie‹ verarbeitet, gehört zur christlichen Mythologie des Mittelalters.«

»Erinnern Sie sich, dass um die Mitte des 12. Jahrhunderts verschiedene Gruppen von Staurophylakes von Jerusalem aus in die wichtigsten Städte des Orients und Okzidents aufbrachen?«

»Ja, ich erinnere mich.«

»Und erinnern Sie sich auch, dass diese mit den Katharern, den Templern und den *Fedeli d'Amore* Kontakt aufnahmen, um nur einige wenige dieser christlichen Gruppierungen mit Initiationscharakter zu erwähnen?«

»Ja, auch daran erinnere ich mich.«

»Gut, dann lassen Sie mich Ihnen erklären, dass Dante von frühester Jugend an den *Fedeli d'Amore* angehörte und dort eine herausragende Stellung innehatte.«

»Im Ernst …?«, stammelte Farag und blinzelte überrascht. »Dante Alighieri?«

»Warum glauben Sie, Professor, ist die ›Göttliche Komödie‹ für die meisten Menschen ein Buch mit sieben Siegeln? Man hält es im Allgemeinen für ein schönes, ellenlanges Epos voller Metaphern, welche die Literaturwissenschaftler immer als Allegorien auslegen, die sich auf die katholische Kirche, die Sakramente oder sonst irgendeinen Blödsinn beziehen. Und alle Welt glaubt, dass die Beatrice in der ›Göttlichen Komödie‹ seine geliebte Beatrice, die Tochter von Folco Portinari, ist, die mit zwanzig Jahren im Wochenbett starb. Aber das stimmt so nicht, und deshalb versteht niemand, was der Dichter darin erzählt, denn man liest sein Werk von einem falschen Blickwinkel aus. Weder ist Beatrice Portinari die Beatrice in dem Epos noch die katholische Kirche die Hauptfigur des Ganzen. Laut anderer Lehrmeinungen muss man die ›Göttliche Komödie‹ nämlich als Schlüsselwerk lesen.« Er sprang von meinem Tisch herunter und zog ein sorgfältig gefaltetes Blatt aus der Innentasche seines Jacketts. »Wussten Sie, dass jeder der drei Teile der ›Göttlichen Komödie‹ genau 33 Gesänge hat? Und dass jeder dieser 33 Gesänge entweder 115 oder 160 Verse hat, was eine Quersumme von

Sieben ergibt? Glauben Sie, dass das Zufall ist bei einem so phänomenalen Werk wie der ›Göttlichen Komödie‹? Wussten Sie, dass jeder der drei Teile, die ›Hölle‹, das ›Fegefeuer‹ und das ›Paradies‹, genau mit demselben Wort von astrologischer Symbolik endet, nämlich mit ›Sterne‹?« Er holte tief Luft. »Und all das ist nur ein kleiner Teil der Geheimnisse, die das Werk in sich birgt. Ich könnte Ihnen noch Dutzende davon aufzählen, aber dann würden wir nie fertig.«

Farag und ich starrten ihn verblüfft an. Nie im Leben wäre ich darauf gekommen, dass das Meisterwerk der italienischen Literatur, welches ich in der Schule zu verabscheuen begann, weil man es uns bis zum Erbrechen pauken ließ, ein Kompendium esoterischen Wissens sein könnte … oder war es das nicht?

»Hauptmann, wollen Sie uns damit andeuten, dass die ›Göttliche Komödie‹ eine Art … Initiationsbuch ist?«

»Nein, Dottoressa, ich sage nicht, dass es sich um *eine Art* Initiationsbuch handelt: Es *ist* definitiv eines. Darüber kann nicht der geringste Zweifel bestehen. Wollen Sie noch mehr Beweise?«

»O ja!«, bat Farag begeistert.

Der Hauptmann griff wieder nach dem Buch, das er auf dem Tisch liegengelassen hatte, und schlug eine andere markierte Stelle auf. »Neunter Gesang des Inferno, Vers 61–63:

O ihr, die ihr gesunden Sinnes seid,
beachtet, welche Lehre sich verbirgt
im Schleier dieser rätselhaften Verse.«

»Das ist alles?«, fragte ich enttäuscht.

»Bedenken Sie, Dottoressa«, erklärte mir Glauser-Röist, »dass diese Verse im neunten Gesang zu finden sind, für Dante eine ausgesprochen wichtige Zahl, da, wie er in all seinen Werken behauptet, Beatrice für die Zahl Neun steht. Die Neun ist in der Zahlensymbolik des Mittelalters das Wissen, die höchste

Erkenntnis, die Wissenschaft, welche die Welt jenseits des Glaubens erklärt. Außerdem findet sich diese mysteriöse Behauptung zwischen den Versen 61 und 63, die die Quersummen sieben und neun bilden. Denken Sie daran, dass bei Dante nichts dem Zufall überlassen ist, nicht einmal ein Komma: die Hölle hat neun Kreise, wo die Verdammten gemäß ihrer Sünden anzutreffen sind; das Fegefeuer hat sieben Terrassen, und das Paradies wiederum neun Kreise. Sieben und Neun, merken Sie was? … Aber ich habe Ihnen weitere Beweise versprochen, und die werde ich auch erbringen.« Er machte mich ganz nervös mit seinem rastlosen Auf und Ab, doch hielt ich es nicht für angebracht, ihn zu bitten, stehenzubleiben; all seine Gedanken schienen sich auf das zu konzentrieren, was er uns gerade erzählte. »Wie von den meisten Dante-Forschern bestätigt, findet man Dante 1283 im Alter von achtzehn Jahren bei den *Fedeli d'Amore,* kurz nach seiner zweiten Begegnung mit Beatrice; die erste fand statt, als sie beide neun Jahre alt waren, wie er selbst in der 1293 veröffentlichten ›Vita Nova‹ berichtet. Die *Fedeli d'Amore* bildeten eine Art Geheimgesellschaft, die für die geistige Erneuerung des Christentums eintrat. Vergessen Sie nicht, dass wir von einer Zeit sprechen, der Zeit Papst Bonifatius' VIII., in welcher das Streben nach Reichtum, ihr Machthunger und ihre sittlich-moralische Verdorbenheit das Ansehen der römischen Kirche erheblich geschmälert hatten … Die *Fedeli d'Amore* wollten diesen Sittenverfall bekämpfen und das Christentum zu seiner ursprünglichen Reinheit zurückführen. So existieren sogar Theorien, dass die *Fedeli d'Amore* und der Franziskanerorden damals Zweige des Templerordens waren. Das kann man natürlich nicht beweisen. Jedenfalls wurde Dante bei den Franziskanern erzogen, zu denen er immer eine sehr enge Beziehung unterhielt. Zu den *Fedeli d'Amore* gehörten die Dichter Guido Cavalcanti, Cino da Pistoia, Lapo Gianni, Forese Donati, Dante selbst, Guido Guinizelli, Dino Frescobaldi,

Guido Orlandi und noch ein paar andere. Guido Cavalcanti, der als extravagant und häretisch galt, war der florentinische Wortführer der *Fedeli d'Amore,* und er war es auch, der Dante in den Geheimbund einführte. Gebildet wie sie waren, Intellektuelle einer neu entstehenden, mittelalterlichen Gesellschaft, nahmen sie eine nonkonformistische Haltung ein und verurteilten öffentlich die kirchliche Sittenlosigkeit und die Versuche Roms, die neu entstehenden Freiheiten und den wissenschaftlichen Forschungseifer zu unterbinden. Ist die ›Göttliche Komödie‹ also wirklich dieses großartige Werk, das die katholische Kirche wie auch deren Tugenden und Werte rühmt, wie allgemein behauptet wird? Ich persönlich glaube das nicht, und de facto offenbart die einfache Lektüre des Textes den Groll, den Dante gegen viele Päpste und Kardinäle gehegt hat, gegen die ganze verdorbene klerikale Hierarchie und ihre Kirchenschätze. Die offizielle Lehrmeinung hat die Worte des Dichters jedoch so verdreht, dass dabei etwas herausgekommen ist, was Dante gar nicht gemeint hat.«

»Aber was hat Dante mit den Wächtern des Kreuzes zu tun?«, wollte Farag wissen.

»Entschuldigen Sie …«, murmelte der Hauptmann, »ich habe mich hinreißen lassen. Was ich sagen wollte, ist, dass Dante durchaus mit den Staurophylakes in Verbindung stand. Er hatte sie kennengelernt, und es ist nicht ausgeschlossen, dass er der Bruderschaft sogar eine Zeitlang angehörte. Später hat er sie natürlich verraten.«

»Er hat sie *verraten*?«, fragte ich überrascht. »Ja, wie denn?«

»Indem er ihre Geheimnisse verriet, Dottoressa. Im Zyklus des ›Fegefeuers‹ beschreibt er nämlich ausführlich den Initiationsritus der Bruderschaft. So wie Mozart, der in seiner Oper ›Die Zauberflöte‹ den Initiationsritus der Freimaurer verriet, denen er angehörte. Erinnern Sie sich, dass auch Mozarts Tod viele Rätsel aufgibt? Dante Alighieri war zweifelsfrei ein Staurophylax, und er machte sich seine Kenntnisse zunutze, um sein literarisches Werk zu bereichern und als Dichter zu reüssieren.«

»Das hätten die Staurophylakes ihm doch nie erlaubt! Vorher hätten sie ihn umgebracht.«

»Und wer sagt Ihnen, dass sie dies nicht auch taten?«

Ich sperrte Mund und Augen auf.

»Wie, sie haben ihn umgebracht?«

»Sind Sie darüber im Bilde, dass man von Dantes Leben direkt nach der Veröffentlichung des ›Purgatorio‹ im Jahre 1315 überhaupt nichts weiß? Erst 1320…« – er holte tief Luft und blickte uns ernst an – »… erst 1320 taucht er überraschenderweise wieder in Verona auf, wo er am 20. Januar auf einem kleinen Gelehrtenkongress seine später schriftlich niedergelegte ›Abhandlung über das Wasser und die Erde‹ vorträgt. Und wo tut er das? In der Kapelle der heiligen Helena! Warum ausgerechnet dort? Nach über vier Jahren des Stillschweigens? Hat er damit vielleicht versucht, die Staurophylakes um Vergebung zu bitten für das, was er mit dem ›Purgatorio‹ angerichtet hatte? Wir werden es leider nie erfahren. Kaum hat er seine Rede beendet, bricht er jedenfalls in gestrecktem Galopp nach Ravenna auf, das von seinem großen Freund, dem Guelfen Guido Novello da Polenta, regiert wird. Offensichtlich sucht er dessen Protektion, denn im selben Jahr erhält er eine Einladung, an der Universität von Bologna einige Vorlesungen zu halten, aber er schlägt das Angebot aus mit der Begründung, er habe Angst; er würde große Gefahr laufen, wenn er Ravenna verließe. Eine Gefahr, die er nie näher erläuterte und die, historisch betrachtet, unverständlich erscheint.« Der Hauptmann hielt erneut inne und dachte einen Augenblick lang nach. »Unglücklicherweise bittet ihn sein Freund Novello im folgenden Jahr um einen besonderen Gefallen: Dante soll zum Dogen von Venedig reisen, um sich dort für seinen Freund zu verwenden. Da Ravenna ein paar venezianische Schiffe gekapert hat, droht Venedig mit Krieg. Dante sagt zu, doch kehrt er todkrank von der Reise zurück, er hat Schüttelfrost und schreckliches Fieber, an dem er kurz darauf stirbt … Und wissen Sie auch, an welchem Tag er starb?«

Farag und ich brachten kein Wort heraus. Ich glaube, wir hielten sogar den Atem an.

»Am 14. September, dem Fest der Kreuzerhöhung.«

DREI

Natürlich erschienen weder der Professor noch ich am nächsten Vormittag im Hypogäum, da wir erst um sechs Uhr morgens schlafen gegangen waren, die reinsten Nervenbündel nach den unglaublichen Enthüllungen des Hauptmanns. Allerdings saßen wir drei gegen Mittag schon wieder an einem der Tische im Speisesaal des Domus – mit so verschlafenen Gesichtern, dass sich sogar ein Gespenst erschreckt hätte. Glauser-Röist stieß als Letzter zu uns; er sah jedoch nicht nur müde aus, er hatte vor allem eine eisige Miene aufgesetzt, was mich sehr beunruhigte.

»Ist etwas passiert, Hauptmann? Sie sehen schlecht aus.«

»Nein«, erwiderte er trocken, setzte sich und breitete die Serviette über seinem Schoß aus. Damit war alles gesagt, das war offensichtlich. Farag und ich schauten uns an: Es war wohl besser, nicht nachzuhaken. Deshalb fingen wir an, uns über Professor Boswells Zukunft in Italien zu unterhalten, während der Felsen sich in Schweigen hüllte. Erst beim Dessert ließ er sich dazu herab, seinem Herzen Luft zu machen, natürlich nur, um uns eine schlechte Nachricht zu verkünden.

»Seine Heiligkeit ist sehr erzürnt«, erklärte er geradeheraus.

»Ich glaube nicht, dass er dazu eine Veranlassung hätte«, protestierte ich. »Wir arbeiten so schnell wir irgend können.«

»Das reicht ihm aber nicht, Dottoressa. Der Papst hat mir

mitgeteilt, dass er ganz und gar nicht zufrieden ist mit der Ausbeute unserer Nachforschungen. Wenn wir ihm nicht binnen kürzester Zeit überzeugende Resultate vorlegen können, will er ein anderes Team mit der Mission betrauen. Hinzu kommt, dass die Nachricht vom Raub der Kreuzespartikel beinahe publik geworden wäre.«

»Wie ist das möglich?«, fragte ich alarmiert.

»Es sind schon etliche Leute darüber im Bilde. Weltweit. Und irgendjemand hat sich verplappert. Wir haben gerade noch einmal verhindern können, dass es durch sämtliche Zeitungen geht. Allerdings wissen wir nicht für wie lange.«

Farag zupfte nachdenklich an seiner Unterlippe.

»Ich glaube, euer Papst macht da einen Fehler«, meinte er schließlich. »Ich verstehe nicht, wieso er uns mit einer anderen Forschungsgruppe droht. Glaubt er etwa, dass wir so noch härter arbeiten werden? Mich würde es ehrlich gesagt nicht stören, unsere Erkenntnisse mit anderen zu teilen, letztlich sehen vier Augen immer mehr als zwei, oder etwa nicht? Entweder ist euer Heiliger Vater wirklich sehr aufgebracht … oder er behandelt uns wie kleine Kinder.«

»Er ist sehr aufgebracht«, erklärte Glauser-Röist. »Deshalb machen wir uns wohl auch besser wieder an die Arbeit.«

Eine knappe halbe Stunde später saßen wir um meinen Tisch im Hypogäum. Der Hauptmann schlug vor, dass jeder von uns zunächst die ›Göttliche Komödie‹ von vorne bis hinten lesen und dabei notieren sollte, was auffällig war; am Abend könnten wir unsere Eindrücke dann zusammentragen. Farag fand die Idee jedoch nicht besonders gut, da der einzige Teil, der uns interessiere, doch der zweite, das ›Fegefeuer‹, sei; die ›Hölle‹ und das ›Paradies‹ bräuchten wir eigentlich nur zu überfliegen, schließlich dürften wir keine Zeit verlieren. Da ich mich fast am Ziel meiner Wünsche sah, nahm ich eine noch resolutere Haltung ein. Offenherzig gab ich zu, dass mir die ›Göttliche Komödie‹

auf den Tod zuwider sei, weil meine Lehrerinnen sie mich hassen gelehrt hätten, und ich mich außerstande fühle, den ganzen Schinken zu lesen, weshalb es am besten sei, gleich zur Sache zu kommen und alles andere zu überspringen.

»Aber Ottavia«, wandte Farag ein, »auf diese Weise könnten uns doch eine Unmenge wichtiger Details entgehen!«

»Überhaupt nicht«, entgegnete ich mit Bestimmtheit, »wozu haben wir denn den Hauptmann? Ihn begeistert dieses Buch nicht nur, sondern er kennt es wie seine eigene Westentasche. Der Hauptmann soll es noch mal ganz lesen, während wir beide uns ausschließlich dem ›Purgatorio‹ widmen.«

Glauser-Röist verzog den Mund, sagte aber nichts. Man merkte ihm allerdings an, dass er sichtlich verärgert war.

So machten wir uns also an die Arbeit. Noch am selben Nachmittag ließ uns das Generalsekretariat der Vatikanischen Bibliothek zwei weitere Exemplare der ›Göttlichen Komödie‹ zukommen, und ich spitzte meine Bleistifte, bereit, mich zum ersten Mal seit zwanzig Jahren – oder noch länger? – dem zu stellen, was ich für die langweiligste literarische Schwarte aller Zeiten hielt. Es ist, glaube ich, nicht übertrieben, wenn ich sage, dass ich am ganzen Körper zu zittern begann, sobald ich nur daran dachte, einen Blick in das bedrohlich vor mir auf dem Schreibtisch liegende Buch zu werfen, dessen Umschlag Dantes schmales Profil mit der Adlernase zierte. Nicht, dass ich Dantes wunderbaren Text nicht zu lesen vermochte (weit schwierigere Dinge hatte ich in meinem Leben schon gelesen, ganze Bände ermüdenden wissenschaftlichen Inhalts oder mittelalterliche Manuskripte mit trockener patristischer Theologie); ich konnte nur jene weit zurückliegenden Nachmittage nicht aus meiner Erinnerung tilgen, während derer man uns die altbekannten Stellen der ›Göttlichen Komödie‹ ein ums andere Mal lesen ließ und uns bis zum Überdruss einschärfte, dass dieses unverständliche, langatmige Epos Italiens ganzer Stolz war.

Kaum saß ich zehn Minuten, spitzte ich meine Bleistifte erneut und musste dann erst einmal auf die Toilette, nahm aber danach unverzüglich wieder meinen Platz ein. Fünf Minuten später fielen mir jedoch vor Müdigkeit die Augen zu, und ich beschloss, eine kurze Pause zu machen; also fuhr ich zur Cafeteria hoch, wo ich in aller Ruhe einen Espresso trank. Lustlos kehrte ich anschließend ins Hypogäum zurück und kam dort auf die glänzende Idee, all meine Schubladen aufzuräumen, um die Unmengen an Papier und nutzlosem Krimskrams loszuwerden, die sich wie durch Hexerei jahrelang in den Ecken angesammelt hatten. Um sieben Uhr abends packte ich mit reichlich schlechtem Gewissen meine Sachen zusammen und machte mich auf den Weg nach Hause, wo ich mich schon viel zu viele Tage nicht mehr hatte blicken lassen, verabschiedete mich aber zuvor noch von Farag und dem Hauptmann, die in den angrenzenden Büros ganz versunken und sichtlich bewegt das Meisterwerk der italienischen Literatur verschlangen.

Auf der kurzen Wegstrecke zur Piazza delle Vaschette hielt ich mir selbst eine Standpauke über so wichtige Dinge wie Pflicht- und Verantwortungsbewusstsein. Ich hatte die beiden armen Irren – so kamen sie mir in jenem Augenblick jedenfalls vor – im Hypogäum allein gelassen, wo sie sich gewissenhaft mit der ›Göttlichen Komödie‹ plagten, während ich wie eine Zimperliese erschreckt Reißaus genommen hatte. Ich schwor mir, mich am folgenden Morgen gleich in der Früh an meinen Schreibtisch zu setzen und mich unverzüglich ans Werk zu machen.

Als ich die Wohnungstür aufschloss, stieg mir ein betörender Geruch nach Bolognese in die Nase. Sogleich lief mir das Wasser im Mund zusammen, und mein Magen begann zu knurren. Ferma streckte am anderen Ende des schmalen Flurs den Kopf aus der Küchentür und lächelte mir als Willkommensgruß zu, ohne jedoch ihre Besorgnis ganz verhehlen zu können, was ich sehr wohl bemerkte.

»Ottavia? … Dich haben wir ja schon eine Ewigkeit nicht mehr gesehen!«, rief sie freudig. »Gott sei Dank! Endlich bist du wiederaufgetaucht.«

Ich trat näher, um den angenehmen Duft zu schnuppern, der aus der Küche drang.

»Könnte ich ein wenig von dieser appetitlichen Bolognese zum Abendessen bekommen, die da gerade vor sich hin köchelt?«, fragte ich auf dem Weg zur Küche, während ich gleichzeitig aus meiner Jacke schlüpfte.

»Aber das sind doch nur ganz gewöhnliche Spaghetti!«, beteuerte Ferma mit falscher Bescheidenheit; sie war nämlich eine wunderbare Köchin.

»Also, dann brauche ich eben einen riesigen Teller von diesen *ganz gewöhnlichen* hausgemachten Spaghetti Bolognese.«

»Keine Bange, wir essen gleich. Margherita und Valeria werden nicht mehr lange auf sich warten lassen.«

»Wo sind sie denn?«, wollte ich wissen.

Da blieb Ferma abrupt ein paar Schritte hinter mir stehen und blickte mich vorwurfsvoll an. Ich hatte den Eindruck, dass ihr Haar mit jedem Tag weißer wurde, als kämen stündlich oder sogar minütlich neue graue Haare hinzu.

»Aber Ottavia … ja, erinnerst du dich denn nicht, was am Sonntag ist?«

Am Sonntag … am Sonntag? … Was hatten wir am Sonntag vor?

»Spann mich nicht so auf die Folter, Ferma!«, stöhnte ich. Das Abendessen musste warten. Ich ging ins Wohnzimmer. »Was ist am Sonntag?«

»Das ist doch der dritte Sonntag nach Ostern!«, rief sie so laut, als würde die Welt gleich untergehen.

Ein eisiger Schreck durchzuckte mich. Am Sonntag würden wir unsere Gelübde erneuern … und ich hatte es völlig verschwitzt!

»O mein Gott!«, wimmerte ich.

Ferma verließ das Wohnzimmer und wiegte dabei bedenklich den Kopf. Sie traute sich nicht, mir Vorwürfe zu machen, weil sie genau wusste, dass meine diesbezügliche Gedächtnisschwäche der seltsamen Arbeit zuzuschreiben war, derentwegen ich so lange nicht nach Hause kam und mich von ihnen und von meiner Familie abgesondert hatte. Ich selbst warf es mir allerdings durchaus vor. Das hatte mir an diesem Tag gerade noch gefehlt, dass ein weiteres Versäumnis mein ohnehin schon schlechtes Gewissen noch mehr belastete. Mit gesenktem Kopf ging ich in unsere kleine Hauskapelle, um Gott um Vergebung zu bitten. Es drehte sich für mich nicht so sehr darum, dass mir das bewusste Datum entfallen war – es handelte sich schließlich um einen rein formalen Akt, der am Sonntag stattfinden sollte –, als vielmehr darum, einen sehr wichtigen Augenblick verdrängt zu haben, der in all den Jahren seit meinem Ordenseintritt stets erhebend und beglückend gewesen war.

Sicherlich war ich aufgrund meiner außergewöhnlichen Tätigkeit und der bevorzugten Behandlung, die mir durch meinen Orden zuteilwurde, eine etwas untypische Nonne, doch nichts in meinem Leben hätte einen Sinn, wenn das Fundament, meine Beziehung zu Gott, nicht am wichtigsten für mich war. Es tat mir in der Seele weh, dieses Datum so leicht vergessen zu haben, so dass ich Gott gelobte, mich in Zukunft umso mehr zu bemühen, Christi Beispiel zu folgen, damit die nahende Erneuerung der Gelübde wieder eine leidenschaftliche und freudvolle Hingabe würde.

Als ich Margherita und Valeria zur Wohnungstür hereinkommen hörte, schlug ich das Kreuzzeichen und erhob mich ächzend vom Boden. Mir taten sämtliche Knochen weh. Vielleicht wäre es gar keine so schlechte Idee, sagte ich mir, ein für alle Mal diese moderne Einrichtung mit den Kissen durch eine etwas klassischere, mit Stühlen oder Kirchenbänken, zu ersetzen, da das Leben im Büro seinen Tribut zu fordern begann: Nicht nur, dass meine Nackenwirbel völlig kaputt waren, nein, auch die Knie machten allmählich nicht mehr mit, denn wenn ich mich eine Zeitlang nicht rührte, begannen sie zu schmerzen. In null Komma nichts würde ich mich in eine gebrechliche alte Frau verwandelt haben.

Nach dem Abendessen mit meinen Mitschwestern rief ich in Sizilien an. Zuerst plauderte ich ein wenig mit meiner Schwägerin Rosalia, der Frau meines ältesten Bruders Giuseppe, und danach mit Giacoma, die ihr nach einer Weile den Hörer aus der Hand gerissen hatte und mich nun ausschalt, weil ich so lange nichts von mir hatte hören lassen. Urplötzlich warf sie mir ein brüskes »Bis bald« an den Kopf, und gleich darauf vernahm ich die sanfte Stimme meiner Mutter.

»Ottavia?«

»Mama! Wie geht es dir, Mama?«, rief ich voll Freude.

»Gut, mein Mädchen, gut … Hier ist alles in Ordnung. Und wie geht es dir?«

»Ich arbeite sehr viel, so wie immer.«

»Schön, mach nur weiter so, das freut mich.« Ihre Stimme klang fröhlich und unbeschwert.

»Sicher, Mama.«

»Also, Liebes, pass gut auf dich auf. Versprichst du mir das?«

»Natürlich.«

»Und ruf beizeiten wieder an, ich freue mich über jedes Lebenszeichen von dir. Ach ja … nächsten Sonntag erneuerst du doch deine Gelübde, nicht wahr?«

Meine Mutter vergaß niemals bestimmte wichtige Ereignisse im Leben ihrer Kinder.

»Ja, Mama.«

»Sei glücklich, meine Kleine! Beim Hausgottesdienst werden wir alle für dich beten. Und sei fest umarmt, Ottavia.«

»Du auch, Mama. Bis bald.«

In dieser Nacht schlief ich mit einem seligen Lächeln auf den Lippen ein.

So wie ich es mir am Abend zuvor geschworen hatte, saß ich am nächsten Morgen um Punkt acht Uhr an meinem Schreibtisch, die Brille auf der Nase und den Bleistift in der Hand, gewillt, meiner Verpflichtung nachzukommen, mich umgehend in die ›Göttliche Komödie‹ zu vertiefen. Ich öffnete das Buch auf der perlmutterfarben schimmernden Seite 270, auf deren Mittelachse mir in kleiner Schrift das Wort »Purgatorio« ins Auge sprang, und nachdem ich tief Atem geholt und mich mit dem nötigen Mut gewappnet hatte, blätterte ich um und begann zu lesen:

Um bessres Wasser zu durchlaufen, spannet
die Segel aus das Schifflein meines Geistes,
das hinter sich nun lässt so grauses Meer.

Und singen will ich von dem anderen Reiche,
in dem sich reiniget des Menschen Seele
und würdig wird, zum Himmel aufzusteigen.

Diese Verse bilden den Auftakt zum ›Purgatorio‹. Wie in einer Fußnote vermerkt, beginnt Dantes Wanderung durch das zweite Jenseitsreich in der Morgendämmerung des 10. April Anno Domini 1300, einem Ostersonntag. Im ersten Gesang treten Vergil und Dante aus dem engen Höllengang heraus und stehen im Vorpurgatorio, einer Art einsame Insel, auf welcher der Läuterungsberg emporragt. Als Dante sich umblickt, gewahrt er Cato Uticensis, der sie barsch anfährt, wie sie entgegen den ewigen Gesetzen seine Insel erreichen konnten. So wie es Glauser-Röist uns schon erzählt hatte, berichtet Vergil dem greisen Mann daraufhin von seinem himmlischen Auftrag und ersucht ihn, mit seinem irdischen Schützling die sieben Terrassen des Berges durchwandern zu dürfen, was der Wächter des Fegefeuers dann auch gestattet. Bevor sie den beschwerlichen Weg in Angriff nehmen, gibt Cato Vergil noch folgenden Ratschlag:

»So geh und sieh, dass diesen hier du gürtest
mit schlichter Binse und ihm wäschst das Antlitz
und alles daraus tilgst, was unrein ist.

Denn nicht geziemt es sich, wenn noch vom Dunst
das Aug verdunkelt, vor den ersten Wächter
zu treten, der vom Paradiese stammt.

Ringsum am untern Rand der kleinen Insel,
dort, wo die Welle an ihr Ufer schlägt,
da wachsen Binsen auf dem weichen Grund.«

Vergil und Dante steigen einen sanften Hang hinab, wo der große Dichter aus Mantua seine beiden Hände sacht auf das taubedeckte Gras legt und damit die Wangen des Florentiners von dem Schmutz ihrer Höllenfahrt reinigt, und am Meeresufer gürtet er ihn mit den Binsen, wie Cato ihm befohlen hat.

In den folgenden sieben Gesängen wandern Vergil und Dante von der Morgendämmerung bis zum Sonnenuntergang durch das Vorpurgatorio, wobei sie auf alte Freunde und Bekannte treffen. Im dritten Gesang erreichen sie endlich den Fuß des Läuterungsberges und sehen die sieben Kreise oder Terrassen vor sich, auf denen die Seelen sich sittlich läutern sollen, um in das himmlische Paradies zu gelangen. Dort angekommen, stellt Dante allerdings fest, dass die Felswände so steil sind, dass an ein Erklimmen der ersten Terrasse nicht zu denken ist. Während die Wanderer sich einen Weg zum Aufstieg suchen, nähert sich ihnen langsam eine Schar von Seelen. Es sind die Exkommunizierten, die erst im Sterben Reue gezeigt haben und deshalb dazu verdammt sind, gemächlich ihre Kreise um den Berg zu ziehen. Im vierten Gesang gelangen Dante und Vergil zu einer engen Felsspalte, durch die der Weg hinaufführt: »An beiden Seiten engte uns die Wand, und Hand und Fuß musst' an den Grund sich klammern.« Wenig später klagt Dante über schreckliche Müdigkeit und bittet um eine Rast, die Vergil ihm auf einem den Berg umsäumenden Sims gewährt. Da ertönt hinter einem Felsen eine geheimnisvolle Stimme, und als sie darauf zugehen, entdecken sie, wie darunter eine zweite Gruppe Gestalten lagert, die säumigen Seelen, die sich im Leben aus Trägheit zu wenig oder erst spät um ihre Läuterung bemüht haben. Im fünften Gesang sehen sie sich den Seelen der Menschen gegenüber, die eines gewaltsamen Todes gestorben sind und erst im letzten Augenblick ihren Frieden mit Gott gemacht haben. Im sechsten Gesang kommt es zu einer ergreifenden Begegnung: Dante und Vergil treffen auf die Seele des berühmten Troubadours Sordello, genannt di Goito, der Vergil umarmt, kaum hat er vernommen, aus welcher Stadt er stammt, da sie auch seine Heimat war. Im siebten Gesang gibt sich Vergil dann Sordello zu erkennen, der sich daraufhin ehrfürchtig vor ihm verneigt. Vergil fragt ihn nach dem Zugang zum eigentlichen Läuterungsberg, worauf Sordello ihnen erklärt, dass der weitere Aufstieg in dem Augenblick unmöglich wird, wenn die Sonne unter den Horizont sinkt. Da die Nacht hereinbricht, empfiehlt der Troubadour den beiden Wanderern: »Drum lass an gute Unterkunft uns denken«, und führt sie zu einer Talsenke, wo die verstorbenen Fürsten weilen, die zu Lebzeiten ihr Seelenheil vernachlässigt haben.

Nach einigen Gesprächen mit den Fürsten kommen sie im neunten Gesang – getreu Dantes Lieblingszahl, der Neun – schließlich zum eigentlichen Tor des Fegefeuers. Natürlich gestaltet es sich für Dante nicht leicht: Wie in einer weiteren Fußnote erklärt wird, ist es inzwischen drei Uhr morgens geworden, und Dante, der einzige Sterbliche unter all den Gestalten, fällt in tiefen Schlaf. Im Traum erscheint ihm ein Adler mit goldenen Schwingen, der »fuhr dann furchtbar wie ein Blitz herab und riss mich mit sich bis zum Feuerhimmel«. Als Dante erschreckt aufwacht, ist es bereits helllichter Tag. Er befindet sich am Meeresstrand. Vergil steht ruhig neben ihm und spricht ihm Mut zu, sie befänden sich nun an der Pforte zum eigentlichen Purgatorio. Dann berichtet er, dass, während Dante geschlafen habe, die heilige Lucia erschienen sei, die den Erdenbürger in ihren Armen an diesen Ort getragen und ihm, Vergil, mit ihren schönen Augen den Weg zum Eingang gewiesen habe. Dass Dante hier die Schutzpatronin der Augenkranken anführte, gefiel mir, da sie wie die heilige Agatha eine von Siziliens Märtyrerinnen war; nach ihnen waren ja auch meine beiden Schwestern getauft worden.

Kaum dass Dante also wieder munter ist, gehen Vergil und er auf das Tor zu. Drei Stufen führen hinauf, und auf der obersten sitzt ein Engel, der erste einer Reihe von Wächtern, die ihnen Cato angekündigt hat:

»Was wollt ihr? Sagt's von drüben!« So begann er
zu sprechen. »Wo sind die, die euch geleiten?
Habt acht, dass euch nicht Schaden bringt der Aufstieg.«

»Vom Himmel eine Frau, der all dies wohlbekannt«,
antwortet' ihm mein Meister, »sprach vor Kurzem
zu uns: ›Geht dorthin, seht, dort ist das Tor!‹«

Der mit einem nackten und blinkenden Schwert bewaffnete Wächter fordert sie auf, zu ihm hinaufzusteigen. Die erste Stufe ist aus hell leuchtendem Marmor, die zweite aus einem rauhen, dunklen Stein, die dritte aus »so flammendem Porphyr, wie Blut, wenn es aus einer Ader spritzt«. Wie auch hier wieder in einer Fußnote erklärt wird, soll die ganze Szene das heilige Sakrament der Buße versinnbildlichen: Der wachende Engel symbolisiere demgemäß die kirchliche Autorität und das Schwert die dem Sünder aufzuerlegende Buße. Sicherlich kam mir deshalb in diesem Moment Schwester Berardi in den Sinn, eine meiner Lehrerinnen für Literatur, die uns diesen Abschnitt folgendermaßen kommentiert hatte: »Die Stufe aus weißem Marmor steht für die Gewissenserforschung, die aus schwarzem Stein für die Reue und die dritte aus rotem Porphyr für das Gelöbnis der Wandlung.« Was man nicht alles im Gedächtnis behält! Wer hätte gedacht, dass ich mich nach so vielen Jahren noch einmal an Schwester Berardi (die schon vor etlicher Zeit vom Tod ereilt worden war) und ihren sterbenslangweiligen Literaturunterricht erinnern würde!

In diesem Augenblick klopfte es an die Tür, und Farag kam mit einem breiten Grinsen herein.

»Na, wie läuft's?«, fragte er voll Ironie. »Hast du deine kindlichen Traumata überwunden?«

»Ehrlich gesagt, nein«, erwiderte ich. Ich lehnte mich zurück und schob die Brille auf die Stirn. »Ich halte diese Schwarte nach wie vor für ungenießbar!«

Er schaute mich lange an, auf so seltsame Art und Weise, dass ich nicht wusste, was ich davon halten sollte; dann blinzelte und schluckte er wie jemand, der aus einem langen Traum erwacht.

»Wo … wo bist du?«, erkundigte er sich und vergrub seine Hände in den großen Taschen seiner alten Jacke.

»Bei ihrer Unterhaltung mit dem Wächter der Pforte, dem Engel mit dem Schwert, der oben auf den dreifarbigen Stufen sitzt.«

»Ah, herrlich!«, rief er begeistert. »Das ist eine der interessantesten Stellen! Die drei alchimistischen Stufen!«

»Die drei alchimistischen Stufen?« Ich rümpfte die Nase.

»Ach komm, Ottavia! Dir ist doch sicherlich nicht entgangen, dass Dantes Stufen den drei Stufen des alchimistischen Transmutationsprozesses entsprechen: *Nigredo*, *Albedo* und *Rubedo*. *Nigredo* oder die Schwarzfärbung, *Albedo* oder die Weißfärbung, *Rubedo* oder die Rotfär…« Als er mein verblüfftes Gesicht sah, stutzte er und lächelte dann. »Das kommt dir irgendwie bekannt vor, stimmt's?«

Ich dachte einen Augenblick nach, um mir ins Gedächtnis zurückzurufen, was ich in den mittelalterlichen Kodizes über die Alchemie gelesen hatte.

»Natürlich kommt mir das bekannt vor«, erwiderte ich nach einer Weile, »ich wäre allerdings nie auf die Idee gekommen, das große alchimistische Werk, das *opus magnum*, mit den Stufen des ›Purgatorio‹ in Verbindung zu bringen. Eben war mir wieder eingefallen, dass sie das Bußsakrament versinnbildlichen …«

»Das Bußsakrament?«, fragte Farag verwundert und trat an meinen Tisch. »Schau, was hier zur letzten Stufe steht: ›Auf diesem Stein hielt seine beiden Füße der Engel Gottes, auf der Schwelle sitzend, die mir erschien wie Diamantgestein.‹ Mit der *Rubedo*, der letzten alchimistischen Stufe, erhält man den Stein der Weisen, den *lapis philosophorum*, der meist als schwarzes, dunkelrot glänzendes Pulver beschrieben wird, sprich Kohlenstoff. Und welches Mineral besteht aus reinem Kohlenstoff? Der Diamant!«

Ich war perplex.

»Ja, natürlich …«

Ich kam aus dem Staunen nicht heraus. Diese Deutung war wirklich plausibler als die mit dem Bußsakrament.

»Jetzt bist du geplättet, was?!«, rief er höchst zufrieden aus. »Gut, dann lasse ich dich wieder arbeiten. Lies schön weiter.«

»Ja, o. k. Wir sehen uns dann beim Mittagessen.«

»Wir holen dich ab.«

Ich hörte ihn schon gar nicht mehr. Wie gebannt starrte ich auf den Text des ›Purgatorio‹.

»Ich sagte, dass Kaspar und ich dich zum Essen abholen werden!«, wiederholte Farag von der Tür her mit ziemlich lauter Stimme. »Passt dir das, Ottavia?«

»Ja, ja … zum Essen, geht in Ordnung.«

Farags Interpretation ließ Dante Alighieri plötzlich in einem ganz anderen Licht erscheinen. Allmählich begann ich zu glauben, dass Glauser-Röist mit seiner Behauptung, die ›Göttliche Komödie‹ sei ein Initiationsbuch, recht hatte. Aber mein Gott, wie konnte das alles mit den Staurophylakes zusammenhängen? Ich massierte mir die Nasenwurzel und setzte dann wieder die Brille auf, um mit anderen Augen und größtem Interesse die vielen Verse zu lesen, die noch vor mir lagen.

Farag hatte mich unterbrochen, als Vergil und Dante vor den Stufen standen. Also gut, kaum sind sie hinaufgestiegen, fordert Vergil sein Mündel auf, den Engel demütig um Einlass zu bitten:

Da warf ich fromm mich zu den heilgen Füßen,
fleht' um Erbarmen, dass das Tor er öffne,
doch schlug ich erst mich dreimal an die Brust.

Da schrieb er sieben P auf meine Stirne
mit seines Schwertes Spitze, sprach: »Sieh zu,
dass du dich drin von diesen Wunden reinigst.«

Aus seinem Kleid, dessen Farbe wie Asche oder ausgedörrte Erde scheint, zieht der Engel nun einen silbernen und einen goldenen Schlüssel hervor, mit denen er ihnen das Tor öffnet:

»Wenn je versagt der eine dieser Schlüssel,
dass er nicht richtig sich im Schlosse dreht«,
sprach er zu uns, »tut sich der Weg nicht auf!

Kostbarer ist der eine, doch der andre
braucht so viel Kunst und Geist, bevor er aufschließt,
denn er ist's, der entwirret die Verstrickung.

Von Petrus hab' ich sie, er mahnt', ich möge
mich eh'r beim Öffnen irrn als beim Verweigern,
wenn jemand sich zu meinen Füßen werfe.«

Dann stieß er auf das Tor der heilgen Pforte
und sprach: »So tretet ein – doch warn' ich euch,
hinaus muss wieder gehn, wer rückwärts schaut!«

Wenn das nicht ein wahrhaftes Handbuch für den Eintritt ins Fegefeuer war! Obwohl ich anfangs misstrauisch gewesen war, musste ich nun zugeben, dass Glauser-Röist völlig recht hatte. Oder zumindest schien dem so, denn noch fehlte uns die Hauptsache: Wo war das alles zu finden? Wo befand sich das Vorpurgatorio, die drei alchimistischen Stufen, der wachende Engel und die Tür mit den beiden Schlüsseln?

Als wir um die Mittagszeit durch das Foyer des Geheimarchivs zur Kantine gingen, fiel mir ein, dass ich Glauser-Röist ja von meinem Kurzurlaub erzählen musste.

»Am Sonntag feiere ich die Erneuerung meiner Gelübde, Hauptmann«, erläuterte ich ihm, »und vorher muss ich unbedingt einige Tage in Klausur gehen. Am Montag werde ich aber ganz sicher wieder hier sein.«

»Die Zeit drängt«, brummte er mürrisch. »Und wenn Sie nur den Samstag freimachen?«

»Was ist das: die Erneuerung der Gelübde?«, mischte Farag sich ein.

»Also …« – darüber zu reden, behagte mir ganz und gar nicht, denn für eine Nonne war das so, als ob sie ihre Intimsphäre offenbarte – »… also, in den meisten Orden legt man die Gelübde nur einmal ab. Doch gibt es auch solche, wo man sie alle zwei bis drei Jahre erneuert, und wir Schwestern der Kongregation der Glückseligen Jungfrau Maria tun dies eben jedes Jahr, und zwar am dritten Sonntag nach Ostern.«

»Die Armuts-, Keuschheits- und Gehorsamsgelübde?«, bohrte Farag nach.

»Genaugenommen ja …«, erwiderte ich, wobei mir immer unwohler wurde. »Aber nicht nur das … also gut, ja, darum geht es, aber …«

»Gibt es bei den Kopten etwa keine Ordensgeistlichen?«, kam mir da der Felsen zu Hilfe.

»Doch, natürlich. Entschuldige, Ottavia. Ich war einfach nur unheimlich neugierig.«

»Keine Sorge, es ist mir einerlei, wirklich«, meinte ich versöhnlich.

»Ich dachte nur, dass du zeitlebens Nonne bist«, fügte der Professor reichlich unangemessen hinzu. »Das mit der jährlichen Erneuerung ist fabelhaft, solltest du es dir eines Tages anders überlegen.«

Das Sonnenlicht, das schräg durch die Fenster hereinfiel, blendete mich für einen Augenblick. Aus irgendeinem Grund verriet ich ihm nicht, dass es bisher nicht einen einzigen Fall gegeben hatte, dass jemand aus unserem Orden ausgetreten war.

Wie schwierig es doch ist, Gottes Absichten zu verstehen! Vom Tag der Geburt bis zu unserem Tod sind wir mit Blindheit geschlagen, und während des kurzen Zwischenakts, den wir Leben nennen, vermögen wir nicht zu kontrollieren, was um uns herum geschieht. Am Freitagnachmittag läutete das Telefon. Ich war gerade mit Ferma und Margherita in der Hauskapelle und las im Werk von Pater Caciorgna, unserem Ordensgründer, um mich innerlich auf die am Sonntag stattfindende Feier vorzubereiten. Keine Ahnung, warum, aber als ich es klingeln hörte, wusste ich instinktiv, dass etwas Schlimmes passiert war. Valeria, die sich in diesem Augenblick im Wohnzimmer befand, nahm den Hörer ab. Kurz darauf ging leise die Tür zur Kapelle auf.

»Ottavia …«, flüsterte sie. »Es ist für dich.«

Ich stand auf, schlug das Kreuzzeichen und ging hinaus. Am anderen Ende der Leitung war die betrübte Stimme meiner Schwester Agatha zu vernehmen.

»Ottavia! Papa und Giuseppe …«

»Papa und Giuseppe? … Was ist mit ihnen?«, bohrte ich nach, als meine Schwester nicht weitersprach.

»Papa und Giuseppe sind … tot.«

»Tot??? Papa und Giuseppe sind … tot?«, stammelte ich. »Aber … aber was sagst du denn da, Agatha?«

»Es stimmt, Ottavia.« Meine Schwester hatte leise zu weinen begonnen. »Die beiden sind tot.«

»O Gott!«, wimmerte ich. »Was ist passiert?«

»Ein Unfall. Ein schrecklicher Unfall. Ihr Auto ist von der Fahrbahn abgekommen und … und …«

»Beruhige dich, Agatha«, sagte ich zu meiner Schwester, »und wein bitte nicht, nicht vor den Kindern.«

»Sie sind nicht hier«, schluchzte sie. »Antonio hat sie zu seinen Eltern gebracht. Mama möchte, dass wir alle nach Hause kommen.«

»Und Mama? Wie geht es Mama?«

»Du weißt doch, wie stark sie ist …«, meinte Agatha da nur, »aber ich habe Angst um sie.«

»Und Rosalia? Und Giuseppes Kinder?«

»Ich habe keine Ahnung, Ottavia. Sie sind alle in der Villa. Ich fahre gleich hin.«

»Ich auch. Ich nehme noch heute Abend die Fähre.«

»Aber Ottavia«, tadelte mich meine Schwester, »doch nicht die Fähre, nimm ein Flugzeug. Ich werde Giacoma sagen, dass sie ein paar Männer zum Flughafen schickt, um dich abzuholen.«

Die ganze Nacht hielt die Familie im Wohnzimmer des ersten Stocks Totenwache und betete den Rosenkranz im Schein von einigen Kerzen, die um uns herum auf den Tischen und dem Kaminsims verteilt waren. Mein Vater und mein Bruder lagen noch im gerichtsmedizinischen Institut von Palermo, doch der Richter hatte meiner Mutter versichert, dass man ihre Leichen gleich am nächsten Morgen zu uns überführen würde, damit wir sie auf unserem Friedhof beisetzen konnten. Cesare, Pierluigi und Salvatore, die gegen Sonnenaufgang aus dem Leichenschauhaus zurückkamen, meinten, dass ihre Gesichter sehr entstellt seien und man sie besser nicht mit offenem Sargdeckel aufbahren sollte. Meine Mutter beauftragte daraufhin ein Bestattungsinstitut – das allem Anschein nach uns gehörte –, die Leichen so gut wie möglich herzurichten, bevor man sie uns nach Hause brachte.

Meine Schwägerin Rosalia, Giuseppes Frau, war völlig gebrochen. Ihre trauernden Kinder umsorgten sie, so gut sie konnten; alle hatten wir Angst um sie, denn sie hörte nicht auf, zu weinen und mit den weit aufgerissenen Augen einer Wahnsinnigen ins Leere zu starren. Meine Schwestern Giacoma, Lucia und Agatha hatten sich um meine Mutter versammelt, die mit gerunzelter Stirn und einem zu einer wächsernen Maske erstarrten Gesicht den Rosenkranz vorbetete. Meine Schwägerinnen Letizia und Livia kümmerten sich um die zahlreichen Verwandten, die trotz der späten Stunde noch gekommen waren, um uns ihr Beileid auszusprechen und sich dem Gebet für die Toten anzuschließen.

Und ich? Nun, ich streifte traurigen Herzens durch das große Haus, treppauf, treppab, und kam nicht zur Ruhe. Wenn ich oben auf dem Dachboden angekommen war, lehnte ich mich aus dem Fenster der Mansarde, um den Himmel zu betrachten, drehte mich dann aber sogleich wieder um und stieg die Treppe in die Vorhalle hinunter, wobei ich mit der Hand über das Geländer aus weichem, glänzendem Holz fuhr, auf dem wir als

Kinder immer hinuntergerutscht waren. Mein Gedächtnis war damit beschäftigt, weit zurückliegende Kindheitserlebnisse heraufzubeschwören, Erinnerungen an meinen Vater und meinen Bruder. Unaufhörlich wiederholte ich mir, dass ich einen guten, vortrefflichen Vater gehabt hatte und dass auch Giuseppe, obwohl mit den Jahren mürrisch geworden, mir ein guter Bruder gewesen war, ein Bruder, der mich als kleines Mädchen immer durchgekitzelt und mein Spielzeug versteckt hatte, weil es ihm Spaß machte, mich bis aufs Blut zu reizen. Die beiden hatten ihr Leben lang gearbeitet, um das Familienerbe zusammenzuhalten, es sogar noch zu vergrößern, worauf beide äußerst stolz waren. Ja, so waren sie gewesen, mein Vater und mein Bruder. Und nun waren sie tot.

Die Beileidsbekundungen und das Wehklagen setzten sich auch noch am folgenden Tag fort. In der Villa Salina herrschte nur Trauer und Leid. Dutzende von Wagen parkten im Garten, Hunderte von Menschen drückten meine Hand, küssten und umarmten mich. Bis auf die Schwestern Sciarra fehlte niemand, was mir sehr wehtat, denn Concetta Sciarra war jahrelang meine beste Freundin gewesen. Von Doria, der jüngeren, kann ich nicht behaupten, dass ich es erwartet hätte – das Letzte, was ich von ihr gehört hatte, war, dass sie, kaum zwanzig Jahre alt geworden, Sizilien verlassen hatte und danach hier und da immer wieder auf die Nase gefallen war; schließlich hatte sie ihr Geschichtsstudium in was weiß ich für einem Land abgeschlossen und arbeitete nun als Sekretärin in einer fernen Botschaft –, aber von Concetta? Nein, von Concetta hätte ich das nicht gedacht. Sie hatte meinen Vater sehr gemocht, so wie ich auch den ihren. Trotz aller geschäftlichen Differenzen, die es zwischen unseren Familien geben mochte, hatte ich an ihrem Kommen nie gezweifelt.

Das Begräbnis sollte am Sonntagmorgen stattfinden, da meine Mutter darauf bestand, dass Pierantonio die Totenmesse las, er aber erst in der Nacht von Samstag auf Sonntag eintraf. Ich habe keine Erinnerung mehr an das, was bis zu Pierantonios Ankunft geschah; ich weiß nur noch, dass mein Bruder und ich uns innig umarmten, man ihn mir dann aber aus den Armen riss, weil er die seinem Amt und den Umständen angemessenen Handküsse und Verbeugungen entgegenzunehmen hatte. Nachdem man ihn dann in Ruhe etwas hatte essen lassen, zog er sich mit meiner Mutter zurück, und ich sah sie nicht mehr aus dem angrenzenden Zimmer herauskommen, weil ich auf dem Sofa einschlief, auf dem ich gebetet hatte.

Sonntagfrüh, wir machten uns gerade für die Trauerfeier zurecht, die in unserer kleinen Hauskapelle stattfinden sollte, erhielt ich einen völlig überraschenden Anruf von Hauptmann Glauser-Röist. Auf dem Weg zum Telefon fragte ich mich verärgert, warum er mich um diese Zeit und im unpassendsten Moment anrief. Vor meiner überstürzten Abreise hatte ich mich von ihm verabschiedet und ihm von dem Todesfall berichtet; seinen Anruf konnte ich nur als mangelnden Respekt und taktloses Benehmen werten. So standen also die Dinge, weshalb ich nicht gerade dazu aufgelegt war, Höflichkeiten auszutauschen.

»Sind Sie das, Dottoressa Salina?«, fragte er auf meinen kurzen, barschen Gruß hin.

»Selbstverständlich bin *ich* das, Hauptmann.«

»Dottoressa«, fuhr er fort, als sei ihm mein scharfer Tonfall gar nicht aufgefallen, »Professor Boswell und ich, wir sind hier, hier auf Sizilien.«

Wenn man mich in diesem Augenblick mit einer Nadel gepiekst hätte, so wäre bestimmt kein Tropfen Blut aus mir herauszupressen gewesen.

»Hier?«, fragte ich verblüfft. »Hier in Palermo?«

»Na ja, nicht direkt, wir sind auf dem Flughafen Punta Raisi, etwa dreißig Kilometer von der Stadt entfernt. Professor Boswell ist gerade losgezogen, um einen Wagen zu mieten.«

»Und darf man erfahren, was Sie auf Sizilien wollen? Falls Sie zur Beerdigung meines Vaters und meines Bruders gekommen sind, sind Sie etwas spät dran. Sie werden nicht mehr rechtzeitig hier sein können.«

Mir war unbehaglich zumute. Einerseits erkannte ich ihren guten Willen und ihren Wunsch dankbar an, mir in einer so schweren Stunde beizustehen, andererseits kam mir die Geste ein wenig überzogen und unangebracht vor.

»Wir wollen Sie nicht stören, Dottoressa« – über die laute Stimme von Glauser-Röist hinweg hörte man jetzt die lärmenden Flughafenlautsprecher, über die gerade einige Flüge aufgerufen wurden – »wir warten, bis das Begräbnis vorbei ist. Was glauben Sie, um wie viel Uhr könnten Sie sich mit uns treffen?«

In diesem Augenblick baute sich meine Schwester Agatha vor mir auf und deutete nachdrücklich auf ihre Armbanduhr.

»Ich habe keine Ahnung, Hauptmann. Sie wissen doch, wie das ist … vielleicht gegen Mittag.«

»Vorher geht es nicht?«

»Nein, Hauptmann, *vorher* geht es nicht!«, erwiderte ich nun ziemlich zornig. »Mein Vater und mein Bruder sind gestorben, falls Ihnen das entfallen sein sollte, und wir werden sie gleich beerdigen!«

Es kam mir so vor, als sähe ich ihn am anderen Ende der Leitung, als sähe ich, wie er schnaubte, sich dann aber mit Geduld wappnete.

»Sehen Sie, Dottoressa, wir haben den Eingang zum Fegefeuer gefunden. Und der ist hier, auf Sizilien! In Syrakus.«

Mir stockte der Atem. Wir hatten den Eingang gefunden!

Ich wollte weder meinen Vater noch meinen Bruder noch einmal sehen, als man die Sargdeckel öffnete, damit wir uns von ihnen verabschieden konnten. Mein Mutter trat tapfer an die Särge und beugte sich zuerst über meinen Vater, dem sie einen Kuss auf die Stirn drückte, und dann über meinen Bruder … doch da klappte sie zusammen. Ich sah sie taumeln und sich mit einer Hand am Rand des Sarges festhalten, während sie mit der anderen ihren Stockknauf umklammerte. Giacoma und Cesare, die hinter ihr standen, stürzten zu ihr hin, um sie zu stützen, aber sie wies beide mit einer heftigen Geste von sich. Dann senkte sie den Kopf und begann leise zu weinen. Noch nie hatte ich meine Mutter weinen sehen. Weder ich noch sonst irgendjemand von uns, und ich glaube, dass ihre Tränen uns mehr als alles andere mit Schmerz erfüllten. Bestürzt sahen wir uns an und wussten nicht, was wir tun sollten. Agatha und Lucia brachen nun ebenfalls in Tränen aus, und wir anderen, ich inbegriffen, wollten schon einen Schritt auf unsere Mutter zu machen, um sie zu halten und zu trösten, jedoch kam Pierantonio uns zuvor, der hinter dem Altar hervor- und die Stufen hinuntergeeilt war und sie nun an sich drückte und ihr mit einer Hand die Tränen trocknete. Sie ließ sich trösten wie ein kleines Mädchen, aber wir alle wussten, dass dieser Tag ein Wendepunkt in ihrem Leben darstellte, dass ein irreparabler Riss entstanden war, der einen nicht mehr zu stoppenden Prozess in Gang gesetzt hatte. Nie würde sie diese beiden Todesfälle verwinden.

Als der Trauergottesdienst und die Bestattung vorüber waren und wir ins Haus gingen, wo man uns das Mittagessen auftischte, bat ich Giacoma, mir ihren Wagen zu leihen, da ich mich mit Farag und Glauser-Röist um halb eins im Restaurant »La Gondola« in der Via Principe di Scordia verabredet hatte.

»Ja bist du denn von allen guten Geistern verlassen?«, schalt meine Schwester mit weit aufgerissenen Augen. »Heute ist doch kein Tag, um im Restaurant essen zu gehen!«

»Es ist doch wegen der Arbeit, Giacoma.«

»Das ist mir egal! Ruf deine Freunde an und sag ihnen, sie sollen herkommen. Du kannst hier jedenfalls nicht weg, hast du verstanden?«

So rief ich also Glauser-Röist auf seinem Handy an und erklärte ihm, dass ich mich nicht mit ihnen in der Stadt treffen könne, der Professor und er aber zum Essen eingeladen seien. Ich erläuterte ihm so gut wie möglich den Weg zur Villa, wobei ich in seinen Antworten geheimnisvolle Andeutungen herauszuhören glaubte. Meine Ungeduld wuchs.

Sie kamen, als wir uns gerade zu Tisch setzen wollten. Der Hauptmann war wie immer tadellos gekleidet und hatte eine hochmütige Miene aufgesetzt, während Farag seinen gewöhnlichen Stil eines Beamten irgendeines fernen afrikanischen Landes gegen den eines mutigen Expeditionsteilnehmers und abgehärteten Jeepfahrers getauscht hatte. Kaum hatten sie den Fuß über die Schwelle unserer Villa gesetzt, begann ich sie auch schon aller Welt vorzustellen. Der Professor wirkte verlegen und sehr gehemmt, in seinem Blick konnte man jedoch deutlich die Neugier des Wissenschaftlers erkennen, der eine ihm bis dahin unbekannte Tiergattung studierte. Glauser-Röist war hingegen ganz Herr der Lage; seine Selbstsicherheit empfanden wir bei unserer traurigen, bedrückten Stimmung als sehr wohltuend. Meine Mutter hieß sie mit freundlichen Worten willkommen, und Pierantonio, der neben ihr stand, begrüßte den Hauptmann zu meiner Überraschung überaus herzlich, so als kenne er ihn schon lange. Obwohl, irgendwie kam es mir gekünstelt vor, denn unmittelbar darauf gingen sich die beiden aus dem Weg, als ob sie die gleichen Pole eines Magneten wären.

Ich, die ich seit dem vorigen Tag erfolglos versucht hatte, mit meinem Bruder zu reden, fand mich dann allerdings unversehens von Pierantonio in eine Ecke des Gartens gedrängt, wohin wir, weil das Wetter so schön war, nach dem Essen gegangen waren, um dort den Kaffee zu trinken. Mein Bruder wirkte an diesem Tag nicht so frisch und munter wie sonst. Er hatte dunkle Ringe unter den Augen, und auf seiner Stirn zeichneten sich ausgeprägte Falten ab. Schroff hatte er mich am Handgelenk gepackt und sah mich nun scharf an.

»Warum arbeitest du für Hauptmann Glauser-Röist?«, stieß er hervor.

»Woher weißt du, dass ich für ihn arbeite?«, erwiderte ich überrascht.

»Giacoma hat es mir erzählt. Und jetzt beantworte meine Frage.«

»Ich darf dir keine Details nennen, Pierantonio. Es hat mit der Sache zu tun, über die wir letztes Mal, an Vaters Namenstag, sprachen.«

»Daran kann ich mich nicht mehr erinnern. Hilf meinem Gedächtnis auf die Sprünge.«

Beschwörend hob ich die Hand, die ich noch frei hatte, um ihm zu bedeuten, dass sein Verhalten mir völlig unverständlich war.

»Was ist los mit dir, Pierantonio? Bist du nicht mehr ganz richtig im Kopf oder was?«

Mein Bruder schien aus einem langen Traum zu erwachen und schaute mich jetzt bestürzt an.

»Entschuldige, Ottavia«, stammelte er und ließ mich los. »Ich bin heute ziemlich gereizt. Verzeih mir.«

»Und darf man erfahren, warum? Wegen des Hauptmanns?«

»Tut mir leid, vergiss es einfach«, entgegnete er, drehte sich um und schlenderte davon.

»Komm sofort zurück, Pierantonio!«, befahl ich ihm in ernstem, autoritärem Tonfall. Abrupt blieb er stehen. »Du rührst dich nicht von der Stelle, bis du mir eine Erklärung gegeben hast.«

»Die kleine Ottavia begehrt gegen ihren großen Bruder auf?« Er lächelte nun verschmitzt. Mir war jedoch ganz und gar nicht zum Lachen zumute.

»Heraus mit der Sprache, Pierantonio, oder ich werde wirklich böse.«

Höchst überrascht schaute er mich an. Dann trat er zwei Schritte auf mich zu und runzelte erneut die Stirn.

»Weißt du, wer Kaspar Glauser-Röist ist? Weißt du, was er beruflich so treibt?«

»Ich weiß«, erklärte ich, »dass er der Schweizergarde angehört, aber in Diensten des höchsten Kirchengerichts, der *Sacra Rota Romana*, steht, und dass er die Untersuchung koordiniert, an der ich als Paläographin des Geheimarchivs mitwirke.«

Mein Bruder schüttelte ein paarmal besorgt den Kopf.

»Nein, Ottavia, nein, da täuschst du dich gewaltig. Der Hauptmann ist nicht so harmlos, wie du denkst. Kaspar Glauser-Röist ist der gefährlichste Mann des Vatikans, der Mann, der im Hintergrund die Fäden zieht und die unaussprechlichen Schandtaten der Kirche vollstreckt. Sein Name fällt im Zusammenhang mit …« Er hielt plötzlich inne. »Da hört sich doch alles auf! Wie kommt meine Schwester dazu, mit einem Kerl zu arbeiten, den Himmel und Hölle fürchten?«

Ich war zur Salzsäule erstarrt.

»Na? Was ist?«, fragte mein Bruder hartnäckig. »Kannst du mir jetzt eine Erklärung geben?«

»Nein.«

»Gut, reden wir nicht mehr darüber«, schloss er, drehte sich um und wandte sich zu der Gruppe, die am Gartentisch miteinander plauderte. »Nimm dich vor ihm in acht, Ottavia. Dieser Mann ist nicht das, was er zu sein vorgibt.«

Als ich mich von dieser Überraschung erholt hatte, erblickte ich am anderen Ende des Gartens Farag und meine Mutter, die in ein angeregtes Gespräch verwickelt schienen. Schwankenden Schrittes ging ich auf sie zu, doch bevor ich sie noch erreichen konnte, stellte sich mir die imposante Gestalt des Hauptmanns in den Weg.

»Dottoressa, wir müssen so schnell wie möglich aufbrechen. Es ist schon spät, und bald haben wir kein Licht mehr.«

»Woher kennen Sie meinen Bruder, Hauptmann?«

»Ihren Bruder …?«, fragte er verwundert.

»Ach, kommen Sie, spielen Sie hier nicht den Ahnungslosen. Ich weiß, dass Sie Pierantonio kennen, also lügen Sie mich nicht an.«

Der Felsen schaute sich mit gleichgültiger Miene um.

»Aus Ihrer Frage schließe ich, dass Pater Salina Sie darüber nicht aufgeklärt hat, Dottoressa. Folglich werde ich es auch nicht tun.« Er blickte mich von oben herab an. »Gehen wir?«

Verblüfft fuhr ich mir mit der Hand übers Gesicht und nickte.

Dann verabschiedete ich mich von jedem Einzelnen und stieg in den Wagen, den Farag und der Hauptmann am Flughafen gemietet hatten, einen silberfarbenen Volvo S 40 mit getönten Fensterscheiben.

Wir fuhren einmal quer durch die ganze Stadt und nahmen dann die Schnellstraße 121 Richtung Enna im Herzen der Insel und von dort die Autobahn A 19 nach Catania. Glauser-Röist, der das Autofahren sichtlich genoss, hatte das Radio eingeschaltet und die Musik aufgedreht, bis wir Palermo verließen. Sobald wir auf der Schnellstraße waren, stellte er es leiser, und Farag, der hinten saß, beugte sich nach vorn, die Arme auf die Rückenlehnen unserer Sitze gestützt.

»Eigentlich wissen wir nicht genau, warum wir hier sind, Ottavia«, erklärte er, »wir folgten einer plötzlichen Eingebung, aber höchstwahrscheinlich begehen wir gerade eine riesengroße Dummheit.«

»Hören Sie nicht auf ihn, Dottoressa. Der Professor hat den Eingang zum Fegefeuer gefunden.«

»Auf *ihn* darfst du nicht hören, Ottavia. Du kannst mir glauben, ich bezweifle sehr, dass wir in Syrakus den Eingang finden, aber der Hauptmann wollte es unbedingt vor Ort überprüfen.«

»In Ordnung«, willigte ich seufzend ein. »Aber nenn mir zumindest einen überzeugenden Grund. Was gibt es in Syrakus?«

»Die heilige Lucia!«, jubelte Farag.

Ungehalten drehte ich den Kopf zu ihm um.

»Die heilige Lucia?«

Ich war dem Professor jetzt so nah, dass ich seinen Atem spüren konnte. Ich war wie gelähmt, und vor Verlegenheit wurde ich rot bis über beide Ohren. Nur mit übermenschlicher Anstrengung gelang es mir, wieder nach vorn auf die Straße zu schauen, ohne dass jemand etwas von meiner Verwirrung bemerkte. Boswell muss es registriert haben, sagte ich mir entsetzt. Ich befand mich in einer misslichen Lage, und sein Schweigen wurde immer unerträglicher. Warum bekam er den Mund nicht auf? Wieso erzählte er nicht einfach weiter?

»Warum die heilige Lucia?«, fragte ich hastig.

»Weil …«, begann Farag und verhaspelte sich dann, »nun, eben deshalb. Weil …«

Zwar konnte ich seine Hände nicht sehen, ich war mir jedoch sicher, dass sie zitterten, denn ich hatte es bei ähnlichen Gelegenheiten schon festgestellt.

»Dann werde *ich* es Ihnen erklären, Dottoressa«, mischte sich Glauser-Röist ein. »Also: Wer bringt Dante zur Pforte des Fegefeuers?«

Ich strengte mein Gedächtnis an.

»Die heilige Lucia, stimmt. Sie trägt ihn schlafend durch die Lüfte und setzt ihn, das Gesicht zum Meer gewandt, vor dem Eingang zum Purgatorio ab. Aber was hat das mit Sizilien zu tun?« Noch einmal bemühte ich meine grauen Zellen. »Also gut, die heilige Lucia ist die Schutzpatronin von Syrakus, klar, aber …«

»Syrakus schaut aufs Meer hinaus«, bemerkte der Professor, der sich jetzt offensichtlich wieder in der Gewalt hatte. »Und außerdem weist Lucia Vergil mit den Augen den Weg, dem sie folgen müssen, um zur Pforte mit den zwei Schlüsseln zu gelangen.«

»Schön, ja, aber …«

»Wusstest du, dass Lucia die Schutzpatronin der Augenkranken ist?«

»Was für eine Frage! Natürlich.«

»Auf fast allen Bildern trägt sie ihre Augen in einer Schale.«

»Sie hat sie sich selbst ausgerissen«, erläuterte ich. »Nachdem ihr abgewiesener heidnischer Verlobter sie denunziert hatte, Christin zu sein, riss sie sich ihre schönen Augen aus und schickte sie ihm in einer Schale.«

»Möge die heilige Lucia unser Augenlicht bewahren«, trug Glauser-Röist vor.

»Ja, in der Tat, so lautet die volkstümliche Anrufung.«

»Und trotzdem …«, betonte Farag, »… und trotzdem besitzt die Patronin von Syrakus noch beide Augen, die zudem weit aufgerissen sind. Die, die sie in der Schale trägt, sind nur Ersatz.«

»Ganz einfach: weil man sie nicht mit leeren, blutenden Augenhöhlen malen wollte.«

»Ach ja? Wo die christliche Ikonographie doch noch nie besonderes Gewicht auf das Blut und den körperlichen Schmerz gelegt hat, oder?!«, bemerkte er voller Ironie.

»Schön, aber das ist ein ganz anderes Thema«, wandte ich ein. »Ich weiß immer noch nicht, worauf du eigentlich hinauswillst.«

»Das ist ganz einfach. Schau, Ottavia, laut allen christlichen Märtyrerverzeichnissen, die von der Marter der Heiligen berichten, riss Lucia sich nie die Augen aus oder verlor sie sonst irgendwie. In Wirklichkeit hatte der römische Präfekt unter Kaiser Diokletian sie ins Dirnenhaus schleppen und bei lebendigem Leib verbrennen wollen, aber man konnte ihr nichts anhaben, weshalb ihr schließlich ein Schwert durch die Kehle gestoßen wurde, das ihrem Leben am 13. Dezember des Jahres 304 ein Ende bereitete. Von ihren Augen war jedoch nie die Rede. Warum ist sie also die Schutzpatronin der Augenkranken? Wir werden es hier doch wohl nicht mit einer anderen Art des Sehens zu tun haben, mit der Erleuchtung, welche zur höheren Erkenntnis führt? De facto wird in der Symbolik der Blindheit die Unwissenheit zugewiesen, während das Sehen dem Wissen entspricht.«

»Das ist bloße Vermutung«, hielt ich dagegen. Es ging mir nicht gut. Farags Wortschwall wirkte auf mich, als ob er Sand in mein Getriebe streute. Noch immer war ich vom Tod meines Vaters und meines Bruders sehr mitgenommen, und ich hatte keine Lust, mir rätselhafte Spitzfindigkeiten anzuhören.

»Bloße Vermutung? … O. k., dann hör zu: Das Fest der heiligen Lucia feiert man an ihrem mutmaßlichen Todestag, dem 13. Dezember.«

»Das weiß ich längst, es ist schließlich der Namenstag meiner Schwester.«

»Gut, aber was du womöglich nicht weißt, ist, dass man vor der Angleichung durch die Gregorianische Kalenderreform 1582 ihr Fest am 21. Dezember beging, am Tag der Wintersonnenwende, und dass man von alters her an diesem Tag den Triumph des Lichts über die Dunkelheit feiert, denn danach werden die Tage wieder länger.«

Ich blieb stumm, denn ich verstand kein einziges Wort von dem ganzen Unsinn.

»Ottavia, bitte, du bist doch eine gebildete Frau«, flehte Farag, »benutze deinen Verstand; du wirst sehen, dass das, was ich dir hier erkläre, durchaus keine Dummheit ist. Also, ich habe dir soeben in Erinnerung gerufen, dass der Dichter Lucia zu seiner geheimnisvollen Führerin macht, aber er spricht auch davon, dass sie Vergil *mit den Augen* den Pfad weist, den sie nehmen müssen, um zur Pforte zu gelangen, wo sich die drei alchimistischen Stufen und der wachende Engel mit dem Schwert befinden. Ist das nicht ein eindeutiger Hinweis?«

»Ich weiß nicht«, erklärte ich, ohne dem viel Bedeutung beizumessen, »ist es das?«

Farag schwieg.

»Der Professor ist sich nicht sicher«, sagte Glauser-Röist und gab Gas. »Und deshalb werden wir das jetzt nachprüfen.«

»Es gibt aber überall auf der Welt Kirchen, die der heiligen Lucia geweiht sind«, murrte ich, »warum sollte es also ausgerechnet die in Syrakus sein?«

»Außer dass es sich dabei um ihren Geburtsort und die Stadt handelt, in der sie lebte und zu Tode gemartert wurde, gibt es noch ein paar weitere Anhaltspunkte, die uns das vermuten lassen«, führte der Hauptmann an. »Als Dante und Vergil auf Cato von Utica treffen, gibt dieser Dante den Rat, sich das Gesicht von dem Schmutz der Hölle zu säubern, bevor er vor den wachenden Engel tritt, und sich mit Binsen zu gürten, die am Ufer einer kleinen Insel wachsen.«

»Ja, daran erinnere ich mich.«

»Syrakus wurde von den Griechen im 8. Jahrhundert vor Christus gegründet«, fuhr Farag fort, »der Siedlung gab man zunächst den Namen Ortygia.«

»Ortygia …?« Ich stutzte und versuchte meinen intuitiven Wunsch zu unterdrücken, mich zu ihm umzudrehen. »Aber ist Ortygia nicht die Insel vor Syrakus?«

»Richtig! Da hast du's! Gegenüber von Syrakus liegt eine Insel namens Ortygia, auf der neben den berühmten Papyrusstauden, die dort noch immer angebaut werden, auch reichlich Binsen wachsen.«

»Aber Ortygia ist heute ein Stadtteil von Syrakus! Die Insel ist vollkommen erschlossen und durch eine große Brücke mit dem Festland verbunden.«

»Gewiss. Das lässt die Fährte, die Dante in seinem Werk gelegt hat, jedoch nicht unbedeutender werden. Und das Beste kommt noch.«

»Ach ja?« Offen gestanden begannen sie mich allmählich von der Richtigkeit ihrer Hypothesen zu überzeugen. Mit diesem ganzen unsinnigen Gerede vergaß ich zudem unmerklich meinen Kummer und kehrte langsam in die Realität zurück.

»Nach dem Untergang des Römischen Reichs wurde Sizilien von den Goten eingenommen. Im 6. Jahrhundert befahl dann Kaiser Justinian – derselbe, der auch das Katharinenkloster befestigen ließ – seinem Heerführer Belisario, er solle die Insel für das Byzantinische Reich zurückerobern. Und sobald die Truppen aus Konstantinopel Syrakus eingenommen hatten, was glaubst du, was sie da gemacht haben? Nun, sie bauten ein Gotteshaus an der Stelle, wo die Heilige zu Tode gemartert worden war, und dieses Gotteshaus …«

»Ich kenne es.«

»… dieses Gotteshaus gibt es heute noch, obwohl man es natürlich im Laufe der Jahrhunderte mehrmals restauriert hat. Nichtsdestotrotz« – Farag war nun nicht mehr zu bremsen – »beruht für uns die größte Anziehungskraft der Kirche Santa Lucia al Sepolcro auf ihren Katakomben.«

»Katakomben?«, fragte ich verwundert. »Ich hatte keine Ahnung, dass sich unter der Kirche Katakomben befinden.«

Soeben waren wir mit großer Geschwindigkeit auf die Autobahn A 19 gefahren. Der Tag ging zur Neige.

»Es sind bemerkenswerte frühchristliche Katakomben aus dem 3. Jahrhundert, die gerade einmal in ihren Hauptgalerien erforscht worden sind. Was man weiß, ist, dass sie während der byzantinischen Herrschaft, als es schon längst keine Verfolgungen mehr gab und die christliche Religion offizieller Glaube des Reiches war, erweitert und umgestaltet wurden. Leider sind sie für die Öffentlichkeit nur während der Feierlichkeiten zum Namenstag der Heiligen vom 13. bis 20. Dezember zugänglich, und das auch nur in Teilen. Es bleiben noch etliche Ebenen und Galerien freizulegen.«

»Und wie kommen wir hinein?«

»Vielleicht ist das ja gar nicht nötig. Eigentlich haben wir keine Ahnung, was wir vorfinden werden. Oder besser gesagt, wir wissen nicht, wonach wir suchen sollen, so wie im Katharinenkloster am Sinai-Gebirge. Wir werden eben überall herumschnüffeln, und dann wird man schon weitersehen. Vielleicht ist das Glück ja mit uns.«

»Aber ich weigere mich, mein Gesicht mit dem Tau von Ortygias Gras zu benetzen und mich mit Binsen zu gürten.«

»Sie sollten sich nicht zu sehr dagegen sträuben« – Glauser-Röists Stimme bebte vor Wut – »weil wir als Erstes genau das tun werden. Denn falls Sie es noch nicht bemerkt haben sollten: Wenn wir recht haben mit unserer Annahme über die heilige Lucia, dann werden wir noch vor Einbruch der Nacht mitten in den Initiationsprüfungen der Staurophylakes stecken.«

Ich zog es vor, den Rest der Fahrt kein Wort mehr darüber zu verlieren.

Es war schon spät, als wir in Syrakus ankamen. Mir wurde angst und bange, wenn ich nur daran dachte, dass Glauser-Röist um diese Zeit noch in die Katakomben hinuntersteigen wollte, doch Gott sei Dank fuhr er durch die ganze Stadt direkt nach Ortygia, in deren Zentrum sich nahe der berühmten Süßwasserquelle Arethusa der Sitz des Erzbischofs befand.

Der Dom war von großer Schönheit, trotz der einzigartigen Mischung unterschiedlichster architektonischer Stilrichtungen, die im Laufe der Jahrhunderte dort zusammengekommen waren. Die Barockfassade mit ihren sechs hohen weißen Säulen und der bogenförmigen Mauernische mit dem Bildnis der heiligen Lucia war wirklich prächtig anzusehen. Wir gingen jedoch nicht hinein. Nachdem Glauser-Röist den Wagen auf der Piazza del Duomo, gegenüber der Kirche, geparkt hatte, begaben wir uns zu Fuß zum nahe gelegenen Erzbischofssitz, wo wir von Seiner Exzellenz Monsignore Giuseppe Arena höchstpersönlich empfangen wurden.

An diesem Abend bewirtete man uns fürstlich, und nachdem

wir mit dem Erzbischof über die Angelegenheiten der Erzdiözese geplaudert und unseres Heiligen Vaters gedacht hatten, der am kommenden Donnerstag achtzig Jahre alt werden sollte, zogen wir uns auf die für uns hergerichteten Zimmer zurück.

Um Punkt vier Uhr in aller Herrgottsfrühe, ohne dass auch nur ein erbärmlicher Sonnenstrahl durch das Fenster hereinschien, rissen mich ein paar Schläge gegen die Zimmertür aus dem Schlaf. Es war der Hauptmann, der schon bereit war, den Tag in Angriff zu nehmen. Ich hörte, wie er auch Farag weckte, und eine halbe Stunde später saßen wir drei im Esszimmer und nahmen ein ausgiebiges Frühstück ein, das uns von einer in den Diensten des Erzbischofs stehenden Dominikanerin serviert wurde. Während der Hauptmann zur Abwechslung wieder einmal hervorragend aussah, waren Farag und ich – zur Abwechslung – kaum imstande, ein paar zusammenhängende Sätze von uns zu geben. Wie Zombies stolperten wir durch das Esszimmer und stießen gegen Tische und Stühle. Im ganzen Gebäude herrschte sonst Totenstille, nur unterbrochen von den leisen Schritten der Nonne. Beim dritten oder vierten Schluck Kaffee stellte ich schließlich fest, dass mein Gehirn wieder funktionierte.

»Sind Sie so weit?«, fragte da auch schon der unerschütterliche Felsen und legte seine Serviette auf den Tisch.

»Ich noch nicht«, stammelte Farag und klammerte sich an seine Kaffeetasse wie ein Matrose an den Mast seines Schiffes inmitten eines Orkans.

»Ich glaube, ich auch noch nicht«, erklärte ich mich mit Farag solidarisch und warf ihm einen komplizenhaften Blick zu.

»Ich hole schon mal den Wagen. In fünf Minuten erwarte ich Sie unten.«

»Schön, aber ich glaube nicht, dass ich das schaffe«, bemerkte der Professor.

Ich lachte herzlich, während Glauser-Röist ohne ein weiteres Wort den Raum verließ.

»Dieser Kerl ist einfach unausstehlich«, sagte ich und stellte dabei überrascht fest, dass Farag sich an diesem Morgen nicht rasiert hatte.

»Es wird wohl besser sein, wenn wir uns beeilen. Er ist imstande, ohne uns loszufahren, und das möchte ich gern sehen, was du und ich um Viertel vor fünf an einem Montagmorgen allein in Syrakus machen.«

»Das nächste Flugzeug nach Hause nehmen«, antwortete ich entschlossen und stand auf.

Es war nicht kalt draußen. Es herrschte ein sehr frühlingshaftes Wetter, wenngleich es ein wenig feucht war und ein böiger Wind hin und wieder an meinem Rock zerrte. Wir stiegen in den Volvo und fuhren einmal um die ganze Piazza del Duomo herum, um dann in eine Straße einzubiegen, die uns direkt zum Hafen führte. Dort parkten wir und gingen zu Fuß weiter bis zum Ende der Reede, wo man in einer Ecke im Schein der noch leuchtenden Straßenlaternen sehr feinen weißen Sand ausmachen konnte und wo es natürlich Hunderte von Binsen gab.

Der Hauptmann hatte sein Exemplar der ›Göttlichen Komödie‹ dabei.

»Professor, Dottoressa …«, murmelte er sichtlich bewegt. »Der Augenblick unserer Initiation ist gekommen.«

Er legte das Buch in den Sand und wandte sich zu den Binsen. Ehrerbietig strich er mit den Händen über die Sumpfpflanze und wusch sich das Gesicht mit ihrem Tau. Dann riss er einen der biegsamen Stiele aus, den größten, den er finden konnte, zog das Hemd aus der Hose und schlang die Binse um seine Taille.

»Nun denn, Ottavia«, wisperte Farag in mein Ohr, »jetzt sind wir dran.«

Festen Schrittes trat der Professor zum Felsen und wiederholte die Prozedur. Auch sein Gesicht, noch feucht vom Tau, nahm daraufhin einen ganz besonderen Ausdruck an, so als hätte er das Allerheiligste vor sich. Ich fühlte mich verwirrt und unsicher, verstand nicht so recht, was wir da eigentlich gerade taten, doch blieb mir wohl nichts anderes übrig, als es den beiden gleichzutun, denn da ich nun schon einmal da war, wäre jede Weigerung lächerlich gewesen. Ich stapfte also durch den Sand zu den beiden Männern, strich mit den Handflächen über die feuchten Binsen und rieb mir dann damit das Gesicht ab. Der Tau war kühl und machte mich putzmunter; unversehens war ich hellwach und strotzte nur so vor Energie. Danach wählte ich die Binse aus, die mir am grünsten und schönsten erschien, und brach sie ganz unten ab, in der Hoffnung, dass ihre Wurzel irgendwann wieder austreiben würde. Verstohlen hob ich den Saum meines Pullovers und schlang die lilienartige Pflanze über dem Rock um meine Taille, wobei ich staunte, wie zart sie sich anfühlte und wie elastisch ihre Fasern waren, die sich ganz leicht knoten ließen.

Den ersten Teil des Rituals hatten wir damit erfüllt. Jetzt blieb nur abzuwarten, ob es auch zu etwas nütze war. Bestenfalls hat uns niemand dabei zugesehen, sagte ich mir, um mich zu beruhigen.

Wieder im Wagen, verließen wir Ortygia über die Brücke und bogen auf den Corso Umberto I. ein. Die Stadt erwachte gerade. In einigen Fenstern sah man schon Licht, und der Verkehr wurde langsam lebhafter, vor allem in der Nähe des Hafens – ein paar Stunden später würde es hier genauso chaotisch zugehen wie in Palermo. Kurz darauf bog der Hauptmann nach rechts ab in Richtung Via dell'Arsenale. Bei einem Blick aus dem Seitenfenster stutzte er plötzlich.

»Wissen Sie, wie die Straße heißt, durch die wir gerade fahren? Via Dante. Ich habe es soeben entdeckt. Kommt Ihnen das nicht komisch vor?«

»Aber Hauptmann, in Italien gibt es doch in jeder Stadt eine Via Dante«, erwiderte ich, wobei ich mir das Lachen kaum verkneifen konnte. Farags Kichern hörte man hingegen ganz deutlich.

Gleich darauf kamen wir zur Piazza di Santa Lucia, die direkt neben dem Stadion lag. Eigentlich war es ja gar kein richtiger Platz, sondern eher eine etwas zu breit geratene Straße, die am rechteckigen Kirchenbau vorbeiführte. Neben dem wuchtigen Gotteshaus aus weißem Stein mit seinem dreistöckigen Glockenturm stand eine kleine, achteckige Grabkapelle. Ihr Baustil ließ keinen Zweifel aufkommen: Trotz des Umbaus durch die Normannen im 12. Jahrhundert und der eindeutig der Renaissance zuzuordnenden Fensterrose an der Fassade war die Kirche so byzantinisch wie Konstantin der Große.

Ein Mann um die sechzig in verschlissenen Hosen und einer abgewetzten Jacke ging auf dem Bürgersteig vor der Kirche auf und ab. Als er uns aus dem Wagen klettern sah, blieb er stehen. Er hatte wunderschönes, dichtes graues Haar und ein schmales Gesicht voller Falten. Mit erhobenem Arm winkte er uns und lief dann flink auf uns zu.

»Hauptmann Glaser-Ró?«

»Ja, der bin ich«, entgegnete Glauser-Röist freundlich, ohne ihn zu verbessern, und reichte ihm die Hand, »und das hier sind meine beiden Kollegen, Professor Boswell und Dottoressa Salina.« Er hatte sich einen kleinen Stoffrucksack umgehängt.

»Salina?«, stutzte der Mann mit einem gütigen Lächeln. »Das ist ein sizilianischer Name, wenn auch nicht aus Syrakus. Stammen Sie aus Palermo?«

»Ja, tatsächlich.«

»Ah, das dachte ich mir! Schön, begleiten Sie mich bitte. Seine Exzellenz der Erzbischof rief mich gestern Abend an, um Ihren Besuch anzukündigen. Kommen Sie, kommen Sie.«

Unversehens hakte Farag mich unter und ließ meinen Arm nicht los, bis wir auf der anderen Straßenseite angekommen waren.

Der Küster steckte einen riesigen Schlüssel ins Schloss und schob dann das hölzerne Kirchenportal auf, trat jedoch nicht ein, sondern drehte sich zu uns um.

»Seine Eminenz der Erzbischof bat mich, Sie allein zu lassen; bis zur Sieben-Uhr-Messe steht Ihnen die Kirche unserer Stadtpatronin also ganz zur Verfügung. Treten Sie ein. Ich werde unterdessen nach Hause gehen, um zu frühstücken. Sollten Sie etwas benötigen, so finden Sie mich dort drüben …« – er deutete auf ein altes, weißgetünchtes Gebäude – »… im zweiten Stock. Ach ja, fast hätte ich es vergessen: Der Sicherungskasten hängt gleich rechts, Hauptmann Glaser-Ró, und das hier sind die Schlüssel für das ganze Gebäude, auch für die Grabkapelle, die Sie nebenan sehen. Sie müssen sie unbedingt besichtigen, es lohnt sich wirklich. Tja, dann bis nachher. Um Punkt sieben hole ich Sie wieder ab.«

Und er überquerte die Straße. Es war inzwischen halb sechs geworden.

»Also, worauf warten wir noch? Dottoressa, bitte nach Ihnen.«

Das Gotteshaus lag im Dunkeln, da noch kein Tageslicht durch die Fensterrose oder die Kirchenfenster hereindrang; nur einige Glühbirnen markierten über unseren Köpfen die Notausgänge. Der Hauptmann suchte die Lichtschalter, und mit einem Male erstrahlten die an langen Kabeln von der Decke herabhängenden elektrischen Lampen und beleuchteten drei reich verzierte, durch Pfeiler voneinander abgetrennte Kirchenschiffe und eine bemalte Freibalkendecke mit den Wappen der aragonesischen Könige, die Sizilien im 14. Jahrhundert regiert hatten. Über dem Triumphbogen war ein Kreuz der Pisaner Schule aus dem 12. oder 13. Jahrhundert zu erkennen und am Ende des linken Seitenschiffs eines aus der Renaissance. Auf einem wunderbar gearbeiteten Silbersockel sah man die Prozessionsstatue der heiligen Lucia, in deren Hals ein Schwert steckte und die in der rechten Hand eine Schale mit ein paar »Ersatzaugen« hielt, wie Farag sie bezeichnet hatte.

»Die Kirche gehört uns«, brummte der Felsen; seine an und für sich schon dunkle Stimme klang im Kirchenschiff wie der Donnerschlag in einer Höhle. Die Akustik war wirklich fabelhaft. »Suchen wir also den Eingang zum Purgatorio.«

In der Kirche war es wesentlich kälter als draußen, als würde ein eisiger Lufthauch vom Boden emporsteigen. Ich schritt über den Mittelgang zum Altar, wo mich ein inneres Bedürfnis vor dem Allerheiligsten niederknien ließ, um ein paar Minuten zu beten. Mit gesenktem Kopf, die Hände vors Gesicht geschlagen, versuchte ich über all die seltsamen Dinge zu meditieren, die mir in letzter Zeit zugestoßen waren. Vor über einem Monat war mein Leben in Unordnung geraten, damals, als man mich ins Staatssekretariat rief, doch seit einer Woche war es völlig aus dem Ruder gelaufen. Nichts war mehr so wie früher. Ich bat Gott um Vergebung, dass ich ihn so vernachlässigte, und flehte ihn betrübt an, er möge meinem Vater und meinem Bruder gnädig sein. Ich betete auch für meine Mutter und ebenso für den Rest meiner Familie, dass sie in diesen schrecklichen Stunden die nötige Kraft zu finden vermochten. Dann bekreuzigte ich mich mit tränenverschleierten Augen und stand auf, denn ich wollte schließlich nicht, dass Farag und der Hauptmann alles allein erforschen mussten. Da die beiden die Seitenschiffe inspizierten, stieg ich die Stufen zum Altarraum hinauf und nahm dort die Säule aus rötlichem Granit in Augenschein, an die sich der Legende nach die Heilige gelehnt haben soll, als sie erstochen wurde. Die frommen Hände der Gläubigen hatten den Stein im Laufe der Jahrhunderte blank gerieben, was seine Bedeutsamkeit als Gegenstand der Anbetung unterstrich. Natürlich wiederholte sich im Kirchenschmuck bis zum Überdruss die Darstellung der Augen: Überall hingen Hunderte dieser silbernen Votivtäfelchen von der Größe eines Brötchens, die *Occhie di Santa Lucia* genannt wurden.

Als wir die ganze Kirche erkundet hatten, stiegen wir über

eine kleine Treppe zu einem in den Felsen gehauenen unterirdischen Gang hinunter, der zur angrenzenden Grabkapelle führte. In der achteckigen Kapelle befand sich nur die rechteckige Grabnische, in der man die Heilige nach ihrem Martyrium begraben hatte. Allerdings waren die Gebeine der heiligen Lucia schon längst nicht mehr in Syrakus, ja nicht einmal mehr auf Sizilien, denn durch einen jener seltsamen Zufälle des Lebens waren sie nach ihrem Tod um die halbe Welt gereist. Im 11. Jahrhundert hatte der byzantinische Heerführer Maniakes ihre Reliquien von Syrakus nach Konstantinopel gesandt, wo sie bis 1204 verehrt wurden; alsdann verschleppten sie die Venezianer in ihre Kirche S. Giorgio Maggiore, bis sie schließlich im 19. Jahrhundert in der ebenfalls venezianischen Kirche S. Geremia ihre endgültige ewige Ruhe fanden. Die Syrakuser mussten sich also damit zufriedengeben, die leere Grabnische anzubeten, die mit einem schönen Holzretabel geschmückt war, unter dem eine Marmorstatue, ein Werk von Gregorio Tedeschi, die Heilige darstellte.

Damit endete unsere Besichtigung von Santa Lucia al Sepolcro. Wir hatten alles gesehen und unter die Lupe genommen, und es schien nichts Seltsames oder Bedeutsames zu geben, was die Kirche mit Dante oder den Staurophylakes in Zusammenhang gebracht hätte.

»Lassen Sie uns nachdenken«, schlug der Hauptmann vor, »was ist uns aufgefallen?«

»Nichts, rein gar nichts«, antwortete ich im Brustton der Überzeugung.

»Tja, in diesem Fall«, erklärte Farag und schob die Brille hoch, »bleibt uns keine andere Wahl als …«

»Dasselbe dachte ich auch gerade«, meinte der Hauptmann und betrat wieder den Gang, der zur Kirche zurückführte.

So stiegen wir also entgegen meinen geheimsten Wünschen in die Katakomben hinab.

Wie auf dem Schild zu lesen stand, das an einem Nagel an der

Eingangstür hing, waren die Katakomben für den Publikumsverkehr geschlossen; wenn jemand dennoch großen Wissensdrang verspüre, könne er ja die nahe gelegenen Katakomben von San Giovanni besichtigen. Schreckliche Bilder von allerlei Einstürzen schossen mir durch den Kopf. Ich verbannte sie jedoch schnell wieder aus meinem Bewusstsein, weil der Hauptmann bereits mit einem der Schlüssel aus dem Bund des Küsters die Tür aufgeschlossen hatte und nun hineinging.

Entgegen einer weitverbreiteten Auffassung dienten die Katakomben den Christen nicht als Zufluchtsstätten während der Christenverfolgungen, sondern vornehmlich zu Bestattungszwecken. Um die Mitte des 2. Jahrhunderts erwarben die ersten Christen Grundstücke, um ihre Toten zu begraben, da sie an die Wiederauferstehung am Tag des Jüngsten Gerichts glaubten und deshalb den heidnischen Brauch der Feuerbestattung ablehnten. De facto nannten sie ihre unterirdischen Grabstätten auch nicht Katakomben (ein Wort, das im 9. Jahrhundert Verbreitung fand und sich aus dem griechischen *katá kýmbas* ableitet, was »bei den Niederungen« bedeutet, da sich die ersten Katakomben in Rom vor der Porta San Sebastiano befanden), sondern *koimeteria*, »Ruhestätte«, von dem sich das italienische *cimitero*, Friedhof, herleiten ließ. Man glaubte, dass die Toten bis zum Tag der Wiederauferstehung einfach schlafen würden. Mit dem Anwachsen der frühchristlichen Gemeinden benötigte man im Laufe der Zeit jedoch immer mehr Platz für die Toten, weshalb die Grüfte durch Tieferlegung der Ebenen und Nebengänge erweitert wurden, so dass wahrhafte Labyrinthe entstanden, die viele Kilometer lang sein konnten.

»Auf geht's, Ottavia«, ermunterte mich Farag schon von der anderen Seite der Tür aus, als er merkte, dass ich mich scheute, diese unterirdischen Gänge zu betreten.

Eine nackte Glühbirne hing von der Decke herab und warf ein spärliches Licht auf einen Tisch, einen Stuhl und einige

Werkzeuge, die unter einer dicken Staubschicht gleich neben dem Eingang lagen. Zum Glück hatte der Hauptmann in seinem Rucksack eine robuste Taschenlampe mitgebracht, die den Raum wie ein 1000-Watt-Scheinwerfer erhellte. An einem Ende der Grotte führte eine vor vielen Jahrhunderten in den Stein gehauene Treppe hinab in die Tiefen der Erde. Ohne zu zaudern, begann Glauser-Röist sie hinunterzusteigen, während Farag zur Seite trat, um mich vorzulassen und so das Schlusslicht unserer kleinen Expedition zu bilden. Entlang den Wänden erinnerten zahlreiche Inschriften, die mit Eisennägeln in den Stein eingraviert worden waren, an die Toten: *Cornelius cuius dies inluxit,* »Cornelius, dessen Tag anbrach«, *Tauta o bios,* »Das ist unser Leben«, *Eirene ecoimete,* »Irene ist entschlafen« … Auf einem Absatz, wo die Treppe nach links führte, waren mehrere Steinplatten zum Verschließen der Grabnischen aufgestapelt, einige bestanden allerdings nur noch aus Bruchstücken. Endlich hatten wir die letzte Stufe hinter uns gelassen. Wir befanden uns nun in einer kleinen rechteckigen Kapelle, die mit einigen wundervollen, aus dem 8. oder 9. Jahrhundert stammenden Fresken geschmückt war. Was der Hauptmann da mit seiner Taschenlampe anstrahlte, zog uns ganz in seinen Bann: Es war die Darstellung des Martyriums der vierzig jungen Männer von Sebaste, dem heutigen Sivas in Armenien. Wie die Legende besagt, gehörten sie unter Kaiser Licinius der Zwölften Legion an, die man auch Legion »Donner« nannte. Da die sich zum Christentum bekennenden Soldaten sich weigerten, den Göttern zu opfern, wie dies Licinius befohlen hatte, wurden sie zum Tod durch Erfrieren verurteilt. In einer frostigen Winternacht setzte man sie nackt mitten auf einem vereisten See der Stadt aus. Es war wirklich erstaunlich, dass sich diese Fresken über so viele Jahrhunderte in fast einwandfreiem Zustand erhalten hatten, während spätere Werke, die mit besseren technischen Mitteln ausgeführt worden waren, einen jämmerlichen Anblick boten.

»Halten Sie den Lichtstrahl nicht direkt darauf, Kaspar«, bat Farag aus der Dunkelheit heraus, »Sie könnten sie für immer beschädigen.«

»Oh, Entschuldigung«, erwiderte Glauser-Röist und richtete den Lichtkegel schnell auf den Boden, »Sie haben recht.«

»Und was machen wir jetzt?«, fragte ich. »Haben wir irgendeinen Plan?«

Am anderen Ende der Kapelle war eine weitere Öffnung zu sehen, die den Eingang zu einem langen Gang zu bilden schien. Wir betraten ihn in derselben Reihenfolge, wie wir die Treppe heruntergekommen waren, und marschierten wortlos ein ganzes Stück weiter, vorbei an mehreren Gängen, die nach links und rechts abzweigten und in denen man unendlich lange Reihen von Nischengräbern ausmachen konnte. Außer unseren Schritten war rein gar nichts zu hören, und die Luft war zum Ersticken, obwohl an der Tunneldecke Lüftungsschächte angebracht waren. Am Ende des Gangs führte eine weitere Treppe – die durch eine Kette mit einem Verbotsschild abgesperrt war, was der Hauptmann jedoch ignorierte – eine Ebene tiefer, wo alles noch beklemmender wurde, wenn das überhaupt noch möglich war.

»Denken Sie daran, dass die Katakomben kaum erforscht sind. Dieses Niveau hier ist noch gar nicht erkundet, weshalb Sie besonders vorsichtig sein sollten«, flüsterte der Hauptmann, falls es uns entfallen sein sollte.

»Und warum nehmen wir uns nicht zuerst die oberen Gänge vor?«, fragte ich. Mir hämmerten die Schläfen. »Wir haben sehr viele Gänge ausgelassen. Womöglich ist ja der Eingang zum Purgatorio dort oben zu finden.«

Der Hauptmann ging einige Meter weiter und blieb dann stehen. Er richtete den Schein seiner Taschenlampe auf etwas am Boden.

»Das glaube ich nicht, Dottoressa. Schauen Sie mal hier.«

Zu seinen Füßen konnte man im Lichtkegel eindeutig das Konstantinische Christusmonogramm erkennen, das sich mit dem auf Abi-Ruj Iyasus' Leiche und jenem auf dem Holzdeckel des aus dem Katharinenkloster entwendeten Kodexes deckte. Ohne Zweifel waren die Wächter des Kreuzes hier gewesen. Allerdings wussten wir nicht, wie viel Zeit seither vergangen war, dachte ich beklommen; die meisten Katakomben waren schließlich während des späten Mittelalters in Vergessenheit geraten, nachdem Erdrutsche die Eingänge verschüttet hatten und die wuchernde Vegetation ein Übriges getan hatte, dass sich von vielen jegliche Spur verlor.

Farag war außer sich vor Freude. Während wir rasch durch einen hohen Tunnel weitergingen, beteuerte er uns aufgeregt, dass wir nun die Geheimsprache der Staurophylakes entziffert hätten und fortan all ihre Fährten und Zeichen ziemlich genau deuten könnten. Seine Stimme drang aus dem Dunkeln an mein Ohr, denn das einzige Licht, das den Gang erhellte, war der Schein der Taschenlampe des Hauptmanns, der einen Meter vor mir ging. Ihr Widerschein auf den Felswänden erlaubte mir, die drei Reihen Grabnischen auf der Höhe unserer Füße, Hüften und Köpfe näher zu betrachten, von denen offensichtlich noch einige besetzt waren. Im Vorbeigehen las ich die Namen der Verstorbenen, die in die wenigen Grabplatten eingemeißelt waren, welche noch an ihrem ursprünglichen Platz lagen: Dionysios, Puteolanos, Cartilia, Anastasios, Valentina, Gorgias … Auf allen war überdies irgendein Symbol zu sehen, das mit ihrer Beschäftigung zu Lebzeiten in Zusammenhang stand (Priester, Bauer, Hausfrau …) oder mit der frühchristlichen Religion, zu der sie sich bekannten (der gute Hirte, die Taube, der Anker, das Brot und die Fische …). Sogar in den Putz eingedrückte Erinnerungsstücke an die Toten gab es, von Münzen über Werkzeuge bis hin zu Spielzeug, wenn es sich bei dem Toten um ein Kind gehandelt hatte. Diese Grabstätten waren unschätzbare historische Quellen.

»Noch ein Christusmonogramm«, verkündete der Hauptmann und blieb an einer Weggabelung stehen.

Auf der rechten Seite tat sich am Ende eines schmalen Durchgangs eine kleine Kammer vor uns auf, in der man in der Mitte einen schmalen Altar und an den Wänden verschiedene Grabnischen und Arkosolien – mit einem Bogen überwölbte Nischengräber, in denen für gewöhnlich ganze Familien bestattet wurden – erkennen konnte; nach links führte ein hoher Gang, der dem glich, durch den wir gerade gekommen waren; vor uns lag eine weitere in den Felsen gehauene Treppe, wobei es allerdings in diesem Fall eine Wendeltreppe war, deren Stufen um eine dicke Säule aus geschliffenem Stein führten, die sich in den dunklen Tiefen der Erde verlor.

»Lassen Sie mich mal sehen«, bat Farag und drängte sich an mir vorbei.

Das Christusmonogramm war in die allererste Stufe eingemeißelt.

»Ich glaube, wir müssen da hinunter«, murmelte der Professor, während er sich nervös durchs Haar strich und seine Brille ein ums andere Mal nach oben schob, obwohl sie schon längst direkt vor seinen Augen saß.

»Ich finde das ziemlich unvernünftig«, wandte ich ein, »es ist ein unverantwortlicher Leichtsinn, noch weiter hinunterzusteigen.«

»Wir können jetzt nicht mehr zurück«, behauptete der Hauptmann.

»Wie spät ist es?«, fragte Farag unruhig, während er gleichzeitig einen Blick auf seine eigene Uhr warf.

»Viertel vor sieben«, entgegnete der Hauptmann und machte sich an den Abstieg.

Wenn ich dazu fähig gewesen wäre, hätte ich den Rückweg hinauf in die Kirche angetreten, doch war ich nicht so mutig, allein und im Dunkeln durch jenes Labyrinth voller Toter, so christlich sie auch sein mochten, zurückzulaufen. Ich hatte also gar keine andere Wahl, als dem Hauptmann nach unten zu folgen, Farag weiterhin unmittelbar hinter mir.

Die Wendeltreppe schien kein Ende zu nehmen. Wir ließen uns Stufe um Stufe in den Schacht hinab und klammerten uns dabei an die Säule, um ja nicht das Gleichgewicht zu verlieren oder auszurutschen. Die Luft wurde immer stickiger und schwüler. Schon bald mussten der Hauptmann und Farag den Kopf einziehen, da ihre Stirn sich bereits auf der Höhe der Stufen befand, die wir hinuntergestiegen waren. Kurz darauf verengte sich auch die Treppe: Die angrenzende Wand und die Säule in der Mitte näherten sich einander unmerklich, so dass der schreckliche Trichter nun eher für Kinder als für Erwachsene gebaut schien und der Hauptmann ganz gekrümmt und seitwärts hinunterklettern musste, weil seine breiten Schultern sonst nicht mehr durch die Öffnung gepasst hätten.

Wenn die Staurophylakes sich das alles ausgedacht hatten, dann musste man ihnen zugestehen, dass sie um zwei Ecken denken konnten. Ein klaustrophobisches Gefühl packte uns, wir wollten eigentlich nur noch wegrennen, uns so schnell wie möglich aus dem Staub machen. Es kam uns so vor, als ob die Luft knapp und eine Rückkehr an die Erdoberfläche immer unmöglicher wurde. So als ob wir uns für alle Zeiten vom wirklichen Leben (mit all seinen Autos, den Lichtern, Menschen usw.) verabschiedet hätten, konnten wir uns des Eindrucks nicht erwehren, in eine dieser Grabnischen hinabzusteigen, aus der wir nie wieder herausfinden würden. Die Minuten dehnten sich zu Ewigkeiten, ohne dass wir das Ende der vertrackten Treppe erkennen konnten, die von Mal zu Mal schmaler wurde.

Da geriet ich plötzlich in Panik. Ich spürte, wie die Angst mir den Atem abschnürte, wie ich fast keine Luft mehr bekam. Mein Denken kreiste nur noch darum, dass ich hier rausmusste, schleunigst aus diesem Loch rausmusste, sofort hoch ins Freie.

Wie ein Fisch auf dem Trockenen schnappte ich nach Luft. Ich blieb stehen, schloss die Augen und versuchte, mein wild schlagendes Herz zu beruhigen.

»Einen Augenblick, Hauptmann«, bat Farag. »Der Dottoressa ist schlecht.«

Es war hier so eng, dass er kaum näher kommen konnte. Mit einer Hand strich er mir übers Haar und streichelte dann sanft meine Wangen.

»Geht es wieder, Ottavia?«, fragte er.

»Ich bekomme keine Luft mehr.«

»Doch, doch, du musst nur ruhiger werden.«

»Ich muss hier raus.«

»Hör mir zu«, sagte er nachdrücklich und fasste mir unters Kinn, so dass ich meinen Kopf zu ihm heben musste, weil er ein paar Stufen über mir stand. »Lass dich von der Platzangst nicht unterkriegen. Atme tief ein. Los, noch einmal. Vergiss, wo wir sind, und sieh mich an, o. k.?«

Ich gehorchte, weil ich gar nicht anders konnte, weil es gar keine andere Lösung gab. Ich sah ihn also fest an, und wie durch Zauberei flößten seine Augen mir neuen Mut ein, und sein Lächeln dehnte meine Lungen. Allmählich wurde ich ruhiger und bekam mich wieder in den Griff. Innerhalb weniger Minuten war alles vorbei, und mir ging es wieder gut. Er strich mir nochmals übers Haar und gab dem Hauptmann dann ein Zeichen, dass unser Abstieg weitergehen konnte. Fünf oder sechs Stufen tiefer blieb Glauser-Röist abrupt stehen.

»Noch ein Christusmonogramm.«

»Wo?«, fragte Farag. Weder er noch ich konnten es entdecken.

»In der Mauer, auf der Höhe meines Kopfs. Es ist wesentlich tiefer eingeritzt als die anderen.«

»Die anderen waren ja auch alle am Boden zu finden«, merkte ich an, »die Fußtritte werden sie abgeschliffen haben.«

»Wie absurd«, fügte Farag hinzu, »warum ausgerechnet hier?

Hier muss das Christusmonogramm uns doch gar keinen Weg weisen.«

»Vielleicht ist es ja eine Bestätigung für den Staurophylax-Anwärter, dass er sich auf dem richtigen Weg befindet. Ein ermutigendes Zeichen oder so etwas.«

»Möglich«, sagte Farag nicht sonderlich überzeugt.

Wir machten uns wieder an den Abstieg, doch kaum hatten wir weitere drei, vier Stufen genommen, blieb der Hauptmann erneut stehen.

»Noch eins.«

»Wo ist es dieses Mal?«, wollte der Professor ganz aufgeregt wissen.

»An der gleichen Stelle wie vorher.« Das vorige befand sich gerade auf meiner Augenhöhe, jetzt konnte ich es ganz deutlich sehen.

»Ich denke immer noch, dass es keinen Sinn ergibt«, meinte Farag.

»Gehen wir weiter«, erklärte der Felsen.

»Nein, Kaspar, warten Sie!«, hielt Boswell nervös dagegen. »Schauen Sie sich die Wand an. Fällt Ihnen irgendetwas auf? Falls nicht, gehen wir weiter. Aber nehmen Sie sie bitte genau unter die Lupe.«

Der Felsen drehte sich zu mir um und blendete mich dabei aus Versehen mit seiner Taschenlampe. Ich schlug die Hände vors Gesicht und stieß einen erstickten Schrei aus. Gleich darauf vernahm ich allerdings einen noch lauteren Schrei.

»Hier ist etwas, Professor!«

»Was ist? Was haben Sie gefunden?«

»Zwischen den beiden Christusmonogrammen ist der Stein noch an einer anderen Stelle abgeschürft. Es sieht aus wie eine Maueröffnung, sie ist aber kaum zu erkennen.«

Langsam kehrte meine Sehkraft wieder zurück, und prompt sah ich auch die Umrisse im Stein, von denen der Hauptmann sprach. Doch sie hatten nichts mit einer Maueröffnung gemein; es war vielmehr ein perfekt in die Mauer eingelassener Quaderstein.

»Das sieht aus wie das Werk der *fossori*. Wie ein Versuch, die Mauer zu verstreben. Oder wie irgendein Zeichen für den Steinmetz«, erklärte ich.

»Geben Sie dem Stein einen Stoß, Kaspar!«, drängte der Professor.

»Ich glaube nicht, dass ich das kann. Ich stehe hier ziemlich ungünstig.«

»Dann du, Ottavia!«

»Wie soll *ich* denn diesen Stein bewegen können? Er wird sich nicht einen Zentimeter von der Stelle rühren.«

Doch noch während ich protestierte, drückte meine Hand auch schon gegen den Quader, und er glitt sanft nach innen. Das Loch in der Wand war kleiner als der Stein, der an seiner Vorderseite und an den Rändern abgeschliffen worden war, damit er in einen Rahmen von je fünf Zentimeter Breite und Höhe passte.

»Er bewegt sich! Er bewegt sich!«, rief ich freudestrahlend.

Es war geradezu verblüffend, wie der Stein lautlos und ohne den geringsten Kratzer nach innen glitt, so als wäre er gefettet. Mein Arm würde jedenfalls nicht lang genug sein, um den Stein ganz nach hinten zu schieben, da die Wände um uns herum mehrere Meter dick sein mussten und der rechteckige Geheimgang kein Ende zu nehmen schien.

»Nehmen Sie die Taschenlampe, Dottoressa«, stieß der Felsen hervor, »und schlüpfen Sie in das Loch! Wir kriechen hinterher.«

»Muss ich da wirklich als Erste rein?«

Der Hauptmann schnaubte.

»Hören Sie mir gut zu: Weder der Professor noch ich sind dazu in der Lage, weil wir schlicht und ergreifend keinen Platz haben, um unsere Positionen zu tauschen. Sie aber stehen direkt davor, deshalb kriechen Sie verdammt noch mal hinein! Nach

Ihnen kommt dann der Professor und ganz zum Schluss ich, wenn ich wieder bis dorthin gelangt bin, wo Sie gerade stehen.«

So robbte ich also kurz darauf einen schmalen Stollen von etwas über einem Meter Höhe und der gleichen Breite entlang und schob, die Taschenlampe so gut es ging zwischen die Knie geklemmt, mit beiden Händen den Quader vorwärts. Ich falle aus einer Ohnmacht in die andere, wenn ich mich heute daran erinnere, wie Farag direkt hinter mir war und mein Rock sicherlich nicht viel verdeckte. Nichtsdestotrotz nahm ich damals meinen ganzen Mut zusammen und sagte mir, dass dies jetzt nicht der richtige Moment für solche unsinnigen Gedanken war; sobald ich in Rom wäre – wenn ich überhaupt je wieder nach Hause käme –, würde ich mir jedoch in weiser Voraussicht ein paar Hosen kaufen und sie anziehen, selbst wenn meine Mitschwestern, der Orden und der gesamte Vatikan sich auf den Kopf stellten.

Zum Glück war der Boden des Geheimgangs so glatt wie ein Babypopo. Der Schliff, den ich an meinen Händen und Beinen spürte, war so fein, dass man den Eindruck bekam, auf Glas vorwärtszurutschen. Die vier Seiten des Steinquaders mussten ebenfalls ganz glatt sein, was die Leichtigkeit erklärte, mit der sich der Stein schieben ließ. Er rutschte zurück, sobald ich die Hände wegnahm, so als ob der Tunnel sanft anstieg. Ich weiß nicht, wie viele Meter wir auf diese Weise zurücklegten, vielleicht fünfzehn oder zwanzig, jedenfalls zogen sie sich endlos in die Länge.

»Es geht wieder nach oben«, verkündete der Hauptmann von weit hinten.

Es stimmte. Der Stollen wurde von Mal zu Mal steiler, und das Gewicht des Steins begann auf meine müden Handgelenke zu drücken. Eigentlich war das hier nichts für einen Menschen. Für einen Hund oder eine Katze vielleicht, aber für einen Menschen? Unter keinen Umständen. Bei der Vorstellung, dass wir irgendwann den ganzen Weg wieder zurückkriechen, auf der unheilvollen Wendeltreppe nach oben klettern und zwei Ebenen der Katakomben überwinden müssten, schauderte es mich, und ich dachte mit Entsetzen daran, wie weit wir von der Sonne und dem freien Himmel entfernt waren.

Endlich kam es mir so vor, als ob der Stein am anderen Ende aus dem schmalen Tunnel trat. Der Gang war inzwischen so steil geworden, dass ich kaum noch das Gewicht des Quaders halten konnte, der immer wieder auf mich zurutschte. Mit letzter Kraft gab ich ihm einen Stoß, und er kippte nach vorn, wo er auf irgendetwas aus Metall aufschlug.

»Das war's!«

»Was sehen Sie?«

»Warten Sie … einen … Augenblick, … bis ich wieder … zu Atem gekommen bin, dann … sag ich's Ihnen.«

Ich nahm die Taschenlampe in die rechte Hand und richtete den Lichtschein durch das Loch. Da ich nichts sah, kroch ich noch ein wenig weiter und steckte dann den Kopf durch. Vor mir lag eine Kammer von identischen Ausmaßen, wie wir sie schon in den oberen Ebenen gesehen hatten, doch war diese hier vollkommen leer. Auf den ersten Blick schien es mir, als bestünde sie nur aus vier in den Felsen gehauenen Wänden, einer eher niedrigen Decke und einem Boden aus einer sonderbaren Eisenplatte. Seltsamerweise fiel mir in diesem Moment nicht auf, dass alles blitzsauber war und ich mich zudem auf demselben Stein abstützte, den ich so viele Meter die Rampe hinaufgeschoben hatte, denn seine Höhe deckte sich ungefähr mit dem Abstand vom Boden zu der Maueröffnung, aus der ich gerade den Kopf herausstreckte.

Wie ein Hochspringer bei seinem Sprung über die Latte machte ich eine skurrile Drehung und sprang mit großem Getöse in die Kammer. Unmittelbar nach mir kam Farag aus dem Loch und dann der Hauptmann, der gar nicht gut aussah. Sein Körper war zu athletisch gebaut, und statt auf allen vieren hatte er wie eine Schlange den ganzen Weg auf dem Bauch zurücklegen und zudem noch seinen Stoffrucksack hinter sich herziehen müssen. Farag war zwar fast so groß wie er, da er aber schlanker war, hatte er sich mit größerer Leichtigkeit fortbewegen können.

»Ein höchst origineller Fußboden«, murmelte der Professor, während er über die Eisenplatte stampfte.

»Geben Sie mir die Taschenlampe, Dottoressa.«

»Ganz zu Ihren Diensten.«

In diesem Augenblick geschah etwas höchst Befremdliches: Kaum war der Hauptmann aus dem Loch gekrochen, vernahmen wir ein unheilvolles Knirschen, als ob sich einige alte Hanfseile verdrehten, und das Knacken eines Räderwerks, das sich langsam in Bewegung setzte. Glauser-Röist drehte sich rasch einmal um seine eigene Achse und leuchtete die ganze Kammer aus, konnte jedoch nichts entdecken. Der Professor war es schließlich, dem auffiel, woher die Geräusche kamen.

»Der Stein, sehen Sie, der Stein!«

Eine Art Hebebühne hob meinen Felsblock, den ich so locker vorwärtsgeschoben hatte, langsam vom Boden und setzte ihn wieder in den Tunneleingang, von wo er im Handumdrehen unseren Blicken entschwunden war.

»Wir sind eingesperrt!«, schrie ich. Mir brach der Angstschweiß aus. Der Quader würde unaufhaltsam den Tunnel hinunterschlittern, bis er wieder in den steinernen Rahmen am Eingang einrastete und es aussichtslos wäre, ihn von innen zu bewegen. Wie mir in diesem Moment bewusst wurde, war der Rahmen nicht dazu da, den Eingang zu versiegeln, sondern vielmehr dazu, den Rückweg zu versperren.

Doch noch ein anderer Mechanismus hatte sich in Gang gesetzt. In der Wand, der Maueröffnung genau gegenüber, drehte sich eine Steinplatte wie eine Tür in ihren Angeln und gab eine mannshohe Nische frei, in der drei Stufen aus weißem Marmor, schwarzem Granit und rotem Porphyr zu sehen waren und darüber ein riesiger, in die Felsplatte gehauener Engel, der die Hände zum Gebet erhoben hatte und über dessen Haupt ein großes Schwert zur Decke ragte. Das Relief war koloriert, und so wie Dante in seiner ›Göttlichen Komödie‹ beschrieb, hatten die langen Gewänder des Engels die Farbe von Asche oder ausgedörrter Erde, seine Haut war von einem blassen Rosa und das Haar pechschwarz. Aus seinen flehend nach oben gerichteten Händen hingen zwei etwa gleich lange Kettenstücke. Eines davon war unbestreitbar aus Gold, das andere aus Silber. Beide blitzten und funkelten im Schein der Taschenlampe.

»Was soll das alles bedeuten?«, fragte Farag und trat auf die Figur zu.

»Bleiben Sie stehen, Professor!«

»Was ist?« Farag zuckte zusammen.

»Erinnern Sie sich nicht an Dantes Worte?«

»An Dantes Worte …?« Boswell runzelte die Stirn. »Haben Sie denn kein Exemplar der ›Göttlichen Komödie‹ dabei?«

Doch Glauser-Röist hatte sein Buch schon aus dem Rucksack gezogen und schlug gerade die entsprechende Stelle auf.

»›Da warf ich fromm mich zu den heilgen Füßen, fleht' um Erbarmen, dass das Tor er öffne, doch schlug ich erst mich dreimal an die Brust.‹«

»O nein! Müssen wir Dante alles nachmachen? Jede einzelne Geste?«, protestierte ich.

»Der Engel holt daraufhin zwei Schlüssel heraus, einen aus Silber und den anderen aus Gold«, rief uns Glauser-Röist in Erinnerung, »und öffnet die Schlösser, zuerst mit dem silbernen, dann mit dem goldenen. Dabei betont er, dass, sollte einer der Schlüssel nicht funktionieren, die Tür nicht aufgehe: ›Kostbarer ist der eine, doch der andre braucht so viel Kunst und Geist, bevor er aufschließt, denn er ist's, der entwirret die Verstrickung.‹«

»O Gott!«

»Komm schon, Ottavia«, sprach Farag mir Mut zu, »versuch es zu genießen. Letztlich ist es doch ein wunderbares Ritual.«

Na schön, er hatte ja zum Teil recht. Wenn wir uns nicht unendlich viele Meter unter der Erde in einer Grabkammer mit verriegeltem Ausgang befunden hätten, wäre ich vielleicht sogar in der Lage gewesen, die Schönheit des Epos zu entdecken, von der Farag sprach. Doch unsere Gefangenschaft machte mich wahnsinnig, und ich wurde das Gefühl nicht los, dass Unheil im Verzug war.

»Ich vermute mal«, fuhr Farag fort, »dass die Staurophylakes die drei alchimistischen Farben in einem rein symbolischen Sinn auswählten. Für sie, wie für jeden, der es bis hierher geschafft hat, entsprechen die drei Phasen des großen alchimistischen Werks den Stufen, die der Anwärter auf seinem Weg zum Heiligen Kreuz und dem irdischen Paradies zu überwinden hat.«

»Ich versteh dich nicht.«

»Das ist doch ganz einfach. Im Mittelalter war die Alchimie eine angesehene Wissenschaft und die Zahl der Gelehrten, die sie praktizierten, unzählig: Roger Bacon, Ramon Llull, Arnau de Villanova, Paracelsus … Die Alchimisten verbrachten einen Großteil des Lebens in ihren Laboratorien zwischen Schmelztiegeln und Destillierkolben. Sie suchten den Stein der Weisen, das Elixier des ewigen Lebens.« Boswell lächelte. »In Wirklichkeit war die Alchimie aber der Weg der inneren Vervollkommnung, eine Art mystische Übung.«

»Könntest du dich etwas kürzer fassen, Farag? Wir sind in einer Grabkammer eingesperrt und müssen hier raus.«

»Tut … tut mir leid …«, stammelte er und schob sich die Brille auf die Stirn, »kurzum, einige der bedeutendsten Wissenschaftler, wie etwa der Psychologe Carl Gustav Jung, behaupten, dass die Alchimie ein Weg zur Selbsterkenntnis war, der Selbstfindungsprozess schlechthin, der über die Auflösung, Gerinnung und Vergeistigung, das heißt über die drei alchimistischen

Stufen führte. Vielleicht müssen die Staurophylax-Anwärter ja einen ähnlichen Prozess der Zerstörung, Eingliederung und Vervollkommnung durchleben, weshalb die Bruderschaft wahrscheinlich diese symbolische Sprache verwendet hat.«

»Auf alle Fälle sind wir nun selbst diese Staurophylax-Anwärter, Professor«, unterbrach ihn der Hauptmann und ging an ihm vorbei zur Nische mit dem wachenden Engel.

Dort kniete Glauser-Röist nieder und neigte den Kopf, bis er mit der Stirn die erste Stufe berührte. Die Szene war wirklich sehenswert. Ich schämte mich zutiefst für ihn, aber sofort machte Farag es ihm nach, so dass mir keine andere Wahl blieb, als es ihnen gleichzutun, wollte ich keinen Streit provozieren. Wir schlugen uns also dreimal an die Brust und sprachen eine Art Bittgebet, damit man uns Einlass gewähre. Doch die Tür dahinter öffnete sich keinen Spalt.

»Versuchen wir es mit den Schlüsseln«, murmelte der Professor, erhob sich und stieg die beeindruckenden Stufen hinauf. Nun stand er dem Engel von Angesicht zu Angesicht gegenüber. Aber im Grunde fesselten eher die beiden Ketten an des Engels Händen seine Aufmerksamkeit. Es waren ein paar dicke, schwere Ketten, und aus jeder Hand hingen drei Kettenglieder.

»Versuchen Sie es zuerst mit der aus Silber und dann mit der aus Gold«, wies ihn der Felsen an.

Der Professor gehorchte. Beim ersten Ruck an der Kette kam ein weiteres Glied zum Vorschein. Nun waren es vier an der linken Hand und drei an der rechten. Dann packte Farag die goldene Kette und zog ebenfalls daran. Es passierte genau das Gleiche: Ein neues Kettenglied schaute heraus, nur dass dieses Mal zudem noch ein Knirschen, kräftiger als das der Hebebühne, die meinen Quaderstein hatte verschwinden lassen, unter der kalten Eisenplatte zu unseren Füßen zu hören war. Allem Anschein nach passierte jedoch weiter nichts. Ich bekam eine Gänsehaut.

»Ziehen Sie noch einmal«, bat der Hauptmann inständig. »Zuerst die silberne, dann die goldene.«

Für mich war das nicht so klar. Irgendetwas stimmte hier nicht. Wir vernachlässigten gerade irgendein wichtiges Detail, und ich ahnte, dass wir nicht einfach so mit den Ketten herumexperimentieren konnten. Ich schwieg jedoch, weshalb Boswell die vorige Operation wiederholte und nun fünf Kettenglieder aus jeder Hand des Engels baumelten.

Plötzlich wurde mir heiß, geradezu unerträglich heiß. Zeitgleich zog Glauser-Röist seine Jacke aus und warf sie auf den Boden, und Farag knöpfte sich den Kragen auf und begann zu schnauben. Die Temperatur in der Kammer stieg und stieg.

»Denken Sie nicht auch, dass hier irgendetwas Merkwürdiges vor sich geht?«, fragte ich.

»Die Luft wird allmählich stickig«, bemerkte Farag.

»Es ist nicht die Luft …«, murmelte der Felsen verwirrt und blickte nach unten. »Es ist … der Boden! Der Boden heizt sich auf!«

Er hatte recht. Die Eisenplatte strahlte bereits eine große Hitze aus, und wenn wir nicht Schuhe angehabt hätten, wären uns die Fußsohlen verbrannt, als hätten wir mitten im Hochsommer auf einem heißen Sandstrand gestanden.

»Los, Tempo, sonst verbrennen wir hier drin bei lebendigem Leib!«, schrie ich voller Entsetzen.

Der Hauptmann sprang hastig auf die erste Stufe, und ich stürzte zu Farag hinauf auf die aus Porphyr und starrte den Engel an. Langsam dämmerte es mir. Die Lösung lag vor uns. Sie *musste* vor uns liegen. Gott steh uns bei, sagte ich mir; in ein paar Minuten würde die Kammer sich in einen Einäscherungsofen verwandelt haben. Der Engel lächelte wie Leonardo da Vincis ›Mona Lisa‹ und schien das, was hier gerade vor sich ging, nicht sonderlich ernst zu nehmen. Mit seinen erhobenen Händen amüsierte er sich über … Seine Hände! Ich musste mich auf seine Hände konzentrieren. Eingehend prüfte ich die Ketten. Es war nichts Besonderes an ihnen festzustellen, außer vielleicht ihr materieller Wert. Es waren ganz gewöhnliche, dicke Ketten. Die Hände hingegen …

»Was tun Sie da, Dottoressa?«

Seine Hände waren nicht normal, nein, ganz und gar nicht, denn an der rechten fehlte der Zeigefinger. Der Engel war verkrüppelt. Woran erinnerte mich das alles bloß …?

»Schauen Sie! Dort, die Ecke!«, brüllte Farag. »Sie glüht schon!«

Ein trommelndes Geräusch, das Prasseln von lodernden Flammen, drang vom Fußboden herauf.

»Drunter brennt es«, brummte der Hauptmann und wiederholte dann unwirsch: »Was zum Teufel tun Sie da, Dottoressa?«

»Der Engel ist ein Krüppel«, erklärte ich ihm, während mein Gehirn auf vollen Touren arbeitete, um eine ferne Erinnerung heraufzubeschwören, »ihm fehlt der Zeigefinger der rechten Hand.«

»Na und?«

»Verstehen Sie denn nicht?«, brüllte ich und drehte mich zu ihm um. »Diesem Engel fehlt ein Finger! Das *kann* kein Zufall sein! Das muss etwas bedeuten!«

»Ottavia hat recht, Kaspar«, kam Farag mir zu Hilfe. Er zog seine Jacke aus und knöpfte sein Hemd ganz auf. »Benutzen wir unseren Verstand. Das ist das Einzige, was uns retten kann.«

»Ihm fehlt also ein Finger. Super!«

»Vielleicht ist es ja eine Art Zahlenkombination«, überlegte ich laut, »wie bei einem Tresor. Vielleicht müssen wir ein Glied von der silbernen Kette und neun von der goldenen herausziehen. Für die zehn Finger, meine ich.«

»Vorwärts, Ottavia! Uns bleibt nicht viel Zeit.«

Bei jedem Kettenglied, das ich wieder in die Hand des Engels zurückschob, hörte man ein metallisches »Klack« auf der anderen Seite der Wand. Ich ließ also ein silbernes übrig und zerrte so lange an der goldenen Kette, bis neun Glieder zu sehen waren. Nichts passierte.

»Alle vier Ecken des Bodens glühen schon, Ottavia!«, schrie Farag.

»Schneller geht's nicht. Ich komm nicht schneller voran!«

Mir wurde übel. Der Gestank nach verbranntem Gummi setzte mir ziemlich zu.

»Eins und neun sind's jedenfalls nicht«, warf der Hauptmann ein. »Vielleicht sollten wir es anders angehen. Auf der einen Seite sind es sechs Finger und auf der anderen drei, da, wo einer fehlt, nicht wahr? Versuchen Sie's mit sechs und drei.«

Ich zerrte wie eine Besessene an der silbernen Kette und legte sechs Kettenglieder frei. Wir würden sterben, sagte ich mir. Zum ersten Mal in meinem Leben begann ich zu glauben, dass meine Tage gezählt waren. Ich schickte ein Stoßgebet zum Himmel, flehte zu Gott, während ich sechs der goldenen Glieder in die Hand zurückschob, so dass drei übrig blieben. Doch noch immer rührte sich nichts.

Der Hauptmann, Farag und ich blickten uns verzweifelt an. Da schlug eine helle Flamme vom Boden hoch: Die Jacke, die der Hauptmann hatte fallen lassen, brannte lichterloh. Schweiß rann mir in Strömen über den ganzen Körper, aber am schlimmsten war das Ohrensausen. Ich zog mir den Pulli aus.

»Uns geht der Sauerstoff aus«, verkündete Glauser-Röist in diesem Moment verdrossen. An seinen grauen Augen konnte ich ablesen, dass er wie ich wusste, dass unsere letzte Stunde geschlagen hatte.

»Wir beten am besten, Hauptmann.«

»Zumindest findet ihr Trost«, murmelte der Professor, während er auf die brennende Jacke starrte und sich die schweißnassen Haare aus der Stirn strich, »in dem Glauben, dass euch ein Leben nach dem Tod bleibt.«

Ich bekam es plötzlich mit der Angst zu tun.

»Bist du etwa nicht gläubig, Farag?«

»Nein, Ottavia, bin ich nicht«, entgegnete er mit einem entschuldigenden, schüchternen Lächeln. »Aber mach dir um mich keine Sorgen. Ich bereite mich schon seit vielen Jahren auf diesen Moment vor.«

»Du hast dich vorbereitet?« Ich war schockiert. »Das Einzige, was du tun musst, ist doch, dich Gott zuzuwenden und auf ihn zu vertrauen.«

»Ich werde sanft entschlafen, ganz einfach«, antwortete er mit der ganzen Zärtlichkeit, derer er fähig war. »Viele Jahre habe ich den Tod gefürchtet, aber in all der Zeit gab ich der Schwäche nicht nach, an einen Gott zu glauben, nur um mir diese Todesangst zu ersparen. Dann entdeckte ich, dass man auch jeden Abend beim Einschlafen irgendwie stirbt. Der Vorgang ist genau derselbe, wusstest du das nicht? Erinnerst du dich an die griechische Mythologie?« Er lächelte. »An die beiden Söhne von Nyx, der Personifikation der Nacht, die Zwillinge Hypnos und Thanatos, den Gott des Schlafes und den Gott des Todes?«

»Gott im Himmel, Farag!«, stöhnte ich. »Wie kannst du Gott so lästern, wenn wir gleich in die Ewigkeit abberufen werden?«

Nie wäre mir in den Sinn gekommen, dass Farag nicht an Gott glaubte. Ich wusste, dass er kein praktizierender Christ war, wie man so schön sagt, doch zwischen der Strenggläubigkeit und dem Unglauben lagen Welten. In meinem Leben hatte ich nicht viele Atheisten kennengelernt. Überzeugt davon, dass jeder, wenn auch auf seine Art, an Gott glaubte, entsetzte es mich, dass dieser Narr sein ewiges Leben aufs Spiel setzte, indem er noch in letzter Minute solch schreckliche Dinge von sich gab.

»Gib mir deine Hand, Ottavia«, bat er mich und streckte mir seine eigene, zitternde entgegen, »wenn ich schon sterben muss, dann würde ich dabei gern deine halten.«

Natürlich überließ ich sie ihm; wieso hätte ich ihm diesen

Wunsch auch verweigern sollen? Auch ich brauchte die Berührung eines Menschen so kurz vor dem Tod.

»Hauptmann«, rief ich, »wollen wir gemeinsam beten?«

Es herrschte eine höllische Hitze, und uns blieb kaum noch Luft zum Atmen. Ich sah schon fast nichts mehr, nicht nur wegen der Schweißperlen, die mir in die Augen rannen, sondern weil ich schon ganz schwach war. Eine starke Benommenheit, eine bleierne Schläfrigkeit, bemächtigte sich meiner und raubte mir die letzten Kräfte. Der Boden der Kammer, diese anfangs so kalte Eisenplatte, glich nun einer einzigen glühenden Herdplatte von blendender Helligkeit, und alles, selbst wir, glänzte orangefarben-rötlich.

»Selbstverständlich, Dottoressa. Beginnen Sie, ich falle dann ein.«

In diesem Augenblick begriff ich. Wie kinderleicht es doch war …! Ich brauchte bloß einen letzten Blick auf Farags und meine ineinander verschlungenen Hände zu werfen; feucht vom Schweiß und glänzend vom Feuerschein, schienen sich die Finger vervielfacht zu haben … Wie ein Traum war mir wieder ein Kinderspiel eingefallen, ein Kniff, den mir mein Bruder Cesare als Kind gezeigt hatte, damit ich nicht das ganze Einmaleins auswendig lernen musste: Um mit Neun zu multiplizieren, hatte Cesare mir damals erklärt, müsse ich nur meine beiden Hände ausstrecken und dann vom kleinen Finger der linken Hand ausgehend bis zu dem zählen, mit dem ich multiplizieren wolle. Wenn ich diesen dann krümme, bilde die Zahl der Finger, die links davon übrig blieben, die erste Ziffer und die rechts die zweite des Ergebnisses.

Ich machte mich von Farags Hand los, der die Augen nicht einmal mehr aufschlug, und taumelte zum Engel. Für einen Moment fürchtete ich, das Gleichgewicht zu verlieren, doch hielt mich die Hoffnung aufrecht. Nicht sechs und drei Kettenglieder mussten aus den Händen des Engels heraushängen, sondern dreiundsechzig! Zwar konnte man diese Zahlenkombination an dem »Tresor« vor mir nicht einstellen, doch war dreiundsechzig auch das Resultat bei der Multiplikation von zwei anderen Zahlen, wie bei Cesares Trick, und sie zu erraten, war eine Kleinigkeit: Dantes Zahlen! Die Neun und die Sieben! Neun mal sieben oder sieben mal neun ergab dreiundsechzig, sechs und drei. Mehr Möglichkeiten gab es nicht. Ich stieß einen Freudenschrei aus und begann an den Ketten zu zerren. Wohl hatte ich Wahnvorstellungen und war euphorisch, was einzig und allein auf den Sauerstoffmangel zurückzuführen war, doch diese Euphorie hatte mich auf die Lösung gebracht. Sieben und neun! Oder neun und sieben, die Kombination, die schließlich funktionierte. Meine schweißnassen Hände vermochten kaum noch an den Kettengliedern zu schieben und zu zerren, aber eine Art Wahnsinn oder maßlose Erregung trieb mich, es immer wieder mit all meinen Kräften zu versuchen. Ich wusste, dass Gott mir beistand, ich spürte seinen göttlichen Odem, aber als ich es endlich geschafft hatte, als die Reliefplatte mit dem Engel sich langsam drehte, so dass dahinter ein kühler Gang zum Vorschein kam und gleichzeitig das unterirdische Feuer erlosch, sagte mir eine innere und ganz und gar nicht christliche Stimme, dass das Leben in mir sich immer dem Tod widersetzen würde.

Wir schleppten uns in den Gang und atmeten gierig die Luft ein, die wahrscheinlich alt und verbraucht war, uns jedoch wie die reinste und mildeste vorkam, die wir je geatmet hatten. Es geschah nicht mit Absicht, aber unwissentlich erfüllten wir auch das letzte Gebot, das der Engel Dante verkündet hatte: »So tretet ein – doch warn' ich euch, hinaus muss wieder gehen, wer rückwärts schaut!« Wir blickten nicht zurück. Hinter unserem Rücken drehte sich die Steinplatte wieder an ihren alten Platz zurück.

Unser Weg war nun breit und gut belüftet. Ein langer Gang mit gelegentlich einer Stufe, um die Steigung auszugleichen, führte uns zurück an die Erdoberfläche. Wir waren ganz erschlagen und übel zugerichtet; die vorige Anspannung hatte uns an den Rand der Erschöpfung gebracht. Farag würgte ein so starker Husten, als ob es ihn gleich zerreißen würde, der Hauptmann musste sich taumelnd an den Wänden abstützen, und ich, ich wollte nur noch raus, wollte endlich den weiten Himmel sehen und die Sonnenstrahlen auf meinem Gesicht spüren. Keiner von uns dreien brachte auch nur ein Wort heraus; nur hin und wieder unterbrochen von Farags Hustenanfällen, schleppten wir uns stumm wie die Überlebenden einer Katastrophe den Stollen entlang.

Nach einer oder anderthalb Stunden konnte Glauser-Röist endlich die Taschenlampe ausknipsen, da das Licht, das durch die schmalen Entlüftungsschächte hereindrang, nun vollkommen genügte, um gefahrlos voranzukommen. Der Ausgang konnte nicht mehr weit sein. Statt ins Freie gelangten wir jedoch kurz darauf zu einer Art kreisrunden Zwischenebene, die ungefähr die Größe meines kleinen Zimmers in unserer Wohnung an der Piazza delle Vaschette hatte und deren Wände von einer ellenlangen, in den Stein gemeißelten griechischen Inschrift buchstäblich überflutet waren. Auf den ersten Blick schien es sich um ein Gebet zu handeln.

»Hast du das gesehen, Ottavia?« Farags Husten klang allmählich ab.

»Wir sollten es abschreiben und übersetzen.« Ich seufzte. »Es kann irgendeine x-beliebige Inschrift sein, aber vielleicht handelt es sich auch um eine Botschaft der Staurophylakes für diejenigen, die die Schwelle des Purgatorio überschritten haben.«

»Fang hier an.« Er wies mit der Hand auf eine Stelle.

Der Felsen, der jetzt nicht mehr ganz so schroff wirkte, rutschte an der Wand herunter zu Boden. Den Rücken gegen das Epigraph gelehnt, zog er aus seinem Rucksack eine Feldflasche mit Wasser.

»Wollen Sie auch?« Wortkarg bot er sie uns an.

Und wie wir wollten …! Unsere Kehlen waren so ausgedörrt, dass wir die Flasche zu dritt bis auf den letzten Tropfen leerten.

Kaum hatten wir uns einigermaßen erholt, stellten der Professor und ich uns mit der Taschenlampe vor die Inschrift:

Πᾶσαν χαρὰν ἡγήσασθε, ἀδελφοί μου, ὅταν πειρασμοῖς περιπέσητε ποικίλοις, γινώσκοντες ὅτι τὸ δοκίμιον ὑμῶν τῆς πίστεως κατεργάζεται …

»*Pasan charan higisasthe, adelphi mou …*«, las Farag laut in einwandfreiem Griechisch vor. »›Meine lieben Brüder, erachtet‹ … was ist das denn?« Er kam aus dem Staunen nicht heraus.

Der Hauptmann zog aus seinem Rucksack ein Notizbuch und einen Kugelschreiber und reichte sie dem Professor.

»›Meine lieben Brüder‹«, übersetzte ich, während ich mit dem Zeigefinger über die einzelnen Buchstaben fuhr, »›erachtet es für lauter Freude, wenn ihr in mancherlei Anfechtungen fallt, und wisst, dass euer Glaube, wenn er bewährt ist, Geduld wirkt.‹«

»Geht in Ordnung«, brummte der Hauptmann sarkastisch, ohne sich vom Boden zu erheben, »ich werde es als Anlass zur Freude nehmen, dass wir beinahe ums Leben gekommen wären.«

»›Die Geduld aber soll ihr Werk tun bis ans Ende, damit ihr vollkommen und unversehrt seid und kein Mangel an euch sei‹ …«, fuhr ich fort. »Moment mal! Diesen Text kenne ich!«

»Wie? Dann ist das also keine Botschaft der Staurophylakes?«, fragte Farag enttäuscht und kratzte sich mit dem Kugelschreiber an der Stirn.

»Das ist aus dem Neuen Testament! Der Beginn des Jakobusbriefs! Der Brief, den Jakobus aus Jerusalem an die zwölf in der Diaspora lebenden Gemeinden richtete.«

»Jakobus? Der Apostel?«

»Nein, nein, keineswegs. Der Verfasser dieses Briefes, auch wenn er behauptet, Jakobus zu heißen, weist sich an keiner Stelle als Apostel aus, zumal er, wie du siehst, ein so fehlerfreies und gebildetes Griechisch gebraucht, dass der Brief nicht von Jakobus dem Älteren stammen kann.«

»Dann ist das also keine Botschaft der Staurophylakes?«, wiederholte er noch einmal.

»Aber sicher doch, Professor«, tröstete ihn Glauser-Röist, »den Sätzen nach zu urteilen, die Dottoressa Salina übersetzt hat, haben wir, glaube ich, allen Grund zu der Annahme, dass die Staurophylakes für ihre Botschaften auch die heiligen Worte der Bibel benutzt haben.«

»›Wenn es aber jemandem unter euch an Weisheit mangelt‹«, las ich weiter, »›so bitte er Gott, der jedermann gern gibt und niemanden schilt; so wird sie ihm gegeben werden.‹«

»Ich würde diesen Satz anders übersetzen«, unterbrach mich Farag und strich nun gleichfalls mit dem Finger den Text entlang, »eher so: ›Wenn sich aber jemand bar jeder Weisheit sieht, so bitte er Gott, der jedem gegenüber freigebig ist und niemanden zurückweist, und sie wird ihm gewährt werden.‹«

Ich seufzte und wappnete mich mit Geduld.

»Ich kann da keinen Unterschied feststellen«, meinte der Hauptmann.

»Es gibt auch keinen«, erklärte ich.

»Schon gut, schon gut!«, entgegnete Farag scheinbar gleichgültig. »Ich gebe ja zu, dass meine Übersetzung etwas barock klingt.«

»*Etwas* …?«, fragte ich ironisch.

»Das kann man so oder so sehen … man könnte auch sagen, ziemlich originalgetreu.«

Ich war kurz davor, mich darüber auszulassen, dass er mit seinen dunklen Brillengläsern ja wohl unmöglich *originalgetreu* übersetzen könne, doch verzichtete ich dann darauf, zumal er die Aufgabe übernommen hatte, den Text abzuschreiben, wozu ich nicht die geringste Lust verspürte.

»Wir schweifen vom eigentlichen Problem ab«, mischte sich Glauser-Röist jetzt ein, »würden die Experten deshalb bitte zur Sache kommen und die Form außer Acht lassen?«

»Selbstverständlich, Hauptmann«, erklärte ich und blickte Farag über die Schulter. »›Er bitte aber im Glauben und zweifle nicht; denn wer zweifelt, der gleicht einer Meereswoge, die vom Winde getrieben und bewegt wird. Ein solcher Mensch denke nicht, dass er etwas von dem Herrn empfangen werde. Ein Zweifler ist unbeständig auf allen seinen Wegen.‹«

»Statt ›ein Zweifler‹ lese ich hier eher ›ein wankelmütiger Mensch‹.«

»Professor!«

»Na gut, ich sage jetzt nichts mehr.«

»›Ein Bruder aber, der niedrig ist, rühme sich seiner Höhe; wer aber reich ist, rühme sich seiner Niedrigkeit‹ ...« – ich kam jetzt zum Schluss des langen Abschnitts – »›Selig ist der, der die Anfechtung erduldet; denn nachdem er sich bewährt hat, wird er die Krone des Lebens empfangen.‹«

»Die Krone, die man uns über dem ersten Kreuz in die Haut tätowieren wird«, murmelte der Felsen.

»Also, offen gesagt war diese Eignungsprüfung nicht einfach. Wir haben aber kein Wundmal am Körper, das wir nicht schon vorher gehabt hätten«, meinte Farag, um schnellstens den Gedanken an die Skarifikationen zu verdrängen.

»Das hier war noch gar nichts im Vergleich zu dem, was uns bevorsteht. Wir haben hier nur um die Erlaubnis für den Zutritt zum Fegefeuer gebeten.«

»Stimmt«, sagte ich und ließ den Finger und den Blick über die letzten Wörter des Epigraphs schweifen, »es bleibt auch nicht mehr viel zu lesen. Nur noch ein paar Sätze: »... καὶ οὕτως εἰς τὴν Ρώμην ἤλθαμεν ...«

»›Und deswegen begaben wir uns nach Rom‹ ...«, übersetzte der Professor.

»Das war zu erwarten …«, behauptete der Felsen. »Die erste Terrasse von Dantes ›Purgatorio‹ ist die der Hochmütigen, und wie Cato LXXVI. in seiner Chronik schreibt, muss diese Todsünde in der Stadt gesühnt werden, die gerade für ihre mangelnde Bescheidenheit bekannt war, das heißt in Rom.«

»Wir fliegen also nach Hause«, murmelte ich dankbar.

»Wenn wir hier heil rauskommen, dann ja. Allerdings nicht für lange, Dottoressa.«

»Wir sind noch nicht ganz fertig«, merkte ich an und drehte mich wieder zur Mauer um. »Es fehlt uns noch der allerletzte Satz: »›Marias Tempel ist mit schönen Steinen und Kleinoden geschmückt.‹«

»Das kann nicht aus der Bibel stammen«, bemerkte der Professor und rieb sich die Schläfen, wobei ihm sein von Erde und Schweiß schmutziges Haar unordentlich ins Gesicht fiel. »Ich kann mich nicht daran erinnern, dass in der Bibel irgendwo von einem Gotteshaus die Rede ist, das der Jungfrau Maria geweiht sein soll.«

»Ich bin mir fast sicher, dass es sich hier um ein Fragment aus dem Lukas-Evangelium handelt, obwohl es durch die Erwähnung Marias abgeändert sein muss. Vermutlich will man uns damit auf die richtige Spur bringen.«

»Darüber werden wir nachdenken, wenn wir wieder im Vatikan sind«, entschied der Felsen.

»Es stammt von Lukas, ganz sicher« – ich ließ mich nicht davon abbringen, da ich mit meinem guten Gedächtnis prahlen wollte – »zwar weiß ich nicht, aus welchem Kapitel oder Vers, aber es steht an der Stelle, wo Jesus die Zerstörung des Tempels von Jerusalem und die erste Christenverfolgung prophezeit.«

»Als Lukas zwischen den Jahren 80 und 90 unserer Zeitrechnung Jesus diese Prophezeiungen in den Mund legte«, warf Boswell ein, »hatten diese Dinge im Grunde längst stattgefunden. Jesus hat also gar nichts vorhergesagt.«

Ich betrachtete ihn mit kühlem Blick.

»Das scheint mir keine besonders passende Bemerkung zu sein, Farag.«

»Tut mir leid, Ottavia«, entschuldigte er sich, »ich dachte, du wüsstest das.«

»Natürlich wusste ich es«, entgegnete ich erbost, »doch wozu sollte ich es mir in Erinnerung rufen?«

»Nun ...«, stammelte er, »ich bin immer schon der Auffassung gewesen, dass es gut ist, die Wahrheit zu kennen.«

Ohne sich in unsere Diskussion einzumischen, stand der Hauptmann auf, packte seinen Rucksack, hängte ihn sich über die Schulter und betrat den Gang, der zum Ausgang führte.

»Wenn die Wahrheit wehtun kann, Farag«, schnauzte ich ihn wutentbrannt an und dachte dabei an Ferma, Margherita, Valeria und so viele andere Menschen, »muss man sie nicht unbedingt kennen.«

»Da sind wir wohl unterschiedlicher Meinung, Ottavia. Ich finde, die Wahrheit ist der Lüge immer vorzuziehen.«

»Selbst wenn sie schmerzt?«

»Das hängt von jedem Einzelnen ab. Es gibt Krebskranke, denen man nicht sagen darf, woran sie leiden; andere wiederum wollen es auf jeden Fall erfahren.« Er schaute mir fest in die Augen, und das erste Mal, seit wir uns kannten, zuckte er mit keiner Wimper. »Ich dachte, du gehörst zu denen, die die nackte Wahrheit wissen wollen.«

»Dottoressa! Professor! Der Ausgang!«, erklang in diesem Moment Glauser-Röists jubelnde Stimme. Er schien noch ganz in der Nähe zu sein.

»Los, komm, sonst müssen wir hier bis in alle Ewigkeit bleiben!«, rief ich und ließ Farag einfach stehen.

Durch einen ausgetrockneten Brunnen, der inmitten eines verwilderten, holprigen Waldstücks lag, gelangten wir ins Freie. Es dämmerte bereits, draußen war es kalt, und wir hatten nicht die leiseste Ahnung, wo wir waren. Etwa eine Stunde wanderten wir an einem Flusslauf entlang, der meist durch eine enge Schlucht führte, und stießen dann auf einen Feldweg, der uns zu einem Bauernhof brachte. Daran gewohnt, verirrte Wanderer zu empfangen, erklärte uns der freundliche Bauer, dass wir die Iblei-Berge durchquert hatten und uns jetzt in dem etwa zehn Kilometer von Syrakus entfernten Flusstal des Anapo befanden. Wenig später holte uns ein Wagen des Erzbischofs ab und brachte uns in die Zivilisation zurück. Da wir Seiner Eminenz Monsignore Giuseppe Arena nichts von unserem Abenteuer erzählen durften, aßen wir hastig zu Abend, packten unsere Reisetaschen und ließen uns dann auf dem schnellsten Weg zum Flughafen Fontanarossa bringen, um das nächste Flugzeug nach Rom zu erwischen.

Ich erinnere mich noch, wie mir plötzlich der alte Küster von Santa Lucia in den Sinn kam, als wir vor dem Start die Sicherheitsgurte anlegten; ich fragte mich, was man ihm im erzbischöflichen Ordinariat gesagt haben mochte, um ihn zu beruhigen, und wollte es schon mit dem Hauptmann bereden, doch da sah ich, dass er bereits tief und fest schlief.

VIER

Als ich am nächsten Morgen noch vor Sonnenaufgang aufwachte, kam ich mir vor wie jemand, der auf einer Weltreise, ohne das Phänomen der Erddrehung richtig zu begreifen, einen Tag seines Lebens verloren hatte. Selbst in meinem Bett im Domus fühlte ich mich noch so erschöpft, als hätte ich die ganze Nacht kein Auge zugetan. Während ich in der Stille die Schatten betrachtete, welche das kärgliche Licht von der Straße auf die Wände warf, fragte ich mich ein ums andere Mal, auf was ich mich da eingelassen hatte, wieso mein Leben so aus den Fugen geraten war. Nur wenige Stunden zuvor war ich in den Tiefen der Erde beinahe ums Leben gekommen, der Tod meines Vaters und meines Bruders hatte sich in weniger als zwei Tagen in eine weit zurückliegende Erinnerung verwandelt, und falls das immer noch nicht reichen sollte, so hatte ich meine Gelübde nicht erneuert.

Wie sollte ich auch bei diesem für mich völlig ungewohnten Lebensrhythmus all die Eindrücke und Erlebnisse verarbeiten können? Die Tage, Wochen, Monate vergingen wie im Flug, und ich war mir immer weniger meiner selbst und der Verpflichtungen einer Ordensschwester und Leiterin des Labors für Restaurierung und Paläographie im Vatikanischen Geheimarchiv bewusst. Ich wusste, dass ich mich wegen der Erneuerung der Gelübde nicht zu sorgen brauchte; höhere Gewalt, wie dies ja bei mir der Fall gewesen war, hatte man als Hinderungsgrund in den Statuten meines Ordens berücksichtigt, und sobald es mir möglich wäre, das Bittgesuch zu unterschreiben, würden sie automatisch erneuert. Zwar erledigte ich gerade eine für die Kirche lebenswichtige Arbeit, zwar sprachen mich mein Orden und auch der Vatikan von aller Schuld frei, aber verzieh ich es mir denn selbst? Und Gott? Verzieh mir Gott?

Ich drehte mich im Bett auf die andere Seite und schloss die Augen, um zu sehen, ob ich noch einmal einschlafen konnte. Da kam mir für einen Moment der Gedanke, dass es sicher besser wäre, diese ganzen Überlegungen beiseitezuschieben und zuzulassen, dass das Leben statt meiner die Zügel übernahm. Meine Lider wollten jedoch einfach nicht zubleiben, und eine innere Stimme begann mich zu bezichtigen, wie ein Feigling zu handeln, ständig wegen allem zu murren und mich hinter Scheinängsten und Gewissensbissen zu verstecken.

Warum genoss ich nicht einfach, was mir das Leben gerade bot? Warum bürdete ich meinem Gewissen immer noch mehr Schuldgefühle auf, was mir anscheinend große Freude bereitete? Stets hatte ich meinen Bruder Pierantonio um sein abenteuerliches Leben beneidet, um seine Arbeit, seinen Posten im Heiligen Land, seine archäologischen Ausgrabungen … Und jetzt, da ich selbst in eine ähnliche Unternehmung verwickelt war, hüllte ich mich in meine Ängste wie jemand, der sich in eine Decke wickelt, statt meine starken und mutigen Seiten hervorzukehren. Arme Ottavia! Da verschanzt sie sich ein Leben lang hinter ihren Büchern und Gebeten, studiert und versucht, ihr Können zwischen Kodizes, Pergamenten und Papyri unter Beweis zu stellen, und dann, als Gott beschließt, sie hinaus in die Welt zu schicken und eine Zeitlang von ihren Studien und Forschungen loszureißen, beginnt sie wie ein verschüchtertes kleines Mädchen zu zittern.

Sofern ich auch weiterhin mit Farag und Hauptmann Glauser-Röist den Verbleib der Kreuzreliquien ermitteln wollte, musste ich mein Verhalten ändern und mich meinen Privilegien entsprechend benehmen, ich musste tatkräftiger und entschiedener auftreten und endlich aufhören, andauernd zu jammern und zu protestieren. Hatte Farag sich etwa beklagt, als er alles verloren hatte? Sein Haus, seine Familie, seine Heimat, seine Arbeit im Griechisch-Römischen Museum von Alexandria? … In Italien hatte er nur das Zimmer im Domus und die bescheidene Übergangsbeihilfe, welche das Staatssekretariat ihm auf Ersuchen des Hauptmanns gewährt hatte. Und trotzdem war er bereit, sein Leben aufs Spiel zu setzen, um ein Geheimnis aufzuklären, das – sah man einmal davon ab, dass es bereits seit etlichen Jahrhunderten bestand – gerade alle christlichen Kirchen der Welt in Atem hielt … Und das, obwohl er Atheist war, fiel mir wieder ein, was mich aufs Neue überraschte.

Nein, nicht Atheist, sagte ich mir, während ich die Nachttischlampe anknipste und mich im Bett aufrichtete. Niemand war Atheist, so sehr er sich dessen auch rühmen mochte. Alle Menschen glaubten auf die eine oder andere Art an Gott, zumindest hatte man mich das gelehrt. Farag würde gleichfalls an ihn glauben, auf seine Weise eben, was auch immer er behauptete. Obwohl … womöglich war diese für uns Gläubige so bezeichnende Meinung ja nichts weiter als eine intolerante, überhebliche Haltung gegenüber Andersdenkenden, und es gab in Wirklichkeit doch Menschen, die nicht an Gott glaubten, so seltsam einem dies auch vorkommen mochte.

In diesem Augenblick entfuhr mir ein schreckliches »O Gott!«, da ich versuchte, meine Beine unter den Laken und Decken hervorzuziehen; überall pikten mich Dornen, Nägel, Dolche … ich verspürte Hunderte und Aberhunderte von Nadelstichen am ganzen Körper. Die zahlreichen Prellungen und Schürfwunden würden mich noch lange an das Abenteuer in den Katakomben von Santa Lucia al Sepolcro erinnern. Aber halt! Was hatte ich mir denn eben erst noch gepredigt? Statt schon wieder zu lamentieren, sollte ich vielmehr stolz darauf zurückblicken, was in Syrakus geschehen war, und mich freuen, das Rätsel gelöst zu haben und lebend aus jenem Loch herausgekommen zu sein. Sehr wahrscheinlich waren andere Menschen dort unten ums Leben gekommen, ohne …

Andere Menschen waren dort unten ums Leben gekommen.

»Und ihre Leichen?«, fragte ich mit lauter Stimme in die Stille hinein.

»Zweifellos gibt es in Syrakus Staurophylakes«, stimmte der Hauptmann mir Stunden später zu, als wir uns nach den Ereignissen der letzten Tage erstmals alle wieder in meinem Labor im Hypogäum versammelt hatten.

»Rufen Sie beim Erzbischof an und erkundigen Sie sich nach dem Küster«, schlug Farag vor.

»Nach dem Küster?«, fragte Glauser-Röist verwundert.

»Ja, ich bin ebenfalls der Ansicht, dass er etwas mit der Bruderschaft zu tun hat«, meinte ich. »Das ist eine Intuition.«

»Wozu soll das gut sein? Man wird mir sagen, dass der nette alte Mann schon viele Jahre vortrefflich die Aufsicht über das Kirchengebäude führt. Wenn Sie also keine bessere Idee haben, sollten wir es dabei bewenden lassen.«

»Ich bin mir dennoch ganz sicher, dass er derjenige ist, der den Ort der Prüfung sauberhält und die sterblichen Überreste derjenigen beseitigt, die sie nicht bestehen. Erinnern Sie sich nicht, dass die goldene und silberne Kette blitzblank waren?«

»Selbst wenn dem so wäre, Dottoressa«, erwiderte er sarkastisch, »glauben Sie, dass er gestehen würde, ein Staurophylax zu sein, wenn wir ihn liebenswürdig danach fragen? Gut, vielleicht erreichen wir, dass die Polizei ihn festnimmt, obwohl er nie ein Verbrechen begangen hat und nur der redliche alte Küster von Santa Lucia al Sepolcro ist. In diesem Fall fordern wir ihn selbstredend auf, sich zu entkleiden, damit wir überprüfen können, ob auf seinem Körper Skarifikationen zu finden sind. Falls er sich nicht ausziehen will, können wir ihn dazu natürlich immer mit einer gerichtlichen Verfügung zwingen. Wenn er auf dem Kommissariat dann erst einmal nackt ist … Überraschung, Überraschung! Es sind keinerlei Narben auf seinem Körper zu entdekken, und er ist nur der, der er zu sein behauptet. Wunderbar! Daraufhin verklagt er uns – darin sind wir uns einig, oder? –, er erstattet also Anzeige gegen uns, was natürlich auf den Vatikan zurückfällt und daraufhin in allen Zeitungen breitgetreten wird.«

»Die Sache ist die«, versuchte Farag den Hauptmann zu besänftigen, »falls der Küster wirklich ein Staurophylax ist, dann kann ich mir gut vorstellen, dass er sich außer um die von Ottavia erwähnten Aufgaben auch darum kümmert, die Bruderschaft zu benachrichtigen, wenn jemand die Prüfungen in Angriff genommen hat.«

»Dieser Möglichkeit dürfen wir uns nicht verschließen«, pflichtete ihm der Hauptmann bei. »Wir müssen hier in Rom sehr vorsichtig sein.«

»Da wir schon einmal bei Rom sind …« – fragend schauten mich die beiden an – »ich glaube, wir sollten auch in Betracht ziehen, dass wir bei einer der Prüfungen ums Leben kommen können. Es geht nicht darum, jemandem Angst einzujagen oder einen Rückzieher zu machen, aber wir müssen uns darüber im Klaren sein, bevor wir weitermachen.«

Der Hauptmann und Boswell sahen sich an und blickten dann wieder zu mir.

»Ich dachte, wir hätten dieses Thema bereits abgehakt, Dottoressa.«

»Wie, abgehakt?«

»Wir werden dabei nicht umkommen, Ottavia«, erklärte Farag sehr energisch und schob seine Brille nach oben, »niemand behauptet, dass es nicht gefährlich ist, sicher, aber …«

»… aber so gefährlich es auch sein mag«, fuhr der Felsen fort, »warum sollten gerade *wir* etwas nicht bestehen, was im Laufe der Jahrhunderte vor uns schon unzählige Staurophylakes geschafft haben?«

»Nein, ich meine doch nicht, dass wir dabei ganz sicher sterben werden. Was ich meine, ist, dass wir dabei zu Tode kommen *könnten*, ganz einfach, und dass wir das nicht vergessen sollten.«

»Das wissen wir, Dottoressa. Und das weiß auch Seine Eminenz, Kardinal Sodano, und Seine Heiligkeit, der Papst. Aber niemand zwingt uns dazu. Wenn Sie sich also außerstande fühlen, weiterzumachen, kann ich das verstehen. Für eine Frau …«

»Geht das schon wieder los!«, rief ich entrüstet.

Farag begann verstohlen zu lachen.

»Darf man erfahren, was es da zu lachen gibt?«, schnauzte ich ihn an.

»Ich lache, weil du jetzt ganz sicher die Erste sein willst, die die Prüfungen besteht.«

»Also gut, ja, stimmt! Na und?«

»Nichts!«, prustete er und brach in schallendes Gelächter aus. Seltsamerweise war gleich darauf noch ein dröhnendes Gelächter zu hören, noch bevor ich überhaupt reagieren konnte. Ich traute meinen Ohren nicht: Farag und Glauser-Röist lachten sich halb tot und steckten sich immer wieder gegenseitig an. Ihre Lachsalven nahmen kein Ende. Was konnte ich tun, außer ihnen die Pest an den Hals zu wünschen …? Ich seufzte und lächelte resigniert. Wenn die beiden willens waren, das Abenteuer bis zum Schluss durchzustehen, dann wollte ich ihnen jedenfalls stets eine Nasenlänge voraus sein. Es war also beschlossene Sache. Jetzt mussten wir uns nur noch an die Arbeit machen.

»Wir sollten damit beginnen, die Inschrift zu studieren«, schlug ich vor und stützte geduldig die Ellenbogen auf den Tisch.

»Ja, ja …«, stammelte Boswell und wischte sich die Tränen mit dem Handrücken ab.

»Eine großartige Idee«, gluckste der Hauptmann. Wie gut zu wissen, dass der Felsen auch lachen konnte.

»Wenn du dich also wieder erholt hast, Farag, dann lies bitte deine Aufzeichnungen vor.«

»Einen Augenblick …«, bat er und sah mich liebevoll an, während er den Notizblock aus den gewaltigen Taschen seiner Jacke zog. Er räusperte sich, strich sich das Haar aus dem Gesicht, schob die Brille wieder hoch, holte tief Luft, fand schließlich, was er suchte, und begann zu lesen: »›Meine lieben Brüder, erachtet es für lauter Freude, wenn ihr in mancherlei Anfechtungen fallt, und wisst, dass euer Glaube, wenn er bewährt ist, Geduld wirkt. Die Geduld aber soll ihr Werk tun bis ans Ende, damit ihr vollkommen und unversehrt seid und kein Mangel an euch sei. Wenn sich aber jemand bar jeder Weisheit sieht, so bitte er Gott, der jedem gegenüber freigebig ist und niemanden zurückweist, und sie wird ihm gewährt werden. Er bitte aber im Glauben und zweifle nicht; denn wer zweifelt, der gleicht einer Meereswoge, die vom Winde getrieben und bewegt wird. Ein solcher Mensch denke nicht, dass er etwas von dem Herrn empfangen werde. Ein wankelmütiger Mensch …‹«

»Ein wankelmütiger Mensch? Das habe ich aber ganz anders übersetzt.«

»Na ja, es ist ja auch meine Übersetzung. Da ich derjenige war, der mitschreiben sollte …«, meinte er selbstgefällig, »also, ›ein wankelmütiger Mensch ist unbeständig auf allen seinen Wegen. Ein Bruder aber, der niedrig ist, rühme sich seiner Höhe; wer aber reich ist, rühme sich seiner Niedrigkeit. Selig ist der, der die Anfechtung erduldet; denn nachdem er sich bewährt hat, wird er die Krone des Lebens empfangen.‹ Und dann kommt noch: ›Und deswegen begaben wir uns nach Rom‹, was, wie der Hauptmann schon sagte, auf die Stadt hinweist, wo die erste Prüfung des Fegefeuers stattfinden soll. Und zu guter Letzt: ›Marias Tempel ist mit schönen Steinen und Kleinoden geschmückt.‹«

»›Ist mit schönen Steinen und Kleinoden geschmückt‹«, wiederholte ich nachdenklich. »Es dreht sich also um ein Gotteshaus, welches der Jungfrau Maria geweiht ist. Dass das der Schlüsselsatz ist, um den Ort der Prüfung ausfindig zu machen, ist unbestreitbar, aber es ist eine ziemlich dürftige Spur. Die Lösung ist nicht der Satz an und für sich, nein, die Lösung liegt im Satz verborgen. Aber wie bekommen wir das heraus?«

»Hier in Rom sind sämtliche Marienkirchen mit schönen Steinen und Kleinoden geschmückt, nicht wahr?«

»Etwa nur die, welche der Jungfrau Maria geweiht sind, Professor?«, fragte Glauser-Röist voll Ironie. »In Rom sind *alle* Kirchen mit schönen Steinen und Kleinoden geschmückt.«

Ich hatte es zwar nicht bemerkt, doch war ich ohne ersichtlichen Grund aufgestanden und hob nun die rechte Hand hoch. Meine Gedanken kreisten um die gehörten Worte.

»Wie lautete der Satz denn auf griechisch, Farag? Hast du auch den Originaltext abgeschrieben?«

Der Professor sah mich an, runzelte die Stirn und betrachtete dann meine Hand, die an irgendeiner unsichtbaren Schnur zu hängen schien.

»Was ist mit deinem Arm?«

»Hast du den Text abgeschrieben, Farag? Ja oder nein? Das Original? Hast du?«

»Nein, habe ich nicht, Ottavia, aber ungefähr kann ich mich daran erinnern.«

»Das nützt mir nichts«, rief ich und ließ die Hand wieder auf die Tasche meines Laborkittels sinken, den ich mir gewohnheitsmäßig angezogen hatte; ohne ihn fühlte ich mich irgendwie nicht wohl in meinem Labor. »Ich muss ganz genau wissen, wie sie ›mit schönen Steinen und Kleinoden geschmückt‹ geschrieben haben. War es vielleicht *kalos kekosmetai*? Ich habe da so eine Eingebung.«

»Mal sehen … lass mich nachdenken … also … ja, ich bin

mir sicher, so hieß es: τσ ιερον της Παναγιας καλως κεκοσμεται, ›Der Tempel der Allerheiligsten ist mit schönen Steinen und Kleinoden geschmückt‹; *panagias,* die ›Allerheiligste‹, bezeichnet im Griechischen die Jungfrau Maria.«

»Natürlich!«, verkündete ich nun begeistert. »*Kekosmetai! Kekosmetai!* Santa Maria in Cosmedin!«

»Santa Maria in Cosmedin?«, fragte Glauser-Röist und machte ein verdutztes Gesicht.

Farag lächelte.

»Unglaublich!«, rief er. »Gibt es in Rom etwa eine Kirche mit griechischem Namen? *Santa Maria la Bella* … Ich dachte, dass hier alles nur auf italienisch oder in Latein erscheint.«

»›Unglaublich‹ ist noch ein gelinder Ausdruck dafür«, murmelte ich und begann, in meinem Labor auf und ab zu gehen, »denn darüber hinaus ist sie auch noch eine meiner Lieblingskirchen. Ich gehe nicht so oft hin, wie ich es eigentlich gern täte, denn sie liegt ziemlich weit entfernt. Aber sie ist die einzige in Rom, in der man die Messe auf griechisch liest.«

»Ich kann mich nicht daran erinnern, schon jemals dort gewesen zu sein«, erklärte der Hauptmann.

»Haben Sie schon einmal Ihre Hand in die *Bocca della Verità* gesteckt, Hauptmann?«, fragte ich. »Sie wissen schon, diese schreckliche Fratze, von der die Sage geht, dass sie einem Lügner oder Eidbrüchigen die Finger abbeißt.«

»Ach ja, natürlich war ich schon dort. Da muss man in Rom auf jeden Fall gewesen sein.«

»Nun, die *Bocca della Verità* befindet sich im Portikus von Santa Maria in Cosmedin. Touristen aus aller Welt stehen vor der Säulenhalle Schlange, und wenn sie an der Reihe sind, stecken sie ihre Hand in den Rachen des antiken Brunnendeckels, machen das obligatorische Foto und steigen dann wieder in die Reisebusse auf dem überfüllten Platz vor der Kirche. Niemand betritt Santa Maria in Cosmedin, kaum jemand besichtigt sie oder weiß, dass es sie gibt, und dennoch ist sie eine der schönsten Kirchen Roms.«

»›Marias Tempel ist mit schönen Steinen und Kleinoden geschmückt‹«, wiederholte Boswell.

»Das ist ja alles gut und schön, Dottoressa, aber woher wollen Sie wissen, dass es sich gerade um diese Kirche handelt? In Rom gibt es Hunderte von kostbar geschmückten Kirchen!«

»Nun, Hauptmann«, erwiderte ich und blieb vor ihm stehen, »ich bin davon überzeugt, nicht nur, weil sie wunderschön ist – und das ist sie zweifellos – oder weil sie von den byzantinischen Griechen, die im 8. Jahrhundert vor dem Bilderstreit nach Rom geflohen waren, noch prächtiger gestaltet wurde. Ich bin vor allem davon überzeugt, weil uns die Inschrift in den Katakomben von Santa Lucia direkt darauf hinweist: ›Marias Tempel ist mit schönen Steinen und Kleinoden geschmückt‹, *kalos kekosmetai* … Verstehen Sie das denn nicht? *Kekosmetai,* Cosmedin.«

»Das kann er doch gar nicht nachvollziehen, Ottavia«, tadelte mich Farag. »Ich werde es Ihnen erklären, Hauptmann. Cosmedin leitet sich vom griechischen *kosmidion* ab, was so viel heißt wie ›herrlich geschmückt, verziert‹ … Das Adjektiv ›kosmetisch‹, *kosmetikos,* ist zum Beispiel ebenfalls darauf zurückzuführen. Nun, was *kekosmetai* in unserem Satz betrifft, so handelt es sich dabei um das entsprechende Verb in der Passivform. Wenn wir die Verdoppelung *ke* am Anfang streichen, deren einzige Funktion es ist, das Perfekt von den anderen Verbalzeiten zu unterscheiden, bleibt uns *kosmetai,* das, wie Sie wohl sicher erkennen, die gleiche Wortwurzel hat wie *kosmidion* und Cosmedin.«

»Santa Maria in Cosmedin ist der Ort, auf den uns die Staurophylakes hinweisen wollen«, bekräftigte ich überzeugt. »Wir müssen nur hinfahren und es überprüfen.«

»Vorher sollten wir aber erst noch einmal die Anmerkungen zum ersten Kreis von Dantes ›Purgatorio‹ durchgehen«, meinte

Farag und griff nach meinem Exemplar der ›Göttlichen Komödie‹, das auf dem Tisch lag.

Ich begann mir den Laborkittel aufzuknöpfen.

»Einverstanden. In der Zwischenzeit muss ich allerdings noch einige dringende Dinge erledigen.«

»Es gibt gerade nichts Dringenderes, Dottoressa. Noch heute Nachmittag müssen wir nach Santa Maria in Cosmedin.«

»Immer kneifst du, Ottavia, wenn es darum geht, Dante zu lesen.«

Ich hängte den Kittel auf und drehte mich zu ihnen um.

»Wenn ich wieder durch unerforschte Katakomben laufen, staubige Treppen hinuntersteigen und am Boden entlangrobben muss, brauche ich dafür eine passendere Kluft als die, die ich hier im Vatikan trage.«

»Du gehst dir Kleider kaufen?«, fragte Boswell verdutzt.

Ich öffnete die Tür und trat auf den Flur.

»Eigentlich werde ich mir nur ein paar Hosen kaufen.«

Nie wäre ich nach Santa Maria in Cosmedin gegangen, ohne vorher den zehnten Gesang von Dantes ›Fegefeuer‹ gelesen zu haben, aber die Geschäfte machten mittags zu, und es blieb mir nicht mehr viel Zeit, um das Nötigste einzukaufen. Zudem wollte ich zu Hause anrufen, um zu erfahren, wie es meiner Mutter und dem Rest der Familie ging, und dazu brauchte ich ein wenig Ruhe.

Als ich danach ins Geheimarchiv zurückkam, richtete man mir aus, dass Farag und der Hauptmann zum Essen ins Restaurant des Domus gegangen seien, so dass ich in der Personalkantine ein belegtes Brötchen bestellte und mich ins Labor zurückzog, um dort ungestört die Chronik all der Schrecknisse zu studieren, denen wir uns am Nachmittag auszusetzen hätten. Die ganze Zeit ging mir jener Kniff mit dem Einmaleins nicht aus dem Kopf, mit dessen Hilfe ich das Rätsel um den Eingang zum Fegefeuer gelöst hatte. Wenn ich zurückblickte, sah ich mich mit sieben oder acht Jahren, wie ich in der Küche über den Hausaufgaben brütete und Cesare mir den Trick erklärte. Wie war es möglich, dass eine jahrhundertealte Sekte einem simplen Kindertrick den Rang eines Initiationsritus zuerkannte? Entsprach das, was vor Jahrhunderten noch als das höchste Wissensgut galt, inzwischen etwa dem Niveau des Grundschulunterrichts? Oder hatte sich das Wissen der Vergangenheit nur in Volksbräuchen, Geschichten, Kinderspielen, Sagen und selbst scheinbar harmlosen Büchern unbemerkt über die Jahrhunderte retten können? Um die alten Weisheiten zu entdecken, muss man einzig und allein seinen Blickwinkel ändern, sagte ich mir, sich eingestehen, dass unsere Augen und Ohren die Realität nur ungenügend erfassen, kurzum, man musste nach allen Seiten hin offen sein und seine Vorurteile ablegen. Wie sich herausstellen sollte, war diese Erkenntnis jedoch nur der Beginn einer erstaunlichen Entwicklung, die ich in den folgenden Wochen durchleben sollte; auch wenn ich keinen blassen Schimmer hatte, warum.

Dantes Text las ich jetzt nicht mehr mit demselben Desinteresse wie früher. Nun wusste ich, dass seine Verse einen tieferen Sinn bargen, als sie vorgaben. Auch Dante Alighieri war einst vor dem Relief des Engels in den Katakomben von Syrakus gestanden und hatte an denselben Ketten gezogen, die ich in der Hand gehabt hatte, weshalb ich mich nun mit dem großen florentinischen Autor in gewisser Weise freundschaftlich verbunden fühlte. Ich wunderte mich, dass er sich getraut hatte, das ›Purgatorio‹ zu verfassen, wohl wissend, dass die Wächter des Kreuzes ihm dies nie verzeihen würden. Vielleicht war sein literarisches Streben enorm groß gewesen, vielleicht wollte er beweisen, dass er ein zweiter Vergil war, um den Preis der ruhmreichen Dichter, den Lorbeerkranz, zu erhalten, der alle seine Porträts ziert und der das Einzige war, wonach er trachtete. Dantes sehnlichster Wunsch war es, als größter Dichter aller Zeiten in die Geschichte einzugehen, wie er wiederholt bekundete, weshalb es für ihn schmerzlich gewesen sein musste, zu merken, wie die Zeit verstrich und er älter wurde, ohne seinen Traum verwirklicht zu sehen, und möglicherweise erwog er sogar – so wie Faust Jahrhunderte später –, dem Teufel im Tausch gegen den Ruhm seine Seele zu verkaufen. Endlich sah er seinen Traum in Erfüllung gehen. Er bezahlte ihn jedoch mit dem Leben.

Der zehnte Gesang setzt ein, als Dante und sein Meister Vergil die Schwelle des Fegefeuers überschreiten. Als das Tor hinter ihnen dröhnend ins Schloss fällt, erahnen sie, dass es keinen Weg zurück gibt. So beginnt die Läuterung des Florentiners, sein Prozess innerer Reinigung. Er hat in der Hölle gesehen, welche Strafen den bis in alle Ewigkeit Verdammten in den neun Höllenkreisen auferlegt werden. Im Fegefeuer verlangt man nun von ihm, dass er seine eigenen Verfehlungen sühnt, damit er vollkommen geläutert ins Himmelreich aufsteigen kann, wo ihn seine geliebte Beatrice erwartet, die Glauser-Röist zufolge nichts anderes symbolisiert als Weisheit und höchste Erkenntnis.

Wir stiegen hoch durch einen Felsenspalt,
der bald nach hierhin, bald nach dort sich wandte,
so, wie die Welle flieht und wiederkehrt.

»Hier muss man schon ein wenig Kunst verwenden«,
begann mein Führer, »um sich anzulehnen,
bald hier, bald da an die gekrümmte Wand.«

O Gott, ein Stein, der sich bewegt! Mir blieb der Bissen Brot, an dem ich gerade kaute, im Hals stecken. Gottlob hatte ich mir diese wunderbare perlgraue Hose gekauft! Ich war zufrieden damit, denn sie war billig gewesen und stand mir gut. In der Umkleidekabine des Ladens, allein vor dem Spiegel, entdeckte ich, dass sie mir ein nie gekanntes jugendliches Aussehen verlieh. Ich wünschte mir nichts sehnlicher, als dass es keine lächerliche Ordensregel gäbe, die mir verbot, Hosen zu tragen; sollte es aber doch eine geben, dann würde ich sie eben ignorieren. Mir kam die berühmte nordamerikanische Ordensschwester Mary Dominic Ramacciotti in den Sinn, die Gründerin von *Girls' Village* in Rom, die von Papst Pius XII. eine Sondergenehmigung einholte, damit sie sich mit modischer Eleganz kleiden, Pelzmäntel tragen, sich eine Dauerwelle legen lassen, Kosmetika von Elizabeth Arden benutzen und in die Oper gehen konnte. Meine Ansprüche waren bei Weitem nicht so hoch; ich würde mich damit begnügen, eine einfache Hose tragen zu dürfen, die ich übrigens im Laden gleich anbehalten hatte.

Nach einem beschwerlichen Aufstieg gelangen Dante und Vergil schließlich zur ersten Terrasse, dem ersten Gesims des Fegefeuers.

Von seinem Rande, der ans Leere grenzt,
zum Fuß des hohen Abhangs, der noch ansteigt,
misst man dreimal die Länge eines Menschen.

So weit mein Auge, wie auf Flügeln, sah
sowohl die rechte wie die linke Seite
des weiten Simses, schien er gleich zu sein.

Statt sich weiterhin neugierig umzusehen, rät ihm Vergil, dass er seine Aufmerksamkeit doch lieber auf die seltsame Schar Seelen richten solle, die sich ihnen mühsam und langsam nähert.

Und ich drauf: »Meister, was sich zu uns her
bewegt, nicht scheinen's Menschen mir zu sein,
weiß doch nicht was? Unsicher ist mein Blick.«

Und er zu mir: »Die schwere Art der Buße,
sie beugt so tief zur Erde sie herab,
dass meine Augen erst unsicher waren.

Doch schau nur richtig hin, du wirst erkennen
mit deinem Blick, was naht unter den Steinen,
du siehst, wie sich ein jeder an die Brust schlägt.«

Es handelt sich dabei um die Seelen der Hochmütigen, die von der Last gewaltiger Steine nahezu erdrückt werden, welche ihnen zur Erniedrigung und Läuterung von den weltlichen Eitelkeiten auferlegt wurden. Die gebeugten Knie gegen die Brust gedrückt, die Gesichter verzerrt vor Erschöpfung, wanken sie auf dem schmalen Sims auf die beiden zu, während sie eine eigentümliche, ihrer Situation angemessene Fassung des Vaterunsers beten: »O Vater unser, der du bist im Himmel, begrenzet nicht, nur dass du größre Liebe …« So beginnt der elfte Gesang. Dante, den ihr Leiden zutiefst entsetzt, wünscht ihnen eine rasche Katharsis, damit sie bald »aufsteigen können zu den Sternenkreisen«. Vergil, der in solchen Dingen immer pragmatischer ist, bittet die Seelen, ihnen den kürzesten Aufstieg zum zweiten Sims zu weisen.

Es ward gesagt: »Zur Rechten längs dem Ufer
begleitet uns, so findet ihr den Pfad,
den ein lebend'ger Leib erklimmen mag.«

Auf ihrem Weg hinauf führt Dante wie im Vorpurgatorio lange Gespräche mit alten Bekannten und berühmten Männern, die ihn alle vor der Ruhmsucht und dem Hochmut warnen, als sähen sie voraus, dass der Dichter sich auf diesem Sims wiederfinden könnte, wenn er sich nicht rechtzeitig um seine Läuterung bemüht. Nach einigem Hin und Her hebt ein neuer Gesang an, der zwölfte, zu dessen Beginn Vergil den Florentiner heißt, die hochmütigen Seelen endlich in Ruhe zu lassen und sich darauf zu konzentrieren, den Aufstieg zu finden:

Da mahnt' er mich: »Nach unten richt' den Blick,
gut wird's dir sein, um dir den Weg zu kürzen,
du siehst das Bett, das deine Füße trägt.«

Dante blickt gehorsam auf den Boden und sieht ihn bedeckt mit wundervoll gearbeiteten Figuren. In der nun folgenden, sehr langen Szene aus zwölf oder dreizehn Terzinen werden die Darstellungen auf dem steinernen Relief einzeln aufgeführt: Luzifer, wie er gleich einem Blitz vom Himmel herabstürzt; der Riese Briareos, der im Kampf gegen die Götter des Olymp vom Pfeil getroffen niedersinkt; Nimrod, wie er fassungslos und ganz verstört am Fuße seines einstürzenden Turms von Babel steht; Sauls Freitod nach der Niederlage in Gelboa und noch etliche andere mythische, biblische oder historische Beispiele bestraften Hochmuts. Der florentinische Dichter, der gebückt weitergeht, damit ihm ja nichts entgeht, fragt sich entzückt:

Welch Meister war er doch mit Pinsel und mit Meißel,
der hier geformt Gestalten und Gebärden,
die jeder Künstlersinn bewundern muss.

Zum Glück muss Dante keinen Stein schleppen, sagte ich mir, hingegen wurde er nicht davor bewahrt, ein gutes Stück des Wegs tief gebückt zu gehen, um die Reliefs zu betrachten. Falls also die Prüfung der Staurophylakes darin bestand, ein paar Kilometer in gekrümmter Haltung zurückzulegen, so war ich dazu bereit, auch wenn mir irgendetwas sagte, dass es nicht so einfach werden würde. Die Erfahrung von Syrakus hatte mich gelehrt, dass man Dantes wunderbaren Versen besser nicht trauen sollte.

Kurzum, zu guter Letzt erreichen die beiden Wanderer das andere Ende des Kreises, wo Vergil Dante ermahnt, er solle nun rascher ausschreiten und sein Gesicht und seine Gebärden mit Demut schmücken, da ein weißgekleideter Engel, dessen Antlitz so funkle wie der Morgenstern, auf sie zukomme, um ihnen den Weg nach oben zu weisen.

Er tat die Arme auf und dann die Flügel
und sprach: »Kommt her, hier sind die Stufen nah,
und unbeschwert wird jetzt der Aufstieg sein.«

Nur wen'ge folgen dieser Einladung:
O menschliches Geschlecht, zum Höhenflug geboren,
warum nur fällst du bei so schwachem Wind?

Er führte uns zum ausgehau'nen Felsen,
dort schlug er mit den Flügeln mir die Stirne
und sicherte dann freien Weg mir zu.

Stimmen intonieren ›Selig sind die Armen im Geiste‹, während die beiden über die steile Treppe hinaufsteigen. In diesem Moment wundert sich Dante, dass er sich auf einmal viel leichter fühlt, nachdem er zuvor verschiedentlich berichtet hat, wie müde er vom vielen Laufen ist. Da dreht sich Vergil zu ihm um und erklärt, dass der Engel von ihm unbemerkt mit einem Flügelschlag eines der sieben P auf seiner Stirn (eines für jedes *peccatum*, jede Todsünde) getilgt habe, weshalb er nun weniger wiege. Und damit sieht sich Dante Alighieri von der Sünde des Hochmuts befreit.

An dieser Stelle sank mein Kopf erschöpft auf den Tisch. Ich hatte nicht so viel Glück wie der florentinische Dichter.

In einem wirren Traum von unbeschreiblichen Gefahren und Bildern von der Grabkammer in Syrakus erschien mir Farag, was mir sofort ein Gefühl von Sicherheit vermittelte. Verzweifelt griff ich nach seiner Hand, denn es war die einzige Möglichkeit, der Gefahr zu entrinnen. Lächelnd rief er mich mit unendlich sanfter Stimme bei meinem Namen.

»Ottavia … Ottavia … wach auf, Ottavia.«

»Dottoressa, wir sind spät dran!«, brüllte mir der Felsen unbarmherzig ins Ohr.

Ich stöhnte, ohne ganz aus meinem Traum zu erwachen. Ich hatte stechende Kopfschmerzen, die sich noch verschlimmerten, wenn ich versuchte, die Augen zu öffnen.

»Ottavia … Ottavia, es ist schon drei Uhr«, flüsterte Farag.

»Tut mir leid«, murmelte ich, als ich mich schließlich mühevoll aufrichtete, »ich bin eingeschlafen. Tut mir schrecklich leid.«

»Wir sind alle ganz zerschlagen«, meinte Farag. »Morgen werden wir gründlich ausschlafen, du wirst schon sehen. Wenn wir heute Abend aus Santa Maria in Cosmedin ins Freie treten, fahren wir gleich zurück ins Domus und stehen dann eine ganze Woche lang nicht mehr auf.«

»Wir sind spät dran«, wiederholte der Felsen und nahm seinen Stoffrucksack, der nun wesentlich voller wirkte als noch zwei Tage zuvor, auf den Rücken. Er musste einen Feuerlöscher oder so etwas eingepackt haben.

Nachdem ich eine Kopfschmerztablette genommen hatte – die stärkste, die ich in meinem Medizinschränkchen finden konnte –, verließen wir das Hypogäum und gingen durch die Vatikanstadt zum Parkplatz der Schweizergarde, wo Glauser-Röist seinen blauen Sportwagen stehen hatte. Durch die frische Luft bekam ich wieder einen etwas klareren Kopf, die Benommenheit ließ nach, aber eigentlich hätte ich jetzt eher zwanzig bis dreißig Stunden Schlaf gebraucht. Ich glaube, damals verstand ich in der ganzen schonungslosen Strenge, dass Erholung, Schlaf und ein geordnetes Leben für uns Fremdwörter sein würden, bis wir diese merkwürdige Geschichte abgeschlossen hätten.

Durch die Porta Santo Spirito hindurch fuhren wir die Uferstraße am Tiber entlang bis zur Garibaldi-Brücke, wo der lebhafte Verkehr wie immer ins Stocken geriet. Nach zehn Minuten im Stau überquerten wir den Fluss und rasten auf der Via Arenula und der Via delle Botteghe Oscure zur Piazza di San Marco, was eigentlich ein gewaltiger Umweg war, uns aber garantierte, Santa Maria in Cosmedin auf dem schnellsten Weg zu erreichen. Die kleinen Flitzer um uns herum überholten uns ständig wie wildgewordene Wespenschwärme, aber Glauser-Röist gelang es wunderbarerweise, ihnen allen auszuweichen. Nach nicht gerade wenigen Schrecksekunden hielt der Alfa Romeo schließlich neben der Parkanlage der Piazza Bocca della Verità. Vor uns lag meine kleine, unbeachtete byzantinische Kirche, die so harmonisch und wohldurchdacht in ihren Proportionen war. Durch die Windschutzscheibe betrachtete ich sie zärtlich, während ich die Wagentür öffnete.

Der Himmel hatte sich im Laufe des Tages zugezogen. Das trübe Licht schien schwer auf Santa Maria in Cosmedin zu lasten, was ihrer Schönheit jedoch keinen Abbruch tat. Womöglich war diese bleierne Luft neben der Müdigkeit der Grund für meine Kopfschmerzen. Ich hob den Blick zur Spitze des siebenstöckigen romanischen Kirchturms, der sich von der Mitte der Kirche aus majestätisch erhob, und sann einmal mehr über jene altbekannte Idee der vergänglichen Zeit nach, der unerbittlichen Zeit, die uns Menschen altern lässt, die Kunstwerke aber nur noch schöner macht. Seit der Antike hatte es im Forum Boarium – so benannt, weil dort einst der Rindermarkt abgehalten worden war – eine wichtige griechische Kolonie gegeben und einen Hercules Victor geweihten Tempel, den man ihm zu Ehren errichtet hatte, weil er den feuerschnaubenden Riesen Cacus bezwang, der ihm einige seiner Rinder gestohlen hatte. Im 3. Jahrhundert nach Christus errichtete man auf den Überresten des Tempels eine erste christliche Kapelle, die in den folgenden

Jahrhunderten mehrfach umgebaut und verschönert wurde. Ausschlaggebend für die Schönheit von Santa Maria in Cosmedin waren jedoch zweifellos die griechischen Künstler, die im 8./9. Jahrhundert vor dem Bilderstreit aus Byzanz geflohen waren, welchen jene Christen ausgelöst hatten, die glaubten, dass die Darstellung Gottes, Marias oder der Heiligen Sünde war.

Farag, der Hauptmann und ich schlenderten auf den Portikus der Kirche zu, machten allerdings einen Bogen um die dichtgedrängten Schlangen von Rentnern, die alle ein Foto davon schießen wollten, wie sie ihre Hand in die *Bocca della Verità* steckten. Mit der Unerschütterlichkeit und dem Gleichmut eines militärischen Flaggschiffs schritt der Hauptmann voran, teilnahmslos gegenüber allem, was uns umgab, während für Farag seine Augen nicht groß genug sein konnten, um ja alles bis ins letzte Detail im Gedächtnis zu behalten.

»Dieses Maul …«, fragte er vergnügt und beugte sich zu mir, »hat es wirklich einmal irgendjemanden gebissen?«

Ich lachte laut auf.

»Nein, nie! Aber falls es eines Tages doch zubeißen sollte, sag ich dir Bescheid.«

Ich sah ihn lachen; seine blauen Augen waren im Widerschein des trüben Lichts noch dunkler geworden, während der helle Flaum seines sprießenden Barts – der hier und da schon den einen oder anderen grauen Stoppel aufwies – seine semitischen Gesichtszüge und seine braune Haut noch hervorhob. Was für seltsame Kapriolen das Leben doch schlug, wenn es zur selben Zeit und am selben Ort einen Schweizer, eine Sizilianerin und einen Mischling aus so unterschiedlichen Rassen vereinte.

Das Innere der Kirche war mit elektrischen Lampen beleuchtet, die an den Decken der Seitenschiffe und über den Säulen befestigt waren, da das von außen hereindringende Licht zu dürftig war, um darin einen Gottesdienst abhalten zu können. Der Kirchenschmuck war eindeutig griechisch-byzantinischen

Ursprungs, und auch wenn mir schon aus diesem Grund alles gefiel, so zogen mich doch am meisten die riesigen eisernen Kerzenständer mit ihren für die Ostkirchen typischen, langgezogenen gelben Kerzen an. Ohne auch nur eine Sekunde zu zögern, ging ich nach vorn zu einem der Kerzenständer, der vor den Marmorschranken der Schola Cantorum stand, warf ein paar Lire in den Opferstock und entzündete eines der goldenen Lichter. Dann schloss ich die Augen und betete zu Gott, er möge sich meines Vaters und meines Bruders erbarmen und meine Mutter beschützen, die nicht über deren Tod hinwegkam. Und ich dankte ihm, dass man mich mit einer für die Kirche so wichtigen Mission betraut hatte, wodurch ich mich der tiefen Trauer entziehen konnte, mit der mich ihr Verlust sonst erfüllt hätte.

Als ich die Augen wieder öffnete, entdeckte ich, dass ich völlig allein war. Suchend blickte ich mich nach Farag und dem Hauptmann um, die wie weltfremde Touristen durch die Seitenschiffe streiften und sich sehr für die prachtvollen Bodenmosaike im Cosmatenstil und die Wandfresken mit Szenen aus dem Leben der Heiligen Jungfrau zu interessieren schienen. Da ich dies alles schon kannte, wandte ich mich zum Presbyterium, um die ausgefallenste Sehenswürdigkeit von Santa Maria in Cosmedin genauer zu untersuchen: Unter dem gotischen Ciborium vom Ende des 13. Jahrhunderts diente eine riesengroße Wanne aus dunklem Porphyr als Hochaltar. Vermutlich hatte darin einst irgendein reicher Byzantiner oder eine reiche Byzantinerin wohlparfümierte Bäder genommen.

Kein Mensch las mir die Leviten, als ich den Altarraum betrat; in dieser Kirche war bis auf die Zeiten der Messe und des Rosenkranzes nie ein Priester oder Küster oder eine jener rüstigen alten Damen anzutreffen, die für ein paar Lire, die sie in den Opferstock warfen, den Nachmittag in ihrer Pfarrkirche so angenehm verbrachten wie meine Nichten und Neffen die Samstagnacht in irgendeiner Diskothek von Palermo. Santa Maria in

Cosmedin brauchte man nicht zu beaufsichtigen, weil sich nur selten ein Besucher hierher verirrte. Und das, obwohl die Vorhalle der Kirche immer überfüllt war mit Touristen.

Ich nahm die Badewanne genau unter die Lupe und zog sogar an den vier seitlich angebrachten Ringen, die ebenfalls aus Porphyr waren. Doch es tat sich nichts Außergewöhnliches. Farag und Glauser-Röist hatten ebenfalls kein Glück. Die Staurophylakes schienen nie dort gewesen zu sein. Während ich noch den Presbyterthron in der Apsis inspizierte, gesellten sich meine Kameraden wieder zu mir.

»Ist Ihnen irgendetwas aufgefallen?«, fragte der Hauptmann.

»Nein.«

Mit ernster Miene gingen wir in die Sakristei, wo wir auf den einzigen lebendigen Menschen in der Kirche stießen: einen alten Priester in einer schmutzigen Soutane, der dort einen kitschigen Souvenirstand mit Medaillen, Kruzifixen, Postkarten und Dia-Serien beaufsichtigte. Er war unrasiert, und sein graues Haar war zerzaust; wo immer dieser Geistliche auch wohnen mochte, glänzte die Hygiene durch Abwesenheit. Finster blickte er uns entgegen, setzte dann aber plötzlich ein anderes Gesicht auf und trug eine unterwürfige Freundlichkeit zur Schau, die mir ganz und gar nicht gefiel.

»Sind Sie vom Vatikan?«, fragte er und kam hinter seiner Verkaufstheke hervor, um sich vor uns aufzubauen. Sein Körpergeruch war wirklich ekelerregend.

»Ich bin Hauptmann Glauser-Röist, und das sind Dottoressa Salina und Professor Boswell.«

»Ich habe Sie schon erwartet! Ich stehe zu Ihren Diensten. Mein Name ist Bonuomo, Pater Bonuomo. Wie kann ich Ihnen behilflich sein?«

»Die Kirche haben wir bereits besichtigt«, teilte Glauser-Röist ihm mit, »jetzt würden wir gern alles Übrige sehen. Es gibt, soweit ich weiß, auch eine Krypta.«

Der Pater runzelte die Stirn. Ich stutzte: eine Krypta? Davon hörte ich zum ersten Mal. Ich hatte keine Ahnung, dass es so etwas in Santa Maria in Cosmedin gab.

»Stimmt«, bestätigte der Alte unwillig, »aber es ist gerade keine Besichtigungszeit.«

Bonuomo? Der Charakter des Paters strafte seinen Namen Lügen; man sollte ihn wohl besser *Maluomo* nennen. Aber Glauser-Röist ließ sich nicht so leicht aus der Fassung bringen. Ohne mit der Wimper zu zucken, sah er den Priester fest an, so als habe der Alte gar nichts gesagt, als warte er immer noch auf die unumgängliche Aufforderung.

»Gibt es irgendein Problem, Pater Bonuomo?«, fragte ihn Glauser-Röist in eiskaltem, schneidendem Ton.

»Nein«, seufzte der Alte, drehte sich um und ging uns zu den Stufen voran, die zur Krypta hinunterführten. Dort blieb er stehen und betätigte dann verschiedene Schalter in einem rechts neben der Tür liegenden Kasten. »Das Licht ist an. Leider kann ich Sie nicht begleiten; ich darf den Souvenirstand nicht im Stich lassen. Sagen Sie mir Bescheid, wenn Sie fertig sind.«

Mit diesen frostigen Worten machte er sich aus dem Staub, was ich ihm von ganzem Herzen dankte, denn sein widerwärtiger, strenger Geruch hätte mir fast den Magen umgedreht.

»Abermals ins Zentrum der Erde!«, witzelte Farag und machte sich voller Begeisterung daran, die Treppen hinabzusteigen.

»Ich hoffe, eines Tages die Sonne wiederzusehen …«, murmelte ich und folgte ihm.

»Das glaube ich nicht, Dottoressa.«

Mit grimmiger Miene drehte ich mich zu Glauser-Röist um.

»Wegen der Jahrtausendwende«, klärte er mich auf, so ernsthaft wie immer. »Sie wissen schon … Die Welt wird demnächst untergehen. Vielleicht solange wir in der Krypta sind.«

»Ottavia!«, hakte Farag rasch ein. »Komm jetzt bloß nicht auf die Idee, eine Diskussion vom Zaun zu brechen!«

Nicht im Traum wäre mir das eingefallen. Es gab Dummheiten, die nicht einmal eine Antwort verdienten.

»Gibt es in diesem Loch denn keine Beleuchtung?«, erklang Farags Stimme zu meiner Rechten.

Dieser aufgeblasene Kerl von einem Priester hatte uns im wahrsten Sinne des Wortes hinters Licht geführt. Kaum waren wir unten an der Treppe angelangt, wurde es um uns herum stockdunkel. Leider waren wir bereits zu weit unten, dass es keinen Sinn machte, umzukehren. Wir mussten uns etliche Meter unter dem Niveau des Tiber befinden.

»Nein, in der Krypta gibt es keins«, verkündete Glauser-Röist, »aber das habe ich schon geahnt. Nur keine Bange, ich hole gerade meine Taschenlampe heraus.«

»Konnte Pater Bonuomo uns nicht darauf hinweisen, bevor er uns hier herunterschickte?« Ich stutzte. »Und wie beleuchtet man dann die Krypta für die Touristen?«

»Haben Sie nicht bemerkt, dass oben gar kein Schild mit den Öffnungszeiten hängt, Dottoressa?«

»Hab ich's mir doch gedacht! Ich bin nämlich schon oft hier gewesen und wusste nichts von der Existenz einer Krypta.«

»Es ist schon seltsam, dass es keinerlei Beleuchtung gibt«, fuhr Glauser-Röist fort und schaltete endlich die Taschenlampe ein, die ein grelles Licht verbreitete, »und dass ein Priester es wagt, sich dem direkten Befehl des Staatssekretariats zu widersetzen. Und ebenso seltsam ist es, dass derselbe Priester Abgesandte des Vatikans auf ihrer Besichtigung nicht begleitet.«

Der Hauptmann richtete jetzt den Lichtkegel auf das andere Ende der Krypta, und in diesem Augenblick erfasste ich mehr denn je die ursprüngliche Bedeutung des Wortes, das sich vom griechischen *krýptein:* »verbergen«, »verstecken«, »verhüllen«, ableitet. Als Erstes konnte ich einen kleinen Altar erkennen, hinten im Mittelschiff; die Gruft glich nämlich einer kleinen maßstabsgetreuen Kirche, deren drei Schiffe – die durch je drei

Säulen ohne Basen und mit schlichten Einblattkapitellen voneinander getrennt waren und sogar die entsprechenden Seitennischen besaßen – vollkommen im Dunkeln lagen.

»Wollen Sie damit andeuten«, fragte Boswell, »dass Pater Bonuomo ein Staurophylax sein könnte?«

»Ich denke, dass er ebenso gut einer sein könnte wie der Küster von Santa Lucia.«

»Dann ist er einer!«, behauptete ich überzeugt und betrat nun die Miniaturkirche.

»Wir dürfen uns da nicht so sicher sein, Dottoressa. Es ist nur so eine Ahnung, und bloße Ahnungen führen zu nichts.«

»Und wie kommt es, dass Sie von der Existenz dieses beinahe geheimen Orts wussten?«, erkundigte ich mich neugierig.

»Weil ich im Internet gesurft habe. Dort kann man nahezu alles finden. Aber das wissen Sie ja selbst, nicht wahr, Dottoressa?«

»Ich???«, fragte ich verdutzt. »Aber ich kann doch noch nicht einmal richtig mit einem Computer umgehen.«

»Und dennoch haben Sie im Internet sämtliche Informationen zu den Kreuzreliquien und dem Flugzeugabsturz von Abi-Ruj Iyasus gefunden, oder etwa nicht?«

Ich erstarrte vor Schreck. Unter keinen Umständen konnte ich verraten, meinen armen Neffen Stefano in meine Nachforschungen mit hineingezogen zu haben. Ich durfte allerdings auch nicht lügen. Wozu auch? Von meinem Gesicht musste man sowieso schon mein schlechtes Gewissen ablesen können.

Glauser-Röist wartete meine Antwort gar nicht erst ab. Er ging an mir vorbei und drückte Farag und mir dabei jeweils eine Taschenlampe in die Hand. Wir teilten uns also auf, und jeder wandte sich einem der drei Schiffe zu. Im Schein der drei Lichtkegel erschien die Hallenkrypta jetzt nicht mehr ganz so unwirtlich.

»Diese Krypta kennt man unter dem Namen ›Hadrians Krypta‹, zu Ehren von Papst Hadrian I., der im 8. Jahrhundert ihre

Restaurierung befahl«, erklärte uns der Hauptmann, während wir Meter für Meter den ganzen Raum unter die Lupe nahmen, »ihren ursprünglichen Bau hat man auf das 3. Jahrhundert datiert, während der Verfolgungen unter Diokletian, als die ersten Christen beschlossen, die Fundamente eines heidnischen Tempels zu nutzen, um eine kleine, geheime Kirche zu errichten. Die Steinbrocken, die sich vom Verputz der Mauer abheben, sind die Überreste des Tempels, und der Altar in der Apsis besteht aus dem, was von der *Ara Maxima*, der heidnischen Kultstätte, übrig geblieben ist.«

»Der Tempel war Herkules geweiht«, klärte ich ihn auf.

»Wie ich schon gesagt habe: ein heidnischer Tempel«, wiederholte er stur.

Mit meiner Taschenlampe leuchtete ich jede Ecke meines Seitenschiffs und die Nischen auf der linken Seite aus. Überall lag Staub, und auch einige ramponierte Urnen mit der Asche von Heiligen und Märtyrern waren zu sehen, welche wohl schon vor Jahrhunderten in der Volksfrömmigkeit in Vergessenheit geraten waren. Doch außer der offensichtlichen kunsthistorischen Bedeutung hatte diese Hallenkrypta nichts, was der Erwähnung wert gewesen wäre. Es war lediglich ein merkwürdiges unterirdisches Kirchlein, in dem nichts zu finden war, was uns auf die richtige Spur bringen könnte, um die erste Prüfung des Fegefeuers der Staurophylakes anzugehen.

Nachdem wir die Krypta eine Weile vergeblich abgesucht hatten, versammelten wir uns in der Apsis, um unsere Eindrücke zusammenzutragen. Wir setzten uns neben dem Altar auf den Boden, was mich nicht weiter störte, da ich ja jetzt Hosen trug. In einer kleinen, in die Mauer eingelassenen Truhe ruhten neben mir die Gebeine einer gewissen Cyrilla (»Heilige Cyrilla, Jungfrau und Märtyrerin, Tochter der heiligen Tryphonia, für Christus unter Claudius in den Tod gegangen«, lautete die lateinische Grabinschrift.)

»Dieses Mal haben wir nicht ein einziges Christusmonogramm gefunden, das uns den Weg weist«, merkte Farag an und strich sich das Haar aus dem Gesicht.

»Es muss irgendetwas geben«, erwiderte der Hauptmann ziemlich grimmig. »Strengen wir unser Gedächtnis an: Was haben wir alles gesehen, seit wir Santa Maria in Cosmedin betreten haben? Was ist uns aufgefallen?«

»*La Bocca della Verità!*«, rief Boswell voller Begeisterung. Ich lächelte.

»Ich meine doch nicht die touristischen Attraktionen, Professor.«

»Na gut … auf jeden Fall hat das *meine* Aufmerksamkeit am meisten gefesselt.«

»Dieser römische Kanaldeckel hat durchaus seinen Reiz«, erklärte ich, um ihm den Rücken zu stärken.

»Na, wunderbar!«, stieß der Felsen aus. »Gehen wir also wieder nach oben und beginnen die ganze Besichtigung von vorn.«

Das war zu viel für mich. Ich sah auf meine Armbanduhr und stellte fest, dass es schon halb sechs Uhr abends war.

»Können wir nicht morgen weitermachen, Hauptmann? Wir sind alle müde.«

»*Morgen,* Dottoressa, werden wir in Ravenna sein und den zweiten Kreis des ›Purgatorio‹ in Angriff nehmen. Begreifen Sie denn nicht, dass womöglich genau in diesem Augenblick, irgendwo auf der Welt, ein weiteres *lignum crucis* gestohlen wird? Vielleicht sogar hier, in Rom! Nein, wir werden jetzt nicht aufhören und schon gar nicht schlafen.«

»Ich bin sicher, dass es keine Bedeutung hat …«, erklärte der Professor urplötzlich und begann wieder nervös zu stammeln und an seiner Brille herumzufingern, »aber ich habe dort drüben etwas Seltsames gesehen.« Er zeigte auf eine der Nischen zu unserer Rechten.

»Was meinen Sie, Professor?«

»Ein Wort, das auf den Boden geschrieben … vielmehr in den Stein gemeißelt ist.«

»Was für ein Wort?«

»Man kann es nicht eindeutig erkennen, weil der Stein schon ziemlich blank ist, aber es scheint SOZ zu heißen.«

»SOZ?«

»Sehen wir es uns an«, beschloss Glauser-Röist und stand auf.

In der linken Ecke der Nische, genau in der Mitte einer großen Steinplatte, die parallel zur Wand lag, konnte man in der Tat das Wort SOZ lesen.

»Was bedeutet SOZ?«, fragte der Felsen.

Ich wollte ihm gerade darauf antworten, da vernahmen wir auf einmal ein leises Knirschen, und dann begann der Boden unter unseren Füßen zu vibrieren, als ob die Erde bebte. Ich stieß einen schrillen Schrei aus, während ich halbtot vor Angst auf die Steinplatte fiel, die heftig schwankend in den Tiefen der Erde versank. An ein wichtiges Detail erinnere ich mich dennoch: Sekunden vor dem Knirschen war mir der intensive und unverwechselbar strenge Geruch von Pater Bonuomo in die Nase gestiegen. Er musste ganz in unserer Nähe sein.

Die Panik hinderte mich am Denken, ich versuchte nur ängstlich, mich irgendwie am wankenden Boden festzukrallen, um nicht in den Abgrund zu stürzen. Meine Taschenlampe und die Handtasche fielen hinunter, doch eine Hand hielt mein Handgelenk eisern umklammert und drückte meinen Körper auf den Stein.

So sanken wir lange Zeit in die Tiefe – obwohl es natürlich durchaus sein konnte, dass es nur wenige Minuten oder gar Sekunden waren, die mir wie eine halbe Ewigkeit erschienen –, bis der verdammte Stein schließlich am Boden auftraf. Keiner rührte sich. Ich konnte nur Farags und Glauser-Röists keuchenden Atem hören. Meine Gliedmaßen schienen aus Gummi zu sein, und es kam mir so vor, als könnte ich mich nie wieder auf den Beinen halten. Ein unkontrollierbares Zittern ging durch meinen ganzen Körper, mein Herz raste, und ich verspürte große Lust, mich zu übergeben. Ich erinnere mich noch, wie ein blendend heller Lichtstrahl durch meine geschlossenen Lider drang. Wir mussten wie drei bäuchlings auf dem Seziertisch eines verrückten Wissenschaftlers liegende Frösche wirken.

»Wir … wir haben es … wir haben es nicht besonders geschickt angestellt …«, hörte ich Farag stammeln.

»Darf man erfahren, was Sie damit meinen, Professor?«, flüsterte der Felsen so leise, als hätte er keine Kraft mehr, lauter zu reden.

»›… durch den Felsspalt‹«, deklamierte der Professor, nach Luft schnappend, »›der bald nach hierhin, bald nach dort sich wandte, so, wie die Welle flieht und wiederkehrt.‹«

»Verdammter Dante Alighieri …«, wisperte ich schwach.

Meine Kameraden richteten sich auf, und die Hand, die mich bis jetzt eisern festgehalten hatte, ließ mich los. Erst da merkte ich, dass es Farags Hand gewesen war, der nun vor mir stand und mir dieselbe schüchtern entgegenstreckte, um mir galant aufzuhelfen.

»Wo-zum-Teu-fel-sind-wir?«, fragte der Felsen, jede einzelne Silbe betonend.

»Lesen Sie den zehnten Gesang des ›Purgatorio‹ und Sie werden es wissen«, murmelte ich mit noch immer zitternden Knien und fliegendem Puls. Hier unten roch es nach Schimmel und Fäulnis.

Eine lange Reihe von Fackeln, die mit eisernen Haken an der Wand befestigt waren, beleuchtete das, was ein alter Abwasserkanal gewesen zu sein schien. Wir standen auf einem seiner Uferbefestigungen (oder sollte ich besser »Sims« dazu sagen?), die von der Kante, die über dem Kanalbett hing und in dem noch immer schwarzes, schmutziges Wasser floss, bis zur Wand »dreimal die Länge eines Menschen« maß, was genau der Breite der Steinplatte entsprach, auf der wir in die Tiefe gestürzt waren. Von meinem Standort aus konnte man sowohl nach rechts als auch nach links nur dasselbe eintönige Bild eines gewölbten Tunnels erkennen.

»Ich glaube, ich weiß, wo wir hier sind«, behauptete der Hauptmann und schwang energisch den Rucksack auf seinen Rücken. Farag klopfte sich gerade den Staub und den Schmutz von der Jacke. »Höchstwahrscheinlich befinden wir uns in einem Seitenarm der Cloaca Maxima.«

»Der Cloaca Maxima? … Aber … aber gibt es die denn noch?«

»Die Römer machten keine halben Sachen, Professor, und was den Hoch- und Tiefbau betraf, so waren sie darin wahre Meister. Aquädukte und Kanalisationssysteme waren für sie kein Buch mit sieben Siegeln.«

»In vielen Städten Europas benutzt man heute noch die römische Kanalisation«, warf ich ein. Ich hatte soeben auf dem Boden die Überreste meiner Tasche gefunden. Die Taschenlampe war kaputt.

»Aber … die Cloaca Maxima!«

»Nur so konnte Rom überhaupt erbaut werden«, erläuterte ich ihm. »Das ganze spätere Forum Romanum war ursprünglich eine einzige Sumpflandschaft, die zuerst trockengelegt werden musste. Die Cloaca begann man im 6. Jahrhundert vor Christus auf Anordnung des ersten Etruskerkönigs Tarquinius Priscus zu bauen. Später erweiterte und verzweigte man sie dann, bis das Kanalisationssystem im römischen Kaiserreich schließlich gigantische Dimensionen angenommen hatte und einwandfrei funktionierte.«

»Und das hier ist zweifellos ein Seitenarm davon«, erklärte der Hauptmann, »der Teil, den die Staurophylakes für die Prüfung des Hochmuts benutzen, der sich ihre Anwärter unterziehen müssen.«

»Und wieso brennen die Fackeln?«, wollte Farag wissen, während er eine aus ihrer Halterung zog. Das Feuer loderte im Luftzug auf, so dass der Professor den anderen Arm schützend vors Gesicht heben musste.

»Weil Pater Bonuomo wusste, dass wir kommen. Ich glaube, darüber kann nun nicht mehr der geringste Zweifel bestehen.«

»Also, los geht's«, sagte ich und blickte zum weit oben liegenden Loch hinauf, das von hier unten nicht mehr zu erkennen war. Wir mussten etliche Meter herabgestürzt sein.

»Nach links oder nach rechts?«, fragte der Professor und blieb mit erhobener Fackel mitten auf dem Weg stehen, wobei sich mir der Gedanke aufdrängte, dass er irgendwie eine gewisse Ähnlichkeit mit der Freiheitsstatue hatte.

»Ganz sicher hier herum«, urteilte Glauser-Röist geheimnisvoll und zeigte mit dem Finger auf den Boden. Farag und ich traten näher.

»Das kann doch nicht wahr sein!«, stammelte ich fasziniert.

Genau dort, wo zu unserer Rechten das Kanalufer begann, waren Reliefs in den steinernen Boden gemeißelt, und wie bei Dante stellte das erste Luzifers Sturz aus dem Himmel dar. Ganz deutlich erkannte man das schrecklich wütende Gesicht des wunderschönen Engels, wie er im Fall die Hände zu Gott emporstreckte, als flehe er um Gnade. Die Details waren so sorgfältig wiedergegeben, dass einen angesichts solch künstlerischer Vollkommenheit unwillkürlich ein ehrfürchtiger Schauder ergriff.

»Das ist byzantinischen Ursprungs«, erklärte der Professor beeindruckt. »Sehen Sie sich diesen gerechtigkeitsliebenden Christus Pantokrator an, wie er der Bestrafung seines einstigen Lieblingsengels zusieht.«

»Der bestrafte Hochmut …«, murmelte ich.

»Nun ja, das ist unser Gedanke dabei, oder etwa nicht?«

»Ich hole die ›Göttliche Komödie‹ heraus«, verkündete Glauser-Röist, »wir sollten die Übereinstimmungen prüfen.«

»Sie werden sich decken, Hauptmann, ganz bestimmt. Darauf können Sie Gift nehmen.«

Der Felsen blätterte in dem Buch und hob dann den Kopf. Ein Lächeln umspielte seine Lippen.

»Wussten Sie, dass die Terzinen zu diesen ikonographischen Darstellungen bei Vers 25 beginnen? Zwei plus fünf ergibt sieben. Eine von Dantes Lieblingszahlen.«

»Drehen Sie jetzt nicht durch, Hauptmann«, flehte ich ihn an. Ein einfaches Echo hallte von der Felswand wider.

»Ich drehe nicht durch, Dottoressa. Damit Sie es nur wissen: Die fragliche Beschreibung der Reliefs endet mit dem 63. Vers, das heißt, sechs plus drei ergibt neun, seine zweite Lieblingszahl. Wir kommen also wieder auf die Sieben und die Neun zurück.«

Weder Farag noch ich schenkten Glauser-Röists Tirade über die mittelalterliche Zahlenlehre große Beachtung, zu sehr waren wir mit dem Betrachten der herrlichen Szenen am Boden beschäftigt. Nach Luzifer erschien Briareos, das von Uranos und Gaia, dem Himmel und der Erde, gezeugte Ungeheuer, welches leicht an seinen hundert Armen und fünfzig Köpfen zu erkennen war; in dem Glauben, stärker und mächtiger zu sein, hatte es sich den Göttern des Olymp widersetzt und war daraufhin von einem göttlichen Pfeil durchbohrt worden. Es versteht sich von selbst, dass das Bildnis trotz Briareos' Hässlichkeit unglaublich schön war. Das Licht von den Fackeln an den Wänden verlieh den Reliefs einen bestürzenden Naturalismus, und die Flammen von Farags Kienfackel gaben ihnen noch mehr Tiefe und hoben Nuancen hervor, die uns sonst entgangen wären.

Die folgende Szene bildete den Tod der hochmütigen Riesen ab, die Zeus ein Ende bereiten wollten und deshalb von Mars, Athene und Apollon zerstückelt wurden. Danach kam Nimrod, wie er verstört vor dem eingestürzten Turm von Babel stand; Niobe, die in Stein verwandelt worden war, weil sie voll Stolz auf ihre sieben Söhne und sieben Töchter die Göttin Leto verhöhnte, die nur Artemis und Apollon zur Welt gebracht hatte. Und so führte der Weg weiter: Saul, Arachne, Rehabeam, Alkmaion, Sanherib, Cyrus, Holofernes und schließlich das in Schutt und Asche liegende Troja, das letzte Beispiel bestraften Hochmuts.

So standen wir drei also, den Nacken gebeugt wie ins Joch gespannte Ochsen, schweigend und begierig, immer noch mehr zu sehen. Wie Dante mussten wir nur dem Weg folgen, um jene Traumfetzen und Bruchstücke der Geschichte bewundern zu können, die uns zur Demut und Redlichkeit mahnten. Nach dem gestürzten Troja gab es jedoch keine weiteren Reliefs mehr. Die Lehrstunde war zu Ende … oder etwa doch nicht?

»Eine Kapelle!«, rief Farag unvermittelt und zwängte sich durch eine Öffnung in der Mauer.

Mit Hadrians Krypta in Größe, Form und Raumaufteilung identisch, bot sich unseren überraschten Augen eine weitere byzantinische Kapelle. Im Unterschied zu ihrer eine Ebene höher liegenden Zwillingsschwester waren an den Wänden, von oben bis unten, Ablagen angebracht, von denen herab uns Hunderte von leeren Augenhöhlen anstarrten. Farag legte seinen freien Arm um mich.

»Hast du dich erschreckt, Ottavia?«

»Nein«, log ich, »ich bin nur leicht beeindruckt.«

Ich war völlig verstört, wie gelähmt vor Entsetzen angesichts der unzähligen Totenköpfe.

»Das hier gleicht einer einzigen Totenstadt, nicht wahr?«, witzelte Boswell, während er mich mit einem Lächeln losließ und zum Hauptmann trat. Ich lief hinter ihm her, denn ich wollte mich unter keinen Umständen auch nur einen Zentimeter von ihnen entfernen.

Die wenigsten Schädel waren noch ganz. Die meisten stützten sich auf die Zähne ihres Oberkiefers (wenn sie denn noch welche hatten) oder direkt auf die Schädelbasis, als hätten sie den

Unterkiefer irgendwo vergessen. Vielen fehlte das Scheitel- oder das Schläfenbein, manchen sogar Teile des Stirnbeins, wenn nicht gar das ganze. Für mich waren die Augenhöhlen jedoch nach wie vor am schrecklichsten anzusehen; einige waren vollkommen leer, wohingegen andere noch sämtliche sie umgebenden Knochen hatten. Kurzum, es war wirklich haarsträubend, und es gab mindestens hundert davon.

»Das sind die Reliquien von Heiligen und christlichen Märtyrern«, verkündete der Hauptmann, der eine Reihe der Totenköpfe aufmerksam untersucht hatte.

»Was sagen Sie da?«, fragte ich verblüfft. »Reliquien?«

»Na, jedenfalls scheint es so. Vor jedem der Schädel ist etwas eingebrannt, womöglich ihre Namen: Benedettus *sanctus,* Desirius *sanctus,* Hyppolitus *martyr*, Candida *sancta,* Amelia *sancta,* Placidus *martyr* …«

»Mein Gott! Und die Kirche weiß nichts davon? Sicherlich hält man diese Reliquien seit Jahrhunderten für verschollen.«

»Vielleicht sind sie ja gar nicht echt, Ottavia. Denk daran, dass wir uns im Territorium der Staurophylakes befinden. Alles ist möglich. Zumal die Inschriften nicht in klassischem, sondern in Vulgärlatein geschrieben sind, wenn du genau hinsiehst.«

»Was macht es schon, wenn sie falsch sind«, bemerkte Glauser-Röist, »über ihre Authentizität hat die Kirche zu entscheiden. Ist das Heilige Kreuz etwa echt, hinter dem wir her sind?«

»Da hat der Hauptmann recht«, pflichtete ich ihm bei, »das ist eine Sache der Fachleute des Vatikans und des Reliquienarchivs.«

»Was ist denn das: ein Reliquienarchiv?«, fragte Farag.

»Im Reliquienarchiv werden in Vitrinen die Reliquien derjenigen Heiligen aufbewahrt, welche die Kirche für administrative Zwecke benötigt.«

»Für *was,* bitte?«

»Also … immer, wenn irgendwo auf der Welt eine neue Kirche gebaut wird, schickt das Reliquienarchiv ein Knochenstück, das unter dem Altar eingemauert werden muss. Das ist Pflicht.«

»Herrje! Ich wüsste zu gern, ob das auch in unseren koptischen Kirchen so ist. Ich muss gestehen, dass ich mich in solchen Dingen überhaupt nicht auskenne.«

»Mit Sicherheit gilt das auch für die koptischen Kirchen. Obwohl ich nicht weiß, ob ihr auch ihre …«

»Was halten Sie davon, wenn wir unsere Wanderung fortsetzen?«, unterbrach uns Glauser-Röist und wandte sich zum Ausgang. Was war dieser Mann doch für eine Nervensäge!

Wie disziplinierte Schüler verließen Farag und ich hinter ihm die Kapelle.

»Die Reliefs hören hier auf«, bedeutete uns Glauser-Röist, »genau hier vor dem Eingang zur Krypta. Und das gefällt mir ganz und gar nicht.«

»Warum?«, fragte ich.

»Weil ich den Eindruck habe, dass dieser Seitenarm der Cloaca keinen Ausgang hat.«

»Mir ist auch schon aufgefallen, dass das Wasser im Kanal kaum fließt«, meinte nun Farag, »es steht praktisch, so als ob es gestaut wäre.«

»Aber es fließt doch«, protestierte ich, »ich sehe doch, wie es sich in unsere Marschrichtung bewegt. Sehr langsam, zugegeben, aber es bewegt sich.«

»*Eppur si muove,* und es bewegt sich doch …«, sagte der Professor.

»Genau. Sonst wäre es abgestanden oder gar faulig. Und dem ist nicht so.«

»Aber dreckig ist die Brühe schon!«

Na, zum Glück waren wir drei zumindest darin einer Meinung.

Leider hatte der Hauptmann recht gehabt. Seine Ahnung, dass der Seitenarm eine Sackgasse war, hatte ihn nicht getrogen. Kaum zweihundert Meter weiter stießen wir auf eine Steinmauer, die den gesamten Tunnel versperrte.

»Aber … aber das Wasser bewegt sich doch«, stotterte ich, »wie ist das möglich?«

»Professor, halten Sie bitte die Fackel so weit wie möglich an den Kanalrand«, sagte der Hauptmann, während er selbst mit seiner starken Taschenlampe die Mauer ableuchtete. Im Schein der beiden Lichtquellen gab sie uns ihr Geheimnis preis: Mittendrin, auf halber Höhe, konnte man ganz schwach ein in den Stein gemeißeltes konstantinisches Christusmonogramm ausmachen, über dessen Längsachse eine gezackte Linie verlief, welche die Mauer in zwei Teile spaltete.

»Ein Schleusentor!«, stammelte Boswell fassungslos.

»Worüber wundern Sie sich, Professor? Glaubten Sie etwa, es wäre einfach?«

»Aber wie sollen wir denn diese steinernen Torflügel bewegen? Jeder davon wiegt bestimmt ein paar Tonnen. Mindestens!«

»Deshalb sollten wir uns jetzt auch hinsetzen und überlegen.«

»Meinem Gefühl nach ist es jetzt Abendessenszeit. Ich bekomme allmählich Hunger!«

»Das will ich meinen, dass wir dieses Rätsel bald lösen«, bemerkte ich und ließ mich auf den Boden sinken, »denn wenn wir hier nicht rauskommen, gibt es weder heute ein Abendessen noch morgen Frühstück, vom Rest unseres Lebens ganz zu schweigen. Ein Leben, das sich im Übrigen von dieser Warte aus als nicht mehr besonders lang erweisen dürfte.«

»Fangen Sie nicht schon wieder damit an, Dottoressa! Strengen wir lieber unsere kleinen grauen Zellen an. Solange wir nachdenken, können wir uns ja die paar Sandwichs zu Gemüte führen, die ich im Rucksack habe.«

»Ja wussten Sie denn, dass wir hier die Nacht verbringen werden?«, fragte ich verwundert.

»Nein, aber ich konnte mir nicht sicher sein, was passieren

würde. Doch jetzt lassen Sie uns bitte endlich das Problem lösen«, drängte er.

Wir zerbrachen uns ziemlich lange die Köpfe über das Schleusentor, das wir noch mehrmals sorgfältig unter die Lupe nahmen. Wir benutzten sogar ein Stück Holz von einem der Regalbretter der Krypta, um den Teil der Mauer zu überprüfen, der unter Wasser lag. Ein paar Stunden später hatten wir lediglich herausgefunden, dass die Torflügel nicht ganz exakt ineinanderpassten und durch diesen winzigen Spalt das Wasser entwich. Ein ums andere Mal gingen wir zu den Reliefs zurück – ein einziges Hin und Her – und kamen dennoch zu keinen neuen Erkenntnissen. Sie waren wirklich außerordentlich schön, ja, aber mehr denn auch nicht.

Es war schon fast Mitternacht, als wir erschöpft und völlig durchgefroren in die Krypta zurückkehrten. Zu diesem Zeitpunkt kannten wir den Seitenarm der Cloaca Maxima in- und auswendig, als hätten wir ihn mit unseren eigenen Händen erbaut. Uns allen war klar, dass wir dort nur durch Zauberei herauskommen würden oder eben, indem wir die Prüfung der Staurophylakes bestanden – wenn wir herausfänden, worum es dabei ging. Auf der einen Seite war das Schleusentor und auf der anderen, ein paar Kilometer von unserer wankenden Steinplatte entfernt, waren nur die Trümmer von einem Einsturz, durch die das Wasser sickerte. Daneben fanden wir in einem Winkel eine Holzkiste voller Fackeln. Das war kein gutes Zeichen.

Wir überlegten, ob man die gewaltigen Steinbrocken irgendwie beiseiteräumen musste, da den armen Seelen auf der ersten Terrasse gerade diese Strafe für ihren Hochmut auferlegt worden war, kamen allerdings zu dem Schluss, dass das ein Ding der Unmöglichkeit war, da jeder einzelne Stein mindestens das Doppelte oder Dreifache von jedem von uns wog. Wir saßen also fest, und wenn wir nicht bald eine Lösung fänden, würden sich wohl demnächst die Würmer freuen.

Meine Kopfschmerzen, die mich einige Stunden lang verschont hatten, kamen wieder und waren nun heftiger als zuvor, was, wie ich wusste, meiner Erschöpfung und dem mangelnden Schlaf zuzuschreiben war. Ich hatte nicht einmal mehr die Kraft zu gähnen, der Professor hingegen wohl schon, denn er riss seinen Mund jedes Mal weiter auf.

In der Krypta war es kalt, wenn auch nicht ganz so kalt wie am Abwasserkanal, weshalb wir ein paar Fackeln in eine der Nischen trugen und auf dem Boden zu einem kleinen Lagerfeuer stapelten. Das würde den Winkel zur Genüge heizen, um die Nacht dort überstehen zu können; trotzdem hätte ich gut und gerne darauf verzichtet, von mich beobachtenden Totenköpfen umgeben zu sein, während ich in Schlaf sank.

Farag und der Hauptmann verbissen sich in eine lange Diskussion über das Wesen der Prüfung, die natürlich in nichts anderem bestehen konnte als im Öffnen des Schleusentors. Das Problem bei der Sache war nur, wie wir das bewerkstelligen sollten; über diesen Punkt gelangten sie zu keiner Einigung. Ich erinnere mich nicht mehr genau an das Gespräch, da ich bereits zwischen Wachen und Träumen in einem vom Feuer beschienenen ätherischen Raum schwebte, umgeben von wispernden Totenköpfen. Die Schädel sprachen … oder war das bereits Teil des Traums? Ich weiß nicht, wahrscheinlich schon, jedenfalls kam es mir so vor, als ob sie redeten oder zumindest zischelten. Ich erinnere mich nur noch, wie jemand mir half, mich auf dem kalten Boden auszustrecken, und etwas Weiches unter meinen Kopf schob, bevor mich der Schlaf übermannte. Mehr fällt mir nicht mehr ein, außer dass ich irgendwann die Augen ein wenig öffnete (ich musste wohl nicht gerade fest geschlafen haben) und den schlafenden Farag neben mir entdeckte, während der Hauptmann am Lagerfeuer völlig versunken Dante las. Es konnte nicht viel Zeit verstrichen sein, als ein Schrei mich aus meinen Träumen riss. Gleich darauf noch einer. Und schließlich noch einer. Erschreckt fuhr ich auf und sah den Felsen, so erhaben wie ein griechischer Gott, mitten im Raum stehen, die Arme in die Höhe gereckt.

»Ich hab's! Ich hab's!«, brüllte er begeistert.

»Was ist … was ist los?«, ließ sich Farags schläfrige Stimme vernehmen. »Wie spät ist es?«

»Stehen Sie auf, Professor! Los, aufstehen, Dottoressa! Ich brauche Sie! Ich habe etwas entdeckt!«

Ich schaute auf die Armbanduhr. Es war vier Uhr morgens.

»Gott im Himmel!«, stöhnte ich. »Kann man denn keine sechs, sieben Stunden an einem Stück mehr schlafen?«

»Hören Sie bitte gut zu, Dottoressa«, flehte der Hauptmann. »›Da sah ich ihn, der edel war geboren …‹, ›Briareos sah ich …‹, ›Apollo sah ich, mit ihm Mars und Athene …‹, ›Ich sah Nimrod, am Fuß des großen Werkes …‹ Na, was sagen Sie?«

»Sind das nicht die ersten Verse der Terzinen, in denen die Reliefs beschrieben werden?«, fragte ich Farag, der den Hauptmann verständnislos anstarrte.

»Es geht noch weiter!«, fuhr Glauser-Röist fort. »Hören Sie zu: ›O Niobe, wie schmerzvoll blickten deine Augen …‹, ›O Saul, wie schienst du so vom eignen Schwert …‹, ›O törichte Arachne, so erblickt' ich dich …‹, ›O Rehabeam, hier sieht nicht drohend aus …‹«

»Was hat der Hauptmann, Farag? Ich kann mir auf all das keinen Reim machen.«

»Mir geht es ähnlich, aber hören wir uns an, worauf er hinauswill.«

»Und schließlich, schließ-lich …«, betonte Glauser-Röist und fuchtelte mit dem Buch in der Luft herum, bevor er wieder hineinblickte: »›Es zeigte auch das harte Pflaster dann …‹, ›Es zeigte noch, wie sich die Söhne stürzten …‹, ›Es zeigt' das grause Blutbad …‹, ›Es zeigt', wie die Assyrer flohen …‹ und dann, Achtung, aufgepasst! Das ist jetzt sehr, sehr wichtig, Vers 61 bis 63:

Sah in Trümmern ich Troja liegen,
o Ilion, wie erniedrigt und wie klein
zeigt dich das Bild, das hier man von dir wahrnimmt.«

»Sie wiederholen sich, die Wörter wiederholen sich!«, rief Boswell und riss dem Hauptmann das Buch aus der Hand. »Vier Verse, in denen sich ›sah‹ wiederholt, vier mit ›o‹ und vier mit ›zeigte‹! Und es sind immer die ersten Verse der Terzinen!«

»Und es gibt eine letzte Terzine, die von Troja, die ich Ihnen komplett vorgelesen habe, in der sich der ganze Kode vereint!«

Mir brummte der Kopf, aber dennoch begriff ich und entdeckte sogar noch vor den beiden Männern die Verbindung der Verse zu dem mysteriösen Wort, das Farag auf der Platte entdeckt hatte, mit dem wir in die Tiefe gestürzt waren: SOZ.

»Was heißt SOZ?«, fragte der Hauptmann. »Hat es vielleicht irgendeine Bedeutung?«

»Das glaube ich nicht, Kaspar.«

»Wenn es keine Bedeutung hat …« – schwerfällig stand ich auf und rieb mir den Schlaf aus den Augen – »… dann frage ich mich, wie viele arme Staurophylax-Anwärter bei diesen Prüfungen wohl das Leben verloren haben. Man muss wirklich ein schlauer Fuchs sein, um so viel ungereimtes Zeug zusammenzubringen.«

»Wenn ich diesen Pater Bonuomo zwischen die Finger bekomme, dann …«, grummelte der Felsen.

»Was dann? … Brächten Sie ihn etwa zum Reden?«, scherzte ich.

»Und wie ich ihn zum Reden brächte!«

»Diesen Mann würden Sie schon festnehmen lassen, Kaspar, oder?«

Der Hauptmann schüttelte den Kopf.

»Wir sind nicht viel schlauer als vorher. Pater Bonuomo wird ein stichhaltiges Alibi und eine untadelige Vergangenheit haben.

Die Bruderschaft hat sich sicher darum gekümmert, ihm den Rücken zu decken, vor allem, weil er der Wächter der Prüfung von Rom ist. Und freiwillig wird er nie zugeben, ein Staurophylax zu sein.«

»Also, meine Herren«, sagte ich seufzend, »beenden wir das Schwätzchen. Wenn wir schon nicht schlafen können, so sollten wir besser den Gedanken weiterverfolgen, der uns vorher gekommen ist. Wir haben Dantes Verse, wir haben die drei Buchstaben SOZ, und wir haben ein Schleusentor aus Stein. Und wie geht's jetzt weiter?«

»Mir fällt gerade ein, dass unter einem der Totenschädel vielleicht die Inschrift SOZ *sanctus* stehen könnte«, regte Farag an.

»Worauf warten wir dann noch? An die Arbeit!«

»Aber Hauptmann, die Fackeln sind beinahe abgebrannt. Wir werden eine Weile brauchen, um noch mehr zu holen.«

»Nehmen Sie die, die in der Glut liegen, und fangen Sie an. Wir haben keine Zeit zu verlieren!«

»Passen Sie gut auf, was ich Ihnen jetzt sage, Hauptmann Glauser-Röist!«, rief ich aufgebracht. »Falls wir hier heil herauskommen, werde ich nicht weitermachen, bis wir gründlich ausgeschlafen haben. Haben Sie mich verstanden?«

»Sie hat recht, Kaspar. Wir sind fix und fertig. Wir sollten uns ein paar Tage Ruhe gönnen.«

»Darüber reden wir, wenn wir wieder draußen sind. Jetzt aber suchen Sie bitte nach des Rätsels Lösung! Dottoressa, Sie beginnen dort drüben. Und Sie, Professor, bitte am entgegengesetzten Ende. Ich werde den Altarraum inspizieren.«

Farag bückte sich und holte die beiden einzigen noch brennenden Fackeln aus der Glut; eine reichte er mir, die andere behielt er für sich. Es muss wohl nicht eigens erwähnt werden, dass wir etliche Zeit später nach Überpüfung aller Reliquien weder einen Heiligen noch einen Märtyrer namens SOZ gefunden hatten. Es war wirklich entmutigend.

Schon musste die Sonne für die glücklichen Menschen, die sie sehen konnten, aufgehen, als uns in den Sinn kam, dass wir vielleicht nicht nach einem einzelnen Totenkopf namens SOZ suchen mussten, sondern, wie bei Dantes Terzinen, nach all denjenigen, die mit S, O und Z begannen. Ein Volltreffer! Nach einer zweiten stumpfsinnigen Überprüfung hatten wir schließlich vier Heilige mit dem Anfangsbuchstaben S: Sidonius, Sophia, Stephanus und Sergius; vier Märtyrer mit O: Octavianus, Odenata, Olympia und Ovinius; und vier Heilige mit Z: Zacharias, Zäzilia, Zenon und Zosimus. War das nicht unglaublich? Jetzt war kein Zweifel mehr möglich, dass wir auf der richtigen Spur waren. Wir kennzeichneten die zwölf Schädel mit Ruß, um zu sehen, ob ihre Anordnung auf den Regalen irgendeine Bedeutung hatte, doch gehorchte sie keinem Muster. Das einzige gemeinsame Merkmal war, dass alle zwölf Totenköpfe noch ganz waren, was in diesem Knochenlager ein wirkliches Indiz darstellte. Doch dann wussten wir nicht mehr weiter. Nichts von alledem schien uns den Kode zu liefern, mit dem wir die Schleuse öffnen konnten.

»Haben Sie noch ein Sandwich, Kaspar?«, erkundigte sich Farag. »Wenn ich wenig schlafe, bekomme ich immer einen Riesenhunger.«

»Es ist noch etwas im Rucksack. Schauen Sie nach.«

»Willst du auch, Ottavia?«

»Ja, bitte. Mir ist schon ganz flau im Magen.«

Im Rucksack des Hauptmanns war leider nur noch ein armseliges Salami-Käsebrötchen. Mit schmutzigen Händen teilten wir es in zwei Hälften und schlangen es hinunter. Es schmeckte einfach himmlisch.

Solange Farag und ich unsere Mägen mit dem kümmerlichen Bissen zu täuschen versuchten, lief der Hauptmann wie ein eingesperrtes Raubtier in der Krypta auf und ab. Konzentriert und gedankenverloren murmelte er ein ums andere Mal Dantes Terzine vor sich hin, die er augenscheinlich auswendig kannte.

Auf meiner Uhr war es inzwischen halb zehn Uhr vormittags. Irgendwo über uns hatte soeben der Tag begonnen. Die Straßen würden mit Autos verstopft sein und die Kinder durchs Schultor strömen, während tief unten in der Erde drei erschöpfte Seelen versuchten, einen Ausweg aus der Falle zu finden, in die sie geraten waren. Das halbe Brötchen hatte meinen knurrenden Magen etwas besänftigt. Entspannt lehnte ich mich, so wie ich gerade saß, an die Wand und betrachtete die glimmende Asche des Lagerfeuers vor mir; über kurz oder lang würde es endgültig ausgehen. Schläfrigkeit überkam mich, so dass ich die Augen schließen musste.

»Bist du müde, Ottavia?«

»Ich muss unbedingt ein Nickerchen machen. Macht es dir etwas aus, Farag?«

»Nein, warum sollte es? Ganz im Gegenteil, ich glaube, du tust gut daran, ein wenig auszuruhen. In zehn Minuten wecke ich dich, o.k.?«

»Deine Großzügigkeit ist überwältigend.«

»Wir müssen hier raus, Ottavia, und wir brauchen dich zum Denken.«

»Zehn Minuten. Keine Minute weniger.«

»In Ordnung, schlaf jetzt.«

Manchmal bringen zehn Minuten unheimlich viel; in dieser Zeit erholte ich mich mehr als in den vier Stunden, die wir in der Nacht geschlafen hatten.

Im Laufe des Vormittags untersuchten wir alles noch einmal und zündeten dazu ein paar neue Fackeln an, die in der Kiste neben der Einsturzstelle am anderen Kanalende lagen. Es war klar, dass die Staurophylakes die Prüfung gewissenhaft geplant hatten und genau wussten, wie lange sie dauern konnte. Schließlich kehrten wir verzweifelt und niedergeschlagen in die Krypta zurück.

»Sie liegt vor uns!«, schrie Glauser-Röist und stampfte vor

Zorn mit dem Fuß auf den Boden. »Verdammt noch mal, ich bin mir sicher, dass wir die Lösung vor der Nase haben! Aber wo? Wo ist sie?«

»Vielleicht in den Totenköpfen?«, deutete ich vorsichtig an.

»In den Totenköpfen ist nichts!«, tobte er.

»Also, eigentlich …«, meinte der Professor und schob seine Brille hoch, »innen haben wir eigentlich noch gar nicht nachgesehen.«

»Innen?«, wiederholte ich überrascht.

»Warum nicht? Bleibt uns denn eine andere Möglichkeit? Wir könnten es wenigstens überprüfen. Die zwölf Totenköpfe dieser Heiligen oder Märtyrer einfach mal schütteln … oder so etwas.«

»Sie *anfassen???*« Das schien mir eine unglaubliche Respektlosigkeit und zudem einfach widerwärtig. »Die Reliquien *anfassen*?«

»Ich tu's!«, rief Glauser-Röist. Er trat zum Regal mit dem ersten Schädel, der mit Ruß gekennzeichnet war, hob ihn hoch und schüttelte ihn. »Es ist etwas drin! Hier ist etwas drin!«

Farag und ich sprangen auf wie von der Tarantel gestochen. Der Hauptmann nahm den Schädel sorgfältig unter die Lupe.

»Er ist versiegelt. Alle Öffnungen sind verschlossen: das Loch am Hals, die Nasen- und Augenhöhlen. Der Totenkopf ist ein Gefäß!«

»Lasst ihn uns irgendwo ausleeren«, sagte Farag und blickte sich um.

»Auf dem Altar«, schlug ich vor. »Er ist wie ein Teller nach innen gewölbt.«

Es stellte sich heraus, dass Sidonius und Ovinius Schwefel enthielten, unverwechselbar aufgrund seines Geruchs und seiner Farbe; Zosimus und Octavianus eine klebrige, schwarze Masse, die wir als Baumharz identifizierten; Sophia und Zenon zwei Umschläge mit Schmalz; Zacharias und Odenata ein weißliches Pulver, welches dem Hauptmann leicht die Hand verbrannte, woraus wir folgerten, dass es sich um Ätzkalk handelte, mit dem man sehr vorsichtig umgehen musste; Stephanus und Zäzilia ein zähflüssiges, glänzend schwarzes Fett, das, nach seinem intensiven Geruch zu schließen, zweifellos Petroleum war, das heißt Naphtha; und Sergius und Olimpia ein sehr feines, ockerfarbenes Pulver, dessen Zusammensetzung wir nicht bestimmen konnten. Eine Substanz nach der anderen häuften wir, fein säuberlich voneinander getrennt, auf den Altar, der sich so in einen Labortisch verwandelte.

»Ich täusche mich, glaube ich, nicht«, verkündete Farag mit der konzentrierten Miene desjenigen, der nach langem Kopfzerbrechen zu einer besorgniserregenden Schlussfolgerung gelangt war, »wenn ich Ihnen sage, dass wir hier vor uns die Elemente des griechischen Feuers liegen sehen.«

»O Gott!« Erschrocken schlug ich mir die Hand vor den Mund.

Das griechische Feuer war einst die gefürchtetste und tödlichste Waffe des byzantinischen Heers gewesen, mit dem es die Angriffe der Araber vom 7. bis ins 13. Jahrhundert abwehren konnte. Einer Sage zufolge wurde es erstmals im Jahre 673 angewendet, als Konstantinopel von den Arabern belagert wurde und kurz davor war, eingenommen zu werden. Damals war in der Stadt ein mysteriöser Mann namens Kallinikos erschienen und hatte dem ratlosen Kaiser Konstantin IV. die mächtigste Waffe der mittelalterlichen Welt angeboten: das griechische Feuer. Am überraschendsten war die Tatsache, dass das Gemisch sich entzündete, sobald es mit Wasser in Berührung kam, und dann gewaltig loderte, ohne dass irgendetwas es zu löschen vermochte. Die von Kallinikos vorbereitete Mischung wurde von den Byzantinern mit ehernen, schwenkbaren Syphonen versprüht, regelrechten Flammenwerfern, die sie auf den Decks ihrer Kriegsschiffe befestigt hatten. Sie vernichteten damit fast die gesamte arabische Flotte. Die wenigen Überlebenden flohen entsetzt angesichts der Flammen, die selbst auf dem Wasser noch brannten. Über Jahrhunderte hinweg war die chemische Zusammensetzung dieser geheimnisvollen byzantinischen Waffe das bestgehütete Geheimnis der Geschichte, und selbst heute spekuliert die Wissenschaft noch über die genaue Formel.

»Sind Sie da ganz sicher, Professor? Kann es sich nicht auch um irgendetwas anderes handeln?«

»Etwas anderes, Kaspar? Nein, keinesfalls. Das hier sind alle Elemente, welche die neuesten Untersuchungen als Bestandteile des griechischen Feuers auflisten: Kalziumoxid, oder Ätzkalk, das sich in Verbindung mit Wasser entzündet; Naphtha, oder Petroleum, das auf Wasser schwimmt; Schwefel, der beim Verbrennen toxische Dämpfe bildet; Baumharz, das die Substanz klebrig macht; und Fett, um alle Elemente zu binden. Das ockerfarbene Pulver, das wir nicht identifizieren konnten, ist zweifellos Kaliumnitrat, das heißt Salpeter, welches der Sauerstoffzufuhr dient, so dass das Gemisch auch noch im Wasser weiterbrennt. Erst vor Kurzem habe ich in den ›Byzantine Studies‹ einen Artikel darüber gelesen.«

»Und welchen Nutzen sollen wir aus dem griechischen Feuer ziehen?« Mir war eingefallen, dass auch ich den Artikel in der Fachzeitschrift gelesen hatte.

»Auf dem Altar fehlt nur ein Element«, verkündete Farag und sah mich an. »Wir könnten das alles mischen, und es würde absolut nichts passieren. Mal sehen, ob du errätst, mit welchem weiteren Ingredienz die Mixtur Feuer fängt.«

»Mit Wasser natürlich.«

»Und wo gibt es hier Wasser?«

»Meinst du das Wasser in der Cloaca?«, fragte ich bestürzt.

»Genau! Wenn wir das hier alles mischen und dann ins Wasser werfen, wird es sich mit einer unglaublichen Kraft entzünden. Höchstwahrscheinlich werden sich die Schleusentore durch die Hitzeeinwirkung öffnen.«

»Wenn es Ihnen keine Umstände macht«, unterbrach ihn der Felsen mit besorgtem Gesicht, »würde ich vor einer so gefährlichen Aktion gern wissen, warum die Hitze die Tore öffnen soll.«

»Korrigiere mich bitte, wenn ich mich irre, Ottavia: Die Byzantiner begeisterten sich für die Mechanik, hebelartiges Spielzeug und Automaten, nicht wahr?«

»Stimmt. Es war ihre große Passion. Einer ihrer Kaiser ließ vor ausländischen Gesandten mechanische Löwen aufmarschieren, die auch brüllen konnten. Andere hatten Vorrichtungen an ihrem Thron, mittels derer sie zum Entsetzen der Höflinge Blitze und Donner entfesseln konnten. Es gab Priester, und ich spreche von christlichen Priestern, die ›Wunder‹ vollbrachten: Scheinbar selbsttätig öffneten und schlossen sich die Tempeltüren, während sie die heilige Messe lasen. Obwohl er nahezu in Vergessenheit geraten ist, war der phantastische goldene Baum mit seinen mechanischen Singvögeln, der in den königlichen Gärten stand, berühmt. In ganz Konstantinopel gab es Wasserspender, die mit Münzen funktionierten. Kurzum, die Liste wäre noch unendlich fortzusetzen … Es gibt ein sehr gutes Buch darüber.«

»›Byzanz und das Spielzeug‹ von Donald Davis.«

»Genau das! Wir haben anscheinend ganz ähnliche Steckenpferde, Professor Boswell«, rief ich und grinste dabei übers ganze Gesicht.

»So scheint es, Dottoressa Salina«, erwiderte er und grinste ebenfalls.

»O. k., o. k., ich hab's begriffen, Sie sind verwandte Seelen, aber würde es Ihnen etwas ausmachen, zur Sache zu kommen? Wir müssen hier raus.«

»Ottavia hat es schon gesagt, Kaspar. In Byzanz gab es Priester, welche die Tempeltüren nach Belieben öffnen oder schließen konnten. Die Gläubigen dachten, es wäre ein Wunder, aber in Wirklichkeit war es nur ein einfacher Trick. Die Sache war die …«

»… wenn man auf dem Altar davor ein Feuer entfachte«, fiel ich Farag ins Wort, denn auf diesem Gebiet kannte ich mich gut aus; die byzantinische Mechanik hatte mich schon immer sehr interessiert, »… dehnte die Hitze die Luft in einem mit Wasser gefüllten Gefäß aus. Diese Luft drückte das überschüssige Wasser durch einen Siphon in ein an Seilen hängendes zweites Gefäß, das dann durch das Gewicht des Wassers sank. Die Seile, die es hielten, setzten daraufhin einige Walzen in Bewegung, welche die Türen in ihren Angeln drehten. Na, wie finden Sie das?«

»Ich finde, das ist eine Riesendummheit!«, erwiderte der Hauptmann. »Sollen wir eine Brandbombe zünden, nur für den Fall, dass sich die Flügel des Schleusentors *vielleicht* öffnen? Sie sind von allen guten Geistern verlassen!«

»Dann schlagen Sie doch eine Alternative vor, wenn Sie eine haben«, forderte ich ihn mit eisiger Stimme heraus.

»Aber verstehen Sie denn nicht?«, fragte er verzweifelt. »Das ist ein höchst riskantes Unternehmen.«

»Bin ich, eine Frau, etwa doch nicht die Einzige, die Angst vor dem Tod hat?«

Er fluchte leise vor sich hin und schluckte seinen Zorn hinunter. Der Mann verlor allmählich die Kontrolle über seine Emotionen. Welten lagen zwischen dem eiskalten Hauptmann der Schweizergarde von einst und dem ungestümen, lebhaften Menschen, der gerade vor mir stand.

»In Ordnung! Auf geht's! Mischen Sie das Zeug zusammen! Schnell!«

Das ließen Farag und ich uns nicht zweimal sagen. Während der brüchig gewordene Felsen mit der Taschenlampe den Altar beleuchtete, vermengten wir die Elemente mit Hilfe der gelöschten Fackeln, die wir als eine Art große Spatel benutzten. Der Ätzkalk reizte meine Augen, die Nase und den Hals zum Glück nur leicht, so dass ich mich nicht weiter beunruhigte. Bald darauf klebte an unseren rudimentären Spateln eine gräuliche, zähflüssige Masse, die einem Brotteig ähnelte, bevor er in den Ofen geschoben wurde.

»Was meinst du, sollen wir die Masse halbieren, oder werfen wir alles auf einmal hinein?«, fragte Farag unentschlossen.

»Vielleicht sollten wir sie in mehrere Portionen teilen, um mehr Oberfläche zu erzielen. Letztlich wissen wir nicht genau, wie der Mechanismus des Schleusentors funktioniert.«

»Dann los. Halte deine Fackel so, als wäre sie eine Schaufel, und lass uns gehen.«

Der Klumpen wog nicht viel, aber zu zweit war er wesentlich einfacher zu transportieren. Darauf achtend, dass der Boden vor uns staubtrocken war, legten wir das Brandgeschoss am Rand des Schleusentors ab und teilten die Masse in drei gleiche Teile. Der Hauptmann nahm eines davon mit einer anderen Fackel auf, und sobald wir so weit waren, warfen wir die klebrigen, ekelhaften Geschosse mitten in den Kanal. Nur wenige Menschen hatten in den letzten fünf oder sechs Jahrhunderten die Gelegenheit, das berühmte griechische Feuer der Byzantiner zu sehen. Es war einfach überwältigend.

Gewaltige Flammen loderten innerhalb von Zehntelsekunden bis zum Steingewölbe hinauf und setzten dabei eine so außergewöhnliche Verbrennungsenergie frei, dass ein wahrer Orkan aus heißer Luft uns gegen die Kanalmauer schleuderte. Inmitten dieser blendenden Helligkeit, dieses schrecklichen Wütens des Feuers und des dichten schwarzen Rauchs, der sich über unseren Köpfen bildete, starrten wir drei wie besessen auf die Schleusentorflügel. Doch sie bewegten sich keinen Millimeter.

»Ich habe Sie gewarnt, Dottoressa!«, brüllte der Felsen aus vollem Hals, um sich verständlich zu machen. »Ich habe Ihnen gesagt, dass es der reinste Wahnsinn ist!«

»Der Mechanismus *wird* sich in Bewegung setzen!«, brüllte ich zurück. Ich wollte noch hinzufügen, dass wir nur etwas Geduld haben müssten, als ein Hustenanfall mir den Atem raubte. Der schwarze Rauch war schon auf die Höhe unserer Gesichter gesunken.

»Runter!«, schrie Farag und warf sich mit ganzem Gewicht auf mich. Am Boden war die Luft noch sauber. Gierig atmete ich ein, als hätte ich gerade den Kopf aus dem Wasser gestreckt.

Da hörten wir ein Knirschen, ein Knarren, das lauter und lauter wurde, bis es das Feuerbrausen übertönte. Es waren die Achsen des Schleusentors, die sich drehten, das Reiben von Stein gegen Stein! Schnell sprangen wir auf, stürzten vom trockenen Ufer des Kanals hinunter und zwängten uns durch die schmale Öffnung, durch die das Wasser schon auf die andere Seite zu fließen begann. Das Feuer kam uns bedrohlich näher. Ich glaube, ich bin noch nie im Leben so schnell gerannt wie damals. Halb blind vom Rauch und meinen Tränen, Gott anflehend, er möge meine Beine fliegen lassen, um jene Schwelle so schnell wie möglich zu überqueren, gelangte ich laut schnaufend auf die andere Seite.

»Nicht stehen bleiben!«, schrie der Hauptmann. »Weiter, weiter!«

Das Feuer und der Rauch drangen jetzt ebenfalls durch das Schleusentor, aber wir, wir waren wesentlich schneller. Nach drei oder vier Minuten waren wir der tödlichen Gefahr entronnen, so dass wir allmählich langsamer werden konnten. Schließlich blieben wir stehen und schnappten nach Luft. Die Arme in die Seiten gestemmt wie Athleten nach einem Rennen, drehten wir uns um, um das lange Wegstück zu betrachten, das wir hinter uns gelassen hatten. Weit hinten war noch ein matter Schimmer des griechischen Feuers zu erkennen.

»Sehen Sie doch, am Ende des Tunnels ist Licht!«, rief Glauser-Röist.

»Das sehen wir, Hauptmann. Auch wir haben Augen im Kopf.«

»Mein Gott, Dottoressa, doch nicht *das*! Auf der anderen Seite!«

Wie ein mechanischer Kreisel drehte ich mich um meine eigene Achse und entdeckte am anderen Tunnelende in der Tat den Lichtschein, von dem der Hauptmann sprach.

»Gott sei Dank!«, entschlüpfte es mir. Wieder war ich den Tränen nahe, doch dieses Mal vor Erleichterung. »Der Ausgang! Endlich! Raus hier, bitte, nur raus hier!«

So schnell wir konnten, liefen wir darauf zu. Ich konnte nicht glauben, dass die Sonne und Roms Straßen vor dem Schacht sein sollten. Allein der Gedanke, nach Hause zu kommen, verlieh mir Flügel. Die Freiheit lag zum Greifen nahe! Dort vorn, höchstens noch zwanzig Meter entfernt!

Das war das Letzte, was ich dachte, bevor ein dumpfer Schlag auf den Kopf mir die Sinne schwinden ließ.

In meinem Kopf sah ich zunächst nur Lichter, bevor ich wieder ins Leben zurückkehrte. Die Lichter gingen jedoch mit einem stechenden Schmerz einher; jedes Mal, wenn eines davon anging, spürte ich die Knochen meines Schädels knacken, als würde gerade ein Traktor darüberfahren.

Nur ganz langsam ließ dieses unangenehme Gefühl nach, um einem anderen von ähnlichem Charme Platz zu machen: Ein höllisches Brennen an meinem rechten Unterarm holte mich unbarmherzig in die rauhe Wirklichkeit zurück. Unter großer Anstrengung tastete ich mit der linken Hand stöhnend nach der schmerzenden Stelle, doch kaum strich ich über die Wolle des Pullovers, spürte ich auch schon einen so heftigen Schmerz, dass meine Hand mit einem Schrei zurückzuckte und ich die Augen sperrangelweit aufriss.

»Ottavia?«

Farags Stimme klang, als käme sie von ganz weit her.

»Ottavia? … Bist du … geht es dir gut?«

»O Gott, ich weiß es nicht. Und dir?«

»Mir tut … mir tut der … mir tut der Kopf ziemlich weh.«

Ich entdeckte ihn ein paar Meter von mir entfernt, wo er wie eine Strohpuppe am Boden lag. Ein wenig weiter entfernt sah ich den noch immer bewusstlosen Hauptmann. Auf Knien, wie ein Vierbeiner, robbte ich zum Professor und versuchte dabei, den Kopf aufrecht zu halten.

»Lass mich sehen, Farag.«

Er versuchte sich umzudrehen, um mir zu zeigen, wo er den Schlag abbekommen hatte, als er jäh aufstöhnte und sich mit der Hand an den rechten Unterarm fasste.

»O ihr Götter des Olymp!«, heulte er auf. Verdutzt hielt ich einen Moment lang inne. Ich musste mit Farag wohl einmal sehr ernsthaft über den Glauben sprechen. Und zwar möglichst bald.

Ich fuhr ihm mit der Hand durchs Haar, obwohl er stöhnend von mir wegrückte. In seinem Nacken war eine beträchtliche Beule zu ertasten.

»Sie haben uns erbarmungslos niedergeschlagen«, flüsterte ich und setzte mich neben ihn.

»Und sie haben uns mit dem ersten Kreuz gezeichnet, nicht wahr?«

»Ich fürchte, ja.«

Er lächelte, während er nach meiner Hand griff und sie fest drückte.

»Du bist so tapfer wie eine *Augusta Basileia*!«

»Waren die byzantinischen Kaiserinnen denn tapfer?«

»Oh, aber sicher doch! Und wie!«

»Davon weiß ich nichts …«, murmelte ich und ließ seine Hand los, um aufzustehen und nach dem Hauptmann zu sehen.

Glauser-Röist hatte einen noch viel kräftigeren Schlag als wir einstecken müssen. Die Staurophylakes dachten wohl, dass sie bei einem riesengroßen Schweizer andere Saiten aufziehen müssten, um ihn zu Boden zu strecken. Auf seinen blonden Haaren zeichnete sich deutlich ein trockener Blutfleck ab.

»Hoffentlich wechseln sie beim nächsten Mal die Methode …«, brummte Farag und richtete sich ächzend auf. »Wenn sie uns wirklich sechsmal knockout schlagen wollen, werden sie uns irgendwann das Lebenslicht ausblasen.«

»Dem Hauptmann haben sie, glaube ich, jetzt schon den Rest gegeben.«

»Ist er tot?«, fragte der Professor voll Entsetzen und stürzte zu ihm.

»Nein, zum Glück nicht. Aber ich denke, ihm geht's nicht besonders gut. Er ist nicht wach zu kriegen.«

»Kaspar! He, Kaspar, mach die Augen auf! Kaspar!«

Während Farag sich darum bemühte, ihn wieder ins Leben zurückzurufen, blickte ich mich um. Wir waren noch immer in der Cloaca Maxima, mehr oder weniger an derselben Stelle, an der wir das Bewusstsein verloren hatten, wenn auch jetzt vielleicht etwas näher am Ausgang. Das Licht, das von draußen hereingedrungen war, war allerdings verschwunden. Eine Fackel, die noch nicht lange brennen konnte, beleuchtete den Winkel, in den man uns gelegt hatte. Gedankenlos hob ich das Handgelenk, um zu sehen, wie spät es war, als ich erneut das schreckliche Brennen am Unterarm verspürte. Meine Uhr sagte mir, dass es elf Uhr nachts war; wir mussten also mehr als sechs Stunden ohnmächtig gewesen sein. Mit Sicherheit war das nicht nur auf den Schlag zurückzuführen; die Staurophylakes dürften auch noch andere Methoden angewandt haben, um uns ruhigzustellen. Ich konnte an mir jedoch keinerlei Symptome feststellen, die auf eine Narkose oder ein Schlafmittel schließen ließen. Unter den gegebenen Umständen ging es mir gut.

»Kaspar!«, rief Farag wieder, doch jetzt verpasste er dem Hauptmann zudem noch links und rechts ein paar Ohrfeigen.

»Ich denke nicht, dass du ihn damit wach bekommst.«

»Das werden wir schon sehen!«, meinte Farag und ohrfeigte Glauser-Röist erneut.

Der Hauptmann stöhnte und schlug die Lider halb auf.

»Eure Heiligkeit ...?«, stammelte er.

»Welche Heiligkeit? Ich bin's, Farag! Mach endlich die Augen auf, Kaspar!«

»Farag?«

»Ja doch! Farag Boswell! Aus Alexandria in Ägypten. Und das hier ist Dottoressa Salina. Ottavia Salina, aus Palermo auf Sizilien.«

»Oh ... ja ...«, murmelte er. »Jetzt erinnere ich mich. Was ist passiert?«

Automatisch wiederholte der Hauptmann die gleichen Gesten, die auch wir schon beim Aufwachen gemacht hatten. Zuerst runzelte er die Stirn, als er sich seiner Kopfschmerzen bewusst wurde, und dann versuchte er, die Hand zum Nacken zu führen, wobei die Wunde am Unterarm den Stoff seines Hemds streifte und höllisch zu brennen begann.

»Was zum Teufel ...?«

»Man hat uns gezeichnet, Kaspar. Wir haben uns unsere Narben zwar noch nicht angeschaut, aber zweifelsohne haben sie uns markiert.«

Wie ein paar gebrechliche Greise, den Hauptmann zwischen uns, hinkten wir zum Ausgang. Als endlich frische Luft über unsere Gesichter strich, sahen wir, dass wir im Flussbett des Tiber standen, etwa zwei Meter über dem Wasserspiegel. Wenn wir uns den Damm, auf dem wir standen, hinuntergleiten ließen, konnten wir zu einer Treppe schwimmen, die zu unserer Linken etwa zehn Meter flussabwärts zur Straße hinaufführte. Wesentlich weiter entfernt sahen wir links von uns die Sisto-Brücke liegen. Wir mussten uns also genau zwischen dem Vatikan und Santa Maria in Cosmedin befinden. Über unseren Köpfen lockte unwiderstehlich das Licht der Straßenlaternen und die oberen Stockwerke der großen Palazzi jener Gegend. Ich erinnere mich an all das wie an einen weit zurückliegenden, verschwommenen

Traum. Ich weiß, dass ich es erlebt habe, aber die Erschöpfung hielt mich in einer Art Lethargie gefangen.

Das Gras und der überall herumliegende Müll bremsten uns ab, als wir den Abhang hinunterrutschten. Dann glitten wir ins Wasser und ließen uns von dem sanften Strom des eisigen Wassers zu den Treppen treiben. Da es in den letzten Monaten nicht geregnet hatte, führte der Fluss nur wenig Wasser, wenngleich genug, dass es Farag und mich wieder auf die Beine brachte. Am schlimmsten war Glauser-Röist dran, den nicht einmal der Sprung ins Wasser munter machte; als ob er betrunken wäre, konnte er weder seine Bewegungen aufeinander abstimmen noch einen vernünftigen Satz herausbringen.

Als wir endlich oben auf der Uferstraße Lungotevere angelangt waren – tropfnass, schnatternd vor Kälte und völlig erschöpft –, strahlten wir vor Glück über den Verkehr und die Normalität der Stadt zu dieser späten Stunde. Ein paar Jogger – die Sorte Mensch, die sich abends nach getaner Arbeit kurze Trainingshosen und ein T-Shirt anzieht, um noch eine Runde zu laufen – konnten ihre Verblüffung nicht verbergen, als sie an uns vorbeiliefen. Wir waren sicher ein Bild für die Götter.

Den Hauptmann links und rechts untergehakt, traten wir an den Bordsteinrand, um das nächstbeste Taxi anzuhalten, wenn nötig mit Gewalt.

»Nein, nein …«, murmelte Glauser-Röist mit stockender Stimme, »lassen Sie uns … die Straße am nächsten Zebrastreifen … überqueren. Ich wohne … gleich dort drüben.«

Überrascht sah ich ihn an.

»Sie haben eine Wohnung am Lungotevere dei Tebaldi?«

»Ja … Nummer … Hausnummer fünfzig.«

Farag bedeutete mir mit einem Zeichen, dass ich ihn nicht zwingen solle, weiterzusprechen. Unter den erstaunten und empörten Blicken der Autofahrer, die an der Ampel halten mussten, wechselten wir am Fußgängerüberweg die Straßenseite.

Gleich darauf standen wir vor einem wunderschönen Portal aus behauenem Stein. Als ich den Schlüssel aus Glauser-Röists Jackentasche kramte, fiel ein nasser Zettel zu Boden.

»Was ist?«, fragte der schwankende Felsen, als er sah, dass ich die Tür nicht gleich öffnete.

»Ihnen ist ein Zettel hinuntergefallen, Hauptmann.«

»Lassen Sie mal sehen«, bat er.

»Später, Kaspar. Jetzt müssen wir erst einmal hinauf.«

Ich steckte den Schlüssel ins Schloss und öffnete die Tür mit einem kräftigen Stoß. Die Eingangshalle war sehr elegant. Sie wurde von großen Bergkristallleuchtern erhellt, und an den Wänden hingen überall Spiegel, die das Licht noch vervielfachten. Am anderen Ende des Raums war ein altertümlicher Aufzug aus poliertem Holz und geschmiedetem Eisen zu sehen. Der Hauptmann musste sehr reich sein, wenn er in so einem Palazzo eine Wohnung besaß.

»In welchem Stockwerk wohnen Sie, Kaspar?«

»Im obersten, dem Penthouse … Ich muss mich übergeben.«

»Nein, nein, um Gottes willen, nicht hier!«, rief ich. »Warten Sie, bis wir oben sind. Gleich, gleich sind wir da!«

Als wir im Fahrstuhl hinauffuhren, fürchteten wir, dass sich der einstige Felsen jeden Augenblick die Seele aus dem Leib kotzen könnte. Doch er war tapfer und riss sich zusammen, bis wir seine Wohnung betraten. Dort schob er uns dann allerdings schroff beiseite und verschwand wankend in der Dunkelheit des Flurs. Kurz darauf hörten wir ihn speien.

»Ich werde ihm beistehen«, meinte Farag, während er die Lichter einschaltete. »Such das Telefon und ruf einen Arzt an. Ich glaube, den braucht er jetzt.«

Ich lief durch die große Wohnung mit dem seltsamen Gefühl, Glauser-Röists Privatsphäre zu verletzen. Es war kaum vorstellbar, dass ein so wortkarger und zurückhaltender Mann wie der Hauptmann, der sich über sein Privatleben beharrlich ausschwieg, vielen Menschen Zutritt zu seiner Wohnung gewährte. Bis zu diesem Moment hatte ich angenommen, dass er in den Kasernen der Schweizergarde wohnte, zwischen den Kolonnaden auf der rechten Seite des Petersplatzes und der Porta Santa Anna. Es war mir nicht in den Sinn gekommen, dass er in Rom auch eine eigene Wohnung haben könnte, obwohl es natürlich aufgrund seines Offiziersrangs durchaus möglich war; zwar waren die Schweizer Hellebardiere verpflichtet, im Vatikanstaat zu leben, ihre Vorgesetzten hingegen nicht. Ich hätte mir allerdings nicht einmal im Traum vorstellen können, dass jemand, von dem man eigentlich annahm, er erhalte nur einen miserablen Lohn – es ist ein offenes Geheimnis, dass der Sold der Schweizergardisten mehr als karg ist –, eine geräumige Wohnung in einem Palazzo am Lungotevere dei Tebaldi besaß, die darüber hinaus auch noch äußerst geschmackvoll eingerichtet war.

In einer Ecke des Wohnzimmers entdeckte ich das Telefon und das Notizbuch des Hauptmanns. Auf demselben Tischchen stand auch das silbern gerahmte Foto einer lächelnden jungen Frau. Sie war sehr hübsch und trug eine auffällige Skimütze. Ihre Augen und ihr Haar waren schwarz, so dass sie keine Blutsverwandte des Hauptmanns sein konnte. War sie vielleicht seine Freundin? … Ich musste grinsen. Das wäre wirklich eine nette Überraschung!

Kaum hatte ich Glauser-Röists Adressbuch aufgeschlagen, fielen auch schon ein Haufen Zettel und lose Visitenkarten auf den Boden. Hastig sammelte ich alles wieder auf und suchte dann die Telefonnummer der Vatikanischen Gesundheitsdienste heraus. In dieser Nacht hatte Doktor Piero Arcuti Dienst, den ich kannte. Er versicherte mir, gleich in der Wohnung des Hauptmanns zu sein. Zu meinem Befremden erkundigte er sich, ob ich es für notwendig hielte, Kardinalstaatssekretär Angelo Sodano zu informieren.

»Warum sollten Sie denn den Kardinal anrufen?«, wollte ich wissen.

»Weil in unserem Computer über Hauptmann Glauser-Röist vermerkt ist, dass gegebenenfalls der Kardinalstaatssekretär zu benachrichtigen sei oder, falls dieser nicht erreichbar sein sollte, Monsignore François Tournier, der Sekretär der Zweiten Sektion.«

»Also, ich weiß ehrlich gesagt nicht, was ich dazu sagen soll, Dr. Arcuti. Tun Sie, was Sie für richtig halten.«

»In diesem Fall, Schwester Salina, werde ich Seine Eminenz benachrichtigen.«

»Wunderbar, Doktor. Wir erwarten Sie.«

Ich hatte gerade aufgelegt, als Farag, die Hände in den Hosentaschen, mit fragendem Blick ins Wohnzimmer kam. Sein Haar war zerzaust, und er war schmutzig wie ein Bettler, der davon lebte, im Müll herumzustochern.

»Hast du mit dem Arzt gesprochen?«

»Er wird gleich hier sein.«

Farag kramte in den zahlreichen Taschen seiner Lederjacke und zog dann etwas heraus.

»Schau dir das an, Ottavia. Das ist der Zettel, den du vorhin in Glauser-Röists Jackentasche gefunden hast, als du den Schlüssel suchtest.«

»Wie geht es ihm?«

»Nicht besonders gut«, meinte er und streckte mir das noch feuchte Blatt Papier entgegen. »Er kämpft nicht mit dem Schlaf, sondern eher damit, aus der Ohnmacht zu erwachen. Ihm schwinden ein ums andere Mal die Sinne. Was haben sie uns wohl für eine Droge verabreicht?«

»Was auch immer es gewesen sein mag, so hat es einzig und allein ihm zugesetzt, denn du bist wieder auf dem Damm, oder?«

»Na ja, mehr oder weniger, ich habe nur einen Bärenhunger. Aber bevor du dir das hier nicht angesehen hast, kann ich nicht in die Küche gehen, um dort nach etwas Essbarem zu suchen.«

Ich griff nach dem Zettel und untersuchte ihn. Es war kein normales Papier. Obwohl es nass geworden war, war es dafür immer noch zu dick und zu rauh, und seine Ränder waren zu unregelmäßig, um von einer industriellen Papierschneidemaschine beschnitten zu sein. Ich strich den Zettel auf meiner Handfläche glatt. Vor mir lag ein Text auf griechisch, den der Tiber kaum ausgewaschen hatte.

»Von unseren Freunden, den Staurophylakes?«

»Selbstverständlich.«

Ὅτι στενὴ ἡ πύλη καὶ τεθλιμμένη ἡ ὁδὸς ἡ ἀπάγουσα εἰς τὴν ζωὴν καὶ ὀλίγοι εἰσὶν οἱ εὑρίσκοντες αὐτήν.

»›Wie eng ist die Pforte und wie schmal der Weg, der zum Leben führt‹«, übersetzte ich, schlotternd vor Angst, »›und wenige sind's, die ihn finden!‹ Das ist ein Fragment aus dem Evangelium des heiligen Matthäus.«

»Das ist mir gleich«, brummte Farag, »was mich erschreckt, ist, was es zu bedeuten hat.«

»Es bedeutet, dass die nächste Initiationsprüfung der Bruderschaft mit engen Pforten und schmalen Wegen zu tun hat. Was steht darunter …?«

»Agios Konstantinos Akanzon.«

»Heiliger Konstantin von den Dornen …«, murmelte ich nachdenklich. »Das kann sich nicht auf Kaiser Konstantin beziehen, auch wenn er ein Heiliger war, weil er keinen Namenszusatz führt, schon gar nicht *Akanzon.* Ob das irgendein wichtiger Schutzpatron der Staurophylakes ist? Oder der Name von einer Kirche?«

»Wenn es der Name einer Kirche ist, dann muss sie in Ravenna stehen, denn dort findet die zweite Prüfung statt, die Sühne des Neids. Und das mit den Dornen …« Er schob die Brille hoch, fuhr sich mit den Händen durch das schmutzige

Haar und blickte zu Boden. »Das mit den Dornen gefällt mir ganz und gar nicht, denn auf Dantes zweiter Terrasse tragen die Seelen der Missgünstigen Büßerhemden, und ihre Augen sind mit Drähten zugenäht.«

Plötzlich stand mir der kalte Schweiß auf der Stirn, und alles Blut wich aus meinem Gesicht. Meine Hände ballten sich unwillkürlich zur Faust.

»Nein, nicht!«, flehte ich am Rande einer Ohnmacht. »Heute Nacht bitte nicht!«

»Nein … heute Nacht nicht.« Farag kam näher und legte einen Arm um meine Schultern. »Heute Nacht werden wir nur Kaspars Kühlschrank plündern und danach ganz lange schlafen. Los, komm mit in die Küche!«

»Hoffentlich lässt Doktor Arcuti nicht so lange auf sich warten.«

Glauser-Röists Küche war wirklich spektakulär. Kaum hatte ich einen Fuß über ihre Schwelle gesetzt, kam mir die gutmütige Ferma in den Sinn, die sich tagtäglich mit einem Drittel an Raum und einem Zehntel an Küchengeräten in der Zubereitung köstlicher Mahlzeiten selbst übertraf. Wie würde sie erst kochen, wenn sie mit dieser häuslichen Version der NASA gesegnet wäre? In der Tür des riesigen Kühlschranks aus rostfreiem Stahl waren ein Wasser- und Eiswürfelspender sowie ein Computerbildschirm integriert. Als wir ihn öffneten, um nach etwas Essbarem zu suchen, piepste er leise und machte uns darauf aufmerksam, dass wir doch mal wieder Kalbfleisch kaufen könnten.

»Wie kann er sich das alles leisten, was glaubst du?«, fragte ich Farag, der gerade ein Päckchen Toastbrot und jede Menge Wurstwaren herausholte.

»Das geht uns nichts an, Ottavia.«

»Wieso nicht?!«, protestierte ich. »Ich arbeite nun schon seit mehr als zwei Monaten mit ihm zusammen, und das Einzige, was ich über ihn weiß, ist, dass er das Gemüt eines schroffen Felsen hat und in den Diensten der *Sacra Rota Romana* und Monsignore Tourniers steht. Stell dir vor!«

»Er steht nicht mehr unter Tourniers Befehl.«

An die Küchenzeile aus rotem Marmor gelehnt, machte Farag ein paar leckere belegte Brote zurecht. Ich stellte mich neben ihn und inspizierte dabei neugierig Glauser-Röists supermodernen Herd, der sowohl über Induktions-Kochzonen mit Topferkennung, Ansteuerung über Touch-Control-Berührungssensoren und Restwärmeanzeige als auch über eine Gaskochmulde mit schadstoffarmen Brennern und Messingsteuerung sowie eine Bratzone aus eineinhalb Zentimeter dickem Lavagestein verfügte, wie auf der seitlich angebrachten Gerätebeschreibung vermerkt war.

»Na schön, aber das ändert nichts daran, dass er den Charme eines Felsens ausstrahlt.«

»Du konntest ihn von Anfang an nicht leiden, Ottavia. Ich glaube einfach, dass er im Grunde nicht glücklich ist. Er ist ein guter Mensch, da bin ich mir sicher. Das Leben muss ihn zu diesem nicht sonderlich empfehlenswerten Posten getrieben haben.«

»Das Leben verleitet einen zu nichts, was man nicht selbst will«, urteilte ich, überzeugt davon, eine alte Weisheit ausgesprochen zu haben.

»Bist du dir da so sicher?«, fragte er mich sarkastisch, während er die Brotrinden abschnitt. »Also ich kenne da jemanden, der sein Schicksal auch nicht sonderlich frei wählen konnte.«

»Wenn du mich damit meinst, dann täuschst du dich aber gewaltig«, entgegnete ich pikiert.

Er lachte und trat mit zwei Tellern und einigen bunten Servietten an den Tisch.

»Weißt du, was deine Mutter zu mir gesagt hat, als Kaspar und ich nach der Beerdigung bei dir zu Hause erschienen?«

Für Sekunden schlich sich ein dumpfer Groll in mein Herz. Ich antwortete ihm nicht.

»Deine Mutter sagte mir, dass von all ihren Kindern du immer das brillanteste warst, das intelligenteste und stärkste.« In aller Ruhe leckte er sich die pikante Soße von den Fingern. »Keine Ahnung, warum sie so offen mit mir redete; jedenfalls meinte sie, dass du nur auf diese Weise glücklich sein könntest, indem du dein Leben Gott weihst, denn du seist nicht für die Ehe geschaffen und könnest dich nie im Leben einem Ehemann unterordnen. Ich nehme mal an, dass deine Mutter die Welt nach den Regeln ihrer Zeit beurteilt.«

»Meine Mutter beurteilt die Welt, wie es ihr passt«, erwiderte ich. Für wen hielt sich Farag eigentlich, dass er glaubte, über meine Mutter richten zu können?

»Jetzt sei bitte nicht gleich beleidigt! Ich gebe nur wieder, was sie mir erzählt hat. Jetzt lass uns aber endlich diese wunderbar fettigen und pikanten Brote verspeisen, die mit so ziemlich allem belegt sind, was der Kühlschrank hergibt. Beiß hinein, meine byzantinische Kaiserin, und du wirst eine dieser kleinen Freuden des Lebens entdecken, die dir noch fremd sind!«

»Farag!«

»Es … tut … mir leid«, mampfte er mit so vollem Mund, dass er ihn kaum noch zubekam. Es hatte nicht den Anschein, als bedauerte er es wirklich.

Wie konnte er nur noch so putzmunter sein? Ich war zum Umfallen müde und total erschöpft. Bald, sagte ich mir, während ich den ersten Bissen kaute und mich wunderte, wie gut es schmeckte, bald würde ich mich mehr bewegen. So viele Stunden im Labor zu arbeiten, ohne mir zwischendurch die Beine zu vertreten, damit war nun Schluss. Ich würde spazieren gehen, morgens ein paar Gymnastikübungen machen und Ferma, Margherita und Valeria dazu bewegen, mit mir durch das Borgo-Viertel zu joggen.

Wir hatten beinahe aufgegessen, als es klingelte.

»Bleib hier«, sagte Farag und erhob sich. »Ich mach schon auf.«

Sobald er aus der Tür hinaus war, merkte ich, dass ich auf der Stelle am Küchentisch einschlummern würde, weshalb ich schnell das letzte Stück Brot hinunterschluckte und hinter ihm herlief. Ich begrüßte Doktor Arcuti, der gerade die Wohnung betrat, und lenkte dann meine Schritte zum Wohnzimmer, um mich kurz auf einem der Sofas auszuruhen, solange er den Hauptmann untersuchte. Ich musste mich dringend irgendwo hinsetzen; ich glaube, ich schlief bereits mit offenen Augen. Als ich an einer angelehnten Tür vorbeikam, konnte ich dennoch der Versuchung nicht widerstehen, neugierig hineinzuspähen. Ich schaltete das Licht an. Vor mir lag ein großes Arbeitszimmer, das mit modernen Büromöbeln eingerichtet war, die irgendwie wunderbar mit den alten Mahagoniregalen und den Porträts von Glauser-Röists soldatischen Vorfahren harmonierten. Auf dem Schreibtisch stand ein High-Tech-Computer, der den in meinem Labor bei Weitem übertraf, und rechts neben dem großen Fenster eine Stereoanlage mit mehr Knöpfen und Digitalanzeigen als der Bordcomputer eines Flugzeugs. Hunderte von Compact Discs verteilten sich auf einige hohe, sich seltsam windende CD-Ständer, und wie ich nach genauerem Hinschauen feststellen konnte, gab es von Jazz über Weltmusik (sogar eine CD mit Musik der Pygmäen war dabei) und Gregorianischem Gesang bis Oper alles. Wer hätte gedacht, dass der Felsen ein so großer Musikliebhaber war.

Die Porträts seiner Vorfahren waren eine ganz andere Geschichte. Glauser-Röists Gesichtszüge waren mit leichten Veränderungen bei seinen Ururgroßvätern und Urgroßonkeln wiederzufinden, deren Ahnenreihe bis ins 16. Jahrhundert zurückzuverfolgen war. Alle hießen entweder Kaspar oder Linus oder Kaspar Linus Glauser-Röist, und alle trugen die gleiche barsche Miene zur Schau, wie auch Glauser-Röist sie häufig zog. Ernste, strenge Gesichter, Gesichter von Soldaten, Offizieren oder Kommandeuren der Schweizergarde. Dabei fiel mir jedoch auf, dass nur sein Großvater und sein Vater, Kaspar Glauser-Röist und Linus Kaspar Glauser-Röist, mit der Galauniform zu sehen waren, die man Michelangelo zuschrieb. Die anderen trugen einen eisernen Kürass, das heißt den Brust- und Rückenharnisch, der seinerzeit in den europäischen Heeren getragen wurde. War die berühmte gelb-rot-blaue Uniform also doch ein moderner Entwurf?

Zwischen dem Computer und einem prächtigen Eisenkreuz auf einem Steinsockel stand ein großformatiger Bilderrahmen. Ich ging um den Tisch herum. Das Foto zeigte dieselbe dunkelhaarige Frau, die ich im Wohnzimmer entdeckt hatte. Jetzt zweifelte ich keine Sekunde mehr daran, dass es sich um seine Freundin handelte; von irgendeiner Bekannten oder einer Schwester besitzt man nicht mehrere Fotos. Der Hauptmann besaß also eine entzückende Wohnung, hatte eine hübsche Freundin, stammte von einer altadeligen Familie ab, liebte Musik und Bücher, die nicht nur dort im Arbeitszimmer, sondern in sämtlichen Räumen im Überfluss vorhanden waren. Ich hatte eigentlich erwartet, irgendwo auf die typische Waffensammlung zu stoßen, die jeder Militär, der etwas auf sich hielt, in seinem Heim ausstellte. Der Felsen schien sich jedoch nicht dafür zu interessieren; in seiner Wohnung deutete außer den Porträts seiner Vorfahren nichts darauf hin, dass ihr Besitzer ein Heeresoffizier war.

»Was tust du hier, Ottavia?«

Ich zuckte zusammen und drehte mich zur Tür.

»Mein Gott, Farag, hast du mich erschreckt!«

»Und wenn es statt meiner der Hauptmann gewesen wäre? Was hätte er wohl von dir gedacht? Na?«

»Ich habe doch nichts angefasst. Ich habe mich nur umgesehen.«

»Wenn ich irgendwann einmal zu dir nach Hause kommen sollte, erinnere mich daran, dass ich mich mal in deinem Zimmer *umsehe.*«

»Das wirst du nicht tun!«

»Komm sofort hier raus, na los!«, forderte er mich auf. »Doktor Arcuti will sich deinen Arm ansehen. Dem Hauptmann geht es gut. Anscheinend steht er unter der Wirkung irgendeines extrem starken Schlafmittels. Er und ich haben ein prächtiges Kreuzchen auf der Innenseite unseres rechten Unterarms. Es sind von einem Rechteck umrahmte Passionskreuze, über denen ein siebenzackiges Krönchen eintätowiert ist. Du wirst schon sehen! Obwohl … womöglich hat man dir ja ein anderes Modell verpasst.«

»Das glaube ich nicht …«, murmelte ich. Wenn ich ehrlich war, so erinnerte ich mich nicht einmal mehr an den Schmerz am Unterarm. Er hatte schon lange aufgehört, mich zu plagen.

Wir betraten Glauser-Röists Schlafzimmer und sahen ihn tief und fest schlafen; er war noch immer so schmutzig wie Stunden vorher, als wir aus dem Tiber stiegen. Doktor Arcuti hieß mich, den Pulloverärmel hochzukrempeln. Der Unterarm war an der Innenseite ein bisschen geschwollen und gerötet, vom Kreuz sah man allerdings nichts, da ein großer Wundverband darübergeklebt war. Für eine über tausendjährige Sekte handelten die Wächter des Kreuzes erstaunlich modern, wenn es darum ging, einem die Klanmerkmale in die Haut zu schneiden. Arcuti zog vorsichtig den Verbandsmull ab.

»Das ist in Ordnung«, sagte er, als er mein neues körperliches Merkmal untersucht hatte. »Es hat sich nicht entzündet und scheint auch sauber zu sein, trotz dieser grünlichen Färbung. Wahrscheinlich irgendein pflanzliches Antiseptikum, das kann ich nicht genau sagen. Jedenfalls sehr professionelle Arbeit. Trete ich Ihnen zu nahe, wenn ich …?«

»Nein, fragen Sie besser nicht, Doktor Arcuti«, erwiderte ich und sah ihn an. »Das ist eine neue Mode, die sich *body art* nennt. Der Sänger David Bowie ist einer ihrer bedeutendsten Paten.«

»Aber Sie, Schwester Salina …?«

»Nun, Doktor, wie Sie sehen, gehe ich mit der Mode.«

Arcuti lächelte.

»Ich vermute, dass Sie mir nichts erzählen dürfen. Seine Eminenz, Kardinal Sodano, hat mir schon erklärt, dass ich keine Fragen stellen und mich über nichts wundern solle, was ich in dieser Nacht sähe. Ich glaube, Sie erfüllen gerade eine wichtige Mission für die Kirche.«

»So etwas Ähnliches …«, brummte Farag.

»Na gut, in diesem Fall«, sagte er und klebte einen neuen Wundverband über mein Kreuz, »bin ich dann fertig. Lassen Sie den Hauptmann schlafen, solange er will. Sie sollten sich auch hinlegen. Sie sehen nicht gut aus … Schwester Salina, ich denke, Sie kommen besser mit. Mein Auto steht unten, und ich kann Sie bei Ihrer Schwesterngemeinschaft absetzen.«

Doktor Arcuti war ordentliches Mitglied des Opus Dei, der religiösen Vereinigung mit der größten Macht im Vatikan seit der Wahl Johannes Pauls II., und als solches sah er es gar nicht gern, dass ich die Nacht in einer Wohnung mit zwei Männern verbringen wollte, zumal die beiden – was noch gefährlicher war – keine Priester, sondern ganz gewöhnliche Sterbliche waren. Man munkelte, dass der Papst nichts ohne das Plazet des Opus tat und dass sich sogar die unabhängigsten und mächtigsten Männer der römischen Kurie hüteten, sich offen den politisch-religiösen Richtlinien zu widersetzen, die diese Institution vorgab, da deren Mitglieder – wie Doktor Arcuti oder der Sprecher des Vatikans, der Spanier Joaquín Navarro Valls – im Vatikan allgegenwärtig waren.

Verlegen blickte ich Farag an. Ich wusste nicht, was ich dem Arzt antworten sollte. In der Wohnung gab es mehrere Schlafzimmer, und ich war gar nicht auf die Idee gekommen, dass ich zu so später Stunde noch die Wohnung an der Piazza delle Vaschette aufsuchen müsste, todmüde wie ich war.

Doch Doktor Arcuti ließ nicht locker:

»Sie werden doch all den Schmutz abwaschen und sich umziehen wollen, nicht wahr? Kommen Sie, zögern Sie nicht länger! Wie wollen Sie hier denn duschen? Nein und abermals nein, Schwester!«

Mich zu sträuben wäre absurd gewesen. Obendrein hätte mir mein Orden am nächsten Tag, wenn nicht gar noch in derselben Nacht, einen strengen Verweis erteilt, und damit war nicht zu scherzen. Ich verabschiedete mich also von Farag und verließ mehr tot als lebendig die Wohnung mit dem Arzt, der mich dann auch tatsächlich an der Piazza delle Vaschette absetzte, das freundliche Lächeln desjenigen auf den Lippen, der seiner Pflicht nachgekommen war. Ferma, Margherita und Valeria erschraken natürlich zu Tode, als sie mich mitten in der Nacht in einem so üblen Zustand nach Hause kommen sahen. Ich weiß noch, dass ich mich tatsächlich unter die Dusche stellte, aber wie gelangte ich ins Bett? Ich habe nicht die leiseste Ahnung.

Getreu seinem Schweizer Naturell weigerte sich Hauptmann Glauser-Röist, auch nur einen Tag das Bett zu hüten; entgegen unseren eindringlichen Bitten kam er am folgenden Nachmittag mit verbundenem Kopf in mein Labor ins Hypogäum, willens, sein Leben erneut aufs Spiel zu setzen. Als läge in dieser wahnwitzigen Geschichte mehr als die Jagd und Ergreifung einiger Reliquienräuber, verzehrte sich der Hauptmann danach, so schnell wie möglich zu den Staurophylakes und ihrem irdischen Paradies zu gelangen. Vielleicht bedeuteten die sieben Initiationsprüfungen für ihn ja wesentlich mehr als eine persönliche Herausforderung; für mich waren sie lediglich eine Provokation, ein Fehdehandschuh, den man mir vor die Füße geworfen hatte und den ich mich entschieden hatte aufzuheben.

Am besagten Donnerstag machte ich erst gegen Mittag die

Augen auf. Ich fühlte mich fast gänzlich erholt von den schrecklichen geistigen und körperlichen Anstrengungen der vergangenen Tage. Vermutlich tat der Umstand, dass ich in meinem eigenen Bett aufwachte und mich von meinen Habseligkeiten umgeben fand, ein Übriges. Zweifelsohne waren mir die elf oder zwölf Stunden ununterbrochenen Schlafs hervorragend bekommen, und trotz der blauen Flecken, des Muskelkaters in den Beinen und meines neuen Körpermerkmals fühlte ich mich zum ersten Mal seit Langem ausgeruht und so entspannt, als wäre alles um mich herum wieder im Lot.

Allerdings war dieses angenehme Gefühl nur von kurzer Dauer, denn vom Bett aus, zugedeckt bis zu den Ohren, hörte ich das Telefon klingeln und wusste, dass es für mich war, noch bevor Valeria hereinkam, um mich zu wecken. Meiner guten Stimmung tat es trotzdem keinen Abbruch. Es geht doch nichts über einen erquickenden Schlaf.

Am anderen Ende der Leitung war Farag, der mir mit einer erstaunlich wütenden Stimme ausrichtete, dass der Hauptmann uns nach dem Mittagessen im Labor zu sehen wünsche. Als ich in ihn drang, er solle den Felsen doch um Gottes willen dazu bringen, zumindest einen Tag das Bett zu hüten, wurde der Professor noch zorniger und schrie mich an, dass er es schon mit allen Mitteln versucht, alles Zureden aber nichts gefruchtet habe. Daraufhin bat ich ihn inständig, sich zu beruhigen und sich nicht so sehr um jemanden zu sorgen, der seine Gesundheit nicht ernst nahm. Wie es ihm selbst denn gehe, erkundigte ich mich noch, und er, schon ruhiger geworden, antwortete, dass er bereits vor ein paar Stunden aufgestanden sei und dass ihm außer seiner Beule am Kopf und der Tätowierung am Arm, die zwar noch immer grünlich, aber abgeschwollen sei, nichts mehr weh tue. Er habe gründlich ausgeschlafen und üppig gefrühstückt.

So verabredeten wir uns also für vier Uhr im Labor. Bis dahin wollte ich mit meinen Mitschwestern zu Mittag essen, eine Weile in der Kapelle beten und zu Hause anrufen. Ich konnte mein Glück kaum fassen: Über drei Stunden hatte ich nur für mich, um mich wieder in der Welt zurechtzufinden.

Ein glückliches Lächeln umspielte meine Lippen, als ich dann ganz beschwingt zu Fuß zum Vatikan spazierte und dabei die frische Luft und die Nachmittagssonne genoss. Wie wenig schätzen wir doch die Dinge, solange sie uns noch nicht abhandengekommen sind! Die Sonnenstrahlen, die auf mein Gesicht fielen, verliehen mir Energie und Lebensfreude; die Straßen, der Lärm und das Verkehrschaos gaben mir die Normalität und das tägliche Einerlei zurück. So war die Welt nun einmal, warum begehrte man ständig auf gegen das, was je nach Standpunkt des Betrachters auch schön sein konnte? Der schmutzige Asphalt, ein Öl- oder Benzinfleck oder ein weggeworfener Zettel auf dem Bürgersteig konnten, wenn man mit offenen Augen durch die Welt ging, durchaus schön sein. Vor allem, wenn man einmal die Gewissheit gehabt hatte, all das nie wieder zu sehen.

Kurz machte ich im »Al mio caffè« halt, um einen Cappuccino zu trinken. Da die Cafeteria in der Nähe der Kasernen lag, war sie stets überfüllt mit jungen Schweizergardisten, die unheimlich laut redeten und schallend lachten; aber es gab dort auch Menschen, die wie ich von zu Hause oder von der Arbeit kamen und einkehrten, weil man hier einen ausgezeichneten Cappuccino bekam.

Fünf Minuten vor der vereinbarten Uhrzeit kam ich schließlich im Hypogäum an. Im vierten Untergeschoss war wieder der Alltag eingekehrt, als hätten meine Mitarbeiter die Erinnerung an den ›Codex Iyasus‹ schon vollkommen aus ihrem Gedächtnis getilgt. Merkwürdigerweise begrüßten sie mich voll Sympathie; einige von ihnen hoben sogar die Hand zum Gruß. Schüchtern und verwundert grüßte ich zurück und flüchtete mich dann schnell in mein Labor. War ein Wunder geschehen, dass sie ihr

Verhalten mir gegenüber so geändert hatten? War ihnen vielleicht aufgegangen, dass auch ich nur ein Mensch war? Oder war etwa meine gute Laune ansteckend?

Ich hängte gerade den Mantel und die Tasche an den Garderobenständer, als Farag und der Hauptmann hereinkamen. Glauser-Röists blonden Haarschopf zierte ein herrlicher Verband. Die kalten Blitze aus seinen Augen verhießen nichts Gutes.

»Ich genieße diesen Tag gerade in vollen Zügen, Hauptmann«, warnte ich ihn zur Begrüßung, »und ich habe nicht die geringste Lust, in ernste Gesichter zu blicken.«

»Wer zieht hier denn eine ernste Miene?«, erwiderte er mürrisch.

Farag war keineswegs besserer Laune. Was auch immer in Glauser-Röists Wohnung vorgefallen sein mochte, es musste grauenhaft gewesen sein. Der Hauptmann zog weder seine Jacke aus, noch machte er Anstalten sich zu setzen.

»In einer Viertelstunde habe ich eine Audienz bei Seiner Heiligkeit und Seiner Eminenz Sodano«, verkündete er unvermittelt. »Es handelt sich um eine sehr wichtige Unterredung, ich werde also einige Stunden weg sein. Lesen Sie inzwischen bitte noch einmal Dantes nächste Gesänge. Wenn ich zurückkomme, treffen wir alle weiteren Vorbereitungen.«

Mit diesen Worten drehte er sich auf dem Absatz um und verschwand. Ein bedrückendes Schweigen trat ein. Ich war mir unsicher, ob ich Farag fragen sollte, was geschehen war.

»Weißt du was, Ottavia?«, begann er, während er noch immer auf die Tür starrte, durch die der Hauptmann hinausgegangen war. »Der Hauptmann ist ganz außer sich.«

»Du hättest nicht darauf beharren sollen, dass er sich ausruht. Wenn jemand etwas unbedingt tun will und noch dazu so halsstarrig ist wie der Hauptmann, muss man ihn einfach machen lassen, selbst wenn er sich dabei umbringt.«

»Nein, das ist es gar nicht!« Farag sah mich mit merkwürdigem Gesichtsausdruck an und sagte dann: »Bin ich denn der Hüter meines Bruders? Nein, Ottavia, mir ist vollkommen klar, dass Kaspar alt genug ist, das zu tun, was ihm beliebt. Es … schau, ich weiß nicht recht, aber diese Geschichte mit den Staurophylakes lässt ihn noch den Verstand verlieren. Entweder will er sich einen Orden verdienen oder sich beweisen, dass er Superman ist. Oder aber er benutzt dieses Abenteuer wie andere den Alkohol, um zu vergessen und sich selbst zu zerstören.«

»So etwas Ähnliches habe ich heute Morgen auch schon gedacht … ich meine, heute Mittag.« Ich holte meine Brille aus dem Etui und setzte sie auf. »Für dich und mich ist das hier nur ein Abenteuer, auf das wir uns freiwillig, aus Interesse und Neugier, eingelassen haben. Er legt ihm wesentlich mehr Gewicht bei. Unsere Erschöpfung, der Tod meines Vaters und meines Bruders sind ihm gleich, und auch, dass du mit dem Raub der Handschrift deine Arbeit verloren hast und nicht mehr nach Ägypten zurückkehren kannst, rührt ihn nicht. Er lässt uns gegen die Zeit arbeiten, als wäre der Diebstahl von auch nur einer weiteren Reliquie die allerschrecklichste Katastrophe.«

»Das glaube ich nicht«, erwiderte Farag nachdenklich und runzelte die Stirn. »Ich denke, er bedauert aufrichtig den Unfall deines Vaters und deines Bruders und macht sich auch ziemliche Sorgen um meine gegenwärtige Lage. Aber so viel ist sicher: Die Staurophylakes gehen ihm nicht mehr aus dem Sinn. Kaum war er heute Morgen aufgewacht, rief er auch schon Kardinal Sodano an. Sie haben eine ganze Weile miteinander geredet, wobei er sich zwischendurch immer wieder hinlegen musste, weil er sonst umgekippt wäre. Ohne Frühstück ist er dann in sein Arbeitszimmer verschwunden – in dem du herumgeschnüffelt hast, erinnerst du dich? – und hat Schubladen durchsucht und Aktenordner auf- und wieder zugeklappt. Während ich frühstückte und mich duschte, taumelte er durch die Wohnung, stöhnte dabei vor Schmerzen, setzte sich einen Moment, um wieder zu Kräften zu kommen, stand dann aber gleich wieder auf, um weiterzuwerken. Seit dem Sandwich in der Cloaca hat er nichts mehr gegessen.«

»Er dreht wirklich langsam durch«, urteilte ich.

Wir verstummten, als gäbe es nicht viel mehr über Glauser-Röist zu reden, aber ich bin mir sicher, dass wir in diesem Moment dasselbe dachten. Schließlich stieß ich einen langen Seufzer aus.

»Machen wir uns an die Arbeit?«, versuchte ich ihn aufzumuntern. »Los, lass uns zur zweiten Terrasse des Fegefeuers aufsteigen. Dreizehnter Gesang.«

»Du könntest den Text für uns beide laut vorlesen«, schlug er vor. Er hatte es sich im Sessel bequem gemacht und die Füße auf den Rechner gelegt, der auf dem Boden stand. »Da ich ihn schon gelesen habe, könnten wir ihn nebenbei erörtern.«

»Und dazu muss ich ihn vorlesen?«

»Ich kann es auch tun, wenn du nicht willst, aber eigentlich sitze ich schon so bequem. Und außerdem habe ich von hier aus eine so wundervolle Aussicht.«

Ich zog es vor, seinen Kommentar zu überhören, der mir völlig unpassend schien, und begann, Dantes Verse vorzutragen:

»Schon war'n wir auf dem höchsten Punkt der Treppe,
wo sich zum zweiten Mal der Berg verengt,
der die, die ihn besteigen, mählich läutert.«

Unsere *Alter Egos*, Vergil und Dante, gelangen also auf ein neues Gesims, das einen noch engeren Bogen als das vorige um den Läuterungsberg zieht. Auf der Suche nach einem Büßer, der ihnen den Weg nach oben weist, kommen sie zügigen Schritts voran. Plötzlich hört Dante einzelne Stimmen durch die Luft schwirren: *Sie haben nicht des Weines … Ich bin Orestes … Liebet, die euch Böses taten.*

»Was bedeutet das?«, fragte ich Farag und blickte ihn über den Rand der Brille an.

»Im Grunde sind das Anspielungen auf klassische Beispiele der Nächstenliebe, denn auf diesem Kreis wird das ihr entgegengesetzte Laster gebüßt: die Missgunst, der Neid. Aber lies weiter, du wirst es dann schon verstehen.«

Kurioserweise fragte Dante Vergil genau dasselbe, was ich soeben Farag gefragt hatte:

> Der gute Meister sprach: »In dieser Runde
> wird das Vergehn des Neids gezüchtigt, drum
> ist's Liebe, die der Geißel Stränge schwingt.
>
> Der Zügel aber, er muss anders tönen,
> du wirst ihn hören, glaub' ich, ehe noch
> du zu dem Durchgang der Vergebung kommst.
>
> Doch hefte scharf die Augen durch die Luft,
> so wirst du Leute vor uns sitzen sehn,
> die alle längs der Felswand hingelagert.«

Dante lässt den Blick über die Wand gleiten und entdeckt ein paar Schatten in Mänteln, die von der gleichen Farbe wie der Stein sind. Er tritt noch etwas näher und erschrickt zu Tode:

> Mit schlechten Linnen waren sie bekleidet,
> und einer stützt den andern mit der Schulter,
> und alle lehnen an die Felswand.
>
> Und wie die Sonne nicht erreicht den Blinden,
> so will den Schatten, die ich eben schildert',
> das Himmelslicht sich willig nicht verschenken.

Denn allen näht ein Draht die Wimpern zu,
gleich wie man einem wilden Sperber tut;
man macht das, weil er sonst nicht stille bleibt.

Wieder schaute ich Farag an, der mich schmunzelnd beobachtete, und schüttelte dann heftig den Kopf.

»Ich glaube nicht, dass ich das durchstehe.«

»Musstest du auf dem ersten Kreis etwa Steine schleppen?«

»Nein.«

»Nun, niemand sagt, dass man dir jetzt einen Draht durch die Lider stoßen wird.«

»Und wenn sie es doch tun?«

»Hat es dir wehgetan, als man dich mit dem ersten Kreuz zeichnete?«

»Nein«, musste ich wiederum zugeben, wenn ich auch nicht das winzige Detail des Schlags auf den Kopf unerwähnt lassen konnte.

»Siehst du. Lies weiter, na los, und mach dir nicht so viele Gedanken. Abi-Ruj Iyasus hatte keine Löcher in den Lidern, oder?«

»Nein.«

»Hast du schon einmal darüber nachgedacht, dass die Staurophylakes uns sechs Stunden in ihrer Gewalt hatten und uns dennoch nur eine kleine Tätowierung beibrachten? Ist dir aufgefallen, dass sie sehr genau wissen, wer wir sind, und uns trotzdem erlauben, ihre Prüfungen zu absolvieren? Aus irgendeinem unerfindlichen Grund haben sie überhaupt keine Angst vor uns. Als ob sie uns sagen wollten: Los, kommt in unser irdisches Paradies, wenn ihr denn könnt! Sie sind sich ihrer Sache so sicher, dass sie uns in Glauser-Röists Jacke sogar eine Spur für die nächste Prüfung hinterlassen haben. Wenn sie es nicht getan hätten, würden wir uns jetzt vergeblich den Kopf darüber zerbrechen.«

»Fordern sie uns etwa heraus?«, fragte ich überrascht.

»Das glaube ich nicht. Ich denke vielmehr, dass sie uns zu sich einladen.« Er strich sich mit der Hand durch den Bart, der viel heller war als seine Haut, und zog eine verzweifelte Grimasse. »Willst du nicht endlich den Gesang zu Ende lesen?«

»Ich habe Dante, die Staurophylakes und den Hauptmann so satt! Im Grunde habe ich fast alles satt, was mit dieser Geschichte zu tun hat!«, brauste ich auf.

»Hast du auch …?«, setzte Farag an, den Faden meiner Klagen aufnehmend, hielt dann aber plötzlich inne, lachte laut auf, was mir etwas gezwungen vorkam, und schaute mich streng an. »Ottavia, bitte lies weiter!«

Gehorsam blickte ich wieder ins Buch.

Was nun kam, war ein langes, stumpfsinniges Fragment, in dem Dante mit all jenen Seelen spricht, die ihm ihr Leben und die Gründe erzählen wollen, warum sie auf diesem Kreis sind: Sapìa Salvani, Guido del Duca, Rinieri da Calboli … Sie alle waren zu Lebzeiten von Neid und Schadenfreude erfüllt gewesen und hatten sich sogar mehr über fremdes Leid als über ihr eigenes Wohl gefreut. Zum Glück hat auch dieser langweilige vierzehnte Gesang einmal ein Ende, und es beginnt der fünfzehnte, in dem Dante und Vergil erneut allein sind. Mit den Sonnenstrahlen, die Dante hier mitten ins Gesicht treffen, vereinigt sich ein noch viel stärkerer Glanz, der ihn zwingt, die Hand schützend vor die Augen zu halten. Es ist der Engel des zweiten Kreises, der ein weiteres P von der Stirn des Dichters tilgt und sie dann zu einer Treppe geleitet, die zur dritten Terrasse des Fegefeuers führt. Während sie hinaufsteigen, erklingt hinter ihnen das ›Selig die Barmherzigen‹ und ›Freue dich des Siegs‹.

»Das war's«, meinte ich, als der Gesang zu Ende war.

»Schön. Jetzt müssen wir noch herausfinden, was dieses *Agios Konstantinos Akanzon* bedeutet.«

»Dazu brauchen wir aber den Hauptmann. Nur er kann mit dem Computer umgehen.«

Farag starrte mich überrascht an.

»Ist das denn hier nicht das Geheimarchiv des Vatikans?«, fragte er und blickte sich um.

»Du hast vollkommen recht!«, sagte ich und stand auf. »Wozu gibt es die da draußen eigentlich?«

Mit entschlossener Miene öffnete ich die Tür und wollte gerade hinausgehen, um mir den erstbesten Mitarbeiter zu schnappen, der mir über den Weg lief, als ich frontal mit dem Felsen zusammenstieß, der wie ein Bulldozer ins Labor polterte.

»Hauptmann!«

»Wohin des Weges, Dottoressa? Hatten Sie etwas Wichtiges vor?«

»Also, nein, eigentlich nicht. Ich wollte …«

»Dann kommen Sie. Ich habe Ihnen ein paar wichtige Dinge mitzuteilen.«

Ich kehrte auf meinen Platz zurück. Farag hatte wieder unwillig die Stirn gerunzelt.

»Professor, zuallererst möchte ich mich bei Ihnen für mein Verhalten heute Vormittag entschuldigen«, begann der Felsen beschämt, während er sich auf dem Stuhl zwischen Farag und mir niederließ, »mir war speiübel, und ich bin ein verdammt schlechter Patient.«

»Das habe ich bemerkt.«

»Sie müssen wissen«, fuhr der Hauptmann fort, »dass ich einfach unausstehlich bin, wenn es mir nicht gut geht. Ich bin es nicht gewohnt, das Bett zu hüten, selbst mit vierzig Grad Fieber nicht. Wahrscheinlich war ich ein ganz abscheulicher Gastgeber. Es tut mir leid.«

»O. k., Kaspar, Schwamm drüber«, erwiderte Farag.

»Gut«, seufzte der Hauptmann, knöpfte sich die Jacke auf und machte es sich bequem, »dann werde ich Sie jetzt ohne Umschweife auf den neuesten Stand bringen. Ich habe soeben dem Papst und dem Staatssekretär berichtet, was uns in Syrakus und

Rom alles zugestoßen ist. Der Heilige Vater war von meinem Rapport sichtlich beeindruckt. Er hat heute Geburtstag, falls Sie das vergessen haben sollten. Seine Heiligkeit ist achtzig Jahre alt geworden, und trotz seiner zahlreichen Verpflichtungen hat er sich die Zeit genommen, mich zu empfangen. Ich sage Ihnen das, damit Sie sehen, von welch immenser Wichtigkeit diese Angelegenheit für die Kirche ist. Obwohl er sehr müde war und man ihn kaum verstehen konnte, ließ er mich durch Seine Eminenz wissen, dass er sehr zufrieden sei und uns fortan jeden Tag in seine Gebete einschließen werde.«

Ein Lächeln erhellte mein Gesicht. Ich war tief bewegt. Wenn das meine Mutter wüsste! Wenn meine Mutter wüsste, dass der Papst jeden Tag für ihre Tochter betete!

»Nun gut, jetzt geht es also darum, was uns zu tun bleibt. Noch sind sechs Prüfungen zu bestehen, um ins irdische Paradies der Staurophylakes zu gelangen. Falls wir alle sechs überleben sollten, besteht unsere Mission natürlich darin, das Heilige Kreuz in Sicherheit zu bringen. Was die Mitglieder der Sekte betrifft, so will man Gnade vor Recht ergehen lassen, vorausgesetzt, dass sie bereit sind, sich als ein weiterer religiöser Orden der katholischen Kirche unterzuordnen. Der Papst ist insbesondere daran interessiert, den gegenwärtigen Cato kennenzulernen, wenn es ihn denn gibt, weshalb wir ihn auf jeden Fall nach Rom bringen müssen; wenn er nicht freiwillig mitkommt, dann eben mit Gewalt. Kardinal Sodano hat mir seinerseits mitgeteilt, dass der Vatikan uns sowohl einen seiner ›Dauphin 365‹ wie auch die ›Westwind‹ Seiner Heiligkeit zur Verfügung stellen wird, da die noch ausstehenden Prüfungen ja in Ravenna, Jerusalem, Athen, Istanbul, Alexandria und Antiochia stattfinden werden. Hinsichtlich unserer diplomatischen Ausweise …«

»Einen Augenblick!« Farag hatte wie einst in der Schule den Finger gestreckt. »Was ist ein ›Dauphin‹ soundso viel? Und was ist eine ›Westwind‹?«

»Entschuldigen Sie …« Der Felsen war jetzt so sanft wie ein Lamm; die Audienz beim Papst war ihm wohl gut bekommen. »Mir war entgangen, dass Sie ja nichts von Hubschraubern und Flugzeugen verstehen.«

»O nein!«, flüsterte ich und ließ den Kopf sinken.

»O doch, meine liebe Basileia! Wir werden wieder gegen die Zeit arbeiten!«

Zum Glück verstand Glauser-Röist den reichlich unpassenden Titel für eine byzantinische Kaiserin nicht, mit dem mich Farag neuerdings beehrte.

»Uns bleibt keine andere Wahl, Professor. Diese Sache muss so schnell wie möglich erledigt werden. Fast sämtliche christlichen Kirchen sind ihrer *ligna crucis* beraubt worden, und die wenigen Kreuzpartikel, die noch an Ort und Stelle sind, verschwinden eins ums andere, obwohl sie scharf bewacht werden. Erst vor drei Tagen wurde in Deutschland die Kreuzreliquie aus der St.-Michaelis-Kirche in Zweibrücken entwendet.«

»Sie stehlen weiter, obwohl sie wissen, dass wir ihnen auf den Fersen sind?«

»Die Staurophylakes kennen keine Angst, Dottoressa. Die Diözese hatte sogar einen privaten Sicherheitsdienst mit der Überwachung der St.-Michaelis-Kirche beauftragt. Um die Reliquien zu schützen, gibt die Kirche gerade sehr viel Geld aus. Ohne sonderlich viel Erfolg, wie Sie sehen. Dies ist ein weiterer Grund, warum Kardinal Sodano uns mit Erlaubnis des Papstes einen der vatikanischen ›Dauphin‹-Hubschrauber und den päpstlichen Privatjet ›Westwind II‹ zur Verfügung stellt, den die Alitalia dem Papst für seine Reisen überlässt.«

Farag und ich blickten uns an.

»Auf unserem Plan steht also Folgendes«, fuhr der Hauptmann fort, »morgen früh um sieben Uhr treffen wir uns auf dem vatikanischen Heliport. Sie wissen ja, dass er im äußersten Westen des Stadtstaats liegt, genau hinter dem Petersdom, in gerader

Linie zur Mura di Leone. Dort wird uns der ›Dauphin‹-Hubschrauber erwarten, mit dem wir nach Ravenna fliegen … ach, übrigens, sind Sie schon der Spur für die folgende Prüfung nachgegangen?«

»Nein«, hüstelte ich, »dazu brauchen wir Sie.«

»Mich? Wieso?«

»Sehen Sie, Kaspar, wir wissen, dass die nächste Stadt Ravenna sein wird, wir wissen, dass die zu büßende Sünde der Neid ist und dass es bei der Prüfung enge Pforten und schmale Wege gibt. Was wir aber nicht wissen, ist, was der Name zu bedeuten hat, welcher der Schlüssel zu dem Ganzen sein muss: *Agios Konstantinos Akanzon,* was übersetzt so viel heißt wie ›heiliger Konstantin von den Dornen‹«, erklärte Farag.

»Der zweite Kreis ist der mit den Büßerhemden …«, murmelte Glauser-Röist nachdenklich.

»So ist es. Wir wissen also, worauf es hinausläuft … zumindest glauben wir das. Auf jeden Fall müssen wir erst herausfinden, wer dieser heilige Konstantin ist. Vielleicht gibt uns seine Biographie ja einen Fingerzeig, was zu tun ist.«

»Vielleicht«, mischte ich mich ein, »ist *Agios Konstantinos Akanzon* aber auch der Name einer Kirche in Ravenna. Es geht also darum, dass Sie versuchen müssen, seine Bedeutung mit dieser wunderbaren Erfindung namens Internet herauszufinden.«

»Sehr gut«, erwiderte der Felsen und zog sich jetzt die Jacke aus, die er sorgsam über die Stuhllehne hängte. »Dann machen wir uns doch an die Arbeit.«

Er schaltete den Computer ein, wartete einen Augenblick, bis das System hochgefahren war, und wählte sich dann in den vatikanischen Server ein.

»Wie, meinten Sie, hieß der Heilige?«

»Agios Konstantinos Akanzon.«

»Nein, Hauptmann«, wandte ich ein, »versuchen Sie es zuerst mit ›heiliger Konstantin von den Dornen‹. Das ist logischer.«

Nach einer ganzen Weile, als Farag und ich es allmählich schon satthatten, nur stillzusitzen und auf einen Bildschirm zu starren, über den in atemberaubendem Tempo unzählige Dokumente flimmerten, stieß Glauser-Röist einen Triumphschrei aus.

»Ich hab's!« Er lehnte sich zurück und lockerte sich die Krawatte. »San Constantino Acanzio in der Provinz Ravenna. Hören Sie zu, was dieser Reiseführer über die grünen Reiserouten berichtet.«

»Grüne Reiserouten?« fragte Farag.

»Ökotourismus, Professor, Wegbeschreibungen für Naturfreunde, die in urwüchsigen Naturschutzgebieten wandern, Kanu fahren oder klettern wollen.«

»Aha!«

»San Constantino Acanzio ist eine alte benediktinische Abtei, die im Norden der Po-Ebene in der Provinz Ravenna zu finden ist. Es handelt sich um einen noch vor dem 10. Jahrhundert errichteten Klosterkomplex, von dem heute noch eine wertvolle byzantinische Kirche, ein mit prächtigen Fresken geschmücktes Refektorium und der Glockenturm aus dem 11. Jahrhundert erhalten sind.«

»Es wundert mich nicht, dass die Staurophylakes Ravenna für eine ihrer Prüfungen auswählten«, erklärte ich, »denn nach der Verdrängung der Ostgoten war die Stadt vom 6. bis ins 8. Jahrhundert Verwaltungssitz des byzantinischen Reichs in Italien, das sogenannte Exarchat. Was ich aber nicht verstehe, ist, warum gerade Ravenna für die Todsünde des Neids charakteristisch sein soll.«

»Weil Ravenna in seiner Blütezeit, in diesen beiden Jahrhunderten des Exarchats, die Sie, Dottoressa, soeben erwähnt haben, in einem wahrhaften Wettstreit mit Rom stand, das zu jener Zeit ein elendes Nest war.«

»Roms Geschichte kenne ich, Hauptmann«, erwiderte ich

schnippisch, »ich bin hier die einzige Italienerin, falls Ihnen das entgangen sein sollte.«

Der Hauptmann blickte mich nicht einmal an. Er drehte sich zu Farag und ignorierte mich völlig.

»Wie Sie wissen, erlosch das Weströmische Reich im 5. Jahrhundert, und die Ostgoten bemächtigten sich der gesamten italienischen Halbinsel. Als die Byzantiner sie unter Justinian im 6. Jahrhundert zurückeroberten, ernannten sie jedoch nicht Rom zur Hauptstadt des Westens, wie dies zu erwarten gewesen wäre, sondern Ravenna, da in Rom der Papst regierte, mit dem Byzanz schon seit Langem verfeindet war.«

»Weil sich, damals wie heute, der Papst in Rom für den einzig wahren Nachfolger des heiligen Petrus hielt, vergessen Sie das nicht, Kaspar«, meinte Farag mit spöttischem Unterton. »Bestünde nicht dieses winzige Detail, wäre die Einigkeit der Christen auf der ganzen Welt einfacher zu erreichen.«

Glauser-Röist sah ihn schweigend an und verzog dabei keine Miene.

»Da Rom von Byzanz in den Hintergrund gedrängt wurde«, nahm er seine Erzählung ein paar Sekunden später wieder auf, als hätte Professor Boswell überhaupt nichts gesagt, »verkam die Stadt zusehends, während Ravenna weiter wuchs, blühte und gedieh. Doch statt sich in Ruhm und Reichtum zu sonnen, widmete sich die Stadt Ravenna mit aller Kraft dem Ziel, die einstige Größe ihrer Rivalin in den Schatten zu stellen. Nicht nur, dass man Rom mit prächtigen byzantinischen Bauten zu übertreffen suchte, die noch heute der Stolz der Stadt und ganz Italiens sind, nein, man führte in Rom auch die Verehrung des Schutzpatrons von Ravenna ein, des heiligen Apollinaris, und zwar im Petersdom selbst.«

Farag stieß einen leisen, langgezogenen Pfiff aus.

»Ja, wirklich«, räumte er verblüfft ein, »ich würde sagen, dass die Missgunst eine der besonderen Eigenschaften des byzantinischen Ravenna war. Ganz schön gemein, das mit dem heiligen Apollinaris. Und woher wissen Sie das alles?«

»Zufälligerweise gibt es in Ravenna ein bischöfliches Ordinariat. Viele Menschen auf der ganzen Welt arbeiten im Augenblick für uns, vor allem in den sechs Städten, die wir noch zu besuchen haben. Sie sollten wissen, dass dort schon alles für unsere Ankunft bereitsteht.« Er lockerte sich die Krawatte noch etwas, bevor er fortfuhr: »Die Festnahme der Wächter des Kreuzes ist ein riesengroßes Unterfangen, das wir nun nicht mehr im Alleingang zu bewältigen haben. Allen christlichen Kirchen liegt sehr viel daran.«

»Schön, doch im Gegensatz zu uns setzen all diese Leute nicht ihr Leben aufs Spiel, weder in *Agios Konstantinos Akanzon* noch sonst irgendwo.«

»Jetzt heißt es San Constantino Acanzio«, brachte ich in Erinnerung.

»Ja, und über so viel unnützem Gerede haben wir die restlichen Informationen über die alte Abtei ganz vergessen«, murrte der Hauptmann und richtete seine Augen wieder auf den Bildschirm. »Das alte Kloster ist anscheinend schon ziemlich baufällig, doch wohnt dort noch eine kleine Gemeinschaft von Benediktinern, die für Ausflügler ein Gästehaus unterhält. Es befindet sich mitten im Wald von Palù, der sich über fünftausend Hektar erstreckt.«

»Wie eng ist die Pforte und wie schmal der Weg, der zum Leben führt! Und wenige sind's, die ihn finden!«, wiederholte ich laut.

»Müssen wir diesen Wald durchqueren?«, wollte Boswell wissen.

»Der Wald ist im Privatbesitz der Mönche. Ohne ihre Erlaubnis darf man ihn nicht betreten«, erklärte Glauser-Röist mit einem Blick auf den Bildschirm. »In jedem Fall werden wir mit dem Hubschrauber zu dem Gästehaus gebracht.«

»Das behagt mir schon mehr!« Es versprach lustig zu werden, den Himmel mit einer Kaffeemühle zu erobern.

»Nun, Dottoressa, was ich Ihnen jetzt sagen werde, wird Ihnen, glaube ich, nicht ganz so behagen: Packen Sie bitte noch heute Abend Ihre Koffer, denn wir werden nicht eher nach Rom zurückkehren, als bis uns der gegenwärtige Cato begleitet. Morgen Nacht wird uns eine ›Westwind II‹ der Alitalia am Flugplatz von Ravenna erwarten, um uns auf dem kürzesten Weg nach Jerusalem zu bringen. Das ist ein Befehl Seiner Heiligkeit.«

FÜNF

Der schmale, rautenförmige Hubschrauberlandeplatz des Vatikans grenzte an die Mura di Leone IV., welche seit elf Jahrhunderten den Stadtstaat vom Rest der Welt trennte. Soeben war die Sonne im Osten aufgegangen und erhellte nun einen wolkenlosen, strahlendblauen Himmel.

»Wir werden einen Flug mit prächtiger Sicht haben, Hauptmann!«, schrie der Pilot des ›Dauphin AS-365-N2‹. »Es ist ein wunderbarer Morgen.«

Die Motoren liefen bereits, und die Rotorblätter drehten sich so ruhig wie bei einem riesigen Ventilator; das Geräusch ähnelte so ganz und gar nicht dem Knattern, das ich aus Filmen kannte. Der Pilot, ein junger Mann von kräftiger Statur mit roten Wangen und blonden Haaren, steckte in einem grauen, mit Taschen übersäten Fliegeroverall und hatte ein aufrichtiges und sympathisches Lächeln. Er konnte den Blick nicht von uns abwenden; er fragte sich wohl, wer wir sein mochten, dass wir seinen blitzend weißen ›Dauphin‹ benutzen durften.

Ich war noch nie mit einem Helikopter geflogen und deshalb etwas nervös. Farag hingegen musterte alles um uns herum mit dem neugierigen Blick eines Touristen, der zum ersten Mal eine chinesische Pagode besucht.

Am Abend zuvor hatte ich nervös gepackt. Ferma, Margherita und Valeria hatten mir dabei sehr geholfen: Eiligst hatten sie meine Wäsche in die Maschine gesteckt, alles gebügelt, zusammengelegt und im Koffer verstaut und mich mit Scherzen, Lachen und einem guten Abendessen aufzuheitern versucht. Ich hätte mich eigentlich wie eine Heldin fühlen müssen, die sich aufmacht, die Welt zu retten, stattdessen war mir jedoch ganz beklommen zumute, als hätte man mir eine Last aufgebürdet, die ich nicht zu definieren wusste. Es war, als wären die letzten Minuten meines Lebens angebrochen und ich würde mein letztes Abendmahl genießen. Aber das Allerschlimmste war, dass meine Mitschwestern danach in der Hauskapelle die Fürbitten sprachen und mit lauter Stimme für mich und unsere Mission beteten. Da konnte ich die Tränen nicht mehr zurückhalten. Aus irgendeinem unerfindlichen Grund spürte ich, dass es keine Wiederkehr gäbe, dass ich hier nie wieder gemeinsam mit den Schwestern meine Gebete verrichten würde. Ich versuchte mir diese unbegründeten Ängste aus dem Kopf zu schlagen und sagte mir, dass ich tapfer sein müsse, nicht so schreckhaft und feige. Wenn ich nicht zurückkehren würde, dann wäre es wenigstens für eine gute Sache gewesen, für eine Sache der Kirche.

Nun stand ich also auf dem Heliport des Vatikans, bekleidet mit meinen frisch gewaschenen und gebügelten Hosen, und sollte gleich zum ersten Mal in meinem Leben mit einem Hubschrauber fliegen. Als der Pilot und der Hauptmann uns aufforderten, einzusteigen, bekreuzigte ich mich. Überrascht stellte ich fest, dass die Kabine sehr komfortabel und geräumig war und über eine Klimaanlage und große Fenster verfügte. Von wegen unbequeme Metallbänke und militärische Apparaturen! Zudem herrschte eine Stille wie in einer Kirche, der Hubschrauber musste wohl besonders schallisoliert sein. Farag und ich ließen uns in weich gepolsterten weißen Ledersesseln nieder, während unser Gepäck im hinteren Teil verstaut wurde. Hauptmann Glauser-Röist nahm den Platz des Kopiloten ein.

»Wir starten«, verkündete Farag mit einem Blick aus dem Fenster.

Leicht schwankend hob der Hubschrauber senkrecht vom Boden ab; hätten die Motoren nicht so stark vibriert, wäre mir nicht einmal bewusst geworden, dass wir schon in der Luft waren.

Es war ein unbeschreibliches Gefühl, so dahinzuschweben; der Helikopter vollführte eine Art Tanz mit Bewegungen, die ein normales Flugzeug nie hätte durchführen können. Die Sonne zu unserer Rechten blendete mich allerdings so sehr, dass ich nur mit zugekniffenen Augen aus dem Fenster blicken konnte. Plötzlich schob sich Farags Gestalt vor das gleißende Licht.

»Du musst sie mir nicht zurückgeben«, meinte er lächelnd, während er mir etwas über die Ohren schob, »ich dachte mir schon, dass ein Bücherwürmchen wie du so etwas nicht besitzt.«

Er hatte mir eine Sonnenbrille aufgesetzt, mit der ich jetzt wieder ganz ungezwungen alles um mich herum betrachten konnte, wobei mir als Erstes auffiel, dass sein helles Haar im Widerschein des hereinfallenden Lichts glänzte.

Die Sonne stieg immer höher, und unser Hubschrauber überflog schon die Stadt Forlì am Rande des Apennin, die etwa zwanzig Kilometer von Ravenna entfernt lag. Über die Kabinenlautsprecher teilte Glauser-Röist uns mit, dass wir in einer Viertelstunde die Po-Ebene erreichen würden, wo uns der Hubschrauber absetze und dann zum Flugplatz La Spreta in Ravenna fliege, um dort auf weitere Anweisungen zu warten.

Die fünfzehn Minuten vergingen buchstäblich wie im Flug. Dann neigte sich die Maschine plötzlich, und wir begannen zu sinken. Mein Puls hämmerte.

»Wir sind jetzt auf einer Höhe von fünfhundert Fuß«, erklang die metallene Stimme des Hauptmanns, »und überfliegen gerade den Wald von Palù. Schauen Sie sich das Gehölz genau an.«

Farag und ich drückten uns die Nasen an den Scheiben platt. Unter uns erstreckte sich ein grüner Teppich aus mächtigen Bäumen, der weder Anfang noch Ende zu haben schien und meine vage Vorstellung davon, wie groß fünftausend Hektar sein konnten, bei Weitem übertraf.

»Zum Glück mussten wir ihn nicht zu Fuß durchqueren«, murmelte ich, ohne den Blick vom Wald abzuwenden.

»Mal nicht den Teufel an die Wand …«, erwiderte Farag.

»Links unten können Sie das Kloster sehen«, ertönte wieder die Stimme des Hauptmanns. »Wir werden auf der Lichtung gegenüber der Klosterpforte landen.«

Boswell setzte sich neben mich, um die Abtei näher in Augenschein zu nehmen. Von dem, was Jahrhunderte zuvor ein Hort der Andacht und des Gebets gewesen sein musste, schien neben dem einfachen, runden Campanile mit vier Stockwerken und einem Kreuz auf dem Wetterdach lediglich die robuste Mauer übrig geblieben zu sein, welche den Klosterkomplex umgab. Aus der Vogelperspektive betrachtet, waren sonst nur ein Haufen Ruinen und hier und da vereinzelte Mauern auszumachen, die jederzeit einzustürzen drohten. Erst als wir zum Sinkflug auf die Lichtung ansetzten und die rotierenden Flügelblätter unseres Hubschraubers Bewegung in den Wald brachten, entdeckten wir in der Nähe der Klostermauern ein paar kleine, noch intakte Gebäude.

Kaum war die Maschine sanft gelandet, öffneten Farag und ich auch schon die Tür der Kabine, ohne zu merken, mit welch immenser Kraft sich die Rotoren noch immer drehten, so dass wir beinahe wie ein paar jämmerliche Plastiktüten durch die Luft gewirbelt wurden, als wir herauskletterten. Farag musste mich am Ellbogen packen und aus der Turbulenz herauszerren, weil ich mich sonst, dumm wie ich war, dem Zyklon ausgeliefert hätte.

Der Hauptmann ließ auf sich warten. Er sprach im Cockpit mit dem jungen Piloten, der von unserer Warte aus nur noch aus einem runden Helm mit blendendem, schwarzem Visier zu bestehen schien. Der Mann nickte mit dem Kopf und beschleunigte die Motoren wieder, während Glauser-Röist sich mit geringerer Mühe als wir durch den Wirbelsturm kämpfte. Dann erhob sich die Maschine in die Lüfte, und in wenigen Sekunden war nur noch ein weißer Fleck am Himmel zu sehen. Mein erster Flug im Hubschrauber war überwältigend gewesen und bei der nächstbesten Gelegenheit eine Wiederholung wert. Und doch hatte mein Gehirn das Erlebnis im Bruchteil einer Sekunde abgehakt, denn Farag, der Hauptmann und ich standen endlich vor der eisernen Pforte des Benediktinerklosters *Agios Konstantinos Akanzon*, und das einzige Geräusch, das nunmehr an unsere Ohren drang, war das Zwitschern der Vögel.

»Schön, jetzt sind wir also da«, erklärte der Felsen und blickte sich um. »Lassen Sie uns jetzt unseren Freund, den Staurophylax, suchen gehen, der diese Prüfung beaufsichtigt.«

Doch das war gar nicht nötig, denn plötzlich tauchten wie aus dem Nichts zwei betagte Mönche in schwarzen Benediktinerkutten auf dem Kiesweg auf, der an der Pforte in der Klostermauer endete.

»Buon giorno«, rief einer der beiden und winkte, während der andere die Gittertür öffnete, »suchen Sie eine Unterkunft?«

»Ja, Pater«, antwortete ich.

»Und wo sind Ihre Rucksäcke?«, fragte der Ältere von beiden, während er die Hände vor der Brust verschränkte, so dass die Ärmel seiner Kutte darüberfielen.

Der Hauptmann hob den seinen hoch, damit sie ihn sehen konnten.

»Hier drin haben wir alles, was wir brauchen.«

Jetzt standen sie uns gegenüber. Die Mönche waren noch viel älter, als ich zunächst geschätzt hatte, doch hatten sie ein heiteres Gemüt und begrüßten uns mit einem freundlichen Lächeln.

»Haben Sie schon gefrühstückt?«, fragte der, der noch ein paar Haare auf dem Kopf hatte.

»Ja, danke«, antwortete Farag.

»Dann zeigen wir Ihnen am besten gleich das Gästehaus.« Er musterte uns von oben bis unten und fügte dann hinzu: »Drei Zimmer, nicht wahr? Oder sind Sie mit einem der beiden verheiratet, junge Frau?«

Ich lächelte.

»Nein, Pater. Mit keinem.«

»Wieso sind Sie eigentlich im Hubschrauber gekommen?«, wollte der andere Greis voll kindlicher Neugier wissen.

»Wir haben nicht viel Zeit«, erklärte ihm der Felsen, der sehr langsam ging, damit die Alten mit uns Schritt halten konnten.

»Oh, dann müssen Sie sehr reich sein. Eine Reise im Hubschrauber kann sich nicht jeder leisten.«

Die beide Mönche lachten laut auf, als hätten sie gerade den besten Witz der Welt gemacht. Wir warfen uns verstohlene Blicke zu: Entweder waren diese Staurophylakes vollendete Schauspieler, oder wir hatten uns gründlich geirrt, und dies war nicht der Ort, den wir suchten. Ich ließ kein Auge von den beiden, um das geringste Anzeichen von Täuschung zu entdecken, aber in ihren runzligen Gesichtern spiegelte sich nur kindliche Unschuld, und auch ihr Lächeln schien vollkommen aufrichtig zu sein. Hatten wir einen Fehler begangen?

Auf dem Weg zum Gästehaus erzählten uns die Mönche kurz die Geschichte des Klosters, wobei sie betonten, dass sie besonders stolz auf die byzantinischen Fresken seien, welche das Refektorium schmückten, und ebenso auf die Kirche, deren Instandhaltung sie ihr ganzes Leben widmen würden, einmal abgesehen von der Bewirtung der wenigen Ausflügler, die zu ihnen kämen. Dann wollten sie wissen, wie es uns in den Sinn gekommen sei, San Constantino Acanzio zu besichtigen, und wie lange wir zu bleiben gedächten. Natürlich würden sie auch gern ihre Mahlzeiten mit uns teilen, fügten sie umgehend hinzu, und falls wir ihre Aufmerksamkeiten für angemessen hielten, hätten sie durchaus nichts dagegen, wenn wir, da wir ja so reich seien, bei unserer Abreise ein gutes Trinkgeld hinterließen. Woraufhin sie erneut wie glückliche Kinder kicherten.

Während wir so gingen und plauderten, kamen wir an einem kleinen Garten vorbei, in dem ein weiterer alter Benediktiner, über einen Spaten gebeugt, mühsam die Erde umgrub.

»Pater Giuliano, wir haben Gäste!«, rief einer unserer Begleiter.

Pater Giuliano beschattete mit einer Hand die Augen, um uns besser sehen zu können, und brummte etwas Unverständliches.

»Pater Giuliano ist unser Abt, weshalb Sie besser zu ihm gehen und guten Tag sagen sollten«, empfahl uns leise einer der Mönche, »höchstwahrscheinlich hält er Sie eine Weile mit Fragen auf. Wir erwarten Sie dann im Gästehaus. Wenn er Sie gehen lässt, folgen Sie jenem Pfad dort und biegen dann nach rechts ab. Sie können es gar nicht verfehlen.«

Der Hauptmann begann ungeduldig zu werden und schlechte Laune zu bekommen. Wir wurden das Gefühl nicht los, uns gewaltig geirrt zu haben und hier nur unsere Zeit zu verschwenden. Diese Mönche entsprachen nicht im Entferntesten der Vorstellung, die wir uns von den Staurophylakes gemacht hatten. Aber was für ein Bild hatten wir eigentlich von den Wächtern des Kreuzes, fragte ich mich, als wir den Garten betraten. Mit Bestimmtheit hatten wir nur einen, unseren jungen Äthiopier Abi-Ruj Iyasus, gesehen, denn konnten die beiden anderen nicht bloß der Küster von Santa Lucia und irgendein Pater von Santa Maria in Cosmedin sein?

Die beiden Alten waren über den Pfad verschwunden. Auf seinen Spaten gestützt, unbeweglich wie ein Monarch vor seinem Thron, sah uns der Abt entgegen.

»Wie lange beabsichtigt ihr zu bleiben?«, knurrte er, kaum dass wir vor ihm standen.

»Nicht lange«, knurrte der Hauptmann zurück.

»Und was hat euch nach San Constantino Acanzio geführt?« Dem Ton seiner Stimme nach zu urteilen, schien dies ein Verhör dritten Grades zu werden. Sein Gesicht konnten wir nicht sehen, weil die weite Kapuze seines Habits es verdeckte.

»Die Flora und die Fauna«, brummte der Hauptmann.

»Die Landschaft, Hochwürden, die Landschaft. Und die Ruhe«, beeilte sich der Professor versöhnlich hinzuzufügen.

Da packte der Abt mit beiden Händen den Spaten, holte Schwung und rammte ihn in die Erde. Er hatte uns den Rücken zugekehrt.

»Dann geht zum Gästehaus. Man erwartet euch.«

Verwirrt und erstaunt über die kurze Unterhaltung, verließen wir den Garten und schlugen den Weg ein, den man uns gezeigt hatte. Er führte in ein schattiges Waldstück und wurde immer schmaler, bis es schließlich nur noch ein Trampelpfad war.

»Was sind das für hohe Bäume, Kaspar?«

»Hier gibt es alles Mögliche«, erklärte der Felsen, ohne den Kopf zu heben, als hätte er sie vorher schon betrachtet. »Eichen, Eschen, Ulmen, Silberpappeln … normalerweise werden diese Arten allerdings nicht so groß. Wahrscheinlich ist hier der Boden besonders fruchtbar, oder die Mönche von San Constantino haben im Laufe der Jahrhunderte spezielle Samen gezüchtet.«

»Sie sind wahrlich beeindruckend!«, rief ich und blickte staunend in die dichte Pflanzenkuppel, die dem Weg reichlich Schatten spendete.

Nachdem wir eine gute Weile schweigend weitergegangen waren, fragte Farag auf einmal: »Sprachen die Mönche nicht von einer Abzweigung, an der wir dann nach rechts gehen müssen?«

»Es kann nicht mehr weit sein«, tröstete ich ihn.

Doch die Minuten verstrichen, und noch immer kam keine Wegkreuzung in Sicht.

»Ich glaube, wir haben sie übersehen«, sagte der Felsen und blickte auf die Uhr.

»Das meinte ich schon vor einer ganzen Weile.«

»Gehen wir weiter«, wandte ich ein. Schließlich hatten wir den Weg eingeschlagen, den uns die Mönche gezeigt hatten.

Nach über einer halben Stunde musste ich jedoch meinen Irrtum eingestehen. Wir schienen immer tiefer ins Innere des Waldes vorzudringen. Der Pfad war kaum noch zu erkennen, und durch die dichten Baumkronen war selbst der Stand der Sonne nicht mehr auszumachen, so dass wir nicht wussten, in welche Richtung wir eigentlich gingen. Zum Glück war es noch einigermaßen kühl und unsere Wanderung nicht sonderlich anstrengend.

»Wir kehren um«, befahl Glauser-Röist mürrisch.

Weder Farag noch ich widersprachen, denn es war offensichtlich, dass dieser Weg uns nicht zum Gästehaus führte, selbst wenn wir den ganzen Tag weitergegangen wären. Seltsam war dann allerdings, dass wir auf die Abzweigung stießen, kaum waren wir einen Kilometer zurückgegangen.

»Hier spielt uns jemand einen Streich!«, tobte der Felsen. »An dieser Weggabelung sind wir nicht vorbeigekommen.«

»Wollt ihr meine Meinung wissen?«, fragte Farag selbstgefällig schmunzelnd. »Ich glaube, wir stehen am Anfang von Dantes zweitem Kreis. Vorher haben sie diese Pfade wahrscheinlich irgendwie getarnt und danach wieder freigelegt, damit wir sie auf dem Rückweg finden. Einer von ihnen führt zum Ziel.«

Das schien den Hauptmann ein wenig zu besänftigen.

»In diesem Fall handeln wir so, wie man es von uns erwartet.«

»Welchen nehmen wir? Den linken oder den rechten?«

»Und wenn das doch nicht die Prüfung ist?«, hielt ich dagegen und runzelte die Stirn. »Wenn wir uns einfach nur verlaufen haben und jetzt Gespenster sehen?«

Sie blieben mir die Antwort auf meine Frage schuldig. Jeder für sich begann sich umzusehen und mit der Schuhspitze suchend die Steinchen auf dem Boden hin und her zu schieben. Sie wirkten wie zwei Entdeckungsreisende oder, schlimmer noch, wie zwei schnüffelnde Jagdhunde, die eine erlegte Beute zwischen dem Laubwerk witterten.

»Hier! Ich hab's! Hierher!«, schrie Farag auf einmal.

Winzig wie ein Fingernagel war an einem Baumstamm, der am Weg zu unserer Linken stand, ein kleines konstantinisches Christogramm zu erkennen.

»Wie ich es euch vorher gesagt habe!«, rief er hocherfreut. »Hier geht's lang!«

Dieses »Hier geht's lang« bedeutete jedoch erneut ein langes Wegstück, welches uns zu einer drei Meter hohen Hecke führte, die uns den Weg versperrte. Es war schon fast Mittag. Staunend blieben wir davor stehen. So müsste sich ein Targi fühlen, wenn er mitten in der Wüste auf einen Wolkenkratzer stieße.

»Ich glaube, wir sind am Ziel«, murmelte der Professor.

»Und? Was machen wir jetzt?«

»Wir gehen daran entlang, nehme ich an. Vielleicht gibt es ja irgendwo einen Durchgang. Wahrscheinlich ist auf der anderen Seite etwas zu entdecken.«

Wir folgten der Hecke etwa zwanzig Minuten, bis ihre regelmäßige Form endlich abbrach. Eine Öffnung von gut zwei Meter Breite schien uns aufzufordern, hindurchzugehen, und ein Christusmonogramm aus beschlagenem Eisen auf dem Boden gab uns unmissverständlich zu verstehen, was zu tun war.

»Der Kreis der Missgünstigen«, murmelte ich, während meine linke Hand unwillkürlich den Unterarm berührte, auf dem die Skarifikation des ersten Kreuzes noch ganz frisch war.

»Los, Basileia, man soll von uns nicht behaupten können, dass wir feige sind!«, stieß Boswell vergnügt hervor und durchschritt die Öffnung.

Doch was war das? Vor unserer Nase erstreckte sich eine weitere Hecke, ohne dass man deren Ende ausmachen konnte, so dass sich zwischen beiden ein unendlich langer Gang bildete.

»Haben die Herrschaften einen besonderen Wunsch? Sollen wir nach links oder nach rechts spazieren?«, erkundigte sich Boswell, noch immer gut gelaunt.

»Welche Richtung schlägt denn Dante auf dem zweiten Gesims ein?«, fragte ich.

Der Hauptmann zog aus seinem Rucksack das abgegriffene Exemplar der ›Göttlichen Komödie‹ und begann zu blättern.

»Hören Sie, was in der dritten Strophe steht«, sagte er, sichtlich bewegt. »›Kein Bild ist hier, kein Zeichen ist zu sehen, so zeigt die glatte Wand sich, und so der glatte Weg.‹ Und vier Verse weiter unten, sich auf Vergil beziehend: ›Dann wandt' er nach der Sonne seine Augen, auf seiner Rechten dreht' er sich herum, und seine Linke machte eine Wendung.‹ Wir sind uns wohl einig, dass man keine eindeutigere Anweisung erwarten kann.«

»Und wo ist sie?«, fragte ich und blickte mich um. Die mächtigen Bäume standen hier so dicht beisammen, dass der Stand der Sonne nur schwer zu erraten war.

Der Hauptmann blickte auf seine Uhr, zog einen Kompass heraus und wies dann auf einen Punkt am Himmel.

»Sie muss ungefähr dort stehen.«

Er hatte recht. Jetzt, wo wir es wussten, war es auch einfacher, die Kraft des Lichts wahrzunehmen, das durch das Geäst fiel.

»Aber wir können nicht sicher sein, dass Vergil zur selben Stunde wie wir zur Sonne blickte«, wandte Farag nun ein, »davon hängt viel ab.«

»Lassen wir das Schicksal sprechen«, schlug ich vor. »Wenn die Staurophylakes gewollt hätten, dass wir eine ganz bestimmte Richtung einschlagen, hätten sie es uns irgendwie wissen lassen.«

Glauser-Röist, der noch immer in der ›Göttlichen Komödie‹ blätterte, hob den Kopf und schaute uns mit leuchtenden Augen an.

»Nun, wie Sie schon gesagt haben, Dottoressa, wir sollten das

Schicksal sprechen lassen. Und es ist uns wohlgesinnt: Vergil und Dante kommen kurz nach Mittag auf dem zweiten Gesims an. Das heißt, fast zur selben Zeit wie wir.«

Mit einem zufriedenen Lächeln wandte ich das Gesicht zur Sonne, stemmte den rechten Fuß auf den Boden und drehte mich dann nach links, was sich als der Gang zu unserer Rechten herausstellte. Also machten wir uns auf, den »glatten« Weg zwischen den »glatten« Wänden entlangzugehen, die sich jedoch als nicht ganz so glatt entpuppten, da sie aus dicht verzweigtem Laubwerk bestanden. Auch der Weg erwies sich nicht als vollkommen »glatt«, da alle hundert bis zweihundert Meter ein hölzerner Stern fest im Erdboden verankert war. Anfangs stellten wir noch Vermutungen über deren mögliche Bedeutung an, doch nach etwa einer Stunde beschlossen wir, dass es uns einerlei sein konnte, was auch immer sie darstellen mochten.

Wir wanderten noch eine gute Stunde zügigen Schrittes weiter, ohne dass sich irgendetwas am Panorama geändert hätte: ein erdiger, mit Sternen übersäter Pfad in der Mitte, umgeben von ein paar hohen grünen Wänden, die sich, perspektivisch betrachtet, irgendwo vor uns in der Ferne vereinten.

Allmählich wurde ich müde. Meine Füße brannten entsetzlich, und ich hätte alles gegeben für einen Stuhl oder, besser noch, für einen bequemen Sessel wie jenen im Hubschrauber. Aber wie Dante und Vergil – obwohl Letzterer, weil er ein Geist war, nie müde wurde – mussten wir zuerst eine ziemlich große Strecke zurücklegen, bevor wir auf etwas stießen, das der Erwähnung wert war.

»Mir kommt da ein Zitat von Borges in den Sinn«, murmelte Farag, »es lautet: ›Ich weiß von einem griechischen Labyrinth, das nur aus einer einzigen Geraden besteht. Auf ihr haben sich schon so viele Philosophen verirrt, dass sich wohl auch ein einfacher Detektiv darauf verirren kann.‹ Ich glaube, es stammt aus seinem Erzählband ›*Artificios*‹.«

»Und erinnerst du dich an jenen unendlichen Kreis, der sein Zentrum überall haben kann und dessen Umfang so groß ist, dass er eine Gerade zu bilden scheint?« Auch ich hatte Borges gelesen; weshalb sollte ich also nicht damit angeben?

Gegen fünf Uhr nachmittags wurde endlich, ohne dass einer von uns Hunger oder Durst verspürt hätte, die zweite, innere Hecke von einer eisernen Pforte unterbrochen, die ebenso hoch wie die Umzäunung und etwa achtzig Zentimeter breit war. Als wir sie aufstießen und ihre Schwelle überschritten, machten wir ein paar sehr interessante Entdeckungen: Zum einen erwiesen sich unsere Hecken als solide, mit Kletterpflanzen vollkommen überwucherte Steinmauern von fast einem halben Meter Dicke; zum anderen hatte man jene Pforte so entworfen, dass sie nicht wieder zu öffnen wäre, sobald wir sie hinter uns geschlossen hätten.

»Und wenn wir irgendetwas dazwischenklemmen?«, schlug der Professor vor, der an diesem Tag sehr einfallsreich zu sein schien.

Da keine Steine herumlagen und die verdammte Kletterpflanze zu allem Unglück so kräftig war wie Hanf und wie der Teufel stach, kamen wir auf keine bessere Lösung, als Farags Uhr zu benutzen, die er großzügig anbot, da sie aus Titan war. Als wir jedoch das eiserne Gitter dagegenlehnten – wobei wir wirklich mit unendlich viel Fingerspitzengefühl vorgingen –, gab das arme Uhrwerk schon Sekunden später unter dessen Gewicht nach und zersprang in tausend Stücke.

»Tut mir leid, Farag«, sagte ich teilnahmsvoll. Doch er schien über den Verlust eher verwirrt denn betrübt zu sein.

»Machen Sie sich keine Sorgen, Professor, der Vatikan wird sie Ihnen ersetzen. Schlimm daran ist nur, dass die Tür nun nicht mehr zu öffnen ist.«

»Na, das heißt doch, dass wir auf dem richtigen Weg sind, oder?«, meinte ich beherzt.

Wir setzten unseren Marsch in die gleiche Richtung fort. Der Gang war noch etwas schmaler als der vorige. Es wurde immer dunkler. Vielleicht gab es ja außerhalb des Waldes noch genügend Licht, aber hier, unter dem dichten Laubwerk, war kaum noch etwas zu erkennen.

Wir waren noch keine hundert Meter gegangen, als wir am Boden ein neues Symbol entdeckten, das dieses Mal wesentlich origineller war:

♄

Der Farbe nach zu urteilen, schien es aus Blei zu sein, obwohl wir uns dessen nicht hundertprozentig sicher sein konnten. Eines war jedoch gewiss: Wer auch immer es dort platziert haben mochte, hatte sich vergewissert, dass es keinen Zollbreit zu bewegen war. Es schien Teil des Erdbodens zu sein, als wäre es direkt daraus hervorgegangen.

»Die Form kommt mir sehr bekannt vor«, erklärte ich, nachdem ich in die Hocke gegangen war, um es näher zu untersuchen, »ist das nicht eines der Tierkreiszeichen?«

Der Hauptmann stand aufrecht vor uns in gespannter Erwartung des Urteils der beiden Sachverständigen.

»Nein. Es sieht zwar so aus, aber es ist keines«, widersprach Farag und wischte mit der Hand das trockene Laub weg, »das hier ist seit der Antike das Symbol für den Planeten Saturn.«

»Und was hat Saturn mit alldem hier zu tun?«

»Wenn wir das wüssten, Dottoressa, könnten wir schon nach Hause gehen«, knurrte der Felsen.

Unauffällig streckte ich ihm die Zunge heraus, was allerdings nur Farag sehen konnte, über dessen Gesicht jetzt ein verstohlenes Lächeln huschte. Dann standen wir auf und wanderten weiter. Die Dunkelheit senkte sich über uns herab. Hin und wieder hörte man einen Vogel kreischen oder die Blätter im Wind rauschen. Doch nicht genug damit: Es kühlte zudem noch merklich ab.

»Müssen wir hier etwa die Nacht verbringen?«, fragte ich und schlug fröstelnd den Kragen meiner Jacke hoch, die zum Glück aus Leder war und ein dickes Flanellfutter besaß.

»Ich fürchte ja, Basileia. Sie haben hoffentlich diese Möglichkeit in Betracht gezogen, Kaspar.«

»Was bedeutet *Basileia*?«, entgegnete der Hauptmann als einzige Antwort.

Mir begannen plötzlich die Knie zu zittern.

»*Basileia* war in Byzanz ein sehr geläufiges Wort. Es bedeutet ›ehrenwerte Dame‹.«

Was für ein Lügenbold!, dachte ich, während ich einen kaum wahrzunehmenden Seufzer der Erleichterung ausstieß. Weder ließ sich *Basileia* mit »ehrenwerte Dame« übersetzen, noch war es in Byzanz ein häufig vorkommendes Wort gewesen: Im wörtlichen Sinn bedeutete es »Kaiserin« oder »Prinzessin«.

Es war zwar erst halb sieben, dennoch musste der Hauptmann jetzt seine starke Taschenlampe einschalten, da um uns herum bereits unergründliche Finsternis herrschte. Wir liefen nun schon den ganzen Tag diese langen erdigen Pfade ab, ohne irgendwo angekommen zu sein. Endlich machten wir halt und ließen uns auf den Boden fallen, um nach dem Frühstück in Rom die erste Mahlzeit des Tages zu uns zu nehmen. Während wir die allmählich schon traditionellen Salami-Käse-Sandwichs verschlangen (der Hauptmann dachte wohl nicht daran, den Belag von einer Prüfung zur nächsten zu variieren), rekapitulierten wir die Ereignisse des Tages und kamen zu dem Schluss, dass uns noch viele Teile des Puzzles fehlten, trösteten uns aber damit, dass wir am folgenden Tag sicher wissen würden, woran wir wären. Eine Thermoskanne voller Kaffee gab uns vollends die gute Laune zurück.

»Was haltet ihr davon, wenn wir uns hier schlafen legen, und sobald es hell wird, wieder auf den Weg machen?«, wagte ich vorsichtig zu fragen.

»Gehen wir noch ein Stück«, hielt der Felsen dagegen.

»Aber wir sind müde, Hauptmann!«

»Kaspar, ich denke, wir sollten auf Ottavia hören. Es war ein langer Tag.«

Der Felsen gab schließlich, wenn auch widerwillig, nach. Also schlugen wir gleich dort unser improvisiertes Nachtlager auf. Der Hauptmann reichte uns ein paar Wollmützen, was uns zum Lachen brachte. Wir sahen ihn an, als ob er verrückt geworden wäre. Natürlich fühlte er sich gleich tief beleidigt.

»Ihre Ignoranz ist wirklich beschämend!«, zeterte er. »Haben Sie denn noch nie die Bauernweisheit gehört: ›Wenn du an den Füßen frierst, setz einen Hut auf‹? Für den Wärmeverlust des Körpers ist zu einem Großteil unser Kopf verantwortlich. Und der menschliche Organismus ist darauf programmiert, die Extremitäten zu opfern, bevor der Rumpf auskühlt. Wenn wir aber den Kopf warm halten, bleibt unsere Körpertemperatur konstant, und wir frieren nicht an Händen und Füßen.«

»Uff, ganz schön kompliziert! Ich bin doch nur ein einfältiger Mann aus der Wüste!« Farag lachte aus vollem Hals, stülpte sich aber genauso schnell wie ich die Mütze über beide Ohren. Irgendwie kam mir meine bekannt vor, doch wusste ich nicht, warum.

Dann zog der Felsen aus seinem Zauberrucksack etwas, was wie große Zigarettenschachteln aussah. Auch diese wollte er uns beiden in die Hand drücken. Selbstverständlich versuchten wir sie zuerst so freundlich wie möglich zurückzuweisen, bis Glauser-Röist, der sich anscheinend mit Geduld gewappnet hatte, uns erklärte, dass es sich dabei um Überlebensdecken handle, eine Art mit Aluminium überzogener Plastikfolie, die so gut wie nichts wog, aber sehr warm hielt. Meine war auf der einen Seite rot, auf der anderen silbern, die von Farag gelb und silbern und die vom Hauptmann orange und silbern. Und tatsächlich: Mit der Mütze und der Decke – die, wenn man sich bewegte, laut knisterte – merkten wir kaum, dass wir mitten im Wald unter freiem Himmel nächtigten. Vorsichtig ließ ich mich zwischen den beiden nieder und lehnte mich mit dem Rücken an die Kletterpflanzen. Der Hauptmann löschte die Taschenlampe. Ich vermute, dass mein Kopf beim Einschlafen ganz langsam immer weiter zu Farag sank, bis er schließlich auf seinen Schultern lag; jedenfalls kam mir, schon im Halbschlaf, in den Sinn, dass meine Wollmütze dieselbe war, welche die dunkelhaarige Frau auf dem Foto trug, das ich im Wohnzimmer des Hauptmanns gesehen hatte.

Gegen fünf Uhr morgens begann es hell zu werden – falls man diesen Übergang von schwarz zu dunkelgrau so bezeichnen konnte. Wir wachten alle drei gleichzeitig auf, sicherlich durch das laute Gezwitscher der Vögel, eine einzige ohrenbetäubende Arie. Noch ganz schlaftrunken fiel mir ein, dass es Samstag war und ich erst eine Woche vorher in Palermo mit meiner Familie Totenwache für meinen Vater und Bruder gehalten hatte. Im Stillen betete ich für sie, bevor ich schließlich die Augen aufschlug.

Mit einem Ruck standen wir auf, tranken einen Schluck von dem kalten Kaffee, sammelten unsere Siebensachen zusammen und machten uns wieder auf den Weg. Ohne Pause marschierten wir bis neun, halb zehn und zählten dabei über dreißig Symbole des Saturn. Nach einer kurzen Rast gingen wir weiter, wobei wir uns fragten, ob das nun eine Prüfung im Sinne von Dantes ›Purgatorio‹ war oder ob man nur unser Durchhaltevermögen auf die Probe stellen wollte. Mit einem Male erhob sich jedoch am Ende des Gangs eine Mauer vor uns.

»Achtung!«, verkündete Farag. »Wir sind gleich da!«

Die unbändige Lust, endlich anzukommen, beflügelte unsere Schritte. Doch weit gefehlt: Wir waren noch immer nicht am Ziel angelangt, denn auch wenn der Gang, durch den wir gekommen waren, an der mit Gestrüpp überwucherten Mauer endete, so entdeckten wir dort zu unserer Linken doch wieder eine weitere Eisentür, die genau gleich aussah wie die tags zuvor. Da wir schon wussten, dass sie unweigerlich hinter uns zufallen würde, überschritten wir niedergeschlagen ihre Schwelle; wir ahnten, dass sich uns auf der anderen Seite ein ganz ähnliches Bild bieten würde wie das, das wir gerade hinter uns ließen. De facto hätten wir sogar schwören können, dass wir immer noch im selben Gang waren, wäre der neue nicht noch schmaler gewesen als der vorige.

»Es sieht so aus, als ob wir stets parallel zum vorigen laufen und die Gänge immer enger beieinanderliegen.« Farag streckte die Arme aus: In dieser dritten Gasse waren seine Fingerspitzen nur noch eine Handbreit von den Schlingpflanzen entfernt. Aber auch diese hatten sich verändert: Die drei Meter hohen Mauern waren nun nicht mehr ausschließlich mit ineinander verschlungenen Zweigen und Blättern bedeckt, jetzt drohte auch ein Gestrüpp aus Stachelnuss, Weißdorn und Brennnesseln uns bei der geringsten Berührung zu stechen.

»Die Gänge sind schmaler geworden, stimmt«, gab Glauser-Röist zu und zog seinen Kompass zu Rate, »allerdings ist nicht so klar, ob dieser Gang wirklich parallel zum vorigen verläuft. So wie es aussieht, haben wir uns um etwa siebzig Grad nach links gedreht.«

»Im Ernst?«, fragte Farag überrascht und stellte sich ungläubig neben ihn, um die Kompassnadel zu betrachten, »tatsächlich!«

»Ich glaube, ich hatte gestern schon einmal von dem unendlichen Kreis gesprochen, der sein Zentrum überall haben kann und dessen Umfang so groß ist, dass er eine Gerade zu bilden scheint«, erklärte ich mit beißendem Spott, während ich mit den Fingerspitzen über einen der Stachel strich, die aus der Dornenhecke hervorragten. Wenn es sich nicht eindeutig um Pflanzen gehandelt hätte, wäre ich jede Wette eingegangen, dass sie vom besten Nadelfabrikanten der Welt stammten. Der Stachel hatte ein weiches schwarzes Flaumhärchen abgesondert, das jetzt innerhalb von Sekunden meine Haut rötete, die kurz darauf so wehtat, als hätte ich in ein brennendes Streichholz gefasst. »Mein Gott, das Gestrüpp hier brennt ja entsetzlich! Seht euch vor, dass ihr es nicht anfasst.«

»Lassen Sie mich mal sehen.«

Doch noch während der Hauptmann meine Hand untersuchte, gingen die Quaddeln zurück, und das Brennen ließ nach.

»Sie haben Glück gehabt: Das Jucken bei der Nesselart, in die Sie gefasst haben, scheint schnell vorüberzugehen. Aber wir wissen nicht, ob das bei allen Pflanzen hier der Fall ist. Passen Sie lieber auf.«

Wir versuchten also, nicht die dornigen Pflanzen zu streifen, deren Florette unsere Kleidung vollkommen zerfetzen konnten, und waren schon gut hundert Meter weitergegangen, als der Hauptmann, der ein paar Schritte vor uns ging, plötzlich stehen blieb.

»Hier ist noch eine seltsame Figur«, erklärte er.

Farag und ich beugten uns darüber, um sie zu inspizieren. Dieses Mal handelte es sich um eine kunstvolle Vier aus irgendeinem bläulich glänzenden Metall.

♃

»Das Symbol für den Planeten Jupiter«, bemerkte Boswell überrascht. »Hm … wenn es stimmt, dass wir uns im Kreis bewegen und in jedem Gang ein neuer Planet erscheint, ist das hier vielleicht eine große kosmologische Darstellung.«

»Möglich«, murmelte der Felsen und berührte die Figur, »eine kosmologische Darstellung aus Zinn.«

»Saturn war aus Blei«, erinnerte ich ihn.

»Ich weiß nicht, ich weiß nicht …«, brummte Farag schlecht gelaunt, »das alles ist höchst merkwürdig. Was soll das werden?«

Auf die folgende Pforte stießen wir etwa fünf Stunden später, nachdem wir mindestens dreißig Jupiter-Zeichen hinter uns gelassen hatten. Der nächste Gang – oder riesengroße Kreis, wie man es eben betrachtete – war wieder etwas enger und die Stechpflanzen noch dichter und gefährlicher. Hier fanden wir das Symbol für den Planeten Mars, welches aus Eisen geschmiedet war.

♂

»Ich denke, damit sind die letzten Zweifel beseitigt«, erklärte der Hauptmann.

»Wir durchwandern das Planetensystem.«

»Wir dürfen, glaube ich, nicht in heutigen Begriffen denken«, korrigierte mich Farag, während er sich über die Abbildung beugte. »Unsere Kenntnisse von den Gestirnen und dem Universum haben nichts mit dem gemein, was man in der Antike darüber wusste. Wenn Sie genau überlegen, werden Sie feststellen, dass die bis jetzt erfolgte Anordnung Saturn–Jupiter–Mars ist, das heißt, es fehlen die äußeren drei Planeten Pluto, Neptun und Uranus, die man erst in den letzten drei Jahrhunderten entdeckt hat. Ich würde also sagen, dass wir uns im Weltbild bewegen, das vom klassischen Griechenland bis zur Renaissance herrschte, das heißt, die Vorstellung von einer Fixsternsphäre – unserem allerersten Gang –, der Erde und den sieben Himmelskörpern.«

»Das war auch die Weltanschauung, die Dante hatte.«

»Natürlich, Hauptmann. Dante Alighieri, so wie alle vor ihm und sogar noch viele danach, glaubte, dass es neun ineinander verschachtelte Sphären gäbe. Die äußerste, die alle anderen umfasste, war die der Fixsterne und das Zentrum die Erde, auf der

der Mensch lebte. Keine dieser beiden Sphären bewegte sich jemals, ihre Position blieb unverändert. Die anderen hingegen, die, die dazwischenlagen, die der sieben damals bekannten Himmelskörper Saturn, Jupiter, Mars, Merkur, Venus, Sonne und Mond, kreisten um die Erde herum.«

»Neun Sphären und sieben Himmelskörper«, bemerkte Glauser-Röist. »Schon wieder die Neun und die Sieben.«

Ich blickte Farag an, ohne meine tiefe Bewunderung verhehlen zu können. Er war der intelligenteste Mann, den ich je kennengelernt hatte. Alles, was er gesagt hatte, Punkt für Punkt, stimmte, was zeigte, dass sein Gedächtnis ausgezeichnet, ja sogar noch besser als meines funktionierte. Bislang war ich noch nie jemandem begegnet, von dem ich dies behaupten konnte.

»Folglich muss die nächste Sphäre die von Merkur sein.«

»Dessen bin ich mir sicher, Kaspar, aber ich glaube auch, dass wir immer schneller vorankommen werden, da die Kreise ja ineinanderliegen, weshalb ihr Umfang notgedrungen kleiner werden muss.«

»Und die Pfade immer enger«, fügte ich hinzu.

»Na, dann los!«, ordnete der Felsen an. »Uns bleiben noch vier Gestirne.«

Bei Einbruch der Dämmerung erreichten wir die Pforte zur Bahn des Merkur. Ich hatte die ganze Zeit darüber nachgedacht, dass unser Äthiopier Abi-Ruj Iyasus wohl ein ganz außergewöhnlicher Mensch, ein wahrer Herkules, gewesen sein musste, wenn er all die Prüfungen der Bruderschaft bestanden hatte, und mit ihm all die anderen Wächter des Kreuzes, einschließlich Dante und Pater Bonuomo. Welcher Glaube, oder auch Fanatismus, hatte diese Menschen dazu gebracht, die ganzen Qualen zu ertragen? Und wenn sie schon so besonders, so weise waren: Warum übernahmen sie danach freiwillig unbedeutende Wachposten und führten ein nichtssagendes Leben im Verborgenen?

Wir übernachteten auf einem der Symbole Merkurs, das aus veilchenblauem, sehr glänzendem und poliertem Metall gegossen war, das wir nicht bestimmen konnten. Zum Schlafen mussten wir uns hintereinander auf dem Boden ausstrecken, da uns das Dornengestrüpp beiderseits des Pfades nicht mehr viel Bewegungsfreiheit ließ.

Erneut aufgeschreckt durch das laute Vogelgezwitscher, machten wir uns am nächsten Morgen mit dem ersten Tageslicht wieder auf den Weg. Uns taten sämtliche Knochen weh.

Als die Sonne am höchsten stand, gelangten wir an die fünfte Planetenbahn. Der Hauptmann verkündete uns, dass wir uns inzwischen, von unserem Ausgangspunkt betrachtet, um mehr als zweihundert Grad gedreht hatten, so dass uns nicht einmal mehr die Hälfte zu einer ganzen Umdrehung fehlte. Im Gang der Venus fanden wir lediglich zweiundzwanzig Symbole aus rötlichbraunem Kupfer. Eine Überraschung erwartete uns dann im nächsten Gang, dem Kreis der Sonne, der uns nicht mehr den Anblick von in der Ferne zusammenlaufenden Geraden, sondern von Bögen bot. Eine dornige Decke aus Stachelnuss und sonstigem Gestrüpp verband über unseren Köpfen die Seitenmauern miteinander, die darüber hinaus so nah an uns herangerückt waren, dass der Hauptmann, der Kräftigste von uns dreien, sich nur noch mit zusammengezogenen Schultern vorwärtsbewegen konnte. Was Farag betraf, so waren seine Jackenärmel schon zerrissen, bevor wir überhaupt das erste Symbol entdeckten, und auch ich musste sehr vorsichtig sein, wollte ich mir nicht unachtsamerweise einige Hundert jener fürchterlichen Stecknadeln in den Körper treiben lassen.

Das erste Symbol erschien fast unmittelbar darauf, ein einfacher Kreis mit einem Punkt in der Mitte. Er war aus reinstem Gold, das sogar noch im Dunkeln, unter den wenigen Lichtstrahlen, die durch das Gestrüpp drangen, funkelte. Wenn wir uns nicht in einer solch ernsten Lage befunden hätten, umgeben von Dornen, die von allen Seiten drohten, uns die Kleider zu zerfetzen und die Haut zu zerkratzen, wären wir sicher stehen geblieben, um die fünfzehn Sonnenzeichen näher zu betrachten; wir hatten es jedoch eilig, dort herauszukommen, irgendwohin zu gelangen, wo wir uns frei bewegen konnten, ohne durch die Nesseln hervorgerufene Quaddeln, zumal erneut die Nacht hereinbrach.

Von wahrer Panik ergriffen, dachten wir daran, was uns wohl erwartete, wenn wir die Pforte des Mondes, des siebten und letzten Himmelskörpers, durchschritten. Doch jede Vermutung, die wir gehegt hatten, so schrecklich sie auch sein mochte, blieb weit hinter der nahezu unfassbaren Wirklichkeit zurück. Als läge irgendetwas im Weg, ließ sich die Eisenpforte kaum weit genug öffnen, um hindurchschlüpfen zu können; dabei war es nur das Gestrüpp der gegenüberliegenden Mauer. Der Gang war nun schon so schmal, dass ihn nur ein Kind ohne einen Kratzer hätte durchqueren können. Die Dornenhecken an den Wänden und dem gewölbten grünen Dach waren so beschnitten, dass in der Mitte ein Loch in menschlicher Gestalt blieb. Den Kopf eingezwängt zwischen zwei Auswüchsen der stachligen Hecke, die sich um den Hals schlossen, konnten wir nichts anderes tun, als dem vorgezeichneten Weg zu folgen. Da Farag und Glauser-Röist das wie auf mich zugeschnittene Loch überragten und auch wesentlich breiter waren, drängte ich ihnen meine Jacke und meinen Pullover auf. Und auch die Überlebensdecken wollte ich ihnen umhängen, die sie, insbesondere den Hauptmann, nach Möglichkeit vor den entsetzlichsten Kratzern bewahren sollten. Farag weigerte sich jedoch rundheraus, sich von mir einpacken zu lassen.

»Wir alle werden unsere Kratzer davontragen, Basileia!«, rief er entrüstet. »Siehst du denn nicht, dass die Prüfung gerade darin besteht? Es ist Teil des Plans! Warum solltest ausgerechnet du mehr leiden als wir?«

Ich schaute ihm fest in die Augen, um ihn meine Bestimmtheit spüren zu lassen.

»Hör mir zu, Farag: *Ich* werde nur Kratzer abbekommen, aber ihr beide werdet euch ein paar tiefe Wunden zuziehen, wenn ihr euch nicht mit so vielen Kleidern wie nur irgend möglich schützt!«

»Professor Boswell«, unterbrach mich der Felsen, »die Dottoressa hat recht. Nehmen Sie endlich ihre Jacke und ziehen Sie sie über.«

»Und auch die Mützen«, fügte ich hinzu, »zieht euch die Mützen übers Gesicht.«

»Wir müssen Löcher für die Augen reinschneiden.«

»Du wirst dir aber auch das Gesicht mit einer Mütze bedecken, Ottavia. Das alles gefällt mir ganz und gar nicht …«, brummte Boswell.

»Sei unbesorgt. Ich ziehe mir auch eine über.«

Der Gang des siebten Gestirns war ein einziger Albtraum, auch wenn der Hauptmann meinte, dass die Symbole am Boden – zunehmende Monde aus Silber, die Schalen ähnelten – die schönsten im ganzen Labyrinth seien. Er konnte sie sehen, weil er uns voranging und die Taschenlampe trug; aber selbst wenn ich den Kopf zu ihnen hätte hinunterbeugen können – was ein Ding der Unmöglichkeit war –, so wäre es mir sicher egal gewesen. Ich erinnere mich, wie ich in meiner Verzweiflung Lust bekam, mich gegen die Pflanzen zu drücken, damit ein für alle Mal Schluss war mit den Hunderten von unerträglichen Stichen, den Schnitten an meinen Armen, Beinen und sogar Wangen, denn keine Wolle und kein Stoff der Welt waren in der Lage, diesen Dolchen Einhalt zu gebieten. Ich erinnere mich an das Frösteln, das mich überkam, als die Blutrinnsale auf der Haut zu trocknen begannen; daran, wie ich versuchte, mich in Gedanken an Jesus Christus zu beruhigen, der mit Dornen gekrönt den Kreuzweg durchlitt; daran, wie ich mich am Rande der Verzweiflung, der Hysterie fühlte. Doch vor allem anderen erinnere ich mich an Farags blutverschmierte Hand, die nach meiner tastete. Und ich glaube, dass es damals war, in diesen Minuten, in denen ich mich absolut nicht mehr unter Kontrolle hatte, als mir bewusst wurde, dass ich auf dem besten Wege war, mich in diesen fremden Ägypter zu verlieben, der immer in meiner Nähe war und auf mich aufzupassen schien und der mich hinter des Hauptmanns Rücken Basileia, »Kaiserin«, nannte. Es war eigentlich ausgeschlossen, und dennoch konnte das, was ich fühlte, nichts anderes sein als Liebe, auch wenn ich bis dahin noch nie etwas Ähnliches erfahren hatte, mit dem ich es vergleichen konnte. Denn ich hatte mich bis dahin noch nie verliebt, nicht einmal als junges Mädchen, weshalb ich die Bedeutung dieses Wortes nie begriffen und auch noch nie Liebeskummer gehabt hatte. Gott war stets mein Mittelpunkt gewesen und hatte mich immer vor diesen absonderlichen Gefühlen bewahrt, die meine Freundinnen und älteren Schwestern verrückt gemacht und sie dazu gezwungen hatten, lauter dummes Zeug zu reden. Und dennoch war ich, die ich schon fast vierzig Jahre auf dem Buckel hatte, gerade dabei, mich in diesen Fremden mit den blauen Augen zu verlieben, ich, Ottavia Salina, Schwester der Kongregation der Glückseligen Jungfrau Maria. Ich fühlte nun keine Dornen mehr. Und falls doch, so erinnere ich mich jedenfalls nicht mehr daran.

Offensichtlich focht ich auf dem restlichen Weg im Kreis des siebten Himmelskörpers einen erbitterten Kampf mit mir selbst aus, einen von vornherein aussichtslosen Kampf, obwohl ich damals noch dachte, etwas gegen dieses Gefühlschaos ausrichten zu können. Bevor wir zur letzten Pforte jenes teuflischen Labyrinths gelangten, war ich zu folgender Überzeugung gelangt: Dieses unbekannte Gefühl, das mich in Unruhe versetzte, das meinen Herzschlag beschleunigte und mich fast zum Weinen und gleichzeitig zum Lachen brachte, das mich nur für diese Hand leben ließ, die meine unentwegt drückte, konnte nur das absurde Ergebnis der schrecklichen Erlebnisse sein, die mir gerade widerfuhren. Sobald das Abenteuer mit den Staurophylakes zu Ende wäre, würde ich nach Hause zurückkehren, und alles wäre wieder so wie früher, ohne weitere Gefühlsausbrüche und ähnlichen Unsinn. Mein Leben würde wieder ins rechte Lot kommen, und ich würde meine Arbeit im Hypogäum wiederaufnehmen und mich zwischen meinen Kodizes und Büchern vergraben … Vergraben? Hatte ich da gerade *vergraben* gesagt? In Wirklichkeit konnte ich die Vorstellung nicht ertragen, ohne Farag, ohne Farag Boswell, zurückzukehren … Während ich seinen Namen ganz leise vor mich hin murmelte, damit er mich nicht hörte, zeichnete sich ein kindliches Lächeln auf meinen Lippen ab. Farag … Nein, ich könnte einfach nicht mehr ohne Farag weiterleben … aber *mit* Farag konnte ich nicht zurück! Ich war Nonne! Ordensschwester! Meine Arbeit, mein ganzes Leben drehte sich um diese Achse.

»Die Pforte!«, rief in diesem Augenblick der Hauptmann.

Ich hätte mich zu gern umgedreht, um *meinen* Professor anzusehen, um ihm zuzulächeln, ihn wissen zu lassen, dass ich bei ihm war. Ich *musste* ihm einfach in die Augen blicken! Ich musste ihm in die Augen blicken und ihm sagen, dass die Pforte vor uns lag, selbst wenn er es längst wusste. Aber wenn ich den Kopf auch nur einen Zentimeter drehte, würden die Dornen meine Nase aufspießen. Das war dann auch meine Rettung: Diese letzten Sekunden in der Umlaufbahn des Mondes brachten mich wieder zur Vernunft. Vielleicht war es die Tatsache, dass wir am Ziel angelangt waren, oder die Gewissheit, dass ich mich auf ewig zugrunde richtete, wenn ich diesen intensiven Gefühlen weiterhin freien Lauf ließe: Jedenfalls setzte sich die Besonnenheit durch, und mein rationaler Teil, das heißt mein ganzes Ich, gewann jene erste Schlacht. Ich rottete das Übel mit der Wurzel aus, machte es dem Erdboden gleich, ohne Mitleid, erbarmungslos.

»Los, stoßen Sie sie auf, Hauptmann!«, schrie ich und ließ jäh die Hand los, die mir Minuten zuvor noch alles bedeutet hatte. Und als ich sie losließ, löste sich alles wie eine Schimäre in Luft auf, auch wenn es wehtat.

»Alles in Ordnung, Ottavia?«, fragte Farag besorgt.

»Ich weiß nicht recht.« Meine Stimme bebte etwas, doch hatte ich sie schnell wieder im Griff. »Wenn ich wieder atmen kann, ohne dass mich etwas sticht, sage ich es dir. Jetzt muss ich hier jedenfalls schleunigst raus!«

Wir waren in der Mitte des Labyrinths angekommen, und ich dankte Gott für diese große, kreisförmige Fläche, in der wir uns frei bewegen und die Arme ausstrecken, ja sogar herumrennen konnten, wenn wir denn wollten.

Der Hauptmann legte die Taschenlampe auf einen Tisch, der in der Kreismitte stand, und wir betrachteten alles um uns herum, als befänden wir uns im herrlichsten Palast der Welt. Keinen ganz so schönen Anblick boten wir selbst, glichen wir doch Bergleuten, die gerade aus ihrem Stollen gestiegen waren. Indes war es kein Ruß, der an uns haftete, sondern Blut. Zahlreiche Schnittwunden bluteten auf der Stirn und den Wangen und auch am Hals und an den Armen; sogar unter den Pullovern und Hosen hatten wir blutende Wunden, fernerhin unzählige Blutergüsse, von den Quaddeln durch die Nesseln ganz zu schweigen. Doch nicht genug mit den Wundmalen des *Ecce homo*: Als raffiniert kunstvolle Pinselstriche stellten unsere Körper zudem noch hie und da einige Stacheln zur Schau.

Zum Glück hatte der Hauptmann einen kleinen Verbandskasten in seinem Rucksack, so dass wir mit Watte und Wasserstoffperoxid unsere Wunden reinigen konnten, die Gott sei Dank allesamt nur oberflächlich waren. Alsdann trugen wir im Schein der Taschenlampe eine dicke Schicht Jod auf. Einigermaßen wiederhergestellt und mit unserem Schicksal versöhnt, nahmen wir danach den Kreis unter die Lupe.

Das Erste, was unsere Aufmerksamkeit erregte, war der einfache Tisch, auf dem die Taschenlampe lag und der sich bei genauerer Betrachtung als etwas ganz anderes herausstellte: Es war ein alter, ziemlich großer Amboss, dessen Oberfläche durch jahrelangen Gebrauch in irgendeiner Schmiede stark in Mitleidenschaft gezogen war. Am merkwürdigsten war jedoch nicht der Amboss, der sogar durchaus dekorativ wirkte, sondern ein riesiger Haufen Hämmer unterschiedlichster Größe, die am Rand des Kreises nachlässig gestapelt waren, als handle es sich um Gerümpel.

Keiner von uns brachte ein Wort heraus. Wir hatten nicht den leisesten Schimmer, was wir mit alldem anstellen sollten. Wenn es wenigstens eine Esse und irgendein zu gießendes Stück Metall gegeben hätte! Das hätten wir ja noch begriffen. Aber es gab lediglich den Amboss und die Hämmer, womit nicht viel anzufangen war.

»Ich schlage vor, wir essen zu Abend und legen uns schlafen«, meinte Farag und ließ sich auf den Boden sinken, den Rücken gegen die weichen Schlingpflanzen gelehnt, die nun wieder die uns umgebenden Steinmauern bedeckten. »Morgen ist auch noch ein Tag. Ich kann nicht mehr.«

Vollkommen seiner Meinung ließen wir uns ohne ein weiteres Wort neben ihm nieder. Morgen war auch noch ein Tag.

Es waren uns weder kalter Kaffee in der Thermoskanne noch Wasser in der Feldflasche, noch Salami-Käse-Sandwichs geblieben. Außer zahlreichen Wunden, einer bleiernen Müdigkeit und knackenden Gelenken hatten wir nichts mehr. Nicht einmal die Überlebensdecken hatten uns während der Nacht warm gehalten, da sie die Risse vom Tag zuvor unbrauchbar gemacht hatten. Kurz und gut: Entweder gelang es uns, mit Gottes Hilfe dort herauszukommen, oder wir würden, wie wahrscheinlich zahlreiche Staurophylax-Anwärter vor uns, in diesem Labyrinth sterben.

Der Verstand sagte mir, dass der Schein trog und sich an unserer Lage seit dem letzten Kreis im Zeichen des Mondes nicht viel geändert hatte. Wenn wir in jenem Pflanzenkäfig notgedrungen dem vorgezeichneten Weg folgen mussten, so blieb uns auf dieser im Zentrum des Ganzen liegenden Lichtung, von der aus man den eiskalten, klaren Himmel erblicken konnte, keine andere Wahl, als die Aufgabe mit dem Amboss und den Hämmern zu lösen. Weiter nichts. So einfach war das.

»Wir sollten aufstehen«, murmelte Farag noch ganz verschlafen, »ach übrigens … guten Morgen.«

Ich hätte mich zu gern umgedreht und ihn angesehen, doch hielt ich eisern den Kopf geradeaus und widerstand meinem törichten Wunsch, in Tränen auszubrechen. Allmählich begann ich mir selbst auf die Nerven zu gehen.

Glauser-Röist hatte sich erhoben und machte nun ein paar Gymnastikübungen zur Lockerung seiner Muskeln. Ich rührte mich nicht.

»Wir könnten beim Zimmerservice ein gutes Frühstück bestellen.«

»Ich hätte gern einen heißen Espresso! Und Schokoladenkekse!«, bat ich inständig mit gefalteten Händen.

»Und was halten Sie davon, wenn wir uns an die Arbeit machen?«, fiel uns der Felsen ins Wort. Er hatte die Arme hinter dem Kopf verschränkt und versuchte wohl, ihn sich abzureißen.

»Solange Sie nicht wollen, dass wir aus dem Eisen der Hämmer eine Skulptur schmieden!«, spottete ich.

Der Hauptmann ging auf den Haufen zu und blieb davor stehen. Er schien konzentriert nachzudenken. Dann ging er in die Hocke, und ich verlor ihn aus den Augen, weil mir der Amboss die Sicht verstellte. Farag richtete sich auf und erhob sich schließlich, um zu ihm zu gehen.

»Haben Sie etwas entdeckt, Kaspar?«, erkundigte ich mich. Da stand der Felsen auf. In seiner Hand lag ein Hammer.

»Nichts Besonderes. Es sind nur ganz gewöhnliche Hämmer«,

sagte er und wog das Werkzeug in der Hand. »Einige sind gebraucht, andere neu. Es gibt große, kleine und mittlere. Aber es scheint nichts Außergewöhnliches an ihnen zu sein.«

Farag bückte sich, richtete sich aber gleich wieder auf. Auch er hatte einen der Hämmer in der Hand. Er hob ihn hoch und ließ ihn ein paar Salti schlagen, dann warf er ihn in die Luft und fing ihn geschickt wieder auf.

»Nichts Außergewöhnliches, in der Tat«, klagte er, trat zum Amboss und schlug zu. Es hallte wie ein Glockenschlag im ganzen Wald wider. Wir erstarrten, während Scharen von kreischenden Vögeln von den Wipfeln der Bäume aufflogen. Als der Lärm Sekunden später verstummte, wagte keiner von uns dreien sich zu rühren, noch immer ganz entsetzt und starr vor Schreck.

»Allmächtiger …!«, stammelte ich und blinzelte nervös.

Der Felsen lachte laut auf.

»Zum Glück war es nichts Außergewöhnliches, Professor! Wenn es das gewesen wäre …«

Aber Farag stimmte nicht in sein Gelächter ein. Seine Miene blieb ernst und ausdruckslos. Wortlos drehte er sich um seine eigene Achse, riss dem Hauptmann den Hammer aus der Hand, und bevor wir eingreifen konnten, schlug er erneut mit all seiner Kraft auf den Amboss ein. Instinktiv hielt ich mir die Ohren zu, doch nützte es nicht viel: Der Schlag von Eisen auf Eisen drang klirrend durch die Schädelknochen in mein Gehirn. Ich sprang auf und lief geradewegs zu ihm. Tausendmal lieber wollte ich einen Streit mit ihm vom Zaun brechen, als noch einmal diesen Heidenlärm erdulden zu müssen. Wer wusste schon, ob er nicht vielleicht beschlossen hatte, alle Hämmer auszuprobieren?

»Darf man erfahren, was du da gerade treibst?«, schnauzte ich ihn über den Amboss hinweg an. Er gab jedoch keine Antwort. Ich sah ihn wieder zum Haufen mit den Hämmern zurückgehen, um einen weiteren zu holen. »Wehe dir, wenn du das tust!«, schrie ich ihm hinterher. »Bist du jetzt völlig übergeschnappt?«

Er blickte mich an, als sähe er mich zum ersten Mal in seinem Leben, lief dann schnell um den Amboss herum und packte mich an den Armen.

»Basileia! Basileia!«, rief er. »Denk nach, Basileia! Pythagoras!«

»Pythagoras …?«

»Pythagoras, ja, Pythagoras! Ist das nicht phantastisch?«

Mein Gehirn ließ die Ereignisse seit dem Verlassen des Hubschraubers Revue passieren, während ich gleichzeitig flink durchging, was ich über Pythagoras abgespeichert hatte: unser Labyrinth aus Geraden, sein berühmter Lehrsatz (»In einem rechtwinkligen Dreieck ist das Quadrat über der Hypotenuse gleich der Summe der Quadrate über den beiden Katheten …« oder so ähnlich) die sieben Umlaufbahnen der Himmelskörper, die antike Vorstellung von der Sphärenharmonie, die Bruderschaft der Staurophylakes, der Geheimbund der Pythagoreer … Die Sphärenharmonie! Der Amboss und die Hämmer! Ich musste grinsen.

»Es ist dir eingefallen, nicht wahr?!«, meinte Farag. Er grinste nun ebenfalls und blickte mich unverwandt an. »Du weißt es jetzt, stimmt's?!«

Ich nickte. Pythagoras von Samos, im 6. Jahrhundert vor Christus geboren und einer der herausragendsten griechischen Philosophen der Antike, hatte eine Lehre aufgestellt, nach der die Zahlen das Wesen der Wirklichkeit bildeten und nur durch sie das Rätsel des Universums zu klären war. Er stiftete eine Art wissenschaftlich-religiösen Bund, für dessen Mitglieder das Studium der Mathematik einen Weg der geistigen Vervollkommnung darstellte, und er setzte alles daran, seinen Schülern die deduktive Denkweise zu vermitteln. Seine Schule fand zahlreiche Anhänger, unter ihnen eine Reihe berühmter Gelehrter, die sich über Platon und Vergil (Vergil!) bis ins Mittelalter fortsetzte. De facto betrachtet ihn die Wissenschaft heute als Urvater der mittelalterlichen Zahlenmystik, der Dante Alighieri in seiner ›Göttlichen Komödie‹ aufs Wort gefolgt war. Und Pythagoras war es auch gewesen, der die berühmte Einteilung der Mathematik vorgenommen hatte, die über zweitausend Jahre im sogenannten Quadrivium zusammengefasst war: Arithmetik, Geometrie, Astronomie und … Musik. Ja, Musik, denn Pythagoras war davon besessen gewesen, das griechische Tonsystem mathematisch zu erklären, was damals für die Menschheit noch ein großes Geheimnis darstellte. Er war überzeugt, dass sich die Intervalle zwischen den Tönen einer Oktave auf rationale Zahlenverhältnisse zurückführen ließen, und arbeitete an dieser Theorie einen Großteil seines Lebens. Bis er eines Tages, wie eine Anekdote berichtet …

»Hätte jemand von Ihnen vielleicht die Güte, es auch *mir* zu erklären?«, murrte Glauser-Röist.

Wie jemand, der gerade aus der Hypnose erwacht, drehte Farag sich zum Hauptmann um und blickte ihn schuldbewusst an.

»Die Pythagoreer«, setzte er an, »waren die Ersten, die den Kosmos als eine Reihe von vollendeten Sphären begriffen, welche sich kreisförmig um ein feststehendes Zentrum bewegen. Es ist ihre Theorie von den neun Sphären und sieben Himmelskörpern, auf die sich unser Labyrinth hier stützt, Hauptmann! Pythagoras legte sie zum ersten Mal …« Er dachte einen Augenblick nach. »Warum bin ich nicht schon vorher darauf gekommen? Sehen Sie, Pythagoras vertrat die Theorie, dass die sieben Himmelskörper durch ihre Bewegung Töne erzeugen, was er als ›Sphärenharmonie‹ bezeichnete. Diese harmonische Sphärenmusik könne jedoch vom menschlichen Ohr nicht wahrgenommen werden, da wir von Geburt an daran gewöhnt seien. Das heißt, dass jeder der sieben Gestirne eine der sieben Noten vom C bis zum H hervorbringt.«

»Und was hat das mit Ihren Hammerschlägen zu tun?«

»Erklärst du es ihm, Ottavia?«

Irgendetwas schnürte mir die Kehle zu. Ich sah Farag an und wünschte mir nur, dass er weiterredete. Ich winkte ab. Die alte Ottavia existierte nicht mehr, dachte ich betrübt. Wo war der Eifer geblieben, meinen Intellekt zur Schau zu stellen?

»Eines schönen Tages«, fuhr Farag also fort, »hörte Pythagoras auf einem seiner Spaziergänge ein rhythmisches Hämmern, das seine Aufmerksamkeit fesselte. Der Lärm kam aus einer nahe gelegenen Schmiede, zu der der Gelehrte aus Samos nun ging. Lange Zeit blieb er dort stehen und schaute dem Schmied und seinem Gesellen bei der Arbeit zu, wie sie mit unterschiedlichen Hämmern auf den Amboss schlugen und dabei wohlklingende Töne erzeugten. Dabei stellte er fest, dass der Klang je nach Größe des Hammers variierte.«

»Das ist eine sehr bekannte Geschichte«, fiel ich ihm ins Wort, wobei es mich übermenschliche Anstrengung kostete, so zu tun, als sei alles ganz normal, »die sogar wahr zu sein scheint, denn Pythagoras entdeckte nach diesem Erlebnis in der Tat die Zahlenproportionen zwischen den Tönen, denselben Tönen übrigens, welche die sieben Himmelskörper bei ihrer Umrundung der Erde angeblich erzeugen.«

Die Sonne kam nun hinter der Mauer hervor und erhellte mit ihren Strahlen den Kreis, aus dem wir zu entkommen suchten. Glauser-Röist schien beeindruckt zu sein.

»Und auf dieser Erde«, schloss Farag zufrieden, »also gewissermaßen im Zentrum der pythagoreischen Kosmologie, befinden wir uns jetzt. Daher die Symbole der Himmelskörper, die wir in den Gängen entdeckt haben.«

»Ich nehme an, Sie haben jetzt begriffen, dass ihre geliebte Zahlenmystik, die Sie Dante zuschreiben, auf Pythagoras zurückgeht, nicht wahr?«, bemerkte ich voller Ironie.

Glauser-Röist blickte mich an, und ich würde sagen, dass in seinen stahlgrauen Augen Ehrfurcht lag.

»Sehen Sie denn nicht ein, Dottoressa, dass dies alles meine

Überzeugung nur noch untermauert, dass uns im Laufe der Jahrhunderte wunderbares, tiefgründiges Wissen verlorengegangen ist?«

»Pythagoras hatte sich geirrt, Hauptmann«, erinnerte ich ihn. »Zunächst einmal ist der Mond kein Planet, sondern ein Trabant der Erde, und die Bewegung der Gestirne, deren Umlaufbahnen im Übrigen nicht rund, sondern elliptisch sind, bringen selbstverständlich auch keine Töne hervor.«

»Sind Sie sich da sicher, Dottoressa?«

Farag hörte uns gespannt zu.

»Ob ich mir sicher bin, Hauptmann? Aber ich bitte Sie! Können Sie sich denn nicht mehr an das erinnern, was man Ihnen in der Schule beigebracht hat?«

»Von den vielen möglichen Wegen«, erwiderte er nachdenklich, »wählte die Menschheit wahrscheinlich den armseligsten. Fänden Sie denn den Gedanken an ein Universum voller Musik nicht schön?«

»Also, ehrlich gesagt ist mir das eigentlich schnuppe.«

»Mir aber nicht«, erklärte er, kehrte mir den Rücken zu und trat schweigend zu den Hämmern. Wie konnte in einem solch rauhen Gesellen nur ein so empfindsamer Kern stecken?

»Denk daran, dass die Romantik ihren Ursprung in deutschen Landen hatte«, flüsterte mir Farag ins Ohr.

»Was soll das denn jetzt?«, entgegnete ich eingeschnappt.

»Der Ruf oder das äußere Erscheinungsbild eines Menschen stimmen eben nicht immer mit der Wirklichkeit überein. Ich sagte dir doch bereits, dass Glauser-Röist ein gutherziger Kerl ist.«

»Ich habe auch nie das Gegenteil behauptet«, brummte ich.

In diesem Augenblick war erneut ein ohrenbetäubender Schlag zu hören. Der Hauptmann hatte seine ganze Kraft aufgeboten, um mit einem der Hämmer auf den Amboss zu schlagen.

»Wir müssen diese Sphärenharmonie finden!«, schrie er aus Leibeskräften, als das fürchterliche Getöse abflaute. »Was trödeln Sie noch herum?«

»Wir werden, glaube ich, alle unseren Kopf unter dem Arm tragen, wenn diese Geschichte zu Ende ist«, lamentierte ich mit einem Blick auf den Hauptmann.

»Ich hoffe doch, dass zumindest du noch wissen wirst, wo dir der Kopf steht, Basileia. Deiner ist viel zu wertvoll.«

Als ich mich zu ihm umdrehte, traf mich ein tiefer Blick aus seinen strahlenden blauen Augen. Ach, du lieber Gott! … Wenn Farag wüsste, wie sehr er sich irrte! Ich hatte meinen Kopf längst verloren.

»Bitte, könnten Sie mir erklären«, drängte der Hauptmann, »was Pythagoras mit den verdammten Hämmern anstellte?«

Boswell drehte sich schmunzelnd zu ihm um.

»Er ließ sich einen Haufen Hämmer kommen, so wie der hier«, erzählte er ihm, »und probierte sie alle aus, bis er auf ein paar stieß, die mit Tönen der Tonleiter übereinstimmten. Na ja, vielleicht muss man noch hinzufügen, dass die Tonleiter der Griechen aus zwei gleich gebauten Tetrachorden, das heißt absteigenden Quarten, bestand und die Töne damals auch andere Bezeichnungen trugen, die man von ihren klassischen Saiteninstrumenten hergeleitet hatte. Unsere heutige Tonskala geht auf das mittelalterliche Hexachord-System zurück. Um die Lage der Töne einprägsamer zu machen, hatte im 11. Jahrhundert ein Benediktinermönch dem Hexachord die Tonsilben *Ut, Re, Mi, Fa, Sol* und *La* unterlegt, die er den ersten Verssilben eines Johannes-Hymnus entnommen hatte. Im 16. Jahrhundert wurde das Ganze dann zur Oktave erweitert, und die Tonsilbe *Ut* durch das leichter zu singende *Do* ersetzt. Im Prinzip kommt es also auf dasselbe heraus.«

»Ich kenne diesen Hymnus auswendig«, sagte ich, »aber gerade fällt er mir nicht mehr ein.«

»Und was tat Pythagoras, nachdem er die Hämmer gefunden hatte?«, schnaubte der Hauptmann.

»Er fand heraus, in welcher Relation das Gewicht der einzelnen Hämmer zueinander stand, und folgerte daraus das Gewicht derjenigen, die ihm noch fehlten. Um seine Theorie zu überprüfen, ließ er sie anfertigen, und siehe da: Die sieben klangen so harmonisch, als wären sie soeben frisch gestimmt worden.«

»O.k., und wie lautet dieses Zahlenverhältnis?«

Farag und ich sahen uns an und blickten dann zum Hauptmann.

»Keine Ahnung«, sagte ich.

»Mathematiker und Musiker wissen so etwas wahrscheinlich«, rechtfertigte sich Farag. »Wir sind aber weder das eine noch das andere.«

»Das heißt, wir müssen es also selbst herausfinden.«

»Dem scheint so. Ich erinnere mich nur an eine Sache, aber ich bin mir nicht sicher, ob es stimmt, und zwar, dass der Hammer des einen C genau das Doppelte wog von dem, mit dem er das C der darüberliegenden Oktave erzeugen konnte.«

»Das heißt«, fuhr ich fort, »dass das hohe C der Hammer erzeugte, der halb so viel wog wie der des tiefen C, richtig? Ja, das kommt mir bekannt vor.«

»Es ist eines dieser geschichtlichen Kuriosa, das einem immer wieder einfällt, weil sich diese Anekdote darum rankt.«

»Nicht immer«, wandte ich schnell ein, »denn wenn wir uns nicht in dieser misslichen Lage befänden, hätte ich es mir sicher nie mehr ins Gedächtnis zurückgerufen.«

»Na schön, aber Tatsache ist doch, dass wir schon drei Tage in diesem Labyrinth gefangen sind und uns der pythagoreischen Sphärenharmonie bedienen müssen, wenn wir die Welt jemals wiedersehen wollen.«

Allein der Gedanke, dass wir alle Hämmer ein ums andere

Mal ertönen lassen müssten, bis wir die sieben hätten, die wir suchten, machte mich ganz krank. Wo ich doch so die Stille liebte!

Deshalb schlug ich vor, zunächst die Hämmer nach ihrem ungefähren Gewicht zu sortieren. Diese Aufgabe nahm allerdings wesentlich mehr Zeit in Anspruch, als wir gedacht hatten, denn oftmals konnten wir den Gewichtsunterschied gar nicht wahrnehmen. Zumindest hatte die Sonne noch immer nicht ihren höchsten Stand erreicht. Allerdings hatten wir nichts mehr zu essen und zu trinken, weshalb ich jederzeit eine Unterzuckerung befürchtete.

Nach einer guten Weile stellte sich heraus, dass es einfacher war, die Hämmer in einer Reihe nach ihrer Größe zu ordnen, besser gesagt, in einer Spirale, da unsere Lichtung nicht mehr Platz bot. Wir begannen also mit dem größten an dem einen und dem kleinsten am anderen Ende. Als wir es endlich geschafft hatten, waren wir in Schweiß gebadet, und die Zunge klebte uns am Gaumen. So gestaltete sich die Aufgabe wesentlich einfacher: Wir begannen mit dem größten Hammer und schlugen damit leicht auf den Amboss. Dann nahmen wir den, der an achter Stelle kam, und ließen ihn ebenfalls ertönen. Da wir nicht ganz sicher waren, ob dieselbe Note erklang, versuchten wir es auch mit dem siebten und neunten, was uns jedoch nur noch mehr schwanken ließ. Nach langer Debatte waren wir uns einig, dass wir uns tatsächlich geirrt hatten und den achten durch den neunten Hammer ersetzen mussten. Nach diesem Tausch klangen die beiden Noten wesentlich reiner.

Bedauerlicherweise klang der Hammer, der die Note D hervorbringen sollte, so ganz und gar nicht nach einem reinen D (jeder Mensch konnte schließlich eine Tonleiter trällern, und keinem von uns kam es so vor, als würden das C und das D zueinander passen). In der zweiten Oktave klang der zweite Hammer hingegen wie das zum C entsprechende D, so dass wir also zumindest ein klein wenig vorwärtskamen, während der Tag verging, ohne dass wir viel davon merkten. Die zweite Tonleiter verfügte jedoch über kein E – zumindest glaubten wir das, nachdem wir alle ausprobiert hatten –, weshalb wir das C der dritten Oktave suchen mussten und die dazu passenden D und E, wobei Letzteres zur Abwechslung nicht an der vermuteten Stelle, sondern ein paar Hämmer weiter zu finden war.

Es war wie verhext: Es gelang uns einfach nicht, eine ganze Oktave zusammenzusetzen, weil die Hämmer entweder nicht an der richtigen Stelle lagen oder weil es die richtigen überhaupt nicht zu geben schien. Die Verzweiflung wuchs mit jedem Schlag auf den Amboss, und Hunger und Durst taten ein Übriges, dass ich wieder Kopfschmerzen bekam, die mit der Zeit immer stärker wurden. Am frühen Abend glaubten wir endlich eine der Tonleitern gefunden zu haben. Fast alle Töne klangen harmonisch, aber ich war mir trotzdem nicht ganz sicher, ob es auch die richtigen waren; irgendwie kam es mir so vor, als würden irgendwo ein paar Gramm Eisen fehlen oder zu viel sein. Farag und der Hauptmann waren hingegen überzeugt, dass wir unser Ziel erreicht hatten.

»Schön, und warum passiert dann nichts?«, fragte ich.

»Was soll denn passieren?«, entgegnete Glauser-Röist.

»Wir müssen hier raus, Hauptmann, haben Sie das etwa vergessen?«

»Dann setzen wir uns eben hin und warten ab. Man wird uns schon irgendwann rausholen.«

»Warum sehen Sie denn nicht ein, dass diese Tonleiter nicht ganz einwandfrei klingt?«

»Sie klingt einwandfrei, Basileia. Nur du behauptest hartnäckig das Gegenteil.«

Schlecht gelaunt wegen meiner Kopfschmerzen und Farags Sturheit, ließ ich mich auf den Boden sinken, lehnte den Rücken gegen den Amboss und schmollte, was die beiden klugerweise nicht beachteten. Doch die Minuten verstrichen, dann war eine halbe Stunde vorbei, und ihre Gesichter wurden immer länger. Sie begannen sich wohl zu fragen, ob ich nicht doch recht hatte. Mit geschlossenen Augen atmete ich tief die reine Luft ein, ließ mir alles noch einmal durch den Kopf gehen und stellte dabei fest, dass uns die Pause gut bekam. Wenn man den ganzen Tag über ständig verschiedene Geräusche auseinanderhalten muss (die darüber hinaus auch noch Musiknoten sein sollten), ist irgendwann der Punkt erreicht, wo man rein gar nichts mehr hört. Sobald sich unser Gehör also durch die Stille etwas erholt hätte, wären Farag und der Felsen vielleicht eher bereit, ihre Meinung zu ändern, wenn sie sich noch einmal ihre wunderbare Tonleiter anhörten.

»Testen Sie es bitte noch einmal«, ermutigte ich sie, ohne aufzustehen.

Farag rührte sich nicht vom Fleck, aber der Hauptmann, der sich nicht unterkriegen ließ, versuchte es erneut. Er schlug die sieben Hämmer noch einmal an, und deutlicher als vorher konnte man nun vernehmen, dass das F der Oktave nicht harmonisch klang.

»Die Dottoressa hatte recht, Professor«, meinte der Felsen zähneknirschend.

»Das habe ich auch schon gemerkt«, erwiderte Farag lächelnd und zuckte die Achseln.

Der Hauptmann trat in die Spirale, um die beiden Hämmer in der unmittelbaren Umgebung des fehlerhaften F zu holen. Doch etwas stimmte immer noch nicht, weshalb er probierte und probierte, bis er auf das Werkzeug stieß, welches den richtigen Ton erzeugte.

»Schlag jetzt noch einmal alle an, Kaspar«, bat Farag.

Glauser-Röist schlug den Amboss mit den sieben Hämmern. Es dämmerte. In ein warmes, goldenes Licht getaucht, begann sich der Himmel zu verdunkeln. Im Wald waren mit der Stille wieder Frieden und Harmonie eingekehrt. Indes herrschte so viel Frieden und Harmonie, dass ich müde wurde. Offen gestanden merkte ich sofort, dass es keine natürliche Schläfrigkeit sein konnte, weil eine ungewöhnliche Mattigkeit sich meines Körpers bemächtigte und mich ganz langsam in einen bleiernen Schlaf sinken ließ. Schwerfällig öffnete ich die Augen und sah, dass Farag einen ganz glasigen Blick hatte und der Hauptmann sich mit angespannten Muskeln auf den Amboss stützte, weil er sich kaum noch auf den Beinen halten konnte. Es duftete zart nach Harz. Mit einem leichten Zucken fielen mir unwillentlich die Lider zu. Sofort begann ich zu träumen: Mein Urgroßvater Giuseppe erschien mir, wie er die Bauarbeiten der Villa Salina leitete, was mich erneut aufschrecken ließ. Mein vielleicht noch nicht völlig außer Gefecht gesetztes Bewusstsein machte mich darauf aufmerksam, dass das Bild nicht real war. Wieder schlug ich mit viel Mühe die Augen auf. Durch einen feinen weißlichen Rauchschleier, der unter der Mauer hervorquoll und sich im ganzen Kreis ausbreitete, nahm ich wahr, wie Glauser-Röist langsam in die Knie sank und dabei unverständliche Worte murmelte. Er klammerte sich an den Amboss, um nicht das Gleichgewicht zu verlieren, und schüttelte den Kopf hin und her, weil er wach bleiben wollte.

»Ottavia …« Farags Stimme ließ mich so weit wieder zu mir kommen, dass ich meine Hand nach ihm ausstreckte, auch wenn ich zu keiner Antwort mehr fähig war. Meine Fingerspitzen streiften seinen Arm, und sofort tastete seine Hand nach mir. Wieder vereint wie im Labyrinth, bildeten unsere ineinander verschlungenen Hände meine letzte, klare Erinnerung.

Meine erste, klare Erinnerung danach war ein grelles weißes Licht, das mir direkt in die Augen schien. Als ob nur die Quintessenz meiner Person existierte, ich keinen realen Körper, keine Vergangenheit oder Erinnerung, ja gar keinen Namen mehr hätte, kehrte ich langsam ins Leben zurück; ich schien in einer

Blase zu schweben, die in einem zähflüssigen Meer an die Oberfläche drängte. Ich runzelte die Stirn und spürte dabei meine erstarrten Gesichtsmuskeln. Mein Mund war so trocken, dass ich weder die Zunge vom Gaumen lösen konnte noch die Kiefer auseinanderbekam.

Das Motorgeräusch eines in der Nähe vorbeifahrenden Wagens und die durchdringende Kälte machten mich schließlich munter. Noch immer ohne Identität und Bewusstsein, öffnete ich die Augen und entdeckte vor mir die Fassade einer Kirche, eine mit Laternen beleuchtete Straße und ein kleines Rasenstück, das direkt unter meinen Füßen endete. Das weiße Licht, das durch meine geschlossenen Lider gedrungen war und mich nun blendete, war nichts weiter als eine der Straßenlaternen. Ich hätte mich ebenso gut in New York wie in Melbourne befinden können, ebenso wie ich Ottavia Salina oder Marie Antoinette, die Königin von Frankreich, sein konnte. Da fiel mir alles wieder ein. Während ich ganz tief Luft holte, kehrte alles wieder zurück: das Labyrinth, die Himmelssphären, die Hämmer … und nicht zu vergessen: Farag!

Abrupt richtete ich mich auf und blickte mich suchend um. Da saß er, links von mir, und schlief tief und fest, genauso wie der Hauptmann neben ihm. Erneut streiften uns die Lichter eines Scheinwerfers, der Autofahrer bemerkte uns jedoch nicht, und falls er es doch tat, so dachte er wohl, dass wir drei Landstreicher waren, die die Nacht auf einer Parkbank verbrachten. Auf dem Gras lag Tau. Ich sagte mir, dass ich die Schlafenden wecken sollte und wir dann schleunigst herausfinden mussten, wo wir uns befanden und was passiert war. Die Hand auf Farags Schulter gelegt, rüttelte ich ihn sanft, wobei mich ein ähnlicher Schmerz wie nach der Cloaca Maxima von Rom durchzuckte. Ich brauchte gar nicht erst den Ärmel hochzukrempeln, um zu wissen, dass auf der Innenseite des linken Unterarms ein Heftpflaster eine weitere Kreuz-Skarifikation bedeckte. Die Staurophylakes hatten uns einmal mehr auf ihre merkwürdige Art bescheinigt, mit Erfolg die zweite Prüfung, die Sühne der Missgunst, bestanden zu haben.

Farag schlug die Augen auf. Er schaute mich an und lächelte.

»Ottavia …!«, murmelte er und fuhr sich mit der Zunge über die trockenen Lippen.

»Wach auf, Farag. Wir sind draußen.«

»Wir haben es …? Ich kann mich an nichts erinnern … Ah, ja, jetzt dämmert es mir: der Amboss und die Hämmer.«

Noch immer ganz benommen sah er sich um und strich sich mit beiden Händen über seine struppigen Bartstoppeln.

»Wo sind wir?«

»Ich weiß es nicht«, sagte ich, ohne meine Hand von seiner Schulter zu nehmen. »Am Rand einer Parkanlage, glaube ich. Wir müssen den Hauptmann wecken.«

Farag versuchte aufzustehen, was ihm aber nicht gelingen wollte. In seinem Gesicht spiegelte sich Überraschung.

»Man hat uns wohl kräftig eins übergezogen, wie?«

»Nein, Farag, man hat uns dieses Mal nicht niedergeschlagen. Man hat uns eingeschläfert. Ich kann mich noch an weißen Rauch erinnern.«

»Weißer Rauch …?«

»Man hat uns mit etwas narkotisiert, was nach Harz roch.«

»Nach Harz? Ich versichere dir, Ottavia, dass ich nichts mehr von dem weiß, was passiert ist, nachdem Kaspar den Amboss mit den sieben Hämmern bearbeitet hat.«

Er stutzte einen Moment, dann lächelte er und griff nach seinem linken Unterarm.

»Man hat uns wieder tätowiert, nicht wahr?!« Er schien entzückt zu sein.

»Ja, aber jetzt weck bitte den Felsen.«

»Den Felsen?«, fragte er verwundert.

»Den Hauptmann! Weck bitte den Hauptmann!«

»Du nennst ihn *Felsen?*«, erkundigte er sich höchst amüsiert.

»Wehe dir, wenn du es ihm verrätst!«

»Keine Sorge, Basileia!«, versprach er und lachte sich halb tot. »Von mir erfährt er es nicht.«

Der arme Glauser-Röist war erneut derjenige, den es am schwersten getroffen hatte. Farag musste ihn heftig schütteln und sogar ohrfeigen, damit er zu sich kam. Es kostete uns etliche Mühe, ihn wieder ins Leben zurückzurufen, wobei wir Gott dankten, dass gerade keine Polizeistreife vorbeikam, weil wir sonst sicher im Gefängnis gelandet wären.

Als der Felsen endlich die Augen aufschlug, hatte der Verkehr schon zugenommen, obwohl es erst fünf Uhr in der Früh war. Wir hatten das große Glück, dass auf dem Bürgersteig ein Schild stand, das den Weg zum nahe gelegenen Mausoleum der Galla Placidia wies. Das bestätigte uns in dem Verdacht, uns mitten im Stadtzentrum von Ravenna zu befinden. Glauser-Röist tätigte mit seinem Handy einen Anruf. Er redete eine ganze Weile, und nachdem er aufgelegt hatte, drehte er sich zu uns um und sah uns befremdet an.

»Wollen Sie einen Witz hören? Wir sitzen am Rande der Parkanlagen des Nationalmuseums nahe dem Mausoleum von Galla Placidia und der Basilika von San Vitale, genau zwischen Santa Maria Maggiore und der Kirche vor uns.«

»Und was soll daran witzig sein?«, erkundigte ich mich.

»Dass die Kirche direkt vor uns die Kirche Santa Croce ist.«

Nun denn, gegen derlei Liebenswürdigkeiten waren wir längst abgehärtet. Was auch besser war, dachte ich.

Die Zeit verging nur sehr langsam, während jeder von uns versuchte, auf seine Weise munter zu werden. Ich ging beispielsweise mit gesenktem Kopf auf und ab und zählte die Grashalme.

»Ach übrigens, Kaspar«, rief Farag plötzlich, »Sie sollten in ihren Taschen nachsehen, ob man uns für den nächsten Kreis des ›Purgatorio‹ eine Spur hinterlassen hat.«

Der Hauptmann wühlte in seiner Jacke und fand tatsächlich in der rechten Hosentasche ein zusammengefaltetes Blatt aus grobem, handgeschöpftem Papier.

Ἐρώτησον τὸν ἔχοντα τὰς κλεῖδας. ὁ ἀνοίγων καὶ κλείσει, καὶ κλείων καὶ οὐδεὶς ἀνοίγει.

»›Frage den, der die Schlüssel besitzt: Er öffnet und niemand kann es schließen, und er schließt und niemand kann es öffnen‹«, übersetzte ich. »Was soll das? Was wollen die Wächter des Kreuzes von uns in Jerusalem?«, fragte ich verblüfft.

»Ich würde mir darüber jetzt keine Gedanken machen, Basileia. Die Staurophylakes sind über unser Vorhaben genauestens unterrichtet. Sie werden es uns schon rechtzeitig wissen lassen.«

Auf der Straße näherte sich jetzt ein Auto mit eingeschalteten Scheinwerfern.

»Vorerst müssen wir nur von hier weg«, murmelte der Felsen und fuhr sich mit der Hand durchs Haar. Der Arme war noch immer ganz benommen.

Der Wagen, ein kleiner hellgrauer Fiat, hielt direkt vor uns. Auf der Fahrerseite wurde das Fenster heruntergekurbelt.

»Hauptmann Glauser-Röist?«, fragte ein junger Kleriker, der eine Soutane mit Kollar trug.

»Das bin ich.«

Der Priester sah aus, als habe man ihn schonungslos aus dem tiefsten Schlaf gerissen.

»Ich komme vom Sitz des Erzbischofs. Ich bin Pater Iannucci und soll Sie zum Flugplatz La Spreta bringen. Steigen Sie bitte ein.«

Dann stieg er aus und hielt uns liebenswürdig die Türen auf.

In wenigen Minuten hatten wir den kleinen Flugplatz erreicht, der ganz und gar nicht mit dem großen Flughafen Roms zu vergleichen war. Sogar der von Palermo erschien dagegen riesig. Pater Iannucci setzte uns vor der Abflughalle ab und verabschiedete sich so freundlich, wie er uns kurz zuvor begrüßt hatte.

Glauser-Röist wandte sich an eine einsam herumstehende Flughafenangestellte. Die junge Frau, deren Augen vom Schlaf noch ganz verquollen waren, zeigte uns den Weg zu einem Flugfeld, wo direkt neben dem »Aeroclub Francesco Baracca« die Privatflugzeuge standen. Glauser-Röist griff daraufhin wieder zu seinem Handy und rief den Piloten an, der ihm mitteilte, dass die ›Westwind‹ gleich startbereit sei. Telefonisch von ihm geführt, fanden wir das Flugzeug ganz in der Nähe des Aeroclubs. Die Motoren liefen schon, und sämtliche Scheinwerfer waren eingeschaltet. Verglichen mit den umstehenden Grashüpfern kam uns die Maschine wie eine riesige Concorde vor, dabei handelte es sich nur um ein kleines – selbstverständlich weißes – Modell mit fünf Fenstern. Eine junge Stewardess und zwei Piloten von der Alitalia erwarteten uns an der Gangway und forderten uns nach einer professionellkühlen Begrüßung auf, einzusteigen.

»Sind Sie sicher, dass es dieses Flugzeug auch bis nach Jerusalem schafft?«, flüsterte ich misstrauisch.

»Wir fliegen damit nicht bis nach Jerusalem, Dottoressa«, rief der Felsen mit lauter Stimme, während wir die Stufen hinaufkletterten, »wir werden in Tel Aviv landen und nach Jerusalem dann den Hubschrauber nehmen.«

»Aber glauben Sie, dass dieses Miniflugzeug in der Lage sein wird, das ganze Mittelmeer zu überqueren?«, bohrte ich nach.

»Man wird uns beim Start Vorrang geben«, teilte in diesem Augenblick einer der Piloten dem Hauptmann mit. »Wir können also jederzeit abheben.«

»Wir starten sofort«, befahl Glauser-Röist kurz und bündig.

Die Stewardess führte uns zu unseren Sitzen und zeigte uns, wo sich die Schwimmwesten und Notausgänge befanden. Die Kabine war sehr schmal und niedrig, doch war der Raum mit ein paar Sofas an den Seitenwänden und vier einander gegenüberstehenden, mit schneeweißem Leder bezogenen Sesseln im hinteren Teil gut ausgenutzt.

Nur wenige Minuten später hob die Maschine sanft ab, und gleich darauf überflutete die Sonne, die Italien noch nicht erhellte, mit ihren ersten Strahlen das Kabineninnere. Jerusalem!, dachte ich aufgeregt, ich fliege nach Jerusalem! Ich fliege zu den Stätten, wo Jesus gelebt und gepredigt hatte und wo er gekreuzigt worden war, um am dritten Tag aufzuerstehen! Es war dies eine Reise, die ich schon mein ganzes Leben lang machen wollte, ein wundervoller Traum, den ich wegen der vielen Arbeit bisher noch nicht in die Tat umgesetzt hatte. Und jetzt war es unverhoffterweise gerade die Arbeit, die mich dorthin führen sollte! Ich spürte, wie meine freudige Erregung wuchs. Mit geschlossenen Augen gab ich mich dem sachten Wiederaufleben meiner festen religiösen Berufung hin. Nie würde ich ihr entsagen! Wie hatte ich nur zulassen können, dass ich wegen ein paar irrationaler Gefühle das verriet, was mir heilig war? In Jerusalem würde ich Gott um Vergebung bitten für meine flüchtigen, absurden Hirngespinste, und dort, an den heiligsten Stätten der Welt, würde er mich sicher von diesen lächerlichen Leidenschaften erlösen. Außerdem gab es in Jerusalem ja noch eine weitere wichtige Sache für mich: meinen Bruder Pierantonio, der zu dieser Stunde nicht im Entferntesten ahnte, dass ich in einem wackeligen Flugzeug auf dem Weg in *sein* Reich war. Sobald ich meinen Fuß auf die Erde setzte – wenn ich dies denn je wieder tun würde –, wollte ich ihn anrufen, um ihm mitzuteilen, dass ich in Jerusalem sei und er für diesen Tag all seine Verpflichtungen absagen müsse, weil er mir seine ganze Zeit zu widmen habe. Der ehrwürdige Kustos des Heiligen Landes würde eine schöne Überraschung erleben!

Bis Tel Aviv waren es knapp sechs Stunden, während derer sich die freundliche Stewardess die größte Mühe gab, uns die Reise so angenehm wie möglich zu gestalten, so dass wir schon lachen mussten, wenn wir sie wieder einmal durch den Gang auf uns zukommen sahen. Fast alle fünf Minuten bot sie uns Musik, Videos, Zeitungen, Zeitschriften oder etwas zum Essen oder Trinken an, bis Glauser-Röist sie mit einer scharfen Antwort abfertigte und wir endlich in aller Ruhe ein Nickerchen machen konnten. Jerusalem, das wunderschöne und heilige Jerusalem! Noch bevor der Tag sich neigte, würde ich meinen Fuß auf seinen Boden setzen!

Kurz vor der Landung holte der Felsen sein Exemplar der ›Göttlichen Komödie‹ aus dem Rucksack heraus.

»Sind Sie nicht neugierig, was uns erwartet?«

»Ich weiß es schon«, sagte Farag. »Ein undurchlässiger Rauchschleier.«

»Rauch!«, rutschte es mir heraus. Meine Augen weiteten sich vor Entsetzen.

Durch die Fenster fiel gleißendes Licht. Der Hauptmann überflog schnell ein paar Seiten.

»Sechzehnter Gesang des ›Fegefeuers‹«, erklärte er. »Erster Vers und folgende:

Der Hölle Finsternis und eine Nacht,
die kein Gestirn erhellt am kargen Himmel,
von dunklen Wolken ringsum ganz verhüllt.

Sie haben nie so dicht mein Aug verschleiert
wie jener Rauch, der uns dort eingedeckt,
noch war'n so rauh sie meiner Haut zu fühlen.

Nicht konnte ich die Augen offen halten,
weshalb mein treuer, wissender Begleiter
zu mir trat und mir seine Schulter bot.«

»Wo wird man uns wohl dieses Mal einsperren?«, fragte ich. »Es muss ein Ort sein, in den sie dichte Rauchschwaden leiten können.«

»Und wir mittendrin, klar«, fügte Farag hinzu.

»Natürlich«, erwiderte ich. »Und was geschieht noch auf dem dritten Gesims, Hauptmann? Wie kommen die beiden von dort wieder weg?«

»Zu Fuß«, erwiderte er. »Es passiert weiter nichts.«

»Weiter nichts? Es gibt keinen Felsvorsprung, den sie hinunterzustürzen drohen, nichts, was sie ihnen antun, noch ...?«

»Nein, Dottoressa, sonst passiert nichts. Sie wandern einfach nur das Gesims entlang, stoßen auf die Seelen der Zornigen, die im dichten Rauch herumgehen müssen, der ihnen jede Sicht unmöglich macht, reden mit ihnen, und dann steigen sie zum nächsten Kreis empor, nachdem der Engel ein weiteres P von Dantes Stirn gefächelt hat.«

»Und das ist alles?«

»Das ist alles, nicht wahr, Professor?«

Farag nickte zustimmend.

»Aber es gibt ein paar merkwürdige Dinge«, fügte der Professor mit seinem leichten arabischen Akzent hinzu. »Zum Beispiel ist der Kreis der Zornigen der kürzeste des ganzen ›Purgatorio‹, er geht nur über anderthalb Gesänge, den sechzehnten, wie der Hauptmann schon gesagt hat, und ein paar Terzinen im siebzehnten.« Er seufzte und schlug die Beine übereinander. »Und das ist die zweite Besonderheit, denn entgegen seiner Gewohnheit lässt Dante den Kreis diesmal mitten im Gesang enden. Wo genau, Kaspar?«

»Vor Vers 79. Wieder die Sieben und die Neun!«

»Mit Vers 79 beginnt überraschenderweise auch der vierte Kreis des ›Fegefeuers‹, auf dem die Trägheit gesühnt wird. Der Florentiner hat aus irgendeinem unerfindlichen Grund das Ende des einen mit dem Beginn des nächsten Kreises in ein und demselben Gesang vereint, was er bis dahin noch nie getan hat.«

»Und hat das irgendeine Bedeutung?«

»Wie sollen wir das wissen, Ottavia? Doch sei unbesorgt, ganz sicher wirst du diejenige sein, die das herausfindet.«

»Danke.«

»Keine Ursache, Basileia.«

Gegen 12 Uhr mittags landeten wir auf dem internationalen Flughafen Ben Gurion von Tel Aviv. Ein Wagen der Fluggesellschaft El Al fuhr uns zum nahe gelegenen Heliport, wo wir einen israelischen Militärhubschrauber bestiegen, der uns in gerade einmal fünfundzwanzig Minuten nach Jerusalem flog. Von dort brachte uns ein Wagen mit getönten Scheiben im Eiltempo zur Apostolischen Delegation.

Das Wenige, das ich auf der Fahrt zum Konsulat sehen konnte, enttäuschte mich gewaltig: Jerusalem war wie jede andere Stadt auf dieser Welt, mit breiten Straßen, viel Verkehr und modernen Gebäuden. Nur schwerlich waren in der Ferne einige Minarette zu erkennen. Zumindest hoben sich unter den Passanten die orthodoxen Juden mit ihren schwarzen Kippas und gelockten Koteletten ab und auch Dutzende von Arabern mit ihren Keffiyeh und den das Tuch festhaltenden Kordeln. Wahrscheinlich sah man mir meine Enttäuschung an, denn Farag meinte plötzlich tröstend:

»Mach dir keine Sorgen, Basileia. Das ist nur der moderne Teil von Jerusalem. Die Altstadt wird dir sicher gefallen.«

Nirgends konnte ich ein offensichtliches Zeichen entdecken, dass Gott dieses Land auserwählt hatte. Wann immer ich davon geträumt hatte, eines Tages nach Jerusalem zu reisen, war ich mir sicher gewesen, die unzweifelhafte Gegenwart des Allmächtigen zu spüren, sobald ich auch nur einen Fuß auf diesen ganz besonderen Boden setzen würde. Doch dem war nicht so, zumindest vorerst nicht. Was mir als Einziges wirklich auffiel, war die bunte Mischung von abend- und morgenländischer Architektur und die Tatsache, dass alle Verkehrsschilder in Hebräisch, Arabisch und Englisch geschrieben waren. Auch die große

Zahl israelischer Soldaten, die bis zu den Zähnen bewaffnet auf Patrouille waren, weckte meine Neugier, bis mir einfiel, dass es in Jerusalem immer wieder zu kriegerischen Auseinandersetzungen kam. Die Staurophylakes hatten also recht daran getan, der Stadt die dritte Todsünde zuzuweisen: Jerusalem war noch immer von Zorn, Groll, Gewalt und Tod erfüllt. Eigentlich hätte sich Jesus eine andere Stadt zum Sterben aussuchen sollen und Mohammed sich eine andere, um in den Himmel aufzusteigen. Sie hätten damit vielen Menschen das Leben gerettet und auch viele Seelen vor dem Hass bewahrt.

Eine große Überraschung erlebte ich jedoch in der Apostolischen Delegation, einem riesigen Haus, das sich bis auf seine Größe in nichts von den umstehenden Gebäuden unterschied. Mehrere Geistliche unterschiedlichster Nationalitäten empfingen uns, allen voran der Apostolische Nuntius des Heiligen Landes, Monsignore Pietro Sambi, der uns dann durch etliche Räumlichkeiten in einen eleganten Konferenzsaal führte, in dem neben anderen wichtigen Persönlichkeiten auch ein ganz besonderer Mensch wartete: Pierantonio!

»Meine kleine Ottavia!«, rief er, kaum hatte ich hinter Glauser-Röist und Monsignore Sambi die Schwelle überschritten.

Mein Bruder stürzte auf mich zu, und wir umarmten uns lang und innig. Unter den restlichen Gästen entstand ein vergnügtes Stimmengewirr.

»He, wie geht es dir?«, fragte er, als er mich schließlich losließ und von oben bis unten musterte. »Ich meine, abgesehen davon, dass du ziemlich schmutzig und verletzt bist.«

»Ich bin müde«, entgegnete ich, den Tränen nahe, »furchtbar müde, Pierantonio. Aber auch sehr glücklich, dich zu sehen.«

Wie immer sah mein Bruder großartig aus, trotz seines einfachen Franziskanerhabits. Nur selten hatte ich ihn in dieser Kutte gesehen, weil er, wenn er zu Hause war, fast nur weltliche Kleidung trug.

»Du bist eine wichtige Persönlichkeit geworden, Schwesterherz. Sieh mal, wie viele Leute heute gekommen sind, um dich kennenzulernen.«

Monsignore Sambi hatte die Vorstellung von Glauser-Röist und Farag übernommen, weshalb Pierantonio mich mit den Würdenträgern bekannt machte: Paul Dahdah, Erzbischof von Bagdad und Apostolischer Vikar der römisch-katholischen Kirche im Libanon; Seine Seligkeit Michel Sabbah, lateinischer Patriarch von Jerusalem und Vorsitzender der Vereinigung der katholischen Ordinarien des Heiligen Landes; Monsignore Boutros Mouallem, griechisch-melkitischer Erzbischof von Haifa und Vizepräsident der Vereinigung der katholischen Ordinarien; Diodoros I., orthodoxer Patriarch von Jerusalem; Seine Seligkeit Torkom Manoogian, armenischer Patriarch von Jerusalem; Georges El-Murr, griechisch-melkitischer Exarch … ein wahrlich erlauchter Kreis der wichtigsten Patriarchen und Bischöfe des Heiligen Landes. Mit jedem weiteren Würdenträger wuchs meine Verwirrung. War unsere Mission jetzt etwa nicht mehr so geheim wie am Anfang? Hatte Seine Eminenz Kardinal Sodano nicht erklärt, dass wir strengstes Stillschweigen bewahren sollten über das, was gerade geschah und was wir taten?

Farag begrüßte Pierantonio herzlich, während Glauser-Röist ihm mit einer gewissen Distanz begegnete, was mir nicht verborgen blieb. Jetzt war kein Zweifel mehr möglich, dass zwischen meinem Bruder und dem Felsen aus irgendeinem unerfindlichen Grund eine tiefe Feindschaft bestehen musste. In der anschließenden Unterhaltung konnte ich jedoch auch feststellen, dass viele der Anwesenden sich mit einer gewissen Furcht oder aber deutlicher Verachtung an den Felsen wandten. Ich schwor mir, hinter dieses Geheimnis zu kommen, bevor ich Jerusalem wieder verließ.

Die Versammlung war langweilig und dauerte ewig. Die Patriarchen und Bischöfe des Heiligen Landes brachten einer nach dem anderen ihre große Besorgnis um den Raub der Kreuzreliquien zum Ausdruck. Wie man uns erzählte, hatten die selbsternannten Wächter des Kreuzes zuerst den kleinen christlichen Kirchen ihren Schatz entwendet, und das, obwohl diese oft nichts weiter als einen winzigen Holzsplitter oder ein paar Sägespäne in einem Reliquiar besessen hatten. Was mit einem mysteriösen Unfall an einem entlegenen Berg in Griechenland seinen Ausgang genommen hatte, hatte sich zu einem internationalen Fall von ungeahnten Dimensionen entwickelt, wie ein Schneeball, der rollte und rollte und größer wurde, bis er die ganze Christenheit zermalmt hätte. Der Gedanke an die Konsequenzen, wenn die Medien von dem Skandal erführen, beunruhigte sie ebenfalls; ich fragte mich jedoch, wie lange etwas geheim zu halten war, wenn bereits so viele wichtige Leute darüber Bescheid wussten. Eigentlich diente diese Versammlung nur dazu, die Neugier der Patriarchen, Bischöfe und Delegaten zu befriedigen, die uns unbedingt hatten kennenlernen wollen, denn nichts, was in deren Verlauf gesagt wurde, war für Farag, den Hauptmann oder mich von Belang. Höchstens die Tatsache, dass wir fortan auf die Hilfe all dieser Kirchen zählen konnten, was auch immer wir benötigen würden. Ein Angebot, von dem ich sofort Gebrauch machte.

»Wenn Sie gestatten«, begann ich höflich, »so wüsste ich gern, ob jemand von Ihnen schon einmal von einem Menschen gehört hat, der in Jerusalem ein paar Schlüssel verwahrt.«

Verblüfft schauten sie sich an.

»Tut mir leid, Schwester Salina«, antwortete Monsignore Sambi, »aber ich glaube, wir haben Ihre Frage nicht richtig verstanden …«

»Wir müssen in dieser Stadt«, schnitt ihm Glauser-Röist ungeduldig das Wort ab, »jemanden finden, der im Besitz von ein paar Schlüsseln ist, mit denen er etwas öffnet, was auch immer es sein mag, was von niemandem geschlossen werden kann und umgekehrt.«

Sie blickten sich wieder an und zogen dabei Gesichter, als ob sie nicht die leiseste Ahnung hätten, wovon wir gerade sprachen.

»Aber Ottavia!«, tadelte mich mein Bruder gut gelaunt. Den Felsen hatte er einfach übergangen. »Weiß du, wie viele wichtige Schlüssel es im Heiligen Land gibt? Jede Kirche oder Basilika, jede Moschee oder Synagoge hat ihre eigene Schlüsselsammlung von historischem Wert. Was du da sagst, ergibt in Jerusalem keinen Sinn. Tut mir leid, aber es ist einfach albern.«

»Du solltest die Sache etwas ernster nehmen, Pierantonio!« Für einen Augenblick vergaß ich, wo wir waren, vergaß, dass ich inmitten einer ökumenischen Versammlung von Prälaten (von denen einige dem Papst in nichts nachstanden) das Wort an den einflussreichen Kustos des Heiligen Landes richtete. Ich sah nur noch meinen großen Bruder, der sich spöttisch über etwas hinwegsetzte, was mich schon dreimal beinahe das Leben gekostet hatte. »Es ist sehr, sehr wichtig, diesen Menschen, ›der die Schlüssel hat‹, ausfindig zu machen, verstehst du? Ob es in Jerusalem viele oder wenige davon gibt, steht jetzt nicht zur Debatte. Tatsache ist, dass es in dieser Stadt jemanden gibt, der im Besitz der von uns benötigten Schlüssel ist.«

»In Ordnung, Schwester Salina«, antwortete er.

Ich war wie vom Donner gerührt, als ich in Pierantonios aristokratisch wirkendem Gesicht zum ersten Mal im Leben einen Ausdruck von Respekt und Verständnis entdeckte. War die kleine Ottavia plötzlich vielleicht wichtiger als der Kustos? O mein Gott, das war wirklich eine großartige Neuigkeit! Ich hatte Macht über meinen Bruder errungen!

»Nun, also … kurzum …«, Monsignore Sambi wusste nicht recht, wie er diesem ungewöhnlichen Familiendisput ein Ende setzen sollte, »ich glaube, alle hier Anwesenden sollten das, was Hauptmann Glauser-Röist und Schwester Salina uns erklärt haben, zur Kenntnis nehmen und anordnen, dass man sich auf die Suche nach dem Inhaber dieser Schlüssel macht.«

Es herrschte allgemeiner Konsens darüber, so dass sich die Versammlung auflösen konnte und man sich zum Mittagessen begab, das im luxuriösen Esssaal der Apostolischen Delegation serviert wurde, wo erst kürzlich der Papst während seiner Reise durch das Heilige Land zu Mittag gegessen hatte, wie man mir erzählte. Ich konnte mir ein ironisches Lächeln nicht verkneifen, als ich daran dachte, dass wir vor drei Tagen zum letzten Mal geduscht hatten und deshalb ziemlich übel riechen mussten.

Als wir nach Tisch zu den Zimmern hinaufgingen, die man für uns hergerichtet hatte, stellte ich fest, dass ein paar ungarische Nonnen mein Gepäck schon ausgepackt und es ordentlich aufgehängt und im Badezimmer und auf dem Schreibtisch verteilt hatten. Ich dachte, dass sie sich nicht so viel Mühe hätten machen müssen, da wir am nächsten Tag sicher auf dem Weg nach Athen sein würden, wenn nicht schon in den frühen Morgenstunden (jedenfalls zur Unzeit). Und das mit noch mehr Quetschungen, Wunden und Skarifikationen. Da Letztere mir gerade in den Sinn gekommen waren, ging ich ins Bad, zog meine Bluse aus und löste vorsichtig die beiden Wundverbände ab, die die Innenseite meiner Unterarme bedeckten. Da waren sie, meine Zeichen, noch immer rot und geschwollen – das römische schon viel weniger als das aus Ravenna, welches erst vor ein paar Stunden eingeritzt worden war –, zwei schöne Kreuze, die mich mein Lebtag begleiten würden, ob es mir nun gefiel oder nicht. Beide hatten grünliche, tief ins Fleisch gegrabene Linien, als habe man irgendein Pflanzenextrakt injiziert. Ich beschloss, dass ich mich lieber nicht davor ekeln sollte, woraufhin ich mich ganz auszog und eine Dusche nahm, nach der ich mich wie neugeboren fühlte. Nachdem ich mich abgetrocknet hatte, verarztete ich mich mit dem, was ich in einem Verbandskasten fand, der hinter der Tür versteckt war, und verband dann meine

Unterarme, was man zum Glück unter den langen Ärmeln meiner Bluse nicht mehr sehen konnte.

Am späten Nachmittag, ich hatte mich gerade einmal eine Stunde ausgeruht, schlug uns Pierantonio vor, eine kurze Besichtigungstour durch Jerusalems Altstadt zu machen. Der Nuntius zeigte sich etwas besorgt um unsere Sicherheit, da es erst wenige Tage zuvor zu den härtesten Zusammenstößen zwischen Palästinensern und Israelis seit dem Ende der Intifada gekommen war. Wir, die wir von unseren eigenen Problemen so in Anspruch genommen worden waren, hatten nichts davon mitbekommen, aber allem Anschein nach hatte es bei den Auseinandersetzungen ein Dutzend Tote und über vierhundert Verletzte gegeben. Israels Regierung hatte sich daraufhin genötigt gesehen, der Palästinensischen Autonomiebehörde drei Jerusalemer Stadtviertel – Abu Dis, Al-Izzaryya und Sawahreh – zu überlassen, in der Hoffnung, aufgrund dieses Zugeständnisses die Verhandlungen wiederaufnehmen und den Aufstand in den autonomen Regionen beenden zu können. Die Lage war folglich sehr gespannt, und man fürchtete neue Anschläge. Aus diesem Grund – und auch wegen des Amts, das Pierantonio bekleidete – bat uns der Nuntius eindringlich, einen unauffälligen Wagen der Apostolischen Delegation zu benutzen. Er besorgte uns zudem den besten Stadtführer Jerusalems, einen Experten für biblische Archäologie: Pater Murphy Clark von der Jerusalemer Bibelschule, ein groß gewachsener, korpulenter Mann mit einem wunderschönen, gepflegten weißen Bart. Wir stellten den Wagen in der Nähe der Klagemauer ab und machten uns von dort aus zu Fuß auf eine Zeitreise durch die letzten zweitausend Jahre der Geschichte.

Meine Augen konnten gar nicht groß genug sein, um die immense Schönheit jener gepflasterten Gassen mit all ihren Souvenirläden und der seltsamen Bevölkerung, die nach Art der drei Kulturen der Stadt gekleidet war, in mich aufzunehmen. Doch am bewegendsten war es, die Via Dolorosa entlangzugehen, die Jesus einst mit dem Kreuz, die Dornenkrone auf dem Haupt, auf dem Weg nach Golgatha beschritten haben musste. Wie lässt sich solche Ergriffenheit nur beschreiben? Es gibt einfach keine Worte dafür. Was machte es schon, dass Archäologen und Exegeten bis heute uneins darüber waren, ob es sich dabei wirklich um den historischen Kreuzweg Jesu handelte? Pierantonio, für den ich ein offenes Buch war, blieb ein wenig hinter den anderen zurück, um neben mir gehen zu können. Es war offensichtlich, dass mein Bruder nicht im Traum daran dachte, den Kreuzweg mit mir zu beten. In Wirklichkeit wollte er mir alles über unsere Mission entlocken.

»Aber Pierantonio«, protestierte ich, »du weißt doch längst schon alles! Warum hörst du nicht auf, mir Löcher in den Bauch zu fragen?«

»Weil du alles für dich behältst! Ich muss dir die Würmer einzeln aus der Nase ziehen!«

»Aber was willst du denn noch aus mir herauslocken, wenn ich fragen darf? Es gibt nichts mehr!«

»Erzähl mir von den Prüfungen!«

Ich seufzte tief und schickte ein Stoßgebet zum Himmel.

»Es sind keine richtigen Prüfungen, Pierantonio. Wir durchwandern eine Art Fegefeuer, das unsere Seelen läutern soll, bis man uns für würdig hält, ins irdische Paradies der Staurophylakes zu gelangen. Das ist unser einziges Ziel. Sobald wir das Heilige Kreuz ausfindig gemacht haben, rufen wir die Polizei, und die wird sich dann um alles Weitere kümmern.«

»Und was ist mit Dante? Mein Gott, es ist einfach unglaublich! Los, erzähl schon!«

Ich blieb plötzlich inmitten einer Gruppe von Nordamerikanern stehen, die die einzelnen Stationen des Kreuzwegs beteten, und drehte mich zu ihm um.

»Lass uns eine Übereinkunft treffen«, sagte ich mit ernster

Miene. »Du erzählst mir, was zwischen dir und Glauser-Röist vorgefallen ist, und ich schildere dir dafür ausführlich unsere Abenteuer.«

Das Gesicht meines Bruders verzerrte sich. Ich hätte schwören können, dass in seinen heiligen Augen für einen Moment abgrundtiefer Hass aufblitzte. Er schüttelte den Kopf.

Doch ich ließ ihm keine Ruhe. »In Palermo hast du mir erklärt, dass Glauser-Röist der gefährlichste Mann des Vatikans sei, und wenn mich nicht alles täuscht, hast du mich auch gefragt, wieso ich mit jemandem zusammenarbeite, den Himmel und Hölle fürchten und der derjenige sei, der für die Kirche alle schmutzigen Geschäfte erledige.«

Pierantonio setzte sich wieder in Bewegung und ließ mich einfach stehen.

»Wenn du willst, dass ich dir die Geschichte von Dante Alighieri und den Wächtern des Kreuzes erzähle«, versuchte ich ihn aus der Reserve zu locken, als ich ihn wieder eingeholt hatte, »musst du mich auch über Glauser-Röist ins Bild setzen. Vergiss nicht, dass du es warst, der mir beigebracht hat, wie man an Informationen gelangt, selbst wenn man gegen das eigene Gewissen handeln muss.«

Mein Bruder blieb erneut mitten auf der Via Dolorosa stehen.

»Willst du die ganze Wahrheit über Hauptmann Kaspar Linus Glauser-Röist wissen?«, fragte er mich herausfordernd und fuchsteufelswild. »Dann sollst du es auch erfahren! Nun, dein lieber Kollege ist damit betraut, alle schmutzige Wäsche der wichtigsten Mitglieder der Kirche zu waschen. Seit gut dreizehn Jahren richtet Glauser-Röist alles zugrunde, was dem Ansehen des Vatikans schaden könnte. Und wenn ich sage, er richtet alles zugrunde, dann meine ich das auch so: Er bedroht und erpresst, und es würde mich überhaupt nicht wundern, wenn er in Erfüllung seiner Pflicht auch schon mal jemanden umgebracht hätte. Niemand entkommt Glauser-Röists langem Arm: Journalisten, Bankiers, Kardinäle, Politiker, Schriftsteller … Wenn es in deinem Leben irgendetwas zu verbergen gibt, Ottavia, so ist es besser, dass Glauser-Röist nichts davon erfährt. Sei dir bewusst, dass er es eines Tages kaltblütig gegen dich verwenden könnte, ohne auch nur einen Funken Mitleid mit dir zu haben.«

»So schlimm wird es schon nicht sein«, wehrte ich ab, nicht, weil ich an seinen Behauptungen zweifelte, sondern weil ich genau wusste, dass ich ihn so nur noch mehr auf Touren brachte.

»Ach nein?«, entgegnete er zornig. Wir setzten uns wieder in Bewegung, weil Pater Clark, Farag und der Hauptmann uns schon ziemlich weit voraus waren. »Brauchst du Beweise? Erinnerst du dich an die ›Affäre Marcinkus‹?«

Schön, ja, davon hatte ich gehört, wenn auch nicht viel. Wie alle Ordensgeistlichen schirmte ich mein Leben aus Gewohnheit vor allem ab, was sich gegen die Kirche richtete. Nicht, dass wir es nicht hätten erfahren können, nein, wir wollten solche Anschuldigungen einfach nicht hören und stellten uns deshalb bei antiklerikalen Skandalen weitestgehend taub.

»1987 hatte die italienische Staatsanwaltschaft die Festnahme des aus Chicago stammenden Erzbischofs Paul Casimir Marcinkus angeordnet, der seinerzeit Präsident des IOR, des ›Instituts für die Werke der Religion‹ war, sicher besser bekannt unter dem Namen Vatikanbank. Man warf ihm ›schwere unrechtmäßige Aneignung eines beträchtlichen Geldbetrags‹ sowie ein Mitverschulden am Zusammenbruch der Mailändischen Banco Ambrosiano Anfang der achtziger Jahre vor. Nach monatelangen Ermittlungen konnte man belegen, dass die Mailändische Bank von einer Reihe ausländischer Körperschaften kontrolliert worden war, die ihren Sitz in den Steuerparadiesen Liechtenstein und Panama hatten, in Wirklichkeit aber ›Geisterbanken‹ waren, das heißt Geldinstitute, die nur in den Büchern existierten und dem IOR und natürlich Marcinkus selbst als Tarnung dienten. Die Banco Ambrosiano hatte ein Loch von mehr als

1,2 Milliarden Dollar aufgewiesen, von denen der Vatikan, dessen Verwicklung in die Affäre augenfällig war, nur eine ›freiwillige‹ Entschädigung von 250 Millionen Dollar an die betrogenen Gläubiger zurückerstattete. Das heißt, dass der Vatikan sich mehr als 900 Millionen Dollar einverleibte. Und weißt du, wer damit beauftragt war, diese finsteren Machenschaften zu vertuschen und zu verhindern, dass Marcinkus in die Hände der Justiz fiel?«

»Hauptmann Glauser-Röist?«

»Deinem Freund, dem Hauptmann, gelang es, Marcinkus mit einem diplomatischen Pass in den Vatikan zu bringen, was eine Festnahme durch die italienische Polizei vereitelte. Sobald Marcinkus hinter den Mauern des Vatikans in Sicherheit war, organisierte Glauser-Röist eine Pressekampagne, um die Öffentlichkeit irrezuführen. Und siehe da: Es gelang ihm, man weiß nicht genau wie, dass einige Journalisten Marcinkus als naiven, fahrlässigen und weltfremden Geschäftsführer darstellten. Anschließend zog er den amerikanischen Kardinal aus dem Verkehr und ermöglichte ihm ein neues Leben in einer kleinen nordamerikanischen Pfarrgemeinde im Bundesstaat Arizona, wo er bis zum heutigen Tag lebt.«

»Ich sehe darin nichts Kriminelles, Pierantonio.«

»Natürlich nicht, er handelt ja auch nie gesetzeswidrig! Er ignoriert die Gesetze einfach! Ein Kardinal wird an der Schweizer Grenze festgenommen, den Koffer, den er als Diplomatengepäck deklariert, voller Millionen? Dann fährt Glauser-Röist eben hin, um die Panne zu beheben. Er sammelt den Kardinal ein, bringt ihn in den Vatikan zurück, erreicht, dass die Grenzbeamten den ›Zwischenfall‹ vergessen, und verwischt alle Spuren so geschickt, als habe die rätselhafte Kapitalflucht nie stattgefunden.«

»Ich bleibe dabei, dass ich noch immer keinen Grund sehe, Glauser-Röist zu fürchten.«

Pierantonio ließ sich jedoch nicht mehr bremsen.

»Und wenn ein italienischer Verlag ein Buch über die Korruption im Vatikan herausbringt, das für großes Aufsehen sorgt? Dann findet Glauser-Röist schnellstens heraus, welcher Monsignore gegen das Schweigegebot des Vatikans verstoßen hat, macht ihn mit was für Drohungen auch immer mundtot und schafft es irgendwie, dass die Presse die Angelegenheit in null Komma nichts vom Tisch wischt. Wer, glaubst du, arbeitet die Berichte mit den schlüpfrigsten Details aus dem Privatleben der Kurienmitglieder aus, damit diese keine andere Wahl haben, als gewisse Übergriffe stillschweigend zu tolerieren? Wer, glaubst du, betrat als Erster die Wohnung Alois Estermanns in der Nacht, in der man den Kommandanten und dessen Frau dort tot auffand, nach Darstellung des Vatikans erschossen von einem Unteroffizier der Schweizergarde, Cédric Tornay, der anschließend Selbstmord verübt hatte? Kaspar Linus Glauser-Röist. Er war es, der die Beweise für das, was wirklich geschah, verschwinden ließ und sich den ›Anfall von Wahnsinn‹ ausdachte, das offizielle Mordmotiv des Unteroffiziers, den die Kirche anschließend mittels von der Presse verbreiteten Gerüchten beschuldigte, drogenabhängig gewesen zu sein und Estermann ›aus gekränktem Stolz‹ ermordet zu haben. Glauser-Röist ist der Einzige, der weiß, was in jener Nacht wirklich passiert ist. Und wenn ein Prälat des Vatikans ein kleines ›Privatfest‹ gegeben hat, bei dem es, sagen wir mal, etwas … ›unanständig‹ zuging, und ein Journalist davon erfährt und skandalöse Fotos veröffentlichen will? Auch dann muss man sich keine Sorgen machen. Der Artikel wird nie erscheinen, und der Journalist wird nach Glauser-Röists Besuch für den Rest seines Lebens den Mund halten. Warum? Das kannst du dir wohl denken! Gerade gibt es einen wichtigen Prälaten der Kirche, den Erzbischof von Neapel, gegen den der Staatsanwalt von Basilicata wegen Wucher, Zugehörigkeit zu einer krimineller Vereinigung und Unterschlagung ermittelt. Du kannst darauf wetten, dass er freigesprochen wird. Wie mir berichtet wurde, hat sich dein Freund schon eingeschaltet.«

Ein unheilvoller Gedanke, der mir ganz und gar nicht gefiel, durchzuckte mich, ein Gedanke, der mir großes Unbehagen bereitete.

»Und du, Pierantonio? Was hast du zu verbergen? Du würdest nicht so über den Hauptmann sprechen, wenn du nicht irgendein Problem mit ihm gehabt hättest.«

»Ich?«, fragte er überrascht. Sein Zorn schien plötzlich verraucht zu sein, und er wirkte auf einmal wie das lebendige Abbild eines Unschuldslamms. Doch mich konnte er nicht täuschen.

»Ja, du! Und versuch mir bloß nicht weiszumachen, dass du das alles nur weißt, weil die Kirche eine einzige große Familie ist, in der man sich alles anvertraut.«

»Mensch, aber so ist es doch auch! Wir, die wir in der Kirche gewisse Ämter bekleiden, wissen fast alles.«

»Kann sein«, murmelte ich automatisch und richtete meinen Blick auf die schon weit entfernten Gestalten von Murphy Clark, Glauser-Röist und Farag, »aber mich führst du nicht hinters Licht. Du hast mit dem Hauptmann ein ernsthaftes Problem gehabt, das du mir auf der Stelle erzählen wirst.«

Mein Bruder lachte laut auf. Ein Sonnenstrahl, der durch die Wolken stach, erhellte sein Gesicht.

»Und warum sollte ich dir das auf die Nase binden, kleine Ottavia? Was sollte mich dazu bewegen, dir Verfehlungen zu gestehen, die man unter keinen Umständen preisgeben sollte, schon gar nicht seiner kleinen Schwester?«

Mit einem gekünstelten Lächeln auf den Lippen sah ich ihn mit kalter Miene an.

»Weil ich, wenn du es nicht tust, augenblicklich zu Glauser-Röist gehe, alles ausplaudere, was du mir erzählt hast, und ihn bitte, dass *er* es mir erklärt.«

»Das würde er nie tun«, erwiderte Pierantonio hochnäsig. Das bescheidene Habit eines Franziskaners passte wirklich so gar nicht zu ihm. »Jemand wie er würde nie über solche Vorkommnisse reden.«

»Ach nein?« Wenn Pierantonio schon mit hohem Einsatz spielte, so konnte ich noch viel höher pokern. »Hauptmann! He, Hauptmann!«

Der Felsen und Farag drehten sich zu mir um. Pater Murphy bewegte seinen enormen Bauch etwas später in unsere Richtung.

»Hauptmann, könnten Sie bitte kurz herkommen?«

Pierantonio war fahl geworden.

»Ich erzähl es dir ja«, murmelte er, als er sah, wie Glauser-Röist auf uns zukam. »Ich erzähl es dir, aber sag ihm, dass er nicht kommen soll.«

»Entschuldigen Sie, Hauptmann, ich habe mich geirrt. Gehen Sie nur weiter!« Und ich bedeutete ihm mit einer Handbewegung, dass er sich wieder den anderen anschließen solle.

Glauser-Röist blieb stehen und betrachtete mich unentschlossen, drehte sich dann aber wieder um und ging weiter. In diesem Augenblick überholte uns eine seltsame Gruppe von sechs oder sieben vollkommen in Schwarz gekleideten Frauen. Ein langer Umhang umhüllte sie von Kopf bis Fuß, und auf dem Kopf trugen sie einen merkwürdigen Kopfschmuck, eine Art runden Hut, der ihnen bis über die Stirn reichte und den sie mit einem Tuch festgebunden hatten. Ihrem Aussehen nach musste es sich um orthodoxe Nonnen handeln, obwohl ich nicht erriet, zu welcher Kirche sie gehörten. Kurioserweise lief fast unmittelbar darauf eine ähnliche Gruppe an uns vorbei, allerdings ohne Hütchen, dafür mit langen gelben Wachskerzen in den Händen.

»Meine kleine Ottavia, du hast einen ganz schönen Dickkopf.«

»Heraus mit der Sprache!«

Pierantonio schwieg lange Zeit nachdenklich, bis er schließlich tief Luft holte.

»Erinnerst du dich noch, wie ich dir zu Hause von meinen Schwierigkeiten mit dem Heiligen Stuhl erzählte?«

»Ja, ich erinnere mich.«

»Ich sprach von den Schulen, Kliniken, Altersheimen, von den archäologischen Ausgrabungen, den Pilgerherbergen, biblischen Studien, der Wiedereinführung des katholischen Gottesdienstes im Heiligen Land …«

»Ja, ja, und du hast mir auch von dem Befehl des Papstes erzählt, den Saal, in dem Jesus das Letzte Abendmahl gefeiert hat, wieder in den Besitz der katholischen Kirche zu bringen, ohne dass man dir dafür die nötigen Mittel zur Verfügung stellte.«

»Richtig. Und genau darum dreht es sich.«

»Was hast du getan, Pierantonio?«, fragte ich bestürzt. Plötzlich war die neuzeitliche Via Dolorosa zu einem wirklichen Leidensweg geworden.

»Nun …«, stammelte er, »ich musste ein paar Dinge veräußern.«

»Was für Dinge?«

»Ein paar der Dinge, die wir auf den Ausgrabungen gefunden haben.«

»O mein Gott! Pierantonio!«

»Ich weiß, ich weiß«, bekannte er zerknirscht. »Aber falls es dich tröstet: Ich habe sie dem Vatikan selbst verkauft. Durch einen Strohmann.«

»Was sagst du da???«

»Unter den Kirchenfürsten gibt es große Kunstsammler. Kurz bevor Glauser-Röist sich einmischen konnte, verkaufte der Anwalt, den ich in Rom mit diesen Transaktionen beauftragt hatte, einem Prälaten ein Mosaik aus dem 8. Jahrhundert. Wir fanden es bei den Ausgrabungen in Banu Ghassan. Du kennst ihn, er hat lange Zeit im Geheimarchiv gearbeitet, und er bezahlte fast drei Millionen Dollar dafür. Ich glaube, er hat es in seinem Wohnzimmer ausgestellt.«

»Um Gottes willen!«, stöhnte ich. Ich war schockiert.

»Weißt du, wie viele gute Taten wir mit diesem Geld vollbringen konnten, meine kleine Ottavia?« Mein Bruder schien sich keiner Schuld bewusst zu sein. »Wir haben davon Kliniken, Altersheime und Schulen gebaut und für den Unterhalt von vielen Menschen gesorgt. Was habe ich Böses getan?«

»Du hast Kunstwerke verschoben, Pierantonio!«

»Aber ich habe sie ihnen doch direkt verkauft! Nichts von dem, mit dem ich gehandelt habe, ist in ungeweihte Hände geraten, und alles Geld, das ich dabei verdiente, verwendete ich ausschließlich für die dringendsten Bedürfnisse der Armen. Einige Kirchenfürsten schwimmen geradezu im Geld, hier im Heiligen Land fehlt es uns hingegen an allem ...« Sein Atem ging stoßweise, und ich sah erneut Hass in seinen Augen aufblitzen. »Da erschien eines schönen Tages dein Freund Glauser-Röist in meinem Büro. Ich hatte schon von ihm reden gehört. Es stellte sich heraus, dass er Nachforschungen angestellt hatte und über meine Aktivitäten Bescheid wusste. Er ›riet‹ mir, die Verkäufe einzustellen, wenn ich einen Skandal vermeiden wolle, der meinen Namen und den meines Ordens in den Schmutz ziehen würde. ›Ich verfüge über Mittel und Wege, dass Ihr Gesicht morgen auf der ersten Seite aller wichtigen Tageszeitungen prangt‹, sagte er, ohne eine Miene zu verziehen. Ich erzählte ihm von den Kliniken, den Altersheimen, Volksküchen und Schulen ... Es war ihm piepegal. Jetzt ersticken wir in Schulden, und ich habe keine Ahnung, wie ich diesen Missstand beheben soll.«

Was hatte Farag in den Katakomben von Santa Lucia zu mir gesagt? *Auch wenn die Wahrheit wehtut, so ist sie doch immer der Lüge vorzuziehen.* Nun fragte ich mich, ob die Güte meines Bruders nicht dem Unrecht vorzuziehen war, auch wenn sie Schaden angerichtet hatte. Heiligte der Zweck nicht die Mittel? Oder schwankte ich, weil Pierantonio mein Bruder war und ich verzweifelt nach etwas suchte, das sein Vergehen rechtfertigte?

Oder war es vielleicht gar so, dass das Leben sich nicht nur aus schwarzen und weißen Steinchen zusammensetzte, sondern in Wirklichkeit ein kunterbuntes Mosaik mit unendlich vielen Kombinationsmöglichkeiten bildete? War das Leben etwa nicht eine Anhäufung von Doppeldeutigkeiten, von austauschbaren Farbtönen, das wir in eine absurde Struktur aus Normen und Dogmen zu pressen suchten?

Während ich noch diese Überlegungen anstellte, bogen wir plötzlich um die Ecke und standen auf einmal mitten auf dem Platz vor der Grabeskirche. Ich war tief ergriffen. Vor mir lag der Ort, an dem Jesus begraben worden und nach drei Tagen wiederauferstanden war. Mir traten Tränen in die Augen.

Die Basilika, die die heilige Helena an der Stelle errichten ließ, wo sie das wahre Kreuz Jesu Christi entdeckt zu haben glaubte, war wirklich beeindruckend: tausendjähriger, solider Stein, große Gitterfenster, klobige Türme mit roten Ziegeldächern … Der Platz wimmelte von Menschen aller Hautfarben und Gesellschaftsschichten. Touristengruppen drängten sich um schmale Holzkreuze und stimmten religiöse Gesänge in verschiedenen Sprachen an, was bei dem Resonanzboden, welcher der Platz bildete, einem misstönenden Brummen glich. Im Säulenportikus stießen wir wieder auf die orthodoxen Nonnen, denen wir unterwegs begegnet waren und die einer Gruppe katholischer Nonnen in heller Ordenstracht den Rücken kehrten. Viele der Frauen trugen wunderschöne Rosenkränze um den Hals, einige knieten auf den harten Pflastersteinen und beteten seine fünf Gesetze. Es waren auch etliche katholische Priester und Geistliche der unterschiedlichsten Orden zu entdecken. Reichlich zu sehen waren zudem die buschigen Vollbärte, welche die orthodoxen Mönche zierten, die die unterschiedlichsten röhrenförmigen Kopfbedeckungen trugen: ganz schlichte, aber auch welche mit Besatz oder mit einer Art kaminförmigem Vordach, ja sogar solche, die bis zur Taille hinunterreichten. Hoch über all diesem menschlichen Gewimmel waren Scharen weißer Tauben auszumachen, die das Gedränge auf dem Platz zu ignorieren schienen und von einem Gesims zum nächsten, von einem Fenster zum anderen flatterten, um die beste Aussicht auf das Spektakel am Boden zu ergattern.

Die Fassade der Basilika, die noch aus der Kreuzfahrerzeit stammte, war wirklich sehenswert: Unter zwei gleichförmigen Bogenfenstern waren zwei identische Kirchenportale zu sehen, doch seltsamerweise war das rechte Portal mit großen Quadersteinen zugemauert. Und das Innere … also, das Innere war wahrlich überwältigend. Da man die Kirche durch einen Seiteneingang betrat, konnte man das gesamte Kirchenschiff erst überblicken, wenn man weit genug hineingegangen war. Unzählige orientalische Öllampen erhellten einem den Weg. Es war ein so bewegender Augenblick, dass ich mich nicht mehr an alles erinnern kann, was ich sah. Pater Murphy erklärte uns ausführlich die Einzelheiten jeder Sehenswürdigkeit, an der wir vorbeikamen. In der Vorhalle nahe dem Eingang und umgeben von Kerzenleuchtern und Lampen zeigte er uns den Salbungsstein, eine große Steinplatte aus rotem Kalkstein, auf der, so vermutet man, der Leichnam Christi nach der Kreuzabnahme gesalbt worden war. Eifrige Kirchenbesucher schöpften mit den Händen Weihwasser und schütteten es über den Stein, und sofort befeuchteten Dutzende von Händen Taschentücher und Rosenkränze damit. Es war ein Ding der Unmöglichkeit, bis zum Stein vorzudringen. Wir wandten uns also zur großen Rotunde, in der sich das wichtigste Heiligtum der Basilika befand: das *Katholikon*, der Ort, an dem man das historische Heilige Grab vermutete, ein Kapellenbau, dessen Eingangsbereich zahllose Lämpchen in wundervollen Silberkugeln schmückten. Über dem zentralen Zugang entdeckte ich drei Gemälde, die von der Auferstehung Christi kündeten und jeweils in einem anderen Stil gemalt waren: lateinisch, griechisch und armenisch. Hatte man die Schwelle des *Katholikon* überschritten, stand man in einer kleinen Vorhalle, der Engelskapelle, so benannt, weil dort angeblich den drei Frauen Christi Auferstehung verkündet worden war. Ein paar Schritte weiter gelangte man durch eine Tür zur eigentlichen Grabkapelle, einem kleinen, schmalen Raum, in dem man eine Marmorbank erkennen konnte, die den Originalstein bedeckte, auf dem man einst Jesu Leichnam aufgebahrt hatte. Ich kniete mich einen kurzen Moment nieder – der Andrang erlaubte nicht viel mehr – und verließ die Kapelle gleich darauf wieder, mit deutlich weniger Andacht als zuvor. Die Umgebung konnte vielleicht hypnotisch wirken, die Menschenmassen schwächten jedoch deutlich meine Inbrunst.

Dann stiegen wir ein paar Treppen hinunter zu der Stelle, wo die heilige Helena die drei Kreuze entdeckt hatte, wie Iacobus de Voragine in seiner berühmten ›Legenda aurea‹ berichtete. Die große Kammer aus Stein war bis auf das eiserne Geländer leer, das in einer Ecke den Fundort der Reliquien absperrte. Sich fortwährend den Bart streichend, begann Pater Murphy uns seine Geschichte zu erzählen, wobei wir allerdings feststellten, dass wir wesentlich mehr wussten als einer der angesehensten Experten der Welt. Der umgängliche Archäologe bemerkte bald, dass er sich in Gesellschaft von ihm ebenbürtigen Experten befand, so dass er, bescheiden wie er war, gern unseren Kommentaren lauschte.

Dann besichtigten wir auch noch die übrigen Teile der Basilika, während uns Pierantonio und Pater Murphy erzählten, dass das Gotteshaus zu gleichen Teilen der römisch-katholischen, der griechisch-orthodoxen und der armenisch-orthodoxen Kirche gehörte, ein Status quo, mit dem man mangels einer besseren Lösung Eintracht unter den christlichen Kirchen Jerusalems zu stiften suchte. Auch die orthodoxen Kopten, die syrischen Jakobiten und die Äthiopier durften ihre Gottesdienste in der Basilika abhalten, woraufhin Farag sich vehement beklagte, da den katholischen Kopten kein vergleichbares Recht eingeräumt wurde; Pater Murphy flehte ihn jedoch an – halb im Scherz, halb ernst –, er solle nicht noch mehr Öl ins Feuer gießen, da man neuerliche Volksaufstände gerade absolut nicht gebrauchen könne.

Als wir unsere Kirchenbesichtigung beendet hatten, schlugen mein Bruder und Pater Murphy vor, unseren Touristenrundgang mit den anderen heiligen Stätten der Stadt fortzusetzen.

»Etwas haben wir hier aber noch nicht gesehen«, wandte ich ein, »die Krypta.«

Pierantonio sah mich verständnislos an. Über Murphy Clarks Gesicht huschte ein zufriedenes Lächeln.

»Woher wissen Sie von dieser Krypta, Dottoressa?«, fragte er neugierig.

»Das ist eine lange Geschichte, Pater Murphy«, antwortete Farag an meiner Stelle, »aber wir würden sie wirklich sehr gern besichtigen.«

»Hmm, das wird etwas kompliziert sein …«, murmelte er nachdenklich und strich sich wieder bedächtig über den Bart, »die Krypta ist nämlich Eigentum der griechisch-orthodoxen Kirche, und man kann die paar katholischen Geistlichen an einer Hand abzählen, die sie jemals betreten durften. Aber vielleicht vermag ja Ihr Bruder, der Kustos, die Erlaubnis zu erwirken.«

»Ich wusste ja nicht einmal von ihrer Existenz!«, gab mein Bruder verwirrt zur Antwort.

»Ich selbst habe sie auch noch nie gesehen«, erwiderte Murphy, »aber wie Ihre Schwester würde ich furchtbar gern einen Blick hineinwerfen. Bitten Sie den orthodoxen Patriarchen von Jerusalem um die Genehmigung. Ein Telefonanruf wird genügen.«

»Ist das wirklich notwendig?« Mein Bruder wollte kein Risiko eingehen, wenn es darum ging, jemand um politisch heikle Gefälligkeiten zu ersuchen.

»Ja, das verspreche ich dir.«

Pierantonio wandte sich zum Ausgang, und nachdem er draußen in einer Ecke des Atriums vor der Menge Schutz gesucht hatte, zog er sein Handy aus dem Habit. Er benötigte nur ein paar Minuten.

»Auftrag ausgeführt!«, verkündete er uns bei seiner Rückkehr fröhlich. »Gehen wir Pater Chrysostomos suchen. Es war gar nicht so leicht! Allem Anschein nach handelt es sich um ein geheimes Gewölbe, das tief unter der Basilika liegt. Ihr hättet die überraschten Schreie hören sollen, die durch das Telefon an mein Ohr drangen. Woher wisst ihr bloß davon?«

»Das ist eine lange Geschichte, Pierantonio.«

Mein hellauf begeisterter Bruder wandte sich an den erstbesten orthodoxen Priester, der unseren Weg kreuzte, und wenige Minuten später standen wir vor einem Popen mit grauem Vollbart, der das Haubenmodell »kaminförmiges Vordach« trug, wie es einst auch im Florenz der Renaissance Mode gewesen sein musste. Pater Chrysostomos, dessen Brille an einer Kette über der Brust baumelte, blickte uns vollkommen sprachlos an. Seine Miene verriet deutlich, dass er sich noch immer nicht von dem Anruf erholt hatte, der unser Kommen und den Grund desselbigen ankündigte. Pierantonio ging voran und stellte sich selbst unter Nennung all seiner Ämter vor, welche zahlreicher waren, als ich vermutet hatte. Pater Chrysostomos drückte ihm respektvoll die Hand, auch wenn die Überraschung, die in seinem Gesicht geschrieben stand, noch immer nicht daraus weichen wollte. Dann machte mein Bruder uns einen nach dem anderen mit ihm bekannt. Endlich gewann der orthodoxe Priester seine Fassung zurück.

»Ich möchte ja nicht neugierig erscheinen, aber könnten Sie mir bitte erklären, wie Sie von der Krypta erfahren haben?«

»Wir haben in ein paar alten Dokumenten von ihrem Bau gelesen«, erwiderte der Hauptmann.

»Ach ja? Nun, wenn Ihnen meine Neugier nicht lästig fällt, so würde ich gern mehr darüber erfahren. Sie müssen wissen, dass Pater Stephanos und ich schon ein Leben lang die Reliquien des Heiligen Kreuzes hüten, die in der Krypta aufbewahrt werden. Es entzog sich jedoch unserer Kenntnis, dass man von ihrer Existenz weiß und es sogar schriftliche Quellen darüber gibt.«

Auf unserem Weg in die Tiefen der Erde erzählten Farag, der Hauptmann und ich, was wir über die Kreuzzüge und die Geheimkammer wussten, erwähnten jedoch die Staurophylakes mit keiner Silbe. Nachdem wir zahllose Steinstufen hinuntergestiegen waren, gelangten wir schließlich in einen rechteckigen Raum, der offensichtlich zur Rumpelkammer umfunktioniert worden war. An den Wänden hingen Gemälde ehemaliger Patriarchen, mit Plastikhüllen abgedeckte Möbel schienen den Schlaf der Gerechten zu schlafen, und ich entdeckte sogar ein orthodoxes Mönchsgewand, das unbeweglich wie ein Geist an einem Kleiderbügel in einer Ecke hing. Im hinteren Teil schützte ein Eisengitter eine zweite Tür aus Holz. Ein Greis mit langem weißen Bart erhob sich von seinem Stuhl, als er uns hereinkommen sah.

»Pater Stephanos, wir haben Gäste«, verkündete Pater Chrysostomos.

Die beiden Priester wechselten flüsternd ein paar Worte und drehten sich dann wieder zu uns um.

»Kommen Sie.«

Der betagte orthodoxe Priester zog einen Schlüsselbund aus den Falten seines Habits hervor, schlurfte zum Eisengitter und schloss es in Zeitlupe auf. Bevor er das Gleiche mit der Holztür tat, drückte er auf einen vorsintflutlichen Schalter am Türrahmen.

Mein Staunen kannte keine Grenzen, als ich in die geheime Krypta trat, welche die Staurophylakes um das Jahr 1000 zum Schutz der Kreuzreliquie vor der Zerstörungswut des Kalifen

Al-Hakim gebaut hatten, und eine Art Militärbaracke vorfand. Als ich mich mit Mühe und Not vom ersten Schreck erholt hatte, entdeckte ich bei näherem Hinsehen mitten im Raum einen kleinen Altar, auf dem eine kostbare Ikone von der Kreuzigungsszene und davor ein paar kleine Kreuze standen, die sich als die Reliquiare der heiligen Holzsplitter herausstellten. Zu meiner Linken ergänzten ein paar alte metallene Büroschränke die Einrichtung aus Klappstühlen und Holztischen. Wenn die Staurophylakes das sehen könnten! Obwohl … wenn man es genau bedachte, war dies vielleicht ja die intelligenteste Art (wenn es sich denn um eine bewusst getroffene Entscheidung handelte), etwas so Wertvolles zu schützen.

Pater Stephanos und Pater Chrysostomos bekreuzigten sich mehrmals und zeigten uns dann nach einer tiefen, ehrfurchtsvollen Verbeugung vor dem Altar die Reliquienschreine, hinter deren Scheiben die von der heiligen Helena aufgefundenen Kreuzpartikel ruhten. Alle neigten wir uns vor, um den Schrein andächtig zu küssen, nur der Hauptmann nicht, der uns regungslos den Rücken zukehrte. Als Pater Stephanos es bemerkte, schlurfte er zu ihm, um zu sehen, was der Hauptmann mit so viel Interesse zu betrachten schien.

»Es ist herrlich, nicht wahr?«, sagte er in einwandfreiem Englisch.

Wir Übrigen traten nun ebenfalls näher und, welch große Überraschung!, standen einem wunderschönen konstantinischen Christusmonogramm gegenüber, das zusammen mit einem langen griechischen Text auf eine Tafel aus dunklem Holz gemalt war. Das riesengroße Brett lehnte an der Wand.

»Das hier ist mein Lieblingsgebet. Schon fünfzig Jahre meditiere ich darüber, und, glauben Sie mir, jeden Tag entdecke ich in seiner schlichten Weisheit einen neuen Schatz.«

»Was ist das?«, fragte Farag und bückte sich, um es besser in Augenschein nehmen zu können.

»Vor etwa dreißig Jahren erklärten uns einige englische Experten, dass es sich um ein uraltes christliches Gebet handle, das wahrscheinlich aus dem 12. oder 13. Jahrhundert stammt. Der Büßer, der die Tafel in Auftrag gab, beziehungsweise der Künstler, der es aufmalte, war jedenfalls kein Grieche, da sich viele Fehler in den Text eingeschlichen haben. Die Engländer mutmaßten damals, dass sein Urheber ein römischer Ketzer war, der die Grabstätten Christi besucht hatte und der Basilika danach zum Dank diese wundervolle Tafel vermachte mit den Gedanken, die ihm das Heilige Kreuz eingegeben hatte.«

Ich ging neben Farag in die Hocke und übersetzte leise die ersten Worte: »Du, der du den Hochmut und die Missgunst überwunden hast, überwinde nun auch geduldig den Zorn.« Ich sprang auf und warf Glauser-Röist einen vielsagenden Blick zu.

»Du, der du den Hochmut und die Missgunst überwunden hast, überwinde nun auch geduldig den Zorn«, wiederholte ich laut auf italienisch.

Als der Hauptmann die Botschaft begriff, sperrte er Mund und Nase auf. Jeder Staurophylax-Anwärter, der die Prüfungen von Rom und Ravenna bestanden hatte, wusste, dass diese Botschaft an ihn gerichtet war.

»So lautet der erste Satz, dessen Unzialbuchstaben rot umrandet sind.«

Pater Stephanos schaute mich wohlwollend an.

»Hat das Fräulein den Sinn des Gebets verstanden?«

»Oh, entschuldigen Sie vielmals! Ich habe einfach wieder italienisch geredet, ohne es zu merken. Tut mir leid.«

»Machen Sie sich darüber keine Gedanken. Ich habe mich sehr über die Ergriffenheit in Ihren Augen gefreut, als Sie den Text gelesen haben. Ich denke, Sie haben die Bedeutung des Gebets erfasst.«

Farag stand auf. Wir tauschten bedeutsame Blicke und starrten dann all drei wie gebannt auf Pater Stephanos … Stephanos, der orthodoxe Mönch? Oder Stephanos, der Staurophylax?

»Interessiert es Sie?«, wollte der Alte wissen. »Falls ja, kann ich Ihnen eine Broschüre geben, die man damals kurz nach dem Besuch jener englischen Sachverständigen druckte. Es sind die gesamte Holztafel und Vergrößerungen von verschiedenen Details abgebildet. Schade ist nur, dass das Druckwerk schon ziemlich alt ist: Die Fotos sind leider bloß in Schwarzweiß. Aber Sie finden darin eine Übersetzung des Gebets. Ich muss Sie allerdings darauf hinweisen, dass es meine Wenigkeit war, die es übersetzt hat«, sagte er lächelnd und voller Stolz. Mit verklärtem Gesicht begann er es uns auswendig aufzusagen: »›Du, der du den Hochmut und die Missgunst überwunden hast, überwinde nun auch geduldig den Zorn. So wie die Pflanze ungestüm wächst, wenn die Sonne es so will, so flehe Gott an, er möge sein göttliches Licht auf dich fallen lassen. Christus sagt: Ängstige dich einzig und allein vor der Sünde. Christus gab euch zu essen in Gruppen zu hundert und fünfzig Hungrigen. Sein gesegnetes Wort erwähnte nicht Gruppen von neunzig oder zwei. Vertraue also wie die Athener auf die Gerechtigkeit und fürchte nicht das Grab. Glaube an Christus, wie dies sogar der ruchlose Steuereintreiber tat. Deine Seele eilt und fliegt wie die Vögel zu Gott. Halte sie nicht durch deine Sünden davon ab, und sie wird ihr Ziel erreichen. Wenn du das Böse besiegst, so wird das Licht dir noch vor dem Morgengrauen scheinen. Läutere deine Seele und verneige dich vor Gott voller Demut. Mit Hilfe des Heiligen Kreuzes kasteie erbarmungslos deine irdischen Gelüste. Lass dich wie Jesus mit sieben Nägeln und sieben Schlägen daran festnageln. Wenn du dies tust, wird Christus dich in seiner ganzen Herrlichkeit an der süßen Pforte würdevoll empfangen. Deine Geduld möge sich durch dieses Gebet erfüllen. Amen.‹ Ist das nicht schön?«

»Es ist … wunderschön, Pater Stephanos«, murmelte ich.

»Oh, wie ich sehe, ist es Ihnen zu Herzen gegangen!«, rief er glücklich aus. »Ich gehe sofort die Broschüre suchen, eine für jeden von Ihnen!«

Mit unsicheren Schritten schlurfte er aus der Krypta.

Zweifellos war die Tafel sehr, sehr alt. Das Holz hatte sich durch den Rauch von unzähligen Wachskerzen verdunkelt, die jahrhundertelang davor gebrannt haben mussten. Sie war etwa einen Meter hoch und anderthalb Meter breit. Der griechische Text in Unzialschrift war mit schwarzer Farbe geschrieben, aber im ersten und letzten Satz waren die Buchstaben rot umrandet worden. Am oberen Rand war wie ein Wappenschild oder ein Identitätszeichen das Christusmonogramm Konstantins des Großen aufgemalt.

Mein Bruder registrierte schnell, dass wir auf etwas Wichtiges gestoßen waren, weshalb er Pater Murphy und Pater Chrysostomos in ein nichtssagendes Gespräch verwickelte, damit der Felsen, Farag und ich uns ungestört beraten konnten.

»Diese Tafel ist das, was wir in Jerusalem gesucht haben«, bemerkte der Hauptmann.

»Die Botschaft konnte gar nicht eindeutiger sein«, stimmte Farag ihm zu, »wir werden sie sorgfältig studieren müssen. Ihr Inhalt ist sehr seltsam.«

»Seltsam?«, rief ich aus. »Sie ist mehr als seltsam, sie ist geradezu befremdend! Wir werden unseren Grips ganz schön anstrengen müssen, bis wir sie entschlüsselt haben.«

»Und was sagen Sie zu Pater Stephanos?«, wollte der Felsen wissen.

»Staurophylax«, antworteten Farag und ich wie aus der Pistole geschossen.

»Ja, das ist offensichtlich.«

In diesem Augenblick erschien der besagte Pater wieder in der Krypta. Er hielt die Druckschriften fest umklammert, damit sie ihm nicht aus den zittrigen Händen fielen.

»Sprechen Sie das Gebet jeden Tag«, riet er uns, als er uns die

Broschüren in die Hand drückte, »und Sie werden entdecken, wie viel Schönheit sich hinter diesen Worten verbirgt. Sie können sich die Andacht nicht vorstellen, in die man versinken kann, wenn man es mit Langmut aufsagt.«

Ich fühlte eine fürchterliche Wut auf diesen zynischen Staurophylax in mir aufsteigen. Kein Gedanke daran, dass er ein alter Mann war und der Bruderschaft vielleicht gar nicht angehörte: Ich wünschte mir nichts sehnlicher, als ihn an der Soutane zu packen und ihn anzubrüllen, dass er sich nicht weiter über uns lustig machen solle, da uns schon mehrmals beinahe der Tod ereilt hätte, und das alles nur wegen ihres fanatischen Glaubens. Da kam mir wieder in den Sinn, dass es kein Zufall war, wenn auf dem nächsten Kreis des Fegefeuers der Zorn zu sühnen war. Ich versuchte also, meine Wut irgendwie zu zügeln, welche, dessen war ich mir sicher, durch meine Übermüdung noch geschürt wurde. Ich hätte heulen können, als mir bewusst wurde, dass diese verflixten Wächter des Kreuzes den Weg ihrer Initiation genauestens ausgeklügelt hatten.

Wie ein paar Schlafwandler stiegen wir wieder die Treppen hinauf in die Basilika, uns des Wohlwollens des hochbetagten Mönchs und der Sympathie und Dankbarkeit Pater Chrysostomos' gewiss, dem wir versprochen hatten, ihm die ganze historische Dokumentation über den Bau der Krypta zu schicken. Selbst jetzt noch, zu dieser Abendstunde, strömten Scharen von Touristen in die Grabeskirche.

Man überließ uns ein einfaches Büro in der Apostolischen Delegation. Der Hauptmann verlangte nach einem Computer mit Internetzugang und Farag und ich mehrere Wörterbücher des klassischen und byzantinischen Griechisch, die man uns aus der Bibliothek der Jerusalemer Bibelschule brachte. Nach einem bescheidenen Abendessen setzte sich Glauser-Röist gleich an den Computer und begann ihn einzurichten. Computer waren für ihn wie Musikinstrumente, die perfekt gestimmt zu sein hatten, oder wie starke Motoren, deren Bauteile immer gut geschmiert sein mussten. Während er sich mit diesen Aufgaben die Zeit vertrieb, breiteten Farag und ich die Broschüren auf dem Tisch aus und begannen an dem Gebetstext zu arbeiten.

Pater Stephanos' Übersetzung war wirklich lobenswert. Seine Auslegung des griechischen Textes war, stilistisch betrachtet, tadellos, die Grammatik ließ allerdings einiges zu wünschen übrig. Wir mussten dem Alten aber zugestehen, dass er es bei einer so schlechten Textvorlage gar nicht besser hätte machen können. Es war offensichtlich, dass der Verfasser des Gebets die griechische Sprache nicht sonderlich gut beherrschte: Er hatte einige Zeiten falsch verwendet (wobei man zugeben muss, dass die Zeitenfolge im Griechischen höchst kompliziert ist), und auch die Satzkonstruktion war nicht ganz stimmig. Der Gedanke wäre naheliegend gewesen, dass er seine ganze Energie darauf verwendet hatte, seine Gedanken in eine Sprache zu übertragen, der er nicht hinreichend mächtig war, getrieben von irgendeinem sozialen oder religiösen Bedürfnis; aber da wir sehr wohl wussten, dass es sich in Wirklichkeit um eine Botschaft der Staurophylakes handelte, durften wir diese Regelwidrigkeiten auf keinen Fall übergehen. Zunächst zogen die Sätze mit den Zahlen unsere Aufmerksamkeit auf sich, teils, weil uns diese im Kontext absurd vorkamen, teils, weil wir davon überzeugt waren, dass sie irgendeinen Schlüssel enthalten mussten: »Christus gab euch zu essen in Gruppen zu hundert und fünfzig Hungrigen. Sein gesegnetes Wort erwähnte nicht Gruppen von neunzig oder zwei«, und ebenso: »Lass dich wie Jesus mit sieben Nägeln und sieben Schlägen daran festnageln.« Die Erwähnung der Zahl Sieben konnte kein Zufall sein, aber die Hundert, die Fünfzig, die Neunzig und die Zwei?

In jener Nacht kamen wir nicht recht vorwärts. Wir waren so müde, dass wir kaum noch die Augen offen halten konnten, so dass wir bald zu Bett gingen, überzeugt davon, dass ein paar

Stunden Schlaf wahre Wunder wirken würden, was unsere intellektuellen Leistungen betraf.

Am folgenden Tag war die Ausbeute indes nicht wesentlich größer. Wir stellten den Text auf den Kopf, zerpflückten ihn Wort für Wort, aber mit Ausnahme vom ersten und vom letzten Satz, deren Buchstaben rot umrandet waren, spielte nichts direkt auf die Prüfungen der Staurophylakes an. Spätabends entdeckten wir etwas, das die wenigen Ideen, die uns gekommen waren, nur noch mehr überschattete: Der Satz »Christus gab euch zu essen in Gruppen zu hundert und fünfzig Hungrigen« spielte lediglich auf die Bibelstelle von der wundersamen Speisung der Fünftausend an, in der der Evangelist Markus wortwörtlich sagte, dass die Menge »sich in Gruppen zu Hundert und Fünfzig niederließ«. Und so beschlossen wir auch diesen Tag mit leeren Händen.

Das Büro, das man uns überlassen hatte, erwies sich schnell als zu klein. Die Nachschlagewerke aus der Bibelschule, unsere Notizen, die Wörterbücher und Ausdrucke von Seiten aus dem Internet waren nichts im Vergleich zu den großen Tafeln, die wir während des folgenden Wochenendes zu benutzen begannen. Farag war in den Sinn gekommen, dass wir vielleicht etwas entdecken würden, wenn wir mit einer Vergrößerung des Gebets arbeiteten. Der Hauptmann scannte also die Broschüre ein, versah das Foto von der Gebetstafel mit einer hoher Auflösung und druckte es dann Blatt für Blatt aus, wie er es auch schon mit der Papiersilhouette von Abi-Ruj Iyasus gemacht hatte. Anschließend klebte er alles auf einen Karton mit den gleichen Größenverhältnissen wie die Originaltafel. Diese Reproduktion wurde dann auf ein langbeiniges Stativ gestellt, das jedoch nicht mehr ins Büro passte, so dass wir am Sonntag mit unseren ganzen Hilfsmitteln und Gerätschaften in einen größeren Raum umzogen, in dem wir zudem noch über eine große Schiefertafel verfügten, auf der wir Schemata malen oder Sätze analysieren konnten.

Am späten Sonntagnachmittag überließ ich meine armen Kameraden ihrem Schicksal – eine gewisse Verzweiflung begann sich schon breitzumachen – und machte mich auf den Weg zur Franziskanerkirche. Mein Bruder Pierantonio hielt dort jeden Sonntag um 18 Uhr die Messe, was ich mir nicht entgehen lassen durfte, wenn ich schon einmal in Jerusalem war (zumal mir das meine Mutter auch nie verziehen hätte). Da die Franziskanerkirche an die Grabeskirche angebaut war, schlug ich wieder denselben Weg ein wie am ersten Tag, nachdem mich der Wagen der Apostolischen Delegation außerhalb der Stadtmauern abgesetzt hatte. Ich musste eine Weile allein sein, um wieder zu mir selbst zu finden, und welcher Ort wäre dazu besser geeignet als Jerusalem? Ich fühlte mich wahrhaftig privilegiert, als man mich auf der Via Dolorosa hin und her schubste und ich ständig irgendwelche Ellbogen in den Seiten spürte.

Laut der Wegbeschreibung, die mir Pierantonio per Telefon gegeben hatte, lag die Franziskanerkirche genau auf der anderen Seite des Eingangs zur Basilika, so dass ich ein paar Gassen vor dem Platz nach rechts abbog und einen großen Bogen um die Grabeskirche schlug, um an mein Ziel zu gelangen.

Andächtig hörte ich dort die Messe und empfing von Pierantonio die Kommunion, und danach machten wir gemeinsam noch einen Spaziergang. Wir redeten viel; jetzt konnte ich ihm endlich ausführlich die ganze Geschichte vom Diebstahl der *ligna crucis* und den Wächtern des Kreuzes erzählen. Als es zu dämmern begann, bot er sich an, mich zur Apostolischen Delegation zu begleiten. Wir nahmen den gleichen Weg zurück – noch einmal konnte ich die Kuppel des Felsendoms, die Al-Aqsa-Moschee und noch etliche andere Sehenswürdigkeiten bewundern – und blieben auf dem Platz vor der Grabeskirche stehen, angelockt von einer kleinen Menschenmenge, die sich vor dem Kirchenportal versammelt hatte.

»Nicht zu fassen, was alles die Aufmerksamkeit der Leute erregt!«, spöttelte mein Bruder. »Und du, verehrtes Fräulein Touristin? Willst du dir das auch ansehen?«

»Sehr aufmerksam von dir«, antwortete ich sarkastisch, »aber nein, vielen Dank.«

Nichtsdestotrotz trat ich einen Schritt näher. Wahrscheinlich, weil ich mich doch nicht dem Zauber eines Sonnenuntergangs mitten im christlichen Zentrum Jerusalems entziehen konnte.

»Ach übrigens, Ottavia, es gibt da etwas, worüber ich mit dir noch reden wollte; es hatte sich bisher nur noch keine günstige Gelegenheit dazu geboten.«

Wie bei einer Zirkusvorführung waren die Objektive und Blitzlichter der Kameras auf einen kleinwüchsigen Mann gerichtet, der auf einer gegen das Kirchenportal gelehnten Leiter stand und sich dort oben mit einem schweren Eisenschloss abmühte.

»Sag jetzt bitte nicht, dass du mir noch von weiteren schmutzigen Geschäften erzählen musst, Pierantonio.«

»Nein, nein, mit mir hat das nichts zu tun. Es geht um Farag.«

Abrupt drehte ich mich zu ihm um. Der kleine Mann begann gerade die Leiter hinunterzuklettern.

»Was ist mit Farag?«

»Um ehrlich zu sein«, setzte mein Bruder an, »mit Farag ist nichts Besonderes. Wer Probleme zu haben scheint, bist du.«

Mir blieb fast das Herz stehen. Ich spürte, wie mir alles Blut aus dem Gesicht wich.

»Ich weiß nicht, wovon du redest, Pierantonio.«

In diesem Moment drangen Schreie und entsetztes Gemurmel aus den Reihen der Zuschauer zu uns herüber. Mein Bruder drehte sich blitzschnell um die eigene Achse, ich rührte mich jedoch nicht vom Fleck, gelähmt vor Schreck. Ich hatte versucht, meine Gefühle im Zaum zu halten, und alles Menschenmögliche getan, sie zu verbergen, und siehe da, Pierantonio hatte mich ertappt.

»Was ist passiert, Pater Longman?«, hörte ich meinen Bruder

fragen. Ich hob den Blick vom Boden und sah, wie er sich an einen anderen Franziskaner wandte, der ganz in der Nähe stand.

»Guten Abend, Pater Salina«, begrüßte ihn der Angesprochene. »Der Hüter der Schlüssel ist von der Leiter gefallen. Er ist abgerutscht und gestürzt. Zum Glück war er schon fast unten.«

Durch den Schreck und meine Seelenpein noch immer ganz betäubt, dauerte es einige Sekunden, bis ich reagierte. Doch Gott sei Dank begann mein Gehirn wieder zu funktionieren, als eine innere Stimme mir unablässig wiederholte: *der Hüter der Schlüssel, der Hüter der Schlüssel, der Hüter* … Nur mit Mühe gelang es mir, mich aus der Erstarrung zu lösen, während Pierantonio sich bei seinem Ordensbruder für die Auskunft bedankte.

»Der Mann ist von der Leiter abgerutscht … schön, also um auf Farag zurückzukommen … Ich hatte mir fest vorgenommen, heute mit dir darüber zu reden. Kurzum, also, wenn ich mich nicht irre, hast du ein ernsthaftes Problem, Schwesterherz.«

»Was genau hat dir dieser Franziskanermönch gesagt?«

»Lenk jetzt nicht vom Thema ab, Ottavia«, tadelte Pierantonio streng.

»Lass den Unfug!«, schnauzte ich ihn an. »Was genau hat er dir gesagt?«

Mein Bruder war wie vom Schlag gerührt angesichts meines plötzlichen Stimmungswechsels.

»Dass der Pförtner der Basilika abgerutscht und von der Leiter gefallen sei.«

»Nein!«, schrie ich. »Er hat nicht *Pförtner* gesagt!«

Meinem Bruder musste in diesem Moment wohl ein Licht aufgegangen sein, denn sein Gesicht erhellte sich. Er hatte begriffen.

»Der Hüter der Schlüssel!«, stammelte er. »Der Mann, der die Schlüssel hat!«

»Ich muss sofort mit diesem Mann reden!«, rief ich aus. Ich ließ ihn mit offenem Mund stehen und bahnte mir einen Weg durch die Touristen. Jemand, der als »Hüter der Schlüssel« der Grabeskirche von Jerusalem bezeichnet wurde, musste irgendetwas zu tun haben mit *dem, der die Schlüssel besitzt, der öffnet, und niemand kann es schließen, und der schließt, und niemand kann es öffnen.* Und falls es sich doch anders verhalten sollte, na schön, dann hatte ich es zumindest probiert.

Als ich ins Innere des Kreises vorgedrungen war, der sich um das Kirchenportal gebildet hatte, hatte sich der kleine Mann schon wieder aufgerafft und klopfte sich gerade den Staub von der Kleidung. Wie so viele Araber, die ich in den letzten Tagen beobachten konnte, hatte auch er einen schmalen Oberlippenbart. Er trug den Kragen seines Hemdes offen und hatte die Ärmel hochgekrempelt. Er machte ein grimmiges Gesicht.

»Sind Sie der Mann, den man als den ›Hüter der Schlüssel‹ bezeichnet?«, fragte ich ihn aufgeregt auf englisch.

Der kleine Mann sah mich gleichgültig an.

»Das ist, glaube ich, offensichtlich, Madam«, erwiderte er würdevoll, um mir gleich darauf den Rücken zuzudrehen und sich wieder der Leiter zu widmen, die noch immer am Kirchenportal lehnte. Ich durfte mir diese einmalige Gelegenheit nicht entgehen lassen.

»Hören Sie!«, rief ich laut, um seine Aufmerksamkeit wieder auf mich zu lenken. »Man hat mir gesagt, ich solle nach dem fragen, *der die Schlüssel hat*!«

»Schön für Sie, Madam«, antwortete er, ohne sich umzudrehen; es stand für ihn wohl außer Frage, dass ich eine arme Irre war. Er klopfte an eine kleine Pforte in einer der Flügeltüren, die gleich darauf von innen geöffnet wurde.

»Sie verstehen mich nicht!« Ich durfte jetzt nicht lockerlassen und schubste ein paar Pilger zur Seite, die unbedingt filmen wollten, wie die Leiter durch die kleine Nebentür verschwand. »Man sagte mir, ich solle den fragen, der ›öffnet, und niemand kann es schließen, und schließt, und niemand kann es öffnen‹.«

Da stutzte der Mann. Dann drehte er sich um und starrte mich an. Einen Augenblick lang musterte er mich wie ein Entomologe, der ein Insekt unter die Lupe nimmt, konnte dann aber seine Überraschung nicht länger verbergen.

»Eine Frau?«

»Bin ich etwa die erste?«

»Nein«, stammelte er nach einer Weile. »Es gab schon andere vorher, das war aber vor meiner Zeit.«

»Dann können wir also zur Sache kommen?«

»Natürlich«, sagte er und strich sich über seinen Schnauzbart. »In einer halben Stunde. Warten Sie hier auf mich. Zuerst muss ich noch die Leiter aufräumen.«

Ich ließ ihn also seine Arbeit machen und ging zu Pierantonio zurück, der mich mit großer Ungeduld erwartete.

»Und? Ist er's?«

»Ja. In einer halben Stunde soll ich wieder hier sein. Vermutlich will er mich ohne all diese Menschen um uns herum sehen.«

»Schön, dann lass uns noch ein wenig spazieren gehen.«

Eine halbe Stunde war nicht lang, doch wenn mein Bruder vorhatte, die Sache mit Farag wieder zur Sprache zu bringen, konnten sich die Minuten zu Ewigkeiten dehnen. Um Zeit zu schinden, bat ich ihn um sein Handy und rief den Hauptmann an. Der Felsen zeigte sich über die Nachricht mit dem »Hüter der Schlüssel« höchst erfreut, allerdings bestürzte es ihn auch, dass weder er noch Farag rechtzeitig zu der Verabredung kommen konnten, selbst wenn sie unverzüglich aus der Apostolischen Delegation stürzen würden. Deshalb begann er unzählige Fragen aneinanderzureihen, die ich dem »Hüter des Schlüssels« stellen sollte, wobei er sich bedauerlicherweise wie eine zerkratzte Schallplatte zu wiederholen begann, indem er mich daran erinnerte, dass ich dies oder jenes zu fragen habe, obwohl er mir dasselbe kurz vorher schon eingebläut hatte. Nach vier Tagen vergeblichen Suchens war eine so wichtige Spur, offen gestanden, ein wahrer

Hoffnungsschimmer. Nun konnten wir endlich die Prüfung in Jerusalem in Angriff nehmen, wie auch immer sie aussehen mochte, und unmittelbar darauf nach Athen aufbrechen.

Indem ich mich ausführlich mit dem Hauptmann besprach, erreichte ich immerhin, dass die halbe Stunde verstrich, ohne dass mein Bruder zu Wort kam. Als ich Pierantonio das Handy schließlich wieder zurückgab, lächelte er. Wir standen vor seiner Kirche.

»Vermutlich bist du jetzt erleichtert, dass wir keine Zeit mehr haben, um über deinen Freund Farag zu reden«, sagte er, fasste mich am Ellbogen und geleitete mich zu der gepflasterten Gasse, die zur Via Dolorosa führte.

»Genau.«

»Ich will dir doch nur helfen, meine kleine Ottavia. Wenn es dich bedrückt, kannst du auf mich zählen, das solltest du wissen.«

»Es bedrückt mich sehr, Pierantonio«, gab ich niedergeschlagen zu, »aber wahrscheinlich durchleben alle Geistlichen einmal eine solche Krise. Wir sind weder besondere Wesen noch vor menschlichen Regungen sicher. Ist dir das denn noch nie passiert?«

»Na ja …«, murmelte er und schaute in die entgegengesetzte Richtung, »ehrlich gesagt, doch, ja. Aber das ist schon lange her, und zum Schluss siegte, Gott sei Dank, meine Berufung.«

»Darauf baue ich ebenfalls, Pierantonio« – ich hätte ihn jetzt zu gern umarmt, aber wir waren leider nicht in Palermo –, »ich vertraue auf Gott, und wenn der Allmächtige will, dass ich seinem Ruf weiterhin folge, wird er mir beistehen.«

»Ich werde dich in meine Gebete mit einschließen, Schwesterherz.«

Wir hatten nun wieder den Platz vor der Grabeskirche erreicht, wo mich der Hüter der Schlüssel bereits erwartete. Langsam trat ich näher und blieb wenige Schritte vor ihm stehen.

»Wiederholen Sie mir bitte noch einmal den Satz«, forderte er mich freundlich auf.

»Man sagte mir: ›Frage den, der die Schlüssel besitzt: Er öffnet, und niemand kann es schließen, und er schließt, und niemand kann es öffnen.‹«

»Sehr gut, Madam. Jetzt hören Sie mir aufmerksam zu. Die Botschaft, die ich für Sie habe, lautet folgendermaßen: ›Die Siebte und die Neunte.‹«

»›Die Siebte und die Neunte‹?«, wiederholte ich irritiert. »Was für eine Siebte? Und was für eine Neunte? Wovon sprechen Sie?«

»Ich weiß es nicht, Madam.«

»Sie wissen es nicht?«

Der kleine Mann zuckte die Achseln.

»Nein, Madam, nein. Ich habe keine Ahnung, was es eigentlich bedeutet.«

»Und was haben Sie dann mit den … mit den Staurophylakes zu tun?«

»Mit wem?« Er zog die Brauen hoch und strich mit der Hand seinen schwarzen Pony glatt. »Von alldem weiß ich nichts, tut mir leid. Sehen Sie, mein Name ist Jacob Nusseiba. Mují Jacob Nusseiba. Seit dem Jahr 637, als der Kalif Omar uns die Schlüssel anvertraute, öffnen und schließen die Nusseibas die Tore der Grabeskirche. Meine Vorfahren gehörten zum Heer des Kalifen, als er Jerusalem einnahm. Um von vornherein Konflikten zwischen den Christen vorzubeugen, die damals völlig miteinander überworfen waren, überantwortete er uns die Schlüssel. Seit jener Zeit, also seit über dreizehnhundert Jahren, ist der älteste Sohn jeder neuen Generation der Nusseibas der Hüter der Schlüssel. Irgendwann im Laufe der Geschichte kam zu dieser langen Tradition eine zweite, geheime hinzu. Und seither gibt jeder Nusseiba seinem Sohn Folgendes mit auf den Weg, wenn er ihm feierlich die Schlüssel überreicht: ›Wenn man dich fragt, ob du derjenige bist, der die Schlüssel besitzt, der öffnet, und niemand kann es schließen, und der schließt, und niemand kann es öffnen, dann hast du zu antworten: Die Siebte und die Neunte.‹ Diesen Spruch hat jeder von uns sich zu eigen gemacht, und wir wiederholen ihn seit vielen Jahrhunderten, wenn uns jemand danach fragt. So wie Sie es heute getan haben.«

Die Siebte und die Neunte. Schon wieder die Sieben und die Neun, Dantes Zahlen, doch worauf bezogen sie sich dieses Mal?

»Haben Sie noch einen Wunsch, Madam? Es ist schon spät …«

Ich schüttelte leicht den Kopf, um aus meinen Träumereien zu erwachen, und blickte Mují Nusseiba an. Dieser kleinwüchsige Mann hatte einen Stammbaum, der weiter zurückreichte als der vieler europäischer Königshäuser, und trotzdem würde jeder behaupten, dass er nichts weiter war als ein x-beliebiger Kellner irgendeines Cafés.

»Sind schon viele Leute hier gewesen, solche wie ich, und haben Sie danach gefragt? Ich meine …«

»Ich verstehe Sie, ich verstehe Sie vollkommen.« Mit einer Handbewegung bedeutete er mir zu schweigen. »Mein Vater hat mir die Schlüssel vor zehn Jahren anvertraut, und seither habe ich die Antwort neunzehnmal wiederholt. Mit Ihnen sind es jetzt zwanzig.«

»Zwanzig!«

»Mein Vater hat sie siebenundsechzigmal wiederholt. Soweit ich weiß, waren darunter fünf Frauen.«

Glauser-Röist hatte mir eingebleut, nach Abi-Ruj Iyasus zu fragen, doch der Hüter der Schlüssel gab mir keine Gelegenheit mehr dazu.

»Es tut mir wirklich leid, Madam, aber ich muss jetzt gehen. Zu Hause wartet man auf mich, und es ist schon reichlich spät. Ich hoffe, Ihnen behilflich gewesen zu sein. Möge Allah Sie beschützen.«

Mit diesen Worten eilte er davon und ließ mich mit wesentlich mehr Fragen zurück, als ich vor unserem Gespräch hatte.

Plötzlich tauchte vor meinem Gesicht ein Arm mit einem Handy in der Hand auf.

»Willst du deine Kameraden anrufen?«, fragte Pierantonio.

»Die Siebte und die Neunte?«, rief der Hauptmann und lief unruhig im Büro hin und her. Er wirkte wie ein Löwe, der in einem Käfig eingesperrt war; seit vier Tagen tat er nichts anderes, als Fragmente des Gebets in den Computer zu tippen, um zu sehen, ob in irgendeinem Dokument auf dieser Welt eine Entsprechung zu finden war, und das Einzige, was er damit erreicht hatte, war, dass er das Treffen mit dem Hüter der Schlüssel verpasst hatte und ihm langsam auch der Geduldsfaden riss, als er von dem rätselhaften Hinweis erfuhr. »Sind Sie sicher, dass er ›die Siebte und die Neunte‹ gesagt hat?«

»Absolut sicher, Hauptmann.«

»Die Siebte und die Neunte«, wiederholte Farag nachdenklich. »Die siebte und neunte Prüfung, die es aber gar nicht gibt? Die siebte und neunte Vokabel des Gebets? Die siebte und neunte Strophe des Kreises der Zornigen? Die siebte und neunte Symphonie von Beethoven? Die siebte und neunte von etwas, das wir gar nicht kennen?«

»Wie lauten die siebte und neunte Strophe von Dantes Gesims der Zornigen?«

»Habe ich Ihnen nicht schon gesagt, dass der vierte Kreis nichts Interessantes aufweist außer dem Rauch?«, fuhr Glauser-Röist den Professor mit funkelnden Augen an. Aufs Höchste gereizt lief er nun vor dem Schreibtisch auf und ab.

Farag nahm die ›Göttliche Komödie‹ vom Tisch und begann den sechzehnten Gesang des ›Purgatorio‹ zu suchen. Der Hauptmann beobachtete ihn geringschätzig.

»Hört hier denn gar niemand auf mich?«, klagte er.

»Die siebte Strophe des sechzehnten Gesangs«, sagte Farag, »von Vers 19 bis 21 lautet:

Nur ›Agnus Dei‹, so begann ihr Lied,
in gleichem Wort und Ton von neuem immer,
und so erschienen sie in vollem Einklang.

»Von wem spricht Dante da?«, wollte ich wissen.

»Von den Seelen, die auf ihn und Vergil zukommen. Da sie sie wegen des undurchdringlichen Rauchs nicht sehen können, merken sie es, weil sie die Seelen das ›Agnus Dei‹ singen hören.«

»Das ›Agnus Dei‹?«, zeterte der Felsen.

»Der Bittruf, den wir in der heiligen Messe beten, während der Priester das Brot bricht: ›Lamm Gottes, du nimmst hinweg die Sünden der Welt, erbarme dich unser.‹«

»Ich habe Ihnen doch schon gesagt, dass diese Strophen nichts damit zu tun haben!«

Farag blickte wieder ins Buch: »Die neunte Strophe desselben Gesangs lautet:

Und du, wer bist du, der du uns'ren Rauch
zerteilst und von uns sprichst, als wenn du noch
die Zeit bemessen würdest nach Kalenden?«

»Die Seelen sind erstaunt, auf ihrem Gesims einen lebendigen Menschen vorzufinden«, folgerte ich daraus. »Nichts Besonderes also.«

»Nein, du hast recht«, meinte Farag und überflog noch einmal die beiden Strophen.

Glauser-Röist schnaubte ungeduldig.

»Das habe ich doch gesagt! Das einzig Wichtige hier ist der Rauch. Und der Rauch, das ist dieses verflixte Gebet, das uns nichts sehen lässt.«

»Was hast du vorhin noch vorgeschlagen, Farag?«

»Wie, vorgeschlagen?«

»Als du sagtest, dass es die siebte und neunte Strophe aus

dem sechzehnten Gesang sein könnte, hast du auch noch andere Möglichkeiten aufgezählt.«

»Ach ja, stimmt! Ich erklärte, dass es auch die Prüfungen sein könnten, doch da es nur sieben gibt, scheidet diese Alternative aus. Es ist wohl ebenso wenig anzunehmen, dass es sich um Beethovens Symphonien handelt, oder? Und ich sagte, dass es die siebte und neunte Vokabel in Pater Stephanos' Gebet sein könnte!«

»Das klingt gut«, erklärte ich, stand auf und trat an das Stativ mit dem auf Karton aufgezogenen Text in Originalgröße. Nach vier Tagen intensivster Arbeit kannte ich es auswendig: »Du, der du den Hochmut und die Missgunst überwunden hast, überwinde nun auch geduldig den Zorn. So wie die Pflanze ungestüm wächst, wenn die Sonne es will, so flehe Gott an, er möge sein göttliches Licht auf dich fallen lassen. Christus sagt: Ängstige dich einzig und allein vor der Sünde. Christus gab euch zu essen in Gruppen zu hundert und fünfzig Hungrigen. Sein gesegnetes Wort erwähnte nicht Gruppen von neunzig oder zwei. Vertraue also wie die Athener auf die Gerechtigkeit und fürchte nicht das Grab. Glaube an Christus, wie dies sogar der ruchlose Steuereintreiber tat. Deine Seele eilt und fliegt wie die Vögel zu Gott. Halte sie nicht durch deine Sünden davon ab, und sie wird ihr Ziel erreichen. Wenn du das Böse besiegst, so wird das Licht dir noch vor dem Morgengrauen scheinen. Läutere deine Seele und verneige dich vor Gott voller Demut. Mit Hilfe des Heiligen Kreuzes kasteie erbarmungslos deine irdischen Gelüste. Lass dich wie Jesus mit sieben Nägeln und sieben Schlägen daran festnageln. Wenn du dies tust, wird Christus dich in seiner ganzen Herrlichkeit an der süßen Pforte würdevoll empfangen. Deine Geduld möge sich durch dieses Gebet erfüllen. Amen.« Ich seufzte … Etwas stand außer Zweifel: Das Gebet war eine einzige undurchdringliche Rauchwand, so wie Glauser-Röist schon gesagt hatte.

»Nimm einen Filzstift, Ottavia«, bat Farag von seinem Stuhl aus, »mir ist da gerade etwas eingefallen.«

Ich gehorchte ihm auf der Stelle, denn wenn Farag eine Idee hatte, so taugte sie immer etwas. Den schwarzen Filzstift in der rechten Hand wartete ich wie eine emsige Schülerin darauf, dass der Professor mir sein Wissen vermittelte.

»Also gut: Nehmen wir einmal an, dass die beiden zweifarbigen Sätze, für sich betrachtet, eine besondere Bedeutung haben.«

»Das haben wir im Laufe der Woche schon mehrmals angenommen«, murrte der Felsen.

»›Du, der du den Hochmut und die Missgunst überwunden hast, überwinde nun auch geduldig den Zorn.‹ Zweifellos ist diese erste Aussage eine versteckte Aufforderung. Der Staurophylax-Anwärter kommt in die Krypta der Grabeskirche, und sobald er vor den Reliquienschreinen steht, entdeckt er die hölzerne Tafel mit diesem ersten Satz, der ihn darauf hinweist, dass das Folgende Teil der zu bestehenden Prüfung ist.«

»Was ich allerdings nicht verstehe«, murmelte ich, »ist, wie die Prüflinge diese geheime Krypta ausfindig machen können und wie es ihnen gelingt, hineinzukommen.«

»Wie lange ist es her, dass wir mit den Prüfungen begonnen haben?«, fragte der Felsen plötzlich. Er war stehen geblieben und stützte sich jetzt auf die Lehne seines Bürostuhls.

»Genau zwei Wochen«, antwortete ich. »Am Sonntag, dem 14. Mai, hat alles angefangen. An diesem Tag wurden in Palermo mein Vater und mein Bruder beerdigt, und Farag und Sie riefen mich an. Heute haben wir den 28. Mai, es sind also exakt vierzehn Tage verstrichen.«

»Zwei Wochen? Schön, nun nehmen Sie einmal an, wir hätten keinen Hubschrauber und kein Flugzeug gehabt, um von einem Ort zum anderen zu gelangen, noch hätten wir über einen Computer und das Internet verfügt, ganz zu schweigen von Ihren unschätzbaren, allumfassenden Kenntnissen und der Hilfe jener, die uns in den betreffenden Städten beistehen. Und nehmen Sie des Weiteren an, dass wir nicht zu dritt, sondern dass nur einer von uns dies alles zu Fuß oder mit dem Pferd zu bewältigen hätte und herausfinden müsste, was es mit der heiligen Lucia und Pythagoras auf sich hat. Wie lange, glauben Sie, würde er brauchen?«

»Das ist nicht miteinander zu vergleichen, Kaspar«, protestierte der Professor. »Denken Sie daran, dass das, was für uns anachronistisches Bildungsgut ist, für jemanden aus dem 12. bis 18. Jahrhundert zur Allgemeinbildung gehörte. Die Erziehung war seinerzeit aufs Ganze ausgerichtet, sie sollte dazu führen, dass ein Mensch gleichzeitig Maler, Bildhauer, Dichter, Architekt, Astronom, Musiker, Mathematiker, Athlet und Spielmann sein konnte … Alles in einer Person vereint! Wissenschaft und Kunst waren nicht getrennt wie jetzt. Denken Sie an Hildegard von Bingen, an Leon Battista Alberti, an Trotula Ruggiero oder an Leonardo da Vinci. Jeder Staurophylax-Anwärter des Mittelalters oder der Renaissance lernte wie Dante von klein auf all das, was wir heutzutage erst mühsam aus der Schatztruhe der Erinnerung hervorkramen müssen. Dante zum Beispiel war auch Mediziner, wussten Sie das?«

»Schön, aber Abi-Ruj Iyasus«, wandte ich ein, »um den einzigen neuzeitlichen Fall anzuführen, den wir kennen, wurde diese klassische Erziehung, von der du sprichst, nicht zuteil. Wahrscheinlich hat er überhaupt keine Erziehung erhalten.«

»Und warum bist du dir da so sicher?«

»Na ja, bin ich eigentlich nicht, aber da er aus Äthiopien stammte, einem Land, in dem bekanntlich mehr als die Hälfte der Bevölkerung in Flüchtlingslagern lebt und die Menschen vor Hunger sterben …«

»Wenn du dich da mal nicht täuschst, Ottavia«, widersprach Farag. »Äthiopien, beziehungsweise Abessinien, wie es früher hieß, ist einer der ältesten Staaten der Welt, ein Land mit unglaublich viel Geschichte, Tradition und Kultur, wie Europa und Amerika das auch gern für sich beanspruchen würden. Vor dieser Katastrophe, die Äthiopien heute durchzustehen hat, war das Land reich, mächtig und vor allem gebildet, hochgebildet. Die Bilder, die uns das Fernsehen heute zeigt, lassen uns an ein armes Land denken, das sich irgendwo im tiefsten Innern Afrikas verliert, aber vergiss nicht, dass der Legende nach ein Spross aus der Verbindung von König Salomo und der Königin von Saba das Äthiopische Reich gründete.«

»Professor!«, unterbrach ihn der Felsen unwirsch. »Lassen Sie uns bitte nicht vom Thema abschweifen! Ich hatte Ihnen beiden eine simple Frage gestellt, auf die Sie mir noch nicht geantwortet haben. Wie lange würde einer von uns brauchen, um all diese Prüfungen zu bestehen, wenn er keine Hilfsmittel hätte?«

»Wahrscheinlich Monate«, antwortete ich. »Vielleicht sogar Jahre.«

»Genau das meine ich! Die Staurophylax-Anwärter hatten keine Eile. Sie reisten von einer Stadt zur anderen, von einer Prüfung zur nächsten und hatten alle Zeit der Welt. Sie studierten, holten Erkundigungen ein, benutzten ihren Verstand … Wenn sie dann nach Jerusalem kamen, lebten sie erst mehrere Monate in der Stadt, bis sie …«

»… bis sie die Geduld verloren, worum es letztlich geht«, führte Farag seinen Satz schmunzelnd zu Ende.

»Genau! Aber *wir* haben nicht so viel Zeit. In zwei Wochen haben wir das Vorpurgatorio und die beiden ersten Kreise hinter uns gelassen.«

»Und mit ein wenig Glück, Kaspar, haben wir, wenn wir heute Nacht durcharbeiten, in ein paar Tagen den ersten Teil des dritten Kreises gelöst.«

Farags Worte klangen wie ein Appell an unsere Aufmerksamkeit, weshalb ich wieder den Filzstift packte, während er weiterredete.

»Wo war ich vorhin stehen geblieben? Ach ja, also, der Staurophylax-Anwärter stößt beim Betreten der Krypta auf diese Tafel. Das Christusmonogramm und die rot umrandeten Sätze fesseln seine Aufmerksamkeit, wobei der erste Satz ihn darauf hinweist, dass damit das Rätsel um den Kreis des Zorns beginnt und er Geduld, viel Geduld mitbringen muss, um es zu lösen, da die Geduld die Tugend ist, welche der Todsünde des Zorns entgegengesetzt ist. Der letzte Satz, ›Deine Geduld möge sich durch dieses Gebet erfüllen‹, verweist ihn darauf, dass er die Lösung im Gebet selbst suchen muss, das seine Erwartungen erfüllen wird. Wenn wir also die beiden rot umrandeten Sätze weglassen, bleibt uns der ausschließlich in schwarz geschriebene Text, und ich glaube, dass wir dort ›die Siebte und die Neunte‹ suchen müssen.«

»Das heißt, die siebte und die neunte griechische Vokabel?«, fragte ich und drehte mich zu der vergrößerten Fotografie um.

»Lass es uns wenigstens versuchen, wenn wir schon keine bessere Idee haben.« Farag sah den Hauptmann an, der sich nicht rührte.

»Das siebte Wort ist οταυ, also ›wenn‹«, sagte ich und umkringelte es, »und das neunte ελιος, ›Sonne‹.«

»Hótan hó hélios …«, wiederholte Boswell zufrieden. »›Wenn die Sonne …‹ Ich glaube, wir liegen richtig, Basileia! Zumindest ergibt es einen Sinn.«

»Wenn Sie sich da mal nicht zu früh freuen«, wies ihn Glauser-Röist zurecht. »Das kann auch nur reiner Zufall sein. Zumal diese Wörter nicht mit der Übersetzung übereinstimmen.«

»Keine Übersetzung gleicht wie ein Ei dem andern, Kaspar. Aber diese Wörter decken sich mit der wörtlichen Übersetzung, die hier ›So wie die Pflanze ungestüm wächst, *wenn* die *Sonne* es will‹ lauten würde.«

»Schön, nehmen wir also an, dass es sich immer um das siebte und das neunte Wort jeden Satzes handelt«, verkündete ich, um zu verhindern, dass sich die beiden wieder in eine Diskussion verbissen, »dann sind die folgenden κατεδυ und εκ, ›untergehen‹ und ›von … aus‹.«

»Da haben Sie den Beweis, Kaspar! *Hótan hó hélios katédi ek* …, was wortwörtlich so viel heißt wie ›Wenn die Sonne untergeht von …‹. Und das ist die griechische Umschreibung für ›bei Einbruch der Dunkelheit‹. Na, was sagen Sie jetzt?«

Ich fuhr fort, die Wörter durchzuzählen und sie zu umkringeln, bis die gesamte Botschaft des Gebetstextes exzerpiert und hervorgehoben war, und übersetzte sie dann Wort für Wort.

»Wenn die Sonne untergeht von dort aus, wo die hundert und neunzig zwei Athener Grab bis zum Steuereintreiber. Laufe und komme vor der Morgendämmerung an. Als Bittsteller schlage sieben Schläge an die Tür.«

»Es ergibt einen Sinn!«, schrie Farag.

»Ach ja?«, spottete der Felsen. »Dann erklären Sie es mir bitte, na los, denn *ich* komme nicht dahinter.«

Farag war mit einem Satz an meiner Seite.

»Bei Einbruch der Dunkelheit, vom Grab der hundertzweiundneunzig Athener bis zum Steuereintreiber. Laufe und komm vor der Morgendämmerung an …«

»Warum setzt du die Satzzeichen wie im Gebet?«, brachte ich vor. »Wenn du sie übergehst, klingt der Satz besser.«

»Stimmt, also schauen wir mal: ›Bei Einbruch der Dunkelheit‹, hmmm … ›Bei Einbruch der Dunkelheit laufe vom Grab der hundertzweiundneunzig Athener bis zum Steuereintreiber und komme vor der Morgendämmerung an. Als Bittsteller klopfe siebenmal an die Tür.‹ ›Schlagen‹ und ›klopfen‹ ist im Griechischen dasselbe.«

»Das ist, glaube ich, perfekt. Die Übersetzung ist fehlerfrei«, sagte ich.

»Sind Sie da sicher, Dottoressa? Tut mir leid, das sagen zu müssen, aber ich begreife es nicht, das mit dem Lauf vom Grab der hundertzweiundneunzig Athener bis zum Steuereintreiber.«

»Ich denke, wir sollten zu Abend essen und später weitermachen«, schlug Farag vor. »Wir sind abgespannt, und eine kurze Unterbrechung kann uns nicht schaden, um wieder neue Kräfte zu tanken und das Gehirn etwas zu durchlüften. Was halten Sie davon?«

»Einverstanden«, stimmte ich begeistert zu. »Los, gehen wir, Hauptmann, es ist Zeit für eine Pause.«

»Gehen Sie nur«, entgegnete der Felsen, »ich habe noch etwas zu erledigen.«

»Was denn?«, fragte ich neugierig und nahm meine Jacke vom Stuhl.

»Ich könnte jetzt sagen, dass das meine Sache ist«, antwortete er in barschem Ton, »aber ich möchte mehr über diese Athener und den Steuereintreiber herausfinden.«

Während wir die Treppe zum Speisesaal hinabstiegen, konnte ich nicht umhin, mich an all das zu erinnern, was mir mein Bruder über den Hauptmann berichtet hatte. Ich war kurz davor, Farag davon zu erzählen, hielt mich aber dann doch zurück; diese Informationen sollten nicht an die große Glocke gehängt werden, zumindest nicht durch mich. Bei bestimmten Dingen zog ich es vor, Endstation statt Umsteigebahnhof zu sein.

Als ich schließlich aus meinen Grübeleien wieder in die Wirklichkeit zurückfand – wir saßen schon am Tisch –, sah ich die türkisblauen Augen des Professors so wohlgefällig auf mir ruhen, dass ich wegsehen musste. Während des ganzen Abendessens wich ich seinen Blicken aus, als ob ihr Feuer mich verzehren könnte, versuchte aber, meine Stimme und die Unterhaltung so normal wie möglich klingen zu lassen. Ich muss allerdings zugeben, dass ich ihn – obwohl ich wirklich mit aller Macht dagegen ankämpfte – an jenem Abend sehr … attraktiv fand. Ja, jetzt ist es heraus: Ich fand ihn unglaublich attraktiv. Keine Ahnung … so wie ihm das Haar in die Stirn fiel, wie er gestikulierte oder lächelte, er hatte einfach so etwas … Himmel, er war einfach ein Bild von einem Mann! Als wir ins Büro zurückkehrten, wo uns der ach so sympathische Glauser-Röist erwartete (Farag hatte ein Abendessen für ihn organisiert), zitterten meine Knie, und ich wollte einfach nur noch davonlaufen, mich am liebsten zu Hause im hintersten Winkel verkriechen und Farag nie wiedersehen müssen. Ich schloss die Augen in dem verzweifelten Versuch, Zuflucht in meinem Glauben zu finden, aber es wollte mir nicht gelingen.

»Geht es dir nicht gut, Basileia?«

»Ich möchte endlich dieses verhasste Abenteuer hinter mich bringen und nach Rom zurückfliegen!«

»Herrje!« Seine Stimme klang traurig. »Mit so einer Antwort habe ich am allerwenigsten gerechnet.«

Als wir das Büro betraten, war Glauser-Röist gerade dabei, flink ein paar Befehle in den Computer zu tippen.

»Wie ist es Ihnen ergangen, Kaspar?«

»Etwas habe ich gefunden …«, murmelte er, den Blick starr auf den Bildschirm gerichtet, »sehen Sie sich einmal diese Ausdrucke dort an. Sie werden begeistert sein.«

Ich nahm den Stapel Papier aus dem Drucker und begann die Überschriften vorzulesen: »Der Grabhügel von Marathon« … »Die Marathon-Originalstrecke« … »Der Lauf des Pheidippides« … »Pikermi« … und zu meiner Überraschung auch noch zwei Seiten auf griechisch, »Tímbos Maratónos« und »Maratonas«.

»Was hat das alles zu bedeuten?«, fragte ich beunruhigt.

»Das bedeutet, dass Sie in Griechenland einen Marathon laufen werden, Dottoressa.«

»Was? *Ich? Ich* soll zweiundvierzig Kilometer laufen?« Meine Stimme überschlug sich beinahe.

»Also«, begann der Hauptmann und runzelte die Stirn, »in Wirklichkeit sind es ja nur neununddreißig Kilometer. Ich habe herausgefunden, dass die heutige Marathonstrecke nicht der entspricht, die Pheidippides im Jahr 490 v. Chr. gelaufen sein soll, um den Athenern die frohe Kunde vom Sieg ihres Heeres über die Perser in der Bucht von Marathon zu überbringen. Wie auf einer der Websites des IOC erklärt wird, wurde die moderne Streckenlänge erstmals 1908 bei den Olympischen Spielen von London gelaufen, und zwar auf Wunsch der britischen Royals, die vom Balkon des Schlosses Windsor aus den Start des Rennens miterleben wollten. Die Entfernung von dort bis ins Stadion von White City im Westen der Stadt, wo die Spiele stattfanden, betrug genau 42,192 Kilometer. Von Marathon nach Athen sind es, wie gesagt, nur neununddreißig Kilometer.«

»Ich will ja niemanden nervös machen«, brachte Farag vor, wobei sein arabischer Akzent, den er in den vergangenen Wochen fast verloren hatte, wieder zum Vorschein kam, »aber wenn mich nicht alles täuscht, ist besagter Pheidippides auf dem Athener Marktplatz tot zusammengebrochen, kaum dass er die Nachricht überbracht hatte.«

»Ja, aber nicht wegen des Marathonlaufs nach Athen, Professor. Wie eine andere Legende berichtet, musste Pheidippides vorher schon zweimal die 245 Kilometer zurücklegen, die Marathon von Sparta trennten. Die bedrängten Athener hatten ihn dorthin entsandt, um die Spartaner um Hilfe zu bitten, doch diese wollten erst bei Vollmond in das Kampfgeschehen eintreten, weshalb er unverrichteter Dinge zurückeilte.«

»Na schön, aber … aber was hat das alles mit den hundertzweiundneunzig Athenern zu tun?«

»In Marathon gibt es zwei riesige Grabhügel«, erklärte der Felsen, während er die Seiten konsultierte, die gerade aus dem Drucker kamen. »Unter diesen Grabhügeln sollen die Gefallenen der besagten Schlacht von Marathon begraben sein: Herodot zufolge fielen damals sechstausendvierhundert Perser und hundertzweiundneunzig Athener. Demnach müssen wir bei Einbruch der Dunkelheit vom Grabhügel der Athener aus aufbrechen und noch vor der Morgendämmerung in Athen ankommen. Was mir aber immer noch nicht so ganz klar ist, ist das Ziel in Athen: der *Steuereintreiber*.«

»Das heißt, die Lösung der Prüfung von Jerusalem ist die Fährte für die Prüfung in Athen.«

»So ist es, Dottoressa. Darum verbindet Dante im siebzehnten Gesang die beiden Kreise.«

»Wird man uns dieses Mal denn nicht mit einem Kreuz zeichnen?«

»Machen Sie sich darüber keine Gedanken. Sie werden es schon noch tun.«

»Das heißt, wir sollten uns schleunigst auf den Weg nach Griechenland machen.« Farag lachte.

»Sobald wir das Rätsel mit dem Steuereintreiber gelöst haben.«

»Das habe ich befürchtet«, murrte ich und setzte mich, um die Dokumente zu überfliegen, die ich noch in der Hand hielt. Wie ich den Hauptmann kannte, würde ich mich nicht einmal mehr von meinem Bruder verabschieden können.

»Haben Sie auch probiert, das griechische Wort für Steuereintreiber zu suchen?«

»Nein. Die Tastatur des Computers lässt das nicht zu. Ich muss zuerst ein Update des Treibers herunterladen, um die Suchbegriffe in anderen Alphabeten eingeben zu können.«

Er plagte sich eine Zeitlang damit ab, während er nebenher in dem Abendessen herumstocherte, das wir ihm mitgebracht hatten. Farag und ich lasen unterdessen die ausgedruckten Seiten über den Marathonlauf. Ich, die ich mich kaum bewegte und mich nie von irgendeiner Sportart angezogen gefühlt hatte, studierte nun aufmerksam jedes Detail des historischen Laufs, dem ich mich stellen musste. Ottavia Salina und einen Marathon laufen! Mir wurde schon jetzt angst und bange. Diese verflixten Wächter des Kreuzes! Wie stellten sie sich das vor? Wie sollte *ich* in einer Nacht neununddreißig Kilometer zurücklegen? Und dazu noch im Dunkeln! Glaubten sie denn, dass jeder ein Abebe Bikila war, der 1960 in Rom – barfuß! – in Weltrekordzeit gesiegt und vier Jahre später – beschuht! – seinen Sieg in Tokio wiederholt hatte? Am wahrscheinlichsten war doch, dass ich irgendwo auf einem einsamen Hügel unter dem kalten Licht des Mondes mein Leben aushauchte, nur in Gesellschaft von gefährlichen Tieren. Und wofür das alles? Damit noch eine weitere wundervolle Skarifikation meinen Körper zierte?

Endlich verkündete der Hauptmann, dass man nun auch griechische Stichwörter in die Suchmaschinen des Internets eingeben könne, worauf ich den Platz mit ihm tauschte. Anfangs war es ziemlich mühselig, weil die lateinischen Buchstaben, die ich tippte, nicht genau den griechischen auf dem Bildschirm entsprachen, aber innerhalb kürzester Zeit hatte ich die Tricks heraus und fand mich ziemlich gut zurecht. Ich hatte keinen blassen Schimmer von dem, was ich da tat, denn sobald ich καπνικαρειας *(kapnicareias)* eingegeben hatte, schob mich der Hauptmann beiseite und übernahm wieder das Kommando; weil er mich aber brauchte, um zu erfahren, was in den Doku menten stand, die er eines nach dem anderen öffnete, schienen wir »Bäumchen wechsle dich« zu spielen.

Da sich das Altgriechische und das byzantinische Griechisch vom Neugriechischen deutlich unterschieden, gab es viele Wörter, ja sogar ganze Satzkonstruktionen, die ich nicht verstand, weshalb ich Farag zu Hilfe rufen musste. Gemeinsam machten wir uns daran, sinngemäß zu übersetzen, was auf dem Bildschirm erschien. Es war schon fast Mitternacht, als uns eine griechische Suchmaschine namens »Hellas« schließlich auf die richtige Fährte brachte: Eine knappe Fußnote am Ende des Dokuments wies uns darauf hin, dass nicht mehr Treffer als die besagten gefunden wurden, dass aber noch weitere zwölf Seiten ähnlichen Inhalts existierten, die wir bei Bedarf konsultieren könnten. Natürlich kamen wir der Aufforderung nach. Einer der verwandten Einträge führte uns auf die Website eines wunderschönen byzantinischen Kirchleins im Herzen Athens namens Kapnikarea. Dieser Website zufolge war die Kirche Kapnikarea unter dem Namen »Kirche der Prinzessin« bekannt, weil ihre Bausteinlegung Kaiserin Irene zugeschrieben wurde, die Byzanz von 797 bis 802 n. Chr. regierte. Der eigentliche Gründer war jedoch ein vermögender Steuereintreiber gewesen, der beschlossen hatte, ihr den Namen seines lukrativen Berufs zu verleihen: *kapnikareias*, Steuereintreiber.

Somit kannten wir Start und Ziel der Prüfung; nun mussten wir nur noch nach Griechenland, ins herrliche Athen reisen, zur Wiege der Menschheit. Was wir am nächsten Tag auch taten, nachdem Glauser-Röist die ganze Nacht am Telefon gehangen hatte, um Informationen zu sammeln, Anweisungen zu geben und mit Hilfe der Ständigen Heiligen Synode von Griechenland die nächsten Tage unseres Lebens zu organisieren. Wir ließen jetzt also endgültig das katholische Hoheitsgebiet hinter uns, um ganz in die christliche Welt des Orients einzutauchen. Wenn alles wie erwartet verliefe, bliebe uns nach Athen – der Stadt, in der wir im Eiltempo die Sünde der Trägheit zu sühnen hatten – nur noch das habgierige Konstantinopel, das gefräßige Alexandria und das lüsterne Antiochia aufzusuchen.

Der Flug von Tel Aviv zum Athener Flughafen Hellinikon in der kleinen ›Westwind‹ der Alitalia dauerte knapp drei Stunden, während derer wir ohne Unterlass den vierten Kreis von Dantes ›Purgatorio‹ aufbereiteten.

Befreit von der Sünde des Zorns fühlt sich Dante Alighieri, dem der dritte Engel ein weiteres P von der Stirn gefächelt hat, nun wesentlich leichter und beflügelt, seinem Führer eine Unmenge Fragen zu stellen. Wie im vorigen Kreis macht Dante nur wenige konkrete Angaben zur Prüfung und widmet die Hälfte des siebzehnten und den gesamten achtzehnten Gesang einer ausführlichen Erläuterung dessen, was die Liebe ist und welche Bedeutung sie für den Menschen hat. Danach legt Vergil seinem lernbegierigen Schüler dar, dass man bei den Sünden, die in den drei bisherigen Kreisen gesühnt wurden – Hochmut, Missgunst und Zorn –, nach etwas Bösem auf Kosten des Nächsten strebt, da man sich an des Mitmenschen Unglück ergötzt, an dessen Erniedrigung und Schmerz. Anders die Sünden in den letzten drei Kreisen – Habsucht, Völlerei und Lüsternheit –, die dadurch entstehen, dass der Mensch etwas begehrt, was an sich gut, aber ohne Maß ist und nur einem selbst Schaden zufügt. Dazwischen schiebt sich der Kreis ein, in dem die Trägen büßen, die zu Lebzeiten zu langsam waren:

»Mein lieber Vater, sag doch, welchen Fehler
verbüßt man hier im Kreise, wo wir stehen?
Ruhn auch die Füße, lass nicht ruhn die Rede.«

Und er zu mir: »Die Liebe zu dem Guten,
war sie zu schwach, wird sie hier neu gestärkt;
mit größrer Wucht schlägt hier das säum'ge Ruder.«

Während sich Lehrer und Schüler auf dem vierten Gesims ausruhen, setzt Vergil seine Belehrung über das Wesen der Liebe und deren positive und negative Auswirkungen auf den Menschen fort. Erst fünfundvierzig Terzinen später, nachdem Vergil das Thema der Willensfreiheit des Menschen abgehandelt hat und Dante durch die langen Erklärungen müde geworden ist, erscheint die Schar der trägen Büßer:

Ganz plötzlich aber war die Schläfrigkeit
von mir gewichen; hinter unsren Schultern
hatt' eine Schar sich auf uns zu bewegt.

Bald waren sie bei uns, denn schnellen Laufs
bewegte sich der Haufe auf uns zu,
und zweie war'n voraus, die riefen weinend:

»Im Laufe eilt Maria auf den Berg,
und Caesar, um Ilerda zu bezwingen,
umstellt Marsilia rasch und eilt nach Spanien.«

»Schnell, schnell, dass nicht die Zeit verlorengehe
durch zu geringe Liebe«, schrien die Nächsten,
»im Eifer nach dem Guten grünt die Gnade.«

Wie schon auf den vorigen Gesimsen befragt der Meister Vergil die Seelen, wo sich der Aufgang zum nächsten Kreis befinde, und einer der Büßer, der ohne innezuhalten an ihnen vorbeiläuft, fordert sie auf, ihnen zu folgen, da sie so den Pfad fänden. Doch die beiden Dichter bleiben, wo sie sind, und meditieren erstaunt über die Geister, die zu Lebzeiten faul und träge waren und nun schnell wie der Blitz ihren Blicken entschwinden. Erschöpft von der ganztägigen Wanderung, schläft Dante in Gedanken an das, was er gesehen hat, ein, und mit diesem Traum endet der vierte Kreis des ›Purgatorio‹.

Am Flughafen Hellinikon, wo wir gegen 12 Uhr mittags landeten, erwartete uns der Dienstwagen Seiner Seligkeit des Erzbischofs von Athen, Christodoulos Paraskevaides, der uns zum Hotel brachte, dem »Grand Bretagne«, einem achtstöckigen Prachtbau, welcher an der Nordseite des Syntágmatos-Platzes direkt neben dem griechischen Parlament lag. Die Fahrt in die Stadt dauerte ziemlich lange. Als wir den Stadtrand erreichten, bot sich uns ein überraschendes Bild: Athen wirkte wie ein Dorf von gigantischen Ausmaßen, das seinen Charakter einer historischen und europäischen Hauptstadt erst offenbarte, wenn man sich bereits mittendrin befand. Erst wenn der Parthenon den Reisenden von der Akropolis aus grüßte, wurde einem bewusst, dass man sich in der Stadt der Göttin Athene befand, der Stadt von Perikles, Sokrates, Plato und Pheidias, der Stadt, die von Kaiser Hadrian und Lord Byron, dem englischen Dichter, geliebt worden war. Sogar die Luft schien nun anders zu riechen: Die Stadt verbreitete einen unglaublichen Duft nach Geschichte, Schönheit und Kultur, der vergessen ließ, was einem an Athen verbraucht und morbid erscheinen konnte.

Ein Portier in grüner Livree und mit einer Schirmmütze auf dem Kopf hielt uns zuvorkommend die Autotüren auf und kümmerte sich um unser Gepäck. Das Hotel war alt und sehr eindrucksvoll; es hatte eine massiv wirkende Rezeption aus Marmor und silberne Lampen. Der Hoteldirektor ließ es sich nicht nehmen, uns höchstpersönlich willkommen zu heißen, und geleitete uns dann ehrerbietig, als wären wir große Staatschefs, zu einem Sitzungssaal in der ersten Etage, vor dessen Tür sich zahlreiche hochstehende orthodoxe Prälaten mit langen Bärten und Medaillen auf der Brust versammelt hatten, während Seine Seligkeit Christodoulos uns im Inneren des Raums erwartete.

Es überraschte mich, den Erzbischof so rüstig und strotzend vor Gesundheit vorzufinden. Er konnte nicht mehr als sechzig Lenze zählen; sein Bart war noch ziemlich dunkel, und sein Blick wirkte ausgesprochen umgänglich und sympathisch. Als er uns hereinkommen sah, stand er auf und ging uns mit einem strahlenden Lächeln entgegen.

»Ich bin hocherfreut, Sie in Griechenland begrüßen zu dürfen!«, sagte er in einwandfreiem Italienisch. »Nehmen Sie bitte unseren allerherzlichsten Dank entgegen für das, was Sie gerade für alle christlichen Kirchen leisten.«

Jegliches Protokoll missachtend, machte uns Erzbischof Christodoulos danach persönlich mit den übrigen Popen bekannt, von denen etliche der Ständigen Heiligen Synode der Kirche von Griechenland angehörten, wobei ich mir meiner Bildungslücke bewusst wurde, sie nicht gemäß ihren Gewändern und Medaillen den Rängen in der orthodoxen Hierarchie zuordnen zu können: Seine Eminenz Seraphim, Metropolit von Stagoi und den Meteora-Klöstern (allem Anschein nach wurde der Nachname, wenn man hier ein hohes kirchliches Amt bekleidete, nicht mehr erwähnt); Daniel, Metropolit von Kaisariani, Vyron und Ymittos; Agathonikos, Metropolit von Mesogaia und Lavreotiki; des Weiteren die Metropoliten von Megara und Salamis, Chalkis, Thessaliotis und Fanariofarsala, Mitilene, Eressos und Plomarion, von … kurzum, eine lange Reihe ehrwürdiger Metropoliten, Archimandriten und Bischöfe. War mir die Versammlung in Jerusalem, die sich auf die Neugier der Patriarchen gegründet hatte, schon übertrieben vorgekommen, so schien mir diese im Saal des »Grand Bretagne« geradezu wahnwitzig. Ungewollt hatten wir uns in wahre Helden verwandelt.

Die Anwesenden waren so voller Erwartung, dass sich trotz unserer anfänglichen Weigerung Glauser-Röist schließlich doch gezwungen sah, ihnen von den gefährlichen Abenteuern zu berichten, die wir bis dahin erlebt hatten, wobei er jedoch alle wichtigen Einzelheiten in Bezug auf die Staurophylakes wegließ. Wir trauten niemandem über den Weg, denn wer garantierte uns, dass sich in die nette Versammlung nicht ein Mitglied der Bruderschaft eingeschleust hatte? Ebenso wenig äußerte der Hauptmann sich über den Inhalt der Prüfung, der wir uns noch in derselben Nacht unterziehen mussten, und das, obwohl man ihn wiederholt darum bat. Im Flugzeug hatten wir uns darüber verständigt, dass wir unser Vorhaben unter allen Umständen geheim halten sollten, da schon die harmlose Einmischung irgendeines Neugierigen alles vereiteln konnte. Seine Seligkeit Christodoulos sowie ein Vertrauter der Heiligen Synode wussten selbstverständlich Bescheid, doch niemand sonst sollte wissen, dass bei Einbruch der Dunkelheit drei ganz besondere Läufer, die dem Aussehen nach eher Bibliothekare denn Athleten waren (zumindest zwei von ihnen), ihren Schweiß auf attischem Boden vergießen würden, um das Privileg zu erlangen, auch fortan ihr Leben aufs Spiel setzen zu dürfen.

Dann wurden wir zu einem köstlichen Mittagessen in ein Séparée gebeten, wo ich mir wie ein kleines Mädchen Taramossalat aus Fischrogen, Moussaka, Souvlaki-Spießchen, Tzatziki und die echten Kleftiki schmecken ließ. Erwähnenswert war auch das unvergleichliche griechische Brot, das mit Rosinen, Kräutern, Gemüse, Oliven oder Käse gefüllt war. Zum Nachtisch gab es Obst. Konnte man denn mehr verlangen? Es geht doch nichts über die mediterrane Küche, wie auch Farag es anschaulich darzulegen verstand, indem er für zwei schlemmte.

Als wir uns endlich vom ganzen Zeremoniell befreit sahen, mussten wir uns schleunigst an die Arbeit machen, denn es war noch einiges zu erledigen. Seine Seligkeit Christodoulos wollte uns den ganzen Nachmittag Gesellschaft leisten und zusehen, wie wir die Prüfung und den Marathonlauf vorbereiteten. Entgegen allen Erwartungen stellte die Anwesenheit dieser hochgestellten Persönlichkeit jedoch kein Hindernis dar, ganz im Gegenteil, denn als die bärtigen Popen verschwunden waren, bekundete Seine Seligkeit einen so fröhlichen und jugendlich-sportlichen Geist, dass er den von Farag, Glauser-Röist und mir zusammen bei Weitem übertraf.

»Ich muss mich auf die Olympischen Spiele vorbereiten!«, wiederholte Seine Seligkeit unaufhörlich und voller Stolz, dass Athen zum Austragungsort der Spiele 2004 bestimmt worden war.

Seine Seligkeit erzählte uns, dass die ersten Spiele der Neuzeit im April 1896 in Griechenland stattgefunden hätten, über 1500

Jahre, nachdem Kaiser Theodosius der Große sie aus politischen und religiösen Gründen verboten hatte. Der Sieger des ersten olympischen Marathons sei ein dreiundzwanzigjähriger griechischer Schafhirte namens Spiridon Louis gewesen. Knappe 1,60 Meter groß, habe Spiridon die Strecke von Marathon bis ins olympische Stadion von Athen in 2:58:50 Stunden zurückgelegt und sei danach als Nationalheld gefeiert worden.

»War er denn ein professioneller Läufer?«, fragte ich interessiert. Ich war in meinem tiefsten Innern davon überzeugt, dass ich diese Prüfung nie bestehen würde. Nicht, dass ich zweifelte oder unsicher war, nein, ich wusste einfach, dass ich nie im Leben neununddreißig Kilometer in einem Stück laufen könnte. Empirisch betrachtet, war das unmöglich.

»O nein!«, antwortete Seine Seligkeit voll stolzer Freude. »Spiridon nahm eigentlich aus reinem Zufall an dem Lauf teil. Er war seinerzeit Soldat der griechischen Armee, und sein Oberst ermutigte ihn in letzter Minute zur Teilnahme. Ja, er lief sehr schnell, doch hatte er weder vorher trainiert noch sich sonst irgendwie vorbereitet. Er lief einfach aus purem Patriotismus, damit zumindest ein Grieche beim wichtigsten griechischen Lauf an den Start ging. Wir konnten doch nicht zulassen, dass ein Ausländer siegte!«

Spiridon erhielt für seine Heldentat allerdings keine Goldmedaille, denn bei den ersten Olympischen Spielen gab es diese Siegesprämie noch nicht. Stattdessen bekam er eine beinahe fürstliche Belohnung: eine Ziege, einen Eselskarren, eine kleine staatliche Pension von hundert Drachmen auf Lebenszeit und einen Acker in seinem Heimatdorf Maroussi.

»Aber wissen Sie, was das Beste ist?«, fügte Seine Seligkeit hinzu. »Vierzig Jahre später war er der Fahnenträger der griechischen Delegation bei der Eröffnung der Olympischen Spiele von Berlin 1936 und überreichte Hitler einen Lorbeerkranz, das Symbol des Friedens.«

»Schön, aber er war kein Leichtathlet, oder?«, bohrte ich noch einmal nach.

»Nein, Schwester, ein Leichtathlet war er nicht.«

»Wenn er also kein Leichtathlet war und fast drei Stunden benötigte, um eine Strecke von neununddreißig Kilometern zurückzulegen, wie lange werden wir dann brauchen?«, wollte ich wissen und schaute dabei den Hauptmann an.

»So einfach ist das nicht, Dottoressa.«

Der Felsen schlug ein Notizbuch von der Größe einer Brieftasche auf und begann darin herumzublättern, bis er auf das Gesuchte stieß.

»Heute haben wir den 29. Mai«, begann er uns zu erklären, »laut den von der Erzdiözese mir durchgegebenen Daten wird die Sonne in Athen um 20.56 Uhr untergehen. Und morgen früh, am 30. Mai, geht sie um 6.02 Uhr wieder auf. Uns bleiben für die Prüfung also neun Stunden und sechs Minuten.«

»Ja dann!«, rief Farag so hellauf begeistert, dass wir uns alle erstaunt nach ihm umdrehten. »Was ist los? … Ich hatte eigentlich gedacht, dass ich diese Prüfung nie bestehen würde!«

Wie ich hatte er bis zu diesem Augenblick seine Angst verheimlicht.

»Ich bin mir sicher, dass ich es nicht kann.«

»Ach, komm schon, Ottavia! Wir haben dafür über neun Stunden zur Verfügung!«

»Ja und?«, fuhr ich zornig auf. »Ich kann keine neun Stunden lang ununterbrochen rennen. Um ehrlich zu sein, glaube ich, dass ich nicht einmal neun Minuten durchhalte.«

Glauser-Röist blätterte wieder in seinem Notizbuch.

»Der Rekord bei den Männern liegt unter zwei Stunden und sieben Minuten, bei den Frauen etwas über zwei Stunden und zwanzig Minuten.«

»Ich kann nicht«, wiederholte ich starrköpfig. »Haben Sie eine Ahnung, wie viel ich in den letzten Jahren gerannt bin? Nicht einen Meter! *Niente!* Nicht einmal, um noch den Bus zu erwischen!«

»Ich werde Ihnen einige Tipps geben, die Sie in dieser Nacht befolgen sollten«, fuhr der Felsen ungerührt fort, als hätte er meine Klagen gar nicht gehört, »versuchen Sie vor allem, sich nicht zu überfordern. Rennen Sie nicht los, als ob Sie wirklich einen Marathon gewinnen müssten. Schlagen Sie ein gemächliches Tempo ein, und schonen Sie Ihre Kräfte. Laufen Sie langsam, aber stetig, die angewinkelten Arme sollten dabei leicht mitschwingen. Und atmen Sie gleichmäßig. Wenn Sie einen Hügel hochlaufen müssen, machen Sie kleine Schritte und laufen Sie leicht und locker. Wenn Sie ihn auf der anderen Seite wieder hinunterlaufen, legen Sie an Tempo zu, aber lassen Sie sich dabei nicht aus dem Konzept bringen. Halten Sie den Rhythmus während des ganzen Laufs konstant. Ziehen Sie beim Laufen nicht übermäßig die Knie hoch, und versuchen Sie, sich nicht zu weit nach vorn zu beugen, Ihr Körper sollte im rechten Winkel zum Boden bleiben.«

»Wovon reden Sie da?«, murrte ich.

»Ich rede davon, wie wir unser Ziel, die Kirche Kapnikarea, erreichen, schon vergessen, Dottoressa? Oder wollen Sie morgen früh nach Rom zurückfliegen?«

»Wissen Sie, was Spiridon Louis bei Kilometer dreißig tat?« Seiner Seligkeit Christodoulos behagte es ganz und gar nicht, einem unserer Dispute beizuwohnen. »Da er sehr erschöpft war, blieb er stehen, verlangte ein großes Glas Rotwein und stürzte es in einem Zug hinunter. Dann setzte er zu einer spektakulären Aufholjagd an, die ihn die letzten neun Kilometer geradezu fliegen ließ.«

Farag lachte laut auf.

»Klasse, nun wissen wir, was zu tun ist, wenn wir müde werden! Ein gutes Glas Wein trinken!«

»Ich glaube nicht, dass die Schiedsrichter heutzutage solche

Mittel erlauben«, erwiderte ich. Ich grollte noch immer mit Glauser-Röist.

»Wieso nicht? Die Läufer dürfen alles trinken, was bei den Dopingkontrollen keinen positiven Befund ergibt.«

»Wir werden isotonische Getränke zu uns nehmen«, verkündete der Felsen. »Vor allem Dottoressa Salina sollte diesen Ratschlag beherzigen und sich damit so oft wie möglich Ionen und Mineralsalze zuführen, da sie sonst schwere Muskelkrämpfe in den Beinen bekommt.«

Ich sagte kein Wort mehr. Tausendmal lieber den rotglühenden Boden von Santa Lucia ertragen als diese verdammte sportliche Prüfung, auf die ich nicht vorbereitet war!

Der Hauptmann öffnete jetzt eine Ledertasche, die auf dem Tisch lag, und zog drei kleine, rätselhafte Schachteln heraus. In diesem Augenblick schlug eine Kirchturmuhr in der Nähe siebenmal.

»Legen Sie bitte diese Pulsmesser an«, befahl der Hauptmann und zeigte Farag und mir ein paar seltsame Uhren. »Wie alt sind Sie, Professor?«

»Das hat ja gerade noch gefehlt! Was soll das?«

»Die Pulsmesser müssen programmiert werden, damit Sie Ihre Herzfrequenz während des Marathonlaufs kontrollieren können. Wenn Sie es übertreiben, können Sie einen Kreislaufkollaps bekommen oder, noch viel schlimmer, einen Herzinfarkt.«

»Ich denke nicht daran, es zu übertreiben!«, verkündete ich abfällig.

»Sagen Sie mir bitte, wie alt Sie sind, Professor«, bat der Felsen erneut und drehte an einem der kleinen Geräte.

»Ich bin achtunddreißig Jahre alt.«

»Gut, dann müssen wir also achtunddreißig von 220 Pulsschlägen abziehen.«

»Wieso das?«, wollte Seine Seligkeit Christodoulos wissen.

»Den Belastungspuls eines Mannes berechnet man, indem man sein Alter von der maximalen Herzfrequenz subtrahiert. Der Professor sollte also theoretisch eine Herzfrequenz von höchstens 182 Pulsschlägen haben. Wenn er diesen Wert während des Marathons überschreitet, kann es für ihn gefährlich werden. Der Pulsmesser wird in diesem Fall zu piepsen beginnen. Haben Sie das verstanden, Professor?«

»Ja, sicher«, meinte Farag und band sich das Gerät um das Handgelenk.

»Nennen Sie mir jetzt bitte Ihr Alter, Dottoressa.«

Ich hatte diesen schrecklichen Augenblick auf mich zukommen sehen. Es war mir egal, ob Seine Seligkeit Christodoulos oder der Hauptmann es hörten, aber es störte mich gewaltig, dass Farag auf diese Weise erfuhr, dass ich ein Jahr älter war als er. Es gab jedoch kein Entrinnen.

»Ich bin neununddreißig Jahre alt.«

»Perfekt.« Der Felsen blieb ganz gelassen. »Frauen haben eine höhere Herzfrequenz als Männer. Sie können mehr aushalten. In Ihrem Fall ziehen wir also neununddreißig von 226 Pulsschlägen ab. Ihr theoretischer Höchstwert ist folglich 187. Da Sie sich aber in Ihrem Alltag wenig bewegen, werden wir das Gerät nur auf sechzig Prozent der maximalen Herzfrequenz programmieren, das heißt, auf 112 Pulsschläge pro Minute. Hier, legen Sie es sich an, Dottoressa. Und denken Sie daran: Wenn es zu piepsen beginnt, müssen Sie augenblicklich Ihr Tempo drosseln, haben Sie verstanden?«

»Natürlich.«

»Dies sind nur ungefähre Richtwerte. Jeder Mensch reagiert auf körperliche Anstrengung anders. Je nach Training und Konstitution können sich die Werte verschieben. Verlassen Sie sich deshalb nicht nur auf den Pulsmesser. Bei jedem geringen Anzeichen von Überanstrengung bleiben Sie stehen und ruhen Sie aus … O.k., kommen wir nun zu den möglichen Verletzungen.«

»Können wir diesen Teil nicht auslassen?«, murrte ich gelangweilt. Ich würde weder Verletzungen davontragen noch zulassen, dass mein Pulsmesser anfangen würde zu piepsen, dessen war ich mir sicher. Ich wollte es nicht übertreiben, aber dennoch zusehen, dass ich ein zügiges Tempo vorlegte und so schnell lief, wie ich eben konnte.

»Nein, Dottoressa, diesen Teil können wir *nicht* auslassen, denn er ist wichtig. Bevor wir loslaufen, werden wir ein paar Aufwärmübungen und etwas Stretching machen. Bei Menschen, die sich sonst nicht viel bewegen, ist die fehlende Muskelkraft die Hauptursache für Knöchel- und Knieverletzungen. Auf alle Fälle haben wir das große Glück, dass die gesamte Strecke über asphaltierte Straßen führt.«

»Ach ja?«, unterbrach ich ihn. »Ich dachte, ein Marathonlauf ginge immer querfeldein.«

»Ich wette meinen Pulsmesser, dass du dich schon auf einem der Hügel hast sterben sehen, umgeben von üppiger Vegetation und wilden Tieren!«, meinte Farag und versuchte sich das Lachen zu verkneifen.

»Ja und? Es ist doch keine Schande, das zuzugeben.«

»Die ganze Strecke führt die Straße entlang, Dottoressa. Wir können uns gar nicht verlaufen, denn die griechische Regierung hat schon vor vielen Jahren eine blaue Gedenklinie entlang der neununddreißig Kilometer gezogen. Zudem verläuft die Route sicherheitshalber durch ein paar Dörfer und eine Stadt. Wir werden also nicht eine Sekunde die Zivilisation verlassen.«

Die Möglichkeit, mich im Wald zu verirren, war damit endgültig ausgeschieden.

»Wenn Sie irgendwann einen heftigen Stich in den Muskeln spüren sollten, der Ihnen den Atem nimmt, bleiben Sie sofort stehen. Dann ist die Prüfung für Sie zu Ende. In diesem Fall haben Sie höchstwahrscheinlich einen Muskelfaserriss, und wenn Sie weiterlaufen, können Sie sich irreversible Schäden zuziehen. Falls Sie nur einen ganz normalen, wenn auch intensiven Schmerz verspüren, tasten Sie den schmerzenden Muskel ab, und wenn er steinhart ist, ruhen Sie sich etwas aus. Es könnte eine beginnende Muskelzerrung sein. Massieren Sie den Muskel und machen Sie, wenn möglich, ein paar sanfte Dehnübungen. Wenn sich die Muskeln lockern, laufen Sie weiter; wenn nicht, hören Sie auf. Dann ist der Marathon ebenfalls für Sie vorbei. Und jetzt …«, verkündete er und stand energisch auf, »… ziehen Sie sich bitte um und lassen Sie uns fahren. Essen werden wir während des Marathonlaufs, wir packen Verpflegung ein. Es wird sonst zu spät.«

Die Sportkleidung, die in meinem Zimmer für mich bereitlag, war einfach lächerlich. Nicht, dass er komischer als sonst irgendein Jogginganzug gewesen wäre, doch als ich ihn anzog, fand ich mich darin so albern, dass ich am liebsten im Erdboden versunken wäre. Als ich dann aber in die weißen Sportschuhe geschlüpft war, sah das Ganze schon besser aus, das musste ich zugeben. Und erst recht, als ich zum Schluss noch ein unauffälliges Seidentuch in den Kragen des Sweatshirts steckte. Letztendlich wirkte mein Outfit doch gar nicht so übertrieben, zumal es zweifelsohne sehr bequem war. Da ich in den letzten Monaten keine Zeit gefunden hatte, zum Friseur zu gehen, war mein Haar inzwischen lang genug, um es mit einem Haargummi zusammenzubinden; selbst wenn es vielleicht etwas extravagant erscheinen mochte, würden mir beim Laufen wenigstens die Haare nicht ins Gesicht fallen. Dann zog ich mir den langen Wollmantel über (mehr um mich zu verhüllen als vor Kälte) und ging hinunter zur Hotelrezeption, wo meine Kameraden, der Portier in seiner grünen Livree und ein Chauffeur des Erzbistums auf mich warteten.

Auf der Fahrt nach Marathon überhäufte uns Glauser-Röist mit weiteren Tipps, woraus ich folgerte, dass der Hauptmann nicht die geringste Absicht hatte, auf Farag oder mich Rücksicht zu nehmen, was ich auch guthieß. Zumindest einer von uns sollte vor Sonnenaufgang Kapnikarea erreichen. Wichtig war vor allem, die Prüfungen fortsetzen zu können, und dazu musste wenigstens einer rechtzeitig ankommen, um den nächsten Hinweis zu erhalten. Selbst wenn weder Farag noch ich das nächste Kreuz bekämen, könnten wir dem Hauptmann in den folgenden Kreisen beistehen.

Irgendwie hatten die griechischen Straßen etwas von einem Feldweg. Weder herrschte übermäßig viel Verkehr, noch waren sie sonderlich breit, und die Beschaffenheit des Straßenbelags war auch ganz anders als in Italien. Vom Wagen des Erzbischofs aus entstand der Eindruck, als habe jemand die Zeit zehn oder fünfzehn Jahre zurückgedreht. Und dennoch: Griechenland war einfach ein wunderbares Land.

Die Sonne begann schon zu sinken, als wir endlich durch die Straßen von Marathon fuhren. Inmitten eines von Hügeln umgebenen breiten Tals gelegen, das sich zum Meer hin öffnete, stellte Marathon zweifellos den idealen Platz für eine Schlacht in der Antike dar. Ansonsten unterschied sich der Ort in nichts von anderen Industriestädtchen im heutigen Europa. Der Chauffeur erklärte uns, dass in der Hochsaison Scharen von Touristen kämen, besonders Sportler, die die berühmte Marathonstrecke laufen wollten. Ende Mai treffe man jedoch nur Einheimische an.

Der Wagen hielt neben einem mit grünem Gras und ein paar Blumen bewachsenen Hügel außerhalb des Orts. Wir stiegen aus, ohne den Blick von dem Hügelgrab wenden zu können, denn wir waren uns bewusst, dass hier eine der wichtigsten Schlachten der Menschheit geschlagen worden war, ein Meilenstein in der Geschichte. Wenn die Perser die Schlacht um Marathon gewonnen hätten, wenn sie den Griechen ihre Kultur, ihre Religion und ihre Politik aufgezwungen hätten, würde wahrscheinlich nichts auf der Welt so sein, wie wir es kannten; um uns richtig zu verstehen: weder besser noch schlechter, einfach anders.

Jene weit zurückliegende Schlacht konnte man also als einen historischen Einschnitt betrachten, der es ermöglicht hatte, dass sich unsere Kultur frei entfaltete. Unter jenem Grabhügel ruhten Herodot zufolge die hundertzweiundneunzig Athener, die dafür ihr Leben gelassen hatten.

Der Chauffeur verabschiedete sich von uns und fuhr schnell davon. Meinen Mantel hatte ich im Wagen gelassen, da es herrlich warm war.

»Wie viel Zeit bleibt uns noch, Kaspar?«, fragte Farag, der ein langärmliges weißes T-Shirt und eine kurze hellblaue Sporthose trug. Jeder von uns hatte einen kleinen Stoffrucksack mit allem dabei, was wir für die Prüfung brauchten.

»Es ist jetzt halb neun. Gleich wird es dunkel. Lassen Sie uns den Hügel einmal umrunden.« Der Hauptmann sah in seinem fabelhaften roten Jogginganzug wieder einmal am besten von uns aus; er wirkte wie ein Vollblutathlet.

Der Grabhügel war viel größer, als er aus der Ferne auf uns gewirkt hatte. Sogar Glauser-Röist schrumpfte im Vergleich dazu auf die Größe einer Ameise, als wir am Fuß des Hügels standen, wo die Grasnarbe begann. Da die Gegend so einsam war, zuckten wir vor Schreck zusammen, als eine Stimme von der anderen Seite des Hügels zu uns herüberschallte.

»Was zum Teufel war denn das?«, meinte der Felsen.

»Das werden wir gleich sehen«, erwiderte ich und setzte mich in Bewegung.

Auf einer steinernen Bank, das gute Wetter und die letzten Strahlen der Abendsonne genießend, saßen ein paar alte Männer mit schwarzen Hüten und Spazierstöcken und blickten uns vergnügt entgegen. Wir verstanden natürlich kein Wort von dem, was sie sagten, sie schienen das aber auch gar nicht zu beabsichtigen. An Touristen gewöhnt, vertrieben sie sich wohl gern die Zeit auf Kosten derjenigen, die wie wir, als Marathonläufer verkleidet, dorthin kamen, um Spiridon Louis nachzueifern. Das spöttische Lächeln in ihren wettergegerbten, runzligen Gesichtern sagte alles.

»Ob das wohl ein Empfangskomitee der Staurophylakes ist?«, fragte Farag, ohne sie aus den Augen zu lassen.

»Ich weigere mich, mir das auch nur vorzustellen«, entgegnete ich seufzend, aber ehrlich gesagt war mir der Gedanke auch schon gekommen. »Allmählich leiden wir an Wahnvorstellungen.«

»Sind Sie bereit?«, wollte der Hauptmann wissen und blickte auf die Uhr.

»Warum die fürchterliche Hetze? Uns bleiben doch noch gute zehn Minuten.«

»Wir sollten vorher Gymnastik machen. Fangen wir mit etwas Stretching an.«

Kurz nach Beginn der Dehnübungen gingen die Straßenlaternen an. Das natürliche Licht war nun schon so schwach, dass man kaum noch die Hand vor den Augen sehen konnte. Die Alten hatten kein Auge von uns gelassen und machten immer noch ihre Witze über uns. Bei einigen unserer Muskelübungen brachen sie sogar in dröhnendes Gelächter aus, was mich jedes Mal in Rage brachte.

»Reg dich nicht auf, Ottavia. Es sind nur ein paar alte Bauern. Weiter nichts.«

»Sobald wir den Cato gefunden haben, werde ich ihm ein paar Takte zu den Spionen bei seinen Prüfungen sagen.«

Die Alten bogen sich erneut vor Lachen, woraufhin ich ihnen wutentbrannt den Rücken zudrehte.

»Professor, Dottoressa ... Es ist so weit. Denken Sie daran, dass die blaue Linie mitten im Städtchen beginnt, dort, wo der olympische Lauf von 1896 startete. Versuchen Sie, so lange mit mir Schritt zu halten, ja? Sind Sie bereit?«

»Nein«, erklärte ich. »Und ich glaube, das werde ich auch nie sein.«

Der Felsen schaute mich verächtlich an. Farag schob sich schnell zwischen uns.

»Wir sind bereit, Kaspar, und warten auf Ihr Kommando.«

Schweigend und regungslos standen wir da, während der Hauptmann auf seine Armbanduhr starrte. Plötzlich drehte er sich zu uns um, nickte leicht mit dem Kopf und setzte sich in Trab, Farag und ich hinterher. Das Warm-up hatte mir gar nichts gebracht; ich fühlte mich wie eine Ente auf Landgang, und jeder Schritt war eine Qual für meine Knie, die heftige Stöße von mehreren Tonnen zu erleiden schienen. Doch mir blieb keine andere Wahl: Ich musste eine gute Figur abgeben, koste es, was es wolle.

Ein paar Minuten später hatten wir das olympische Denkmal erreicht, wo wir auch die blaue Linie am Boden entdeckten. Es war eine einfache Mauer aus weißem Stein, vor der ein solider Fackelhalter stand. Jetzt wurde es ernst. Meine Uhr zeigte Viertel nach neun. Immer der Linie entlang liefen wir durch das Städtchen, und ich konnte nicht umhin, mich voller Scham zu fragen, was die Leute über uns denken mochten. Die Bewohner von Marathon zeigten jedoch nicht das geringste Interesse; sie waren wohl schon einiges gewohnt.

Als am Ortsausgang nur noch die schnurgerade Straße vor uns lag, auf der wir auch gekommen waren, zog der Hauptmann an, so dass sich sein Vorsprung uns gegenüber schnell vergrößerte. Ich hingegen begann mein Tempo so energisch zu drosseln, dass ich nur noch tüchtig ausschritt und nicht mehr trabte; getreu meinem Plan war dies das Tempo, das ich die ganze Nacht über beizubehalten gedachte. Farag drehte sich zu mir um.

»Was hast du, Basileia? Warum läufst du nicht mehr weiter?«

Ach, jetzt auf einmal nannte er mich also wieder Basileia!? Seit Jerusalem hatte er es nur bei ein paar Gelegenheiten getan – ich hatte sie gezählt –, natürlich nie in Gegenwart von anderen, so dass es zu einem vertraulichen Namen geworden war, der nur für meine Ohren bestimmt schien.

In diesem Moment begann mein Pulsmesser zu piepsen. Ich hatte die empfohlene Pulsfrequenz überschritten. Und das, obwohl ich so langsam ging!

»Geht es dir gut?«, stammelte Farag und blickte mich besorgt an.

»Mir geht es bestens. Ich habe meine eigenen Berechnungen angestellt«, erklärte ich, während ich das verdammte Gepiepse zum Schweigen brachte, »demnach werde ich bei diesem Tempo etwa sechs bis sieben Stunden bis Athen brauchen.«

»Bist du dir da sicher?«, fragte er argwöhnisch.

»Nein, nicht hundertprozentig, aber vor vielen Jahren habe ich mal eine Wanderung über sechzehn Kilometer gemacht, für die ich vier Stunden benötigt habe. Das ist ein einfacher Dreisatz.«

»Du kennst hier aber die Gegend nicht. Du darfst zum Beispiel die Hügel um Marathon nicht vergessen. Und außerdem beträgt die Entfernung bis Athen einiges mehr als zweimal sechzehn Kilometer.«

Ich ließ mir Farags Einwand durch den Kopf gehen und fühlte mich schon nicht mehr ganz so sicher. Vage erinnerte ich mich daran, dass ich nach jener Wanderung damals fix und fertig gewesen war. Die Aussichten waren also nicht sehr vielversprechend. Gleichzeitig wünschte ich mir von ganzem Herzen, dass Farag weiterrannte, doch er hatte offensichtlich nicht die geringste Absicht, mich in dieser Nacht allein zu lassen.

Während der letzten acht Tage hatte ich verzweifelt versucht, mich auf die Prüfungen zu konzentrieren und diese törichten Gefühlsverwirrungen aus meinem Gedächtnis zu streichen. Die Reise nach Jerusalem und das Wiedersehen mit Pierantonio hatten mir dabei sehr geholfen. Ich spürte jedoch, dass mir die Gefühle, die ich zu unterdrücken suchte, nagenden Kummer bereiteten, der meine Willensstärke zu unterminieren begann. Was in Ravenna als tief beglückendes Gefühl seinen Ausgang nahm, hatte sich nun in Griechenland in schwere Seelenpein verwandelt. Gegen eine Krankheit oder das Schicksal konnte man ankämpfen, was aber tat man gegen das, was mich zu diesem faszinierenden Mann trieb? So war es also bei diesem Lauf um mich bestellt: Ich trug eine zerbrechliche Sicherheit zur Schau, welche mit jedem Schritt mehr abbröckelte.

Obwohl die blaue Linie auf den Straßenasphalt gezeichnet war, marschierten wir vernünftigerweise auf einem breiten, baumbestandenen Bürgersteig, der jedoch schon bald endete, so dass wir auf den Randstreifen ausweichen mussten. Zum Glück fuhren immer weniger Autos, weshalb die einzige Gefahr, wenn man es denn so nennen konnte, die Dunkelheit darstellte. Noch gab es einige Straßenlaternen vor der einen oder anderen Kneipe am Straßenrand oder vor den Häusern in der Umgebung, aber auch sie waren immer spärlicher gesät. Es war doch keine so schlechte Idee, dass Farag nicht von meiner Seite wich.

Als wir die nahe gelegene Stadt Pandeleimonas erreichten, waren wir in eine interessante Unterhaltung über die byzantinischen Herrscher und die allgemeine Unkenntnis über das bis ins 15. Jahrhundert existierende Byzantinische Reich verwickelt. Meine Bewunderung und Hochachtung für Farags umfassende Bildung wuchs. Ganz versunken ins Gespräch kamen wir nach einem sanften, langen Anstieg durch Nea Makri und Zoumberi. Die Zeit verging, und unmerklich ließen wir die Kilometer hinter uns. Nie zuvor hatte ich mich so glücklich gefühlt; nie zuvor war mein Geist so wach und ich so inspiriert gewesen, bereit, mich jeglicher intellektuellen Herausforderung zu stellen; nie zuvor war ich in einem Gespräch so weit und so tief gedrungen wie damals. In dem verschlafenen Dorf Agios Andreas, drei Stunden vom Start entfernt, begann Farag mir von seiner Arbeit im Museum zu erzählen, während er uns mit der Taschenlampe leuchtete. Die Nacht war so voller Magie, so besonders, dass ich nicht einmal spürte, wie stark es inzwischen abgekühlt war. Der spärliche Schein des abnehmenden Monds reichte kaum bis zum Boden. Mir war trotzdem nicht mulmig zumute, so vertieft war ich in Farags Worte, der von den gnostischen Dokumenten in koptischer Schrift schwärmte, die man in Nag Hammadi in Oberägypten gefunden hatte. Er beschäftigte sich schon seit mehreren Jahren damit, suchte die griechischen Quellen aus dem 2. Jahrhundert, auf denen sie basieren sollten, und verglich sie, Fragment für Fragment, mit anderen bekannten Schriften der koptischen Gnostiker.

Wir teilten die intensive Leidenschaft für unsere Arbeit wie auch die tiefe Liebe zur Antike und ihren Geheimnissen. Beide fühlten wir uns berufen, zu lüften, was im Laufe der Jahrhunderte verlorengegangen war. Zwar ging er mit mir nicht konform, wenn es sich um gewisse Feinheiten meiner katholischen Einstellung drehte, aber schließlich war ich ebenso wenig mit ihm einer Meinung, was die pittoresken Postulate über einen gnostischen Ursprung des Christentums betraf, zu denen er sich bekannte. Sicher, man wusste fast nichts über die ersten drei Jahrhunderte unserer Religion; es stimmte auch, dass diese große Lücke mit gefälschten Dokumenten und manipulierten Zeugnissen geschlossen worden war und in diesen ersten Jahrhunderten sogar die Evangelien überarbeitet wurden, um sie den vorherrschenden Strömungen der jungen Kirche anzupassen, wodurch Jesus sich in schreckliche, absurde Widersprüche verstrickte, die uns gleichwohl nicht mehr auffielen, weil wir sie in- und auswendig kannten. Was ich jedoch auf keinen Fall billigen konnte, war, dass dies alles ans Licht der Öffentlichkeit gelangen musste, dass sich die Türen des Vatikans jedem Wissenschaftler öffnen sollten, der wie Farag nicht den nötigen Glauben hatte, um dem, was er dort entdeckte, den richtigen Sinn zu verleihen. Farag nannte mich reaktionär, und es fehlte nicht viel, dass er mich beschuldigt hätte, Usurpatorin des Erbes der Menschheit zu sein. Aber er sagte das alles nicht mit beißendem Spott. Die Nacht verging wie im Flug, da wir unablässig lachen mussten, während wir uns von unseren jeweiligen ideologischen Festungsanlagen herab in einer Mischung aus Zärtlichkeit und Zuneigung angriffen, was allem, was wir sagten, jegliche Spitze nahm. Und so verstrichen unmerklich die Stunden.

Maki, Limanaki, Rafina … Wir waren kurz vor Pikermi, dem Dorf, das genau auf der Mitte der Strecke lag. Auf der schmalen Straße herrschte kein Verkehr mehr. Von Hauptmann Glauser-Röist weit und breit keine Spur. Meine Beine begannen allmählich müde zu werden, und ich verspürte einen leichten Schmerz hinten an den Zwillingsmuskeln, doch weigerte ich mich, es zur Kenntnis zu nehmen; obendrein brannten meine Füße entsetzlich, und kurz darauf entdeckte ich während einer Zwangspause ein paar Schürfwunden, die sich im Laufe der Nacht zu Blasen entwickelten.

Wir liefen noch eine Stunde und noch eine … Und wir merkten nicht, dass wir immer langsamer wurden, dass wir die Nacht in einen langen Spaziergang verwandelt hatten, in dem die Zeit nicht mehr zählte. Wir durchquerten Pikermi, über dessen Straßen ein engmaschiges Netz von Strom- und Telefonleitungen gezogen war, wir ließen Spata, Palini, Stavros, Paraskevi hinter uns … und die Uhr lief unermüdlich weiter, ohne dass uns bewusst wurde, dass wir Athen nicht vor Morgengrauen erreichen würden. Ganz berauscht von unserem Gespräch, waren wir der Wirklichkeit vollkommen entrückt.

Nach Paraskevi beschrieb die Straße eine lange Kurve nach links. Sie führte um einen dichten Pinienwald herum, und genau dort, etwa zehn Kilometer vor Athen, begann Farags Pulsmesser zu piepsen.

»Bist du müde?«, fragte ich ihn beunruhigt. Sein Gesicht konnte ich nur schemenhaft erkennen.

Keine Antwort.

»Farag?«, hakte ich nach. Das kleine Gerät stieß noch immer

das unerträgliche Alarmsignal aus, das die Stille um uns wie eine Feuerwehrsirene durchbrach.

»Ich muss dir etwas sagen …«, murmelte er geheimnisvoll.

»Dann stell endlich diesen Lärm ab und sag mir, worum es geht.«

»Ich kann nicht …«

»Wie, du kannst nicht?«, fragte ich überrascht. »Du musst doch nur den kleinen orangefarbenen Knopf drücken.«

»Ich meine …«, stotterte er, »ich meine … was ich dir sagen wollte …«

Ich hielt ihn am Handgelenk fest und schaltete das Messgerät aus. Plötzlich merkte ich, dass irgendetwas anders war. Eine dumpfe innere Stimme warnte mich, dass wir gefährliches Terrain betraten und ich eigentlich nicht wissen wollte, was er mir zu sagen hatte. Ich sagte kein Wort mehr, war auf einmal stumm wie ein Fisch.

»Was ich dir sagen wollte, ist …«

Sein Pulsmesser begann wieder zu piepsen, doch dieses Mal schaltete er ihn selbst aus.

»Ich kann es dir nicht sagen, weil es so viele Hindernisse, so viele …« Ich hielt den Atem an. »Hilf mir, Ottavia.«

Die Stimme versagte mir. Ich versuchte ihn zurückzuhalten, aber ich brachte kein Wort heraus. Und jetzt begann auch noch *mein* verhasster Pulsmesser zu piepsen. Eine wahre Symphonie der Piepser. Mit übermenschlicher Anstrengung schaltete ich ihn aus. Farag lächelte.

»Du weißt, was ich dir zu sagen versuche, stimmt's?«

Kein Ton kam über meine Lippen. Das Einzige, was ich tun konnte, war, mir den Pulsmesser von meinem Handgelenk zu schnallen, damit der Alarm nicht noch einmal losging. Noch immer lächelnd, machte Farag es mir nach.

»Das ist eine gute Idee«, sagte er. »Ich … sieh mal, Basileia, das … es ist sehr schwierig für mich. In meinen früheren Beziehungen musste ich nie ... Die Dinge liefen anders ... Aber mit dir ... mein Gott, wie kompliziert! Warum kann es nicht einfacher sein? Du weißt, was ich dir sagen will, Basileia! Hilf mir!«

»Ich kann dir nicht helfen, Farag«, erwiderte ich schließlich mit einer Stimme, die aus dem Jenseits zu kommen schien und sogar mich überraschte.

»Ich verstehe ...«

Er sprach nicht weiter, und auch ich sagte kein Wort mehr. Zwischen uns herrschte bedrücktes Schweigen, bis wir Holargos erreichten, das durch seine hohen, modernen Gebäude auf die Nähe zu Athen hindeutete. Ich glaube, ich habe noch nie so bittere, schwierige Stunden durchlebt. Gottes Gegenwart hinderte mich daran, das Geständnis, das Farag mir machen wollte, zuzulassen, doch meine unglaublich starken Gefühle für diesen wunderbaren Mann brachen mir das Herz. Am schlimmsten war nicht, mir einzugestehen, dass ich ihn liebte; schlimmer war, dass er mich ebenfalls liebte. Es wäre alles so einfach gewesen! Doch ich war nicht frei.

Ein Aufschrei ließ mich zusammenzucken.

»Ottavia! Es ist schon Viertel nach fünf!«

Für einen kurzen Moment verstand ich nicht, was er mir da gerade zu verstehen gab. Viertel nach fünf? Na und? Doch auf einmal fiel es mir wie Schuppen von den Augen: Viertel nach fünf! Wir würden Athen nie im Leben vor sechs Uhr erreichen! Wir waren noch mindestens vier Kilometer davon entfernt!

»Um Gottes willen!«, schrie ich. »Was sollen wir tun?«

»Die Beine in die Hand nehmen!«

Er packte meine Hand und rannte los, wobei er mich wie ein Irrer hinter sich herzerrte, was ich natürlich nicht lange durchhielt. Nach wenigen Metern ließ ich mich auf die Straße fallen.

»Ich kann nicht mehr, Farag!«, ächzte ich außer Atem. »Ich bin am Ende.«

»Hör zu, Ottavia! Steh sofort auf und lauf weiter!«

Der Tonfall seiner Stimme klang jetzt scharf, überhaupt nicht mehr mitfühlend oder gar zärtlich.

»Mein rechtes Bein tut mir weh. Ich muss mir irgendeinen Muskel gezerrt haben. Ich kann nicht, Farag. Los, lauf schon! Ich komme dann hinterher.«

Er bückte sich zu mir herunter. Schroff packte er mich an den Schultern, schüttelte mich und sah mich durchdringend an.

»Wenn du nicht augenblicklich aufstehst und losrennst in Richtung Athen, werde ich jetzt das aussprechen, was ich vorher nicht über die Lippen brachte. Und wenn ich es tue …« – er beugte sich über mich, so dass seine Lippen nur noch wenige Millimeter von den meinen entfernt waren – »… so werde ich es auf eine Art und Weise tun, dass du dich für den Rest deines Lebens nicht mehr als Nonne fühlen wirst. Du hast die Wahl. Wenn du jetzt mit mir nach Athen kommst, werde ich dich nie wieder bedrängen.«

Mich überkam eine entsetzliche Lust, in Tränen auszubrechen, mein Gesicht an seiner Brust zu verbergen und all diese schrecklichen Dinge auszulöschen, die er mir soeben gesagt hatte. Er wusste, dass ich ihn liebte, und deshalb ließ er mich zwischen seiner Liebe und meiner Berufung wählen: Wenn ich losrannte, würde ich ihn für immer und ewig verlieren; wenn ich dort sitzen blieb, mitten auf dem Straßenasphalt, würde er mich küssen und mich vergessen lassen, dass ich mein Leben Gott geweiht hatte. Ich verging fast vor Angst und Kummer. Ich hätte alles dafür gegeben, Farag Boswell nie kennengelernt zu haben, mich nicht entscheiden zu müssen. Ich holte tief Luft, bis meine Lungen fast zu platzen schienen, schüttelte Farags Hände ab, und mit letzter Kraft – nur ich allein weiß, wie schwer es mir fiel – stand ich auf, brachte energisch meine Kleidung in Ordnung und sah ihn wieder an. Er hockte noch immer vor mir, in derselben Haltung wie zuvor, doch sein Blick war nun unendlich traurig.

»Gehen wir?«

Reglos starrte er mich ein paar Sekunden an, ohne dass sich sein Gesichtsausdruck veränderte, und richtete sich dann auf. Sein Mund verzog sich zu einem gekünstelten Lächeln, bevor er sich in Trab setzte.

»Gehen wir.«

Außer an die Namen der folgenden Dörfer, Halandri und Papagou, erinnere ich mich an nichts mehr, aber ich weiß noch, dass ich ständig die Uhr im Auge behielt und dabei versuchte, meine schmerzenden Beine und meinen tiefen Kummer zu vergessen. Irgendwann ließ die morgendliche Kälte die Tränen gefrieren, die über meine Wangen liefen. Über die Kifissias-Straße liefen wir in Athen ein. Es war zehn Minuten vor sechs. So schnell wir auch liefen, nie würden wir rechtzeitig die in der Stadtmitte gelegene Kirche Kapnikarea erreichen. Wir blieben dennoch nicht stehen. Selbst das Seitenstechen, das mir beinahe den Atem raubte, ließ mich nicht innehalten. Der Schweiß lief mir in Strömen über den Körper, und ich glaubte, jeden Moment in Ohnmacht zu fallen. Meine Füße brannten entsetzlich, doch rannte ich weiter, weil ich mich andernfalls mit etwas hätte auseinandersetzen müssen, das ich unmöglich auf mich nehmen konnte. In Wirklichkeit floh ich, ich floh vor Farag, und ich bin sicher, dass er das wusste. Er blieb die ganze Zeit neben mir, obwohl er hätte vorauslaufen und die Prüfung der Trägheit vielleicht noch erfolgreich bestehen können. Aber er ließ mich nicht im Stich, und ich, getreu meiner Gewohnheit, mir selbst immer für alles die Schuld in die Schuhe zu schieben, fühlte mich auch für sein Scheitern verantwortlich. Jene herrliche, sicherlich unvergessliche Nacht endete wie ein Alptraum.

Ich habe keine Ahnung, über wie viele Kilometer sich die Vassilis-Sofias-Straße erstreckt, mir kam sie jedenfalls endlos vor. Autos fuhren an uns vorbei, während wir sie entlangspurteten und dabei ständig einen Bogen um irgendwelche Straßenlaternen, Papierkörbe, Bäume, Werbeplakate und Bänke machen mussten. In der wunderbaren Hauptstadt der Antike erwachte ein neuer Tag, ein Tag, der für uns jedoch den Anfang vom Ende bedeutete. Die Vassilis-Sofias-Straße schien nicht enden zu wollen, und auf meiner Armbanduhr war es schon sechs. Es war also schon viel zu spät, doch so sehr ich auch nach rechts oder links blickte, nirgendwo konnte ich die ersten Strahlen der Sonne entdecken; es war immer noch so dunkel wie eine Stunde vorher. Was war bloß los?

Die blaue Linie, die während der ganzen Nacht unsere Schritte geleitet hatte, verlor sich über die Vassilis-Konstantinou-Straße, die von der Vassilis-Sofias-Straße abbog und direkt zum Olympiastadion führte. Wir rannten jedoch weiter geradeaus, auf den Syntágmatos-Platz, an dem sich auch unser Hotel befand und vor dessen Eingang wir wie der geölte Blitz vorbeiliefen. Die byzantinische Kirche Kapnikarea befand sich in der Ermou-Straße, einer der Verkehrsadern, die am anderen Ende des Platzes ihren Ausgang nahm. In diesem Augenblick zeigte meine Armbanduhr bereits 6.03 Uhr.

Meine Lungen brannten, das Herz schlug mir bis zum Hals, und das Seitenstechen wurde immer schlimmer. Nur die nächtliche Dunkelheit, diese schwarze Himmelsdecke, die sich durch keinen Sonnenstrahl erhellte, ließ mich noch nicht aufgeben. Noch gab es Hoffnung. Doch kaum bogen wir in die Fußgängerzone der Ermou-Straße, beschlossen die Muskeln meines rechten Beins, dass es nun gut war mit dem vielen Laufen. Ein stechender Schmerz stoppte mich plötzlich. Instinktiv griff meine Hand dahin, wo der Schmerz saß, während ich gleichzeitig aufstöhnte. Farag drehte sich blitzschnell um, und ohne dass ich auch nur einen Ton zu sagen brauchte, begriff er, was passiert war. Er lief wieder zu mir zurück, packte mich unter den Achseln und half mir, mich aufzurichten. Keuchend nahmen wir so den Lauf wieder auf: Mit meinem gesunden Bein machte ich einen

Schritt, und beim nächsten stützte ich mein ganzes Gewicht auf Farag. Wir schwankten wie Schiffe inmitten eines Sturms, doch wir hielten durch. Die Uhr zeigte jetzt 6.05 Uhr, und es blieben uns nur noch dreihundert Meter bis zum Ziel, denn inmitten eines Rondells am Ende der Ermou-Straße erhob sich wie eine Fata Morgana eine kleine, halb im Boden versunkene byzantinische Kirche.

Noch zweihundert Meter … Ich hörte, wie Farag nach Atem rang. Mein gesundes Bein begann mir nun ebenfalls schwer zu schaffen zu machen. Noch hundertfünfzig Meter … 6.07 Uhr. Wir wurden immer langsamer. Wir waren fix und fertig. Noch hundertfünfundzwanzig Meter. Mit einem jähen Ruck zog Farag mich noch einmal hoch und legte sich meinen Arm um den Hals. Hundert Meter … 6.08 Uhr.

»Ottavia … halt … durch«, keuchte er, während ihm der Schweiß in Strömen übers Gesicht den Hals hinunterlief. »Lauf weiter! Bitte!«

Vor uns lag Kapnikarea. Wir waren so nah! Ich sah schon die ziegelgedeckte und mit einem kleinen Kreuz geschmückte Kuppel. Ich konnte einfach nicht mehr! Es war die reinste Tortur!

»Ottavia, die Sonne!«, schrie Farag.

Ich musste meinen Blick nicht umherschweifen lassen, die schwache dunkelblaue Färbung des Himmels genügte mir. Die drei Worte waren der Ansporn, den ich brauchte, um meine allerletzten Kräfte zu mobilisieren. Ein Schauder lief mir über den Rücken, und gleichzeitig ergriff mich ein so heißer Zorn auf die Sonne, die mich derart im Stich ließ, dass ich tief Luft holte und mich auf die Kirche stürzte. Offenbar gibt es Momente im Leben, in denen die Verblendung, die Halsstarrigkeit oder der Stolz die Kontrolle über unser Handeln übernehmen und uns dazu zwingen, uns wie rasend auf das einzige Ziel zu stürzen, das alles andere in den Hintergrund rückt. Ich denke, dass der Ursprung dieser unkontrollierten Reaktion mit dem Überlebensinstinkt zu tun hat, weil wir agieren, als ob unser Leben davon abhinge. Natürlich war ich völlig erledigt und verspürte überall Schmerzen, aber in meinem Gehirn hatte sich die fixe Idee breitgemacht, dass die Sonne aufging, so dass ich nicht mehr vernünftig handeln konnte. Über all den körperlichen Gebrechen stand die Verpflichtung, die Schwelle von Kapnikarea noch vor Sonnenaufgang zu überqueren.

So begann ich also zu laufen, wie ich die ganze Nacht nicht gelaufen war, und nachdem wir die paar Stufen hinunter zur Kirche gestolpert waren, standen wir vor dem Kirchenportal, über dem ein eindrucksvolles byzantinisches Mosaik von der Jungfrau mit Kind im spärlichen Schein der Straßenlaternen funkelte, und über unseren Köpfen umrahmte im Gewölbe ein Himmel aus golden funkelnden Mosaiksteinchen ein konstantinisches Christusmonogramm.

»Klopfen wir?«, fragte ich mit schwacher Stimme. Ich hatte die Arme in die Hüften gestemmt und beugte mich nun nach vorn, um wieder zu Atem zu kommen.

»Was denn sonst?!«, rief Farag keuchend aus, und kurz darauf vernahm ich den ersten seiner sieben heftigen Schläge gegen das schwere Holz. Mit dem letzten begannen die Angeln zu quietschen, und die Tür ging auf.

Vor uns stand ein junger orthodoxer Pope mit einem langen und buschigen schwarzen Bart. Mit gerunzelter Stirn und finsterem Blick sagte er etwas auf neugriechisch, als er aber unsere verständnislosen Gesichter sah, wiederholte er seinen Satz auf englisch.

»Die Kirche macht erst um acht Uhr auf.«

»Das wissen wir, Pater, aber wir müssen *jetzt* hinein. Wir müssen unsere Seelen läutern und uns vor Gott voller Demut verneigen.«

Voller Bewunderung blickte ich Farag an. Wie war er nur auf die Idee gekommen, Worte aus dem Gebet von Jerusalem zu wählen? Der junge Pope musterte uns von Kopf bis Fuß. Unser mitleiderregendes Aussehen schien ihn zu rühren.

»Wenn dem so ist, so treten Sie ein. Kapnikarea steht Ihnen offen.«

Ich ließ mich nicht täuschen: Dieser junge Mann in der Soutane war ein Staurophylax, dafür würde ich meine Hand ins Feuer legen. Farag erriet meine Gedanken.

»Ach übrigens, Pater … haben Sie zufällig einen Freund von uns gesehen? Ein Marathonläufer so wie wir, sehr groß und blond?«, fragte er und wischte sich mit dem Ärmel seines weißen T-Shirts den Schweiß vom Gesicht.

Der Pope schien zu überlegen. Wenn ich nicht gewusst hätte, dass er ein Staurophylax war, hätte ich ihm vielleicht geglaubt, aber so fiel ich nicht auf ihn herein, obwohl er ein guter Schauspieler war.

»Nein«, antwortete er nach einer Weile. »Ich kann mich an niemanden mit dieser Beschreibung erinnern. Aber, treten Sie doch bitte ein. Bleiben Sie nicht draußen stehen.«

Von diesem Augenblick an waren wir ihm ausgeliefert.

Die Kirche war eines dieser Wunderwerke, welches die Zeit und die Zivilisation verschont hatten, weil sie ihre Schönheit nicht zerstören konnten, ohne nicht selbst ein wenig daran zugrunde zu gehen. Unzählige gelbe Wachskerzen erhellten das Kirchenschiff und ließen hinten rechts einen Ikonenschrein erahnen, der leuchtete wie Gold.

»Ich lasse Sie jetzt beten«, sagte er, während er geistesabwesend die Riegel am Kirchenportal vorschob. Wir waren gefangen. »Rufen Sie mich, wenn Sie etwas brauchen.«

Aber was hätten wir auch brauchen können? Kaum hatte er diese liebenswürdigen Worte ausgesprochen, als mich auch schon ein starker Schlag von hinten auf den Kopf ins Wanken brachte und ich zu Boden ging. An mehr kann ich mich nicht erinnern. Ich bedauere nur, Kapnikarea nicht besichtigt zu haben.

Unter dem eiskalten Glanz mehrerer weißer Neonröhren schlug ich die Augen auf. Ich versuchte, den Kopf zu drehen, weil jemand neben mir zu stehen schien, doch ein stechender Schmerz hinderte mich daran. Eine freundliche Frauenstimme sagte ein paar unverständliche Worte, und ich fiel erneut in Ohnmacht. Irgendwann wachte ich wieder auf, als mehrere weiß gekleidete Personen sich über mein Bett beugten und mich sorgfältig untersuchten; sie hoben meine Lider, fühlten mir den Puls und versuchten, meinen Hals sanft zu drehen. Verschwommen nahm ich wahr, dass ein feiner Schlauch von meinem Arm zu einem Plastikbeutel mit einer transparenten Flüssigkeit führte, der an einem metallenen Ständer hing. Dann schlief ich wieder ein. Die Zeit verstrich. Nach mehreren Stunden kam ich wieder zu mir. Man musste mir wohl jede Menge Drogen verabreicht haben, denn es ging mir gut, ich verspürte keine Schmerzen mehr, wenngleich es mir noch ein wenig schwindelig und schlecht war.

Auf zwei grünen Plastikstühlen an der Wand saßen zwei Fremde und beobachteten mich mit furchterregender Miene. Als sie mich die Augen aufschlagen sahen, standen sie auf und traten an das Kopfende meines Bettes.

»Schwester Salina?«, sprach mich einer von ihnen auf italienisch an. Er trug eine Soutane mit Kollar. »Ich bin Pater Cardini, Ferruccio Cardini, von der Vatikanischen Botschaft, und mein Begleiter hier ist Seine Eminenz der Archimandrit Theologos Apostolidis, Sekretär der Ständigen Heiligen Synode der Kirche von Griechenland. Wie geht es Ihnen?«

»Als hätte man mir mit einem Holzhammer auf den Kopf geschlagen, Pater. Was machen meine Gefährten, Professor Boswell und Hauptmann Glauser-Röist?«

»Keine Sorge, es geht ihnen gut. Sie liegen nebenan. Wir haben gerade nach ihnen gesehen. Sie kommen langsam zu sich.«

»Wo sind wir?«

»Im *nosokomio* George Gennimatas.«

»Im *wo*?«

»Im städtischen Krankenhaus von Athen, Schwester. Ein paar Matrosen haben Sie gestern Abend bei einer der Molen am Piräus gefunden und in die nächstgelegene Klinik gebracht. Als man Ihre Diplomatenausweise des Vatikans fand, hat sich das Personal der Notaufnahme mit uns in Verbindung gesetzt.«

Unterdessen schob ein großer, dunkelhaariger Arzt mit einem enormen türkischen Schnauzbart den Plastikvorhang zurück, der als Tür diente. Er trat an mein Bett, und während er meinen Puls fühlte und meine Augen und die Zunge untersuchte, redete er auf Seine Eminenz den Archimandriten Theologos Apostolidis ein, der sich dann in einwandfreiem Englisch an mich wandte.

»Doktor Kalogeropoulos möchte wissen, wie es Ihnen geht.«

»Gut, mir geht es gut«, antwortete ich und versuchte mich aufzurichten. Ich hing schon nicht mehr am Tropf.

Der griechische Arzt sagte wieder etwas, worauf sich Pater Cardini und der Archimandrit zur Wand drehten. Dann schlug der Arzt die Laken zurück, und ich entdeckte, dass ich als einziges Kleidungsstück ein schreckliches lachsfarbenes Nachthemdchen trug, das nicht einmal meine Beine bedeckte. Es wunderte mich nicht, dass man mir die Füße bandagiert hatte, aber warum meine Oberschenkel?

»Was ist mit mir geschehen?«, fragte ich. Pater Cardini übersetzte meine Frage ins Griechische, auf die der Arzt mit einem langen Vortrag antwortete.

»Doktor Kalogeropoulos sagt, dass sowohl Sie als auch Ihre Gefährten sehr merkwürdige Wunden aufweisen, in denen man eine chlorophyllhaltige Pflanzensubstanz entdeckt habe, die nicht zu identifizieren sei. Er fragt, ob Sie wissen, wie man sie Ihnen beigebracht hat, denn anscheinend haben Sie bereits ähnliche, ältere Narben an den Armen.«

»Sagen Sie ihm, Pater, dass ich keine Ahnung habe, dass ich sie aber gern sehen will.«

Daraufhin nahm der Arzt vorsichtig die Verbände ab und verließ dann das Zimmer. Die beiden Geistlichen, dazu verdammt, die Wand anzuschauen, und ich im kurzen Nachthemd und ohne Bettdecke: Ich war so verlegen und gehemmt, dass ich mich nicht traute, etwas zu sagen. Zum Glück kam Doktor Kalogeropoulos sogleich mit einem Spiegel zurück, mit dem ich die Skarifikationen betrachten konnte. Da waren sie: zwei Andreaskreuze auf der Unterseite der Oberschenkel. Jerusalem und Athen auf ewig in meinen Körper eingraviert, ich hätte eigentlich stolz darauf sein müssen. Nachdem meine Neugier gestillt war, wollte ich Farag sehen, aber als ich so mit dem Spiegel herumhantierte, entdeckte ich leider auch mein Gesicht. Sprachlos starrte ich mich an: Ich hatte nicht nur tiefe Ringe unter den Augen und eingefallene Wangen, sondern meinen Kopf zierte auch ein Verband, so groß wie ein arabischer Turban. Als Doktor Kalogeropoulos meine überraschte Miene sah, ergoss sich ein weiterer Wortschwall über mich.

»Der Doktor sagt«, übersetzte Pater Cardini, »dass Sie und Ihre Freunde mit einem schweren Gegenstand niedergeschlagen worden seien und erhebliche Quetschungen am Kopf davongetragen haben. Aufgrund der Untersuchungsergebnisse glaubt er, dass Sie Alkaloide zu sich genommen haben, weshalb er wissen möchte, was es war.«

»Ja glaubt er denn, dass wir Drogenabhängige sind, oder was?«

Pater Cardini wagte nicht zu mucksen.

»Sagen Sie dem Doktor, dass wir nichts genommen haben und auch nichts wissen, Pater. Und dass wir ihm nicht mehr sagen können, auch wenn er uns weiter mit Fragen überschüttet. Und jetzt würde ich gern meine Gefährten sehen, wenn es Ihnen keine Umstände bereitet.«

Mit diesen Worten schwang ich meine Beine über die Bettkante. Die Binden an meinen Füßen kamen mir als Pantoffeln sehr gelegen. Als er merkte, was ich vorhatte, entfuhr Doktor Kalogeropoulos ein zorniger Aufschrei. Er packte mich an den Armen und versuchte mich wieder ins Bett zu befördern. Ich widersetzte mich jedoch mit all meiner Kraft.

»Pater Cardini, wären Sie bitte so liebenswürdig, dem Doktor mitzuteilen, dass ich gern meine Kleider wiederhätte und dass ich mir jetzt diesen Kopfverband abnehme?«

Der katholische Priester übersetzte meine Worte, worauf eine erregte Diskussion entbrannte.

»Das dürfen Sie nicht, Schwester. Doktor Kalogeropoulos sagt, dass Sie noch nicht ganz wiederhergestellt seien und einen Kreislaufkollaps erleiden könnten.«

»Sagen Sie Doktor Kalogeropoulos, dass es mir hervorragend geht. Wissen Sie eigentlich um die Wichtigkeit der Aufgabe, die der Professor, der Hauptmann und ich zu bewältigen haben?«

»So in etwa, Schwester.«

»Dann sagen Sie ihm, dass er mir meine Kleider wiedergeben soll … Und zwar sofort!«

Erneut kam es zu einem hitzigen Wortgefecht, wonach der Arzt das Zimmer wutschnaubend verließ. Kurz darauf kam eine junge Krankenschwester herein, die wortlos eine Plastiktüte ans Fußende des Bettes stellte und dann meinen Kopf von dem Turban befreite. Ich fühlte mich danach sehr erleichtert, als ob diese Gazestreifen mein Gehirn zusammengequetscht hätten. Mit den Fingern fuhr ich mir durch die Haare und streifte dabei eine dicke, schmerzhafte Beule am Hinterkopf.

Ich hatte mich noch nicht fertig angezogen, als ein Klopfen am metallenen Türrahmen zu hören war. Kurz darauf zog ich den Plastikvorhang zurück. Bekleidet mit kurzen Morgenmänteln vom gleichen verwaschenen Blau wie die Krankenhaushemden, die sie trugen, starrten mich Farag und der Hauptmann unter ihren Turbanen überrascht an.

»Warum bist du schon angezogen und wir sehen noch so komisch aus?«, fragte Farag.

»Weil ihr nicht wisst, wie ihr euch Autorität verschaffen könnt«, erwiderte ich lachend. Ihn wiederzusehen machte mich überglücklich; das Herz wollte mir zerspringen vor Freude. »Geht es euch gut?«

»Uns geht es hervorragend, aber diese Leute hier beharren stur darauf, uns wie Kinder zu behandeln.«

»Wollen Sie das hier sehen, Dottoressa?«, fragte mich Glauser-Röist und reichte mir den schon vertrauten Zettel der Staurophylakes. Mit einem Lächeln griff ich danach und faltete ihn auseinander. Dieses Mal stand nur ein einziges Wort darauf: »Αποστολειον: *Apostoleion.*«

»Es geht also weiter, was?«

»Sobald wir hier draußen sind«, murmelte der Felsen und blickte finster um sich.

»Dann wird es wohl morgen früh werden«, meinte Farag und steckte die Hände in die Taschen seines Morgenmantels. »Es ist schon elf Uhr, und ich glaube nicht, dass man uns zu dieser nachtschlafenden Zeit noch entlässt.«

»Elf Uhr? Nachts?«, rief ich und sperrte die Augen weit auf. Wir waren einen ganzen Tag lang bewusstlos gewesen.

»Dann werden wir eben das Formular ›Entlassung auf eigenen Wunsch‹ unterschreiben, oder wie immer das auch in diesem Land heißen mag«, murrte der Hauptmann und machte sich auf den Weg zum Schwesternzimmer.

Ich nutzte seine Abwesenheit, um Farag unbefangen zu betrachten. Er hatte Ringe unter den Augen, und da der Bart ihm nun schon bis zum Hals reichte, kam er mir wie ein echter blonder Anachoret aus der Wüste vor. Die Erinnerung an das, was in der Nacht zuvor geschehen war, brachte mein Herz dazu, noch schneller zu schlagen, wenn das überhaupt möglich war. Ich fühlte mich als Hüterin eines Geheimnisses, das nur er und ich teilten. Farag schien es jedoch vollkommen vergessen zu haben; in seinem Gesicht spiegelte sich nur freundliche Gleichgültigkeit, und statt mit mir zu reden, wandte er sich sogleich an meine Begleiter. Mit offenem Mund starrte ich ihn an: Hatte ich etwa alles nur geträumt?

Die ganze Nacht wechselte er kein Wort mit mir, nicht einmal, als wir die Klinik verließen und in den Wagen der Vatikanischen Botschaft stiegen. Entweder sprach Farag mit dem Hauptmann oder mit Pater Cardini (Seine Eminenz Theologos Apostolidis hatte sich am Eingang der George-Gennimatas-Klinik liebenswürdig von uns verabschiedet), und wenn sich unsere Blicke doch einmal trafen, sah er über mich hinweg, als wäre ich unsichtbar. Falls er beabsichtigte, mir wehzutun, so war er auf dem besten Wege dazu. Doch ich würde nicht zulassen, dass er mir das Herz brach; ich schwieg also beharrlich, bis wir im Hotel waren. Da ich aufgrund der Skarifikationen nicht bequem sitzen konnte, legte ich mich dort dann ins Bett und begann zu beten. Voll Kummer bat ich Gott, er möge mir helfen, die Gewissheit meiner religiösen Berufung, die Beständigkeit meines vorigen Lebens wiederzuerlangen. Ich suchte Trost in seiner göttlichen Liebe, bis ich den ersehnten Frieden fand und gegen drei Uhr morgens vom Schlaf übermannt wurde. Ich schlief tief und fest, wenngleich mein letzter Gedanke und der erste am nächsten Morgen Farag galt.

Er hingegen sah mich auch während des Frühstücks nicht ein einziges Mal an. Selbst auf der Fahrt zum Flughafen und danach, als wir wieder in die ›Westwind‹ stiegen und in der Passagierkabine Platz nahmen, würdigte er mich keines Blickes. Das Flugzeug wurde allmählich, einem gemütlichen Zuhause ähnlich, unser einziger fester Bezugspunkt. Kaum hatten wir gegen zehn Uhr morgens vom Flughafen Hellinikon abgehoben, kam auch schon unsere Lieblingsstewardess Paola und bot uns etwas zu essen und zu trinken an. Nachdem Glauser-Röist dem armen Mädchen ein tragisches Ende vorhergesagt hatte, wenn sie uns nicht auf der Stelle in Ruhe ließe, berichtete er uns mit Genugtuung, dass er für die Strecke von Marathon nach Kapnikarea nur vier Stunden gebraucht und sein Pulsmesser nicht ein einziges Mal gepiepst hätte. Während Farag ihn lachend mit einem kräftigen Händedruck und ein paar herzlichen Schlägen auf die Schulter dazu beglückwünschte, verwandelte ich mich in ein Häufchen Elend, da mir wieder das Gepiepse von unseren Pulsmessern auf der stillen Straße von Marathon in den Sinn gekommen war.

Der Flug von Athen nach Istanbul war so kurz, dass wir kaum Zeit fanden, den fünften Kreis des ›Purgatorio‹ vorzubereiten. In Konstantinopel würden wir die Todsünde der Habsucht zu sühnen haben, wozu wir uns, wie der Florentiner erklärte, auf den Boden legen müssten:

Als ich in den fünften Kreis eingetreten,
erblickt' ich ringsum Leute, die da weinten,
am Boden liegend, das Gesicht nach unten.

»Dem Boden war verhaftet meine Seele«,
hört' ich sie sagen mit so tiefen Seufzern,
dass man die Worte kaum mehr hören konnte.

»Mehr haben wir nicht?«, fragte Farag skeptisch. »Das ist ziemlich wenig, und Istanbul ist groß.«

»Wir haben auch noch das Wort *Apostoleion*«, erinnerte ihn Glauser-Röist und schlug gelassen die Beine übereinander, als verspüre er weder den Schmerz der Narben noch diesen lästigen Muskelkater, den der Marathonlauf uns als Andenken hinterlassen hatte. »Die Vatikanische Nuntiatur in Ankara und das Patriarchat von Konstantinopel arbeiten daran. Bei unserer Ankunft im Hotel setzte ich mich gestern Nacht mit Monsignore Lewis und dem Sekretär des Patriarchen, Pater Kallistos, in Verbindung, der mich darüber aufklärte, dass sich hinter *Apostoleion* die berühmte byzantinische Apostelkirche verbirgt, welche den byzantinischen Herrschern bis ins 11. Jahrhundert als kaiserliches Pantheon diente. Nach der Hagia Sophia war sie das größte Gotteshaus. Heute ist jedoch nichts mehr erhalten. Mehmet II. Fatih, der türkische Eroberer, der dem Byzantinischen Reich im 15. Jahrhundert ein Ende setzte, befahl ihre Zerstörung.«

»Es ist nichts mehr von ihr übrig?«, fragte ich entsetzt. »Und was sollen wir jetzt tun? Die ganze Stadt umgraben, um nach archäologischen Überresten zu suchen?«

»Keine Ahnung, Dottoressa. Das müssen wir ergründen. Wohl in dem Versuch, es den byzantinischen Kaisern gleichzutun, verfügte Mehmet II., dass an derselben Stelle sein eigenes Mausoleum zu errichten sei, die Moschee von Fatih Camii, die noch heute in Gebrauch ist. Von der *Apostoleion* ist nichts mehr zu sehen. Nicht ein einziger Stein. Wir sollten die Berichte des Patriarchats und der Nuntiatur abwarten, um mehr zu erfahren.«

»Und was sollen sie für uns herausfinden?«

»Alles, absolut alles, Dottoressa: die gesamte Geschichte sowohl der byzantinischen Kirche als auch der Fatih-Camii-Moschee, die Pläne und Zeichnungen ihres Baus, die Namen ihrer Architekten, alles über ihre Kunstwerke und sakralen Gegenstände, sämtliche Bücher, in denen etwas über sie zu finden ist, das Bestattungsritual der Herrscher et cetera. Wie Sie sehen, habe ich nichts dem Zufall überlassen, und ich bin mir sicher, dass sowohl die Nuntiatur als auch das Patriarchat das Thema gründlichst bearbeiten. Der Apostolische Nuntius, Monsignore Lewis, erklärte mir außerdem, dass wir auf die Hilfe eines der Kulturattachés der italienischen Botschaft zählen könnten, eines Experten für byzantinische Architektur, und das Patriarchat ist besonders erpicht darauf, mit uns zusammenzuarbeiten, weil es ebenfalls Opfer eines Raubs der Staurophylakes wurde: Das Wenige, was von dem Kreuz übrig geblieben ist, welches die heilige Helena ihrem Sohn, Kaiser Konstantin, überlassen hatte, ist vor fast einem Monat aus der Patriarchalbasilika des heiligen Georg verschwunden. Und das, obwohl sie gewarnt waren. Aber das einstmals so mächtige Patriarchat von Konstantinopel ist heute so arm, dass es nicht über die nötigen Mittel verfügt, um seine Reliquien zu schützen. Offenbar gibt es kaum noch orthodoxe Gläubige in Istanbul. Die Islamisierung der Gesellschaft ist so intensiv betrieben worden, und der Nationalismus ist so erstarkt, dass Istanbuls Bevölkerung fast hundertprozentig türkisch und islamischen Glaubens ist.«

In diesem Augenblick teilte uns der Flugkapitän der ›Westwind‹ über die Lautsprecher mit, dass wir in einer knappen halben Stunde auf dem internationalen Flughafen Atatürk in Istanbul landen würden.

»Wir sollten uns mit Dantes Text beeilen«, drängte Glauser-Röist und schlug das Buch wieder auf, »wo waren wir stehen geblieben?«

»Wir waren erst am Anfang«, antwortete Farag, der seinerseits sein eigenes Exemplar der ›Göttlichen Komödie‹ durchblätterte. »Dante hört gerade die Seelen der Habgierigen den ersten Vers des Psalms 118 aufsagen: ›Dem Boden war verhaftet meine Seele.‹«

»Gut, im Folgenden bittet also Vergil, dass man ihnen den Aufgang zum nächsten Gesims zeigt.«

»Hat man Dante denn schon das Zeichen von der Stirn gefächelt?«, unterbrach ich ihn. Das Kreuz auf meinem rechten Oberschenkel brannte.

»Nicht in allen Kreisen erwähnt Dante explizit, wann die Engel die Zeichen der Todsünden tilgen, aber nach jedem neuen Aufstieg weist er irgendwann darauf hin, dass er sich leichter fühlt, dass die Wanderung ihm weniger Mühe bereitet, und hin und wieder bringt er in Erinnerung, dass man ihm ein P entfernt hat. Wollen Sie weitere Details wissen, Dottoressa?«

»Nein, vielen Dank. Sie können fortfahren.«

»Also weiter … Die Habgierigen antworten den Dichtern folgendermaßen:

Wenn ihr gekommen und nicht liegen müsst
und nun den schnellsten Weg nach oben sucht,
so haltet eure Rechte stets nach außen.«

»Das heißt«, fiel ich ihm erneut ins Wort, »dass sie nach rechts gehen müssen und der Abgrund rechts von ihnen liegt.« Der Hauptmann sah mich an und nickte.

Gewohnheitsgemäß verstrickt sich der Florentiner dann in ein langes Gespräch mit einer der Seelen, in diesem Fall mit Papst Hadrian v., dem die Geschichte große Habsucht zuschreibt. Plötzlich fiel mir auf, dass der Dichter eine große Zahl von Päpsten im Fegefeuer platziert hatte. Es bestand nicht der geringste Zweifel, dass die ›Göttliche Komödie‹ kein Werk war, das die katholische Kirche pries, wie man immer behauptete, sondern genau das Gegenteil.

Als ich dem Hauptmann wieder Aufmerksamkeit schenkte, las er gerade die ersten Terzinen des zwanzigsten Gesangs vor, in denen Dante die Schwierigkeiten beschreibt, mit denen sich sein Lehrer und er konfrontiert sehen, weil die zahllosen Sünder den Boden bis zum Rand bedecken:

So ging ich, und mein Führer nahm den Weg
hart an dem Hang der Felsenwand entlang,
wie man auf Mauern nahe der Zinne geht.

Die Sünder eben, löschend Tropfen um Tropfen
aus ihrem Aug das Übel, das die Welt beherrscht,
lagen in Haufen bis zum äußersten Rand.

Den Teil des Gesangs, in dem verschiedene Seelen Beispiele bestrafter Habgier (der geizige König Midas, der reiche Römer Crassus et cetera) besingen, übersprangen wir. Plötzlich lässt ein apokalyptisches Beben den Boden des fünften Kreises erzittern. Dante erschrickt, Vergil beruhigt ihn aber sogleich: »Fürchte dich nicht, solange ich dich führe.« Der einundzwanzigste Gesang setzt ein mit der Erklärung des merkwürdigen Geschehens. Es bebe jedesmal dann, wenn wieder eine arme Seele ihre Bußzeit vollendet habe, »so dass sie sich erheben kann und anschickt zu steigen«, erklärt ihnen der so befreite Sünder, bei dem es sich um den neapolitanischen Dichter Publius Statius handelt. Statius, der nicht weiß, mit wem er spricht, erzählt den Wanderern, dass seine tiefe Bewunderung für den großen Vergil ihn zum Dichter gemacht hatte. Bei diesem Geständnis muss Dante natürlich lächeln. Statius ist beleidigt, da er nicht begreift, dass die Heiterkeit des Florentiners darauf gründet, dass derjenige vor ihm steht, den er zu Lebzeiten so verehrt hat. Nachdem das Missverständnis aufgeklärt ist, wirft sich der Neapolitaner vor Vergil auf die Knie, worauf eine ganze Reihe von bewundernden Versen folgt.

An diesem Punkt begann unser Flugzeug so rapide zu sinken, dass mir die Ohren sausten. Die junge Paola erschien wieder und forderte uns auf, uns anzuschnallen, bevor sie uns ein letztes Mal vor der Landung ihre erlesenen Leckereien offerierte. Erfreut bestellte ich ein Glas des schrecklichen Safts aus der Tüte, mit dem ich zu verhindern suchte, dass mir durch den Druck in der Kabine das Trommelfell platzte. Ich war so abgespannt und traurig, dass ich mir nichts sehnlicher wünschte, als meinen Körper auf irgendwelche gepolsterten Kissen zu betten. Natürlich konnte ich mir diesen orientalischen Luxus kurz vor Beginn der fünften Prüfung nicht leisten. Wahrscheinlich waren die früheren Staurophylax-Anwärter viel einsamer gewesen als wir und konnten nicht mit so viel Hilfe rechnen, aber sie hatten zumindest über alle Zeit der Welt verfügt, und das fand ich in diesem Augenblick äußerst beneidenswert.

Wir mussten den Flughafen von Istanbul noch nicht einmal betreten: Ein Wagen mit vatikanischer Flagge über einem der Scheinwerfer holte uns am Fuß der Gangway ab. Eskortiert von zwei motorisierten türkischen Polizisten, verließen wir durch ein Seitentor im Sicherheitszaun die Landebahnen. Farag strich mit der Hand über das elegante Leder, mit dem der Wagen gepolstert war, und wunderte sich darüber, wie sehr wir seit Syrakus aufgerückt waren.

In Istanbul war ich zuletzt vor zehn Jahren gewesen. Die Forschungsarbeit, für die mir 1992 mein erster Getty Prize zugesprochen worden war, hatte mich damals zu der Reise an die Meerenge des Bosporus veranlasst. Ich hatte eine sehr viel schönere, liebenswertere Stadt in Erinnerung, so dass mein Entsetzen groß war, als ich nun die hohen Wohnsilos sah, die in den letzten Jahren wie Pilze aus dem Boden geschossen sein mussten. Irgendetwas Schreckliches war in dieser Stadt geschehen, die über fünfhundert Jahre die Hauptstadt des türkischen Reiches gewesen war. Während der Wagen entlang dem Goldenen Horn in Richtung des Phanar-Viertels fuhr, in dem sich das Patriarchat von Konstantinopel befand, entdeckte ich, dass da, wo vormals kleine Holzhäuser mit wunderschönen, buntbemalten Fensterläden gestanden hatten, sich nun Gruppen von Russen drängten, die allerlei Ramsch verkauften, sowie junge Türken, die statt des traditionellen Schnauzbarts dichte islamische Vollbärte trugen und aus Papiertüten Kichererbsen und Pistazien aßen. Verblüfft stellte ich zudem fest, dass die Zahl der Frauen, die einen *türban,* den traditionellen schwarzen Schleier, trugen, der mit einer Sicherheitsnadel unter dem Kinn befestigt wurde, zugenommen hatte.

Konstantinopel, das einstige Ostrom, das sich bis ins 15. Jahrhundert gehalten hatte, war die wohlhabendste Hauptstadt der Antike gewesen. Vom Großen Palast und später vom Blachernen-Palast an den Ufern des Marmarameers aus regierten die byzantinischen Kaiser über ein Gebiet, das sich zeitweise von Spanien über den Norden Afrikas und den Balkan bis in den Nahen Osten erstreckte. Man sagt, dass man in Konstantinopel alle Sprachen der Welt hören konnte, und jüngste Ausgrabungen haben gezeigt, dass es zu Zeiten Justinians und Theodoras innerhalb der Stadtmauern über hundertsechzig Badehäuser gab. Als ich an jenem Tag durch die Straßen gefahren wurde, bot sich meinen Augen jedoch nur das Bild einer verarmten, rückständigen Stadt.

Wenn das Zentrum der katholischen Welt die Vatikanstadt bildete, prächtig anzusehen in ihrer ganzen Schönheit und mit all ihren Reichtümern, so war der Mittelpunkt der orthodoxen Welt das bescheidene Ökumenische Patriarchat von Konstantinopel, das in einem ärmlichen und extrem nationalistischen Viertel am Stadtrand von Istanbul lag. Aufgrund der immer häufiger werdenden fundamentalistischen Übergriffe hatte man sich gezwungen gesehen, eine Mauer um die Patriarchatsgebäude zu errichten, die nur mit Mühe und Not ihre Funktion erfüllte. Niemand hätte sich je vorstellen können, dass nach tausendfünfhundert Jahren Ruhm und Macht das Ende des einst so bedeutenden christlichen Throns so aussehen würde.

Während die türkischen Polizisten ihre Motorräder vor dem Eingangstor abstellten und dort auf weitere Anweisungen warteten, durchquerte der Wagen der Botschaft den Innenhof und hielt dann vor der Freitreppe eines der bescheidenen Gebäude, die zum Patriarchatskomplex gehörten. Ein Pope fortgeschrittenen Alters, der sich als Pater Kallistos und Sekretär des Patriarchen vorstellte, hieß uns willkommen und begleitete uns zu den Räumlichkeiten von Bartholomaios I., wo uns, wie er erzählte, mehrere Würdenträger seit dem frühen Morgen erwarteten.

Das Amtszimmer Seiner Allheiligkeit war eine Art Empfangssaal, in den die Sonne durch ein paar große Fenster schien, die auf die Patriarchalbasilika des heiligen Georg hinausgingen. Wohin ich auch blickte, überall waren der Doppeladler und die Krone, Symbole der einstigen Macht, zu entdecken: auf den Teppichen und Tapisserien am Boden und an den Wänden, in den wunderschönen holzgeschnitzten Tischen und Stühlen, auf den zahllosen Gemälden und Kunstobjekten … Seine Allheiligkeit war ein etwa sechzigjähriger, relativ großer Mann, der sich schüchtern hinter einem langen, schneeweißen Bart versteckte. Er war wie ein einfacher Pope gekleidet – mit dem Gewand und der schwarzen Mütze der italienischen Medici – und trug eine große Brille gegen die Weitsichtigkeit, die ihm auf die Nasenspitze gerutscht war. Dennoch strahlte er eine solche Würde aus, dass mich das Gefühl überkam, einem jener byzantinischen Kaiser gegenüberzutreten, die für alle Zeiten verschwunden waren.

Neben dem Patriarchen stand der Vatikanische Nuntius, Monsignore John Lawrence Lewis, der sogleich auf uns zutrat, um uns zu begrüßen und mit den Anwesenden bekannt zu machen. Monsignore Lewis hatte verblüffende Ähnlichkeit mit dem Gatten Königin Elisabeths von England, dem Herzog von Edinburgh: Er war gleich groß und schlank und auch genauso steif; darüber hinaus hatte er Segelohren und eine Glatze. Ganz fasziniert starrte ich ihn an und versuchte, mir das Lachen zu verkneifen, als eine Frauenstimme mich aus meinen Träumen riss:

»Ottavia, meine Liebe, erinnerst du dich denn nicht mehr an mich?«

Die Unbekannte, die sich mir auf Stöckelschuhen genähert hatte, während Monsignore Lewis dem Patriarchen Farag und den Hauptmann vorstellte, gehörte zu den Frauen, die, sobald sie ein gewisses Alter überschritten haben, durch den übertriebenen Gebrauch von Make-up und Schmuck alle Aufmerksamkeit auf sich ziehen. Die Fremde, der helles, kastanienbraunes Haar in Wellen über die Schultern fiel, trug ein elegantes blaues Kostüm mit Minirock und blickte mich fröhlich an.

»Nein, tut mir leid«, sagte ich. Ich war sicher, sie noch nie im Leben gesehen zu haben. »Kennen wir uns?«

»Aber ich bin's doch, Ottavia! Doria!«

»Doria …?«, murmelte ich verwirrt. Eine vage Erinnerung, die verschwommenen Umrisse der Gesichter der Schwestern Sciarra von Catania, tauchten aus den Tiefen meines Gedächtnisses auf. »Doria Sciarra? Concettas Schwester?«

»Ottavia!«, rief sie zufrieden aus, als sie merkte, dass ich sie erkannt hatte. Dann stürzte sie sich auf mich, um mich fest zu umarmen (wobei sie selbstredend darauf achtete, ihr Make-up nicht zu zerstören). »Ist das nicht phantastisch, Ottavia? Nach so vielen Jahren! Wie vielen …? Zehn, fünfzehn …?«

»Zwanzig«, brummte ich lakonisch.

Wie kurz kamen sie mir in diesem Augenblick vor! Wenn es jemanden auf der Welt gab, den ich auf den Tod nicht leiden konnte, dann war das Doria Sciarra, diese kleine eingebildete Person, die stets und überall Zwietracht säen musste und allen liebend gern das Leben schwermachte, ohne dem die geringste Bedeutung beizumessen. Auch ich bildete da keine Ausnahme, weshalb ich nicht begriff, was dieses ganze Getue und ihre übertriebenen Gefühlsäußerungen eigentlich sollten. Meine Stimmung sank.

»Ach, stimmt!«, entgegnete sie träumerisch. Sie wirkte so unecht und hochnäsig wie eine Barbiepuppe. »Ist das nicht wunderbar? Wer hätte uns das jemals prophezeit?!« Sie lachte hell auf. »Das Leben schlägt schon seltsame Kapriolen!«

Allerdings!, dachte ich, als ich sie so vor mir stehen sah. Aus dem dicken Mädchen mit den pechschwarzen Haaren von einst war nun eine an Anorexie leidende Frau mit goldener Löwenmähne geworden. *Wir haben gerade einige Probleme mit den Sciarras von Catania,* kam mir die Stimme meines Schwagers wieder in den Sinn, und meine Schwester Giacoma hatte hinzugefügt: *Sie dringen in unsere Märkte ein. Ihre schmutzigen Geschäfte machen uns sehr zu schaffen.*

»Wie sehr ich den Tod deines Vaters und deines Bruders bedauere, Ottavia! Concetta hat es mir vor ein paar Wochen erzählt. Wie geht es deiner Mutter?«

Ich stand kurz davor, ihr über den Mund zu fahren, konnte mich jedoch gerade noch beherrschen.

»Das kannst du dir doch denken …«

»Es ist natürlich schrecklich. Du hast ja keine Ahnung, was ich durchgemacht habe, als *mein* Vater vor zwei Jahren starb. Es war entsetzlich.«

»Was tust du hier, Doria?«, schnitt ich ihr das Wort ab. Meine Stimme musste wohl ziemlich hart geklungen haben, denn sie machte große Augen. Sie war die Scheinheiligkeit in Person.

»Monsignore Lewis hat mich gebeten, euch zu helfen. Ich bin eine der Kulturattachés der italienischen Botschaft in der Türkei und zusammen mit Monsignore Lewis aus Ankara gekommen, um euch zur Hand zu gehen.«

Das hatte mir gerade noch gefehlt! Doria war also der »Experte in byzantinischer Architektur«, von welchem der Nuntius gesprochen hatte, und ohne jeden Zweifel wusste sie über unsere Mission Bescheid. Na, toll!

»Die alten Freundinnen haben sich also wiedergefunden, wie?!«, hörte ich genau in diesem Augenblick Monsignore hinter uns sagen. »Es ist ein großes Glück, bei dieser Aufgabe auf ihre Freundin Doria zählen zu können, Schwester Salina. Sogar die Türken bitten sie um Rat!«

»Nicht so oft, wie sie sollten, Monsignore«, erwiderte Doria mit honigsüßer und gleichzeitig vorwurfsvoller Stimme. »Die byzantinische Architektur ist für sie eher ein Hindernis als ein erhaltenswertes Wunderwerk.«

Monsignore Lewis stellte sich taub, fasste mich am Arm und zog mich zu Seiner Allheiligkeit Bartholomaios I., der mir seine Hand mit dem Bischofsring zum Kusse entgegenstreckte. Ich machte einen leichten Knicks und näherte meine Lippen dem Juwel, während ich mich fragte, wie lange ich wohl die Gegenwart meiner »alten Freundin« zu ertragen hatte. Doch wurde alles noch viel schlimmer: Als ich mich nach der Begrüßung des Patriarchen umdrehte, um meine Kameraden zu suchen, sah ich, wie Doria leise auf Farag einredete und ihn dabei mit den Augen verschlang. Der Dummkopf schien die unersättliche Raubgier dieser Harpyie nicht zu bemerken; lächelnd ging er auf ihre Schmeicheleien ein. Mir stieg die Galle hoch.

Um einen großen rechteckigen Tisch versammelt, in dessen Mitte das Wappen des Patriarchen (ein vergoldetes griechisches Kreuz, umrahmt von einem purpurnen Kreis) eingelegt war, hielten wir sodann eine Arbeitssitzung ab, die sich bis weit über die Mittagszeit hinzog. Seine Allheiligkeit Bartholomaios erklärte uns bedächtig, dass Kaiser Konstantin der Große die Apostelkirche im 4. Jahrhundert errichten ließ, um sie zum Mausoleum der Familie zu machen. Der Kaiser starb 337 n. Chr. in Nikomedia; sein Leichnam wurde Jahre später nach Konstantinopel überführt und in der *Apostoleion* beigesetzt. Sein Sohn und Nachfolger, Constantius, ließ danach die Reliquien des Evangelisten Lukas, des Apostels Andreas und des heiligen Timotheus in die Kirche bringen. In diesem Moment fiel Doria dem Patriarchen ins Wort, um einzuflechten, dass zwei Jahrhunderte später, während der Regierungszeit von Justinian und Theodora, das Gotteshaus von den berühmten Architekten Isidoros von Milet und Anthemios von Tralles rundum erneuert worden sei. Da sie sonst nichts weiter hinzuzufügen hatte, fuhr der Patriarch fort: Viele Kaiser, Patriarchen und Bischöfe seien bis ins 11. Jahrhundert dort beigesetzt worden und die Gläubigen in Scharen in die Kirche geströmt, um die bedeutenden sterblichen Überreste der Märtyrer, Heiligen und Kirchenväter anzubeten. Nach der Zerstörung der *Apostoleion* seien die Reliquien jahrhundertelang von einem Ort zum anderen gereicht worden, bis sie letztlich in der Patriarchalkirche ihre endgültige Ruhestätte fanden.

»Ausgenommen natürlich diejenigen«, betonte Seine Heiligkeit, »die von den christlichen Kreuzfahrern im 13. Jahrhundert gestohlen wurden. All diese Reliquiare, die mit Edelsteinen verzierten Gold- und Silberkelche, Ikonen, Kaiserkreuze und mit Juwelen gesäumten Priestergewänder sind heute zu einem Großteil in Rom und in San Marco in Venedig zu finden. Dem Historiker Niketas Choniates zufolge schändeten die Kreuzritter sogar die Grabstätten der Kaiser.«

»Nach solchen Übergriffen und einem Erdbeben im Jahre 1328 musste die *Apostoleion* wieder völlig neu errichtet werden«, fügte Doria an und zog dabei ein Gesicht, als wäre sie höchstpersönlich beleidigt worden. »Ende des 13. Jahrhunderts befahl Kaiser Andronikos II. Palaeologos ihren Wiederaufbau, doch gelangte sie nie wieder zu dem Ansehen und der Pracht von einst. Ihrer Reliquien und Wertgegenstände beraubt, geriet sie in Vergessenheit. 1461 ordnete Mehmet II. den Abriss der Kirche an und ließ an derselben Stelle sein eigenes Mausoleum errichten, die sogenannte ›Moschee des Eroberers‹ oder Fatih Camii.«

Während am anderen Tischende der Hauptmann für Sekunden die Geduld verlor, schien Farag von Dorias Bericht entzückt zu sein, denn er nickte zustimmend mit dem Kopf, wenn sie sprach, und lächelte wie ein Trottel, wenn sie ihn anblickte.

»Können Sie uns erläutern, wie die Kirche aussah?«, fragte der Felsen, da er endlich auf den Punkt kommen wollte.

Doria öffnete eine Aktenmappe vor sich und verteilte nach links und rechts ein paar große Bildtafeln.

»Der Grundriss der Basilika war ein griechisches Kreuz mit einem quadratischen Mitteljoch und vier gleichartigen Seitenjochen. Jedes dieser Joche trug eine gewaltige blaue Kuppel, wobei die Vierung durch eine sehr viel größere Zentralkuppel überhöht war. Genau darunter befand sich der silberne Altar, den man mit einem pyramidenförmigen Baldachin aus Marmor überdacht hatte. Große Tragpfeiler entlang den Schildwänden bildeten im oberen Geschoss einen Umgang, der *Catechumena* genannt wurde und nur über eine Wendeltreppe zugänglich war.«

»Wenn von dem Gotteshaus nichts mehr übrig geblieben ist, woher wissen Sie dann das alles?« Der Felsen war manchmal einfach wunderbar misstrauisch. Ich stand tief in seiner Schuld, da er Dorias Kenntnisse in Frage stellte. In diesem Augenblick wurde mir die erste Bildtafel weitergereicht, auf der in Schwarzweiß eine virtuelle Rekonstruktion der *Apostoleion* mit ihren fünf Kuppeln und den Fenstergruppen zu sehen war.

»Aber Hauptmann ...!«, protestierte Doria mit anmutigem Timbre in der Stimme. »Sie verlangen doch wohl nicht, dass ich Ihnen meine Quellen aufzähle!«

»Doch, genau das verlange ich«, murrte Glauser-Röist.

»Von mir aus ... Also zunächst einmal gibt es heute noch zwei Kuppelkirchen, die nach dem Vorbild der *Apostoleion* errichtet worden sind: San Marco in Venedig und Saint Front im französischen Périgeux. Zudem existieren Beschreibungen von Eusebios von Caesarea, Philostorgos, Prokop von Dekapolis und Teodoros Anagnostes. Und schließlich verfügen wir über eine unvollendet gebliebene Beschreibung der sieben Wunder von Konstantinopel und der Apostelkirche, verfasst von einem gewissen Konstantios Rhodios im Auftrag Kaiser Konstantins VII. Porphyrogennetos.«

»Ach, übrigens ...«, unterbrach ich sie schroff, »der gleiche Kaiser schrieb auch eine herrliche Abhandlung über die Regeln höfischen Benehmens, welche den europäischen Höfen im ausgehenden Mittelalter als eine Art Leitfaden diente. Hast du sie gelesen, Doria?«

»Nein«, entgegnete sie ruhig, »ich hatte bisher keine Gelegenheit dazu.«

»Dann solltest du das baldmöglichst nachholen. Es ist sehr aufschlussreich.«

Wie ich vermutet hatte, beschränkten sich ihre Kenntnisse über Byzanz auf die Architektur. Folglich war ihre Bildung nicht so umfassend, wie sie uns weiszumachen versuchte.

»Sicher, Ottavia. Doch um auf das zurückzukommen, Hauptmann, was uns interessiert« – fortan ignorierte sie mich vollkommen –, »kann ich Ihnen sagen, dass ich noch über wesentlich mehr Quellen verfüge. Aber es ist müßig, sie alle aufzuzählen. Falls Sie es wünschen, zeige ich Ihnen natürlich gern meine Aufzeichnungen.«

Der Hauptmann lehnte das Angebot einsilbig ab und sackte wieder auf seinem Stuhl zusammen.

»Erzählen Sie uns etwas von ihrer Lage, Doria«, bat Farag lächelnd und beugte sich mit gefalteten Händen über den Tisch wie ein schmeichlerischer Schuljunge.

»Von meiner?«, entgegnete diese Schwachsinnige mit einem Lächeln, ohne den Blick von ihm abzuwenden.

Farag lachte bereitwillig über ihren Scherz.

»Nein, nein, natürlich nicht, verehrte Doria! Über die der *Apostoleion.*«

»Ach, dachte ich es mir doch gleich!« Ich hatte große Lust, aufzustehen und ihr die Augen auszukratzen, ich hielt mich jedoch gerade noch einmal zurück. »Gemäß unseren Erkenntnissen ließ Konstantin der Große sein Mausoleum auf dem höchsten Hügel Konstantinopels errichten. Um dieses Grabmal herum baute man die einfache Apostelkirche. Mit den Jahrhunderten vergrößerte man sie dann immer weiter, bis sie die Ausmaße der

Hagia Sophia angenommen hatte. Ab diesem Zeitpunkt setzte ihr Niedergang ein. Nachdem die Türken die Stadt erobert hatten, ließ Mehmet II. keinen Stein auf dem anderen, als er den Bau der Moschee befahl.«

»Können wir die Fatih Camii besichtigen?«, wollte der Hauptmann wissen.

»Selbstverständlich«, antwortete ihm der Patriarch, »Sie sollten die muslimischen Gläubigen allerdings nicht stören, sonst werden Sie rücksichtslos hinausgeworfen.«

»Dürfen auch Frauen hinein?«, fragte ich neugierig. In islamischen Fragen war ich nicht sehr bewandert.

»Sicher, Ottavia«, erwiderte Doria schnell mit einem bezaubernden Lächeln, »aber nur in bestimmte Bereiche. Ich werde dich begleiten.«

Verstohlen blickte ich zum Hauptmann, der jedoch nur leicht die Schultern hochzog, was wohl bedeuten sollte, dass wir es nicht verhindern konnten. Wenn sie mitwollte, würde sie das auch durchsetzen.

Genau in diesem Augenblick reichte man mir die zweite Abbildung weiter. Vor mir lag eine herrliche byzantinische Buchmalerei, auf der man genau die Farben der Kuppeln und der goldenen und roten Mauern erkennen konnte, so wie die Kirche zu Zeiten ihrer größten Prachtentfaltung ausgesehen haben musste. Im Kircheninnern, so hoch wie die Säulen und Wände, betrachteten Maria und die zwölf Apostel die Himmelfahrt Christi. Ich konnte einen bewundernden Ausruf nicht unterdrücken:

»Das ist eine wirklich wunderschöne Miniatur!«

»Sie gehört dir, Ottavia«, erwiderte Doria mit ironischem Unterton, »sie stammt aus einem byzantinischen Kodex von 1162, der sich in der Vatikanischen Bibliothek befindet.«

So eine Äußerung bedurfte keiner Antwort; wenn Doria glaubte, dass ich mich auch für die Plünderungen der katholischen Kirche schuldig fühlte, dann war sie auf dem Holzweg.

»Fassen wir also zusammen«, erklärte Glauser-Röist und beugte sich auf seinem Stuhl nach vorn, während er sein elegantes, wenn auch zerknittertes Jackett zurechtzupfte. »Wir haben also eine Stadt, die dafür bekannt ist, im Besitz von unzähligen Reichtümern und Schätzen, kurzum die prächtigste Stadt der Antike gewesen zu sein. In dieser Stadt müssen wir, auch wenn wir noch nicht wissen wie, die Todsünde der Habgier sühnen, und das in einer Kirche, die es nicht mehr gibt und die den Aposteln geweiht war. Richtig?«

»Stimmt, genau so ist es, Kaspar«, gab Farag zur Antwort und strich sich bedächtig über den Bart.

»Wann haben Sie vor, die Fatih Camii zu besichtigen?«, erkundigte sich Monsignore Lewis.

»Sofort«, entgegnete der Felsen, »es sei denn, die Dottoressa oder der Professor wollen noch etwas wissen.«

Beide schüttelten wir den Kopf.

»Sehr gut. Dann lassen Sie uns gehen.«

»Aber, Hauptmann!« Warum ließ Doria diesen lächerlichen, spöttischen Unterton nicht beiseite? »Es ist doch Essenszeit! Professor Boswell, sind Sie nicht auch der Meinung, dass wir uns erst stärken sollten, bevor wir aufbrechen?«

Ich wollte sie wirklich umbringen.

»Nennen Sie mich doch bitte Farag, Doria.«

Gigantische Wellen schlugen gegen meine Ufer und zerfetzten mich in mikroskopisch kleine, giftige Einzelteile. Was ging hier vor?

Todunglücklich begab ich mich mit Pater Kallistos in das Esszimmer des Patriarchats, wo ein paar alte, nach türkischer Manier verschleierte Griechinnen ein hervorragendes Mittagessen auftischten, von dem ich allerdings kaum einen Bissen hinunterbrachte. Doria hatte sich rechts neben mich gesetzt, zwischen Farag und mich, so dass ich ihr absurdes Geschwätz länger ertragen musste, als mir lieb war. Das verdarb mir, glaube ich, den Appetit, aber um niemandes Aufmerksamkeit zu erregen, aß ich etwas Fisch und stocherte ein wenig in einem Gericht aus Auberginen, Tomaten und Pinienkernen, das mich an die köstliche sizilianische *caponatina* erinnerte. Zum Dessert verspeiste der Ökumenische Patriarch drei oder vier Vanillepuddings, welche dieselbe Farbe wie sein Haar hatten, und sämtliche Tischgäste eiferten ihm nach. Nur ich zog einen leichten Quark aus Schafsmilch vor, um jeglichen Verdauungsbeschwerden vorzubeugen.

Als wir beim Kaffee angelangt waren – den man hier schwarz und mit viel Zucker und Kaffeesatz trank –, dachte Doria wohl, dass es an der Zeit wäre, ihre Aufmerksamkeit von Farag auf mich zu lenken. Während sich die Männer über die Eigentümlichkeiten der Bruderschaft der Staurophylakes und ihre unglaubliche Geschichte und Organisationsstruktur unterhielten, stürzte sich meine »Freundin« auf unsere weit zurückliegenden Kindheitserinnerungen und überfiel mich mit einer unersättlichen Neugier auf meine Familie. Sie schien sehr viel über sie zu wissen, aber immer fehlte ihr noch irgendein Detail, um das Puzzle zu vervollständigen. Ihrer zwanghaften Fragerei bald überdrüssig, fiel ich ihr unwillig ins Wort.

»Wie ist es möglich, Doria, dass du so gut informiert bist, was der Salina-Clan in Palermo so treibt?«

»Concetta erzählt mir am Telefon immer viel über euch.«

»Also, das verstehe ich nicht. Zwischen unseren Familien ist das Verhältnis gerade sehr angespannt.«

»Nun, Ottavia«, protestierte sie sanft, »wir sind nicht nachtragend. Der Tod unseres Vaters schmerzte uns sehr, doch wir haben es euch inzwischen vergeben.«

Wovon sprach dieses verrückte Huhn?

»Entschuldige, Doria, aber du redest Blödsinn. Warum solltet ihr uns den Tod eures Vaters verzeihen?«

»Ja, ja, Concetta sagt auch immer, dass eure Mutter nicht gut daran tut, Lucia, Pierantonio und dir die Geschäfte eurer Familie zu verheimlichen. Weißt du denn gar nichts darüber, Ottavia?«

Ihr einfältiger Blick und dieses geheimnisvolle Lächeln, das ihre Lippen umspielte, verrieten, dass sie es mir gleich bereitwillig offenbaren würde, falls ich wirklich keine Ahnung haben sollte. Ich geriet so in Rage, dass ich einen großen Schluck Kaffee nahm und dann mit einem der Sätze meiner Mutter herausplatzte (keinen blassen Schimmer, welcher Art unbewusster Gedankenassoziation ich da gefolgt war):

»*Passu longu e vucca curta, Doria!*«

»Potz Blitz!«, rief sie überrascht. »Aber dann weißt du ja, woher der Wind weht!«

Sprachlos starrte ich sie an.

»Wenn ich dich bitte, endlich den Schnabel zu halten, heißt das noch lange nicht, dass ich weiß, wovon du sprichst!«

»Also wirklich, Ottavia! Komm mir jetzt nicht mit solchen Kindereien! Du willst mir doch wohl nicht weismachen, dass du keine Ahnung hattest, dass dein Vater ein *capo mandamento* war?«

Warum ich sie auf einmal verstand? Ich weiß es nicht.

»Mein Vater war kein *capo*! Du ziehst sein Andenken und den guten Namen der Familie Salina in den Schmutz!«

»Na ja«, seufzte sie resigniert, »die schlimmste Blindheit ist die, nicht sehen zu wollen. Immerhin kennt Pierantonio die Wahrheit.«

»Also wirklich, Doria, du warst schon immer reichlich komisch, aber jetzt, glaube ich, ist bei dir endgültig eine Sicherung durchgebrannt. Ich werde nicht dulden, dass du meine Familie beleidigst!«

»Ich? Ich beleidige die Salinas?« Doria grinste übers ganze Gesicht. »Die Inhaber von Cinisi, der größten Baufirma ganz Siziliens? Die einzigen Aktionäre der Aktiengesellschaft Chiementin, die das Monopol auf das Millionengeschäft mit dem Zement haben? Die Herren der Steinbrüche von Biliemi, mit deren Hilfe alle öffentlichen Gebäude errichtet werden? Die Besitzer des gesamten Aktienpakets der Investmentgesellschaft Financiera di Sicilia, die das aus dem Drogenhandel und der Prostitution stammende Schwarzgeld wäscht? Die Familie, der fast alles sizilianische Ackerland gehört, die den Lkw-Park der Insel, die Vertriebsnetze und die *Sicherheit* der Händler und Verkäufer kontrolliert? … Diese Salinas aus Palermo? Diese Familie?«

»Wir sind Unternehmer!«

»Natürlich, meine Liebe! Wir Sciarras aus Catania aber auch! Das Problem ist, dass es auf Sizilien zwar 184 *cosche* gibt, in Wirklichkeit gruppieren sie sich aber um nur zwei Familien: um die Sciarras und die Salinas, das Doppel-S, wie uns die Antimafia-Kommission bezeichnet. Mein Vater, Bernardo Sciarra, war zwanzig Jahre lang das heimliche Oberhaupt aller Mafia-Clans, *il capo di tutti gli capi,* bis dein Vater, ein bis dahin loyaler *capo,* der ihm nie Probleme bereitet hatte, langsam, aber sicher die wichtigsten Geschäfte an sich zu reißen und die mächtigsten *capi* zu ermorden begann.«

»Du spinnst, Doria! Ich flehe dich an, halt um Gottes willen endlich den Mund!«

»Willst du nicht wissen, wie dein Vater den großen Bernardo Sciarra umbrachte und die meiner Familie treu ergebenen *capi* bezwang?«

»Schweig!«

»Nun, er benutzte dieselbe Methode, die auch wir anwandten, um deinen Vater und deinen Bruder aus dem Weg zu räumen: ein angeblich selbstverschuldeter Autounfall.«

»Mein Bruder hatte vier kleine Kinder! Wie konntet ihr so etwas nur tun???«

»Kapierst du es denn noch immer nicht, Ottavia? Wir sind die Mafia. Die Welt gehört uns! Schon unsere Urgroßväter waren Mafiosi. Wir legen Bomben und kontrollieren Regierungen, und wir morden mit den *lupare*, unseren berühmt-berüchtigten abgesägten Schrotflinten. Wir respektieren die *omertà*, die Schweigepflicht, die es uns auch unter Todesgefahr verbietet, unsere Geheimnisse preiszugeben. Niemand darf gegen den internen Mafia-Kodex verstoßen und die *vendetta* ignorieren. Dein Vater, Giuseppe Salina, ignorierte aber unsere ungeschriebenen Gesetze. Er hat sich geirrt. Und weißt du, was daran am komischsten ist …?«

Ich hörte sie reden, während ich die Zähne zusammenbiss, bis sie mir wehtaten, und versuchte, tief durchzuatmen und die Tränen zurückzuhalten, während sich jeder einzelne Muskel meines Gesichts verkrampfte, bis es zu einer Grimasse des Schmerzes erstarrt war, was Doria zu gefallen schien, denn sie strahlte wie ein Kind, wenn es ein Geschenk bekommt. Eine Welt stürzte für mich ein. Es schnürte mir die Kehle zu. Ich schloss meine brennenden Augen. Doria war ein Biest, der leibhaftige Teufel, aber vielleicht hatte ich das alles ja auch verdient, weil ich mich in eine Traumwelt geflüchtet hatte, um der Realität nicht ins Auge sehen zu müssen. Ich hatte mir ein Luftschloss gebaut und mich darin von allem abgekapselt, so dass mir niemand zu nahetreten konnte. Letzten Endes war all die Mühe für nichts gut gewesen.

»… am komischsten ist, dass dein Vater nie genug Mumm in den Knochen und auch nicht die nötige Charakterfestigkeit hatte, um ein wirkliches Oberhaupt der Mafia zu werden. Er war ein *capo*, und er wollte auch nicht mehr sein, doch hinter sich hatte er jemanden, der sehr wohl die nötige Tatkraft und den Ehrgeiz besaß, um den Kampf um die Oberherrschaft zu wagen. Weißt du, von wem ich spreche, Ottavia? … Nein? … Nun, von deiner Mutter, meine Liebe, von deiner Mutter. Von Filippa Zafferano, der Frau, die jetzt … Chefin von Siziliens Mafia ist!«

Sie brach in schallendes Gelächter aus und fuchtelte dabei mit den Armen wild in der Luft herum, so lustig fand sie den Gedanken. Ich zuckte mit keiner Wimper, sah sie nur an, das Gesicht zu einer traurigen Grimasse erstarrt, und schluckte die aufsteigenden Tränen hinunter. Irgendwann in meinem Leben musste ich etwas ganz Schreckliches getan haben, um so viel Hass zu ernten.

»Deine Mutter Filippa fühlt sich in eurer Villa Salina stark und sicher. Richte ihr bitte aus, dass sie auch schön drinbleiben und sich verschanzen soll, denn draußen lauern überall Gefahren.«

Mit diesen Worten drehte sie mir den Rücken zu und wandte sich wieder an Farag, der gerade mit Seiner Allheiligkeit in ein angeregtes Gespräch verwickelt war. Mein ganzer Körper war wie gelähmt, war nahezu leblos. Durch meinen Kopf schossen hingegen allerhand Gedanken: Jetzt verstand ich, warum man mich wie Pierantonio und Lucia schon als Kind ins Internat gesteckt hatte; jetzt verstand ich, warum meine Mutter nie zuließ, dass wir drei über bestimmte Familienangelegenheiten ins Bild gesetzt wurden; jetzt verstand ich, warum sie uns immer dazu ermuntert hatte, möglichst weit von zu Hause entfernt so hoch wie nur irgend möglich in der Kirchenhierarchie aufzusteigen. Alles passte wunderbar zusammen. Die einzelnen Teile fügten sich ineinander und rundeten das Bild meines Lebenspuzzles ab. Der Ehrgeiz unserer Mutter hatte uns drei als Gegengewicht auserwählt, wir waren ihre Gewähr sowohl für das Dies- als auch für das Jenseits. Pierantonio, Lucia und ich waren ihre Perlen, ihr Werk, ihre Rechtfertigung. Dieser absurde, kompensatorische Gedanke passte gut zu den überholten Vorstellungen meiner Mutter. Was machte es schon, dass die Salinas mordeten, solange drei Mitglieder der Familie Gott nahestanden, für die anderen beteten und verantwortungsvolle, hoch angesehene Posten in der kirchlichen Hierarchie innehatten, wodurch man den Namen der Familie wieder reinwaschen konnte. Ja, das entsprach genau ihrem Denken und Wesen. Auf einmal empfand ich statt des großen Respekts und der Bewunderung, die ich ihr immer gezollt hatte, nur noch tiefen Kummer über ihre ungeheuerliche Anmaßung. Was gäbe ich darum, jetzt mit ihr darüber zu reden, sie auffordern zu können, mir zu erklären, warum sie so gehandelt hatte; warum sie mich, Pierantonio und Lucia unser ganzes Leben lang angelogen und unseren Vater als Instrument ihrer Habsucht benutzt hatte; warum sie ihre anderen sechs Kinder – jetzt nur noch fünf, denn Giuseppe war tot – dazu anhielt, zu stehlen, zu erpressen und zu töten, und zuließ, dass ihre Enkel, die sie so zu lieben behauptete, in so einem Umfeld aufwuchsen; warum sie es sogar so weit trieb, Kopf einer Organisation sein zu wollen, die gegen die Gesetze Gottes und der Menschen verstieß. Nichtsdestotrotz konnte ich diese Erklärungen nicht von ihr einfordern, denn wenn ich es täte, würde sie schnell herausfinden, wie ich die Wahrheit erfahren hatte, und der Krieg zwischen den Sciarras und den Salinas würde zu noch mehr Toten in Siziliens Straßengräben führen. Die Zeit der Täuschung war vorbei, und im Grunde genommen musste ich mir eingestehen, dass ich nicht so unschuldig war, wie ich dies gern gehabt hätte, auch Pierantonio nicht, der mit seinen schmutzigen Geschäften nichts anderes tat, als in der Kirche die Familientradition fortzuführen, und ebenso wenig die gute Lucia, die sich immer unwissend stellte und aus allem heraushielt. Wir drei waren glücklich einem Trugbild aufgesessen, in dem unsere Familie einem Märchen entstammte, einfach perfekt war. Und dabei hatte sie den Keller voller Leichen.

Ich war so in Gedanken verloren, dass ich ganz automatisch aufstand, als Glauser-Röist mich beim Namen rief, obwohl ich mich daran nicht erinnern kann. Dass es zwischen Farag und Doria heftig funkte, war mir jetzt einerlei. Es gab nichts, was mir noch schwereres Leid zufügen konnte; meinetwegen durften sie ein Leben lang zusammenbleiben, mir war das vollkommen gleichgültig. Meine Gedanken schweiften von der Vergangenheit in die Gegenwart und wieder zurück, verknüpften verloren geglaubte Fäden. Alles bekam einen neuen Anstrich, für alles gab es jetzt eine Erklärung.

Mit einem Mal fühlte ich mich sehr einsam, als ob sich die Welt entvölkert hätte oder meine Bindungen zum Leben sich langsam auflösten. Auch meine Geschwister hatten mich angelogen. Sie alle hatten Stillschweigen bewahrt und dem falschen Spiel meiner Mutter Folge geleistet. Das waren nicht die Geschwister, denen ich blind vertraute, und wir bildeten auch nicht diese unzertrennlichen Bande, auf die wir so stolz gewesen waren. Die echten Kinder von Giuseppe und Filippa waren die sechs, die auf Sizilien lebten und sich um die Familiengeschäfte kümmerten; wir anderen, die, denen man Sand in die Augen gestreut hatte, hatten keinen Bezug zu ihrer alltäglichen Wirklichkeit. Giuseppe, er möge in Frieden ruhen, Giacoma, Cesare, Pierluigi, Salvatore und Agatha mussten sich immer diskriminiert gefühlt haben, wenn es um uns, die drei Auserwählten, ging. Vielleicht aber auch privilegiert. Das Vertrauen unter den neun Geschwistern war also immer ein Lügenmärchen gewesen: Drei waren dazu bestimmt, in die Kirche einzutreten; die anderen sechs teilten Glück und Unglück, Wahrheit und Fiktion und logen und betrogen, weil unsere Mutter es ihnen so befahl. Und mein Vater? … Welche Rolle hatte mein Vater dabei gespielt? In diesem Augenblick begriff ich, dass mein Vater nur ein *capo* gewesen war, dem seine widerwärtige Arbeit gefallen und der sich dem Willen seiner Frau, der großen Filippa Zafferano, gebeugt hatte. Alles passte zusammen. So einfach war das.

»Dottoressa? Geht es Ihnen nicht gut, Dottoressa? … Dottoressa Salina?«

Die Familienbilder verschwammen mir jetzt vor den Augen, und aus dem Nebel tauchte das Gesicht des Hauptmanns auf. Wir standen in der Eingangshalle des Patriarchatsgebäudes; keine Ahnung, wie ich dorthin gelangt war. Der Hauptmann, den ich in den letzten drei Monaten tagein, tagaus gesehen hatte, kam mir auf einmal völlig fremd vor, so fremd wie Doria, bevor sie mir ihren Namen genannt hatte. Ich wusste, dass ich ihn kannte, doch kein einziger Zug seines Gesichts half mir auf die Sprünge. Einige Teile meines Gehirns hatten einen Kurzschluss erlitten und funktionierten nicht mehr; ich fühlte mich so verloren wie ein Neugeborenes.

»Dottoressa Salina«, wiederholte er beharrlich und schüttelte mich kräftig, »können Sie mir sagen, was zum Teufel mit Ihnen los ist?«

»Ich muss zu Hause anrufen.«

»Sie müssen *was?*«, fragte er erschrocken. »Die anderen sitzen schon längst im Wagen und warten auf uns.«

»Ich *muss* zu Hause anrufen«, wiederholte ich mechanisch, und Tränen traten mir in die Augen, »bitte … bitte …«

Glauser-Röist starrte mich ein paar Sekunden lang angespannt an, während derer er wohl zu dem Schluss kam, dass wir schneller in der Moschee wären, wenn er mich telefonieren ließe, als wenn er darauf warten müsste, dass mein Kummer verflog, oder ich mit ihm einen Streit vom Zaun brechen würde. Abrupt ließ er mich los, wandte sich an Pater Kallistos und den Patriarchen, die uns noch von der Glastür aus nachwinken wollten, und erklärte ihnen, dass wir kurz nach Italien telefonieren müssten. Ich sah sie miteinander diskutieren, bis der Hauptmann zurückkam und mich streng ansah.

»Sie können das Telefon in dem Büro dort hinten benutzen, aber seien Sie vorsichtig mit dem, was Sie sagen. Die Leitungen werden von der türkischen Regierung abgehört.«

Das war mir gleich. Ich wollte nur die Stimme meiner Mutter hören, um dieses beängstigende Gefühl von Verlassenheit und Einsamkeit loszuwerden, das so schwer auf meiner Seele lag. Irgendetwas sagte mir, dass mich ein Gespräch mit ihr, und wenn es nur eine Minute dauerte, wieder zu Verstand bringen würde und ich danach wieder festen Boden unter den Füßen hätte. Nachdem ich die Tür des Büros hinter mir zugemacht hatte, stürzte ich mich also auf das Telefon, wählte die internationale Vorwahl und die neun Ziffern unserer Telefonnummer und wartete.

Matteo, der einsilbigste und ernsthafteste meiner Neffen, einer von Giuseppes und Rosalias Söhnen, nahm den Hörer ab. Wie gewöhnlich merkte man ihm nicht an, ob er sich freute, als er erkannte, wer am anderen Ende der Leitung war. Ich bat ihn, seine Großmutter ans Telefon zu holen, woraufhin er nur meinte, ich müsse mich etwas gedulden, da sie gerade noch beschäftigt sei. Da wurde mir bewusst, dass auch Filippas Enkel schon in die Geschichte verwickelt waren. Mit Sicherheit hatte man ihnen eingetrichtert, dass sie nicht erzählen dürften, was zu Hause gerade so vor sich ging, falls Onkel Pierantonio, Tante Lucia oder Tante Ottavia anrief, und sicherlich war ihnen auch eingeschärft worden, dass man nicht über gewisse Dinge sprechen durfte, wenn wir zu Besuch waren. Mir schwindelte wieder bei dem Gedanken an all die Heuchelei, meine Einsamkeit und die Schutzlosigkeit, die mir das Herz zerfraß.

»Bist du das, Ottavia?« Die Stimme meiner Mutter klang glücklich; sie schien sich über meinen Anruf zu freuen. »Wie geht es dir, mein Liebling? Wo steckst du?«

»Hallo, Mama.« Die Stimme versagte mir.

»Dein Bruder Pierantonio hat mir erzählt, dass du ein paar Tage bei ihm in Jerusalem warst!«

»Ja.«

»Wie geht es ihm? Gut?«

»Ja, Mama.« Ich versuchte einen fröhlichen Ton anzuschlagen.

Meine Mutter lachte.

»Schön, wie schön, und du? Wie geht es dir? Du hast mir noch immer nicht gesagt, wo du jetzt bist.«

»Stimmt, Mama. Ich bin in der Türkei, in Istanbul. Hör mal, Mama, ich hatte gedacht … ich wollte dir erzählen, dass …

schau, Mama, wenn das alles hier vorbei ist, werde ich wahrscheinlich kündigen.«

Keine Ahnung, warum ich das sagte. Ich hatte es noch nicht einmal angedacht. Weil ich ihr wehtun wollte? Weil ich ihr einen Teil des Schmerzes heimzahlen wollte? Am anderen Ende der Leitung wurde es still.

»Wieso das denn?«, erkundigte sie sich schließlich eiskalt.

Wie sollte ich es ihr erklären? Es war so lächerlich, so absurd, dass es der reinste Wahnsinn schien. In diesem Moment kam es mir allerdings wie eine Befreiung vor.

»Ich bin es leid, Mama. Ich glaube, es würde mir guttun, mich in eine unserer Klostergemeinschaften auf dem Land zurückzuziehen. Es gibt da eine in Irland, in Connaught, wo ich die Archive und Bibliotheken verschiedener Klöster in der Umgebung übernehmen könnte. Ich brauche Ruhe, Mama, Ruhe, die Stille und das Gebet.«

Es dauerte einige Sekunden, bis sie reagieren konnte, doch dann schlug sie den verächtlichsten Tonfall an, dessen sie fähig war.

»Also wirklich, Ottavia, red keinen solchen Quatsch! Du wirst deine Stellung im Vatikan nicht aufgeben! Willst du mir unbedingt Kummer bereiten? Ich habe schon genug Probleme! Die Trauer über den Tod deines Vaters und deines Bruders ist noch ganz frisch. Warum erzählst du mir so etwas, mein Mädchen? Nun denn, vergessen wir es. Du wirst den Vatikan nicht verlassen und damit Punktum!«

»Und was wäre, wenn doch? Ich denke, dass diese Entscheidung ganz allein meine Sache ist, oder?«

Es wäre meine Entscheidung, daran bestand kein Zweifel, aber natürlich betraf sie auch meine Mutter.

»Schluss jetzt! Willst du mich ins Grab bringen? Was ist mit dir los, Ottavia?«

»Eigentlich nichts, Mama.«

»Schön, dann mach dich an die Arbeit und denk nicht weiter über solchen Blödsinn nach. Ruf bald wieder an, ja? Du weißt, meine Kleine, dass ich immer gern von dir höre.«

»Ja, Mama.«

Als ich in den Wagen stieg, hatte ich meinen Frieden mit mir gemacht und stand mit beiden Beinen wieder fest auf der Erde. Ich wusste, dass ich das Ganze nicht einen Augenblick vergessen würde, da meine Gedanken ständig darum kreisten, doch zumindest war ich wieder imstande, mich der gegenwärtigen Situation zu stellen, ohne den Verstand zu verlieren. Nichtsdestotrotz war etwas unausbleiblich: So sehr es auch schmerzte und so wenig ich es wahrhaben wollte, nie wieder würde ich dieselbe sein. Etwas war in die Brüche gegangen, in meinem Leben hatte sich eine Kluft aufgetan, die mich in zwei unversöhnliche Teile spaltete und mich für alle Zeiten von meinen Wurzeln trennte.

Wir verzichteten auf den Wagen der Vatikanischen Nuntiatur, um zur Fatih Camii zu gelangen, da sowohl Monsignore Lewis als auch der Hauptmann der Ansicht waren, dass es besser wäre, ein unauffälliges Auto des Patriarchats zu benutzen. Einzig Doria begleitete uns; entlang dem Goldenen Horn und dem Boulevard Atatürk fuhr sie uns zur Moschee des Eroberers von Konstantinopel. Am Ende des *Bozdogan Kemeri*, des Valens-Aquädukts, erhob sie sich unvermittelt vor uns: eine riesige Moschee mit ein paar hohen Minaretten voller Balkone und einer gewaltigen Zentralkuppel, die von zahlreichen kleineren Halbkuppeln umgeben war. Zahllose Gläubige eilten über den Vorplatz, den Medresen und andere Sakralbauten säumten.

Ich hatte Doria während der ganzen Fahrt weder angesehen noch ein Wort mit ihr gewechselt; und auch sie hatte sich nicht darum bemüht. Sie stellte das Auto auf einem Parkplatz am Ende des Platzes ab, und wie all die anderen Touristen machten wir uns von dort aus auf den Weg zum Eingang der Moschee. Farag hatte seinen Schritt verlangsamt, bis er neben mir ging, so dass Doria mit dem Hauptmann vorausspazierte; da ich indes nicht die Kraft hatte, seine Gegenwart zu ertragen, flüchtete ich mich schutzsuchend zum Felsen, dem einzigen Menschen, der, nüchtern und distanziert wie er war, bereit schien, mich in Ruhe zu lassen. Ich hatte nicht die geringste Lust, mit irgendjemandem zu sprechen.

Nachdem wir das Eingangstor passiert hatten, standen wir in einem mit Bäumen gesäumten Arkadenhof riesigen Ausmaßes, in dem sich mittendrin ein kleiner Pavillon befand, der auf den ersten Blick wie ein Zeitungskiosk aussah, in Wirklichkeit aber der Brunnen für die rituellen Waschungen war. Obwohl es sich um muslimische Architektur handelte, wirkte der ganze Bau auf mich ausgesprochen neoklassizistisch. Dieser Eindruck verblasste allerdings völlig, als wir das Innere der Moschee betraten, nachdem wir alle die Schuhe ausgezogen und Doria und ich uns in große schwarze Schleier gehüllt hatten, die uns ein alter Torwächter aushändigte, der über die Sittlichkeit der gedankenlosen Touristen zu wachen hatte. So viel Schönheit und Pracht raubte mir den Atem. Mehmet II. hatte sich ein Mausoleum errichten lassen, das des Eroberers von Konstantinopel wirklich würdig war. Wertvolle rote Teppiche bedeckten den Boden über eine Fläche, die man durchaus mit dem Ausmaß des Petersdoms in Rom vergleichen konnte. Durch intelligent angeordnete, bunt gefärbte Kirchenfenster in den hochstrebenden Kuppelgewölben flutete das Licht in das Innere der Moschee und erfüllte den ganzen Raum. Auffällige rote und weiße Schlusssteine lenkten die Aufmerksamkeit auf die Bögen und Gewölbe, und an jedem Hängezwickel der Kuppeln, und sei er noch so klein, waren auf einem blauen Medaillon leuchtende kalligraphische Schriftzeichen des Korans zu entdecken. Doch nicht genug damit: Von der Decke hingen auf halber Höhe eine Unmenge von Ampeln aus Gold und Silber herab.

Für einen Moment fürchtete ich, dass der Torwächter Doria und mich auf die für die Frauen bestimmten Emporen schicken würde, solange Farag und der Felsen das Gebäude inspizieren. Doch zum Glück war dem nicht so; Doria und ich durften uns innerhalb der großen Moschee frei bewegen, da ausländische Touristinnen allem Anschein nach einige Privilegien genossen, die muslimischen Frauen verwehrt waren.

Über eine Stunde sahen wir uns in der Moschee um, suchten alles ab und standen am Ende doch mit leeren Händen da. Wir begannen bei der *Qibla*, der auf die heilige Stadt Mekka ausgerichteten Moscheewand, die durch die in den Stein gehauene *mihrab*, die Gebetsnische und der heiligste Ort des Gebäudekomplexes, gekennzeichnet war. Rechts daneben befand sich der *mimbar*, der Predigtstuhl. Die *maqsura* näher in Augenschein zu nehmen, erwies sich als etwas komplizierter, da es sich dabei um einen abgesonderten Raum für den Herrscher handelte. Danach teilten wir uns auf: Farag brachte die unendliche Geduld auf, unauffällig die unzähligen Ampeln zu untersuchen, während ich jede einzelne der Säulen der drei Stockwerke, die Empore für die Frauen inbegriffen, unter die Lupe nahm. Der Hauptmann, der sich an seinen Notfall-Rucksack klammerte, als ob jeden Augenblick ein großes Unglück über uns hereinbrechen könnte, befasste sich mit den in die riesigen Teppiche gewebten Mustern, den Bänken sowie dem schlichten Sarkophag Mehmets II. und Doria mit den ornamentalen Kirchenfenstern und den Türen. Zum Schluss hätten wir nur noch die Bodenfliesen freilegen können, doch erwies sich das als unmöglich.

Als wir unsere Inspektion beendet hatten, war die Moschee des Eroberers bis auf einige Alte, die in den Bänken neben den Pilastern dösten, so gut wie leer. Die Stille war aber nur die Ruhe vor dem Sturm. Der Schrei des Muezzins, der vom Minarett herab per Lautsprecher zum Gebet rief, ließ uns erschreckt zusammenfahren. Bestürzt sahen wir uns an. Der Hauptmann gab uns ein Zeichen, so schnell wie möglich die Moschee zu verlassen, als auch schon Hunderte von Gläubigen in die Gebetshalle strömten, um dort in ordentlichen Reihen das Abendgebet anzustimmen.

»Das ist der *adhan,* der tägliche Gebetsruf des Muezzins«, erklärte Doria, welche die Menschenflut unweigerlich gegen Farag gedrückt hatte.

Noch immer war die Stimme des Muezzins zu hören: »La ilah illa Allah wa Muhammad rasul Allah. Es gibt keinen anderen Gott als Allah, und Mohammed ist sein Prophet.«

»Gehen wir«, meinte der Felsen und bahnte uns wie ein Sturmbock einen Weg durch die Menschenmenge.

Mit Mühe und Not gelangten wir hinaus in den *sahn,* den Innenhof der Moschee; gerade noch rechtzeitig, denn noch bevor wir wieder unsere Schuhe in Empfang genommen hatten, war die Moschee brechend voll.

»Morgen ist auch noch ein Tag«, erklärte Farag und lächelte uns aufmunternd an.

»Na los, kommt schon«, sagte Doria, »ich bringe euch ins Hotel, dort könnt ihr euch etwas ausruhen. Ich werde Monsignore Lewis anrufen, dass er euer Gepäck vom Flughafen holen lässt.«

»Ja ist es denn noch immer im Flugzeug?«, fragte ich erstaunt, bedauerte aber sofort, das Wort an sie gerichtet zu haben, auch wenn es nur eine simple Frage gewesen war.

»Ich hatte es so angeordnet«, stellte Glauser-Röist klar, »für den Fall, dass wir die Prüfung im Laufe des Tages bestehen sollten.«

»Ich fürchte, das wird uns nicht möglich sein, Kaspar.«

»Wenn ihr wollt, führe ich euch heute Abend in eines der besten Restaurants von Istanbul«, fuhr Doria mit ihrem schönsten Lächeln fort, während sie sich den schwarzen Schleier vom Kopf zog. »Ihr werdet euch garantiert amüsieren. Man bekommt dort noch echten Bauchtanz geboten.«

»Bevor wir gehen, sollten wir uns diesen Innenhof noch genau anschauen«, unterbrach ich sie schlechtgelaunt.

Die Situation war wirklich eigentümlich … das einzige Bindeglied zwischen uns vieren war der Felsen, der keinen blassen Schimmer hatte, was bei dem Rest seiner Truppe gerade vor sich ging.

»Aber sie beten doch gerade!«, wandte Doria ein. »Das schafft nur böses Blut. Wir kommen besser morgen wieder.«

Glauser-Röist sah mich an.

»Nein, Dottoressa Salina hat recht. Lassen Sie uns diesen Ort noch unter die Lupe nehmen. Wenn wir diskret vorgehen, wird sich niemand belästigt fühlen.«

»Jemand muss aber währenddessen den Torwächter ablenken«, meinte Farag, »er lässt uns nicht aus den Augen.«

»Vielleicht ist er ja der Staurophylax, der die Prüfung beaufsichtigt«, spöttelte ich.

Blitzschnell drehte sich diese dumme Kuh von Doria zu ihm um.

»Im Ernst?« Sie schrie fast. »Ein Staurophylax!«

»Doria, bitte!«, tadelte ich sie streng. »Das hier ist kein Spiel! Hör auf, ihn so anzustarren!«

Der Torwächter, ein alter Mann mit dünnem Bart, der auf dem Kopf eine weiße Mütze trug, die wie eine Eierschale aussah, runzelte jetzt die Stirn und starrte nach wie vor vom Eingang aus zu uns herüber.

»Am besten Sie gehen, Doria«, entschied der Hauptmann, »geben Sie ihm die Schleier zurück, reden Sie mit ihm, lenken Sie ihn irgendwie ab.«

Mit einem hämischen Grinsen drückte ich Doria meinen *türban* in die Hand. Wie oft hatten wir als Kinder zusammen gespielt, dachte ich, als ich ihr nachsah, und wie unterschiedlich waren zum Glück heute unsere Lebensweisen!

»Teilen wir uns auf«, schlug Glauser-Röist vor, als Doria weit genug weg war. »Jeder untersucht ein Drittel des Hofes. Sie, Dottoressa, nähern sich bitte nicht dem Brunnen für die rituelle Reinigung. Das könnte einen Aufruhr verursachen. Darum kümmern wir uns.«

Sie ließen mich also stehen und gingen geradewegs zum *sadirvan*, dem überdachten Brunnen, der auf mich anfangs wie ein Zeitungskiosk gewirkt hatte. Der Teil, der mir zugefallen war, die linke Seite des immens großen Innenhofes, war ohne jeden Reiz. Weder der Steinboden noch die gerade gewachsenen Bäume, noch die Mauern, welche die Moschee von der Straße trennten, hatten irgendetwas Auffälliges an sich. Träge schlenderte ich den Säulengang entlang und vertrieb mir die Zeit damit, Doria zu beobachten, die in eine törichte Diskussion mit dem Torwächter verwickelt war. Der Alte sah sie an, als ob sie verrückt wäre – was sie in der Tat ja auch war – oder eine Reinkarnation des Bösen – was sie ebenfalls war –, und er schien kurz davor, sie hochkant hinauszuwerfen. Wer weiß, was sie ihm für einen Blödsinn erzählte, dass der arme Mann so erzürnt wirkte.

Ich hatte jedoch keine Zeit, es herauszufinden, weil mich in diesem Moment Farag am Arm packte und mir mit lächelnden Augen Zeichen machte, dass ich zum Hauptmann hinüberblicken solle.

»Wir haben es gefunden«, flüsterte er, »wir sollten uns beeilen.«

»Was habt ihr denn entdeckt?«, fragte ich und strahlte ihn nun ebenfalls an.

Gemächlichen Schrittes spazierten wir zum *sadirvan*, wo Glauser-Röist auf uns wartete.

»Ein konstantinisches Christusmonogramm.«

»An einem muslimischen Brunnen für die rituelle Reinigung?«, fragte ich verblüfft. »Das kann nicht sein.«

Vor den fünf täglichen Gebeten, die der Koran vorschreibt, haben die Moslems ein kompliziertes Reinigungsritual vorzunehmen, welches darin besteht, sich das Gesicht, die Ohren, Haare, Hände, Unterarme, Knöchel und Füße zu waschen. Zu diesem Zweck gibt es im Vorhof sämtlicher Moscheen auf der ganzen Welt einen Brunnen, an dem die Gläubigen sich reinigen, bevor sie den *haram*, den Gebetssaal, betreten.

»Es ist ganz unauffällig«, erklärte Farag. »Es sieht aus wie ein Puzzle, dessen einzelne Teile man auf dem Brunnengrund verstreut hat.«

»Auf dem Brunnengrund?«

»Das Wasser fließt aus zwölf Hähnen in eine steinerne Abflussrinne, auf deren Grund sich die einzelnen Teile unseres Christusmonogramms befinden. Der Hauptmann erforscht es gerade noch etwas genauer. Wir müssen uns sputen, Doria kann den Torwächter sicher nicht ewig hinhalten. Schau es dir also so schnell wie möglich an und mach dann sofort wieder kehrt.«

Ich folgte Farags Anweisungen und wechselte mit dem Hauptmann einen vielsagenden Blick, als ich nahe genug neben ihm stand. Die beiden lagen in ihrer Wahrnehmung richtig. Aus einem steinernen Zylinder in der Mitte des Brunnens ragten zwölf kupferne Wasserhähne, unter denen sich ein Brunnenbecken mit einer kleinen Brüstung befand, das knapp einen Meter breit war. Durch das schmutzige Wasser kaum zu erkennen, das sich nach den gerade vorgenommenen zahlreichen Waschungen gestaut hatte, konnte man auf den verblassten Reliefquadern am Brunnengrund wirklich die einzelnen Teile des konstantinischen Christusmonogramms ausmachen, wenn man erst einmal wusste, wonach man suchte. Wunderbar, sagte ich mir und runzelte nachdenklich die Stirn, und wo ist nun der Trick dabei? Was hatten wir nun zu tun? Obwohl ich um die Gefahr wusste, die ich lief, wenn ich mich zu lange am *sadirvan* aufhielt, merkte ich nicht, dass ich unbewusst einen der Wasserhähne geöffnet hatte. Und auch wenn ich keine schreckliche Katastrophe damit heraufbeschworen hatte, brachte es mich doch auf eine Idee, die ich natürlich auf der Stelle in die Tat umsetzen musste: Unter Farags und Glauser-Röists entsetzten Blicken zog ich mir die Schuhe aus und stieg in das Brunnenbecken, um auszuprobieren, ob man vielleicht auf einen bestimmten Stein treten musste. Natürlich war es für nichts gut, doch da der Brunnengrund ziemlich schlüpfrig war, rutschte ich aus, als ich einen Schritt nach hinten machen wollte, und stieß dabei gegen den Hahn direkt vor mir. Das Merkwürdige daran war, dass der Hahn nicht kaputtging, sondern sich nach oben bog und eine Sprungfeder freilegte. Als Farag und der Hauptmann die Stahlfeder sahen, beschlossen sie spornstreichs, es mir gleichzutun, und stiegen mit Schuhen und allem in das Becken, um wie verrückt auf sämtliche Griffe einzuschlagen. So seltsam es auch klingen mag: Nicht mehr als eine halbe Minute konnte vergangen sein, seit ich ins Wasser gestiegen war, als alle Hähne nach oben zeigten und der Brunnengrund sich unter unseren Füßen öffnete, und dennoch kann ich mich an die Szene nur noch wie in Zeitlupe erinnern.

Die zwölf Quader gaben unter unserem Gewicht nach und schlossen sich dann sofort wieder über uns, während wir unaufhaltsam in die Tiefe stürzten. Früher (wie zum Beispiel in Santa Maria in Cosmedin, als wir in die Cloaca Maxima hinunterfielen) hätte ich wie eine Wahnsinnige geschrien, mit den Armen wild um mich geschlagen und mich am nächstbesten Gegenstand festgeklammert. Aber auf dem fünften Gesims des Läuterungsberges wusste ich inzwischen, dass alles möglich war, und erschrak nicht einmal. Als ich mit einem mächtigen Klatschen im Wasser landete, zuckte ich nur zusammen, weil es so eiskalt war, und hielt den Atem an, bis ich mich mit den Beinen wieder an die Wasseroberfläche gestrampelt hatte. Hier unten stank es nicht nur entsetzlich, sondern es war auch noch stockdunkel. Neben mir hörte ich es plätschern.

»Farag? … Hauptmann?« Das Echo warf meine Stimme dutzendfach zurück.

»Ottavia!«, rief Farag zu meiner Rechten. »Ottavia! Wo bist du?«

Erneutes Plätschern. Neben mir prustete jemand und spuckte Wasser aus.

»Sind Sie das, Hauptmann?«

»Himmel, Arsch und Wolkenbruch! Diese Staurophylakes sollen sich allesamt zum Teufel scheren!«, tobte Glauser-Röist. »Ich bin klatschnass!«

Ich musste aus vollem Halse lachen, während ich mit den Füßen Schwimmbewegungen vollführte, um mich über Wasser zu halten.

»Das hat uns ja gerade noch gefehlt, Hauptmann!«, rief ich. »Und was machen wir nun? Sie haben keinen trockenen Faden mehr am Leib! So eine Katastrophe aber auch!«

»Schrecklich, einfach schrecklich«, prustete Farag vor Lachen.

»Lachen Sie nur! Ich habe die Nase voll von diesen Typen!«

»Ach ja? Ich noch lange nicht«, entgegnete ich.

In diesem Augenblick knipste der Felsen die Taschenlampe an.

»Wo sind wir?«, fragte Farag, kaum war das Licht angegangen. Wir paddelten im trüben Wasser einer steinernen Zisterne. Das Schöne an Abenteuern wie diesem – wenn man kopfüber in eine Brühe taucht, in der zuvor Hunderte von Schweißfüßen gewaschen worden waren – ist, dass die wirklichen Probleme im Leben, die, die einen fürchterlich bedrücken, nichtig werden und in den Hintergrund treten. Das Nächstliegende beansprucht alle physischen und psychischen Kraftreserven, was in diesem Fall bedeutete, sich nicht übergeben zu müssen oder den Juckreiz am ganzen Körper zu unterdrücken. Nicht zu vergessen, dass sich bei all dem Dreck auch die Skarifikationen sowie die Blasen an meinen Füßen entzünden konnten, die ich mir beim Marathonlauf geholt hatte.

»Das hier ist wohl eine Art zweiter Sargassosee, wenn hier auch eher Pilze statt Beerentang treiben.«

Mein Gott, wie ich mich verändert hatte! Farag lachte auf.

»Dottoressa, bitte, hören Sie auf! Das ist ja ekelhaft!«, schimpfte der Felsen. »Sehen wir lieber zu, wie wir hier so schnell wie möglich wieder herauskommen!«

»Dann richten Sie doch bitte den Lichtstrahl auf die Wände, damit wir etwas sehen können.«

Die steinernen Mauern der Zisterne waren mit schwarzem Moos bewachsen, das dicke Schmutzstreifen teilten, welche den unterschiedlichen Wasserstand der letzten fünfhundert oder tausend Jahre anzeigte. Abgesehen von diesem Pflanzengeflecht war jedoch nichts zu entdecken, was uns helfen konnte, eine der Wände hochzuklettern, zumal der Abstand zum Brunnenbecken des *sadirvan* auch so groß war, dass wir unmöglich hinaufgelangen konnten, ohne wieder in den ach so wohlriechenden Teich zurückzufallen. Wenn es irgendeinen Ausgang gab, so musste er sich unter uns befinden.

»Mehr als die Habgier zu sühnen«, murmelte Farag, »sollen wir mit diesem bescheidenen Bad hier wohl unseren Stolz ablegen.«

»Noch sind wir nicht *am Ende* angelangt, Professor«, meinte der Felsen, jede einzelne Silbe betonend.

»Wir haben bloß eine Taschenlampe«, sagte ich. Die Beine wurden mir allmählich schwer. »Das heißt, wenn wir tauchen wollen, müssen wir das gemeinsam machen.«

»Sie irren sich, Dottoressa, wir haben drei davon.«

Unter großen Verrenkungen kramte er in seinem nassen Rucksack, bis es ihm schließlich gelang, die beiden anderen Taschenlampen herauszuziehen und sie uns zu überreichen. Bei Licht betrachtet, wirkte die Zisterne nicht mehr so unheilvoll und ekelhaft; sie war jetzt schlichtweg nur noch ekelhaft. Doch wollte ich lieber nicht so viel darüber nachdenken, da ich bereits einen leichten Brechreiz verspürte und dem Wasser nicht noch mehr ekelerregende Flüssigkeiten hinzufügen wollte.

»Sind Sie bereit?«, fragte der Hauptmann. Ohne ein weiteres Wort holte er tief Luft, blies die Backen auf und tauchte in der Brühe unter.

»Auf geht's, Ottavia«, ermunterte mich Farag und lächelte mich wieder mit diesen herrlichen blauen Augen an, mit denen er den ganzen Tag Doria angestiert hatte. Wenn er vorhatte, die zwischen uns entstandene Distanz zu überbrücken, so würde er bei mir auf Granit beißen. Ich konnte so störrisch sein wie ein Maulesel! Ich tat also so, als hätte ich ihn nicht gehört, füllte stumm meine Lungen mit der widerlichen Luft der Zisterne und tauchte hinter dem Hauptmann her. Das Wasser war so schlammig, dass Glauser-Röists Taschenlampe kaum noch als winziger Lichtpunkt ein paar Meter weiter unten auszumachen war. Farag kam hinter mir her und leuchtete die Mauern des Wassertanks an, doch konnten wir nur lange, farblose Moosflechten entdecken, die sich heftig im Wasser wiegten, wenn wir vorbeischwammen.

Natürlich war ich die Erste, der die Luft ausging, so dass ich schnell wieder an die Oberfläche schwimmen musste. Da ich, einmal oben angelangt, wie ein Fisch nach Luft schnappte, bemerkte ich schließlich auch den Gestank im Wassertank nicht mehr. Alle naselang drehte sich unten einer von uns um die eigene Achse und schwamm wieder nach oben; in den darauf folgenden Tauchgängen kamen wir dann wesentlich rascher hinunter, da wir durch uns schon bekannte Zonen schwammen. Obwohl das Wasser mit jedem Mal eisiger wurde, war das Gefühl einfach wunderbar, so mit dem Kopf voran dahinzugleiten. Kein Laut war zu hören. Irgendwann stieß Farag zufällig mit mir zusammen. Einige Sekunden umschlangen seine Beine die meinen. Mit der Taschenlampe beleuchtete er die Szene und zog dabei eine vergnügte Grimasse, mit der er sich entschuldigen wollte. Ich blieb jedoch ernst und schwamm schnell von ihm weg, nicht ohne unwillentlich das Gefühl auszukosten, das jene flüchtige Berührung in mir ausgelöst hatte und weswegen das Wasser mir auf einmal nicht mehr so kalt vorkam.

Ungefähr fünfzehn Meter unter der Wasseroberfläche, schon am Rande der Erschöpfung und mit einem schrecklichen Druck auf den Ohren, entdeckten wir endlich die riesige runde Öffnung eines Abflusskanals. Wir schwammen noch einmal nach oben, um Luft zu holen und ein paar Minuten auszuruhen, bevor wir dann rasch wieder zur Öffnung tauchten und in sie eindrangen. Für einen Augenblick überkam mich ein beklemmendes Gefühl bei dem Gedanken, dass mir die Luft ausgehen könnte, bevor das Abflussrohr endete, zumal ich zwischen dem Hauptmann und Farag schwamm und so weder vor noch zurück konnte. Ich begann folglich zu beten und richtete meine ganze Aufmerksamkeit auf das Vaterunser, damit ich die Nerven behielt und nicht vorschnell den wenigen Sauerstoff verbrauchte, der mir noch blieb. Als ich schon dachte, mein letztes Stündlein habe geschlagen, und mir Farag vorstellte, wie er durch meinen Tod am Boden zerstört wäre, nahm der Kanal schließlich ein Ende, und über unseren Köpfen fiel hoch oben ein Lichtschimmer durch die Wasseroberfläche. Mir hüpfte das Herz vor Freude, als ich eiligst nach oben paddelte, wobei ich mich indes etwas bremsen musste, da sich durch den Wasserdruck mein Körper instinktiv verkrampfte. Endlich schoss mein Oberkörper wie eine Leuchtboje aus dem Wasser.

Ich schnappte nach Luft und keuchte dann wie eine Lokomotive, da es mir schwerfiel, die Kontrolle über meinen vor Kälte steifen Körper wiederzuerlangen, aber allmählich kam mir doch zu Bewusstsein, wo wir uns befanden. Gemäß dem Gesetz der kommunizierenden Röhren mussten wir uns gezwungenermaßen auf der gleichen Höhe wie in der Zisterne befinden. Hier sah es jedoch ganz anders aus. Ein weitläufiger Platz, der wie ein steiniger Strand bis ins Wasser reichte, nahm die halbe Grotte ein, die von Dutzenden in den Mauern verankerten Fackeln erhellt wurde. Am großartigsten war allerdings das gewaltige, in den Felsen gehauene Christusmonogramm, das, von Kienfackeln umkränzt, im Hintergrund zu erkennen war.

»O mein Gott!«, hörte ich Farag zutiefst beeindruckt ausrufen.

»Diese Grotte wirkt wie eine dem Monogramm geweihte Kathedrale«, meinte der Hauptmann.

»Zweifelsohne hat man uns erwartet«, wisperte ich, »sehen Sie nur, all die Fackeln.«

Die tiefe Stille, die einzig vom schwachen Knistern der Fackeln durchbrochen wurde, unterstrich noch den überwältigenden Eindruck eines heiligen Orts. Langsam kraulten wir zum Ufer. Es war sehr angenehm, endlich wieder Boden unter den nackten Füßen zu spüren. Ich fror so sehr, dass mir die Luft in der Grotte warm vorkam, und während ich meinen Rock auswrang (ich hätte keinen geeigneteren Tag finden können, ihn anzuziehen), blickte ich mich flüchtig um. Das Herz blieb mir fast stehen, als ich plötzlich bemerkte, wie ich von Farag genauestens beobachtet wurde, der nur wenige Meter neben mir stand. Seine Augen glänzten auf eine ganz eigentümliche Art und Weise, als ob sie Feuer gefangen hätten. Nervös drehte ich ihm den Rücken zu, doch sein Blick hatte sich meinem Gedächtnis fest eingeprägt.

»Sehen Sie nur! Dort!«, rief der Felsen und wies mit dem Finger auf das Christusmonogramm. »Der Eingang zu einer Höhle! Vorwärts, Dottoressa!«

»Also wirklich! Warum muss immer ich die Erste sein?«, protestierte ich, wobei ich eine gewisse Furcht nicht verbergen konnte.

»Sie sind eine tapfere Frau«, fügte er mit einem Lächeln hinzu, um mir Mut zu machen.

»Da bin ich mir nicht so sicher, Hauptmann.«

Ich gehorchte trotzdem und machte mich auf den Weg, denn

ich wusste, dass uns erst auf der anderen Seite der Maueröffnung die eigentliche Prüfung der Wächter des Kreuzes erwartete. Während ich also wie auf Eiern vorausging (schließlich hatte ich keine Schuhe an), zerbrach ich mir den Kopf darüber, wie Dante Alighieri die Prüfung mit der Zisterne gelöst haben mochte. Ein so ernsthafter, so umsichtiger Mann wie Dante musste nach dem x-ten Untertauchen in diesem widerlichen Wasser stocksauer gewesen sein. Ob sich je irgendjemand Dante schwimmend vorgestellt haben mochte? Es passte überhaupt nicht zu dem Bild, das man von ihm hatte. Und dennoch: Es musste so gewesen sein.

Der unterirdische Gang war nicht sonderlich lang, höchstens zweihundert oder dreihundert Meter; dessen ungeachtet nahm ich meine fünf Sinne zusammen, denn man sollte niemandem über den Weg trauen, der erst Dutzende von Fackeln entzündet und dann sang- und klanglos verschwindet. Nur zu gut hatte ich von den Wächtern der vorherigen Prüfungen gelernt, dass man keinem von ihnen wirklich vertrauen konnte.

Schließlich nahmen wir ein Licht am Ende des Tunnels wahr, und kurz darauf betraten wir eine Art römische Arena, die von einer sehr hohen steinernen Kuppel gekrönt war. Genau in der Mitte des Raums stand ein Sarkophag aus blutrotem Porphyrgestein – so groß, dass eine ganze Familie darin Platz gefunden hätte. Er ruhte auf vier wunderschönen, lebensgroßen weißen Löwen, die uns trotz ihres furchterregenden Äußeren förmlich anzuflehen schienen, wir sollten näher treten, um ihre Last in Augenschein zu nehmen.

»Was für ein Ort!«, stammelte Farag, und seine Worte wurden durch einen ohrenbetäubenden Lärm unterstrichen, der uns blitzschnell herumfahren ließ. Ein Eisengitter war von oben herabgesaust und hatte den unterirdischen Gang verschlossen.

»Jetzt reicht's aber!«, schimpfte ich wie ein Rohrspatz. »Das ist doch keine Art, mit uns umzugehen!«

»Hören Sie auf zu meckern, Dottoressa. Konzentrieren Sie sich lieber auf das, was uns bevorsteht.«

Unbewusst blickte ich zu Farag hinüber, um mich seiner Komplizenschaft zu versichern, und mit einem Mal hob sich der Schleier, den ich über meine Empfindungen gelegt hatte, und meine überbordenden Gefühle für ihn durchzuckten mich wie ein elektrischer Schlag. Professor Boswells Haare klebten an seinem Kopf, sein Bart war klatschnass und um seine Augen hatten sich tiefe, dunkle Ringe gebildet. Nichtsdestotrotz fand ich ihn höchst attraktiv und fühlte mich ihm so nahe, als ob ich ihn schon mein ganzes Leben lang geliebt hätte, als ob ich noch nie von seiner Seite gewichen wäre, als ob wir miteinander verschmolzen wären. Ein heftiges, unerklärliches Gefühl hatte mich übermannt. Warum besitzen bestimmte gedankliche Vorstellungen die Macht, die Erde beben zu lassen? Nie zuvor hatte ich etwas Ähnliches erlebt. Was mich am meisten überraschte, waren die ständigen Temperaturschwankungen meines Körpers, je nachdem, was ich gerade dachte. So konnte es nicht weitergehen. Besorgt fragte ich mich, ob ich nicht sogar so weit gegangen war, Ehrgeiz mit Berufung zu verwechseln und das, was bloß meine Arbeit und eine gewisse Lebensform war, als Hingabe und Liebe zu bezeichnen. Im Grunde wäre ein derartiges Missverständnis das Beste, war mir passieren könnte, denn nur dadurch ließe sich mein Gewissen, dass ich so viel für diesen schönen und intelligenten Mann empfand, entlasten und zudem mein hypothetischer Ordensaustritt entschuldigen … Also, das war ja wohl ein starkes Stück! Was ging mir denn da gerade durch den Kopf? Hatte ich ihn etwa nicht den ganzen Tag mit Doria Sciarra herumflirten sehen? … Ich warf ihm einen letzten, verächtlichen Blick zu und kehrte ihm genau in dem Moment den Rücken, als er mir zulächelte, so dass er entweder glauben musste, dass ich verrückt geworden oder dass alles nur eine Sinnestäuschung gewesen war. Der Kummer sprengte mir fast die

Brust, als ich mich, gefolgt von Glauser-Röist, zum Sarkophag begab. Warum suchte ich mir noch mehr Probleme? Als ob ich nicht schon genug hätte mit meiner Familie und all den Scherereien hier! Konnte ich mir denn nie etwas Ruhe und Frieden zugestehen?

Um den marmornen Fußboden des kreisrunden Raums herum verteilten sich auf gleicher Höhe zwölf seltsam gewölbte Hohlräume, zwischen denen Fackeln loderten. Wären wir nicht einer christlichen Sekte wie den Staurophylakes ausgeliefert gewesen, hätte ich schwören können, dass es sich dabei um unheimliche *bothros* handelte, das heißt tief in den Boden gegrabene Schächte, durch die man in der Antike mit der Unterwelt in Verbindung trat und in die man Opfergaben für die Toten warf. Sie waren nicht übermäßig ausladend und wirkten wie kleine, gleichmäßig verteilte Räuberhöhlen, über denen merkwürdige Abbildungen eingemeißelt waren, denen ich zunächst keine sonderliche Beachtung schenkte.

Die beeindruckenden Löwen, welche den riesigen Sarkophag trugen, waren aus weißem Marmor gehauen. Je näher ich an den Sarg herantrat, umso größer wurden meine Augen, denn unglaubliche, reliefverzierte Szenarien schmückten die Seitenwände, und sämtliche Schmuck- und Einlegearbeiten waren aus purem Gold, sogar die beiden Metallringe, die so dick waren wie meine Faust und, zumindest theoretisch, dazu dienen sollten, den Klotz zu bewegen. Auch die Klauen, Augen und Zähne der Löwen waren aus dem Edelmetall, ebenso wie die Deckelleisten und Lorbeerblätter, welche die Hochreliefs aus Porphyr umrahmten. Unbestritten handelte es sich um einen Sarkophag, der eines Fürsten würdig war, und als ich nahe genug herangetreten war – der Deckel überragte jetzt meinen Kopf –, bestätigte sich meine Vermutung: Auf einer Seitenwand entdeckte ich ein Relief, auf dessen unterer Hälfte man eine Menschenmenge sah, die ihre Hände flehend zu einer Figur in byzantinischen Kaisergewändern emporstreckte. Diese Figur in der Mitte der Szene verteilte haufenweise Münzen und wurde von hohen Beamten und Würdenträgern des Hofes flankiert.

Dann ging ich um den Sarkophag herum bis zu seinem Fußende, wo auf einem Medaillon die gleiche kaiserlich gekleidete Gestalt auf einem Pferd abgebildet war und von zwei wesentlich kleineren Figuren eskortiert wurde, welche Kronen, Palmenzweige und Wappenschilder trugen. Ungläubig stellte ich fest, dass der Kopf jenes Kaisers von einem Heiligenschein umkränzt und in den Wappenschildern das konstantinische Christusmonogramm eingemeißelt war. Ohne der absurden Idee rechten Glauben zu schenken, die sich in meinem Gehirn festzusetzen begann, ging ich weiter um den Sarg herum und blieb vor der zweiten Seitenwand stehen. Die Szene, die dort in den Stein gehauen war, stellte einen Christos Pantokrator auf seinem Thron dar, dem der besagte Monarch die Proskynese erwies, das heißt das traditionelle Verehrungsritual der byzantinischen Kaiser, das darin bestand, sich niederzuwerfen und den Boden mit der Stirn zu berühren. Auch hier war der Kopf der Figur mit einem Heiligenschein umkränzt, und er wies die gleichen Gesichtszüge auf, weshalb es nun offensichtlich war, dass es sich auf allen Sargwänden um denselben Kaiser handelte und sich seine sterblichen Überreste in diesem steinernen Sarg befinden mussten.

»Herrje, das ist einfach unglaublich!«, erklang in diesem Moment hinter mir Farags Stimme. Er stieß einen langgezogenen, bewundernden Pfiff aus. »Ottavia, wetten, dass du nicht weißt, wer dieser mit Flügeln ausgestattete alte Mann mit dem grimmigen Gesicht ist?«

»Was sagst du, Farag?«, erwiderte ich und drehte mich zu ihm um. Über der Öffnung eines *bothros* war ein wahrer Herkules mit geblähten Backen zu sehen, der ein junges Mädchen in seinen Armen hielt.

»Das ist Boreas! Erkennst du ihn denn nicht? Die Personifizierung des kalten Nordwinds. Schau, wie er die Wangen bläht und der Schnee sich auf sein wildes Haar legt.«

»Warum bist du dir da so sicher?«, murrte ich und trat näher, doch bekam ich die Antwort, als ich den Kragstein unter der Figur las: Βορεας. »Ist gut, sag's nicht, jetzt sehe ich's auch.«

»Und der da drüben ist Notos, ganz sicher«, sagte er, während er hinübereilte, um sich dessen zu vergewissern. »Stimmt, Notos, der regenbringende, stürmische Südwind.«

»Das bedeutet, dass über jeder dieser halbkreisförmigen Opfergruben eine Windgottheit eingemeißelt ist«, folgerte der Felsen, rührte sich aber nicht von der Stelle.

Und in der Tat, es waren die zwölf Söhne der Eos, die in der Antike wie Götter verehrt wurden, da sie die Allmacht der Natur bekundeten. Für die Griechen, und nicht nur für sie, waren die Winde die Gottheiten, die für den Wechsel der Jahreszeiten verantwortlich waren, die die Wolken bildeten und Unwetter heraufbeschworen, die die Meere bewegten und Regen brachten und in deren Macht es auch stand, ob die Strahlen der Sonne die Erde erwärmten oder sie verbrannten. Und damit nicht genug: Die Griechen waren sich auch bewusst, dass der Mensch starb, wenn der Wind seinem Körper nicht mehr den Atem einhauchte. Von den Windgottheiten hing also das ganze Leben ab.

Im Uhrzeigersinn konnte man zuerst den alten Boreas in seiner ganzen Schroffheit sehen, so wie Farag ihn beschrieben hatte; dann kam Hellespontios, symbolisiert durch ein Gewitter; Apheliotes, ein Weizenfeld; Euros, der wohltuende, feuchte und böige Ostwind, der als reifer Mann mit beginnender Glatze dargestellt wurde; danach Euronotos; Notos, der Südwind, ein junger Mann, von dessen Flügeln der Tau tropfte; Lipanotos; Lips, ein bartloser Jüngling mit geblähten Backen, der ein *aphlaston*, also die Heckzier eines antiken Schiffes, in Händen hielt; Zephyros, der junge Gott des Westwinds, der zusammen mit seiner Geliebten, der Nymphe Chloris, Blüten über sein *bothros* streute; Argestes, ein Stern; Thrascias, mit Wolken umkränzt; und schließlich noch der schreckliche Aparctias mit seinem bärtigen Gesicht und der gerunzelten Stirn. Zwischen den beiden letzten befand sich die mit dem Eisengitter verschlossene Maueröffnung, durch die wir gekommen waren.

Die vier Hauptwinde, Boreas, Euros, Notos und Zephyros, waren durch große, vollkommen ausgearbeitete Figuren dargestellt, die übrigen durch kleinere, nicht ganz so exakt gemeißelte. Die Schönheit dieser byzantinischen Abbildungen war vergleichbar mit den Reliefs auf dem Boden der Cloaca Maxima, jenen, die vom Hochmut sprachen. Der Künstler war zweifellos derselbe gewesen, und es war schade, dass sein Name nicht in die Geschichte eingegangen war, denn seine Kunst stand den Besten seines Fachs in nichts nach. Es war sogar durchaus möglich, dass er nur für die Bruderschaft gearbeitet hatte, was seinem Werk noch einen ganz besonderen Wert verlieh.

»Und der Sarkophag?«, fragte auf einmal Glauser-Röist.

»Er ist beeindruckend, nicht wahr?«, murmelte ich und trat wieder näher. »Er ist von wahrlich monumentalem Ausmaß. Haben Sie bemerkt, dass er höher reicht als Sie?«

»Und wer ist hier bestattet?«

»Ich bin noch nicht ganz sicher. Zuerst muss ich mich noch mit dem Relief an der Frontseite befassen.«

Farag trat ebenfalls an den Porphyrsarg heran und betrachtete ihn neugierig. Ich wandte mich zum Kopfende, um die letzte Szene zu studieren, bevor ich die wahnwitzige Hypothese aufzustellen wagte, die mir durch den Kopf ging. Doch all meine Zweifel zerstreuten sich, als ich das klassische Profil auf einem *lauraton* entdeckte, das fein in den purpurfarbenen Stein gemeißelt war: Umgeben von einem Lorbeerkranz konnte man dasselbe Gesicht mit den hervorstechenden Augen und dem Stiernacken erkennen, das auch auf dem Solidus eingeprägt war, der

Goldmünze, die unter den Historikern als die wichtigste mittelalterliche Handelsmünze bis zum Ende des Byzantinischen Reichs angesehen wurde und im 4. Jahrhundert von Konstantin dem Großen in Umlauf gebracht worden war.

»Das ist ausgeschlossen!«, schrie Farag so unvermittelt, dass ich einen Satz machte. »Ottavia, du wirst nicht glauben, was hier steht!«

Vergeblich sah ich mich nach Farag um; wo seine Stimme herkam, merkte ich erst, als er genau über mir den zweiten Schrei ausstieß. Ich hob den Kopf. Oben auf dem Deckel des Sarkophags kniete Professor Boswell höchstpersönlich. Seine Augen waren weit aufgerissen, und er machte ein verdutztes Gesicht.

»Ottavia, ich schwöre dir, dass du mir das nicht glauben wirst!«, rief er wieder. »Du wirst es mir nicht glauben, Ottavia, aber ich lüge nicht!«

»Reden Sie keinen Unsinn, Professor!«, erklang die Stimme des Hauptmanns zu meiner Rechten. »Hätten Sie die Güte, sich etwas deutlicher auszudrücken?«

Farag tat so, als habe er ihn nicht gehört, und starrte mich weiterhin wie ein Verrückter an.

»Basileia, ich versprech's dir, es ist unglaublich! Weißt du, was hier geschrieben steht? Weißt du das?«

Für einen Moment setzte mein Herz aus, als ich hörte, wie er mich wieder Basileia nannte.

»Sag's schon«, meinte ich, unschlüssig, ob ich ihm überhaupt antworten sollte, schluckte dann aber meinen Ärger hinunter. »Ich habe da so einen leisen Verdacht.«

»Nein, nein, das ist nicht möglich! Ausgeschlossen! Nicht in einer Million Jahre kommst du auf den Namen des Toten, der in diesem Sarg liegt.«

»Um was wetten wir?«, fragte ich spöttisch.

»Um was du willst!«, rief er siegesgewiss. »Doch setz nicht zu viel, denn du wirst die Wette todsicher verlieren!«

»Kaiser Konstantin der Große«, behauptete ich, »der Sohn der Kaiserin Helena, die das Heilige Kreuz entdeckte.«

In seinem Gesicht spiegelte sich allergrößte Verblüffung. Einige Sekunden schwieg er perplex, dann stammelte er:

»Aber … wie … wie hast du das herausbekommen?«

»Durch die in den Porphyr gemeißelten Szenen. Auf einer ist das Antlitz des Kaisers zu sehen.«

»Zum Glück haben wir nicht gewettet!«

Wie Farag dann erklärte, war auf dem Sargdeckel außer dem Christusmonogramm des Kaisers eine schlichte Inschrift zu finden, die da lautete: *Konstantinos enesti*, was so viel hieß wie »Hier liegt Konstantin«. Es war die größte Entdeckung der Geschichte, die wichtigste, die in den letzten Jahrhunderten gemacht worden war! Denn irgendwann zwischen 1000 und 1400 n. Chr. ging Konstantins Grabstätte unter dem aufgewirbelten Staub der Kreuzfahrer, Perser und Araber auf ewig verloren. Und nun, nahezu ein Jahrtausend später, standen wir vor dem Sarkophag des ersten christlichen Kaisers, des Gründers von Konstantinopel, was einmal mehr bewies, dass die Staurophylakes seit je bereit waren, alles zu retten, was irgendwie mit dem Heiligen Kreuz in Verbindung stand. Sobald dieses verdammte Rätsel um Dantes ›Fegefeuer‹ gelöst war und ich, wie geplant, meine Arbeit im Vatikanischen Geheimarchiv gekündigt hatte, würde ich mich in das Haus unserer Schwesterngemeinschaft im irischen Connaught zurückziehen und dort eine Reihe von Artikeln über das Heilige Kreuz, die Staurophylakes, Dante Alighieri, die heilige Helena und Konstantin den Großen schreiben und der Welt den Fundort der sterblichen Überreste des Kaisers offenbaren. Ich zweifelte nicht daran, dass ich damit alle bekannten akademischen Preise gewinnen würde, was mir sehr zustattenkäme, um nach dem Verlassen des allmächtigen Vatikans meine verletzte Eitelkeit zu kurieren.

»Ich kann nicht glauben, dass Kaiser Konstantin hier liegen

soll«, erklärte der Felsen unvermittelt. Farag und ich starrten ihn sprachlos an. »Verstehen Sie denn nicht, dass das gar nicht möglich ist? Eine so bedeutsame Persönlichkeit wie er kann doch nicht aus dem Leben scheiden, um dann einer Sekte von Reliquienräubern für ihre Initiationspraktiken zu dienen.«

»Seien Sie doch nicht so misstrauisch, Kaspar!«, erwiderte Farag und begann wieder herabzuklettern. »So etwas gibt es. In Ägypten zum Beispiel entdeckt man bei den archäologischen Ausgrabungen jeden Tag die unwahrscheinlichsten Di… He! Was ist das denn?«, rief er plötzlich. Der Deckel des Sarkophags hatte sich langsam zu bewegen begonnen, so dass Farag beinahe heruntergefallen wäre.

»Los, spring, Farag!«, drängte ich ihn. »Lass dich fallen!«

»Was haben Sie getan, Professor?«, tobte der Felsen.

»Nichts, Kaspar, ich verspreche es Ihnen«, erklärte Boswell und sprang in einer Pirouette auf die Marmorfliesen herunter. »Ich habe mich nur mit den Füßen auf den goldenen Metallringen abgestützt, um besser herunterklettern zu können.«

»So öffnet man also den Sarkophag«, murmelte ich, während die Porphyrplatte mit einem harten Knirschen innehielt.

Indem er einen der Löwenköpfe wie einen Steigbügel benutzte und sich am Rand des Grabmals festhielt, stemmte sich Glauser-Röist nun nach oben, um einen Blick in den Sarg zu werfen.

»Was sehen Sie, Hauptmann?«, fragte ich neugierig. Ich hätte schwören können, dass in diesem Augenblick das seltsame Flügel-Geräusch einsetzte, doch war ich nicht vollkommen sicher.

»Einen Toten.«

Farag wandte resigniert den Blick zum Himmel und begann den Aufstieg auf dem danebenliegenden Löwen.

»Das solltest du dir ansehen, Ottavia«, meinte er dann strahlend.

Das ließ ich mir nicht zweimal sagen. Rücksichtslos zerrte

ich am Jackett des Hauptmanns, damit er herunterstieg und mir seinen Platz überließ. In einer wahrlich sportlichen Höchstleistung kletterte ich dann nach oben, wo sich meinen Blicken eine unglaubliche Szenerie bot: Wie bei den russischen Puppen, die immer kleiner werdend ineinanderliegen, befanden sich in dem gigantischen Sarkophag mehrere Särge ineinandergeschachtelt bis hin zum kleinsten, der dann tatsächlich den Leichnam des Kaisers enthielt. Sämtliche Sargdeckel waren aus Glas, so dass man Konstantins sterbliche Überreste leicht betrachten konnte. Zu behaupten, dass *das* Konstantin der Große war, war selbstverständlich ziemlich tollkühn, denn nur die kaiserlichen Insignien verrieten seine hohe Herkunft: Auf dem ganz gewöhnlichen Totenschädel saß eine mit Edelsteinen verzierte goldene Krone, die einem den Atem raubte und zudem mit wunderschönen *catatheistae* geschmückt war. Das Skelett war von einem eindrucksvollen *skaramangion,* der kaiserlichen Tunika, bedeckt, welche mit einer Fibel über der rechten Schulter zusammengehalten wurde und ganz und gar mit Gold- und Silberfäden, mit Amethystborten, Rubinen, Smaragden und Perlen gesäumt war, ein Juwel außergewöhnlicher als das andere. Um den Hals trug das Skelett als weitere Insignie der einstigen Macht eine mit Juwelen geschmückte Stola und um die Hüften eine sich in ihre Bestandteile auflösende *akakia*, den mit Staub gefüllten Seidenbeutel, der für jeden byzantinischen Herrscher, der etwas auf sich hielt, unerlässlich war.

»Es ist Konstantin«, bestätigte Farag mit kraftloser Stimme.

»Vermutlich ja …«

»Wenn wir das alles hier veröffentlichen, Basileia, werden wir weltberühmt.«

Blitzschnell drehte ich meinen Kopf zu ihm.

»Wie, wenn wir das alles veröffentlichen?«, zischte ich empört, doch plötzlich erkannte ich, dass wir beide das gleiche Recht hatten, diese Entdeckung wissenschaftlich zu verwerten, und dass ich den Ruhm mit Farag und Glauser-Röist teilen musste. »Und Sie, Hauptmann, wollen Sie den Fund etwa auch bekanntmachen?«, fragte ich ihn von oben herab.

»Selbstverständlich, Dottoressa. Glaubten Sie etwa, das hier gehöre alles Ihnen?«

Farag lachte leise auf und ließ sich auf den Boden gleiten.

»Nehmen Sie es ihr nicht übel, Kaspar. Dottoressa Salina hat zwar einen ziemlichen Dickkopf, aber ihr Herz ist aus Gold.«

Ich wollte ihm gerade gehörig den Marsch blasen, als das schwache Geräusch, das einige Minuten zuvor eingesetzt hatte, urplötzlich zu einem Tosen anschwoll, als ob sich die gewaltigen Flügel einer Windmühle heftig im Wind zu drehen begännen. Und dieses Bild war letztlich auch gar nicht so wahnwitzig, denn ein unerwarteter Windstoß aus den *bothros* wirbelte meinen Rock hoch und drückte mich gegen den Sarkophag.

»Was soll das?«, brauste ich auf.

»Ich fürchte, jetzt geht der Spaß erst richtig los, Dottoressa.«

»Halt dich gut fest, Ott…«

Noch bevor Farag den Satz zu Ende gesprochen hatte, war aus dem Windstoß ein Wirbelsturm geworden, der immer stärker wurde. Mit einem Schlag erloschen die Fackeln, und wir standen im Dunkeln.

»Die Winde!«, schrie Farag und klammerte sich an den Sarkophag.

Hauptmann Glauser-Röist, den die Windböe völlig unvorbereitet getroffen hatte, machte seine Taschenlampe an und hielt sich den Arm schützend vor die Augen, während er versuchte, zu uns zu gelangen. Er war nur zwei oder drei Meter von uns entfernt, doch der Wirbelwind war so stark, dass er nicht von der Stelle kam.

Ich krallte mich wie Farag an den Rand des Sarkophags, damit der Orkan mich nicht zu Boden schleuderte, doch bald stellte ich fest, dass ich mich nicht mehr lange würde halten können, weil mir die verkrampften Finger schon unheimlich wehtaten und meine Kräfte schwanden.

Die Windgeschwindigkeit nahm unaufhörlich zu. Meine Augen begannen zu tränen, und wahre Sturzbäche liefen mir die Wangen hinunter, doch war das nicht das Schlimmste; am schlimmsten wurde es, als jedes von Eos' Kindern zu seinem Luftzug noch die Finesse hinzufügte, für die es gleichfalls bekannt war: Boreas, Aparctias und Hellespontios wurden allmählich kälter, bis sie eine unerträglich eisige Temperatur erreicht hatten. Thrascias und Argestes konnten damit zwar nicht mithalten, doch fügten sie ihren Böen Wassertropfen hinzu, die durch die Kälte zu gefrieren begannen und sich in Hagel verwandelten, so dass wir dachten, man nähme uns von irgendwoher mit einer Schrotflinte unter Beschuss. Irgendwann wurde der Schmerz so unerträglich, dass meine Hände sich vom Sarkophag lösten und ich auf den Boden fiel, an dem ich, das Gesicht nach unten, förmlich klebte, so wie Dante es vorhergesagt hatte – mit einem Mal waren seine Worte »Dem Boden verhaftet war meine Seele« klar zu deuten –, während meine Augen aufgrund des trockenen, rauhen Winds von Apheliotes und Euros unaufhörlich tränten. Aber wenn Thrascias und Argestes uns mit Hagel bombardierten, so mischten Euronotos, Notos und Lipanotos noch glühend heiße Windstöße darunter, die das Eis wieder schmelzen ließen und die Haut verbrannten. Ich erinnere mich noch, wie sehr ich damals meine langen Hosen vermisste, weil durch den Hagelsturm und die Hitze von Notos und seinen Brüdern meine Beine fürchterlich wehtaten. Ich versuchte, die Arme schützend vors Gesicht zu halten, aber der Wind drang überall durch und erschwerte das Atmen. Da kam mir in den Sinn, dass ich unbedingt zu Farag rutschen musste. Doch hatte ich keine Ahnung, wie ich das bewerkstelligen sollte, zumal ich mich nicht suchend nach ihm umsehen konnte, denn es war nicht daran zu denken, sich irgendwie vom Boden zu lösen oder auch nur einen Arm oder ein Bein zu rühren. Also schrie ich aus Leibeskräften nach ihm. Das Tosen der Winde war jedoch so ohrenbetäubend, dass ich nicht einmal meine eigene Stimme hören konnte. Das war das Ende. Wie sollten wir dort je wieder herauskommen? Es war vollkommen aussichtslos.

Anfangs spürte ich nur, wie etwas fast unmerklich meinen Knöchel streifte. Wenig später packte ihn eine Hand, die sich mühsam an meinem Bein entlanghangelte, bis sie neben meinem Gesicht war. Zweifellos handelte es sich dabei um Farag, denn der Hauptmann hätte nie gewagt, mich so anzufassen, zumal er vor und nicht hinter mir gewesen war, als ich ihn zuletzt gesehen hatte. So beängstigend unsere Situation auch war, gab es also doch etwas, was mir half, nicht alle Hoffnung fahrenzulassen und den Kopf zu verlieren … obwohl ich ihn womöglich doch ein wenig verlor, denn plötzlich umschlang ein Arm meine Taille, und ein Körper drängte sich an meinen und schob sich an meiner Seite hoch. Auch wenn ich durch die abwechselnd eisigen und glühenden Windböen und die schrecklichen Hagelkörner schier verrückt wurde, so muss ich doch zugeben, dass jene Minuten, die Farag brauchte, um sich bis zu meinem Gesicht vorzuarbeiten, die verwirrendsten meines Lebens waren. Am seltsamsten aber war, dass all die neuen Empfindungen, derentwegen ich mich eigentlich nicht nur schuldig, sondern geradezu schuldbeladen fühlen sollte, mich zu einem freien und glücklichen Menschen machten, als ob ich endlich eine lange aufgeschobene Reise in Angriff genommen hätte. Es beunruhigte mich nicht einmal, diese Gefühle vor Gott verantworten zu müssen, als ob für mich klar wäre, dass ER es gutheißen würde.

Sobald Farag auf meiner Höhe war, presste er seine Lippen an meine Ohrmuschel und schrie ein paar unzusammenhängende Laute hinein, die nicht zu verstehen waren. Er wiederholte sie ein ums andere Mal, bis ich aus den Bruchstücken mit viel Phantasie die Wörter »Zephyros« und »Dante« formen konnte. Ich begann über Zephyros nachzugrübeln, den milden Westwind, der gemeinsam mit seiner Geliebten Chloris Blumen streute; Zephyros, der in den großen Epen der Antike gepriesene Wind, der als leichte und sanfte Brise den Frühling brachte – es klang kitschig, doch hatte ich es irgendwo gelesen, sicherlich bei Plinius oder Horaz; Zephyros, der Wind des Sonnenuntergangs, der Dämmerung, des ausgehenden Tages, des Winters, der zu Ende geht … *der zu Ende geht*: Womöglich war es ja das, was Farag mir zu sagen versuchte. Das Ende dieses Alptraums: der Ausgang! Zephyros' Opfergrube war der Ausgang. Doch wie sollten wir dort hinkommen, konnten wir doch nicht einmal einen Finger rühren? Wo war im Übrigen das *bothros* von Zephyros? Ich hatte vollkommen die Orientierung verloren. Und plötzlich fiel es mir wieder ein:

Wenn ihr gekommen seid und nicht liegen müsst
und nun den schnellsten Weg nach oben sucht,
so haltet eure Rechte stets nach außen.

Dantes Terzine! Das war es, was Farag mir zu verstehen geben wollte! Ich zermarterte mir das Hirn, um mich an das zu erinnern, was der Hauptmann uns am Vormittag im Flugzeug vorgelesen hatte:

So ging ich, und mein Führer nahm den Weg
hart an dem Hang der Felsenwand entlang,
wie man auf Mauern nah der Zinne geht.

Wir mussten zur Felsenwand! Und wenn wir erst einmal dort waren, sollten wir uns an den Felsen pressen und uns immer rechts halten, bis wir zur Opfergrube von Zephyros, dem sanften, lauen Wind, gelangten, der uns vielleicht von dem Orkan und den eisigen Schrotkugeln befreien und uns den Ausgang weisen würde.

Mit großer Mühe griff ich nach Farags Hand und drückte sie fest, damit er wusste, dass ich ihn verstanden hatte. Zwar weiß ich nicht genau, wie, aber indem wir uns gegenseitig unterstützten, wanden wir uns, nach Luft ringend und mit tränenden Augen, wie von Stiefeln zermalmte Schlangen langsam vorwärts. Bis zur Mauer brauchten wir eine halbe Ewigkeit, da wir immer wieder den tosenden Taifunen ausweichen mussten, die aus den *bothros* stürmten; im Zickzack suchten wir die toten Winkel, die uns ein bisschen besser vorwärtskommen ließen. Mehr als einmal dachte ich, dass wir es nie schaffen würden, dass die ganze Anstrengung umsonst war, aber schließlich stießen wir doch auf die Felsenwand, und ich wusste, dass wir eine Chance hatten. Jetzt sorgte ich mich nur noch um Glauser-Röist. Wenn es uns gelang, aufzustehen und uns, wie Dante sagte, »hart an der Felsenwand« zu halten, konnten wir ihn vielleicht im Schein der Taschenlampe entdecken.

Doch das Aufrichten erwies sich als gar nicht so einfach. Wie Kinder, die das Laufen lernten und sich zu diesem Zweck an den Möbeln hochzogen, mussten wir die Finger in die winzigsten Felsritzen krallen, um vom Reptil wieder zu einem Zweibeiner zu werden. Der florentinische Dichter hatte seine Spuren jedoch sehr gut gelegt, denn sobald wir uns an die Felsenwand pressten, bekamen wir die Kraft der Winde nicht mehr so gewaltig zu spüren und konnten auch wieder leichter atmen. Nicht, dass jetzt Ruhe eingekehrt wäre, ganz im Gegenteil, aber die Öffnungen der gewölbten Opfergruben waren so ausgerichtet, dass die Windgeschütze sich gegenseitig neutralisierten und kleine windstille Einbuchtungen schufen, die von den Fackelhaltern markiert waren.

Wenn es schon schwerfiel, sich zu bewegen und zu atmen, so war das Öffnen der Augen geradezu beängstigend, denn obwohl die Augen nach wie vor höllisch tränten, trockneten sie in Sekundenschnelle aus und juckten dann fürchterlich. Dennoch mussten wir wissen, wo sich Glauser-Röist befand, weshalb ich mich zusammenriss und nicht eher ruhte, bis ich ihn am anderen Ende der Grotte ausmachte, zwischen Thrascias und Aparctias, wo er sich wie ein Schatten mit gesenktem Kopf und geschlossenen Augen an die Mauer presste. Ihn zu rufen war sinnlos, da er uns sowieso nicht gehört hätte. Also mussten wir uns zu ihm vorkämpfen. Farag und ich befanden uns zwischen den Opfergruben von Euronotos und Notos, und so drückten wir uns in Richtung Norden an der Wand entlang nach rechts auf Boreas zu, so wie es Dante angegeben hatte, wobei wir uns jedes Mal auf den Boden warfen, wenn wir an einem der Windgeschütze vorbeimussten, um nicht in hohem Bogen gegen den Sarkophag geschleudert zu werden. Bedauerlicherweise schien sich der Hauptmann nicht an die Fährte zu erinnern, die die ›Göttliche Komödie‹ vorgab, denn statt sich in derselben Richtung wie wir auf Zephyros zuzubewegen, kam er auf uns zu.

Ich war fix und fertig. Wenn es Farags Hand nicht gegeben hätte, wäre ich möglicherweise nie dort herausgekommen; die Müdigkeit, die mich dazu verleitete, einfach unten am Boden zu bleiben, wenn wir uns wieder an einem *bothros* vorbeischlängeln mussten, wurde mit jedem Meter bleierner.

Schließlich trafen wir auf der Höhe von Hellespontios mit dem Hauptmann zusammen, und unsere Hände verschlangen sich zu einem kräftigen, ergriffenen Händedruck, der mehr sagte als tausend Worte. Als Farag dann allerdings in Richtung Zephyros weitergehen wollte, weigerte sich Glauser-Röist schlichtweg, die Strecke wieder zurückzugehen, so unglaublich es erscheinen mochte. Er baute sich vor uns auf und versperrte uns einfach den Weg! Ich sah, wie Farag Glauser-Röist etwas ins Ohr brüllte, doch der schüttelte nur energisch den Kopf und wies mit dem

Finger in die entgegengesetzte Richtung. Farag versuchte es ein ums andere Mal, aber der Felsen, schroff wie eh und je, ließ sich nicht erweichen und schubste Farag immer wieder zu mir. Dabei war ich nur einen knappen halben Meter von Apheliotes entfernt!

Er ließ sich nicht überzeugen. So sehr wir ihn auch anbrüllten, gestikulierten und ihn nach rechts zu drängen versuchten, so stur widersetzte sich der Hauptmann, so dass uns letztlich nichts anderes übrig blieb, als ihm zu gehorchen. Ich hatte keine Ahnung, was uns alles Schreckliches zustoßen konnte, wenn wir Dantes Anweisungen missachteten, doch dachte ich lieber nicht daran, während wir uns auf den Rückweg zu Euronotos machten. Die Verzweiflung spiegelte sich in unseren Gesichtern, wenn Farag und ich uns ansahen. Der Hauptmann irrte sich: Wie sollten wir ihm das bloß begreiflich machen?

Wir benötigten etwa eine halbe Stunde, um unter den sieben Winden hindurchzutauchen, die uns auf diese Weise noch von Zephyros trennten. Meine Erschöpfung war inzwischen so groß, dass ich mir nichts sehnlicher wünschte, als dass die Staurophylakes uns am Ende der Prüfung – wenn deren Lösung denn richtig war – mit einer Wolke weißen Rauchs süß einschläferten, wie sie es im Labyrinth von Ravenna getan hatten. Es machte mich wütend, so ausgelaugt zu sein, und ich dachte voll Neid an Glauser-Röists Ausdauer und Farags natürliche Widerstandskraft. Noch etwas, was ich mir für die Zukunft vornehmen sollte: Ich musste etwas für meine Fitness tun. Ich würde mich nicht mehr dahinter verschanzen, dass wir Frauen von Natur aus schwächer waren als die Männer (eine russische Bäuerin hatte garantiert mehr Kraft als ein chinesischer Beamter). Die Schuld an dieser Ermüdung lag ganz allein bei mir, weil ich den lieben langen Tag nur auf meinem Bürostuhl klebte.

Zu guter Letzt erreichten wir dann doch noch den toten Winkel zwischen Lips und Zephyros. Erleichtert atmete ich auf, und über mein Gesicht huschte ein Lächeln. Da ich voranging, musste ich mich als Erste der Maueröffnung nähern, aus der der Wind pfiff, der so sanft wie eine frische Meeresbrise und so lau wie ein Frühlingstag sein sollte. Ganz vorsichtig streckte ich meine rechte Hand aus. Was, wenn wir nicht richtiglagen? Mein Herz wollte vor Freude fast zerspringen, als ich feststellte, dass Zephyros' Heftigkeit nichts mit der seiner elf Geschwister gemein hatte – auch wenn er etwas ungestümer war, als die Dichter dies bekundeten. Weder versengte er einem die Haut, noch ließ er einen vor Kälte erstarren, und er torpedierte uns auch nicht mit Graupeln oder Hagel. Meine Hand flatterte im Wind, als hielte ich sie aus dem Fenster eines fahrenden Autos. Wir hatten den Ausgang gefunden!

Zephyros rettete mir das Leben. Ich kippte wie ein Sack Steine zu Boden, als ich in den engen *bothros* kroch und erleichtert seine milde Luft einatmete, die wie ein betörender Duft meine Lungen beglückte. Offen gestanden hätte ich es dort eine gute Weile ausgehalten, ohne mich von der Stelle zu rühren, aber ich musste ein Stück vorwärtskrabbeln, damit auch Farag und der Hauptmann sich hinter mir in Sicherheit bringen konnten. Ich war mir sicher, dass sie mir längst gefolgt waren, als ich plötzlich hörte, wie Farag Glauser-Röist wutentbrannt anschrie.

»Darf man erfahren, warum zum Donnerwetter Sie uns noch einmal Dreiviertel der Grotte haben umrunden lassen?«, brüllte er erzürnt. »Wir waren Zephyros' Opfergrube schon ganz nah, als wir auf Sie stießen! Haben Sie denn vergessen, dass Dante schrieb, man müsse immer nach rechts gehen?«

»Hören Sie auf«, entgegnete Glauser-Röist rechthaberisch. »Genau das habe ich getan!«

»Sind Sie übergeschnappt? Sehen Sie denn nicht, dass wir im Uhrzeigersinn gegangen sind? Können Sie rechts nicht mehr von links unterscheiden?«

»Bitte!«, rief ich, als ich merkte, dass sich die Gemüter immer mehr erhitzten. »Wir haben es geschafft, und es geht uns gut! Bitte, streitet euch nicht!«

»Hören Sie mir gut zu, Professor Boswell!« Der Hauptmann war nicht mehr zu bremsen. »Wie heißt es bei Dante? ›Wenn ihr den schnellsten Weg nach oben sucht, so haltet eure Rechte stets nach außen.‹«

»Die Rechte, Kaspar! Die Rechte, nicht die Linke! Kapieren Sie das denn noch immer nicht?«

»Die Rechte nach außen, Professor! Sie sind es, der hier rein gar nichts kapiert.«

Ich runzelte die Stirn. Die Rechte nach außen? In diesem Fall hatte der Felsen sich nicht geirrt. Dante und Vergil wanderten auf dem Gesims des Läuterungsberges, und zu ihrer Rechten ging es offensichtlich hinab in den Abgrund. Wir waren aber an einer Wand entlanggegangen, so dass unsere Rechte die Mitte der Grotte bildete, das Innere, nicht das Äußere wie bei Dante. Na ja, auf alle Fälle waren wir bei Zephyros angelangt, wenn wir andersherum auch nicht so lange gebraucht hätten.

»Andersherum hätten wir es nie geschafft, Dottoressa!«

»Was reden Sie da für einen Blödsinn?«, schimpfte ich.

»Ich sehe schon, Sie beide haben Thrascias und Argestes vergessen, die beiden letzten Winde, unter denen wir uns hätten durchschlängeln müssen, um zu Zephyros zu gelangen.«

In Zephyros' Gewölbegang wurde es still, denn weder Farag noch ich wussten ihm mehr zu widersprechen. Der Hauptmann hatte uns vor einem großen Unglück bewahrt oder uns zumindest einen erschöpfenden und vergeblichen Weg erspart. Nie im Leben wären wir an Thrascias und Argestes vorbeigekommen, die beiden Winde, die uns mit gewaltigen Hagelschauern bombardiert hätten.

»Verstehen Sie es jetzt, oder muss ich alles noch einmal von vorn erklären?«

Er hatte recht. Er hatte absolut recht, was ich ihm auch offenherzig verkündete. Und Farag? Farag ließ es sich nicht nehmen, ihn in allen Sprachen, derer er mächtig war, um Entschuldigung zu bitten; er begann mit dem Koptischen und fuhr dann fort auf griechisch, lateinisch, arabisch, türkisch, hebräisch, französisch, englisch und italienisch, bis wir schließlich allesamt in lautes Gelächter ausbrachen und sich die Spannung löste. Der Hauptmann war ein Held, was wir ihm auch deutlich zeigten.

»Hören Sie schon auf mit dem Quatsch, und lassen Sie uns endlich durch dieses Loch kriechen.«

»Warum muss immer ich als Erste gehen?«, murrte ich zum x-ten Mal, da ich dieser Ehre längst überdrüssig war.

»Dottoressa, bitte …«

»Ottavia …«

Darauf gab es natürlich nichts mehr zu entgegnen.

Auf allen vieren, die Taschenlampe zwischen zwei Knöpfe meiner Bluse gestopft, kroch ich weiter und bedauerte einmal mehr, an diesem Tag einen Rock angezogen zu haben. Es kam mir vor, als ob ich noch einmal das Abenteuer in den Katakomben von Santa Lucia durchlebte, als Farag so wie jetzt hinter mir herkroch, und ich gelobte, all meine Röcke bedenkenlos in den Müll zu werfen, falls wir je aus dem Gang herausfänden. Das Krabbeln fiel mir ziemlich schwer, ich hatte mich zuvor schon völlig verausgabt, weshalb ich mich unendlich freute, als mir ein schwacher Harzduft in die Nase stieg.

»Ich glaube, wir haben Glück«, sagte ich. »Dieses Mal gibt es keinen Schlag auf den Kopf.«

»Was meinst du, Basileia?«

»Dass man uns wieder einschläfert. Riechst du nicht das Harz?«

»Nein.«

»Na ja, ist auch egal. Jedenfalls wünsche ich dir eine gute Nacht. Ich sehe dich dann nachher beim Aufwachen.«

»Basileia …«

Ich war schon leicht benommen, was mich entzückte.

»Ja-a?«

»Was ich dir beim Marathon gesagt habe, war gelogen.«

»Was du mir beim Marathon gesagt hast?«

Da war der weiße Rauch wieder, der glückselige weiße Rauch, der mir ein paar Stunden erquickenden Schlafs bescheren würde. Ich hielt inne und legte mich auf den Boden. Die Staurophylakes sollten mit meinem Körper tun, was sie wollten, es war mir völlig egal; ich wollte nur noch schlafen.

»Ja, dass ich dich, wenn du aufstehst und mit mir bis nach Athen rennst, nie wieder umwerben wolle.«

Ich lächelte. Farag war der romantischste Mann der Welt. Ich hätte mich gern zu ihm umgedreht. Obwohl, nein, besser schlafen. Zumal Glauser-Röist alles mithörte.

»Es war gelogen?« Nun lächelten auch meine Augen, die ich vor lauter Schläfrigkeit schon halb geschlossen hatte.

»Hundertprozentig gelogen. Ich musste es dir doch irgendwie beibringen, wie es um mich steht. Findest du das schlimm?«

»Oh … nein! Das finde ich ganz und gar nicht.«

»In Ordnung. Wir reden dann nachher weiter«, murmelte er. »Schlafen Sie schon, Kaspar?«

»Nein«, entgegnete der Hauptmann mit schläfriger Stimme. »Ihre Unterhaltung ist sehr interessant.«

Ach du lieber Gott!, dachte ich. Und schlief ein.

SECHS

Mich weckte das Geschrei spielender Kinder. Die gleißende Mittagssonne brannte auf mich herunter. Ich blinzelte, musste husten und richtete mich dann stöhnend auf. Bäuchlings hatte ich mitten auf einem Teppich aus hohem Gras und allerlei Unkraut gelegen. Um mich herum stank es fürchterlich; nicht auszuhalten war er, dieser Gestank nach Unrat, der sich über Jahre hinweg angesammelt hatte und durch die orientalische Hitze vergoren war. Die Kinder kreischten nach wie vor auf türkisch, nichtsdestotrotz schwoll der Lärm langsam ab, als ob sie sich entfernten.

Endlich gelang es mir, mich richtig im Gras aufzusetzen. Ich sah mich um. Ich befand mich mitten in einem Hof, in dem neben Resten byzantinischen Mauerwerks etliche Müllhaufen zu sehen waren, über denen elefantengroße Wolken blauer Mücken schwirrten. Zu meiner Linken drang aus einer unheimlich wirkenden Autowerkstatt der Lärm einer Motorsäge und eines Schweißbrenners. Und ich? Ich war schmutzig. Schmutzig und barfuß.

Neben mir lagen Farag und der Hauptmann mit dem Gesicht im Unkraut. Ich musste lächeln, als ich Farag sah, und mein Herz begann wild zu klopfen.

»Dann war das also alles gelogen?«, flüsterte ich und beugte mich zu ihm hinunter, ohne dass das Lächeln von meinem Gesicht verschwand. Ich strich ihm ein paar Haarsträhnen aus der Stirn und betrachtete gedankenverloren die feinen Linien auf seiner Haut, die Spuren dieser knapp vierzig Jahre, die er ohne mich verbracht und in denen er ein eigenes Leben geführt hatte. Er hatte geatmet, gearbeitet, gelacht, geträumt, gelebt und geliebt, ohne zu ahnen, dass ich am Ende des Weges auf ihn wartete. Natürlich hatte auch ich es nicht gewusst. Und doch hatten wir uns getroffen, und es kam mir wie ein Wunder vor, dass ein Mensch wie Farag Boswell seine Aufmerksamkeit auf jemanden wie mich gerichtet hatte, die ich nicht einmal im Traum dieses attraktive Äußere besaß, von dem er mehr als genug hatte. Schönheit war wahrlich nicht alles, aber irgendwie war sie doch auch wichtig, und obwohl dies etwas war, was mich mein Lebtag nicht gekümmert hatte, hätte ich mir in diesem Augenblick nichts sehnlicher gewünscht, als hübsch und anziehend zu sein, damit er von meinem Anblick völlig geblendet wäre, wenn er denn endlich aufwachte.

Ich seufzte und lachte dann leise. Ich sollte besser nicht auf weitere Wunder hoffen, sondern zufrieden sein. Ich blickte mich um; weit und breit war niemand zu sehen. Niemand würde mich also beobachten, wenn ich mich nun langsam vorbeugte, um Farag einen Kuss auf jene fein gezeichneten Linien seiner Stirn zu geben.

»Dottoressa … Geht es Ihnen gut, Dottoressa? Und Professor Boswell?«

Ich bekam den größten Schreck meines Lebens. Mein Herz hämmerte wie verrückt, als ich mich mit hochrotem Gesicht ruckartig aufrichtete.

»A-alles in Ordnung, Hauptmann?«, stammelte ich und rückte abrupt von Farag ab, der seelenruhig weiterschlief.

»Wo sind wir?«

»Das würde ich auch gern wissen.«

»Wir sollten den Professor wecken. Er versteht Türkisch.«

Er stützte die Hände auf, um sich aus der Hocke heraus aufzurichten, aber ein brennender Schmerz ließ ihn mitten in der Bewegung innehalten.

»Wo zum Teufel hat man uns diesmal tätowiert?«, schimpfte er.

Die Skarifikation! Instinktiv fasste ich zum Nacken, und erst da spürte ich den inzwischen schon vertrauten, stechenden Schmerz.

»Ich denke, man hat uns mit dem ersten der drei Kreuze auf dem Rücken gezeichnet.«

»Das hier tut jedenfalls verdammt weh!«

Wie war es möglich, dass ich es bis dahin nicht bemerkt hatte? Plötzlich durchzuckte auch mich ein höllischer Schmerz.

»Und *wie* weh es tut!«, jammerte ich. »Diese Skarifikation brennt ja entsetzlich, viel mehr als die vorigen.«

»Das vergeht schon wieder … Wir müssen jetzt jedenfalls den Professor wecken.«

Gesagt, getan: Erbarmungslos begann er ihn zu rütteln. Farag stöhnte.

»Ottavia?«, murmelte er, ohne die Augen zu öffnen.

»Tut mir leid, Professor«, brummte der Felsen, »das ist nicht Dottoressa Salina. Ich bin's, Hauptmann Glauser-Röist.«

Farag lächelte.

»Stimmt, das ist nicht das Gleiche. Und wo ist Ottavia?«

»Hier bin ich«, sagte ich und griff nach seiner Hand. Da schlug er endlich die Augen auf und schaute mich an.

»Ich möchte Sie ja nicht belästigen«, mischte sich der Hauptmann unwillig ein, »aber wir müssen schleunigst zum Patriarchat zurück.«

»Haben Sie denn schon in Ihren Kleidern nachgesehen?«, erkundigte ich mich, ohne den Blick von Farag zu wenden, den ich unablässig anstrahlte. »Die Fährte für die Prüfung in Alexandria ist wichtig.«

Rasch stülpte Glauser-Röist sämtliche Taschen seiner Hosen und seines Jacketts um.

»Hier ist er!«, rief er zufrieden und hielt den Zettel hoch.

»Lass sehen«, schlug Farag vor und richtete sich mühsam auf, ohne jedoch meine Hand loszulassen. »Hat man uns dieses Mal auf dem Rücken tätowiert?«, fragte er plötzlich höchst überrascht.

»Im Nacken.«

»Mist, dieses Mal tut es wirklich weh!«

Der Hauptmann, der den Zettel schon studiert hatte, reichte ihn Farag weiter.

»Wenn Sie die Hand der Dottoressa nicht loslassen, werden Sie ihn schwerlich ansehen können.«

Farag lachte und streichelte noch schnell meine Finger, bevor er meine Hand freigab.

»Ich hoffe, es stört Sie nicht, Kaspar.«

»Mich stört das nicht, Professor«, meinte der Felsen ernst. »Dottoressa Salina ist erwachsen und weiß, was sie tut. Ich nehme an, sie wird ihr Verhältnis zur Kirche so bald wie möglich regeln.«

»Seien Sie unbesorgt, Hauptmann«, erklärte ich. »Ich vergesse nicht einen Augenblick, dass ich noch Ordensschwester bin. Dies sind zwar meine privaten Angelegenheiten, aber wie ich Sie kenne, wird es Sie beruhigen, wenn ich Ihnen versichere, dass ich mir der Problematik durchaus bewusst bin.«

Der Arme war in manchen Dingen so begriffsstutzig, dass ich ihn lieber etwas besänftigen wollte.

Farag, der unterdessen den Zettel studiert hatte, stand jetzt vor Staunen der Mund offen.

»Ich weiß nicht, was das ist!«, rutschte es ihm ganz verstört heraus.

»Sie müssen es kennen, Professor. Die nächste Prüfung findet in Alexandria statt.«

»Nein, nein!« Er schüttelte heftig den Kopf. »Das habe ich noch nie im Leben gesehen! Aber ich könnte es sicherlich finden, wenn wir erst einmal dort sind.«

»Wovon redet ihr?«, wollte ich wissen und riss Farag das zerknitterte Blatt Papier aus der Hand. Dieses Mal war es kein Text, sondern eine ziemlich grobe Kohlezeichnung. Sie zeigte den Umriss einer bärtigen Schlange mit den Pharaonenkronen Ober- und Niederägyptens und darüber ein Medaillon mit dem Haupt einer Meduse. Aus den Windungen des Schlangenkörpers, der wie ein Seemannsknoten geschlungen war, ragte der Stab des Götterboten Hermes sowie der mit Efeu bekränzte Thyrosstab von Dionysos, dem griechischen Gott des Weins und der Fruchtbarkeit. »Was ist das?«

»Keine Ahnung«, antwortete Farag, »aber es wird nicht sonderlich schwierig sein, das herauszufinden. In unserem Museum sind alle archäologischen Funde der Stadt in einem Online-Katalog erfasst.« Er trat hinter mich und deutete mit dem Finger auf die Zeichnung. »Ich hätte schwören können, mit geschlossenen Augen fast jedes alexandrinische Werk zu erkennen, und dennoch kann ich mich nicht an diese Darstellung erinnern, obwohl sie mir irgendwie vertraut vorkommt. Siehst du die Stilmischung? Hier, der Hermesstab. Und die Pharaonenkronen. Die bärtige Schlange ist ein römisches Symbol. So eine ausgefallene Verbindung ist für Alexandria ganz typisch.«

»Professor, macht es Ihnen was aus, zu der Werkstatt zu gehen und sich dort zu erkundigen, wo zum Teufel wir uns befinden?«, fiel ihm der Felsen wieder ins Wort. »Und fragen Sie bitte auch, ob es hier ein Telefon gibt. Mein Handy hat in der Zisterne den Geist aufgegeben.«

Farag lächelte.

»Nur ruhig Blut, Kaspar, ich kümmere mich darum.«

»Das hier ist die Telefonnummer des Patriarchats«, fügte Glauser-Röist hinzu und reichte ihm sein aufgeschlagenes Notizbuch. »Erklären Sie Pater Kallistos, wo wir sind, und bitten Sie ihn, uns abholen zu lassen.«

Ich fand es ganz und gar nicht lustig, dass Farag so entschieden auf den Blechschuppen zuging und in seinem Innern verschwand. Es dauerte jedoch keine fünf Minuten, bis er zurückkam. Er grinste übers ganze Gesicht.

»Ich habe mit dem Patriarchat gesprochen, Hauptmann«, rief er uns zu. »Es kommt sofort jemand. Wir befinden uns übrigens auf dem Grundstück, wo sich einst der Große Palast des Kaisers Justinian erhoben hat.«

»Hier stand … der Große Palast?«, fragte ich befremdet und blickte mich um.

»Genau, Basileia. Wir befinden uns in der Altstadt Istanbuls, im Zeyrek-Viertel, und dieser verwahrloste Innenhof hier ist alles, was von Justinians und Theodoras kaiserlichem Palast noch übrig geblieben ist.«

Er trat neben mich und nahm meine Hand.

»Wie kann man nur alles so verkommen lassen?«, murmelte ich betrübt. »Das will mir einfach nicht in den Kopf, Farag.«

»Für die Türken haben die Überreste des Byzantinischen Reichs nicht denselben Wert wie für uns, Basileia. Für sie zählt einzig und allein ihre Religion, die auch Kultur und Gesellschaft mit einbezieht. Sie bewahren ihre Moscheen vor dem Verfall, doch wieso sollten sie die Gotteshäuser einer ihnen fremden Religion erhalten? Die Türkei ist ein armes Land, das sich nicht um eine Vergangenheit kümmern kann, zu der es sich nicht bekennt und die es nicht interessiert.«

»Aber das ist doch Kultur! Geschichte!«, brauste ich auf. »Die Zukunft!«

»Hier versuchen die Menschen vor allem eins: zu überleben«, wandte er ein, »und so werden die ehemaligen Kirchen zu Häusern und die alten Paläste zu Werkstätten umfunktioniert, und wenn sie zerfallen, sucht man sich eben andere Kirchen und Paläste, in denen man ein Geschäft aufziehen oder sich häuslich niederlassen kann. Die Menschen haben hier einfach eine ganz andere Mentalität. Warum soll man etwas im ursprünglichen Zustand bewahren, wenn man es wiederverwerten kann? Seien wir dankbar, dass man zumindest die Hagia Sophia vor dem Verfall gerettet hat.«

»Sobald der Wagen des Patriarchats hier ist, fahren wir sofort zum Flughafen«, verkündete Glauser-Röist lakonisch.

Ich zuckte zusammen.

»In diesem Zustand? Von hier aus? Ohne uns umzuziehen und zu duschen?«

»Das werden wir in Alexandria tun. Es sind nur drei Stunden Flug, und wir können uns in der ›Westwind‹ ein wenig frisch machen. Oder ziehen Sie es vor, irgendjemandem erklären zu müssen, was wir hier unten entdeckt haben?«

Natürlich wollte ich das unter keinen Umständen, weshalb ich auch keine weiteren Einwände vorbrachte.

»Ich hoffe, meine Rückkehr nach Ägypten bereitet nicht allzu viele Probleme …«, murmelte Farag zaghaft. Als er vor Wochen seine Heimat verlassen hatte, war er verdächtigt worden, im Katharinenkloster eine Handschrift gestohlen zu haben, so dass er mit einem diplomatischen Pass des Vatikans über die israelische Grenze hatte flüchten müssen.

»Keine Sorge, Professor«, beruhigte ihn der Felsen, »der ›Codex Iyasus‹ wurde dem Kloster bereits offiziell zurückgegeben; wir hatten ihn schließlich nur entliehen.«

»Entliehen!«, spottete ich. »Welch wunderbarer Euphemismus!«

»Nennen Sie es, wie Sie wollen, Dottoressa, es kommt nur darauf an, dass der Kodex wieder in der Klosterbibliothek steht und dass sowohl die katholische als auch die orthodoxe Kirche dem Abt und Erzbischof Damianós Samartsis die entsprechenden Erklärungen gegeben und sich entschuldigt haben. Der

Erzbischof hat die Anzeige zurückgezogen, Professor, weshalb es Ihnen vollkommen freisteht, nach Hause und zu Ihrer Arbeit zurückzukehren.«

Einige Minuten lang konnte man auf jener Müllkippe nur das Brummen der Fliegenschwärme und das Kreischen der Motorsäge hören. Farag glaubte seinen Ohren nicht zu trauen. Man konnte förmlich zusehen, wie das Blut in seinen Adern zu kochen begann, wie ein Dampfkessel, in dem allmählich der Druck ansteigt. Der Hauptmann blieb ganz ruhig, aber mir zitterten die Knie, denn ich wusste, dass Menschen wie der Professor, die einen umgänglichen Charakter besaßen, sich nur bis zu einem gewissen Punkt beherrschen konnten. Sobald dieser aber einmal überschritten war, fuhren sie aus der Haut. Wie ich befürchtet hatte, stürzte Farag sich nun wütend auf Glauser-Röist und blieb nur wenige Zentimeter vor ihm stehen.

»Seit wann ist der Kodex wieder im Katharinenkloster?«, zischte er durch die Zähne.

»Seit vergangener Woche. Man musste vorher eine Abschrift anfertigen und ihn restaurieren. Denken Sie daran, in was für einem Zustand er sich am Schluss befand; wir hatten ihn ja ganz auseinandergenommen. Über den Patriarchen Ihrer Kirche und den Lateinischen Patriarchen von Jerusalem, Seine Seligkeit Michel Sabbah, nahm man die Gespräche mit Erzbischof Damianós auf. Ihr Patriarch, Kardinal Stephanos II. Ghattas, hat auch mit dem Direktor des Griechisch-Römischen Museums von Alexandria gesprochen, und seit gestern haben Sie unbegrenzten Sonderurlaub. Ich dachte, das würde Sie freuen.«

Aus Farag entwich die Luft wie aus einem Ballon. Ungläubig starrte er einige Sekunden abwechselnd mich und dann Glauser-Röist an, bevor er ein Wort herausbrachte.

»Ich … ich kann nach … nach Hause zurück?«, stotterte er. »Ich … ich kann wieder ins Museum?«

»Na ja, ins Museum noch nicht. Aber nach Hause schon, noch heute Nachmittag. Wie finden Sie das?«

Warum versetzte ihn die Aussicht, nach Alexandria zurückzukehren und seine Arbeit im Griechisch-Römischen Museum wiederaufzunehmen, in so freudige Erregung? Hatte er mir etwa nicht erklärt, dass ein Kopte in Ägypten wie ein Aussätziger behandelt wurde? Hatte die muslimische Al-Gama'a al-Islamiyya etwa nicht seinen jüngeren Bruder, seine Schwägerin und deren fünf Monate altes Baby umgebracht? All das hatte er mir doch bei unserem ersten Abendessen zu zweit erzählt.

»O mein Gott!«, rief er und riss die Arme zum Himmel hoch wie ein Läufer, der als Erster durchs Ziel geht. »Heute Abend bin ich wieder daheim!«

Während er sich lang und breit darüber ausließ, wie sehr mir Alexandria gefallen würde und wie glücklich sein Vater sicher wäre, ihn wiederzusehen und mich endlich kennenzulernen, näherte sich der Wagen des Patriarchats und hielt schließlich am anderen Ende dieser Müllkippe, wo sich einst der Große Palast der byzantinischen Kaiser befunden hatte. Ich brauchte eine halbe Ewigkeit bis dorthin, da der Boden mit gefährlichen, spitzen Abfällen übersät war, die mir die nackten Füße leicht zerschneiden konnten. Aber als ich mich schließlich mit einem tiefen Seufzer der Erleichterung in das Auto setzte, zeigte sich, dass es im Vergleich zu dem, was mich dort erwartete, ein wundervoller, unbeschwerter Spaziergang gewesen war. Im Fond des Wagens saß die Expertin für byzantinische Architektur: Doria Sciarra.

Der Hauptmann nahm neben dem Chauffeur Platz, und ich bat Farag, auf der anderen Seite einzusteigen, so dass Doria zwischen uns beiden eingeklemmt war. Ich zeigte mich ihr gegenüber von meiner liebenswürdigsten Seite, als ob das, was am Tag zuvor geschehen war, nicht der Rede wert gewesen wäre. Dabei bereitete es mir natürlich ein diebisches Vergnügen, zu sehen, wie sie angeekelt die Nase rümpfte, als sie den Gestank wahrnahm, der von uns ausging. Sie war beleidigt, weil wir in der Moschee einfach verschwunden waren und sie allein gelassen hatten, solange sie den Torwächter der Fatih Camii ablenkte. Nachdem sie uns im Vorhof der Moschee nirgends entdeckt habe, sei sie zum Wagen gegangen und habe dort bis zum Einbruch der Nacht auf uns gewartet. Erst dann sei sie besorgt ins Patriarchat zurückgekehrt, weshalb sie jetzt auf der Stelle alles erfahren wolle, was wir erlebt hätten. Wir umgingen ihre Fragen mit nichtssagenden Kommentaren über die Härte der Prüfung und die schrecklichen Schmerzen und Qualen, die wir dabei durchzustehen hatten, so dass sie bald das Interesse verlor. Wieso sollten wir ihr auch erklären, dass wir die größte Entdeckung aller Zeiten gemacht hatten?

Farag verhielt sich ihr gegenüber so charmant wie am vorigen Tag, ließ sich aber nicht weiter von ihren Koketterien beeindrucken. Nicht ein einziges Mal ging er auf ihre Albernheiten oder Andeutungen ein, und ich war vollkommen beruhigt, als ich feststellte, dass ich mein inneres Gleichgewicht wiedergefunden hatte, sowohl was Farag als auch was Doria betraf. Dorias Versuch, mich zu verletzen, wäre erfolglos, wenn ich nicht zuließ, dass sie ihr Ziel erreichte. Ich lächelte, plauderte und scherzte also, als wäre der Tag zuvor irgendein x-beliebiger Tag gewesen und nicht der, an dem für mich die Welt unterging. Farag verdankte ich es, dass ich das Tief überwunden hatte. Jetzt war er der einzige Mensch, der mir noch wichtig war. Doria? Doria konnte mir den Buckel hinunterrutschen.

Sobald der Wagen des Patriarchats neben der riesigen Flugzeughalle hielt, in der die ›Westwind‹ auf uns wartete, verabschiedete ich mich von meiner alten »Freundin« mit zwei herzhaften Küssen, obwohl sie umsichtig versuchte, dem aus dem Weg zu gehen; nie werde ich erfahren, ob sie das tat, weil sie verwirrt war und ein schlechtes Gewissen hatte, oder ob sie sich vor dem Gestank ekelte, den ich verbreitete. Jedenfalls drückte ich ihr gewaltsam zwei dicke Schmatze auf die Wangen und bedankte mich überschwenglich *für alles.* Farag und der Hauptmann beschränkten sich darauf, ihr die Hand zu schütteln, wonach sie im Wagen des Patriarchats auf Nimmerwiedersehen verschwand.

»Was hat Doria dir eigentlich gestern nach dem Essen erzählt, dass dein Gesicht sich so verzerrt hat?«, wollte Farag wissen, als wir die Gangway hochstiegen.

»Das erzähle ich dir ein andermal«, erwiderte ich. »Warum hast du mich das eigentlich nicht gestern gefragt, wenn du schon gemerkt hast, dass es mir nicht gut ging?«

»Ich konnte nicht«, erklärte er und begrüßte nebenbei Paola und den Rest der Besatzung. »Ich saß in meiner eigenen Falle fest.«

»Was für eine Falle?«, fragte ich verdutzt. Glauser-Röist war vorne beim Piloten stehen geblieben, während wir schon in unseren Sesseln Platz nahmen. Eigentlich hätte ich mich ein wenig frisch machen sollen, bevor ich in den schönen weißen Polstern versank, doch Farags Worte hatten mich furchtbar neugierig gemacht, und ich hoffte, dass der Hauptmann nicht eher nach hinten kam, als bis er mir die Sache mit der Falle erklärt hatte.

»Na ja … die mit Doria eben, du weißt schon.«

Ein verschmitztes Lächeln huschte über sein Gesicht, auf das ich mir keinen Reim machen konnte.

»Nein, das weiß ich nicht! Von was für einer Falle mit Doria sprichst du?«

»Ach, Ottavia, jetzt werde nicht gleich sauer«, zog er mich auf. »Schließlich ist ja noch einmal alles gut gegangen!«

»Farag Boswell, ich möchte dir geraten haben, dass es nicht das ist, was ich gerade denke«, warnte ich ihn.

»Ich fürchte doch, Basileia. Ich *musste* irgendetwas tun, damit du reagierst. Bist du denn nicht glücklich darüber?«

»Glücklich?! Wie soll ich da glücklich sein? Es war die Hölle auf Erden!«

Farag brach in schallendes Gelächter aus.

»Das wollte ich doch auch, Basileia! Mein Gott, in Athen glaubte ich, alles verloren zu haben! Du wirst bestimmt nicht wissen wollen, wie hundeelend mir war, als du aufstandest und zu mir sagtest: ›Gehen wir?‹ In dem Augenblick wurde mir bewusst, dass ich mindestens eine Nuklearbombe zünden musste, um das Herz einer so dickköpfigen Frau, wie du es bist, zu erweichen. Und Doria eignete sich dafür perfekt, oder etwa nicht? Schlimm daran war nur, dass du mich nicht einmal mehr angesehen hast, nachdem ich mein schwerstes Geschütz aufgefahren hatte, und wenn doch, dann auf eine …« – in diesem Augenblick kam der Felsen nach hinten – »… wir reden nachher weiter, ja?!«

»Das wird nicht nötig sein«, entgegnete ich mit würdevoller Miene. Ich stand auf und holte meinen Kulturbeutel aus der Tasche. »Du bist ein riesengroßer Schwindler.«

»Aber natürlich!«, rief er belustigt aus. »Und noch viel mehr.«

Der Felsen ließ sich in seinen Sessel fallen und schnaubte.

»Ich geh mich mal eben frisch machen«, verkündete ich, ohne mich noch einmal umzudrehen.

»Denken Sie daran, Dottoressa, dass Sie sich zum Start anschnallen müssen.«

»Keine Bange, das vergesse ich nicht.«

Der Flug nach Alexandria dauerte etwa drei Stunden, die wir mit Essen, Reden und Lachen verbrachten, und als der Hauptmann vorschlug, den folgenden Kreis des Fegefeuers vorzubereiten und schon die ›Göttliche Komödie‹ aus seinem Rucksack zog, hätten Farag und ich beinahe einen Aufstand gemacht. Ungeachtet der Tatsache, dass ich nach fast zwölf Stunden Schlaf wieder einigermaßen munter war, fühlte ich mich geistig wie erschlagen. Wie gern hätte ich jetzt ein paar Tage Urlaub genommen, um mit Farag ganz weit weg zu reisen, irgendwohin, wo nichts und niemand mich an mein bisheriges Leben erinnerte. Womöglich hätte ich mich dabei gleich in eine andere Frau verwandelt und wäre danach gewiss eher bereit gewesen, mich den noch ausstehenden Prüfungen zu stellen, um in dieses verflixte irdische Paradies zu gelangen. Ich hatte das seltsame Gefühl, alle Fangleinen gelöst zu haben, ohne zu wissen, an welcher Mole ich überhaupt wieder anlegen konnte. Die Erinnerung an Sizilien tat mir weh und machte mich traurig, und ich wusste auch, dass ich nie wieder in die Wohnung an der Piazza delle Vaschette zurückkehren würde. Mein Zuhause war nun dieses Flugzeug; meine Familie Farag und Glauser-Röist; meine Arbeit die Suche nach diesen seltsamen Reliquienräubern, für die es ein Kinderspiel schien, von einem Jahrhundert ins nächste zu hüpfen … Was würde ich tun, wenn das Abenteuer vorbei war? Zum Glück habe ich diesen skrupellosen Schwindler Farag, dachte ich und blickte ihn an. Ich war mir sicher, dass er mich liebte und nicht von meiner Seite weichen würde, bis ich mir eine neue Existenz aufgebaut hatte. Bei ihm zu sein, war nun das einzig Erstrebenswerte für mich.

Gegen fünf Uhr nachmittags gab der Flugkapitän über die Bordlautsprecher bekannt, dass wir in wenigen Minuten auf dem Flughafen Al Nouzha landen würden. Das Wetter war sonnig, und es herrschten dreißig Grad Celsius.

»Endlich zu Hause!«, rief Farag freudestrahlend aus.

Es war schier unmöglich, ihn während der Landung angeschnallt in seinem Sessel zu halten, obwohl die arme Paola ihn ein ums andere Mal inständig darum bat. Er wollte einfach unbedingt seine Stadt wiedersehen, wollte am liebsten noch vor dem Flugzeug ankommen, und um nichts in der Welt hätte ihn jemand daran hindern können.

Nicht einmal in meinen kühnsten Träumen hätte ich mir vorgestellt, dass Alexandria für mich eines Tages zu etwas ganz

Besonderem würde, weil ich mich in einen Mann verliebte, der dort zu Hause war. Natürlich hatte ich Lawrence Durrell und Konstantinos Kavafis gelesen und wusste wie jedermann einiges über die 331 v. Chr. von Alexander dem Großen gegründete Stadt. Ich hatte von ihrer berühmten Bibliothek gehört, die mehr als eine halbe Million Buchrollen über alle Gebiete des Wissens der Menschheit beherbergt hatte, und auch von ihrem Leuchtturm, dem größten der klassischen Antike, der zu den sieben Weltwundern gezählt wurde und Hunderten von Handelsschiffen den Weg in den Hafen gewiesen hatte, bevor ihn im 14. Jahrhundert ein Erdbeben zerstörte; ich wusste, dass Alexandria über Jahrhunderte nicht nur die Hauptstadt Ägyptens und eine der wichtigsten Städte des Römischen Reichs, sondern auch die für die Literatur und die Wissenschaften bedeutendste Stadt des Altertums gewesen war und man ihre Paläste, Villen und Tempel wegen ihrer Pracht und Eleganz bewundert hatte. Es war in Alexandria, wo Eratosthenes von Kyrene als Erster den Erdumfang berechnete, wo Euklid das ›Stoicheia‹, das bekannteste systematische Lehrbuch der griechischen Mathematik, niederschrieb und Galenus das gesamte Wissen der antiken Heilkunde in einem einheitlichen System zusammenfasste, welches bis in die frühe Neuzeit Geltung besaß. Und es war auch in Alexandria, wo sich Marcus Antonius und Kleopatra ineinander verliebten. Farag Boswell selbst war ein klares Beispiel für das, was Alexandria noch bis vor nicht allzu langer Zeit gewesen war: Als Nachkomme von Engländern, Juden, Kopten und Italienern vereinigte er in seiner Person eine Reihe von Kulturen und Merkmalen, die ihm, zumindest in meinen Augen, einen ganz einzigartigen und wundervollen Charakter verliehen hatten.

»Wird es ein Empfangskomitee geben?«, fragte ich den Hauptmann, der eine ganze Weile vom Bordtelefon aus telefoniert hatte.

»Selbstverständlich, Dottoressa. Ein Wagen wird uns vom Flughafen abholen und zum griechisch-orthodoxen Patriarchat bringen, wo uns der Patriarch Petros VII., Seine Seligkeit Stephanos II. Ghattas und der geistige Führer der koptisch-orthodoxen Kirche, Seine Heiligkeit Papst Shenouda III., erwarten. Auch unser alter Freund vom Katharinenkloster, Erzbischof Damianós, wird uns mit seiner Anwesenheit beglücken.«

»Das kommt mir allmählich wie ein großes Familienfest vor …«, murrte ich. »Wissen Sie, Hauptmann, nie im Leben hätte ich gedacht, dass es so viele Heilig- und Seligkeiten gibt. Mir schwirrt der Kopf von all den vielen Heiligen Vätern.«

»Dabei haben Sie längst noch nicht alle kennengelernt, Dottoressa!«, erwiderte er voller Ironie und schlug die Beine übereinander. »Vergessen Sie nicht, dass für die orthodoxen Christen alle Apostel gleich waren und dieselbe Autorität besaßen, wenn es darum ging, die Gläubigenschar zu leiten.«

»Ich weiß. Aber mir fällt es schwer, sie dem Papst in Rom gleichzustellen. Als Katholikin, die ich nun einmal bin, wurde ich in dem Glauben erzogen, dass es nur einen legitimen Nachfolger von Petrus gibt.«

»Ich habe schon vor etlicher Zeit gelernt, dass alles relativ ist«, erklärte er mir, einer seiner seltenen Anwandlungen von Offenheit folgend. »Alles ist relativ, alles ist vergänglich und alles ist wandelbar. Vielleicht suche ich deshalb die Beständigkeit.«

»Sie?«, fragte ich überrascht.

»Was ist los, Dottoressa? Können Sie nicht glauben, dass jemand wie ich auch nur ein Mensch ist? Ich bin nicht so ruchlos, wie Ihr Bruder Pierantonio behauptet.«

Ich brachte keinen Ton heraus. Er hatte mich ertappt.

»Es gibt immer eine Erklärung für das, was wir tun und wie wir sind«, fuhr er fort. »Schauen Sie sich doch selbst an.«

»Wissen Sie etwa auch über meine Familie Bescheid?«, flüsterte ich und senkte den Kopf; kaum hatte ich es ausgesprochen, merkte ich, dass ich mit niemanden darüber reden wollte, schon gar nicht mit Glauser-Röist.

»Natürlich!« Er lachte laut auf. »Das wusste ich schon, bevor ich Sie im Amtszimmer von Monsignore Tournier kennenlernte. So wie ich auch wusste, dass Sie die Schwester vom Kustos des Heiligen Landes, Pater Pierantonio Salina, sind. Das gehört zu meiner Arbeit, vergessen Sie das nicht. Ich weiß und ich sehe alles. Irgendjemand muss immer die schmutzige Arbeit erledigen, und im Vatikan hat es nun einmal mich getroffen. Es behagt mir ganz und gar nicht, aber ich habe mich inzwischen daran gewöhnt. Sie sind nicht die Einzige, die ein neues Leben beginnen wird. Eines nicht allzu fernen Tages werde auch ich den Vatikan verlassen und mich in mein kleines Holzhaus am Genfer See zurückziehen, wo ich mich dem widmen werde, was mir wirklich am Herzen liegt: nämlich meinen Grund und Boden zu bestellen und neue Züchtungen und Anbaumethoden auszuprobieren. Wussten Sie, dass ich an der ETH Zürich Agrartechnik studiert habe, bevor ich zur Schweizergarde ging? Das war meine wirkliche Berufung. Doch meine Familie hatte andere Pläne mit mir. Es ist nicht immer leicht, dem zu entkommen, was einem von klein auf eingetrichtert wird.«

Einige Minuten lang sprach ich kein Wort und blickte aus dem Fenster, um über die Worte des Hauptmanns nachzudenken.

»Warum glauben wir bloß, dass wir unser Leben im Griff haben«, sagte ich schließlich, »wenn es doch das Leben ist, das uns im Griff hat?«

»Das ist wohl wahr«, erwiderte er und bückte sich, um sich die schmutzigen Hosen umzuschlagen, »aber wir haben immer die Chance, etwas daran zu ändern. Sie sind gerade dabei, und ich werde es eines Tages auch tun, das können Sie mir glauben. Es ist nie zu spät. Ich will Ihnen ein Geheimnis verraten, Dottoressa, das Sie hoffentlich für sich behalten können: Das hier wird mein letzter Auftrag für den Vatikan sein.«

Ich blickte ihn an und lächelte ihm zu. Wir hatten soeben Freundschaft geschlossen.

Im Wagen des Patriarchen Petros VII., einer schwarzen Limousine italienischen Fabrikats, fuhren wir durch Alexandrias Straßen. Farag saß vorn und sprach kein Wort, schaute nur unaufhörlich aus dem Fenster. Ich war ein wenig traurig, denn ich dachte, dass er sich in Alexandria irgendwie von mir entfernte, so dass ich gegen die Stadt fast eine Abneigung entwickelte.

Der Wagen rollte über moderne, stark befahrene Boulevards, die an endlosen, goldgelben Sandstränden vorbeiführten. Das Alexandria, das hier an mir vorüberzog, hatte eigentlich wenig mit dem Bild zu tun, das ich mir in Gedanken von der Stadt gemacht hatte. Wo waren all die Paläste und Tempel geblieben? Wo Marcus Antonius und Kleopatra? Wo der ehrwürdige Kavafis, der mit seinem Spazierstock in der Abenddämmerung durch Alexandrias Straßen schlenderte? Ich hätte ebensogut in New York sein können, wären da nicht die arabisch gekleideten Passanten auf den Bürgersteigen gewesen.

Als wir von den Uferstraßen ins Stadtzentrum bogen, wurde das Verkehrschaos einfach unsäglich. In einer schmalen Einbahnstraße blieb unser Wagen schließlich zwischen der langen Autoschlange hinter uns und einer Reihe von Autos vor uns stecken, die uns unbegreiflicherweise entgegenkamen. Farag und der Chauffeur wechselten ein paar Sätze auf arabisch, woraufhin Letzterer ausstieg und zu brüllen anfing. Vermutlich wollte er den Gegenverkehr dazu bewegen, zurückzusetzen, damit wir durchkämen, doch stattdessen entbrannte unter den Fahrern eine heftige Diskussion. Und natürlich war weit und breit kein einziger Verkehrspolizist zu sehen.

Nach einer Weile stieg Farag ebenfalls aus, sprach mit unserem Chauffeur und kehrte dann zum Auto zurück. Aber anstatt wieder einzusteigen, öffnete er den Kofferraum und holte seinen und meinen Koffer heraus.

»Los, komm, Ottavia«, sagte er, als er den Kopf zum Fenster hereinstreckte, »mein Vater wohnt nur zwei Straßen weiter.«

»Einen Augenblick!«, polterte der Hauptmann unwirsch. »Steigen Sie sofort wieder ein, Professor! Man erwartet uns im Patriarchat.«

»*Sie* erwartet man, Kaspar«, entgegnete Farag und hielt mir die Wagentür auf, »diese Versammlungen mit den Patriarchen sind einfach nur stupide. Rufen Sie mich an, sobald sie vorüber ist. Hier in Ägypten funktioniert mein Handy wieder, und Monsignore Kolta, der Vikar Seiner Seligkeit, kennt sowohl meine Nummer als auch die meines Vaters. Komm, Basileia!«

»Professor Boswell!«, tobte der Felsen. »Dottoressa Salina dürfen Sie aber nicht mitnehmen!«

»Ach nein? Erinnern Sie mich heute Abend noch mal daran. Wir erwarten Sie um neun Uhr zum Abendessen. Seien Sie bitte pünktlich.«

Mit diesen Worten ergriffen wir die Flucht und überließen Hauptmann Glauser-Röist einmal mehr seinem Schicksal, uns vor wichtigen religiösen Obrigkeiten zu entschuldigen. Vor allem der achtzigjährige Patriarch Stephanos II. Ghattas würde nach Farag fragen, den er von klein auf kannte, und selbstverständlich nähme er dem Hauptmann die dummen Ausreden nicht ab, die dieser sich zurechtgelegt hätte.

Wir waren unterdessen durch eine schmale Gasse gelaufen, die in die Tareek-El-Gueish-Straße mündete. Farag trug die beiden Koffer und ich unser Handgepäck. Während wir uns aus dem Staub machten, konnte ich nicht umhin, aus vollem Halse zu lachen, weil ich mich so glücklich und frei wie ein Teenager fühlte, der sich über sämtliche Regeln hinwegzusetzen und von allem abzunabeln begann. Da ich indes keine Fünfzehn mehr war, verlangsamten wir unser Tempo, sobald wir um die erste Ecke gebogen waren, und gingen gemessenen Schrittes weiter, um wieder zu Atem zu kommen. Farags Worten zufolge befanden wir uns im Saba-Facna-Viertel, wo sein Vater ein dreistöckiges Haus besaß.

»Er wohnt unten und ich oben.«

»Dann gehen wir also zu dir … nach Hause?«, fragte ich bestürzt.

»Natürlich, Basileia! Ich habe meinen Vater nur vorgeschoben, um Glauser-Röist nicht zu schockieren.«

»Ich … bin darüber … aber auch … schockiert!«, sagte ich, nach Luft schnappend.

»Ruhig Blut, Basileia. Wir begrüßen zuerst meinen Vater, bevor wir hinauf in meine Wohnung gehen. Oben können wir uns dann duschen, die Skarifikationen behandeln, saubere Kleidung anziehen und das Abendessen zubereiten.«

»Du machst das gerade absichtlich, stimmt's?«, rügte ich ihn und blieb mitten auf der Straße stehen. »Du willst mir Angst einjagen.«

»Dir Angst einjagen …?« Er stutzte. »Wovor graut dir?« Er beugte sich über mich, und ich befürchtete schon, dass er mich auf der Stelle küssen würde, aber zum Glück befanden wir uns ja in einem arabischen Land. »K-keine S-Sorge, Basileia …« Ich musste lächeln: Er stotterte. »Ich v-verstehe dich. Und i-ich versichere dir, dass du k-keine Angst haben musst, dass irgendetwas … passiert, auch wenn es mir unendlich schwerfallen wird. Ich kann dir natürlich keine hundertprozentige Garantie darauf geben, aber ich werde mein Möglichstes versuchen. Einverstanden?«

Er sah so schön aus, wie er dort mitten auf der Straße stand und mich mit seinen dunkelblauen Augen anstrahlte, dass ich fürchtete, gerade entgegen meinen eigentlichen Wünschen zu handeln. Aber … aber was für Wünsche denn? O mein Gott, das war alles so neu für mich! Ich hätte das alles zwanzig Jahre früher erleben sollen! Ich würde mich sicher blamieren, und wenn nicht jetzt, dann später, wenn … Gott, steh mir bei!

»Wir gehen jetzt sofort zu deinem Vater!«, rief ich beklommen.

»Ich hoffe, dass du bald deine Angelegenheiten mit der Kirche regelst, wie Glauser-Röist es nennt. Es wird sehr hart für mich werden, zu wissen, dass ich dich nicht anfassen darf.«

Ich war drauf und dran, ihm zu sagen, dass ich nur so unberührbar sei, wie mir mein Gewissen dies diktiere, hielt aber gerade noch rechtzeitig den Mund. Selbst wenn man mich in jenem Augenblick wie durch Zauberhand von meinen Gelübden entbunden hätte, so wäre ich doch noch nicht so weit gewesen, das Keuschheitsgelübde zu brechen, ohne mich zuvor vollkommen von meinen Verpflichtungen gegenüber Gott und meinem Orden befreit zu haben.

»Komm, Farag«, sagte ich mit einem Lächeln. Ich hätte alles dafür gegeben, ihn auf der Stelle küssen zu können.

»Warum musste ich mich ausgerechnet in eine Nonne verlieben?«, schrie er mitten auf der Straße. Zum Glück in Altgriechisch. »Wo es in Alexandria doch so viele schöne Frauen gibt!«

Die Heimkehr hatte ihn irgendwie verwandelt. Er war jetzt ein ganz anderer als der, den ich kannte.

»Komm, Farag«, wiederholte ich geduldig, noch immer ein Lächeln auf meinen Lippen, wohl wissend, dass einige schreckliche Wochen vor mir lagen.

Die Straße, in der das Haus der Familie Boswell stand, war eine dunkle, kühle Gasse voll alter Gebäude mit eleganten Fassaden englischen Stils. Auf den Türen und Fenstern waren herrliche Arabesken mit Blätter- und Blütenornamenten zu sehen. Die Gasse war für den Durchgangsverkehr gesperrt, was die Karren und Fahrradfahrer aber nicht daran hinderte, trotzdem durch sie hindurchzufahren, wobei sie den Fußgängern geschickt auswichen, die das nicht weiter zu stören schien. Kurzum, es war eine schöne Straße, und ihre Bewohner schienen sehr freundlich zu sein.

Sichtlich gerührt zog Farag einen kleinen Schlüssel aus seiner Jackentasche und öffnete das Gitter vor dem Eingang. Ein zarter Duft von Minze strömte uns entgegen. Das Portal war breit und lag im Schatten, wie es bei einem so heißen Land wie Ägypten vernünftig schien. Ein Fahrstuhl war nirgends zu entdecken.

»Psst, mach bitte keinen Lärm, Basileia«, wisperte Farag, »ich möchte meinen Vater überraschen.«

Leise schlichen wir die wenigen Stufen bis zur Wohnung von Farags Vater hinauf und blieben vor einer großen Kassettentür stehen. Die Klingel befand sich neben unseren Köpfen auf der Höhe des Oberlichts.

»Ich habe zwar einen Schlüssel«, erklärte Farag, als er läutete, »aber ich möchte so gern sein Gesicht sehen, wenn ich plötzlich vor ihm stehe.«

Farags langanhaltendes Klingeln war wahrscheinlich im Umkreis von mehreren Kilometern zu hören. Während das Echo noch immer in meinen Ohren nachhallte, konnte man innen wütendes Gebell vernehmen, das immer näher kam.

»Das ist Tara«, flüsterte Farag freudestrahlend. »Sie hat meiner Mutter gehört … ›Vom Winde verweht‹ hatte es ihr angetan«, fügte er entschuldigend hinzu, als errate er meine Gedanken: Ich fand den Namen der Hündin ausgesprochen kitschig. Doch ich verlor kein Wort darüber; letztlich hatte ich in meinem Leben schon schlimmere Tiernamen gehört.

Als sich die Tür langsam öffnete, erblickte ich einen großen, schlanken Mann mit weißem Haar und ein paar Augen, deren intensives Dunkelblau nur durch ein paar Bifokalgläser gedämpft wurde. Er mochte so um die siebzig sein und sah genauso gut aus wie sein Sohn. De facto wirkte er wie das lebendige Abbild von Farag, wenn dieser erst einmal alt wäre: die gleichen semitischen Gesichtszüge, die gleiche dunkle Hautfarbe, die gleiche Mimik … ich verstand, dass Farags Mutter für einen solchen Mann alles aufgeben konnte; ich fühlte mich ihr sehr verbunden, da ich gerade etwas Ähnliches erlebte.

Die Umarmung von Farag und seinem Vater war lang und bewegend. Die Hündin, eine unglückliche Promenadenmischung aus Yorkshire- und Scotchterrier, hüpfte aufgeregt bellend um sie herum. Butros Boswell küsste ein ums andere Mal das helle Haar seines Sohnes, als ob jeder Tag, den Farag fern von ihm verbracht hatte, eine einzige Qual für ihn gewesen wäre. Er stammelte freudige Worte, und mir schien, als füllten sich seine Augen sogar mit Tränen. Schließlich ließen sie einander los und drehten sich zu mir um.

»Papa, darf ich dir Dottoressa Ottavia Salina vorstellen?«

»Farag hat mir in den vergangenen Monaten schon viel von Ihnen erzählt, Dottoressa«, begrüßte er mich in einwandfreiem Italienisch und schüttelte mir herzlich die Hand. »Kommen Sie doch bitte herein.«

Gefolgt von Tara, die, ganz entzückt über Farags Liebkosungen, heftig mit dem Schwanz wedelte, betraten wir das Vorzimmer der großzügig geschnittenen Wohnung. Überall stapelten sich Bücher, sogar auf der Anrichte neben dem Eingang, und im Flur sowie in sämtlichen Zimmern waren zahlreiche alte Familienfotos zu sehen. Die Einrichtung bestand aus einer buntscheckigen Mischung von Möbeln und Gegenständen englischer, wienerischer, italienischer, arabischer und französischer Herkunft: hier eine Vase von Lalique; da eine Teekanne aus getriebenem Silber; dort ein englischer Trumeau aus der Zeit der Jahrhundertwende; eine Holztruhe, die mit Intarsien aus Perlmutt verziert war; ein arabisches Gläserservice; ein paar gedrechselte Stühle, die um ein antikes, rundes Tischchen gruppiert waren, auf dem ein Schachbrett mit Elfenbeinfiguren stand … Am meisten erregten meine Aufmerksamkeit allerdings die Gemälde im Wohnzimmer. Als er mein Interesse bemerkte, trat Butros Boswell neben mich und erklärte mir nicht ganz frei von Stolz, wer die darauf abgebildeten Personen waren.

»Das hier ist mein Großvater: Kenneth Boswell, der Oxyrhynchos entdeckt hat. Sie können ihn daneben auch noch mal mit seinen Kollegen Bernard Grenfell und Arthur Hunt auf dieser alten Schwarzweißfotografie aus dem Jahre 1895 sehen, die während der ersten Ausgrabungen aufgenommen wurde. Und auf diesem Gemälde …«, fuhr er fort und zeigte auf eine wunderschöne Frau im Cocktailkleid mit schwarzen Handschuhen, die ihr fast bis zu den Schultern reichten, »… sehen Sie seine Gattin, Esther Hopasha, meine Großmutter, eine der schönsten Jüdinnen ganz Alexandrias.«

Der Sohn der beiden, Ariel Boswell, und dessen Frau Miriam, eine ägyptische Koptin von dunkler Hautfarbe, die ihr Haar mit Henna gefärbt hatte, blickten ebenfalls von den Wänden des Wohnzimmers auf uns herab. Doch der beste Platz in der Bildergalerie war dem Gemälde einer jungen Frau vorbehalten, die zwar nicht sonderlich hübsch war, dafür aber vergnügt blitzende Augen hatte, aus denen eine unbändige Lebensfreude strahlte.

»Und das war meine Frau, Farags Mutter, Rita Luchese.« Sein Gesicht verdüsterte sich. »Sie starb vor fünf Jahren.«

»Papa«, mischte sich Farag nun ein, der mit Tara auf dem Arm zu uns getreten war, »wir sollten jetzt in meine Wohnung hinaufgehen. Wir haben noch nicht ausgepackt.«

»Werdet ihr heute bei mir zu Abend essen?«

»Nein, wir essen oben. Hauptmann Glauser-Röist kommt noch. Ich dachte mir, dass ich uns etwas aus dem ›Mercure‹ bringen lasse.«

»Schön«, erwiderte Butros, »dann sehe ich dich irgendwann in den nächsten Tagen, mein Sohn. Aber reise nicht wieder ab, ohne mir vorher Lebwohl gesagt zu haben.«

»Aber du bist doch auch zum Essen eingeladen!«, rief Farag und warf Tara in die Luft. Die Hündin, die ziemlich viel wiegen musste, kam nicht gerade elegant auf dem Boden auf und lief dann schnurstracks auf mich zu. Sie hatte große Augen und einen intelligenten Blick. Ihr Fell war zimtfarben, bis auf den großen weißen Fleck am Hals und auf der Brust. Misstrauisch strich ich ihr über den Kopf, woraufhin sie an mir hochsprang und ihre Pfoten meine Magengrube trafen.

»Ich hoffe, es macht Ihnen nichts aus«, bemerkte Butros schmunzelnd, »es ist ihre Art, jemandem verstehen zu geben, dass sie ihn mag.«

»Dein Vater ist einfach bezaubernd«, sagte ich zu Farag, als wir vor seiner Wohnung im dritten Stock standen. Wir hatten uns bis zum Abendessen von ihm verabschiedet.

»Ich weiß«, entgegnete er und schloss die Wohnungstür auf.

»Wer wohnt eigentlich im zweiten Stock?«

»Jetzt niemand mehr«, erklärte Farag. Er betrat den dunklen Flur und stellte die Koffer ab. »Vorher haben mein Bruder Juhanna und seine Frau Zoe mit ihrem Söhnchen darin gewohnt.«

»Ich kann immer noch nicht glauben, was du mir über sie erzählt hast. Es ist einfach zu schrecklich, was ihnen zugestoßen ist.«

»Es ist besser, nicht mehr daran zu denken«, sagte er, nahm mir die Taschen aus der Hand und schloss hinter mir die Tür. »Wir haben momentan andere Dinge zu tun.«

Und ob wir das hatten! Wenn auch nicht dazugehörte, das Licht anzumachen, die Jalousien hochzuziehen oder die Wohnung zu erkunden. Nie hätte ich gedacht, dass es mir so unendlich schwerfallen würde, mich an mein zweites Gelübde zu halten. Ich wusste, dass es eine Grenze gab, aber ich … ich hatte keine Ahnung, wie leicht es wäre, diese zu überschreiten. Ich tat es dennoch nicht. Ich tat es nicht, weil mir, während ich gegen meine eigenen Instinkte und Gefühle ankämpfte, im letzten Moment einfiel, dass ich ein Versprechen zu halten hatte. Es war absurd, geradezu lächerlich, der reinste Wahnsinn, ich wusste es. Doch aus irgendeinem Grund musste ich meinen Verpflichtungen Gott, meinem Orden und der Kirche gegenüber treu bleiben. Nichtsdestotrotz war es entsetzlich, mich von Farags Lippen lösen zu müssen, von seinem Körper, seiner Zärtlichkeit und Leidenschaft. Als ob ich in tausend Stücke zerspränge.

»Du … du hast mir versprochen … du hast mir versprochen, dass du mir helfen würdest«, stammelte ich, während ich ihn von mir schob.

»Ich kann nicht, Ottavia.«

»Farag, bitte!«, flehte ich ihn an. »Hilf mir! Ich liebe dich doch so sehr!«

Er hielt inne und rührte sich einige Sekunden überhaupt nicht. Dann neigte er sich zu mir und küsste mich.

»Ich liebe dich, Basileia«, sagte er und trat einen Schritt zurück. »Ich werde warten.«

»Ich verspreche dir, noch heute Abend in Rom anzurufen.« Ich streichelte seine bärtige Wange. »Ich werde mit der stellvertretenden Oberin meines Ordens, Schwester Sarolli, sprechen und ihr meine Situation erklären.«

»Tu's, bitte«, flüsterte er und küsste mich erneut, »bitte!«

»Ich versprech's dir«, wiederholte ich, »noch heute Abend werde ich sie anrufen.«

Solange ich duschte, den Wundverband über der Skarifikation im Nacken wechselte und mir saubere Kleider anzog, öffnete Farag auf meinen Wunsch hin sämtliche Türen und Fenster, wischte Staub und richtete seine Wohnung für den Besuch her. Danach bestellte er beim Catering-Service des nahe gelegenen Hotels »Mercure« das Abendessen. Bevor er im Badezimmer verschwand – natürlich nicht, ohne mich vorher zu fragen, ob ich ihn nicht doch begleiten wolle –, ermunterte er mich, nach Lust und Laune in der mir noch fremden Wohnung herumzuschnüffeln. Scheinheilig erkundigte ich mich, ob es etwas gebe, in das ich meine Nase nicht stecken dürfe.

»Fühl dich wie zu Hause, Basileia. Sieh dich um, wo immer du willst«, antwortete er und schloss die Tür.

Was ich dann auch ausgiebig tat. Wenn er glaubte, dass ich keine Begabung zur Spionin hatte, so irrte er sich gewaltig, denn in der halben Stunde, die er im Bad benötigte, blieb nichts, aber auch gar nichts undurchsucht. Farags Wohnung hatte schlichte weiße Wände und einen hellen Terrazzofußboden. Sie verfügte nur über zwei Schlafzimmer, doch wie in allen alten Häusern waren diese riesengroß. Seines war sehr karg eingerichtet, und in der Mitte stand ein großes Bett; im zweiten am anderen Ende der Wohnung befanden sich außer zwei schmalen Betten nur Bücher, Dutzende, Hunderte von Büchern und Fachzeitschriften über Geschichte, Archäologie und Paläographie. Das Wohnzimmer nahm so viel Raum ein wie die ganze restliche Wohnung zusammengenommen – Küche und Arbeitszimmer inklusive –, so dass Farag neben einem großen Sofa und mehreren cremefarbenen Sesseln in einer Ecke auch einen großen Esstisch aus dunklem Holz stehen hatte. Die restlichen Möbel waren aus dem gleichen Material und von der gleichen Farbe: Schränke, Bücherregale, Tische, Kommoden, Vitrinen … Kissen gefielen ihm wohl sehr, denn überall lagen welche herum; die ganze Farbskala von kupferfarben bis weiß war vertreten. Und dann die Fotos. Er hatte mindestens so viele herumstehen wie sein Vater: Farag mit seinem Vater, seiner Mutter, seinem Bruder, seiner Schwägerin, seinem Neffen, wieder mit seinem Vater … Ich entdeckte mehrere, auf denen er als kleines Kind, mit seinen Klassenkameraden und Studienfreunden zu sehen war, insbesondere mit zwei Freunden, die ziemlich oft auftauchten. Seine Reisen quer durch die ganze Welt hatte er mit sehr attraktiven Frauen gemacht, die jedoch ständig gewechselt hatten, wie die Fotografien bewiesen. So zeigten die Fotos von Rom einen blutjungen Farag mit einem blonden, stupsnasigen Mädchen; auf denen von Paris war er mit einer anmutig lächelnden Brünetten abgebildet; auf denen von

London mit einer Asiatin mit kurzem schwarzen Haar; die von Amsterdam zeigten ihn mit einem bildschönen Model mit perfekten Zähnen; die von … kurzum, wozu sie alle aufzählen? Endlich waren mir die Augen aufgegangen, dass ich mich in einen Casanova verliebt hatte oder, was noch viel schlimmer war, in einen Lebemann ersten Ranges. Obwohl er gar nicht so wirkte.

Erschüttert ließ ich mich aufs Sofa fallen und drückte eines der Kissen an mich. Während ich durch die großen Fenster in den abendlichen Himmel starrte, begann ich mich ernsthaft zu fragen, ob ich wirklich Schwester Sarolli anrufen sollte. Noch hatte ich Zeit, auf dem Absatz kehrtzumachen und in unserem Schwesternhaus in Connaught Zuflucht zu suchen. In diesem Augenblick klingelte Farags Handy, das auf einem der niedrigen Bücherregale im Flur neben dem Badezimmer lag.

»Ottavia!«, schrie Casanova. »Geh bitte ran! Das wird der Hauptmann sein!«

Ich antwortete ihm nicht, sondern drückte nur den grünen Knopf auf dem Handy. Glauser-Röist wirkte sichtlich ungehalten.

»Ist die Konferenz schon zu Ende, Hauptmann? Wie ist es gelaufen?«

»So wie immer.«

»Dann kommen Sie schnell her. Das Abendessen steht schon fast auf dem Tisch.« Ich hoffte nur, dass die Angestellten vom Restaurant sich beeilten.

»Wo werden Sie heute Nacht schlafen, Dottoressa?«, fragte er unvermittelt.

»Also …«, ich zögerte, »… das habe ich mir noch gar nicht überlegt. Wo übernachten Sie denn?«

»Hat der Professor genügend Zimmer für uns alle?«

»Ja, er hat zwei Schlafzimmer und drei Betten.«

»Hier im Patriarchat gäbe es auch Platz. Man wüsste gern, wo wir nächtigen werden.«

»Brauchen wir Computer oder sonst irgendetwas, um uns auf die Prüfung vorzubereiten?«

»Hat der Professor denn keinen?«, fragte Glauser-Röist erstaunt. Er hatte den Sinn meiner Frage falsch verstanden.

»Ja, doch, es steht einer in seinem Arbeitszimmer, aber ich habe keine Ahnung, ob er Internetzugang hat.«

»Aber natürlich!«, schrie Casanova aus dem Bad, der unsere Unterhaltung allem Anschein nach genau verfolgte. »Ich komme hier ins Internet und habe auch direkten Zugriff auf die Datenbanken des Museums!«

»Er sagt, dass er von hier aus ins Netz könne, Hauptmann«, wiederholte ich.

»Dann entscheiden Sie, Dottoressa.« Hörte ich da in seiner Stimme einen misstrauischen Unterton? Nun, wahrscheinlich fühlte er sich nur unsicher.

»Kommen Sie her, Hauptmann. Hier haben wir es bequemer. Wie lautet deine Adresse, Farag?«, fragte ich meinen ungekrönten Prinzen durch die Tür.

»Muharram Bey 33, oberster Stock!«

»Sie haben's gehört, Hauptmann.«

»In einer halben Stunde bin ich bei Ihnen«, erwiderte er und legte auf.

Zum Glück tauchte der Zusteller des Restaurants noch vor dem Felsen auf, so dass wir schnell den Tisch decken konnten, um den Hauptmann im Glauben zu lassen, dass wir selbst gekocht hätten.

»Willst du nicht noch Schwester Sarolli anrufen, bevor Kaspar kommt?«, fragte Farag, als wir aus der Küche Wasser- und Weingläser holten. Ich wusste nicht, was ich antworten sollte, und schwieg deshalb. Aber er bohrte weiter: »Ottavia, was ist mit Schwester Sarolli?«

»Ich weiß es nicht, Farag! Ich bin mir da nicht mehr so sicher!«, brauste ich auf.

»Aber … aber was sagst du denn da?« Er war wie vom Donner gerührt. »Habe ich irgendetwas verpasst?«

Wenn ich ihm jetzt meine Gründe nannte, würde er mich sicher auslachen. Diese absurde Eifersucht war wirklich albern, aber ich wusste auch nicht genau, ob es wirklich Eifersucht war. Ich fühlte mich eigentlich eher ungerecht behandelt: Während es in meiner Vergangenheit keinen anderen Mann gegeben hatte und ich mir wie eine nagelneue, bezugsfertige Wohnung vorkam, hatte *er* ein buntgemischtes Sortiment von Exfreundinnen vorzuweisen, was den Vergleich mit einem Hotelzimmer nahelegte. Ich konnte es drehen und wenden, wie ich wollte, am Ende zog ich den Kürzeren.

Er musste es mir wohl an der Nasenspitze angesehen haben, denn Farag stellte die Gläser ab, kam zu mir und umarmte mich.

»Was ist los, Basileia? Haben wir jetzt schon Geheimnisse voreinander?«

»Genau darum geht es!«, rief ich und zeigte mit dem Finger anklagend auf die Urlaubsfotos. »Warst du schon einmal verheiratet? Wenn das so ist …« Ich ließ die Drohung im Raum stehen.

»I-ich war noch nie verheiratet«, stotterte er, »was soll die Frage?«

Wieder deutete ich anklagend auf die Fotos von den vielen Frauen, doch zu meiner Verzweiflung verstand er mich noch immer nicht.

»Mein Gott, Farag! Will dir das denn nicht in den Kopf? Es hat schon viel zu viele Frauen in deinem Leben gegeben!«

»Ach so!«, seufzte er. »Ich wusste nicht, dass du das meinst!« Dann begriff er. »Aber, Ottavia, du wirst doch nicht ernsthaft geglaubt haben, dass ich bis zu meinem neununddreißigsten Lebensjahr noch mit niemandem geschlafen habe?« Er war so liebenswürdig, sich ein Jahr älter zu machen, um sich mir gleichzustellen.

»Warum nicht? Ich habe es doch auch nicht!«

Wenn ich nun Ausflüchte erwartet hatte oder dass er mir damit kommen würde, dass ich ja wohl Nonne gewesen sei, so hatte ich mich gewaltig geschnitten: Er warf sich aufs Sofa und bog sich vor Lachen. Als er auch nach einer Weile noch nicht aufhören konnte, Tränen zu lachen, und sein Gesicht bereits rot anlief, drehte ich mich auf dem Absatz um und stolzierte beleidigt ins Gästezimmer, wo mein Gepäck stand. Allerdings kam ich nicht weit, denn mit drei Sätzen hatte mich Professor Boswell auf dem Flur eingeholt und an die Wand gedrängt.

»Sei doch nicht albern, Basileia«, gluckste er und versuchte sich das Lachen zu verbeißen. »Ich sage dir das jetzt ein einziges Mal und hoffe, dass es damit ein für alle Mal vom Tisch ist: Ruf in Italien an, verabschiede dich von Schwester Sarolli und deiner Kongregation und streiche sämtliche Frauen, die es in meinem Leben gegeben haben könnte, aus deinem Gedächtnis. Für keine von ihnen habe ich je das empfunden, was ich für dich empfinde. Zum ersten Mal bin ich mir meiner Gefühle ganz sicher und weiß, dass ich dich liebe, wie ich noch nie zuvor jemanden geliebt habe.« Langsam beugte er sich vor und küsste mich. »Solange du mit Schwester Sarolli telefonierst, werde ich alle Urlaubsfotos verschwinden lassen, o. k.?«

»O. k.«

»Dann ist ja gut«, sagte er und rieb seine Nase an meiner, »ich gebe dir fünf Sekunden. Häng dich verdammt noch mal endlich an die Strippe!«

»Du redest schon wie Glauser-Röist.«

»Ich glaube, langsam verstehe ich ihn auch.«

Unter Farags forschendem Blick ging ich in das Gästezimmer. Ich wollte lieber von dort aus telefonieren, allein und in aller Ruhe, ohne dass er wie ein Schatten an mir klebte und jedem meiner Worte lauschte. Als ich das Rufzeichen im Mutterhaus meines Ordens in Rom vernahm, klingelte es an der

Tür. Der Hauptmann war soeben eingetroffen; Butros kam kurz danach.

Es war ein schwieriges Gespräch, das ich mit der ehrwürdigen Schwester Giulia Sarolli zu führen hatte. Sie sprach in demselben herablassenden Ton mit mir wie damals, als sie mir meine Verbannung nach Irland mitteilte. Doch so sehr ich auch bohrte, ich brachte nicht aus ihr heraus, welche Schritte ich unternehmen musste, um aus dem Orden austreten zu können. Stur wiederholte sie immer wieder, der rechtliche Teil der Angelegenheit sei nicht wichtig, das einzig Wichtige sei die Seele und ich hätte mein Leben dem Orden geweiht.

»Und diese Hingabe, Schwester«, redete sie mir ins Gewissen, »ist eine Liebesgabe, eine Liebe, die versucht, die Selbstsucht zu überwinden und sich dem Nächsten zu öffnen. Dazu dient uns das Leben in der Gemeinschaft, und unser Ideal, wonach alle Schwestern streben sollten, ist es, wie Paulus sagen zu können: ›Ich habe die Freiheit, dies oder jenes zu tun, aber es steht mir auch frei, zu tun, was nicht ich will, sondern was die anderen von mir erwarten.‹ Verstehen Sie das?«

»Natürlich verstehe ich das, Schwester, aber ich habe viel darüber nachgedacht und bin mir sicher, nie wieder glücklich zu sein, wenn ich weiterhin ein Leben als Ordensschwester führe.«

»Aber dieses Leben als Ordensschwester besteht darin, Christus nachzufolgen!« Giulia Sarolli konnte nicht begreifen, dass ich freiwillig auf ein so hehres Ziel verzichtete, und redete, als ob jede andere Option nicht in Betracht käme. »Sie fühlten sich von Gott berufen! Wie können Sie die Stimme unseres Herrn jetzt nicht mehr hören wollen?«

»Darum geht es nicht, Schwester. Ich kann nachvollziehen, dass es schwer zu verstehen ist, aber die Dinge sind nicht immer so einfach.«

»Sie werden sich doch nicht verliebt haben, oder?«, fragte sie betrübt nach einigen Sekunden des Schweigens.

»Ich fürchte, doch.«

Das Schweigen, das darauf folgte, dauerte dieses Mal noch ein paar Sekunden länger.

»Sie haben Ihre Gelübde abgelegt!«, betonte sie dann mit Nachdruck.

»Ich habe noch nicht dagegen verstoßen, Schwester Sarolli. Deshalb sollen Sie mir ja erklären, was ich genau zu tun habe, um ins weltliche Leben zurückkehren zu können.«

Doch auch dieses Mal hatte ich kein Glück. Giulia Sarolli verstand nicht, oder wollte nicht verstehen, dass es keinen Weg zurück gab, wenn bestimmte Dinge sich einmal dem Ende zuneigten. Deshalb redete sie weiter auf mich ein, ich solle doch alles noch einmal überdenken, bevor ich eine so gewichtige Entscheidung träfe. Ich hatte geahnt, dass das Telefongespräch länger dauern würde, aber nicht gedacht, dass es sich so lange hinzöge.

»Sie sollten auf Gott bauen und seinem Ruf folgen.« Sie ließ einfach nicht locker.

»Hören Sie zu, Schwester«, sagte ich schließlich verärgert; langsam hatte ich es satt. »Gott ruft mich sicherlich auch in Zukunft, aber gerade rufe ich *Sie* aus Ägypten an, und Sie schenken mir kein Gehör. So kommen wir nicht weiter! Sagen Sie mir endlich, was ich tun muss, um aus dem Orden auszutreten!«

Die stellvertretende Schwester Oberin verstummte. Sie musste jedoch bemerkt haben, dass es an der Zeit war, mich mit dem Gewünschten abzufertigen, da meine Entscheidung unwiderruflich feststand.

»Wenn Sie im nächsten Dezember mit der Vorsteherin Ihrer Schwesterngemeinschaft über die alljährliche Erneuerung Ihrer Gelübde sprechen, dann sagen Sie ihr einfach, dass Sie sie nach Ostern nicht mehr erneuern wollen. Das ist alles.«

»Aber was sagen Sie denn da?!«, rief ich erschrocken. »Ich muss bis Dezember warten? Diesen Weg kannte ich bereits,

Schwester Sarolli. Ich habe Sie aber gefragt, was ich tun muss, um *jetzt* aus der Kongregation auszutreten.«

Am anderen Ende der Leitung hörte ich sie seufzen. Und ich vernahm die Sirene eines Krankenwagens, der in Rom gerade unter dem Büro der Schwester durchfahren musste.

»Sie benötigen eine Dispens des Bischofs«, knurrte sie. »Ich erinnere Sie allerdings daran, dass Sie erst vor knapp einem Monat Ihre Gelübde erneuert haben.«

Sollte sich am Ende des Tunnels ein kleiner Hoffnungsschimmer abzeichnen?

»Nein, Schwester, das habe ich nicht.«

»Wie bitte?«, entgegnete sie bestürzt.

»Der dritte Sonntag nach Ostern fiel dieses Jahr auf den 14. Mai, und an diesem Tag musste ich nach Sizilien zur Beerdigung meines Vaters und meines Bruders fliegen, die bei einem … Autounfall ums Leben gekommen sind.«

»Und am darauf folgenden Sonntag haben Sie sie auch nicht erneuert? Haben Sie die Urkunde unterschrieben oder nicht?«

»Die Mission, die ich gerade für den Vatikan erfülle, erlaubte es mir nicht. Aus diesem Grund erneuerte ich die Gelübde nur *in pectore*.«

Ich hörte, wie sie ein paar Schubladen aufzog und wieder zuknallte und danach in Papieren herumwühlte. Dann deckte sie die Sprechmuschel mit der Hand ab, und ich hörte nur noch gedämpft, wie sie mit jemandem sprach, der wohl mit ihr im Raum war. Langsam begann ich Farag zu bemitleiden. Dieser Anruf würde ihn ein Vermögen kosten! Als sie nach einer Weile von der Wahrheit meiner Aussage überzeugt schien, verkündete sie mir schließlich mit resignierter Stimme:

»Von Gesetzes wegen müssen Sie gar nichts mehr tun, Schwester Salina. Ihre Reue vor Gott steht natürlich auf einem anderen Blatt; das ist Ihre Sache, und dafür übernehmen Sie ganz allein die Verantwortung. Korrekt wäre es jedenfalls, wenn Sie der

Mutter Oberin einen Brief schrieben, in dem Sie ihr Ihre Entscheidung mitteilen, und einen weiteren an die Vorsteherin Ihrer Schwesterngemeinschaft, Schwester Margherita. Diese Briefe kommen dann zu Ihren Unterlagen, und von dem Zeitpunkt an werden wir Ihre Zugehörigkeit zu unserem Orden für beendet erklären.«

»So einfach ist das? Ich bin frei? Das war's schon?« Ich traute meinen Ohren nicht.

»Sie werden es sein, sobald wir die Briefe erhalten haben. Wenn Sie jetzt kein weiteres Anliegen mehr haben … Schwester …« Sie zauderte kurz, als sie dieses »Schwester« aussprach.

»Und mein Gehalt? Werde ich das fortan vollständig und direkt vom Vatikan überwiesen bekommen?«

»Machen Sie sich darüber keine Gedanken. Das werden wir alles regeln, sobald wir Ihre Briefe haben. Vergessen Sie aber nicht, dass Ihre Anstellung im Vatikan darauf gründet, dass Sie Ordensschwester sind. Ich fürchte, dass Sie dies mit dem Präfekten des Geheimarchivs, Hochwürden Pater Guglielmo Ramondino, klären müssen. Und ich halte es für sehr wahrscheinlich, dass Sie sich eine neue Arbeitsstelle suchen müssen.«

»Das dachte ich mir bereits. Danke für alles, Schwester Sarolli. Ich werde Ihnen diese Briefe so bald wie möglich schicken.«

Ich legte auf. Schwindel überkam mich. Vor mir klaffte ein Abgrund, und die gegenüberliegende Seite war zu weit weg, um sie mit einem großen Sprung zu erreichen. Doch eine Umkehr war nun ausgeschlossen, zumal ich das auch gar nicht mehr wollte. Ich seufzte und warf einen Blick in Farags Schlafzimmer. Wenn meine Mutter das erführe, bekäme sie einen Herzinfarkt, nein, nicht einen, zwei oder drei, mindestens. Und wie meine Geschwister reagieren würden, mochte ich mir gar nicht ausmalen. Möglicherweise war Pierantonio der Einzige, der es verstehen konnte. Zwar wollte ich für den Rest meines Lebens nur noch mit Farag zusammen sein, doch die praktische Veranlagung des Salina-Clans trieb mich dazu, jegliche Eventualitäten abzuwägen: Trotz alledem war eine Heimkehr nach Palermo eine reelle Option, denn dort würde ich immer Unterschlupf finden. Jedenfalls musste ich mir eine neue Anstellung suchen, was mich aber nicht weiter kümmerte, da dies, bei meinem beruflichen Werdegang, meinen Preisen und Veröffentlichungen, nicht sonderlich schwierig werden dürfte. Die Arbeit würde natürlich auch den Ort bestimmen, wo ich fortan leben müsste. Ich seufzte erneut. Die Angst musste aus dem Spiel bleiben, mich vor der Zukunft zu fürchten war schlichtweg verboten. Irgendwie würde ich weiterkommen und einen Weg finden, wie ich über den gähnenden Abgrund gelangte.

Die Zimmertür öffnete sich leise, und im Türspalt kam Farags Bart zum Vorschein.

»Wie ist es gelaufen?«, wollte er wissen. »Wir haben das Knacken in der Leitung gehört, als du aufgelegt hast.«

»Du wirst es nicht für möglich halten«, erwiderte ich und zog die Augenbrauen hoch, »ich bin frei.«

Farag sperrte Mund und Augen auf. Er schien zur Salzsäule erstarrt. Ich stand auf und ging auf ihn zu.

»Lass uns essen. Später erzähle ich dir alles.«

»A aber, aber … dann bist du jetzt nicht mehr Ordensschwester?«, stotterte er.

»Theoretisch nicht mehr«, erklärte ich und schob ihn auf den Flur. »Moralisch gesehen schon noch. Zumindest, bis ich ihnen schriftlich meinen Austritt mitgeteilt habe. Aber lass uns jetzt bitte zu Tisch gehen, das Essen wird schon kalt sein, und ich habe deinem Vater und dem Hauptmann gegenüber ein schlechtes Gewissen.«

»Sie ist keine Nonne mehr!«, verkündete er, als wir das Wohnzimmer betraten. Butros lächelte und senkte den Kopf, um so seiner stillen Freude Ausdruck zu verleihen, die mit der seines

Sohnes in engem Zusammenhang stehen musste. Der Felsen starrte mich eine ganze Weile wortlos an.

Das Abendessen verlief sehr harmonisch. Mein neues Leben hätte nicht besser beginnen können. Währenddessen begriff ich auch, warum die Staurophylakes Alexandria ausgewählt hatten, um die Todsünde der Völlerei zu sühnen. Man hätte sich unmöglich köstlichere oder noch besser gewürzte Leckerbissen vorstellen können als diese typisch alexandrinischen Gerichte. Vor dem *Baba Ghannouj,* einem Auberginenmus mit einer dicksämigen Sesamsauce und Zitronensaft, und dem *Hummus bi Tahina,* einem Kichererbsenpüree mit den gleichen Gewürzen, probierten wir unterschiedliche Salate, von denen jeder einzelne schmackhafter und leckerer zubereitet war als der vorige; dazu gab es zahlreiche Käsesorten und das ägyptische Nationalgericht *Ful,* einen Brei aus dicken braunen Bohnen. Wie uns Butros erklärte, hatten die Einwohner Alexandrias sich im Laufe der Jahrhunderte die Eigenheiten der römischen und byzantinischen Küche angeeignet, es aber auch verstanden, das Beste aus der arabischen hinzuzufügen. Nichts bleibe ungewürzt, und Olivenöl, Honig, Lorbeerblätter, Joghurt, Knoblauch, schwarzer Pfeffer, Sesam und Zimt dürften bei keinem Gericht fehlen.

Ich packte die Gelegenheit beim Schopfe, das zu überprüfen. Angefangen bei den leckeren *Aish,* frischgebackenen Rundbroten aus verschiedenen Mehlsorten, die zu den Pürees gereicht wurden, bis zu den *Gambari,* appetitlichen Riesengarnelen mit Knoblauchsauce, nach denen man sich wirklich die Finger lecken konnte: alles, was wir an jenem Abend aßen, war schlicht und einfach köstlich. Sogar Glauser-Röist schien von dem Festmahl, das uns Farag aufgetischt hatte, äußerst angetan zu sein, und nicht eine Minute ließ er sich die Geschichte aufbinden, dass wir diese kulinarischen Köstlichkeiten selbst zubereitet hätten. Butros erklärte uns, dass er die Fleischgerichte am schmackhaftesten fand, aber an diesem Abend stand außer dem delikaten *Hamam* – mit Weizen gefüllte, langsam gebratene Tauben – nichts davon auf dem Tisch. Hammelfleisch würden die Ägypter und ausländischen Touristen am meisten schätzen, führte er aus, aber der immer frisch zubereitete und gut gewürzte Fisch stehe den Fleischgerichten in nichts nach.

Glauser-Röist trank ein paar Flaschen ägyptisches Bier der Marke »Stella« zum Essen; Farags Vater schaffte sogar eine mehr.

»Wussten Sie, dass man Bier zuerst in Mesopotamien gebraut hat?«, fragte er. »Es geht doch nichts über ein Glas Bier vor dem Schlafengehen. Bier ist ein natürliches Relaxans, man schläft viel leichter ein.«

Dennoch tranken Farag und ich nur Mineralwasser und kalten *Karkade,* einen tiefroten, säuerlichen Tee, der aus Hibiskusblüten hergestellt wurde und den die Ägypter – ebenso wie den *Shay Nana,* schwarzen, kräftigen Tee mit Nana-Minze – zu jeder Tageszeit tranken.

Am schlimmsten waren jedoch die Desserts. Am schlimmsten, weil man mit dem Essen gar nicht mehr aufhören konnte. Getreu ihres byzantinischen Erbes liebten die Bewohner Alexandrias wie die Griechen alles Süße, und Farag, waschechter Alexandriner, der er war, hatte ein Tablett voller Kuchen, Pasteten und Gebäck bestellt, mit dem man ein ganzes Heer hätte durchfüttern können und nicht nur vier Personen, die an und für sich schon mit einem wunderbaren Essen gesättigt waren: Darauf lagen *Omi Ali, Konafa, Baklawa* und *Ashura,* Letzteres eine typische Fastenspeise aus Weizen, Milch und Zucker, die die Muslime normalerweise am zehnten Tag des Monats Muharram verspeisten, an der sich Farag und sein Vater aber mit einer wahren Gier bei jeder sich nur bietenden Gelegenheit gütlich taten. Glauser-Röist und ich warfen uns verstohlene Blicke zu angesichts dieser unerhörten Begabung der Familie Boswell, plan- und maßlos unzählige Süßspeisen zu verdrücken.

»Diabetes scheint dich nicht zu schrecken, Farag«, scherzte ich.

»Weder Diabetes noch Übergewicht oder Bluthochdruck«, sagte er mit vollem Mund und schluckte ein großes Stück vom *Konafa,* diesem köstlichen, honiggetränkten Nudelteig mit Nüssen und Mandeln, hinunter. »Wie ich dieses gute Essen vermisst habe!«

»Alexandria rühmt sich des schrecklichen Privilegs …«, begann der Felsen in düsterem Tonfall zu deklamieren, worauf Farags Vater die Augen weit aufriss und ihm der Bissen im Hals stecken blieb, »… für die Sünde der Völlerei bekannt zu sein.«

»Was haben Sie da eben gesagt, Hauptmann Glauser-Röist?«, erkundigte er sich ungläubig, nachdem er seine *Baklawa* schnell mit Hilfe eines Schlucks Bier hinuntergespült hatte.

»Nur keine Aufregung, Papa«, meinte Farag schmunzelnd, »Kaspar ist nicht verrückt. Er hat nur einen seiner üblichen Scherze gemacht.«

Es war jedoch kein Scherz gewesen. Auch mir, ich weiß nicht, warum, waren Catos Worte über diese Stadt und ihr Laster in den Sinn gekommen.

»Ich habe gehört«, wechselte der Hauptmann plötzlich das Thema, »dass in den arabischen Ländern der Internetzugang beschränkt ist. Ist das in Ägypten auch so?«

Butros faltete sorgfältig seine Serviette zusammen und legte sie auf den Tisch.

»Das ist ein sehr ernstes Thema, Hauptmann«, begann er. Auf seiner Stirn hatten sich tiefe, sorgenvolle Falten gebildet. »Soweit ich weiß, gibt es hier in Ägypten keine Restriktionen, im Gegensatz zu Saudi-Arabien und dem Iran, wo man der Bevölkerung den Zugang zu Tausenden von Websites verwehrt. Saudi-Arabien, zum Beispiel, verfügt über ein High-Tech-Zentrum am Stadtrand von Riad, von wo aus man sämtliche von den Bürgern aufgerufenen Websites überprüft und tagtäglich zahllose Internetadressen blockiert, die nach Auffassung der Regierung gegen die Religion oder Moral des Landes verstoßen beziehungsweise Kritik an der saudi-arabischen Königsfamilie üben. Im Irak und in Syrien ist es noch viel schlimmer; dort wird dem Volk das Internet gänzlich verboten.«

»Wieso beunruhigt dich das, Papa? Du kannst doch noch nicht einmal mit dem Computer umgehen, und in Ägypten haben wir diese Probleme ja nicht.«

Butros sah seinen Sohn befremdet an.

»Eine Regierung darf ihr Volk nicht ausspionieren, mein Sohn, und ebenso wenig als Gefängniswärter agieren oder Zensur ausüben, um die öffentliche Meinung zu lenken. Und die Religion schon gar nicht, was auch immer es für eine sein mag. Die Hölle, von der in den Büchern die Rede ist, liegt nicht im Jenseits, Farag, sie ist hier, im Diesseits, geschaffen von Menschen, die behaupten, Gottes Wort auslegen zu können, sowie von Regierungen, die die Freiheiten ihrer Bürger beschneiden. Denk daran, wie unsere Stadt einst war und wie sie jetzt ist, und denk an deinen Bruder Juhanna, an Zoe und den kleinen Simon.«

»Ich habe sie nicht vergessen, Papa.«

»Such dir ein Land, wo du frei sein kannst, mein Sohn«, redete Butros Farag weiter ins Gewissen, als ob weder der Hauptmann noch ich zugegen wären. »Such dir dieses Land und kehr Alexandria den Rücken.«

»Aber was sagst du denn da, Papa!« Farag hatte seine Hände so heftig auf den Tisch gestemmt, dass seine Fingerknöchel weiß hervortraten.

»Geh weg aus Alexandria, Farag! Wenn du hierbleibst, werde ich keine ruhige Minute mehr haben. Geh! Gib deine Arbeit im Museum auf und diese Wohnung hier auch. Um mich brauchst du dir keine Sorgen zu machen«, fügte er eilig hinzu und blickte zu mir herüber. Ein verschmitztes Lächeln huschte über sein

Gesicht. »Sobald ihr irgendwo eine neue Heimat gefunden habt, gebe ich dieses Haus hier auf und kaufe eines in eurer Nähe.«

»Sie würden Alexandria wirklich verlassen, Butros?«, fragte ich und lächelte nun ebenfalls.

»Der Tod meines Sohnes und meines Enkels haben meinen Bruch mit dieser Stadt besiegelt.« Seinem freundlich blickenden Gesicht gelang es kaum, den intensiven Schmerz vor uns zu verhehlen, der an ihm nagte. »Alexandria war jahrtausendelang eine ganz herrliche Stadt. Heute ist sie für Nichtmoslems einfach nur noch gefährlich. Es gibt keine Juden, keine Griechen, keine Europäer mehr … alle haben die Flucht ergriffen und kommen nur noch als Touristen hierher. Warum sollten wir also hierbleiben?« Wieder blickte er seinen Sohn voller Betrübnis an. »Versprich mir, dass du von hier fortgehst, Farag.«

»Ich hatte bereits mit dem Gedanken gespielt, Papa«, gab Farag zu und blickte mich von der Seite an. »Aber seit ich wieder hier bin, bin ich so glücklich, dass es mir schwerfällt, dir dieses Versprechen zu geben.«

Butros wandte sich nun an mich.

»Ottavia, wissen Sie, dass Farag zur Zielscheibe der Al-Gama'a al-Islamiya werden kann, wenn er in Alexandria bleibt?«

Ich antwortete nicht. Vielleicht sah Butros ja alles viel zu schwarz, aber seine Worte gingen mir dennoch sehr nahe, was ich Farag mit einem Blick auch zu verstehen gab.

»Ist gut, Papa«, lenkte er schließlich resigniert ein, »du hast mein Wort. Ich werde nicht nach Alexandria zurückkehren.«

»Such dir ein schönes Land aus, mein Sohn, und eine gute Arbeit. Ich kümmere mich unterdessen um deine Angelegenheiten.«

Nach diesen Worten waren alle still. Nie hätte ich es für möglich gehalten, dass man mit so viel Angst leben konnte, und ich dachte traurig an die Sizilianer, die von Familien wie Dorias oder meiner eigenen bedroht wurden. Warum war die Welt nur so schlecht? Warum ließ Gott zu, dass solch schreckliche Dinge passierten? Ich hatte in einem Glashaus gelebt, und es war höchste Zeit, den Tatsachen ins Auge zu blicken und mich mit der Wirklichkeit auseinanderzusetzen.

»Was halten Sie davon, wenn wir jetzt ein wenig arbeiten?«, schlug der Felsen vor und legte seine Serviette auf den Tisch.

Ich schüttelte den Kopf, als ob ich aus einem Traum erwachte, und schaute ihn überrascht an.

»Arbeiten? Jetzt?«

»Ja, Dottoressa, arbeiten. Es ist jetzt …« – er blickte auf seine Armbanduhr – »… elf Uhr. Ein paar Stunden gehen schon noch. Was denken Sie, Professor?«

Farag reagierte zunächst genauso träge wie ich.

»Also gut, Kaspar«, stimmte er dann zögernd zu. »Ich nehme an, dass es keine Probleme bereitet, uns in die Datenbank des Museums einzuloggen. Hoffentlich hat man mir meine Passwörter nicht gesperrt.«

Zu viert räumten wir den Tisch ab, spülten und machten die Küche sauber. Da wir vor unserer Abreise Butros aller Voraussicht nach nicht noch einmal zu Gesicht bekamen, verabschiedete er seinen Sohn und mich mit einer langen, liebevollen Umarmung und drückte danach herzlich die Hand, die der Hauptmann ihm entgegenstreckte.

»Passt gut auf euch auf«, bat er uns noch, als er schon auf der Treppe stand.

»Keine Sorge, Papa.«

Farag setzte sich auf seinen Bürostuhl im Arbeitszimmer und schaltete den Computer ein, während der Hauptmann einen Stapel Zeitschriften von einem anderen Stuhl räumte, den er dann ebenfalls an den Bildschirm heranrückte. Da ich nicht die geringste Lust verspürte, mich mit den Staurophylakes zu beschäftigen, begann ich in den Bücherregalen zu stöbern.

»Sehr gut, jetzt kann's losgehen«, hörte ich Farag sagen, »geben Sie Ihren Benutzernamen ein: Kenneth …«, enthüllte er uns mit lauter Stimme. »Geben Sie Ihr Passwort ein: Oxyrhynchos … Fabelhaft, er hat es akzeptiert, wir sind drin.«

»Können Sie auch nach Bildern suchen?«

»Nein, eigentlich nicht. Aber ich habe Zugriff auf die Bilder, die mit den Texten verknüpft sind. Ich werde unsere Kataloge also nach dem Stichwort ›bärtige Schlange‹ durchsuchen.«

»In welcher Sprache gibst du die Suchwörter ein?«, wollte ich wissen und drehte mich zu ihm um.

»Auf arabisch und englisch«, erklärte er mir, »aber normalerweise mache ich alles auf englisch, weil ich mit der Tastatur mit den lateinischen Buchstaben bequemer arbeiten kann. Dort in der Vitrine«, sagte er und deutete mit dem Finger darauf, »habe ich noch eine mit arabischen Lettern, ich benutze sie allerdings fast nie.«

»Darf ich sie mir mal ansehen?«

»Selbstverständlich.«

Während die beiden sich also auf die Jagd nach bärtigen Schlangen machten, zog ich die arabische Tastatur aus der Vitrine. Noch nie hatte ich ein so seltsames Ding in der Hand gehabt. Sie sah natürlich genauso aus wie unsere Tastaturen auch, doch statt des lateinischen Alphabets waren auf den Tasten arabische Zeichen abgebildet.

»Kannst du mit so etwas wirklich schreiben?«

»Ja, es ist nicht weiter kompliziert. Es ist nur schwierig und zeitaufwendig, die Konfiguration des Computers und aller Programme zu ändern; deshalb arbeite ich fast immer auf englisch.«

»Was steht hier, Professor?«, unterbrach ihn Glauser-Röist, ohne die Augen vom Bildschirm zu wenden.

»Wo? … Mal sehen … Ah, ja, das ist der Bilderbestand aller bärtigen Schlangen, die das Museum besitzt.«

»Wunderbar, dann weiter.«

Sie vertieften sich in die Betrachtung der Fotos sämtlicher

Reptilien, die, in Stein gehauen oder gemalt, auf den Kunstwerken des Griechisch-Römischen Museums zu finden waren. Nach geraumer Zeit gelangten sie allerdings zu dem Schluss, dass keines der Fotos irgendwie mit der Zeichnung der Staurophylakes in Beziehung stand, weshalb die Suche wieder von vorn begann.

»Vielleicht ist es ja gar nicht dort«, wagte Farag etwas unsicher eine Vermutung zu äußern, »in unserem Museum sind nur Exponate zu sehen, die die Zeitenwende von etwa 300 v. Chr. bis 300 n. Chr. dokumentieren. Womöglich ist die Zeichnung ja jüngeren Datums.«

»Die Bildelemente der Zeichnung sind aber eindeutig griechisch-römischen Ursprungs, Farag«, wandte ich ein, während ich eine Fachzeitschrift über ägyptische Archäologie durchblätterte, »sie muss also zwangsläufig aus diesem Zeitraum stammen.«

»Schon, aber in den Beständen des Museums ist nichts zu finden, und das ist reichlich merkwürdig.«

Glauser-Röist und Farag beschlossen daraufhin, auch die allgemeinen Kataloge alexandrinischer Kunst zu konsultieren, die das Museum für die Stadt verzeichnet hatte und die sich ebenfalls in der Datenbank befanden. Hier hatten sie etwas mehr Glück, denn sie stießen zumindest auf eine bärtige Schlange mit den Pharaonenkronen von Ober- und Unterägypten, die der auf unserer Zeichnung sehr ähnelte.

»Wo ist dieses Kunstwerk zu finden, Professor?«, fragte der Hauptmann, während er den Ausdruck nicht aus den Augen ließ, der in diesem Moment aus dem Drucker kam.

»Oh, in … in den Katakomben von Kom el-Shoqafa.«

»Kom el-Shoqafa …? Darüber habe ich hier, glaube ich, gerade etwas gelesen«, sagte ich und drehte mich um, um noch einmal die drei wackligen Stapel alter Nummern der ›National Geographic‹ zu sichten. Das Wort »Shoqafa« war mir im Gedächtnis haften geblieben, weil es in meinen Ohren wie *Konafa* klang, jene honiggetränkten Fadennudeln, die Farag so gierig verschlungen hatte.

»Keine Bange, Basileia. Ich glaube nicht, dass Kom el-Shoqafa irgendetwas mit unserer Prüfung zu tun hat.«

»Und warum nicht, Professor?«, erkundigte sich der Felsen ungerührt.

»Weil ich dort gearbeitet habe, Kaspar. Ich habe 1998 die Ausgrabungen geleitet und kenne die Felsengrabanlage in- und auswendig. Wenn ich die Zeichnung der Staurophylakes dort gesehen hätte, würde ich mich garantiert daran erinnern.«

»Aber es kam dir bekannt vor«, wandte ich ein und wühlte weiter nach der Zeitschrift.

»Wegen der Mischung der verschiedenen Stile, Basileia.«

Trotz der späten Stunde fuhren die beiden Männer mit außergewöhnlicher Energie fort, den Katalog zur alexandrinischen Kunst der letzten 1400 Jahre zu durchforsten. Sie schienen nicht müde zu werden, bis sie schließlich – zur gleichen Zeit, als ich das Exemplar der ›National Geographic‹ wieder fand, das ich gesucht hatte – auf ein zweites wichtiges Detail stießen: ein Medaillon, das in seinem Innern ein Medusenhaupt barg. Am Aufschrei des Hauptmanns, der die Kohlezeichnung unablässig mit dem abgeglichen hatte, was auf dem Bildschirm erschien, merkte ich, dass sie einen bedeutenden Fund gemacht hatten.

»Es ist identisch, Professor«, rief er, »schauen Sie doch!«

»Eine Meduse aus dem Späthellenismus? Das Motiv ist sehr häufig zu finden, Kaspar.«

»Ja, schon, aber diese hier gleicht dem Motiv der Staurophylakes aufs Haar. Wo befindet sich dieses Relief?«

»Lassen Sie mich mal sehen … Hm, in den Katakomben von Kom el-Shoqafa«, sagte er verdutzt. »Seltsam! Ich kann mich nicht erinnern, dass …«

»Und an Dionysos' Thyrosstab? Kannst du dich an den erinnern?«, fragte ich und wedelte mit der Zeitschrift, die ich auf einer Seite aufgeschlagen hatte, auf der man eine vergrößerte Reproduktion des Stabes sehen konnte, »denn der hier stimmt mit dem überein, der aus den Windungen der scheußlichen Schlange ragt, und dieses Relief befindet sich ebenfalls in Kom el-Shoqafa.«

Der Hauptmann sprang von seinem Stuhl auf und riss mir die Zeitschrift aus den Händen.

»Es ist derselbe, zweifellos!«, rief er.

»Unsere Spur führt nach Kom el-Shoqafa«, behauptete ich daraufhin steif und fest.

»Aber das ist ausgeschlossen!«, hielt Farag entrüstet dagegen. »Die Prüfung der Staurophylakes *kann* dort nicht angesiedelt sein, denn die Grabstätten wurden erst im Jahr 1900 entdeckt, als der Boden unter den Hufen eines Esels nachgab, der dort gerade vorbeitrottete. Niemand wusste vorher von der Existenz dieses Ortes, und es hat auch nie einen anderen Eingang gegeben! Kom el-Shoqafa war vor über 1500 Jahren in Vergessenheit geraten.«

»So wie Konstantins Mausoleum, Farag«, rief ich ihm in Erinnerung.

Er starrte mich über den Bildschirm hinweg an. Zurückgelehnt in seinem Stuhl, kaute er wütend an einem Kugelschreiber. Er wusste, dass wir recht hatten, doch weigerte er sich noch, seinen Irrtum einzugestehen.

»Was bedeutet Kom el-Shoqafa?«, fragte ich.

»Man gab den Katakomben diesen Namen im Jahre 1900. Es bedeutet ›Scherbenhügel‹.«

»Was für ein lustiger Einfall«, sagte ich schmunzelnd.

»Die erste Ebene der dreistöckig angelegten unterirdischen Begräbnisstätte war für den Leichenschmaus bestimmt. Und weil man dort auf Tausende von Teller- und Gefäßscherben stieß, taufte man den Ort eben Kom el-Shoqafa.«

»Professor«, sagte der Hauptmann und setzte sich wieder auf seinen Stuhl, ohne mir jedoch mein ›National Geographic‹-Heft zurückzugeben, »Sie können sagen, was Sie wollen, aber das mit dem Leichenschmaus und den Gefäßen scheint für mich ebenfalls mit der Prüfung der Völlerei in Zusammenhang zu stehen.«

»Das stimmt«, meinte ich.

»Ich kenne diese Katakomben wie meine Westentasche, und ich beteuere Ihnen, dass Kom el-Shoqafa nicht der Ort sein kann, den wir suchen. Vergessen Sie nicht, dass die in den Felsen gehauene Nekropole genauestens erforscht wurde. Die Übereinstimmung mit gewissen Details der Zeichnung ist nicht weiter bezeichnend, denn es gibt dort unten unzählige Statuen und Reliefs. Auf der zweiten Ebene zum Beispiel trifft man auf lebensgroße Reproduktionen von den Toten, die in den Nischen und Sarkophagen begraben liegen. Sie sind wirklich beeindruckend, das können Sie mir glauben.«

»Und was ist mit der dritten Ebene?«, wollte ich neugierig wissen, während ich ein Gähnen zu unterdrücken versuchte.

»Auch sie diente zu Bestattungszwecken. Das Problem ist, dass dieses Stockwerk heute meistens unter Wasser steht; das Grundwasser drückt nach oben. Jedenfalls kann ich Ihnen versichern, dass die gesamte Grabanlage gewissenhaft und gründlich untersucht worden ist und sie keinerlei Geheimnis mehr birgt.«

Der Hauptmann stand auf und blickte auf die Uhr.

»Ab wann kann man diese Katakomben besichtigen?«

»Wenn ich mich nicht irre, werden sie um halb zehn für die Allgemeinheit geöffnet.«

»Dann gehen wir jetzt besser schlafen. Um Punkt halb zehn müssen wir dort sein.«

Farag sah mich betrübt an.

»Willst du, dass wir die Briefe an deinen Orden jetzt noch schnell gemeinsam verfassen, Ottavia?«

Ich war ziemlich müde, zweifellos aufgrund all der ungewohnten Empfindungen, die mir dieser erste Tag meines neuen Lebens beschert hatte. Ich blickte ihn traurig an und schüttelte dann den Kopf.

»Morgen, Farag, morgen schreiben wir sie. Wenn wir im Flugzeug nach Antiochia sitzen.«

Was ich allerdings nicht wusste: Nie wieder würden wir in die ›Westwind‹ steigen.

Am nächsten Morgen standen wir um Punkt halb zehn vor Kom el-Shoqafa. Zur selben Zeit hielt ein Reisebus voller Japaner vor dem seltsamen runden Gebäude mit dem niedrigen Dach, das den Eingang zu den Katakomben bildete. Die Anlage befand sich in Karmouz, einem extrem armen Viertel im Südwesten Alexandrias, durch dessen enge Gassen auch heute noch zahlreiche Eselskarren zockelten; es war also nicht weiter verwunderlich, dass eines dieser Tiere ein so herausragendes archäologisches Monument »entdeckt« hatte. Dichte, summende Mückenschwärme umschwirrten unsere Köpfe und setzten sich mit widerlicher Hartnäckigkeit auf unsere Gesichter und nackten Arme. Die Japaner schienen diese zudringlichen Insekten keineswegs zu stören, aber mich brachten sie zur Weißglut, während ich voll Neid beobachtete, wie die Esel sich ihrer mit gezielten Schwanzschlägen entledigten.

Eine Viertelstunde später schlurfte ein alter Stadtbeamter heran, der aufgrund seines Alters eigentlich längst schon im wohlverdienten Ruhestand leben sollte. Bedächtig schloss er die Tür auf, als würde er die fünfzig, sechzig Touristen vor dem Eingang nicht einmal bemerken, und setzte sich dann auf einen niedrigen Rohrstuhl hinter einen Tisch, auf dem mehrere Banknotenbündel lagen. Nachdem er unwirsch ein »Ahlan wasahlan« gebrummt hatte, gab er uns durch einen Wink zu verstehen, dass wir einer nach dem anderen näher treten sollten. Der Reiseführer der Japaner versuchte sich daraufhin vorzudrängen, doch der

Hauptmann, der bestimmt einen halben Meter größer war als er, legte ihm die Hand auf die Schulter und stoppte ihn mit einigen wohlerzogenen Worten.

Als ägyptischer Staatsbürger musste Farag nur fünfzig Piaster bezahlen. Der Beamte erkannte ihn nicht wieder, obwohl es erst zwei Jahre her war, dass er dort gearbeitet hatte; Farag verzichtete aber auch darauf, sich in Erinnerung zu bringen. Glauser-Röist und ich hatten als Ausländer je zwölf ägyptische Pfund zu entrichten.

Im Innern des Gebäudes stießen wir auf eine in den Stein gehauene Wendeltreppe, die in die Tiefen der Erde hinabführte und um einen großen, gefährlichen Schacht angelegt war. Vorsichtig begannen wir die Stufen hinabzusteigen.

»Kom el-Shoqafa wurde wahrscheinlich im 2. Jahrhundert n. Chr. angelegt«, erklärte uns Farag, »die Leichen ließ man mit Seilen durch dieses Loch hier hinab.«

Der erste Treppenabschnitt mündete in eine Art Vorhalle, die mit einem vollkommen ebenen Kalksteinboden versehen war. Mehr schlecht als recht – die Beleuchtung war völlig unzulänglich – gewahrten wir zwei in die Wand gehauene halbrunde Nischen, die mit muschelförmigen Einlegearbeiten verziert waren. Von dieser Vorhalle ging es in eine große Rotunde, in deren Mitte ein Schacht ausgehoben war. Acht Pfeiler trugen den Kuppelüberbau über der Aushebung. Wie Farag uns schon erklärt hatte, konnte man überall seltsame Reliefs entdecken, welche durch die Mischung von ägyptischen, griechischen und römischen Elementen entfernt an die Verfremdungen der ›Mona Lisa‹ von Duchamp, Warhol und Botero erinnerten. Ein wahrhaftes Labyrinth aus Galerien ging von der Rotunde ab. In den angrenzenden Grabkammern wurden die Sarkophage aufbewahrt, und in den Fels gemeißelte Nischen waren für die Graburnen bestimmt. Links von uns befand sich das *Triclinium funebre,* ein großer Saal, in dem der Leichenschmaus abgehalten worden war. Ich malte mir aus, wie sich dieser Saal an irgendeinem x-beliebigen Tag um das 2. Jahrhundert unserer Zeitrechnung herum mit Verwandten und Freunden gefüllt und man im Schein der Fackeln ein wahres Festbankett zum Gedenken an den Verstorbenen gegeben hatte. Sicher lagerten sie damals auf den U-förmig angeordneten Bänken, auf die sie Kissen gelegt hatten …

»Zu Beginn«, fuhr Farag fort, »hatten diese Katakomben wahrscheinlich nur einer einzigen reichen Familie gehört; später wird sie aber sicherlich irgendeine christliche Körperschaft erworben und in eine Massengrabstätte verwandelt haben. Das würde auch erklären, warum es so viele Grabkammern gibt.«

Rechts von uns konnten wir einen gewaltigen Spalt im Felsen sehen, der durch einen Einsturz entstanden war.

»Dahinter liegt die sogenannte ›Halle von Caracalla‹, in der man Gebeine von Menschen und Pferden entdeckt hat.« Er strich mit der Hand über den Spalt, als wäre er der Eigentümer der ganzen Nekropole, und erzählte dann weiter: »Wie ihr ja vielleicht wisst, befand sich Kaiser Caracalla 215 in Alexandria. Eines Tages befahl er ohne ersichtlichen Grund, ein neues Heer aus jungen, starken Christen aufzustellen. Doch kaum hatte er die Truppe besichtigt, ließ er die Krieger und ihre Pferde allesamt töten.«

Von der Rotunde aus führte eine weitere Wendeltreppe, die mit dem Reliefbild einer Muschel geschmückt war, zum nächsten Stockwerk hinunter. War das erste nur schwach beleuchtet gewesen, so konnte man in diesem kaum mehr erahnen als die haarsträubenden Silhouetten der lebensgroßen Statuen. Glauser-Röist überlegte es sich nicht zweimal und holte seine Taschenlampe aus dem Rucksack hervor. Wir waren jetzt ganz allein; die Meute japanischer Touristen war oben geblieben. In der Vorhalle flankierten zwei riesige Stützpfeiler, deren Kapitelle mit Papyrus- und Akanthusblättern verziert waren, ein Fries, auf dem eine geflügelte Sonne zu erkennen war, die von zwei Falken umrahmt wurde. Zwei in die Wand eingemeißelte, lebensgroße Figuren, ein Mann und eine Frau, betrachteten uns aus gespenstisch leeren Augenhöhlen. Der Körper des Mannes glich mit seinen beiden linken Füßen einer Figur aus dem alten Ägypten; sein Kopf – mit einem wunderschönen, sehr ausdrucksstarken Gesicht – war hingegen eindeutig hellenistischer Prägung. Die Frau trug eine römische Frisur, war aber ansonsten ebenfalls von ägyptischer Gestalt.

»Vermutlich handelt es sich bei den beiden um die Toten aus den Nischen dort drüben«, erklärte Farag und wies in die Tiefen eines langen Gangs.

Die Größe der Grabnischen war beeindruckend; sie überraschten durch ihre Pracht und den eigentümlichen Schmuck. Neben einer Tür erkannten wir die Statue des Gottes Anubis mit dem Kopf eines Schakals, und auf der anderen Seite stand eine mit einem Krokodilkopf – Sobek, der Gott des Nils. Beide trugen die Rüstung römischer Legionäre, kurze Schwerter und Schutzschilder. Das Medusenhaupt fanden wir im Innern einer Grabkammer auf einem der großen, ganz in den Fels gehauenen Sarkophage, welche zudem mit steinernen Früchten und Blumengirlanden verziert waren. Auch der Thyrosstab des Dionysos war in eine der Sarkophagwände gemeißelt. Um diese Grabkammer herum verlief ein langer Gang mit Nischen, von denen jede Platz für bis zu drei Mumien bot, wie Farag uns erläuterte.

»Jetzt liegen aber keine mehr drin, oder?«, fragte ich ängstlich.

»Nein, Basileia. Fast alle Nischengräber wurden lange vor 1900 ausgeraubt. Du weißt ja, dass man in Europa bis weit ins 18. Jahrhundert hinein Mumienstaub für ein ausgezeichnetes Heilmittel gegen alle möglichen Übel gehalten hat. Man blätterte Unsummen dafür hin.«

»Dann kann es aber nicht stimmen, dass es keinen zweiten Eingang gab«, wandte Glauser-Röist ein.

»Er ist nie gefunden worden«, erwiderte Farag verärgert.

»Wenn man durch einen Einsturz auf die ›Halle von Caracalla‹ gestoßen ist, warum kann es dann nicht auch noch andere unentdeckte Grabkammern geben?«, insistierte der Hauptmann.

»Hier ist etwas!«, sagte ich und deutete auf ein Flachrelief an der Wand. Ich hatte soeben unsere bärtige Schlange mit den Doppelkronen Ober- und Unterägyptens entdeckt.

»Schön, jetzt fehlt nur noch Hermes' *kerykeion*«, sagte Farag und trat näher.

»Der Merkurstab, nicht wahr?«, fragte der Hauptmann. »Ich kann mir nicht helfen, aber mir kommen bei Hermes beziehungsweise Merkur immer eher die Ärzte und Apotheker in den Sinn als die Herolde und Boten.«

»Kein Wunder: Äskulap, der griechische Gott der Heilkunde, hatte einen ähnlichen Stab, den allerdings nur eine Schlange umringelte. Diese Verwirrung hat dazu geführt, dass man den Medizinern auch das Hermessymbol zuschreibt.«

»Wir werden auf die dritte Ebene hinuntersteigen müssen«, sagte ich und wandte mich zur Wendeltreppe, »ich fürchte, hier oben ist nichts mehr zu finden.«

»Die dritte Ebene ist gesperrt, Basileia. Die Stollen stehen unter Wasser. Es war schon schwer, das unterste Stockwerk zu untersuchen, als ich noch hier arbeitete.«

»Worauf warten wir dann noch?«, erklärte der Hauptmann und folgte mir.

Die Treppe hinunter in das unterste Stockwerk der Katakomben von Kom el-Shoqafa war in der Tat mit einer Kette abgesperrt, an der ein Metallschild hing, das jedem in arabischer und englischer Sprache den Zutritt verbot. Der Hauptmann – mutiger und jeglichen Konventionen abgeneigter Forscher, der er war – riss die Kette aus ihrer Verankerung an der Wand und machte sich dann, Farags Murren im Ohr, an den Abstieg. Über unseren Köpfen hatte sich eine Vorhut der japanischen Touristen dazu durchgerungen, auf die zweite Ebene der Nekropole herunterzusteigen.

Noch bevor ich die letzte Stufe erreicht hatte, merkte ich, dass ich mit einem Fuß in eine Pfütze getreten war.

»Wer nicht hören will, muss fühlen«, höhnte Farag.

Die Vorhalle auf dieser Ebene war wesentlich größer als die beiden vorhergehenden. Das Wasser reichte uns bis zur Taille. Allmählich begann ich zu glauben, dass Farag vielleicht doch recht hatte.

»Weißt du, woran ich gerade gedacht habe?«, fragte ich in spaßigem Tonfall.

»Sicher an dasselbe wie ich«, fiel er mir ins Wort. »Kommt es dir nicht auch so vor, als ob wir uns wieder in der Zisterne von Konstantinopel befänden?«

»Eigentlich hatte ich an etwas anderes gedacht«, entgegnete ich. »Mir war in den Sinn gekommen, dass wir dieses Mal nicht Dantes Terzinen zum sechsten Kreis gelesen haben.«

»Sie vielleicht nicht«, stieß Glauser-Röist abfällig hervor, »*ich* habe sie schon gelesen.«

Casanova und ich blickten uns schuldbewusst an.

»Dann fassen Sie sie bitte für uns zusammen, Kaspar, damit wir wissen, worum es geht.«

»Die Prüfung des sechsten Kreises ist viel einfacher als die vorigen«, begann uns der Felsen zu erklären, während wir durch die Galerien wateten. Es stank fürchterlich nach Verwesung, und das Wasser war so trübe wie in der Zisterne von Konstantinopel, aber zum Glück war seine weißliche Farbe auf das Kalkgestein zurückzuführen und nicht auf den Fußschweiß von Hunderten von Gläubigen. »Dante nutzt die konische Form des Läuterungsberges, um das Ausmaß der Gesimse und der Sühne zu verringern.«

»Ihr Wort in Gottes Ohr!«, meinte ich hoffnungsvoll.

Die Reliefs im dritten Untergeschoss waren so originell wie die im ersten und zweiten. Die Alexandriner des Goldenen Zeitalters schienen keine Probleme mit anderen Glaubensrichtungen gekannt zu haben; es hatte ihnen anscheinend nichts ausgemacht, ihre sterblichen Überreste in Katakomben bestatten zu lassen, die Osiris geweiht, aber mit Reliefs von Dionysos geschmückt waren: ein wohlverstandener Eklektizismus, der die Grundlage von Alexandrias prosperierender Gesellschaft gebildet hatte. Leider endete dies, als das frühe Christentum, das keinen anderen Glauben neben sich duldete, zur Staatsreligion des Byzantinischen Reiches erhoben wurde.

»Der sechste Kreis umfasst den zweiundzwanzigsten, dreiundzwanzigsten und vierundzwanzigsten Gesang«, fuhr der Felsen fort. »Auf diesem Gesims haben die büßenden Schlemmer immer wieder an zwei sich genau gegenüberstehenden Apfelbäumen vorüberzugehen, die sich nicht nach oben, sondern nach unten hin verjüngen.«

»Ihre Beschreibung erinnert mich an die ägyptische Papyruspflanze«, unterbrach ihn Farag.

»Sicher, Professor. Sie können es durchaus als Anspielung auf Alexandria nehmen. Jedenfalls hängen diese Bäume voller duftender, appetitlicher Früchte, an die die Büßer allerdings nicht herankommen. Darüber hinaus fällt auf die Wipfel auch noch ein köstliches Nass, was für sie ebenso unerreichbar ist, so dass die armen Seelen den Läuterungsberg mit gesenkten Augen und von Hunger und Durst gepeinigten Gesichtern umkreisen.«

»Dante wird auch wieder wie üblich auf eine Unmenge alter Bekannter und Freunde gestoßen sein, nicht wahr?«, merkte ich an, während es mir gleichzeitig so vorkam, als hätte ich am Ende einer Grabkammer den Merkurstab entdeckt. »Lassen Sie uns dort hinübergehen« – ich deutete mit dem Finger in Richtung der Kammer –, »ich glaube, ich habe da etwas gesehen.«

»Und wie endet die Prüfung?«, bohrte Farag nach.

»Ein strahlend roter Engel, Dantes Worten zufolge so rot ›wie noch niemand sah in einem feur'gen Ofen Erze und Glas so leuchtend glüh'n‹«, schloss der Felsen, »weist ihnen den Aufstieg zur letzten Terrasse und fächelt das P für die Todsünde der Völlerei von Dantes Stirn.«

»Das war's?«, fragte ich, während ich gegen die Wassermassen ankämpfte, um schnell zur Mauer zu gelangen, auf der man nun deutlich den Stab des Götterboten erkennen konnte.

»Das war's. Die Sache vereinfacht sich, Dottoressa.«

»Sie wissen nicht, was ich dafür geben würde, Hauptmann, wenn dem wirklich so wäre.«

»Wahrscheinlich dasselbe wie ich.«

»Das *kerykeion*!«, entfuhr es Farag, als er – wie ein frommer Jude die Klagemauer – das Relief berührte. »Also, ich könnte schwören, dass das vor zwei Jahren noch nicht hier war.«

»Na, na, kommen Sie, Professor«, tadelte ihn der Felsen, »seien Sie nicht so hochmütig. Geben Sie einfach zu, dass Sie es vergessen hatten.«

»Nein, nein und nochmals nein, Kaspar! Es gibt viel zu viele Kammern, um sich an alle erinnern zu können, aber so ein Symbol wäre meiner Aufmerksamkeit sicher nicht entgangen.«

»Sie werden es wohl nicht erst jetzt für uns angebracht haben«, spöttelte ich.

»Kommt Ihnen das nicht seltsam vor, dass wir die Abbildungen des Medusenhaupts, der Schlange und des Thyrosstabs auf der zweiten Ebene und die des Merkurstabs erst auf der dritten, also ziemlich weit von den anderen entfernt, gefunden haben?«

Da wurden der Hauptmann und ich nachdenklich.

»Moment mal! … Na, was habe ich Ihnen gesagt?!«, rief Farag auf einmal und streckte uns seine Handflächen entgegen: Sie waren voll Lehm.

»Die Mauer löst sich auf«, murmelte der Felsen völlig perplex und tat es Farag nach. Und auch er hatte plötzlich einen Klumpen Ton in der Hand.

»Wusste ich's doch! Die Wand ist nicht echt!«, jubelte Farag und begann sie mit solchem Eifer zu bearbeiten, dass er schließlich wie ein Kind bis über beide Ohren mit Lehm vollgeschmiert war. Als er keuchend und schwitzend ein großes Loch in die Mauer gegraben hatte, wischte ich ihm ein paarmal mit der Hand übers Gesicht, um ihn vom gröbsten Schlamm zu befreien. Er schien glücklich zu sein.

»Was für kluge Köpfe wir doch sind, Basileia!«, wiederholte er ein ums andere Mal, während er sich von mir auch die verklebten Bartstoppeln säubern ließ.

»Schauen Sie sich das an«, war in diesem Augenblick die Stimme des Felsens von der anderen Seite der falschen Trennwand zu vernehmen.

Im starken Lichtstrahl von Glauser-Röists Taschenlampe bot sich uns ein überwältigender Anblick: Vor uns lag eine riesige Säulenhalle, deren unzählige byzantinische Pfeiler breite Gewölbegänge bildeten. Bis auf halber Höhe standen sie in einem schwarzen See, der wie ein mondbeschienenes nächtliches Meer glitzerte.

»Bleiben Sie nicht dort stehen«, forderte der Hauptmann uns auf, »steigen Sie zu mir in diesen Öltank.«

Zum Glück entpuppte sich die ölige Flüssigkeit nur als Wasser, das sich langsam mit jenem kalkigen Wasser zu vermischen begann, welches aus den Katakomben hereinfloss. Farag und ich kletterten durch das Loch in der Lehmwand und stiegen dann die vier Stufen in den dunklen See hinunter.

»Am anderen Ende des Saals habe ich eine Tür gesehen«, sagte der Hauptmann.

Mit dem Wasser bis fast zum Hals kämpften wir uns durch einen jener Säulengänge, die ein Fischerboot problemlos hätte befahren können. Zweifelsohne waren wir auf eine alte Zisterne der Stadt gestoßen, einen ehemaligen Wasserspeicher, in dem die Alexandriner für die Zeit der jährlichen Nilflut Trinkwasser aufgestaut hatten, wenn der Fluss den roten Schlick aus dem Süden mitführte, die berühmte Blutplage, die Jahwe gesandt hatte, um die Israeliten aus der ägyptischen Sklaverei zu befreien.

Kurz vor der massiven Quadersteinmauer am anderen Ende der Halle stießen wir auf die erste von vier Stufen, die zu der Holztür hinaufführten, in die ein konstantinisches Christusmonogramm eingeritzt war, was uns keineswegs überraschte; wir hätten uns wohl eher gewundert, wenn dem nicht so gewesen wäre. Der Hauptmann packte deshalb auch vorbehaltlos den eisernen Griff und stieß die Tür auf. Keiner Reaktion waren wir fähig, als sich vor uns plötzlich ein Festsaal auftat, der dem *Triclinium funebre*, jenem dem Leichenschmaus vorbehaltenen Saal im ersten Untergeschoss von Kom el-Shoqafa, aufs Haar glich.

»Was zum Teufel ist denn das?«, polterte Glauser-Röist.

Farag und ich schoben ihn beiseite und traten ein. Mehrere Fackeln erleuchteten den Saal, dessen Wände, so wie auch der Boden, mit wertvollen Teppichen bedeckt waren. In der Mitte des Raums waren mehrere Steinbänke mit weichen Damastkissen um einen großen Tisch gruppiert, auf dem köstliche Speisen standen. Obwohl man nirgends eine andere Tür entdeckte, musste jemand irgendwo eiligst hinausgestürzt sein, denn das Essen in den Schüsseln dampfte noch, und die Becher aus Alabaster waren mit Wein, Wasser und *Karkade* gefüllt.

»Das gefällt mir ganz und gar nicht!«, knurrte der Felsen. »Wenn es sich hierbei um einen Leichenschmaus handelt, sind wir erledigt!«

Ich bekam es mit der Angst zu tun. Ohne genau zu wissen, warum, nahm ich mit einem Mal irgendetwas Unheilverkündendes wahr in dieser Kammer voller Wohlgerüche, welche die leckeren Fleisch-, Hülsenfrucht- und Gemüsegerichte verströmten.

»O nein …!«, stammelte Farag unvermittelt hinter meinem Rücken. »Nein, bitte nicht …«

Alarmiert durch den besorgniserregenden Tonfall seiner Stimme drehte ich mich blitzschnell zu ihm um und sah, dass er seine Brust entblößt hatte und sein Hemd krampfhaft an den Knopfleisten auseinanderhielt. Sein Rumpf war voller seltsamer fingerdicker, schwarzer Striche, die sich bewegten.

»Gott im Himmel!«, kreischte ich. »Blutegel!«

Wütend knallte Glauser-Röist die Taschenlampe auf den Tisch und riss sich sämtliche Hemdknöpfe auf. Auch seine Brust war mit fünfzehn, zwanzig dieser ekelhaften Würmer verziert, die durch sein warmes Blut augenscheinlich immer dicker wurden.

»Ottavia! Zieh dich aus!«

Man hätte jetzt einen albernen Witz reißen können, aber mir war gar nicht nach Scherzen zumute. Solange ich mir – bereits am Rande eines Nervenzusammenbruchs – mit zitternden Fingern die Bluse aufknöpfte, zogen sich Farag und der Hauptmann die Hosen aus. Beide hatten ziemlich behaarte Beine, was die unzähligen Blutegel, die an ihrer Haut hafteten, jedoch nicht weiter zu stören schien. Leider Gottes war auch mein ganzer Körper mit diesen widerlichen Tierchen gespickt. Ekel stieg in mir hoch, und es drehte sich mir der Magen um, als ich einen der neun oder zehn Würmer auf meinem Bauch packte und daran zog.

»Nein! Nicht, Dottoressa!«, rief Glauser-Röist. Ich verspürte keinen Schmerz, aber so sehr ich an dem Wurm auch zerrte, er ließ mich einfach nicht los, denn sein Maul war mit einem Saugnapf versehen. »Sie lösen sich nur mit Feuer ab.«

»Wie bitte?« Mir brach der Angstschweiß aus, und über meine Wangen rollten vor lauter Ekel und Verzweiflung die Tränen. »Wir werden verbrennen!«

Aber der Felsen war schon auf eine der Bänke geklettert

und hatte sich nach einer Fackel gestreckt. Mit entschlossener Miene und fanatischem Blick kam er auf mich zu, so dass ich erschrocken zurückwich, bis ich gegen die Mauer stieß, wobei ich eine glibberige, elastische Masse aus Würmern plattdrückte, die mir auf dem Rücken das Blut aussaugten. Da überkam mich ein unkontrollierbarer Brechreiz, und ich übergab mich auf die wertvollen Teppiche; doch noch bevor ich Zeit hatte, mich davon zu erholen, fuhr Glauser-Röist auch schon mit der Flamme über meinen Körper. Die Viecher fielen wie reife Früchte vom Baum, der Schmerz war indes so stark, dass ich ihn kaum ertragen konnte und sich mein Wimmern in laute Schmerzensschreie verwandelte, als der Felsen die Fackel zum zweiten Mal ansetzte.

Unterdessen wurden die Blutegel auf Farags und Glauser-Röists Körper dicker und dicker. Sie schwollen vor allem am Kopf an, dort, wo sie den Saugnapf hatten; der hintere Teil, der Schwanz, blieb hingegen so dünn wie bei einem Wurm. Keine Ahnung, wie viel Blut diese Viecher aufnehmen konnten, aber bei den Massen, die sich an uns festgebissen hatten, mussten wir gerade unheimlich viel Lebenssaft verlieren.

»Hören Sie auf, Hauptmann!«, schrie Farag plötzlich. Mit einem der Becher aus Alabaster in der Hand war er hinter dem Felsen erschienen. »Ich will es damit versuchen.«

Er steckte die Finger in den Becher, der eine nach Essig riechende Flüssigkeit enthielt, und befeuchtete damit einen der Blutegel, der an meinem Oberschenkel klebte. Das Tierchen begann sich unter diesem seltsamen Weihwasser zu winden wie der Teufel, fiel aber schließlich von meiner Haut ab.

»Auf dem Tisch stehen Wein, Essig und Salz! Mischen Sie das und betupfen Sie sich damit, wie ich das gerade bei Ottavia tue.«

In dem Maße, wie Farag die Tierchen mit der Flüssigkeit bestrich, lösten sie sich ab und fielen vollgefressen zu Boden. Ich dankte Gott für diese Lösung, denn die Stellen an meinem Körper, über die der Felsen die Fackel geführt hatte, schmerzten so höllisch, als hätte man mich mit zahllosen Messern gepiesackt. Wenn jedoch die Verbrennungen wehtaten, warum dann nicht auch die Bisse der Blutegel? Ich verspürte keine Schmerzen, hatte zuvor ja nicht einmal bemerkt, dass sie sich an mir festgebissen hatten und mir das Blut aussaugten. Einzig und allein die Vorstellung von unseren mit schwarzen Würmern gespickten Körpern machte mich krank.

Statt die Mischung bei sich selbst anzuwenden, trat Glauser-Röist jetzt hinter Farag und betupfte die Blutegel auf dessen Rücken, die schon unheimlich fett waren. Es waren jedoch viel zu viele. Der Boden war bereits mit zahllosen Viechern übersät, die sich durch die Menge Blut, mit der sie sich vollgesaugt hatten, nur schwerfällig krümmten, und trotzdem schienen sie auf unserer Haut nicht weniger zu werden. Wenn sich einer der Blutegel abgelöst hatte, sah man mitten in dem vom Saugnapf geröteten Kreis drei feine Schnitte, die einem Mercedesstern glichen und aus denen das Blut tropfte; die Egel hatten mit ihren strahlenförmig angeordneten Kiefern die Haut aufgeritzt.

»Wir sollten besser wieder die Fackel nehmen, Professor«, erklärte der Felsen, »soweit ich weiß, blutet der Biss eines Blutegels noch ziemlich lange nach. Das Feuer würde das verhindern. Denken Sie an Dantes sechsten Kreis: Der Engel, der den Aufstieg weist, ist rot und lodernd.«

»Nein, Kaspar, glauben Sie mir, ich kenne diese Viecher von Kindesbeinen an. In Alexandria gibt es viele, sowohl am Strand in der Stadt als auch an den Ufern des Mariutsees. Die Blutung ist nicht zu stoppen. Im Speichelsekret der Blutegel sind ein lokal wirksames Anästhetikum und ein gerinnungshemmender Stoff enthalten. Die Bissstellen können bis zu zwölf Stunden nachbluten.« Farag konzentrierte sich mit gerunzelter Stirn darauf, einen Wurm nach dem anderen von meinem Körper abzulösen. »Wir müssten starke Verbrennungen hinnehmen, um die Blutung zu stillen. Und überhaupt: sollen wir unser ganzes Hautgewebe kauterisieren? … Das Einzige, was wir tun können, ist, uns dieser Biester so schnell wie möglich zu entledigen, da sie bis zum Fünffachen ihres Eigengewichts aufsaugen können.«

Ich verspürte großen Durst. Urplötzlich hatte ich einen trockenen Mund und starrte gierig auf das Wasser und den *Karkade* auf dem Tisch. Der Hauptmann, auf dessen Körper noch immer an die sechzig, siebzig Blutegel saßen, die sich in der Zisterne an ihm festgebissen hatten, wankte zum Tisch und brachte Farag und mir mit zitternder Hand zwei Becher. Wie ein durstiges Kamel trank er dann selbst von dem Wasser. Farag löste den letzten Wurm von mir ab und eilte Glauser-Röist zu Hilfe, der schon weiß wie die Wand war und wie ein Betrunkener hin und her torkelte. Speiübel wie mir war, lehnte ich mich gegen einen weichen Wandteppich, der sich mit meinem Blut vollsog. Ich hätte alles dafür gegeben, noch mehr zu trinken zu bekommen, doch die Dehydrierung und meine körperliche Schwäche lähmten mich. Unzählige Blutrinnsale flossen aus meinen sternförmigen Wunden in meine Schuhe oder bildeten auf dem Boden um mich herum kleine Pfützen.

»Trink etwas, Ottavia!«, vernahm ich Farag aus großer Entfernung. »Trink, mein Liebling, trink!«

Seine Stimme war kaum zu hören, aber an meinen Lippen spürte ich wieder den Rand eines Bechers. Mir dröhnten die Ohren, und ich vernahm die langgezogenen Noten von unzähligen Okarinen. Ich erinnere mich, wie ich noch einmal versuchte, die Augen zu öffnen, kurz bevor ich ohnmächtig zu Boden sank. Den ganzen Körper mit Blutegeln übersät, lag der Hauptmann bewusstlos neben einer der Steinbänke. Farags Wangen waren eingefallen; er war totenblass und hatte dunkle Ringe um die Augen. Sein verschwommener Anblick war meine letzte Erinnerung.

Eine ganze Woche lang waren wir sehr schwach. Die Männer, die uns pflegten, taten ihr Möglichstes, dass wir viel tranken und von einer Art Gemüsebrei aßen. Trotzdem erholten wir uns nur schwer von dem enormen Blutverlust. Ich war ziemlich oft ohne Besinnung und erinnere mich nur, dass ich während der langen Delirien seltsame Halluzinationen hatte, in denen die absurdesten Dinge logisch und denkbar schienen. Wenn die Männer mich fütterten, öffnete ich leicht die Augen und gewahrte dann über mir ein Dach aus Schilf, durch welches die Sonnenstrahlen hereinfielen. Ich war mir nicht sicher, ob das Gesehene real war oder Teil meines Fieberwahns, aber da ich sowieso nicht ich selbst war, war es letztlich gleichgültig.

Am zweiten oder dritten Tag, genauer weiß ich es nicht zu bestimmen, stellte ich fest, dass wir uns auf einem Boot befanden. Die schaukelnden Bewegungen und das Schlagen der Wellen gegen den Schiffsrumpf waren nun nicht mehr nur Teil meiner Alpträume. Ich entsinne mich auch, dass ich mich während jener Tage suchend nach Farag umgesehen hatte und ihn dann ohnmächtig neben mir entdeckte. Doch mir fehlte die Kraft, mich aufzurichten. In meinen Träumen sah ich ihn von einem orangefarbenen Licht angestrahlt und hörte ihn nur traurig sagen: *Zumindest findet ihr Trost in dem Glauben, dass euch ein Leben nach dem Tod bleibt. Ich werde für ewig sanft entschlafen.* Ich streckte meine Arme nach ihm aus, um ihn zu umarmen, ihn anzuflehen, mich nicht zu verlassen, doch er lächelte nur voll Wehmut und sagte: *Viele Jahre habe ich den Tod gefürchtet, aber in all der Zeit gab ich der Schwäche nicht nach, an einen Gott zu glauben, nur um mir diese Todesangst zu ersparen. Dann entdeckte ich, dass man auch jeden Abend beim Einschlafen irgendwie stirbt. Der Hergang ist genau derselbe, wusstest du das? Erinnerst du dich an die griechische Mythologie? … An die beiden Söhne von Nyx, der Personifikation der Nacht, die Zwillinge Hypnos und Thanatos, den Gott des Schlafes und den Gott des*

Todes? … Erinnerst du dich? Dann verschwamm dieses Traumbild wieder zu dem letzten Bild, das ich von ihm in jenem Saal von Kom el-Shoqafa hatte, bevor mir die Sinne geschwunden waren.

Es hatte wohl nicht viel gefehlt, dass wir nie wieder aufgewacht wären. Während das Wasser und das Bier, das man uns unentwegt einflößte, und der Gemüsebrei, der bald Stücke zerkleinerten Fischs enthielt, ihre heilsame Wirkung taten, legte das Schiff eines Nachts in der Nähe eines Strandes an. Die Männer wickelten uns in Leinen und trugen uns auf ihren Schultern zum Karren eines Teeverkäufers. Ich atmete den kräftigen Geruch von schwarzem Tee und Minze ein und gewahrte den Mond, dessen bin ich mir sicher, den zunehmenden Mond im unendlichen Firmament.

Als ich das nächste Mal zu Bewusstsein kam, befanden wir uns wieder auf einem Schiff, aber auf einem anderen, größeren, das auch weniger schaukelte. Mit übermenschlicher Anstrengung richtete ich mich auf, weil ich Farag sehen musste: Umgeben von Schiffstauen, altem Segeltuch und Haufen von Netzen, die nach Fisch stanken, lagen er und der Hauptmann tief schlafend neben mir und waren wie ich bis zum Hals mit einem feinen gelblichen Leinentuch zugedeckt, das uns vor den Fliegen schützte. Die Anstrengung war für meinen geschwächten Körper jedoch zu viel gewesen, so dass ich erschöpft zurück auf meinen Strohsack sank. Vom Deck herab erklang die Stimme eines der Männer, die uns pflegten; er schrie etwas in einer Sprache, die nicht arabisch klang, die ich aber dennoch nicht bestimmen konnte. Bevor ich wieder vom Schlaf übermannt wurde, glaubte ich, »Nubiya« oder »Nubien« oder so etwas Ähnliches zu verstehen, doch konnte ich mir dessen nicht sicher sein.

Nachdem ich immer wieder kurz aufgewacht war, dabei aber nie gleichzeitig Farag oder den Hauptmann wach vorfand, kam ich eines Tages zu dem Schluss, dass das Essen nicht nur Fisch,

Gemüse und Weizen enthalten konnte. Dieser Dämmerzustand war nicht normal; wir hätten inzwischen körperlich so weit wiederhergestellt sein müssen, als dass wir so viel Schlaf bräuchten. Es machte mir allerdings Angst, nichts mehr zu essen, weshalb ich weiterhin den Brei hinunterschluckte und das Bier trank, welches mir die braungebrannten Männer einflößten, die im Übrigen ziemlich eigentümlich waren. Als einziges Kleidungsstück trugen sie Lendenschurze, die durch ihr makelloses Weiß hervorstachen und mich im Fieberwahn die Verklärung Christi auf dem Berg Tabor wiedererleben ließen, als sein Angesicht leuchtete wie die Sonne und seine Kleider weiß wurden wie das Licht und eine Stimme aus der Wolke sprach: *Dies ist mein lieber Sohn, an dem ich Wohlgefallen habe; ihn sollt ihr hören.* Auf den Köpfen trugen die Männer feine weiße Tücher, die sie mit einer Schleife im Nacken so zusammengebunden hatten, dass deren Enden vorne auf ihre Schultern fielen. Untereinander sprachen sie nur sehr wenig, und wenn doch, dann in einer seltsamen Sprache, von der ich kein Wort verstand. Wenn ich sie stammelnd um etwas bat oder mich an sie wandte, um zu sehen, ob ich überhaupt noch einen Ton herausbrachte, fuchtelten sie mit den Händen in der Luft herum und sagten mit einem Lächeln: »Guiiz, guizz!« Sie waren immer sehr freundlich zu mir und behandelten mich äußerst respektvoll, und wenn sie mich fütterten, so taten sie das mit einer Feinfühligkeit, die der besten aller Mütter würdig gewesen wäre. Staurophylakes waren es jedoch nicht, denn auf ihren Körpern war keine einzige Skarifikation zu sehen. Als ich mir dessen bewusst wurde, musste ich mir selbst gut zureden, um mich zu beruhigen: Sicher hätten sie uns schon längst umgebracht, wenn sie Banditen oder Terroristen gewesen wären; letzten Endes musste dies alles mit den heimtückischen Plänen der Bruderschaft in Zusammenhang stehen. Wie sonst wären wir aus Kom el-Shoqafa hierhergelangt?

Noch fünfmal wechselten wir das Schiff – immer nachts –, bevor wir dösend ein langes Stück auf der Ladefläche eines alten Lastwagens zurücklegten, der Holz transportierte. Wir entfernten uns jedoch nicht vom Ufer des Flusses, denn auf der anderen Seite, fast unmittelbar hinter den dunklen Palmenhainen, konnte man die Unermesslichkeit der Wüste erahnen. Ich erinnere mich, wie ich überlegte, ob wir den Nil flussaufwärts gen Süden fuhren, da diese regelmäßigen, nächtlichen Wechsel des Schiffes nur einen Sinn ergaben, wenn man so die gefährlichen Stromschnellen überwand, die den Flusslauf teilten. Falls meine Vermutung richtig war, so mussten wir uns inzwischen mindestens im Sudan befinden. Aber was war dann mit der Prüfung von Antiochia? Wenn man uns nach Süden brachte, so entfernten wir uns doch von unserem Bestimmungsort!

Eines Tages hörte man plötzlich auf, uns unter Drogen zu setzen. Richtig wach wurde ich aber erst, als ich Farags Lippen auf meinen spürte. Mit geschlossenen Augen ließ ich mich von dem süßen Gefühl des Traums und seiner Küsse wiegen.

»Basileia …«

»Ich bin wach, mein Geliebter«, flüsterte ich.

Als ich die Lider hob, traf mich das dunkle Blau seiner Augen wie ein Blitz. Er war zwar abgemagert, aber dennoch so schön wie eh und je. Und ich übertreibe, glaube ich, nicht, wenn ich sage, dass er schlimmer stank als eines der Fischernetze, die neben uns lagen.

»Wie lange habe ich deine Stimme nicht gehört, Basileia«, murmelte er zwischen zwei Küssen. »Du hast immer so fest geschlafen!«

»Man hatte uns unter Drogen gesetzt, Farag.«

»Ich weiß, mein Herz, aber man hat uns keinen Schaden zugefügt. Und das ist das Wichtigste.«

»Wie geht es dir?«, fragte ich und rückte etwas von ihm ab,

um sein Gesicht streicheln zu können. Sein blonder Bart war inzwischen schon über eine Handbreit lang.

»Hervorragend. Diese Kerle könnten sich eine goldene Nase verdienen, wenn sie die Drogen vermarkten würden, die sie bei den Prüfungen einsetzen.«

Erst da merkte ich, dass die Wände unserer luxuriösen Kajüte aus Papier gemacht schienen und sowohl das Licht als auch die Geräusche von draußen hereinließen.

»Und der Felsen?«

»Er liegt dort drüben.« Farag wies mit dem Kinn zur Wand hinüber. »Er schläft noch. Aber er wird sicher bald aufwachen. Irgendetwas haben sie vor.«

Er hatte das letzte Wort kaum ausgesprochen, als auf einer Seite des Raums ein leichter Leinenvorhang beiseitegeschoben wurde und die Männer, die uns gepflegt hatten, hereinkamen. Obwohl ich sie wiedererkannte, kam es mir seltsamerweise so vor, als würde ich sie erst jetzt so richtig erkennen, als wäre mein Blick zuvor getrübt gewesen. Sie waren groß und schlank, ja geradezu dürr, und alle trugen einen dichten, kurzen Bart, der ihnen ein wildes Aussehen verlieh.

»Ahlan wasahlan«, begrüßte uns derjenige, der die Gruppe anzuführen schien, und kreuzte dann die dünnen, braunen Beine, bevor er sich mit einer eleganten Bewegung im Schneidersitz vor uns niederließ. Die übrigen Männer blieben stehen.

Farag entgegnete etwas, woraufhin die beiden eine weitschweifige Unterhaltung auf arabisch zu führen begannen.

»Bist du auf eine Überraschung gefasst, Ottavia?«, fragte Farag plötzlich und blickte mich verblüfft an.

»Nein«, sagte ich und setzte mich auf. Die Beine hatte ich noch unter dem Laken gelassen, denn ich war nur mit einer kurzen weißen Tunika bekleidet, und mein Anstand verbot mir jeglichen Exhibitionismus. In diesem Moment fiel es mir jedoch wie Schuppen von den Augen, und ich wollte vor Scham in der

Erde versinken: Einer dieser schweigsamen Kerle musste während der vergangenen Tage die intimsten Stellen meines Körpers gewaschen haben.

»Tut mir leid, aber du kommst nicht drumherum, dass ich es dir erzähle«, fuhr Farag fort, ohne zu bemerken, dass mein Gesicht urplötzlich die Farbe verloren hatte. »Dieser gute Mann hier ist Kapitän Mulugeta Mariam, und die anderen bilden seine Schiffsbesatzung. Dieses Schiff, die … ›Neway‹?« – er hielt inne und blickte Mulugeta fragend an, der mit dem Kopf nickte – »… ist eines von vielen, die er entlang dem Nil besitzt, um Waren und Passagiere zwischen Ägypten und, wie er es nennt, Abessinien zu befördern. Das heißt, wir befinden uns in Äthiopien.«

Meine Augen wurden im Laufe von Farags Erzählung immer größer.

»Seit Hunderten von Jahren sammele sein Volk, die Anuak, schlafende Passagiere im Nildelta auf und transportiere sie nach Antioch, das in der Gegend von Gambela, nahe dem Tanasee in Abessinien liege …«

»Und wer überantwortet sie ihnen?«, unterbrach ich ihn.

Farag wiederholte meine Frage auf arabisch, worauf Kapitän Mariam nur entgegnete:

»Starofilas.«

Sprachlos blickten wir uns an.

»Frag ihn«, stammelte ich, »frag ihn, was man mit uns vorhat, sobald wir ankommen.«

Wieder wechselten sie ein paar Worte, bis Farag mich endlich ansah.

»Er sagt, dass wir eine Prüfung bestehen müssten, die bei den Anuak Tradition sei, seit Gott ihnen das Land und den Nil geschenkt habe. Falls wir dabei umkommen, würden unsere Leichen auf einem Scheiterhaufen verbrannt, und unsere Asche übergebe man dem Wind, und wenn wir überleben …«

»Was dann?«, fragte ich ängstlich.

»Starofilas«, schloss er und ahmte dabei Mariams düstere Redeweise nach.

Betäubt vor Schreck wusste ich nichts anderes zu tun, als fortwährend den Kopf zu schütteln und mir mit den Händen das schmutzige Haar zu raufen, das so zerzaust war, dass ich mit den Fingern nicht mehr durchkam.

»Aber … aber wir sollten doch nur ergründen, wo sich das irdische Paradies befindet, um die Reliquienräuber fassen zu können.« Es war die nackte Angst, die aus meinem Mund sprach. »Wie sollen wir denn die Polizei verständigen, wenn man uns gefangen nimmt?«

»Wenn du es dir genau überlegst, Basileia, passt alles zusammen. Die Wächter des Kreuzes konnten uns nach dem siebten Kreis unmöglich freien Abzug gewähren. Weder uns noch sonst irgendeinem ihrer Anwärter. Schließlich ist es sehr leicht, seine Meinung zu ändern, sich bestechen zu lassen oder im letzten Moment ein Ideal zu verraten, wenn das Ziel in Reichweite liegt. Angesichts einer solchen Gefahr: Was konnten sie da tun? Es liegt auf der Hand, oder? Es war zu vermuten, dass die letzte Prüfung anders sein würde als die vorigen. Erst recht in unserem Fall: Was sollten sie denn tun? … Uns die Prüfung bestehen lassen und uns damit die entscheidende Fährte geben, um das irdische Paradies ausfindig zu machen? Es hätte genügt, so wie du sagst, den Behörden die Lage des Verstecks mitzuteilen, damit ein ganzes Heer über sie herfällt. Sie sind nicht dumm.«

Mulugeta Mariam blickte von einem zum anderen; er verstand kein Wort von dem, was wir redeten, doch schien er keineswegs beeindruckt zu sein. Als habe er diese Situation schon unzählige Male erlebt, blieb er ruhig sitzen. Als wir jedoch nach einer Weile verstummten, ergoss sich ein weiterer Wortschwall über uns, dem Farag aufmerksam lauschte.

»Der Kapitän sagt, dass wir bald in Antioch einträfen und man uns deshalb geweckt habe. Offenbar haben wir schon vor ein paar Tagen den Nil verlassen und schippern nun auf einem seiner Nebenarme, dem Atbara, der wie der Nil, den Worten dieses Mannes zufolge, den Anuak gehöre.«

»Aber wie sind wir bis Äthiopien gekommen?«, schluchzte ich. »Gibt es zwischen den Ländern denn keine Grenzen mehr? Keine Zollbeamten?«

»Sie überqueren wohl des Nachts die Grenze. Die Anuak sind auf dem Gebiet der Felukenschifffahrt sehr erfahren. Ihre für den Nil typischen zweimastigen Segelschiffe können ganz leise an den Polizeiposten vorbeigleiten, ohne dass diese Verdacht schöpfen. Vielleicht bestechen sie sie auch. Das ist hier eine gängige Praxis«, murmelte er und zupfte an seiner Unterlippe.

Die Angst schnürte mir den Atem ab.

»Und wo sind wir jetzt genau?«, brachte ich gerade noch mit Mühe und Not heraus. Ich hatte das Gefühl, mich irgendwo in den unermesslichen Weiten des Planeten verloren zu haben.

»Ich habe noch nie von den Anuak gehört und auch nicht von einem Dorf, das Antioch heißen soll, aber ich weiß durchaus, wo der Tanasee liegt, aus dem der blaue Nil entspringt, und du kannst mir glauben, dass das nicht gerade eine zivilisierte oder leicht zugängliche Gegend ist. Vergiss, dass wir am Anfang des 21. Jahrhunderts stehen. Dreh die Uhr tausend Jahre zurück, dann bist du näher an der Wirklichkeit dran.«

Ich hätte die Augen vor Staunen gar nicht weiter aufreißen können. Doch obwohl sie mir schon die ganze Zeit brannten, konnte ich nichts gegen diesen ungläubigen Gesichtsausdruck tun, selbst wenn ich es gewollt hätte.

»Was zum Teufel erzählen Sie da gerade, Professor?«, brummte der Felsen, der sich jetzt wie ein Kind unter seiner Bettdecke reckte und streckte. »Was wollen Sie damit andeuten?«

Mulugeta, Farag und ich sahen dem armen Kerl zu, wie er versuchte, munter zu werden. Wie ein Hund schüttelte er mehrmals den Kopf.

»Wir sind in Äthiopien, Kaspar«, sagte Farag und streckte ihm eine Hand hin, um ihm aufzuhelfen. Der Hauptmann griff aber nicht danach. »Kapitän Mariam zufolge haben wir vor ein paar Tagen die sudanesische Grenze passiert und legen gleich in Antioch an, wo die nachfolgende Prüfung stattfinden soll.«

»Verdammt noch mal!«, knurrte Glauser-Röist und fuhr sich mit den Händen übers Gesicht, um seine Schläfrigkeit zu vertreiben. Auch er hatte eine gründliche Rasur bitter nötig. »Sollten wir denn nicht nach Antiochia reisen?«

»Na ja … das dachten *wir*«, erwiderte ich, »aber wie sich jetzt herausstellt, handelt es sich gar nicht um das antike Antiochia in der heutigen Türkei, sondern um ein äthiopisches Dorf namens Antioch.«

»Falls Sie es nicht wissen sollten«, seufzte Farag, der sich mit dieser unerwarteten Wendung der Ereignisse wesentlich schneller abgefunden hatte als wir, »Antiochia und Antioch sind ein- und dasselbe, beide Formen sind korrekt. Es gibt mehrere Orte auf der Welt, die einen der beiden Namen tragen. Was ich allerdings nicht wusste, ist, dass einer davon in Äthiopien liegt.«

»Es war mir auch schon komisch vorgekommen, dass man uns von der Türkei zuerst nach Ägypten schickte«, erklärte ich und strich mir durch mein zerzaustes Haar, »für einen mittelalterlichen Pilger, der die Strecke zu Fuß oder mit dem Pferd zurücklegen musste, wäre das ein äußerst seltsamer Umweg gewesen.«

»Nun, jetzt hast du die Erklärung, Basileia«, meinte Farag und drückte Kapitän Mariams Hand, der sich von uns verabschiedete, um sich wieder um die Navigation zu kümmern. »Was haltet ihr davon, wenn wir an Deck gehen, tief Luft holen und uns im Fluss etwas abkühlen?«

»Das ist eine hervorragende Idee«, stimmte ich zu und stand auf. »Ich stinke entsetzlich.«

»Lass sehen …« Farag trat näher.

»Weiche von mir, Satan!«, kreischte ich und flüchtete durch den leichten Leinenvorhang nach draußen, so dass ich nicht mehr mitbekam, wie der Felsen etwas vom Kreis der Wollust murmelte.

Mariam versicherte uns, dass es nicht gefährlich sei, sich in die blauen Fluten des Atbara zu stürzen. Im kühlen Fluss spürte ich alle meine Muskeln und auch mein armes, verwirrtes Gehirn wieder aufleben. Das Wasser schien sauber zu sein, aber Glauser-Röist warnte uns, davon zu trinken, weil in den meisten afrikanischen Ländern die Malaria, Cholera und der Typhus grassieren würden. Wenn man sich den sanften, transparenten Wasserlauf so ansah, wäre man zwar nie auf die Idee gekommen, vorsichtshalber folgten wir aber dennoch seinem Ratschlag. Die Luft war so rein, dass es uns vorkam, als könne sie uns von innen heilen, und der Himmel war von einem so unglaublichen Blau, dass man Lust bekam, sich wie ein Vogel in die Lüfte zu erheben. Die beiden ziemlich weit voneinander entfernt liegenden Ufer waren bis ans Wasser von einem grünen Dickicht bedeckt, aus dem viele hohe, dicht belaubte Bäume emporragten, die voller Vögel waren, welche in Schwärmen von einem Wipfel zum nächsten flogen. Nur ihr Krächzen und Tirilieren war zu hören, allein vom Echo unseres Planschens und unserer Stimmen gestört. Es war alles so unglaublich schön, dass ich hätte schwören können, im Wind einen grandiosen Chor von Stimmen zu vernehmen, der einschmeichelnde, auf die Harmonie des Himmels und des Wassers abgestimmte Melodien summten.

Ich hatte die weiße Tunika nicht abgelegt, bevor ich ins Wasser sprang, aber eigentlich hätte ich ebenso gut darauf verzichten können, denn das Kleidungsstück klebte an mir wie eine durchsichtige zweite Haut. Da Farag und der Felsen sich jedoch ganz auszogen, hatte ich sie lieber anbehalten, selbst wenn sie ihren Zweck nun nicht mehr erfüllte. Falls die Matrosen, die in diesem Moment das dreieckige Segelwerk einholten und am Doppelmast der Feluke befestigten, mich sahen, wie Gott mich schuf, war mir das egal, denn es war sicher nicht das erste Mal; zudem zeigten sie sich sowieso nicht sonderlich interessiert. Wie sehr du dich verändert hast, Ottavia!, sagte ich nachsichtig zu mir, während ich wie eine Nymphe hin und her schwamm. Ich, eine Nonne, die ein weltabgewandtes Leben geführt und in den Untergeschossen des Vatikanischen Geheimarchivs zwischen Pergamenten, Papyri und alten Kodizes geforscht und gearbeitet hatte, ließ mich nun treiben, planschte, kraulte und tauchte im Fluss des Lebens, umgeben von der freien Natur. Und das Beste von allem: Wenige Meter vor mir sah ich den Kopf des Mannes, den ich von ganzem Herzen liebte und der mich mit den Augen verschlang, wenn er sich auch nicht getraute, sich mir zu nähern. Wie sehr du dich verändert hast, Ottavia!

Zum absoluten Glück fehlte mir eigentlich nur ein wenig Duschgel und Shampoo; ich musste mich leider mit einem Stück Glyzerinseife begnügen, das der Felsen aus seinem unbezahlbaren Rucksack gezogen hatte, den weder die Staurophylakes noch die Anuak angerührt hatten. Als wir nach dem Bad wieder an Bord kletterten, lagen unsere eigenen Kleider sauber und gefaltet, wenn auch nicht gebügelt in der Kajüte für uns bereit. Ich fühlte mich wie eine Königin, als die Männer mir anschließend einen Teller in die Hand drückten, auf dem ein köstlicher, gebratener Fisch lag, den man kurz zuvor aus dem Fluss gefischt hatte.

Am Abend setzten wir uns dann auf das Deck zu Kapitän Mulugeta Mariam, der uns darüber unterrichtete, dass wir Antioch noch in derselben Nacht erreichen würden. Er war kein Mann der vielen Worte, aber das Wenige, das er von sich gab, reichte aus, um mich nervös zu machen.

»Er bittet uns, Gott andächtig um Beistand zu bitten, bevor

wir die Prüfung in Angriff nehmen«, übersetzte uns Farag, »sein Volk leide immer sehr darunter, wenn ein Heiliger oder eine Heilige eingeäschert werden muss.«

»Was für Heilige?«, fragte der Felsen, der anscheinend auf dem Schlauch stand.

»Wir, Kaspar, wir sind die Heiligen. Die Staurophylax-Anwärter.«

»Sehen Sie zu, dass Sie ihm weitere Informationen über die Reliquienräuber entlocken.«

»Das habe ich schon versucht«, wandte Farag ein, »aber dieser Mann hier glaubt, dass er eine heilige Mission erfüllt. Er würde sich eher umbringen lassen als die Staurophylakes zu verraten.«

»Starofilas«, wiederholte Kapitän Mariam ehrfurchtsvoll. Dann sah er uns an und fragte etwas, worauf Farag in schallendes Gelächter ausbrach.

»Über Sie will er mehr wissen, Kaspar.«

»Über mich?«, fragte der Felsen verwundert.

Mulugeta redete weiter. Ich hätte nicht sagen können, wie alt er war. Trotz der weißen Stoppeln in seinem Bart wirkte sein Gesicht noch jung, und seine dunkle Haut glänzte im Sonnenschein wie Metall; dennoch lag in seinem Blick etwas unbestimmtes Altes, das sich auch schon in der extremen Schlankheit seines Körpers angedeutet hatte.

»Er sagt, dass Sie ein Heiliger hoch zwei seien.«

Ich konnte mir ein Kichern nicht verkneifen.

»Er ist verrückt!«, knurrte Glauser-Röist wutschnaubend.

»Und er will wissen, was Sie waren, bevor Sie Heiliger wurden.«

Farag und ich versuchten erfolglos, das Lachen irgendwie zu unterdrücken.

»Sagen Sie ihm, dass ich Soldat und kein bisschen heilig bin.«

Mulugeta protestierte entschieden, als Farag ihm glucksend Glauser-Röists Worte übersetzte. Plötzlich erstarrte Farag.

»Ziehen Sie Ihr Hemd aus, Kaspar.«

»Ja sind Sie denn jetzt ebenfalls verrückt geworden, Professor?«, tobte der Hauptmann. Auch ich war über Farags Aufforderung erstaunt. »Ziehen Sie doch Ihr eigenes aus!«

»Bitte, Kaspar! Hören Sie auf mich!«

Der Felsen, der so überrascht war wie ich, begann sich das Hemd aufzuknöpfen. Farag trat zu ihm, legte ihm seine linke Hand auf die Schulter und hieß ihn sich nach unten zu beugen, um seinen Rücken betrachten zu können.

»Schau dir das an, Ottavia. Mariam behauptet, dass Glauser-Röist ein zweifacher Heiliger sei, weil ihn die Staurophylakes damit … gezeichnet haben«, sagte er und wies mit dem Zeigefinger auf die Rückenwirbel des Hauptmanns, der einem kurz vor dem Angriff stehenden Stier glich.

»Was faseln Sie denn da, Professor?«

Mitten auf dem Rücken des Felsens konnte man statt des gewohnten Kreuzes eindeutig eine Skarifikation in Form einer Feder erkennen.

»Was haben sie bei dir eintätowiert, Farag?«, fragte ich und richtete mich auf, um ihm das Hemd hochzuheben. Im Gegensatz zu Glauser-Röist hatte man Farag ein ägyptisches Henkelkreuz auf die Wirbelsäule tätowiert. Das gleiche wie auf Abi-Rui Iyasus' Leiche.

»Abi-Rui Iyasus war Äthiopier!«, entschlüpfte es mir.

»Stimmt«, sagte der Hauptmann, nachdem er sich wieder angezogen hatte. Er wirkte nun schon etwas ruhiger. »Und wir befinden uns in Äthiopien.«

»Liegt das irdische Paradies vielleicht hier in Äthiopien?«, brachte ich nachdenklich vor. »Bildet dieses Land den Anfang und das Ende des Rätsels?«

»Es fehlt nicht mehr viel, um das herauszufinden«, erklärte Farag und schob mir nun ebenfalls die Bluse hoch. »Du hast auch ein Henkelkreuz. In Wirklichkeit entspricht dieses Kreuz ja dem Anch-Symbol aus der ägyptischen Hieroglyphensprache, der Hieroglyphe für ›Leben‹.«

Seine Hand streichelte meine Skarifikation (völlig unnötig, aber angenehm, wie ich zugeben muss), während ich …

»Aber natürlich!«, rief er auf einmal. »Die Straußenfeder! Das ist es, was Sie auf Ihrer Wirbelsäule haben, Kaspar! Wir beide sind in Alexandria mit einem Henkelkreuz tätowiert worden, das ursprünglich eine ägyptische Hieroglyphe ist. Sie hingegen sind mit einer anderen Hieroglyphe gezeichnet worden, der Straußenfeder, dem Symbol für Maat, die für die Gerechtigkeit steht.«

»Maat? … Für die Gerechtigkeit?« Der Felsen stutzte.

»Maat repräsentiert die ewige, göttliche Ordnung der Welt«, erklärte Farag aufgeregt, »sie ist die Göttin der Bestimmtheit, der Wahrheit, der Ordnung und der Rechtschaffenheit. Die oberste Pflicht der ägyptischen Pharaonen war es, dafür Sorge zu tragen, dass alles seinen geregelten Gang ging, dass die Sittlichkeit bewahrt und die Gesetze geachtet wurden. Maats Hieroglyphe war die Straußenfeder. Diese Feder wurde bei Osiris' Totengericht gegen das Herz des Verstorbenen abgewogen, und wenn Letzteres als zu schwer empfunden wurde, fiel der Tote der ewigen Verdammnis anheim.«

»Und das alles hat man mir auf den Rücken tätowiert?« Der Felsen war sprachlos.

»Nein, Kaspar, nur Maats Feder«, beruhigte ihn Farag, runzelte dann jedoch die Stirn, als er hinzufügte: »Kapitän Mariam sieht das als Beweis dafür, dass Sie ein zweifacher Heiliger sind. Das heißt, Sie sind wesentlich heiliger als wir, die es nicht eintätowiert bekamen.«

»Das ist alles reichlich merkwürdig«, meinte ich besorgt.

Farag lachte.

»Noch merkwürdiger als alles, was uns bisher passiert ist? Das glaubst du doch selbst nicht, Basileia!«

Aber Maats Feder war auch nicht auf Abi-Ruj Iyasus' Leiche gewesen, und ich wusste, dass der Hauptmann – ein studierter Militär, Polizist und der gefürchtetste Mann des Vatikans, in dessen Hand alle Fäden zusammenliefen – der Einzige von uns dreien war, der für die Staurophylakes eine wirkliche Gefahr darstellen konnte. War es da etwa nicht bedenklich, dass ausgerechnet er mit einer Hieroglyphe tätowiert worden war, welche die Gerechtigkeit symbolisierte?

Ich konnte mich dieses Verdachts nicht erwehren, nicht einmal, als wir uns mit Hilfe der ›Göttlichen Komödie‹ auf den letzten Kreis des Fegefeuers vorbereiteten und die Feluke sich langsam dem Landungssteg von Antioch näherte, einer einfachen Mole aus Pfählen am rechten Ufer des Atbara.

Wie wir drei nähern sich auch Dante, Vergil und der neapolitanische Dichter Statius, der sich ihnen auf dem sechsten Gesims angeschlossen hat, ihrem letzten Bestimmungsort. Es dämmert schon, und sie müssen sich beeilen, um noch vor Einbruch der Dunkelheit den siebten Kreis, den der Wollüstigen, zu erreichen.

Schon waren bei der allerletzten Windung
wir angelangt, und uns zur Rechten kehrend,
hatten auf neue Sorge wir zu achten.

Da sprüht der Fels die Flamme weit hinaus;
nach oben weht der Sims den Hauch empor
und treibt die Flamme von der Wand nach außen.

So mussten wir am offnen Rande gehen,
hintereinander, und ich fürchtete
das Feuer hier und dort den Sturz zur Tiefe.

Vergil bittet seinen Schützling wiederholt, darauf zu achten, wo er hintrete, da schon der kleinste Fehltritt verhängnisvoll sein könne. Er predigt tauben Ohren, denn als Dante Stimmen vernimmt, die einen Hymnus singen, dreht er sich um und entdeckt eine große Gruppe Seelen, die durch die Flammen auf sie zukommen. Eine davon spricht ihn natürlich an und fragt, wieso sein Leib noch einen Schatten werfe:

Nicht mir allein tut deine Antwort not,
denn diese alle dürsten mehr darnach
als Inder und Äthiopier je nach Wasser.

»Das geht nun wirklich zu weit!«, rief Farag, als er den letzten Vers hörte.

»Allerdings!«, stimmte ich ihm zu.

»Warum haben wir das bloß vorher nicht bemerkt? Warum sind wir nicht darauf gekommen, als wir in Rom das gesamte ›Purgatorio‹ gelesen haben?«

»Als Sie es damals lasen, Professor, hätten Sie sich da auch nur für einen Moment ausmalen können, woraus die sieben Prüfungen bestehen?«, wollte der Felsen wissen. »Es ist absurd, sich jetzt diese Frage zu stellen. Und wenn es Indien anstelle von Äthiopien gewesen wäre? Dante erzählte, was er erzählen konnte, er ging das Risiko ein, weil er wusste, dass er eine gute Geschichte in Händen hatte; und er war ehrgeizig. Aber er war nicht so verrückt, sich unnötigen Gefahren auszusetzen.«

»Auf alle Fälle brachten sie ihn um«, erwiderte ich sarkastisch.

»Ja, aber er selbst wollte es nicht zu weit treiben; also verschleierte er die Fakten.«

Wo am Horizont die Uferlinien des Atbara zusammenliefen, konnte man schon die Umrisse von Antioch und einem Landungssteg ausmachen. Einer der letzten Strahlen der untergehenden Sonne wärmte meine rechte Schulter, doch als ich im Dorf dichte Rauchsäulen aufsteigen sah, brach mir der Angstschweiß aus. Wie sehr hätte ich mir gewünscht, dass die ›Neway‹ kehrtmachte, aber dazu war es jetzt zu spät.

Während der Büßer (der sich später als der Dichter Guido Guinizelli entpuppt und wie Dante zu Lebzeiten den *Fedeli d'Amore* angehört hat) unseren Helden also fragt: »Sag uns, wieso es kommt, dass du eine Wand zur Sonne bildest«, kommt ihnen auf dem Flammenweg eine zweite Schar entgegen. Aus dem, was die beiden Gruppen zueinander sagen, wie sie sich freudig herzen und küssen, zieht Dante den Schluss, dass die einen für ihre widernatürliche, die anderen für ihre übersteigerte Wollust sühnen. Vielleicht, weil er diesen Sündern gegenüber Wohlwollen empfindet, vielleicht, weil die meisten Literaten sind wie er, spricht er ihnen Mut zu: Schon bald hätten sie die höchste Stufe erreicht, wo sie den Frieden und die Vergebung Gottes fänden.

Zu Beginn des siebenundzwanzigsten Gesangs, es ist schon fast Nacht, hat sich der Feuerwall über das ganze Gesims ausgebreitet. Da erscheint ein heiterer Engel Gottes und kündet den drei Wanderern, dass ihr Weg nun durch den Feuerwall hindurchführe. Dante ringt verzweifelt die Hände: »Da ward mir so, wie einem ist, den man ins Grab gelegt.« Als Vergil ihn so verzagt und ängstlich sieht, beruhigt er ihn:

> Die gütgen Führer wandten sich mir zu;
> es sprach zu mir Vergil: »Mein lieber Sohn,
> hier kann es Qual nur geben, nicht den Tod.
>
> Glaube nur fest, wenn in dem Feuerofen
> der Flamme hier du tausend Jahre lägst,
> sie könnte dir kein einzges Haar versengen.«

»Das trifft doch auch für uns zu, oder?«, fiel ich dem Hauptmann voller Hoffnung ins Wort.

»Mal den Teufel nicht an die Wand, Basileia.«

Der Felsen las in aller Ruhe weiter, wie Dante entsetzt zurückweicht und sich nicht von der Stelle rührt, so dass Vergil seinem Schüler erzählt, dass auf der anderen Seite Beatrice auf ihn warte, und ihm dann zulächelt wie einem Kind, das man mit Früchten lockt.

Dann schritt Vergil mir voran ins Feuer hinein,
und Statius bat er, hinter mir zu folgen,
der uns vorher auf langem Wege trennte.

Als ich nun drin war, hätt' in siedend Glas
ich mich geworfen, um mich abzukühlen,
so ohne alles Maß war diese Glut.

Der holde Vater mein, um mich zu trösten,
sprach immerzu von Beatrice mir:
»Schon scheint mir, ich könnt' ihre Augen sehen.«

Indem sie einer Stimme folgen – die »Kommt her, Ihr Benedeite meines Vaters« singt und die dem letzten Engel gehört, der ihnen inmitten der Flammen wie ein blendendes Licht erscheint und das letzte P von Dantes Stirn tilgt –, gelangen sie zum Fuß des Aufstiegs ins irdische Paradies. Zufrieden und glücklich folgen sie nun dem Weg zwischen den Felsen hindurch bergauf. Unterdessen geht die Sonne unter, und sie müssen sich auf den Stufen niederlassen, da man den Läuterungsberg nicht bei Nacht erklimmen kann, wie man es ihnen schon im Vorpurgatorio erklärt hatte. Auf eine der Stufen gebettet, betrachtet Dante ein Firmament voller Sterne, »weit größer noch als sonst und heller auch«, worüber er einschläft.

Die ›Neway‹ hatte nun nach rechts in Richtung von Antiochs Mole gewendet, auf der sich sämtliche Bewohner des Dorfes –

etwa hundert an der Zahl und allesamt von Kopf bis Fuß in Weiß gekleidet – versammelt hatten. Laut schreiend hießen sie uns willkommen und vollführten dabei Luftsprünge oder fuchtelten mit den Armen. Anscheinend war Mulugeta Mariams Rückkehr für alle ein Grund zu großer Freude. Das Dorf setzte sich aus dreißig, vierzig Lehmziegelhütten zusammen, die sich um den Landungssteg drängten. Ihre Mauern waren in strahlenden Farben bemalt und die Dächer mit Schilf gedeckt. Zwar waren auf jeder der Hütten lange, schwarze Rohre zu sehen, die als Kamin aus dem Schilfrohr ragten, aber die großen Rauchsäulen, die ich aus der Entfernung gesehen hatte, stiegen irgendwo hinter dem eigentlichen Dorf empor; aus der Nähe betrachtet wirkten sie wirklich gewaltig, ähnlich den Armen der Titanen, die einst den Himmel erstürmen wollten.

Gleich würden wir anlegen, doch Glauser-Röist schien das Buch nicht beiseitelegen zu wollen.

»Wir sind da, Hauptmann«, sagte ich deshalb, als er gerade einmal Luft holte.

»Wissen Sie denn, Dottoressa, was Sie in diesem Dorf genau erwartet?«, fragte er mich herausfordernd.

Das Geschrei der Kinder, Frauen und Männer von Antioch drang nun unmittelbar von der anderen Seite des Schiffsrumpfs zu uns herüber.

»Nein, nicht ganz.«

»Gut, dann lesen wir also weiter. Wir sollten nicht von Bord gehen, bevor wir nicht alle Angaben haben.«

Doch es gab keine weiteren Fingerzeige mehr. Wir waren nun wahrhaft am Ende angelangt.

In seinen Worten liegt eine gewisse Melancholie, als Dante Alighieri zum Abschluss erzählt, wie er bei Tagesanbruch erwacht und Vergil und Statius schon auf ihn warten, um die restlichen Stufen zum irdischen Paradies zu erklimmen. Sein Meister erinnert ihn daran, was ihm der neue Tag bringen wird:

»Die süße Frucht, die auf so vielen Zweigen
die Sterblichen mit großer Mühe suchen,
noch heute wird sie deinen Hunger stillen.«

Beflügelt stürzt Dante mit Ungestüm die Felsentreppe hinauf, und als er schließlich die letzte Stufe erreicht und die Sonne ihm ins Antlitz scheint, als er die Gräser, Blumen und Sträucher des irdischen Paradieses vor sich liegen sieht, sagt ihm sein geliebter Meister für immer Lebewohl:

»Das zeitliche und auch das ewge Feuer
hast du gesehn, mein Sohn, und bist am Ort,
wo ich durch eigne Kraft nicht weiterblicke.

Ich hab' dich hergeführt mit Geist und Klugheit;
nimm dir zum Führer jetzt des Herzens Trieb.
Die steilen, engen Pfade liegen hinter dir.

Nicht harr' mehr meines Winks noch meines Wortes,
frei, heil und aufrecht ist dein Wille jetzt,
falsch wär's, nach seinem Sinne nicht zu handeln.
So krön' ich dich zu deinem eignen Papst und Kaiser.«

»Das war's«, verkündete der Felsen und klappte das Buch zu. Auf einmal wirkte er nicht mehr ganz so steinern, so als ob er sich für immer von einem alten Freund verabschiedet hätte. Während der letzten Monate war der größte italienische Dichter zu einem wesentlichen Bestandteil unseres Lebens geworden, und jetzt fühlten wir uns urplötzlich ein wenig einsam.

»Ich glaube, hier ist unsere gemeinsame Wanderung zu Ende …«, murmelte Farag. »Ich habe das Gefühl, dass Dante uns nun unserem Schicksal überlässt; irgendwie komme ich mir wie ein Waisenkind vor.«

»Nun, er hat sein Ziel erreicht: Er ist im irdischen Paradies. Er gelangte zu Ruhm und Ehren und wurde mit dem Lorbeerkranz gekrönt. Wir drei hingegen haben noch die allerletzte Prüfung vor uns«, sagte ich und schnupperte. Es roch stark nach Rauch.

»Die Dottoressa hat recht. Gehen wir!«, befahl Glauser-Röist und sprang auf. Aus den Augenwinkeln sah ich noch, wie er heimlich über den abgegriffenen Einband der ›Göttlichen Komödie‹ strich, bevor er das Buch in seinem Rucksack verstaute.

Antioch empfing uns mit großem Jubel. Kaum sah man uns an Deck erscheinen, wurden die Freudenschreie, der Beifall und die Hochrufe auch schon ohrenbetäubend.

»Das wird doch wohl kein Kannibalenstamm sein, der auf sein Abendessen wartet?«

»Farag! Jag mir bitte nicht noch mehr Angst ein!«

Wie ein Hollywoodstar bahnte sich Kapitän Mulugeta Mariam unter Beifallsrufen, Küssen, Stößen und Umarmungen einen Weg durch die Menge. Hinter ihm ging Hauptmann Glauser-Röist, den die Anuak-Kinder ängstlich lächelnd und mit großen Augen anstarrten. Er war so groß und so blond, dass sie schwerlich schon einmal ein so beeindruckendes Exemplar der männlichen Schöpfung gesehen haben konnten. Die Frauen ließen hingegen von mir kein Auge; sie platzten fast vor Neugier. Es hatte wohl nur wenige »heilige« Frauen gegeben, die über den Atbara gekommen waren, um sich der letzten Prüfung des Fegefeuers zu unterziehen, weswegen sie mich nun mit Stolz betrachteten. Großes Unheil stifteten Farags dunkelblaue Augen. Ein junges Mädchen von nicht mehr als vierzehn, fünfzehn Jahren, die von ihren gleichaltrigen, kichernden Freundinnen nach vorn geschubst wurde, trat auf ihn zu und zupfte ihn am Bart. Völlig verzaubert lachte Casanova lauthals auf.

»Siehst du, was passiert, wenn du dich nicht rasierst?«, flüsterte ich ihm zu.

»Ich werde mich, glaube ich, nie wieder rasieren!«

Mit dem Ellenbogen stieß ich ihn leicht in die Seite, was ihm jedoch nur noch mehr Vergnügen bereitete … Mit diesem Mann war ich wirklich gestraft!

Der Stammesführer, Berehanu Bekela, ein Mann mit Segelohren und einem gigantischen Gebiss, machte uns die Honneurs, wozu auch gehörte, dass man feierlich mehrere weiße Tücher zu einer dicken, warmen Stola um unseren Hals schlang, was bei der herrschenden Hitze wirklich sehr angebracht war. Danach geleitete man uns auf geradem Weg zum großen Dorfplatz, um den sich die Häuser gruppierten und den unzählige Fackeln beleuchteten, die an lange, in den Boden geschlagene Stöcke gebunden waren. Dort angekommen, rief Berehanu einige unverständliche Worte, woraufhin die Anuak in stürmische Beifallsrufe ausbrachen, die erst aufhörten, als der Stammesführer gebieterisch die Hand hob.

Innerhalb von Sekunden war der Dorfplatz voller Hocker, Matten und Kissen, auf denen sich die Anuak niederließen, um sich das viele Essen zu Gemüte zu führen, welches auf Holztabletts aus den Häusern herbeigeschafft wurde. Jetzt beachteten sie uns nicht mehr; ihre ganze Aufmerksamkeit galt den kleinen Fleischbergen, die auf großen, grünen Blättern serviert wurden.

Berehanu Bekela und seine Familie tischten uns die Speisen höchstpersönlich auf; was auch immer es sein mochte, mir kam es wie ein Haufen rohen Fleisches vor. Dann blickten sie uns erwartungsvoll an.

»*Esan, esan!*«, ermunterte uns ein hübsches Mädchen von drei Jahren, das sich neben mich gesetzt hatte.

Mulugeta redete auf Farag ein, der daraufhin den Hauptmann und mich mit ernster Miene ansah.

»Wir müssen das jetzt essen, auch wenn es uns den Magen umdreht. Wenn wir es nicht tun, beleidigen wir die Ehre des Stammesführers und des ganzen Volkes.«

»Red keinen solchen Unsinn!«, explodierte ich. »Ich denke nicht daran, rohes Fleisch zu essen!«

»Hör auf zu meckern, Basileia, und iss!«

»Wieso sollte ich diese undefinierbaren Fetzen essen?«, stieß ich aus und griff mit spitzen Fingern nach etwas, was wie ein Stück schwarzer Plastikschlauch aussah.

»Essen Sie!«, murmelte Glauser-Röist zwischen den Zähnen und stopfte sich eine Handvoll davon in den Mund.

Das Fest wurde immer ausgelassener, je tüchtiger die Dorfbewohner dem Flaschenbier zusprachen. Das kleine Mädchen starrte mich noch immer an. Es waren ihre großen schwarzen Augen, die mich dazu bewegten, zwischen meine bebenden Lippen ganz langsam ein kleines Stück des rohen Fleischs zu schieben. Den Brechreiz unterdrückend, kaute ich es, so gut es ging, schluckte dann aber fast den ganzen Brocken Antilopenniere auf einmal hinunter. Danach würgte ich ein Stück vom Magen, das mir elastisch vorkam und nicht ganz so streng schmeckte, und zu guter Letzt eine kleine, noch warme Scheibe Leber, so dass das Blut von meinem Kinn und aus den Mundwinkeln tropfte. Den Äthiopiern schienen diese Köstlichkeiten offenbar sehr zu munden; für mich war es jedoch die schlimmste Erfahrung meines Lebens, einer dieser Augenblicke, die man sein Lebtag nicht vergisst, wie viele Jahre darüber auch verstreichen mochten. Aus lauter Ekel leerte ich in einem Zug eine Flasche Bier und hätte auch noch eine zweite ausgetrunken, wenn Farag mich nicht daran gehindert hatte.

Das Fest dauerte noch eine ganze Weile. Sobald das Gelage beendet war, trat eine Gruppe junger Frauen – unter ihnen auch die, die Farag am Bart gezupft hatte – in die Mitte des Platzes und führte einen merkwürdigen Tanz auf, bei dem sie unaufhörlich die Schultern schüttelten. Es war einfach unglaublich! Nie hätte ich gedacht, dass man seine Glieder so verrenken, dass man so frenetisch und auf so wundersame Art und Weise tanzen konnte. Zunächst hatte eine Trommel einen einfachen Takt vorgegeben. Bald schloss sich eine zweite an und dann eine dritte und so weiter, bis der Rhythmus nicht nur die Tänzerinnen in Trance versetzte, sondern auch mir zu Kopf stieg. Das kleine Mädchen, das anscheinend beschlossen hatte, mich unter seine Fittiche zu nehmen, erhob sich vom Boden und setzte sich zwischen meine gekreuzten Beine, als wäre mein Schoß ein bequemer Thron und sie eine kleine Königin. Es amüsierte mich, sie dabei zu beobachten, wie sie danach vergeblich versuchte, ihren langen Schleier zu richten, der ihr bis zur Taille reichte, so dass schließlich ich es war, die ihn ihr ein ums andere Mal zurechtrückte, weil das weiße Leinen immer wieder von ihren schwarzen Locken rutschte. Als die Tänzerinnen verschwanden, lehnte sie sich schließlich gegen mich und machte es sich so richtig bequem, als hätte ich mich wirklich in einen Königsthron verwandelt. Da bohrte sich mir die Erinnerung an meine Nichte Isabella in die Brust. Wie sehr hätte ich mir doch gewünscht, sie jetzt wie dieses kleine Mädchen bei mir zu haben! Mitten in einem gottverlassenen Dorf in Äthiopien, im Schein der Fackeln und des zunehmenden Monds, schweiften meine Gedanken in die Ferne, nach Palermo, und mir wurde bewusst, dass ich früher oder später zurückkehren würde, dass ich zurückkehren musste, um zu versuchen, die Dinge zu ändern; selbst wenn es mir nicht gelingen sollte, so forderte mein Gewissen doch, dass ich meiner Familie eine letzte Chance gab, bevor ich ihnen für immer den Rücken kehrte. Dieses tiefverwurzelte Gefühl der Clan-Zugehörigkeit, das meine Mutter mir eingeimpft hatte und das so stammesbezogen war wie das der Anuak, hielt mich vorerst noch davon ab, alle Brücken hinter mir abzubrechen, obwohl ich sehr wohl wusste, was für eine jämmerliche Familie mir das Schicksal beschieden hatte.

Kaum waren die Trommeln verstummt, schritt Berehanu Bekela bedächtig zur Mitte des Dorfplatzes. Kein Laut durchbrach die Stille. Selbst die Kinder waren zu ihren Müttern gelaufen und zappelten nicht mehr herum, sondern warteten ruhig und schweigsam ab, was da kommen sollte. Es war ein feierlicher Moment, und mir schlug das Herz bis zum Hals, weil mir irgendetwas sagte, dass uns das eigentliche Fest erst noch bevorstand.

Berehanu hielt eine lange Rede, die von der althergebrachten Beziehung der Anuak zu den Staurophylakes handelte, wie uns Farag flüsternd erklärte. Die Simultanübersetzungen von Mulugeta und Farag ließen viel zu wünschen übrig, doch konnten wir nicht um bessere Übersetzer bitten, so dass der Hauptmann und ich uns mit unvollständigen Sätzen und einzelnen Stichwörtern begnügen mussten:

»Die *Starofilas*«, sagte Berehanu, »kamen vor vielen Hunderten von Jahren in großen Schiffen über den Atbara zu uns … die Anuak … das Wort Gottes. Diese Männer … den Glauben und lehrten uns, die Steine zu bearbeiten … Bier zu brauen und Boote und Hütten zu bauen.«

»Bist du sicher, dass er das gesagt hat?«, wisperte ich.

»Ja, aber unterbrich mich nicht, ich kann Mariam sonst nicht mehr folgen.«

»Dann verstehe ich aber nicht, warum sie das Bier in Flaschen kaufen!«

»Sei still, Ottavia!«

»Die *Starofilas* haben uns zu Christen gemacht«, fuhr der Stammesführer fort, »und lehrten uns alles, was wir heute wissen. Im Gegenzug verlangten sie von uns nur … ihr Geheimnis … und dass wir die Heiligen von Ägypten nach Antioch brächten. Wir Anuak haben … was Mulualem Bekela im Namen unseres Volkes gab. Heute … drei Heilige … über den Atbara, den Fluss, welcher Gott … übergab … wir tragen die Verantwortung für … und die *Starofilas* erwarten, dass wir unsere Pflicht erfüllen.«

Unvermittelt brachen die Anuak in donnernden Applaus aus,

und ein Trupp von fünfzehn oder zwanzig jungen Männern sprang auf und verschwand pfeilschnell hinter den Hütten im Dunkeln.

»So sollen denn die Männer den Weg der Heiligen bereiten«, übersetzte Farag mit einiger Verspätung.

Die Anuak hatten nun im Rhythmus der Trommeln zu tanzen begonnen, und plötzlich packten ein paar Hände Farag, den Hauptmann und mich, rissen uns auseinander und führten uns in unterschiedliche Hütten, wo wir auf die bevorstehende Zeremonie vorbereitet werden sollten. Die Frauen zogen mir meine Sandalen, die Hose, die Bluse und schließlich auch die Unterwäsche aus. Danach spritzten sie mit einem Büschel Zweige Wasser über meinen nackten Körper und trockneten mich anschließend mit Leinentüchern ab. Meine Kleidung ließen sie verschwinden, weshalb ich mit einem, natürlich weißen, Hemd vorliebnehmen musste, das mir zum Glück bis zu den Knien reichte, und sie weigerten sich auch, mir meine Sandalen wiederzugeben, so dass ich wie auf Eiern ging, als ich die Hütte verließ. Es tröstete mich nicht sonderlich, dass Farag und der Felsen den gleichen traurigen Anblick boten. Was mich allerdings überraschte, war meine Reaktion, als ich im Schein der Fackeln Farag genauer ansah, seine braune Haut, seine Hände mit den langen, sanften Fingern, die ein paar blonde Haarsträhnen aus dem Gesicht strichen, seine große, schlanke Gestalt: Ich war noch nicht an die verwirrenden Hormonschübe gewöhnt und verschlang ihn mit den Augen, und als sich unsere Blicke trafen, krampfte sich mein Magen zusammen. Was hatte man dem verflixten Antilopenfleisch zugesetzt?

Unter Beifallsrufen und dumpfen Trommelschlägen führte man uns durch die dunklen Gassen des Dorfes zu der Stelle, wo zuvor die großen Rauchsäulen aufgestiegen waren und von der nun ein bedrohlicher, purpurfarbener Glanz ausging. Der Himmel war sternenübersät, und als ich ihn jetzt mit dem geschärften Blick betrachtete, den die Angst erzeugt, wirkten die Gestirne »weit größer noch als sonst und heller auch«, so wie Dante sie wahrgenommen hatte, als er auf den Stufen lag, die zum irdischen Paradies führten. Farag nahm mich bei der Hand und drückte sie, doch ich war vor Angst schon mehr tot als lebendig und fühlte mich wie Jesus auf dem Weg zum Kalvarienberg, das Kreuz auf dem Rücken. Jenes Heilige Kreuz, das die Staurophylakes Partikel für Partikel zurückerobert hatten? Nein, sicherlich nicht. Doch dieses Kreuzes wegen, auch wenn es nicht echt sein mochte, waren wir hier, und meine Beine zitterten, und ich schwitzte Blut und Wasser.

Endlich gelangten wir zu einem großen, runden Platz, um den sich Antiochs Bevölkerung schweigend aufstellte. Die letzten Baumstämme prasselten noch in den riesigen Scheiterhaufen, während die jungen Männer, die gegen Ende von Berehanus Rede davongelaufen waren, mit langen, spitzen Lanzen die Glut radförmig über den Boden verteilten. Mit ihren Lanzen schlugen sie auf die glühenden Kohlen ein, um die größten Stücke etwas zu zerkleinern und die etwa zwanzig Zentimeter dicke Oberfläche des Kreises zu glätten, der einen Durchmesser von gut acht bis zehn Metern hatte. Ein schmales Segment hatten sie jedoch frei gelassen, welches ins Innere des Feuerrads führte, und als Mulugeta ein paar Worte an Farag richtete, brauchte ich keine Übersetzung, um genau zu wissen, was er ihm gerade sagte: Mulugeta repräsentierte in jenem Augenblick Gottes heiteren Engel, der Dante auf der siebten Terrasse kundete, dass sein Weg nun durch den Feuerwall führe.

Ich drückte Farags Hand noch fester und barg mein Gesicht an seiner Schulter. Die Angst presste mir den Atem ab. Ich fühlte mich nun tatsächlich so wie »einem ist, den man ins Grab gelegt«.

»Kopf hoch, mein Schatz!«, flüsterte er mir zu, vergrub die Nase in meinem Haar und küsste es zärtlich.

»Mir ist himmelangst, Farag!«, schluchzte ich und schloss die Augen, aus denen die Tränen stürzten.

»Hör mir jetzt gut zu, Liebling: Wir werden diese Prüfung ebenso bestehen, wie wir auch alle vorherigen bestanden haben. Hab keine Angst, Ottavia!« Doch ich war nicht zu beruhigen, die Glieder schlotterten mir vor Angst. »Denk daran, dass es immer eine Lösung gibt, Basileia, mein Liebes.«

Wenn man das große Feuerrad so betrachtete, kam einem diese Lösung eher wie ein reines Hirngespinst denn wie eine Gewissheit vor. Irgendwann in meinem Leben hatte ich sicherlich die ersten sechs Todsünden begangen – ob nun in hohem oder geringem Maß, sei dahingestellt –, aber unter keinen Umständen war ich willens, für die Todsünde der Wollust zu sterben. Bis zum gegenwärtigen Zeitpunkt war ich doch noch vollkommen unschuldig! Wenn ich jetzt im Feuer umkäme, würde ich zudem jede Gelegenheit versäumen, gegen das sechste Gebot zu verstoßen, indem ich mit Farag all diese unzüchtigen Dinge tat, von denen alle Welt redete.

»Ich will nicht sterben!«, stöhnte ich und drückte mich an ihn.

Glauser-Röist war von hinten leise an uns herangetreten:

»›Mein lieber Sohn‹«, rezitierte er, »›hier kann es Qual nur geben, nicht den Tod. Glaube nur fest, wenn in dem Feuerofen der Flamme hier du tausend Jahre lägst, sie könnte dir kein einzges Haar versengen.‹«

»O hören Sie doch auf, Hauptmann!«, schluchzte ich herzzerreißend.

Mulugeta Mariam drängte. Wir könnten nicht die ganze Nacht dort stehen bleiben; wir *müssten* jetzt den Feuerwall durchqueren.

Wie eine Todgeweihte auf dem Weg zum Galgen setzte ich mich, gestützt auf Farags Arm, in Bewegung. Zwei Meter vor dem Glutteppich war die Hitze bereits so unerträglich, dass meine Haut zu glühen begann, und als wir den Durchgang betraten, der uns in die Mitte des Feuerrads führen sollte, spürte ich, wie sich auf meiner Haut die ersten Blasen bildeten und mein Blut zu kochen begann. Farags und Glauser-Röists Bärte flatterten leicht in ihren von der Hitze geröteten Gesichtern. Ersticktes Stimmengewirr drang aus dem roten, funkensprühenden Feuermeer.

Kaum waren wir jedoch im Innern des Feuerkreises angelangt, bedeckten die jungen Männer mit ihren Lanzen auch schon das frei gelassene Segment mit den glühenden Kohlen. Eingepfercht wie Tiere, starrten Farag, Glauser-Röist und ich verwirrt auf die Anuak, die sich in mehreren Metern Entfernung um den Feuerwall herum aufgestellt hatten. Sie wirkten wie gleichmütige Spukgestalten, von einem höllischen Glanz beschienene Richter, die kein Erbarmen kannten. Niemand rührte sich, am allerwenigsten wir, deren Lungen von der glühenden Luft entsetzlich brannten.

Plötzlich erhob sich ein seltsamer Gesang unter der Menge, ein primitiver Rhythmus, den ich anfangs durch das Knacken des rotglühenden Holzes nur undeutlich wahrnahm. Es war eine einzige musikalische Phrase, die sie wie eine Litanei unermüdlich wiederholten, langsam und meditativ. Farags Arme, mit denen er mich von hinten umschlungen hatte, strafften sich wie Stahlseile, und der Hauptmann trat unruhig von einem Fuß auf den anderen. Mulugeta Mariams schreiende Stimme holte uns in die Realität zurück. Farag erklärte:

»Wir müssen durch das Feuer. Wenn wir es nicht tun, werden sie uns umbringen.«

»Wie?«, schrie ich voller Entsetzen. »Uns umbringen??? … Das haben sie uns aber vorher nicht gesagt! Man *kann* hier nicht durch!« Ich starrte auf die Glut, die jetzt an der Oberfläche leicht schwarz zu werden begann.

»Strengen Sie Ihren Verstand an! Bitte!«, flehte der Felsen.

»Wenn es sich nur darum dreht, loszurennen, dann mache ich das sofort, auch wenn ich dann Verbrennungen dritten Grades erliege. Doch bevor ich Selbstmord begehe, möchte ich mir sicher sein, dass uns keine andere Möglichkeit bleibt.«

Ich blickte über die Schulter zu Farag, der sich auch etwas zu mir vorgebeugt hatte, um mich ansehen zu können, und so gingen wir im Geiste blitzschnell alles Wissen durch, das wir im Laufe unseres Lebens angehäuft hatten. Doch nein, nichts, uns kam nicht der geringste Fingerzeig auf beschwerliche Fußmärsche über glühende Kohlen in den Sinn. Die Enttäuschung darüber war an unseren Gesichtern abzulesen.

»Tut mir leid, Kaspar …«, entschuldigte sich Farag. Der Schweiß brach uns aus allen Poren, verdunstete aber sofort. Zum Sterben würden wir die Anuak letztlich gar nicht benötigen; die Hitze allein würde uns schon so zusetzen, dass wir ganz ausgedörrt das Zeitliche segnen würden.

»Uns bleibt nur Dantes Text«, murmelte ich bedrückt, »aber ich erinnere mich an nichts, was uns davon helfen könnte.«

Ein Zischen zerriss die Stille. Ein Speer sauste durch die Luft und schlug genau zwischen meinen Füßen in den Boden ein. Vor Schreck stockte mir das Herz.

»Verflucht!« Farag tobte vor Wut. »Lasst sie in Frieden! Wenn ihr schon eure Speere auf jemanden schleudern müsst, dann doch bitte auf uns Männer!«

Der monotone Gesang schwoll an. Er war jetzt besser zu verstehen, und es kam mir vor, als ob sie etwas auf griechisch sängen, aber wahrscheinlich war das nur eine Sinnestäuschung.

»Dantes Text«, wiederholte der Felsen nachdenklich, »womöglich liegt die Lösung in seinen Versen.«

»Als Dante den Feuerwall durchschreitet, Hauptmann, sagt er aber nur: ›… hätt' in siedend Glas ich mich geworfen, um mich abzukühlen‹.«

»Stimmt …«

Wieder war ein Zischen zu vernehmen, das sich gefährlich näherte. Dem Hauptmann blieb der Satz im Hals stecken. Ein zweiter Speer hatte sich in den Boden gerammt, dieses Mal in die schmale Lücke, die unsere Füße bildeten. Farag verlor die Nerven und stieß einen Haufen arabischer Flüche aus, die ich zum Glück nicht verstand.

»Noch wollen sie uns nicht umbringen«, sagte er schließlich erregt, »sonst hätten sie es schon längst getan. Sie wollen uns bloß anspornen, endlich loszulaufen.«

Die Melodie wurde lauter. Die Stimmen der Anuak waren nun deutlich zu vernehmen: »Macarioi hoi kazaori ti kardia.«

»›Selig, die reinen Herzens sind‹!«, rief ich. »Sie singen auf griechisch!«

»Denselben Hymnus sang auch der Engel, als Dante, Vergil und Statius mitten im Feuer standen, nicht wahr, Kaspar?«, fragte Farag, und da Glauser-Röist, der mit dem zweiten Speer die Sprache verloren zu haben schien, nur nickte, fuhr er mutiger fort: »Die Lösung muss also in Dantes Terzinen liegen! Helfen Sie uns, Kaspar! Was schreibt Dante über das Feuer?«

»Also … also … verdammt, dazu sagt er nichts. Rein gar nichts!«, explodierte er. »Nur der Wind vermag das Feuer von ihnen abzuwenden.«

»Der Wind?« Farag runzelte die Stirn und versuchte sich angestrengt die Stelle in Erinnerung zu rufen.

»›Der Fels sprüht die Flamme weit hinaus; nach oben weht der Sims den Hauch empor und treibt die Flamme von der Wand nach außen.‹«

Da spielte sich in meinem Kopf eine seltsame Sequenz wie aus einem Zeichentrickfilm ab: Ein Fuß stampfte heftig auf den Boden auf und zerteilte dabei die Lüfte.

»Nach oben …«, murmelte Farag nachdenklich, als ein weiterer Speer den rötlichen Glanz der Glut durchbrach, um sich genau vor der rechten Fußspitze des zweifachen Heiligen in den

Boden zu bohren, der vor Schreck fast einen halben Meter in die Höhe sprang.

»Zum Donnerwetter, der Teufel soll sie holen!«, brüllte er.

»Hören Sie!«, schrie Farag in diesem Moment. »Ich hab's! Jetzt weiß ich, wie wir es anstellen müssen!«

»Macarioi hoi kazaori ti kardia«, erklangen ein ums andere Mal die tiefen, immer lauter werdenden Stimmen der Dorfbewohner von Antioch.

»Es ist genau umgekehrt wie bei Dante. Wenn wir kräftig, aber wirklich sehr, sehr kräftig aufstampfen, wird sich unter unseren Füßen für ein paar Sekunden eine Art Luftblase bilden! Der Wind, der von oben kommt, treibt die Flammen auseinander. Das ist es, was Dante uns sagen will!«

Der Hauptmann rührte sich nicht; sein Verstand versuchte, Farags Idee zu erfassen. Ich kapierte es hingegen sofort. Es war ein simpler Trick aus der angewandten Physik: Wenn der Fuß von oben mit großer Wucht auf die Glut niedersauste, verhinderte die gestaute Luft unter den Fußsohlen, dass die Haut verbrannte. Um diesen Effekt zu erreichen, musste man jedoch sehr, sehr kräftig und auch schnell aufstampfen und durfte sich zudem nicht aus dem Takt bringen lassen, weil die Glut die Haut ansonsten in Sekundenschnelle verbrannte. Es war sehr riskant, gewiss; aber es war unsere einzige Idee, die mit Dantes Hinweisen konform ging, zumal unsere Zeit abgelaufen war, wie uns Mulugeta Mariam laut schreiend von seinem Platz neben dem Stammesführer verkündete.

»Wir sollten aufpassen, dass wir dabei nicht hinfallen«, fügte der Felsen hinzu, der endlich begriffen hatte, worauf Farag hinauswollte, »›und ich fürchtete das Feuer hier und dort den Sturz zur Tiefe‹, schreibt Dante. Falls Ihnen die Knie zu zittern beginnen oder Sie ins Straucheln kommen, werden Sie in den Flammen umkommen.«

»Ich gehe als Erster!«, meinte Farag, beugte sich zu mir und drückte mir einen Kuss auf die Lippen, der mich zum Verstummen bringen sollte. »Sag jetzt nichts, Basileia«, flüsterte er mir ins Ohr, damit der Felsen es nicht hörte, »ich liebe dich, ich liebe dich, ich liebe dich, ich liebe dich, ich liebe dich …«

Er wiederholte es so lange, bis ich einfach lächeln musste, dann ließ er mich plötzlich los und stürzte sich ins Feuer.

»Schau gut zu, Basileia, und mach nachher nicht die gleichen Fehler!«

»Mein Gott!«, kreischte ich hysterisch und streckte in panischer Angst die Arme nach ihm aus. »Nein, Farag, neeiiiiin!«

»Beruhigen Sie sich, Dottoressa!«, versuchte der Hauptmann mich zu beschwichtigen. Er packte mich an den Schultern.

Farags Gestalt war jetzt nur noch ein einziger rötlicher Strahl, der rhythmisch und entschieden über die Glut stampfte. Ich konnte nicht mehr länger hinsehen. Ich barg mein Gesicht an der Brust des Felsens und weinte, wie ich noch nie in meinem Leben geweint hatte, so bitterlich, so voller Schmerz und Pein, dass ich es nicht einmal hörte, als Glauser-Röist schrie:

»Er ist draußen, Dottoressa! Er hat's geschafft! Dottoressa Salina!« Er schüttelte mich, als ob ich eine Lumpenpuppe wäre. »Sehen Sie doch nur, Dottoressa! Er hat's geschafft!«

Ohne recht zu begreifen, was der Hauptmann mir da sagte, hob ich den Kopf und entdeckte Farag jenseits der Kohlenglut, wie er mir mit erhobenem Arm zuwinkte.

»Mein Gott, er lebt!«, schluchzte ich. »Danke, Herr, danke!«

»Ottavia!«, schrie er herüber, doch im gleichen Moment sah ich ihn zu Boden sinken.

»Er ist tot!«, schrie ich ganz außer mir. »Er ist tot!«

»Jetzt sind wir dran, Dottoressa! Los, gehen wir!«

»Wie bitte?«, stammelte ich, doch noch bevor ich begriff, was er vorhatte, hatte mich der Felsen auch schon an der Hand gepackt und zum Rand der Glut gezerrt. Da begehrte mein Überlebensinstinkt auf, und ich stemmte die Füße fest in die Erde.

»Genauso fest müssen Sie stampfen!«, befahl mir der Felsen, ohne sich von meinem brüsken Widerstand beeindrucken zu lassen. Vermutlich brachte mich die Glut unmittelbar vor mir dazu, automatisch den Fuß zu heben und dann mit all meiner Kraft aufzustampfen, bevor ich automatisch den zweiten hob …

Das Leben stand still. Die Welt hörte auf, sich zu drehen, und die Natur verstummte. Ich betrat eine Art weißen Tunnel, in dem ich am eigenen Leib feststellen konnte, dass Einstein recht gehabt hatte mit seiner Theorie, dass Zeit und Raum relativ waren. Ich blickte zu Boden und sah einen Fuß in ein paar weißen, kalten Steinen versinken und den anderen sich wie in Zeitlupe heben. Die Zeit zog sich in die Länge, dehnte sich unendlich, so dass ich in aller Ruhe über diesen merkwürdigen Spaziergang nachdenken konnte. Dann senkte sich mein zweiter Fuß auf ein paar Kieselsteine herab, die zu allen Seiten wegsprangen, während sich der erste abermals langsam hob. Dessen Zehen streckten sich, und meine Fußsohle machte sich breit, um dem steinigen Bett mehr Luftwiderstand zu bieten, und dann senkte der Fuß sich bedächtig, wobei beim Aufprall ein weiteres, gewaltiges Erdbeben ausgelöst wurde. Ich lächelte. Ich lächelte, weil ich schwebte, weil eine Sekunde, bevor mein linker Fuß auf die Glut traf, der rechte sich schon wieder vom Boden gelöst hatte. Ich flog.

Während der ganzen Zeit, die diese unglaubliche Erfahrung dauerte, strahlte ich vor Freude. Es waren nur zehn Schritte, doch waren es die zehn längsten, außergewöhnlichsten Schritte meines Lebens. Der weiße Tunnel endete jäh, als ich auf dem Boden zusammensackte. Ich war in die Realität zurückgekehrt. Die Trommeln dröhnten dumpf, das Geschrei war ohrenbetäubend, Erde klebte an meinen Händen und Beinen. Farag konnte ich nirgends entdecken und ebenso wenig Glauser-Röist, obwohl es mir so vorkam, als ob man ganz in meiner Nähe jemanden mit einem weißen Leinentuch bedeckte und dann eilends davonschleppte. Zu einem Leinenballen gewickelt trugen auch mich unzählige Hände inmitten tosenden Geschreis durch die Lüfte. Danach legte man mich auf ein weiches Polster und wickelte mich wieder aus. Das weiße Hemd klebte an meinem Körper, und ich war so erschöpft wie noch nie zuvor. Darüber hinaus fror ich entsetzlich; ich schauderte vor Kälte, als stünde ich kurz vor dem Erfrieren. Doch trotz alledem nahm ich wahr, dass die beiden Frauen, die mir ein großes Glas Wasser einflößten, keine Anuak aus Antioch waren. Sie waren blond und hellhäutig, und eine von ihnen hatte zudem grüne Augen.

Nachdem ich das Glas leer getrunken hatte, dessen Inhalt überhaupt nicht nach Wasser schmeckte, schlief ich ein. An mehr erinnere ich mich nicht.

SIEBEN

Ganz langsam löste ich mich aus den Fängen des Traums, erwachte aus dem tiefen Schlaf, in den ich nach dem schrecklichen Abenteuer mit dem Feuerrad gesunken war. Ich fühlte mich ausgeruht und frisch; es war ein unbeschreibliches Gefühl des Wohlbehagens. Als Erstes erwachte mein Geruchssinn. Es roch nach Lavendel, woraus ich schloss, dass ich mich nicht mehr in Antioch befand. Schlaftrunken lächelte ich über die Wonne, die dieser vertraute Duft in mir hervorrief.

Das zweite Sinnesorgan, das wieder zu funktionieren begann, war das Gehör. Ich vernahm weibliche Stimmen, Stimmen, die leise flüsterten, als ob man meinen Schlaf nicht stören wollte. Mit geschlossenen Augen lauschte ich, und, welch Überraschung, zum ersten Mal in meiner langen wissenschaftlichen Laufbahn erlebte ich, wie jemand byzantinisches Griechisch sprach.

»Wir sollten sie wecken«, wisperte eine der Stimmen.

»Noch nicht, Zauditu«, widersprach eine andere, »tu mir den Gefallen und geh, ohne noch mehr Lärm zu machen.«

»Aber Tafari hat mir gesagt, dass die beiden anderen bereits am Tisch sitzen.«

»Wunderbar, sollen sie nur tüchtig zulangen. Diese junge Frau hier darf jedoch so lange schlafen, wie sie will.«

Natürlich schlug ich auf der Stelle die Augen auf und erlangte so das Sehvermögen wieder, den dritten meiner fünf Sinne.

Da ich mit dem Gesicht zur Wand lag, sah ich als Erstes eine wunderschöne Freskenverzierung mit Flötenspielern und Tänzern in leuchtenden Tönen – die Farben Malve und Braungelb überwogen – und mit Goldtupfern verziert. Entweder war ich tot und befand mich im Himmel, oder ich träumte noch immer, obwohl ich die Augen offen hatte. Und auf einmal ging mir ein Licht auf: Ich war im irdischen Paradies.

»Siehst du?«, sagte die Stimme der Frau, die mich weiterschlafen lassen wollte. »Du und dein Geplapper! Jetzt hast du sie geweckt!«

Ich hatte keinen Muskel meines Körpers bewegt und drehte ihnen den Rücken zu. Wie hatten sie bloß mitbekommen, dass ich ihnen zuhörte? Eine der beiden beugte sich nun über mich.

»*Hygieia,* Ottavia.«

Ganz langsam drehte ich den Kopf, bis ich mich einer hellhäutigen Frau mittleren Alters gegenüberfand, deren graues Haar zu einem Knoten geschlungen war. An ihren grünen Augen erkannte ich sie wieder: Sie war eine der Frauen, die mir in Antioch zu trinken gegeben hatten. Ihren Mund umspielte ein wunderschönes Lächeln, das kleine Fältchen um ihre Augen und die Lippen zauberte. Sie hatte sich über mich gebeugt und fragte nun:

»Wie geht es dir, Ottavia?«

Ich wollte gerade den Mund aufmachen, als mir bewusst wurde, dass ich das byzantinische Griechisch nur geschrieben kannte und es noch nie gesprochen hatte, so dass ich im Folgenden bei jeder Silbe stockte.

»Sehr gut … danke. Wo … bin … ich?«

Die Frau richtete sich jetzt auf, damit ich mich im Bett aufsetzen konnte, und mein vierter Sinn, der Tastsinn, entdeckte, dass die Laken aus feinster Seide waren, die noch viel zarter und glatter war als Satin oder Taft.

»In Stauros, der Hauptstadt von Paradeisos. Und dieser Raum

hier«, sagte sie und blickte sich um, »ist eines der Gästezimmer des Basileion, des Palastes unseres Cato.«

»Dann befinde ich mich also im irdischen Paradies.«

Die Frau lächelte und die andere, etwas jüngere, die sich hinter ihrem Rücken versteckt hatte, ebenfalls. Beide trugen weite weiße Tuniken, die an den Schultern mit Fibeln festgesteckt waren und um die Taille mit Bändern zusammengehalten wurden. Das Weiß ihrer Gewänder war mit dem der Anuak nicht zu vergleichen; sie hätten daneben schmutzig grau ausgesehen. Alles an diesem Ort war von einer makellosen, überwältigenden Schönheit. Die Gläser aus Alabaster, welche auf einem der schweren Holztische standen, waren so vollendet, dass sie im Licht der unzähligen Kerzen erstrahlten. Der Boden war mit leuchtend bunten Teppichen bedeckt, und überall standen riesengroße Vasen mit wundervollen Blumen herum. Am verblüffendsten waren jedoch die Wandmalereien im römischen Stil, herrliche Szenen, wie wohl das Alltagsleben im Byzantinischen Reich des 8. und 9. Jahrhunderts gewesen sein musste.

»Mein Name ist Haidé«, stellte sich die Frau mit den grünen Augen vor, »du kannst gern noch eine Weile liegenbleiben und die Einrichtung bewundern, die dich anscheinend entzückt.«

»Ich bin völlig begeistert!«, bestätigte ich. Die ganze byzantinische Pracht und Herrlichkeit, ihr guter Geschmack und ihre Kunst waren in jenem Raum vereinigt, und es war *die* Gelegenheit, all das zu studieren, worüber ich in der Vergangenheit anhand von falschen Reproduktionen nur Vermutungen anstellen konnte. »Aber ich würde doch lieber erst meine Landsleute sehen«, fügte ich hinzu; mein Wortschatz, auf den ich immer sehr stolz gewesen war, stellte sich jetzt als reichlich dürftig heraus, denn eigentlich wollte ich »Kameraden« statt *simpatriotes,* »Landsleute«, sagen. Doch die beiden Frauen schienen mich auch so verstanden zu haben.

»*Didaskalos* Boswell und *Protospatharios* Glauser-Röist essen gerade mit dem Cato und den vierundzwanzig *Shastas* zu Mittag.«

»Shastas?«, wiederholte ich verdutzt. *Shasta* war ein Wort aus dem Sanskrit, das »Weiser« oder »Verehrungswürdiger« bedeutete.

»Die *Shastas* sind …« – Haidé schien erst nach den entsprechenden Worten suchen zu müssen, mit denen sie einem Grünschnabel wie mir ein so komplexes Konzept wie die Position der *Shastas* bei den Staurophylakes erklären könnte – »… so etwas wie die Adjutanten des Cato, doch das ist nicht ihre einzige Aufgabe, wie du schon noch erkennen wirst. Aber es wäre besser, wenn du dich mit Geduld wappnest, kleine Ottavia, das Lernen hat hier keine Eile. In Paradeisos haben wir viel Zeit.«

Während Haidé sprach, hatte Zauditu, die junge Frau, die zuvor so viel geredet hatte und inzwischen kein Wort mehr sagte, einen unauffälligen Wandschrank geöffnet und eine Tunika herausgenommen, die sie über einen gedrechselten Holzstuhl legte, der ein wahres Kunstwerk war. Danach hatte sie aus einer Tischschublade eine emaillierte Schatulle hervorgeholt, die sie nun auf meinen Knien absetzte. Zu meiner großen Überraschung befand sich darin eine unglaubliche Sammlung von goldenen und mit Edelsteinen besetzten Fibeln, die ein Vermögen wert sein mussten und ganz eindeutig byzantinischer Herkunft waren. Der Goldschmied, der diese Wunderwerke geschaffen hatte, musste ein Künstler von Rang gewesen sein.

»Such dir eine oder zwei aus«, forderte mich Zauditu schüchtern auf.

Wie sollte ich bei so vielen wunderschönen Dingen eine Entscheidung treffen, zumal ich noch nie irgendwelchen Schmuck oder sonstige Accessoires getragen hatte?

»Nein. Nein, danke«, entschuldigte ich mich mit einem Lächeln.

»Gefallen sie dir denn nicht?«, fragte sie erstaunt.

»O doch, natürlich! Aber ich trage für gewöhnlich keinen so wertvollen Schmuck.«

Beinahe hätte ich hinzugefügt, dass ich als Ordensschwester das Armutsgelübde abgelegt hatte, doch mir fiel gerade noch rechtzeitig ein, dass dieses Kapitel meines Lebens bereits der Vergangenheit angehörte.

Verwirrt drehte sich Zauditu zu Haidé um, die unserer Unterhaltung aber nicht zugehört hatte, da sie gerade leise mit jemandem hinter der Tür sprach. Zauditu nahm deshalb die Schatulle wieder an sich und stellte sie auf dem nächsten Tisch ab. In diesem Augenblick erklang eine zarte, festliche Melodie, die von einer Lyra gespielt wurde.

»Das ist Tafari, der beste *Liroktipos* von Stauros«, erklärte Zauditu stolz.

Haidé kam jetzt gemessenen Schrittes zurück zum Bett. Bald würde ich feststellen, dass dieser langsame Gang allen Bewohnern von Paradeisos eigen war.

»Hoffentlich gefällt dir die Musik«, meinte Haidé.

»Sehr«, erwiderte ich. In diesem Augenblick wurde mir bewusst, dass ich gar nicht wusste, welches Datum wir hatten; ich hatte jegliches Zeitgefühl verloren.

»Heute ist der 18. Juni«, sagte Haidé. »Und der Tag des Herrn.«

Sonntag, der 18. Juni! Wir hatten drei Monate gebraucht, um bis ins irdische Paradies zu gelangen, und waren seit über vierzehn Tagen verschollen!

»Sie will keine Fibeln«, unterbrach uns Zauditu verwirrt, »wie soll denn dann ihr *himation* halten?«

»Du willst keine Fibeln tragen?«, fragte Haidé erstaunt. »Aber das geht doch nicht, Ottavia!«

»Sie … sie sind … Ich habe so etwas noch nie getragen, ich bin das nicht gewohnt.«

»Und wie willst du die Tunika dann feststecken, wenn ich fragen darf?«

»Habt ihr nicht irgendetwas Schlichteres? Nadeln …?« Ich hatte leider keinen blassen Schimmer, was »Sicherheitsnadel« auf byzantinisch hieß.

Haidé und Zauditu schauten sich verdutzt an.

»Die Tunika trägt man nur mit Fibeln«, verkündete mir Haidé schließlich. »Es gibt unterschiedliche Arten, wie man sie wickelt, je nachdem, ob du eine oder zwei Fibeln verwenden willst, aber mit Stecknadeln befestigt man sie normalerweise nicht. Der Stoff ist viel zu schwer, als dass du dich frei darin bewegen könntest, ohne dass er reißt.«

»Aber diese Fibeln sind doch viel zu prächtig!«

»Ist das dein ganzes Problem?« Zauditu zog ein Gesicht, als ob sie immer weniger verstünde.

»Also Ottavia, mach dir mal darüber keine Gedanken«, schnitt Haidé ihr das Wort ab. »Darüber reden wir später. Jetzt such dir ein paar Fibeln und Sandalen aus und lass uns zum Speisesaal hinübergehen. Ich habe Ras vorgeschickt, damit man mit dem Essen auf dich wartet. Ich glaube, der *Didaskalos* Boswell brennt darauf, dich wiederzusehen.«

Und wie *ich* mich erst auf ihn freute! Ich sprang aus dem Bett, wählte ein paar der schönsten Fibeln aus – auf der einen war ein Löwenkopf mit zwei Augen aus unglaublichen Rubinen zu sehen, die andere glich einer Kamee mit einem Wasserfall – und zog mir das lange Nachthemd über den Kopf.

»I miei capelli!«, schrie ich plötzlich auf und hielt mitten in der Bewegung inne.

»Wie bitte?«, fragte Zauditu.

»Meine Haare, meine Haare!«, jammerte ich, ließ das Nachthemd wieder sinken und sah mich nach einem Spiegel um. Nahe der Tür entdeckte ich einen mit silbernem Rahmen, in dem ich mich von Kopf bis Fuß betrachten konnte, und lief hin. Das Blut stockte mir in den Adern: Mein Kopf war so kahl, als wäre ich eine Krebspatientin, der die Haare bei der Chemotherapie ausgegangen waren. Ungläubig tastete ich meinen Schädel ab, in der vergeblichen Hoffnung, doch noch ein paar Haarsträhnen zu finden, bis meine Fingerspitzen etwas ertasteten, was mich leicht den Nacken beugen ließ, da ich gleichzeitig einen stechenden Schmerz verspürte. Und da war es, mitten auf dem Kopf, so wie bei Abi-Ruj Iaysus: ein großes griechisches Sigma.

Noch immer außer mir, unfähig, auf Haidés und Zauditus tröstende Worte zu reagieren, zog ich mir das Nachthemd endgültig über den Kopf. Nackt betrachtete ich mein Spiegelbild. Noch sechs weitere griechische Buchstaben waren auf meinem Körper zu sehen: auf dem rechten Arm ein Tau, auf dem linken ein Ypsilon, zwischen meinen Brüsten ein Alpha, auf dem Unterleib ein Rho, auf dem rechten Oberschenkel ein Omikron und auf dem linken ein zweites Sigma. Wenn man das große konstantinische Christusmonogramm über meinem Bauchnabel und die Kreuze hinzuzählte, die man mir nach den einzelnen Prüfungen eintätowiert hatte, so gewahrte man im Spiegel eine arme Irre, deren Körper völlig verunstaltet war.

Da stellte sich Haidé neben mich und gleich darauf Zauditu. Beide hatten sich ausgezogen, und auf ihren Körpern entdeckte ich dieselben Skarifikationen, auch wenn ihre schon lange vernarbt waren. Ihre edle Geste verdiente irgendeine Reaktion meinerseits.

»Ich werde schon darüber hinwegkommen …«, stammelte ich, den Tränen nahe.

»Du hast dabei nicht gelitten«, erklärte mir Haidé gleichmütig. »Bevor sie das Messer ansetzen, wird immer genauestens überprüft, ob man auch tief genug schläft. Schau uns an. Sehen wir denn so schrecklich aus?«

»Ich finde, es sind wunderschöne Zeichen«, bemerkte Zauditu lächelnd. »Tafaris Skarifikationen entzücken mich jedes Mal, und ihm geht es ebenso mit meinen. Siehst du das hier?« Sie zeigte auf das Alpha zwischen ihren Brüsten. »Sieh es dir an, mit welchem Fingerspitzengefühl sie es mir eingeritzt haben, die Linien sind einfach perfekt, ganz glatt und wohlgeformt.«

»Und vergiss nicht«, fuhr Haidé fort, »dass die Buchstaben das Wort ›Stauros‹ bilden, das dich auf all deinen Wegen begleiten wird, egal, wohin du gehst. Es ist ein wichtiges Wort, und darum sind es wichtige Buchstaben. Denk immer daran, wie viel es dich gekostet hat, damit geschmückt zu werden, und sei stolz darauf.«

Sie halfen mir, mich anzuziehen. Ich musste jedoch fortwährend an meinen Körper mit all den Narbentätowierungen und meinen kahlgeschorenen Kopf denken. Was würde Farag dazu sagen?

»Vielleicht beruhigt es dich ja, zu wissen, dass es dem *Didaskalos* und dem *Protospatharios* genauso ergangen ist wie dir«, meinte Zauditu, »die beiden scheint es allerdings nicht weiter zu bekümmern.«

»Sie sind ja auch Männer!«, murrte ich, während Haidé mir ein Band um die Taille knotete.

Die beiden wechselten einen verständnisvollen Blick.

»Womöglich brauchst du einfach etwas Zeit, Ottavia; du wirst schon noch lernen, dass es Unsinn ist, solche Unterschiede zwischen den Geschlechtern zu machen. Jetzt lass uns gehen. Man erwartet dich.«

Ich beschloss, vorerst kein Wort mehr darüber zu verlieren, und folgte ihnen. Hinter der Tür führte ein breiter, mit Wandteppichen ausgekleideter Flur in einen Innenhof, in dem ich neben vielen Blumen einen wunderschönen, fröhlich plätschernden Springbrunnen entdeckte. Als ich jedoch nach oben blickte, konnte ich hoch über mir nur seltsame schwarze Schatten erkennen, in so ungeheuer großer Entfernung, dass ich die Höhe nicht abschätzen konnte. In diesem Augenblick wurde mir bewusst, dass nirgendwo die Sonne zu sehen war. Was auch immer uns leuchten mochte, es war jedenfalls keine natürliche Lichtquelle.

Wir durchquerten noch etliche, dem ersten ähnelnde Korridore, die ebenfalls auf bepflanzte Innenhöfe hinausführten, in denen Springbrunnen mit unglaublichen Wasserspielen plätscherten. Das Geräusch war unheimlich entspannend, wie das eines rauschenden Bachs, trotzdem wurde ich allmählich nervös, denn wohin ich auch blickte, wiesen mich tausend bedrohliche Zeichen darauf hin, dass ich mich an einem höchst mysteriösen Ort befand.

»Wo liegt Paradeisos eigentlich genau?«, fragte ich meine schweigenden Führerinnen, die gemächlich vor mir hergingen und dabei hin und wieder in einem der Innenhöfe haltmachten, um hie und da eine Tischdecke zurechtzuziehen oder sich das Haar zu richten. Die beiden brachen in lautes Gelächter aus.

»Was für eine Frage!«, platzte Zauditu heraus.

»Was denkst du, wo es liegt?«, glaubte Haidé in einem Tonfall hinzufügen zu müssen, in dem man auf die Frage eines kleinen Mädchens reagiert.

»In Äthiopien?«

»Na, was glaubst du?«, antwortete sie, als ob meine Frage überflüssig wäre, da die Lösung auf der Hand lag.

Wenig später blieben meine Begleiterinnen vor ein paar eindrucksvoll gearbeiteten Türflügeln gigantischen Ausmaßes stehen, die sie ohne zu zaudern weit öffneten. Vor mir lag ein riesiger Saal in verschwenderischer Pracht, so wie alles, was ich in diesem byzantinischen Palast bisher gesehen hatte. In dessen Mitte stand ein riesiger runder Tisch, der mich an die Sage von König Artus' Tafelrunde erinnerte.

Als er mich sah, sprang Farag Boswell, der kahlköpfigste *Didaskalos*, den ich je in meinem Leben gesehen hatte, auf und rannte mit ausgebreiteten Armen auf mich zu, wobei er ständig über die Enden seiner Tunika stolperte. Mit klopfendem Herzen sah ich ihn auf mich zukommen und vergaß alles um mich herum. Man hatte ihm zwar den Schädel rasiert, aber sein blonder Bart war noch so lang wie zuvor. Es raubte mir den Atem, als ich ihn umarmte, seinen Körper spürte und seinen Geruch einatmete. Wir waren am bizarrsten Ort der Welt, doch in den Armen von Farag fühlte ich mich geborgen.

»Geht es dir gut? Wirklich gut?«, wiederholte er immer wieder beklommen, während er mich wie ein Wahnsinniger abküsste.

Ganz überwältigt von meinen Gefühlen, lachte und weinte ich zugleich. Seine Hände in den meinen, trat ich einen Schritt zurück, um ihn aufmerksam zu betrachten. Wie merkwürdig er doch aussah! Glatzköpfig wie er war, mit dem langen Bart und bekleidet mit einer weißen Tunika, die ihm bis zu den Füßen reichte, hätte sogar Butros Schwierigkeiten gehabt, ihn wiederzuerkennen.

»Professor«, erklang da die Stimme eines alten Mannes, »geleiten Sie Dottoressa Salina doch bitte an den Tisch.«

Unter warmherzigen Blicken gingen Farag und ich auf einen buckligen Alten zu, der sich bis auf sein vorgerücktes Alter in nichts von den anderen Tischgästen unterschied, die sich allesamt erhoben hatten; weder seine Kleidung noch sein Platz an dem runden Tisch verrieten, dass wir vor keinem Geringeren als Cato CCLVII. standen. Als mir bewusst wurde, wen ich vor mir hatte, überkam mich eine Mischung aus Respekt und Ehrfurcht, während mich gleichzeitig meine lebhafte Neugier dazu trieb, ihn genau zu betrachten. Cato CCLVII. war ein hochbetagter Mann von mittlerer Statur, der sich auf einen fein gearbeiteten Stock stützte. Ein leichtes Zittern, das auf die Schwäche seiner Knie und seiner Muskulatur zurückzuführen war, ging durch seinen ganzen Körper, ohne dass er deshalb auch nur einen Hauch seiner natürlichen Würde verlor. Im Laufe meines Lebens hatte ich uralte Pergamente und Papyri gesehen, die weitaus glatter waren als sein von tausend Falten durchzogenes Gesicht, doch der außergewöhnliche Scharfsinn, der sich im intelligenten Blick seiner strahlenden grauen Augen widerspiegelte, beeindruckte mich derart, dass ich beinahe mit all den

Ehrbezeigungen begonnen hätte, die ich im Vatikan so oft auszuführen hatte.

»*Hygieia,* Dottoressa Salina«, begrüßte er mich mit leiser, bebender Stimme. »Ich freue mich sehr, dich endlich kennenzulernen. Du kannst dir gar nicht vorstellen, mit welchem Interesse ich eure Prüfungen verfolgt habe.« Er sprach ein einwandfreies Englisch.

Wie viele Jahre hatte dieser Mann wohl auf dem Buckel …? Hundert …? Tausend …? Das Gewicht der Ewigkeit schien auf ihm zu liegen, als wäre er geboren worden, als die Erde noch vom Meer bedeckt war. Ganz langsam streckte er mir seine zitternde Hand entgegen in der Erwartung, dass ich meine hineinlegte. Mit einer galanten Geste, die mich ganz in ihren Bann schlug, führte er sie an seine Lippen.

Erst da entdeckte ich hinter Cato den Felsen. Obwohl er wie gewöhnlich eine ernste, verschlossene Miene zeigte, sah er wesentlich besser aus als Farag und ich, da man seinen kahlgeschorenen Kopf nicht einmal wahrnahm, denn er hatte das flachsblonde Haar schon immer sehr kurz getragen.

»Dottoressa, nimm doch bitte neben dem Professor Platz«, sagte Cato CCLVII. »Ich möchte unendlich gern mehr über euch erfahren, und um eine Unterhaltung in vollen Zügen zu genießen, muss man sie bei einem guten Essen führen.«

Cato setzte sich als Erster wieder hin, bevor die vierundzwanzig *Shastas* und wir es ihm gleichtaten. Durch mit Freskenmalereien verzierte Türen kamen mehrere Diener mit Tabletts und Wägelchen voller Speisen herein.

»Erlaubt mir, euch zunächst die *Shastas* von Paradeisos vorzustellen, die Männer und Frauen, die sich Tag für Tag darum bemühen, diesen Ort so zu gestalten, wie es uns gefällt. Beginnen wir also, von der Eingangstür aus gesehen, auf der rechten Seite: Dort sitzt Gete, Übersetzer für die sumerische Sprache; dann Ahmose, die beste Stuhlmacherin von Stauros; neben ihr

Shakeb, Lehrer an der Schule der Gegensätze; Mirsgana, die für unsere Wasserversorgung zuständig ist; Hosni, der Edelsteinschleifer …«

So fuhr er fort, bis er uns alle vierundzwanzig präsentiert hatte: Neferu, Katebet, Asrat, Hagos, Tamirat … Alle waren sie identisch gekleidet und lächelten auf die gleiche Weise, wenn er ihren Namen erwähnte und sie uns mit einem Kopfnicken begrüßten. Auffallend fand ich allerdings, dass ein Drittel von ihnen so blond war wie Glauser-Röist, während die Übrigen rotes, kastanienbraunes oder dunkelbraunes Haar hatten, und dass ihre Gesichtszüge sämtliche Völker der Welt zu repräsentieren schienen. Unterdessen trugen die Diener bedächtig eine Schüssel nach der anderen auf. Jedoch enthielt keine einzige ein Fleischgericht, und in fast alle war nur eine kleine Menge gefüllt, als wäre das Essen eher schmückendes Beiwerk – angerichtet war es wirklich wunderbar – denn Nahrung.

Nach der Begrüßungszeremonie eröffnete Cato das Bankett. Alle bestürmten uns mit unzähligen Fragen darüber, wie wir die Prüfungen bewältigen konnten und was wir dabei gefühlt hatten. Uns interessierte jedoch weitaus mehr, unsere eigene Neugier zu befriedigen. Der Hauptmann stand wie ein Dampfkessel kurz vor dem Platzen; mir kam es sogar so vor, als ob ihm bereits der Rauch aus den Ohren käme. Schließlich war das Gemurmel so laut und die Fragen prasselten auf uns nieder wie Regentropfen, dass dem Hauptmann der Kragen platzte.

»Leider muss ich Sie daran erinnern, dass der Professor, die Dottoressa und ich keine Staurophylax-Anwärter sind. Wir sind gekommen, Sie zu verhaften.«

Das Schweigen, das darauf folgte, war beeindruckend. Einzig Cato besaß die nötige Geistesgegenwart, um die Situation zu retten.

»Beruhige dich, Kaspar«, sagte er gleichmütig, »wenn du uns schon festnehmen willst, dann verschieb es auf später. Jetzt solltest du nicht mit derlei Drohungen die Stimmung eines so festlichen Essens verderben. Hat dich etwa irgendeiner der Anwesenden beleidigt?«

Ich sperrte Mund und Nase auf. Noch nie hatte es jemand gewagt, so mit Glauser-Röist zu reden. Mit Sicherheit würde er gleich, außer sich vor Wut, aufspringen und den runden Tisch umstürzen. Doch zu meiner größten Überraschung schaute Glauser-Röist nur in die Runde und sagte kein Wort. Farag und ich fassten uns unter dem Tisch an der Hand.

»Entschuldigen Sie bitte mein Benehmen«, sagte der Hauptmann plötzlich, ohne die Augen niederzuschlagen, »es tut mir wirklich leid.«

Das Gemurmel wurde sofort wieder lauter, so als ob nichts geschehen wäre, und Cato begann leise auf den Hauptmann einzureden, der ihm aufmerksam zuzuhören schien, wenn er auch nicht das geringste Anzeichen von Wankelmut erkennen ließ. Zweifellos besaß Cato CCLVII. eine charismatische Persönlichkeit.

Der *Shasta,* der sich Ufa nannte und Pferdebändiger war, wandte sich an Farag und mich, damit der Hauptmann und Cato miteinander unter vier Augen reden konnten.

»Warum haltet ihr eigentlich Händchen unter dem Tisch?«

Der Professor und ich starrten uns fassungslos an. Wie hatte er das nur bemerkt?

»Stimmt es, dass ihr euch während der Prüfungen ineinander verliebt habt?«, erkundigte sich Ufa nun mit der größten Offenherzigkeit der Welt, als wären seine Fragen nicht eine Einmischung in unser Privatleben, die durch nichts zu rechtfertigen war. Mehrere Köpfe drehten sich zu uns um.

»Wie … ja, schon … also eigentlich …«, stotterte Farag.

»Was jetzt: ja oder nein?«, wollte ein anderer *Shasta* namens Teodros wissen. Noch mehr Köpfe wandten sich uns zu.

»Ich glaube, Farag und Ottavia sind solche Fragen nicht gewohnt«, mischte sich jetzt Mirsgana ein, die für die Wasserversorgung verantwortlich war.

»Warum nicht?«, stutzte Ufa.

»Sie sind nicht von hier, hast du das vergessen? Sie kommen von draußen.« Dabei blickte sie nach oben, was mir nicht entging.

»Was haltet ihr davon, wenn ihr uns zuerst etwas über euch und Paradeisos erzählt?«, schlug ich mit der gleichen Offenherzigkeit wie Ufa vor. »Uns interessiert zum Beispiel, wo wir uns genau befinden, warum ihr die Reliquien gestohlen habt, wie ihr zu verhindern gedenkt, dass wir euch der Polizei ausliefern … ihr wisst schon, all diese Dinge eben.«

Einer der Diener, der mir in diesem Moment Wein nachschenkte, unterbrach mich.

»Das sind ziemlich viele Fragen auf einmal.«

»Candace, warst du denn nicht neugierig an dem Tag, als du in Stauros aufwachtest?«, entgegnete Teodros.

»Das ist schon so lange her!«, erwiderte er und füllte nun auch Farags Glas. Allmählich ging mir auf, dass diejenigen, die ich zunächst für Diener gehalten hatte, gar keine waren, zumindest nicht im herkömmlichen Sinn. Sie trugen die gleiche Kleidung wie Cato, die *Shastas* und wir und beteiligten sich auch rege an den Gesprächen.

»Candace wurde in Norwegen geboren«, erklärte Ufa, »und kam vor etwa fünfzehn, zwanzig Jahren zu uns, nicht wahr, Candace?« Der Genannte nickte, während er mit einem trockenen Tuch den Rand des Weinkrugs abwischte. »Er war bis zum letzten Jahr der *Shasta* für die Nahrungsbeschaffung, und danach hat er sich die Küche vom Basileion ausgesucht.«

»Sehr erfreut, dich kennenzulernen, Candace«, begrüßte ich ihn hastig, und Farag machte es mir nach.

»Ganz meinerseits … aber glaubt mir: Wenn ihr das wahre Paradeisos kennenlernen wollt, so müsst ihr durch seine Straßen schlendern und nicht Fragen stellen.«

Mit diesen Worten drehte er sich um und ging hinaus.

»Womöglich hat Candace recht«, erklärte ich und griff nach dem Weinglas, »aber ein Spaziergang durch Paradeisos klärt uns dennoch nicht darüber auf, wo wir uns genau befinden, warum ihr die Reliquien gestohlen habt und wie ihr zu verhindern gedenkt, dass wir euch der Polizei überantworten.«

Immer mehr *Shastas* gesellten sich zu uns, während die anderen dem Gespräch zwischen ihrem Cato und dem Felsen lauschten, so dass sich die Tischgesellschaft schließlich in zwei voneinander unabhängige Fraktionen teilte.

Ihre Antwort ließ auf sich warten, weshalb ich einen Schluck Wein nahm.

»Paradeisos liegt am sichersten Ort der Welt«, erklärte Mirsgana schließlich, »und die Kreuzreliquien haben wir nicht *gestohlen,* weil sie schon immer uns gehört haben. Und was die Polizei betrifft, so glaube ich, dass uns das keine großen Sorgen bereitet.« Die anderen nickten zustimmend. »Die sieben Prüfungen bilden den einzigen Zugang zu Paradeisos, und die Menschen, die sie bestehen, vereinen für gewöhnlich eine Reihe von Eigenschaften in sich, die es ihnen nicht gestatten, uns unbegründet und sinnlos Schaden zuzufügen. Ihr drei zum Beispiel seid ebenso wenig dazu in der Lage. Eigentlich hat das noch nie jemand gemacht«, fügte sie vergnügt hinzu, »obwohl es uns schon seit mehr als 1600 Jahren gibt.«

»Und was war dann mit Dante Alighieri?«, warf Farag ihr an den Kopf.

»Was ist mit Dante?«, wollte Ufa wissen.

»Ihr habt ihn umgebracht!«, polterte Farag.

»Wir …?«, fragten mehrere *Shastas* wie aus einem Munde.

»Wir haben ihn nicht getötet«, versicherte Gete, der junge Übersetzer des Sumerischen. »Er war einer von uns. In der Geschichte Paradeisos' nimmt Dante Alighieri eine herausragende Stellung ein.«

Ich traute meinen Ohren nicht. Entweder waren sie eine Bande durchtriebener Lügner, oder Glauser-Röists Theorie stürzte ein wie ein Kartenhaus, was nicht sein konnte, denn letztlich hatte sie uns hierhergeführt. Mit anderen Worten …

»Dante verbrachte viele Jahre in Paradeisos«, fuhr Teodros fort, »er kam und ging, wie es ihm beliebte. De facto begann er hier im Sommer 1304 sein ›Convivio‹ und ›De vulgari eloquentia‹ niederzuschreiben, und die Idee zur ›Commedia‹ entstand während einer Reihe von Gesprächen mit Cato LXXXI. und den damaligen *Shastas* im Frühling des Jahres 1306, kurz bevor er nach Italien zurückkehrte.«

»Aber er hat doch die ganze Geschichte von den Prüfungen aufgeschrieben und damit den Weg bereitet, diesen Ort entdecken zu können«, hielt Farag dagegen.

»Natürlich«, entgegnete Mirsgana schmunzelnd. »Nachdem wir uns im Jahr 1220 nach Paradeisos zurückgezogen hatten, begann die Zahl unserer Mitbrüder zu schrumpfen. Die einzigen Anwärter, die noch in die Bruderschaft eintreten wollten, kamen von solchen Gemeinschaften wie den Katharern, der provenzalischen *Massenie du Saint Graal,* der *Compagnonnage*, den italienischen *Fedeli d'Amore* und in geringerem Maße von den Ritterorden wie den Templern, Hospitalitern oder den Deutschherren. Die Frage, wer in Zukunft das Heilige Kreuz schützen würde, begann uns Sorgen zu machen und verlangte rasches Handeln.«

»Aus diesem Grund«, fuhr Gete fort, »sollte Dante die ›Commedia‹ schreiben, welcher der Verleger Ludovico Dolce 1555 das Adjektiv ›Divina‹ hinzufügte. Versteht ihr jetzt?«

»Damit wollte die Bruderschaft erreichen«, führte Ufa aus, »dass die Menschen, die sich nicht mit dem Offensichtlichen zufriedengeben, die unter die Steine sehen wollen, trotzdem noch hierherfinden.«

»Und warum hatte er dann nach der Veröffentlichung des

›Purgatorio‹ Angst, Ravenna zu verlassen? Und was geschah in all den Jahren, in denen er als verschollen galt?«, wollte Farag wissen.

»Seine Angst hatte politische Gründe«, antwortete Mirsgana. »Vergiss nicht, dass Dante sich an den Auseinandersetzungen zwischen den Guelfen und den Ghibellinen beteiligt hatte und er im Rat der Hundert auf der Seite der Weißen Guelfen saß, die mit dem Flügel der Schwarzen Guelfen bitter verfeindet waren. Und denk daran, dass er sich immer dem Machtanspruch von Papst Bonifaz VIII. widersetzt hat, den er der beschämenden Verdorbenheit des Papsttums bezichtigte. Dante war in der Tat des Öfteren in Lebensgefahr.«

»Willst du damit sagen, dass ihn die katholische Kirche am Tag der Kreuzerhöhung umbrachte?«, fragte ich sarkastisch.

»Nein, weder das eine noch das andere: Weder tötete ihn die Kirche, noch können wir uns ganz sicher sein, dass er wirklich am Tag der Kreuzerhöhung verschied. Es würde uns natürlich gefallen, wenn es der 14. September gewesen wäre, da es sich um eine nahezu wundersame Überschneidung handeln würde, doch gibt es eigentlich keine Beweise dafür. Tatsache ist nur, dass er in der Nacht vom 13. auf den 14. starb«, erklärte Teodros. »Und was das betrifft, dass er ermordet worden sein soll, da seid ihr vollkommen auf dem Holzweg. Auf seinem Rückweg von Venedig, wohin ihn sein Freund Guido Novello als Gesandten geschickt hatte, reiste er durch die ungesunde Sumpflandschaft von Comaccio und erkrankte dabei an Malaria. Wir hatten jedenfalls nichts damit zu tun.«

»Mir ist das alles trotzdem sehr suspekt«, meinte Farag zweifelnd.

Erneut trat ein betretenes Schweigen ein.

»Wisst ihr, was Schönheit ist?«, fragte da urplötzlich Shakeb, der Lehrer von der Schule der Gegensätze, der bis dahin dem Gespräch stumm und aufmerksam gelauscht hatte. Farag und ich sahen ihn verständnislos an. Er hatte ein rundes Gesicht und ausdrucksstarke schwarze Augen; an seinen pummeligen Händen trug er mehrere Ringe, die eindrucksvoll funkelten. »Könnt ihr sehen, wie dort hinten im goldenen Kerzenhalter über Catos Kopf die Flamme der kleinsten Kerze flackert?«

Der Kerzenhalter, von dem er sprach, war auf die Entfernung gerade einmal ein Lichtpunkt. Wie sollten wir da dessen kleinste Kerze und gar noch deren flackernde Flamme erkennen können?

»Riecht ihr das Kohlmus, dessen Duft aus der Küche strömt?«, fuhr er fort. »Das intensive Aroma vom Majoran, mit dem man es gewürzt hat? Und den sauren Geruch der Rhabarberblätter, mit denen man es in den Steintöpfen bedeckt hat?«

Verblüfft starrten wir ihn an. Wovon redete er? Wie sollten wir so etwas denn riechen können? Ohne den Blick zu senken, versuchte ich vergeblich, die Zutaten des köstlichen Gerichts vor mir zu erraten, aber ich konnte mich nur daran erinnern – ich hatte soeben einen Bissen hinuntergeschluckt –, dass es einen sehr konzentrierten Geschmack gehabt hatte, viel intensiver und natürlicher als alles, was ich je gegessen hatte.

»Ich habe keine Ahnung, worauf du hinauswillst …«, sagte Farag.

»Könntest du mir sagen, verehrter *Didaskalos,* wie viele Instrumente gerade zu diesem Essen aufspielen?«

Musik …? Was für Musik?, dachte ich noch, doch in diesem Moment fiel mir auf, dass in der Tat eine schöne Melodie im Hintergrund zu hören war, seit wir uns zu Tisch gesetzt hatten. Ich hatte sie zuvor nur nicht wahrgenommen, weil sie sehr zart und leise erklang. Nichtsdestotrotz war es einfach unmöglich, die einzelnen Musikinstrumente auseinanderzuhalten.

»Und wie klingt der Schweißtropfen«, fuhr Shakeb unerschütterlich fort, »der in diesem Moment über Ottavias Rücken gleitet?«

Ich zuckte zusammen. Was faselte dieser verrückte Kerl da? Ich brachte jedoch kein Wort heraus, denn auf einmal spürte ich, dass wirklich ein winziger Tropfen mein Rückgrat hinunterlief, dort, wo der Stoff der Tunika nicht auf der Haut auflag.

»Was geht hier vor?«, rief ich bestürzt.

»Und du, Ottavia, sag mir«, fuhr der Mann mit den vielen Ringen unbarmherzig fort, »wie schlägt gerade dein Herz? Ich würde sagen, es geht folgendermaßen …« Und er begann mit zwei Fingern einen Rhythmus auf den Tisch zu klopfen, der sich mit den Schlägen in meiner Brust deckte. »Und wie riecht der Wein, den du getrunken hast? Hast du bemerkt, dass er gewürzt ist, eine leicht ölige Beschaffenheit hat und im Mund einen trockenen Geschmack hinterlässt, wie von Holz?«

Ich stammte aus Sizilien, Italiens größter Weinregion, meine Familie besaß Reben, und wir tranken täglich Wein zum Essen, doch noch nie hatte ich mein Augenmerk auf so etwas gerichtet.

»Wenn ihr nicht imstande seid, das wahrzunehmen und zu empfinden, was euch umgibt«, schloss er freundlich, »wenn ihr die Schönheit nicht genießen könnt, da ihr nicht einmal fähig seid, sie zu entdecken, und ihr weniger wisst als die kleinen Kinder in meiner Schule, dann solltet ihr weder behaupten, im Besitz der Wahrheit zu sein, noch euch erlauben, denen zu misstrauen, die euch so herzlich empfangen haben.«

»Genug, Shakeb«, unterbrach ihn Mirsgana und nahm uns einmal mehr in Schutz, »das war sehr gut, was du gesagt hast, aber es reicht. Sie sind gerade erst angekommen. Wir müssen Geduld mit ihnen haben.«

Shakeb schien nun etwas zerknirscht.

»Verzeiht mir«, bat er, »Mirsgana hat recht. Aber uns zu beschuldigen, Dante ermordet zu haben, war einfach eine Unverschämtheit.«

Die Staurophylakes nahmen wirklich kein Blatt vor den Mund.

Farag wirkte angespannt und in Gedanken vertieft. Noch ganz unter dem Eindruck von Shakebs Rede glaubte ich förmlich zu hören, wie sein Verstand arbeitete.

»Entschuldige meine Offenheit, Shakeb«, stieß er schließlich aus, »aber selbst in der Annahme, dass du diese kleine Flamme sehen und die Aromen aus der Küche wirklich riechen kannst, weigere ich mich doch zu glauben, dass du Ottavias Herzschläge hörst oder auch das Gleiten eines Schweißtropfens über ihren Rücken. Nicht, dass ich deine Person in Frage stelle, aber …«

»Also in Wirklichkeit …«, mischte sich nun Ufa ein, »haben wir alle bemerkt, wie der Tropfen hinunterlief, und just in diesem Augenblick können wir auch euer Herzklopfen hören und an euren Stimmen erkennen, wie nervös ihr seid und wie in euren Mägen gerade das Essen verdaut wird.«

Meine Ungläubigkeit konnte nicht mehr größer werden, und meine Unruhe wuchs allein bei der Vorstellung, dass so etwas möglich wäre.

»Das … das ist ausgeschlossen«, stammelte ich.

»Möchtet ihr einen Beweis?«, schlug Gete freundlich vor.

»Selbstverständlich«, antwortete Farag mit strenger Miene.

»Ich werde ihn euch liefern«, erklärte Ahmose, die Stuhlmacherin, die sich bis zu diesem Zeitpunkt noch nicht zu Wort gemeldet hatte. »Candace«, flüsterte sie, so leise, als würde sie es dem Diener, der uns einen Erkundungsgang durch Paradeisos empfohlen hatte, ins Ohr säuseln. Ich blickte mich nach allen Seiten um, konnte Candace im Saal aber nirgendwo entdecken. »Candace, könntest du uns bitte etwas von dem Holunderblütenpudding bringen, den ihr gerade aus dem Ofen gezogen habt?« Sie lauschte ein paar Sekunden und lächelte dann zufrieden. »Candace hat gesagt: ›Sofort, Ahmose.‹«

»Papperlapapp …!«, entschlüpfte es Farag voll Hochmut. Einen Hochmut, für den Farag sogleich gestraft wurde, als unmittelbar darauf Candace durch eine der Türen hereinkam und in den Händen einen Teller mit einer Art Pudding trug, was nichts anderes sein konnte als das, worum Ahmose ihn gebeten hatte.

»Hier hast du den Holunderblütenpudding, Ahmose«, erklärte er. »Ich habe ihn extra für dich zubereitet und auch schon ein Stück beiseitegestellt, das wir später mit nach Hause nehmen können.«

»Danke, Candace«, erwiderte sie mit einem glücklichen Lächeln. Zweifelsohne lebten die beiden zusammen.

»Das verstehe ich nicht«, meinte mein *Didaskalos* noch immer skeptisch, »das verstehe ich wirklich nicht.«

»Noch verstehst du es nicht, aber du beginnst es langsam zu akzeptieren«, bemerkte Ufa und hob vergnügt sein Weinglas. »Lasst uns auf all die schönen Dinge trinken, die ihr in Paradeisos erfahren werdet!«

Die um uns herumsaßen, hoben nun ebenfalls ihre Gläser und stießen begeistert miteinander an, während diejenigen, die dem Hauptmann und ihrem Cato lauschten, sich nicht rührten, ganz fasziniert von dem, was sie dort zu hören schienen.

Shakeb hatte recht. Der Wein roch herrlich nach Gewürzen und Holz, und selbst eine Minute, nachdem wir angestoßen hatten, bewahrte mein Gaumen noch immer die Erinnerung an seine ölige Beschaffenheit. Ein Satz des englischen Schriftstellers John Ruskin kam mir in den Sinn: »Die Erkenntnis der Schönheit ist der wahre Weg und die erste Stufe zum Verständnis des Guten.« Ich trank aus einem geschliffenen Glas mit Reliefbordüren aus Akanthusblättern.

An jenem Nachmittag machten wir in Begleitung von Ufa, Mirsgana und Gete einen ersten Spaziergang durch Stauros. Auch eine gewisse Khutenptah, die *Shasta*, die für den Obst- und Gemüseanbau zuständig war und sich mit Glauser-Röist sofort gut verstanden hatte, begleitete uns, um uns die Treibhäuser und das System ihrer landwirtschaftlichen Produktion zu zeigen. Da der Hauptmann Agraringenieur war, zeigte er sich höchst interessiert an diesem Aspekt des Lebens in Paradeisos.

Nach dem Essen verließen wir also Catos Palast und durchquerten wiederum zahlreiche Säle und Innenhöfe, wo uns unsere Führer auf Englisch erklärten, was es mit der fehlenden Sonne auf sich hatte.

»Schaut mal nach oben«, wies uns Mirsgana an.

Doch über uns war kein Himmel zu sehen. Stauros lag in einer gigantischen unterirdischen Grotte, deren Wände und Decke nicht auszumachen waren. Selbst wenn Hunderte von Baggern wie die, die den Tunnel durch den Ärmelkanal gegraben hatten, anrücken und ein ganzes Jahrhundert unaufhörlich graben würden, so wären sie doch nicht in der Lage, in den Tiefen der Erde eine Grotte von so unglaublichen Ausmaßen auszubaggern, wie Stauros sie einnahm: Sie war höher als das Empire State Building, und ihre Grundfläche entsprach der Größe Roms und New Yorks zusammengenommen. Stauros war jedoch nur die Hauptstadt von Paradeisos. Weitere drei Städte – Eden, Crucis und Lignum – erhoben sich in Grotten von ähnlichen Dimensionen, und ein komplexes System aus Gängen und Stollen verband die vier urbanen Zentren.

»Paradeisos ist eine wunderbare Laune der Natur«, erklärte uns Ufa, der uns unbedingt zu den Ställen führen wollte, in denen er als Pferdebändiger arbeitete. »Es ist durch einige gewaltige Vulkanausbrüche während des Pleistozäns entstanden. Thermalwasser löste dann den Kalk heraus, so dass nur noch das Lavagestein übrig blieb. Das war der fabelhafte Ort, den unsere Mitbrüder im 13. Jahrhundert entdeckten. Könnt ihr euch vorstellen, dass wir bis heute, siebenhundert Jahre später, noch immer nicht alles erforscht haben? Und das, obwohl es inzwischen wesentlich schneller geht, seit wir elektrisches Licht haben. Paradeisos ist einfach majestätisch!«

»Erzählt uns, wie ihr Stauros beleuchtet«, bat Farag, der mich an die Hand genommen hatte. Auf den gepflasterten Straßen der Stadt waren nur Reiter und von Pferden gezogene Karren und Kaleschen zu sehen. Die Bürgersteige waren mit herrlich leuchtenden Mosaiken ausgelegt, welche Naturlandschaften, Musiker, Handwerker oder verschiedene Alltagsszenen zeigten, alle im schönsten byzantinischen Stil. Ein paar Staurophylakes fegten den Boden und sammelten mit seltsamen, mechanischen Schaufeln die Pferdeäpfel auf.

»Stauros hat über dreihundert Straßen«, sagte Mirsgana und winkte einer Frau zu, die aus einem Fenster im ersten Stock auf uns herabschaute; die Häuser waren aus demselben Vulkangestein wie die Grotte gebaut, aber die Simse und das sonstige schmückende Beiwerk wie auch die Farben der Fassaden verliehen ihnen je nach Geschmack ihrer Besitzer ein extravagantes oder vornehmes Aussehen. »In der Stadt gibt es sieben schiffbare Seen, die von den ersten Siedlern mit den Namen der sieben Tugenden getauft wurden, die den sieben Todsünden gegenüberstehen.«

»Diese Seen, vor allem der See der Mäßigung und der See der Langmut, sind voller blinder Fische und Albinokrebse«, erklärte Khutenptah, die mir irgendwie bekannt vorkam, weshalb ich sie unaufhörlich musterte. Mein Gedächtnis war hervorragend, ich musste sie ganz sicher schon einmal außerhalb von Paradeisos gesehen haben. Sie war sehr hübsch, hatte schwarze Haare, dunkle Augen und sehr klassische Gesichtszüge inklusive einer feinen Nase … Ich zermarterte mir den Kopf, aber es fiel mir nicht ein, woher ich sie kannte.

»Wir haben auch einen herrlichen Fluss namens Kolos«, fuhr Mirsgana fort, »der kurz vor Lignum aus den Tiefen hervorquillt, durch alle vier Städte fließt und in Stauros in den See der Nächstenliebe mündet. Der Kolos liefert uns die Energie, mit der wir Paradeisos beleuchten. Vor vierzig Jahren haben wir ein paar alte Turbinen gekauft, Maschinen mit hydraulischen Rädern, welche sich in Bewegung setzen und Strom erzeugen, wenn das Wasser hindurchfließt. Ich kenne mich auf diesem Gebiet nicht besonders gut aus«, entschuldigte sie sich, »ich kann euch also nicht viel mehr dazu sagen. Ich weiß nur, dass wir Strom haben und dass dort oben« – sie deutete in das immense Gewölbe hinauf – »ein Netz aus Kupferleitungen ganz Stauros mit Strom versorgt, auch wenn man sie von hier unten nicht sieht.«

»Aber Catos Palast war mit Kerzen erleuchtet«, wandte ich ein.

»Unsere Maschinen sind nicht so leistungsfähig, dass wir alle Häuser mit Licht versorgen könnten, was wir allerdings auch gar nicht wollen. Es genügt vollkommen, wenn wir damit die Stadt und das offene Gelände beleuchten können. Hast du irgendwo Licht vermisst? Die Handwerker von Paradeisos entwickelten im Laufe der Jahrhunderte, die wir nun schon in der Dunkelheit leben, Kerzen von großer Leuchtkraft. Außerdem ist unser Sehvermögen ausgezeichnet, wie ihr selbst feststellen konntet.«

»Und warum?«, wollte Farag voreilig wissen. »Warum habt ihr eine so hervorragende Sehkraft?«

»Das«, meinte Gete, »wirst du begreifen, wenn wir die Schulen besichtigen.«

»Ihr habt Schulen zur Verbesserung des Sehvermögens?«, fragte Glauser-Röist verwundert.

»Die Sinne und alles, was damit zusammenhängt, bilden den Grundstein unseres Erziehungssystems. Wie sonst könnten die Kinder die Natur erleben, sie spüren und ihre eigenen Schlussfolgerungen aus den gewonnenen Erfahrungen ziehen? Es wäre ja fast so, als ob man einen Blinden bäte, Landkarten zu zeichnen. Die Staurophylakes, die vor siebenhundert Jahren hier herkamen, wurden hier unten auf harte Proben gestellt, welche sie dazu brachten, nützliche Techniken zu entwickeln, um ihr Überleben zu sichern und ihre Lebensbedingungen zu verbessern.«

»So entdeckten die ersten Siedler beispielsweise, dass die Fische das Augenlicht und die Krebse die Farbe verloren hatten, weil sie sie in den dunklen Gewässern von Paradeisos schlichtweg nicht benötigten«, erklärte Khutenptah mit einem sanften Lächeln. »Ebenso stellten sie fest, dass all die Vogelarten, die in den steilen Felsen nisteten, nicht ihre Augen benutzen mussten, um durch die Tunnel und Stollen zu fliegen, da sie wie die Fledermäuse ein eigenes Orientierungssystem entwickelt hatten. Aufgrund dieser Erkenntnisse beschlossen unsere Vorfahren, die unterirdische Fauna gründlich zu erforschen, und kamen dabei zu interessanten Schlussfolgerungen, die sich mittels einer Reihe von sehr einfachen Übungen auch auf den Menschen übertragen ließen. Das ist es, was wir den Kindern in unseren Schulen beibringen. Und was auch diejenigen lernen können, die wie ihr neu nach Paradeisos kommen … Natürlich nur, wenn ihr es auch wollt.«

»Aber geht das denn?« Ich ließ nicht locker. »Kann man die Sehkraft oder das Gehör mit ein paar simplen Übungen schärfen?«

»Selbstverständlich. Es braucht natürlich Zeit, aber es ist sehr effektiv. Wie, glaubst du, konnte Leonardo da Vinci bis ins kleinste Detail den Flug der Vögel studieren und beschreiben und diese Kenntnisse dann auf seine Flugmaschinen übertragen? Er hatte ein ähnlich scharfes Sehvermögen wie wir, das er mittels einer selbsterdachten Sehschulung verbessert hatte.«

Während wir also oben auf der Erde Maschinen entwickelt hatten, die unsere sensorischen Mängel ausgleichen sollten – Mikroskope, Teleskope, Verstärker, Computer … –, hatte man hier unten in Paradeisos über Jahrhunderte daran gearbeitet, die eigenen Sinne nach dem Vorbild der Natur zu schärfen. Und diese Errungenschaften – wie die Prüfungen im Purgatorio – hatten ihnen Tür und Tor geöffnet zu einer neuen Wahrnehmung, wie das Leben, die Welt, die Schönheit und alles, was sie umgab, zu verstehen waren. Oben auf der Erde waren wir reich an der neuesten Technologie, aber hier unten war man reich an Geist. So löste sich also das Rätsel um die unerklärlichen, tadellos begangenen Diebstähle der *ligna crucis*, bei denen keine Spuren hinterlassen worden waren und die ohne Gewaltanwendung vonstattengingen: Welches Überwachungssystem konnte verhindern, dass ein Staurophylax mit solch überentwickelten sensorischen Fähigkeiten sich am bestbewachten Ort der Welt nahm, was er begehrte?

Wir überquerten Straßen, durch welche gemächlich die Kaleschen und Karren zuckelten, und schlenderten über Plätze und durch Parks, in denen die Menschen mit Bällen und Keulen jonglierten, was wohl ebenfalls zu ihren seltsamen Schulungen gehörte, in diesem Fall, um die Geschicklichkeit beider Hände zu trainieren. Schließlich gelangten wir an den Kolos, der gut sechzig, siebzig Meter breit war und dessen steinige Ufer man beidseitig durch Brüstungen verstärkt hatte, in die Blumen und Palmen geschnitzt waren. Während ich die Schiffe beobachtete, die über seine schwarzen Wasser fuhren, stützte ich eine Hand auf das Geländer, wobei es mir so vorkam, als ob meine Finger abglitten, weil ich in eine ölige Fläche gefasst hatte. Doch dem war nicht so: Meine Handfläche war sauber, der Effekt war nur durch eine sensationelle Politur hervorgerufen worden. Da kam mir wieder jener Quaderstein in den Sinn, der in dem engen Stollen der Katakomben von Santa Lucia vor mir her geschlittert war, als wäre er eingefettet gewesen.

Über den ruhigen Kolos glitten Kanus und Ruderboote mit bis zu drei Ruderern; am auffallendsten waren jedoch die Handelsschiffe, die aussahen wie dicke Kringel und aus deren Bauch wie bei den römischen und griechischen Schiffen bis zu drei Ruderreihen mit kurzen, breiten Ruderblättern ragten. Diese Schiffe, erklärte Ufa, bildeten das Hauptverkehrsmittel zwischen den vier Städten Stauros, Lignum, Eden und Crucis. Stauros war die Hauptstadt und hatte mit fast fünfzigtausend Staurophylakes die meisten Einwohner, während Crucis mit zwanzigtausend die kleinste Stadt war.

»Wie kommt es, dass ihr immer noch Ruderer einsetzt?«, erkundigte ich mich empört. Wer waren die armen, zum Galeerendienst verdammten Wesen, die ihr Leben schwitzend, unterernährt und hinfällig im Rumpf eines dunklen Schiffes fristen mussten?

»Warum sollten wir das denn nicht tun?«, fragten unsere vier Fremdenführer erstaunt.

»Das ist unmenschlich!«, wütete der Hauptmann, der genauso aufgebracht war wie Farag und ich.

»Unmenschlich? Diese Arbeit ist heißbegehrt!«, erwiderte Gete und blickte voll Melancholie zu den Schiffen hinunter. »Ich bekam nur für drei Monate die Zulassung.«

»Rudern ist sehr lustig«, beeilte sich Mirsgana zu erklären, als sie unsere verdutzten Gesichter sah. »Alle jungen Leute, Männer wie Frauen, wollen unbedingt auf einem der Transportschiffe arbeiten, und es gibt dafür so viele Bewerbungen, dass nur Bewilligungen für drei Monate erteilt werden, damit alle einmal ans Ruder dürfen, wie Gete schon gesagt hat.«

»Ihr müsst es einmal ausprobieren«, fügte Gete hinzu, der noch immer nicht seinen sehnsuchtsvollen Blick von den Booten abwenden konnte. »Der Rhythmus und die unterschiedlichen Ruderschlagfolgen, die synchronen Bewegungen, die gemeinsame Kraftanstrengung, die Kameradschaft … Das Ruder fest in der Hand, muss man sich mit angezogenen Knien nach vorn beugen und dann nach hinten Schwung holen. Es ist ein herrlicher Bewegungsablauf, der einem unheimlich viel Kraft im Schulterbereich verleiht und den Rücken und die Beine kräftigt. Und außerdem lernt man viele neue Leute kennen, und die Freundschaftsbande zwischen den vier Städten verstärken sich.«

Solange wir auf Besichtigungstour sind, sollte ich besser den Mund halten, sagte ich mir. Die Blicke, die ich mit Farag und dem Hauptmann tauschte, zeigten mir, dass sie dasselbe dachten wie ich. Hier schienen alle glücklich zu sein bei dem, was sie taten, selbst wenn es eine unangenehme und harte Arbeit war. Oder war sie vielleicht gar nicht so unangenehm und hart? Steckten nicht vielleicht ganz andere Gründe dahinter, wie beispielsweise die öffentliche Meinung, die sie in unseren Augen so negativ erscheinen ließ?

Wir wanderten an der schönen Uferpromenade entlang und sahen zu, wie die Menschen fröhlich im Fluss badeten. Allem Anschein nach hatte das dunkle Wasser wie auch sämtliche Grotten von Paradeisos eine konstante Temperatur von etwa vierundzwanzig Grad Celsius. Die Erfahrung mit den Ruderern hieß mich schweigen und nicht nachfragen, wie es denn möglich war, dass einige der Schwimmer die Kanus, welche von zwei oder drei Personen vorwärtsbewegt wurden, ein- und sogar überholten. Es gab so viel Interessantes zu sehen, so viel zu lernen in Paradeisos, dass ich felsenfest davon überzeugt war, dass weder Farag noch Glauser-Röist oder ich jemals fähig wären, gegen diese Menschen Anzeige zu erstatten. Die *Shastas* hatten recht gehabt, als sie sagten, dass wir uns außerstande fühlen würden, ihnen unbegründet Schaden zuzufügen. Wie könnten wir auch zulassen, dass hier Horden von uniformierten Polizisten eindrangen und einer solchen Kultur ein Ende bereiteten? Hinzu käme, dass die unterschiedlichen Kirchen sich hinterher in die Haare kriegen würden, wer sich das Eigentum der Bruderschaft aneignen oder diesen Ort in einen Wallfahrtsort verwandeln dürfe. Nach tausendsechshundert Jahren würden die Wächter des Kreuzes und ihre Welt für alle Zeiten untergehen und zu einer Massenattraktion für Journalisten, Anthropologen und Historiker aus allen Teilen der Erde werden. Wenn sie die Kreuzreliquien geraubt hatten, mussten sie sie bloß zurückgeben. Wir – und ich war mir sicher, dass Farag und der Hauptmann genauso dachten – würden sie jedenfalls nie im Leben verraten.

Wir spazierten gemütlich weiter. Stauros verfügte über zahlreiche Theater, Museen der Naturgeschichte, der Archäologie oder der Bildenden Künste, über Vergnügungsstätten, Konzertsäle, Bibliotheken und vieles mehr. In den Bibliotheken entdeckte ich in den folgenden Tagen zu meinem Erstaunen Originalhandschriften von Archimedes, Pythagoras, Aristoteles, Platon, Tacitus, Cicero, Vergil … und darüber hinaus die ersten Ausgaben vom astronomischen Lehrgedicht des Manilius, von Aulus Celsus' ›Artes‹ den Band über Medizin und die ›Naturalis Historia‹ von Plinius sowie weitere überraschende Inkunabeln. Etwa zweihunderttausend Bände befanden sich in den »Sälen des Lebens«, wie die Staurophylakes ihre Bibliotheken nannten, und was am sonderbarsten war: Die meisten Bewohner von Paradeisos konnten die Texte im Original lesen, da das Studium der Sprachen, ob nun tote oder lebendige, zu ihren Steckenpferden gehörte.

»Kunst und Kultur fördern die Harmonie, die Toleranz und die Erkenntnis«, sagte Gete, »das ist etwas, was ihr da oben erst allmählich begreift.«

In Ufas Ställen – den größten der fünf in Stauros' näherer Umgebung – liefen die Hengste, Stuten und Fohlen frei herum. In der Sattelkammer gab es unzählige Halfter und jede Menge Zaumzeug, Sättel aus feinstem gepunzten Leder mit bunten Sattelgurten und Steigbügeln aus Holz. Ufa servierte uns Trockenfrüchte und *Posca*, ein Erfrischungsgetränk, das man hier zu jeder Tageszeit trank und das aus Wasser, Essig und Eiern hergestellt wurde.

Wie man uns erklärte, war das Reiten eine der (vielen) Lieblingssportarten der Bewohner von Paradeisos. Springreiten betrachtete man hier als höhere Kunst, und wer diese beherrschte, wurde sehr bewundert. Man veranstaltete auch Pferderennen oder Geschicklichkeitsprüfungen zu Pferd durch die Stollen; und es gab ein sehr beliebtes Kinderspiel zu Pferd, das *Iysoporta*.

Ufas Arbeit, seine ganze Leidenschaft, bestand im Bändigen von Pferden. »Pferde sind sehr intelligente Tiere«, behauptete er und strich zärtlich über die Hinterhand eines Fohlens, das sich uns zutraulich genähert hatte. »Man muss einem Pferd nur beibringen, die Zeichensprache unserer Beine, Hände und der Stimme zu verstehen, damit es sich in den Gedankengang seines Reiters hineinversetzen kann. Dazu brauchen wir weder Sporen noch Reitgerten.«

Im Laufe des Nachmittags erläuterte er uns dann noch ausführlich, dass man keine Pferde zum Springreiten verwenden dürfe, die nicht dafür dressiert worden seien – was auch immer das bedeuten mochte –, und er erzählte uns auch von seinen Bestrebungen als *Shasta*, das Zähmen von Pferden als Unterrichtsfach einzuführen, da man so am besten die natürlichen Bewegungsabläufe der Tiere kennenlernen könne, bevor man mit dem eigentlichen Reiten beginne.

Zum Glück unterbrach ihn Mirsgana behutsam und erinnerte ihn daran, dass Khutenptah uns auch noch die Pflanzungen zeigen wolle und es schon reichlich spät sei. Ufa bot uns die besten Pferde seiner Stallungen an, aber da ich nicht reiten konnte, überließ er Farag und mir eine kleine Kalesche, mit der wir den anderen folgen konnten. Auf dem Weg zu den weitläufigen und perfekt parzellierten Gemüseplantagen waren Farag und ich auf diese Weise endlich für einen Moment allein, in dem wir jedoch nicht im Traum daran dachten, all die seltsamen Dinge zu kommentieren, die wir bis dahin gesehen hatten. Wir waren liebesbedürftig, und ich erinnere mich, wie wir die ganze Fahrt über nur scherzten und lachten und dabei entdeckten, dass Pferdewagen wesentlich sicherer waren als Motorfahrzeuge. Aus einem ganz einfachen Grund: Man konnte den Weg eine ganze Weile ruhigen Gewissens aus den Augen lassen.

Khutenptah führte uns ihren Zuständigkeitsbereich mit demselben Stolz vor, mit dem Ufa uns den seinen gezeigt hatte. Es war schön, ihr zuzusehen, wie sie ganz begeistert zwischen den Blumen, Gemüsebeeten, den Futterpflanzen- und Getreidefeldern hindurchspazierte. Glauser-Röist hing an ihren Lippen und ließ sie nicht aus den Augen.

»Das Vulkangestein ist nicht nur ein optimaler Nährboden, der frei von Parasiten, Bakterien und Pilzen ist, er versorgt die Wurzeln zudem noch mit ausreichend Sauerstoff. In Stauros bestellen wir über dreihundert Stadien Land; die anderen drei Städte haben noch mehr Grund urbar gemacht, weil sie für den Gemüseanbau auch einige Stollen nutzen. Da es Paradeisos an fruchtbarem Boden mangelt, mussten die ersten Siedler noch hinauf, um selbst Nahrungsmittel zu kaufen oder sie sich von den Anuak besorgen zu lassen. Dabei liefen sie natürlich Gefahr, entdeckt zu werden, weshalb sie das System der hängenden Gärten Babylons zu studieren begannen und so herausfanden, dass die Babylonier dazu gar kein Erdreich benötigt hatten …«

Da horchte ich auf. Farag und ich waren so in unser Zwiegespräch vertieft gewesen, dass ich gar nicht bemerkt hatte, dass es keine Erde war, über die wir spazierten, sondern Stein. In Paradeisos keimte und wuchs alles in großen, länglichen Tongefäßen, die ausschließlich mit Steinen gefüllt waren.

»Aus den organischen Abfällen der Stadt«, erläuterte Khutenptah weiter, »ziehen wir die Nährstoffe für die Pflanzen und führen sie ihnen mit dem Wasser wieder zu.«

»Das nennt man bei uns oben Hydrokultur«, meinte Glauser-Röist und untersuchte eingehend die grünen Blätter eines Strauchs, bevor er sich mit zufriedener Miene wieder aufrichtete. »Das sieht hier alles ganz hervorragend aus«, urteilte er, »aber wie haltet ihr es mit dem Licht? Für die Photosynthese braucht man doch die Sonne.«

»Mit elektrischem Licht geht es auch. Außerdem unterstützen wir das Wachstum, indem wir den Nährstoffen bestimmte Mineralien und gezuckerte Harze zusetzen.«

»Das kann nicht sein«, hielt der Felsen dagegen und strich über die Wurzeln eines Apfelbäumchens.

»Wenn du das glaubst, *Protospatharios*«, erwiderte sie gelassen, »dann kannst du auch sicher sein, dass du gerade halluzinierst und ins Leere greifst.«

Schnell zog er die Hand zurück, und, o Wunder!, über sein Gesicht huschte jetzt ein Lächeln; er strahlte geradezu, was völlig neu an ihm war. Genau in diesem Moment fiel mir wieder ein, woher ich Khutenptah kannte. Nein, ich hatte sie noch nie zuvor gesehen, wie ich zunächst geglaubt hatte, aber in Glauser-Röists Wohnung am Lungotévere dei Tebaldi in Rom standen zwei Fotos von einer jungen Frau, die ihr wie ein Ei dem anderen glich. Darum war der Felsen so hingerissen! Khutenptah erinnerte ihn an die andere Frau! Auf alle Fälle verwickelte er sie jetzt in ein kompliziertes Fachgespräch über die Verwendung von gezuckerten Harzen in der Landwirtschaft, und so, wie Farag und ich uns unhöflicherweise ein wenig abseits hielten, schenkten auch die beiden Ufa, Mirsgana und Gete nicht mehr sonderlich viel Aufmerksamkeit.

Es war schon ziemlich spät am Abend, als wir schließlich nach Stauros zurückkehrten. Nach einem langen Arbeitstag gingen die Menschen dort noch etwas spazieren, und die Parkanlagen waren voller schreiender Kinder, stiller Beobachter, Cliquen von Jugendlichen und Jongleuren. Nichts bereitete ihnen anscheinend mehr Freude, als alle möglichen Dinge in die Luft zu werfen und sie wieder aufzufangen. Sicher wussten die Staurophylakes, dass man dadurch die Entwicklung der beiden Hirnhälften verbessern und so die künstlerischen und intellektuellen Fähigkeiten fördern konnte.

Schließlich wollten uns Mirsgana, Gete, Ufa und Khutenptah noch einen letzten Ort vor unserer Rückkehr ins Basileion zeigen. Sie taten sehr geheimnisvoll, und obwohl wir vor Neugier fast platzten, weigerten sie sich, uns zu erklären, wohin es ging, so dass der Hauptmann, Farag und ich letztlich beschlossen, gehorsame Schüler zu sein und uns überraschen zu lassen.

Die Straßen wimmelten von Menschen. In Stauros hatte man Zeit und war gelassen, trotzdem pulsierte die Stadt wie ein perfektes Ökosystem. Die Passanten – diese mysteriösen Wächter des Kreuzes, die wir so verbissen verfolgt hatten – betrachteten uns mit großem Interesse, wussten sie doch, wer wir waren; sie lächelten uns zu und grüßten freundlich. Die Welt steht Kopf, erinnere ich mich, gedacht zu haben. Ich drückte Farags Hand ganz fest. So vieles hatten sich verändert, und auch ich hatte mich so sehr verändert, dass ich einen sicheren Halt brauchte.

Als die Kalesche um eine Ecke bog und über einen riesengroßen Platz rumpelte, an dem sich hinter einem Park ein gewaltiges Bauwerk mit zahlreichen spitzen Türmen und einer blauen Zentralkuppel erhob, wusste ich, dass wir nun wirklich am Ende unserer abenteuerlichen Reise angelangt waren, die wir Monate zuvor so unbedacht in Angriff genommen hatten.

»Der Tempel des Heiligen Kreuzes«, verkündete Ufa feierlich.

Ich glaube, dass dies der bewegendste und erhebendste Moment meines Lebens war. Keiner von uns dreien konnte seine Augen von dem Gotteshaus abwenden, dessen Fassade mit bunten Kirchenfenstern übersät war. Ich war mir sicher, dass nicht einmal mehr der Hauptmann sich mit der Absicht trug, die Reliquien im Namen von Interessen einzufordern, die für uns keine Rolle mehr spielten. Nach all den Mühen und Ängsten ins Herz des irdischen Paradieses vorgedrungen zu sein, war zu bedeutsam, als dass man sich auch nur einen Bruchteil der Gefühle, die uns in diesem Moment überwältigten, entgehen lassen konnte.

Ergriffen von der Erhabenheit des heiligen Ortes betraten wir das Gotteshaus, dessen Inneres von zahllosen Wachskerzen erhellt wurde, welche die Mosaike und Gewölbe in ein goldenes Licht tauchten. Es war keine gewöhnliche Kirche; ihre Dekoration machte sie zu einem ganz einzigartigen Sakralbau; byzantinische und koptische Stilelemente waren gemischt, Einfachheit und orientalische Üppigkeit miteinander vereint.

»Nehmt das«, sagte Ufa und reichte uns ein paar weiße Tücher, »bedeckt damit eure Köpfe. Dieser Ort gebietet größte Ehrfurcht.«

Ähnlich der Kopfbedeckung der türkischen Frauen legte man sich die großen Schleier über den Kopf und ließ die Enden auf die Schultern fallen, ohne sie zu verknoten. So zeigte man seine Ehrfurcht, eine Tradition, die im Abendland vor langer Zeit verloren gegangen war. Erstaunlicherweise legten hier alle den weißen Schleier an, bevor sie die Kirche betraten, sogar die Männer und Kinder.

Und auf einmal sah ich es: In einer Nische, dem Eingangsportal genau gegenüber, hing ein wunderbares Kreuz. Die Gläubigen saßen in Bänken oder auf Teppichen am Boden davor, sie beteten laut oder in sich gekehrt. Und überall gab es Kinder, die, nach Altersgruppen getrennt, ihre eben erlernten Kniebeugen übten, oder Menschen, die Mysterienspiele zu proben schienen. Es war eine ziemlich eigentümliche Art, Religion beziehungsweise den sakralen Raum zu begreifen, aber die Staurophylakes hatten uns schon mehr als einmal überrascht, so dass wir uns über nichts mehr wunderten. Vor uns hing jedenfalls das rekonstruierte Heilige Kreuz, untrügliches Zeichen dafür, dass sie seine Wächter waren und es auch bis in alle Ewigkeit sein würden.

»Es ist aus Pinienholz«, erzählte uns Mirsgana freundlich; sie war sich bewusst, wie sehr uns sein Anblick gefangen nahm. »Der Längsbalken misst fast fünf und der Querbalken zweieinhalb Meter. Es wiegt ungefähr fünfundsiebzig Kilo.«

»Und warum betet ihr das Kreuz und nicht den Gekreuzigten an?« Die Frage war mir plötzlich in den Sinn gekommen.

»Natürlich beten wir Jesus Christus an!«, erwiderte Khutenptah. »Aber das Kreuz ist darüber hinaus auch das Symbol unseres Ursprungs und der Welt, die wir mit viel Mühe erschaffen haben. Unser Fleisch ist aus dem Holz dieses Kreuzes.«

»Entschuldige, Khutenptah«, flüsterte Farag, »aber ich verstehe dich nicht.«

»Glaubst du, dass das hier das Kreuz ist, an welchem Christus für uns starb?«, fragte Ufa.

»Na ja … eigentlich nicht«, stotterte er; seine Unsicherheit rührte allerdings nicht von dem Zweifel her, ob das Kreuz vielleicht doch echt sein könnte, sondern daher, dass er keinesfalls den Glauben der uns begleitenden Staurophylakes in Frage stellen wollte.

»Nun, so ist es aber«, behauptete Khutenptah selbstsicher. »Das hier ist das authentische Heilige Kreuz. Dein Glaube ist schwach, *Didaskalos,* du solltest mehr beten.«

»Dieses Kreuz hier«, sagte Mirsgana und wies mit dem Finger darauf, »entdeckte die heilige Helena, die Mutter Kaiser Konstantins des Großen, im Jahre 326 n. Chr. Um es zu beschützen, wurde die Bruderschaft der Staurophylakes im Jahre 341 ins Leben gerufen.«

»So war es«, stimmte ihr Ufa befriedigt zu. »Am ersten September des Jahres 341.«

»Und warum habt ihr gerade in den letzten Monaten die Reliquien gestohlen?«, fragte der Felsen verärgert. »Warum ausgerechnet jetzt?«

»Wir haben sie nicht gestohlen, *Protospatharios*«, antwortete Khutenptah, »sie *gehören* uns. Man hat uns zu den Wächtern des Heiligen Kreuzes bestimmt, und viele von uns haben dafür ihr Leben gelassen. Unser Dasein erhält durch das Kreuz erst seinen Sinn. Als wir uns nach Paradeisos zurückzogen, besaßen wir das größte Stück des *lignum crucis.* Der Rest war auf Kirchen und Tempel in der ganzen Welt verteilt, manchmal nur als kleine Splitter.«

»Siebenhundert Jahre sind seither vergangen«, erklärte Gete, »es war höchste Zeit, das gesamte Kreuz wiederzuerlangen.«

»Warum gebt ihr die Reliquien nicht einfach zurück?«, fragte ich voller Hoffnung. »Dann wärt ihr nicht mehr in Gefahr, entdeckt zu werden. Denkt daran, dass sich in vielen Kirchen die Anbetung auf eine Kreuzreliquie stützt.«

»Wirklich, Ottavia ...?«, fragte Mirsgana skeptisch. »Die *ligna crucis* hat doch niemand mehr beachtet. In Notre-Dame in Paris, im Petersdom oder in der Wallfahrtskirche Santa Croce in Gerusalemme hat man sie inzwischen in die angrenzenden Museen verbannt, in ihren Kirchenschatz oder die Reliquienkapellen, und man muss Eintritt bezahlen, um sie zu sehen. Zahlreiche christliche Stimmen zweifeln inzwischen die Echtheit vieler religiöser Objekte an. Selbst die Gläubigen sind nicht mehr wirklich daran interessiert. Der Reliquienkult hat in den letzten Jahren sehr nachgelassen. Wir wollten eigentlich nur den Kreuzesstamm vervollständigen, das Drittel des Längsbalkens, welches sich schon in unserem Besitz befand, doch als wir merkten, wie einfach es war, auch noch alle übrigen Kreuzespartikel wiederzuerlangen, zögerten wir nicht lange, sondern griffen zu.«

»Es gehört uns«, wiederholte halsstarrig der junge Übersetzer des Sumerischen, »dieses Kreuz ist unser Eigentum. Wir haben es nicht gestohlen.«

»Und wie habt ihr eine ... Bergungsaktion in so großem Stil von hier unten aus organisieren können?«, wollte Farag wissen. »Die Kreuzreliquien waren doch über die ganze Welt verstreut und nach dem ersten Rau... den ersten Wiederbeschaffungen streng bewacht worden.«

»Kennt ihr den Küster von Santa Lucia?«, fragte Ufa. »Pater Bonuomo von Santa Maria in Cosmedin? Die Mönche von San Constantino Acanzio? Pater Stephanos von der Grabeskirche? Die Popen von Kapnikarea? Und den Kartenverkäufer in den Katakomben von Kom el-Shoqafa ...?«

Farag, der Felsen und ich sahen uns an. Unser Verdacht hatte sich bestätigt.

»Sie alle sind Staurophylakes«, fuhr der Pferdebändiger fort, »viele von uns entschließen sich, fern von Paradeisos zu wohnen, entweder aus persönlichen Gründen oder um bestimmte Missionen zu übernehmen. Man ist selbstverständlich nicht verpflichtet, hier unten zu leben, aber einen Staurophylax, der sein Leben dem Heiligen Kreuz geweiht hat, erfüllt es mit Stolz, und er hält es für eine große Ehre.«

»Es gibt eine ganze Reihe von Staurophylakes auf der ganzen Welt«, erläuterte Gete vergnügt. »Mehr, als ihr euch überhaupt vorstellen könnt. Sie kommen und gehen, bleiben eine Zeitlang bei uns und kehren dann wieder nach Hause zurück. So wie auch Dante Alighieri.«

»Einer oder zwei von uns hielten sich immer in der Nähe jedes Stücks oder Splitters des Heiligen Kreuzes auf«, schloss die Beauftragte für die Wasserversorgung. »Die Operation war also kinderleicht.«

Ufa, Khutenptah, Mirsgana und Gete sahen sich zufrieden an und knieten sich dann ehrfürchtig vor dem Heiligen Kreuz nieder, um mit großer Inbrunst und Andacht eine Zeitlang eine Reihe komplizierter Verbeugungen und Kniefälle durchzuführen und alte Litaneien des byzantinischen Ritus zu murmeln.

Unterdessen wurde mir Gottes Nähe immer bewusster. Ich befand mich in einer Kirche, einem heiligen Ort, der einen andächtig stimmte und den Geist zu Gott erheben ließ. Ich kniete nieder und dankte Gott, dass wir gesund an Leib und Seele an unser Ziel gelangt waren. Dann bat ich ihn, er möge meine Liebe zu Farag segnen, und versprach, meinem Glauben nie abzuschwören. Ich wusste nicht, was aus uns werden würde, noch, was die Staurophylakes mit uns vorhatten, aber solange ich in Paradeisos wäre, wollte ich jeden Tag in dieses wunderbare Gotteshaus zum Beten kommen, in dessen Apsis das Heilige

Kreuz hing. Ich wusste, dass es nicht echt war, dass Jesus Christus an ihm nicht gestorben sein konnte, da die Kreuzigung zur damaligen Zeit eine sehr gängige Strafe war und die Kreuze mehrmals verwendet wurden, bis sie unbrauchbar und vom Holzwurm zerfressen in den Lagerfeuern der Soldaten endeten. Das Kreuz vor mir konnte also nicht das echte Kreuz des Erlösers sein, aber sehr wohl das Kreuz, welches die heilige Helena 326 unter einem alten Venustempel gefunden hatte; das Kreuz, das über Jahrhunderte partikelweise die Anbetung und Liebe von Millionen von Menschen erfahren hatte; das Kreuz, dem die Bruderschaft ihren Ursprung verdankte; und natürlich auch das Kreuz, das mich mit Farag, dem ungläubigen, wunderbaren Farag vereint hatte.

Auf dem Weg zurück ins Basileion verdunkelte sich der Raum über Paradeisos, wodurch der trügerische Eindruck einer Abenddämmerung entstand, die deshalb nicht weniger schön war. Die Menschen kehrten gemächlich in ihre Häuser zurück.

Vor dem großen Eingangsportal des Palasts, das immer offen stand, verabredeten sich Glauser-Röist und Khutenptah für den nächsten Morgen, kurz nachdem die Beleuchtung wieder angeschaltet werden sollte, weshalb Ufa dem Hauptmann eines der Pferde überließ, damit er zu den Pflanzungen reiten konnte. Glauser-Röist hatte die Sache mit den gezuckerten Harzen anscheinend sehr beeindruckt – und wohl auch Khutenptah –, und er wollte noch mehr darüber erfahren. Zumindest behauptete er das. Gete erbot sich, Farag und mir weitere Besonderheiten und Stellen von Paradeisos zu zeigen, die wir am ersten Tag noch nicht gesehen hatten. So sagten wir eigentlich nur Ufa und Mirsgana Lebewohl, versprachen ihnen aber, sie bald zu besuchen.

Das Abendessen verlief wesentlich ruhiger als das Mittagessen. In einem anderen Raum, der kleiner und gemütlicher war als der große Speisesaal vom Mittag, erwartete Cato CCLVII. uns als aufmerksamer Gastgeber, zusammen mit der *Shasta*

Ahmose – die nicht nur Stuhlmacherin, sondern auch eine seiner Töchter war – und Darius, dem *Shasta* für die Verwaltung und Vorbeter im Tempel des Heiligen Kreuzes. Wieder bediente uns Candace, und irgendwo im Hintergrund erklang Musik, die mich an mittelalterliche Volksweisen erinnerte.

Während des Essens versuchte ich die Dinge in die Praxis umzusetzen, die ich am Mittag über den Geschmack und Geruch der Speisen gelernt hatte. Dabei stellte ich fest, dass ich wie die Staurophylakes sehr, sehr langsam essen und trinken musste, um die einzelnen Ingredienzien herauszuschmecken. Was ihnen aber durch die viele Übung leichtfiel, kostete mich etliche Mühe, da ich daran gewöhnt war, alles schnell hinunterzuschlingen. Man servierte uns auch ein neues Getränk, das man nur abends trank und das mich begeisterte: *Eukras*, ein wirklich köstlicher Tee aus Pfeffer, Kümmel und Anis.

Cato CCLVII. wollte unsere Pläne für die Zukunft wissen und fragte uns danach aus. Für Farag und mich stand außer allem Zweifel, dass wir an die Erdoberfläche zurückkehren wollten. Der Felsen schwankte jedoch.

»Ich würde gern noch etwas bleiben«, sagte er unsicher, »es gibt hier unten so viele Dinge zu lernen.«

»Aber Hauptmann«, sagte ich bestürzt, »wir können doch nicht ohne Sie heimkehren! Haben Sie denn vergessen, dass die halbe christliche Welt auf Nachrichten von uns wartet?«

»Kaspar, Sie *müssen* mit uns zurück«, drängte Farag, »Sie arbeiten für den Vatikan. Sie müssen unseren Auftraggebern die Stirn bieten.«

»Und? Werdet ihr uns verraten?«, mischte sich Cato mit sanfter Stimme ein.

Das war ein ernstes Thema. Wir saßen in der Klemme, und wir wussten es. Wie sollten wir bei unserer Rückkehr das Geheimnis der Staurophylakes wahren, wenn uns Monsignore Tournier und Kardinal Sodano mit Fragen löcherten? Wir konnten nicht einfach unversehens wiederauftauchen und behaupten, wir hätten irgendwo Karten gespielt, seit wir vor sechzehn Tagen aus Alexandria verschwunden waren, als hätte uns der Erdboden verschluckt.

»Natürlich nicht, Cato«, sagte Farag hastig, »aber ihr werdet uns helfen müssen, eine überzeugende Geschichte zu erfinden.«

Cato, Ahmose und Darius lachten hell auf, als wäre das die einfachste Sache der Welt.

»Darum kümmere ich mich, Professor«, sagte der Felsen plötzlich, »vergessen Sie nicht, dass das meine Spezialität ist. Der Vatikan selbst hat es mir beigebracht.«

»Kommen Sie mit uns zurück«, bat ich und blickte ihm tief in seine grauen Augen.

Aber die Erinnerung an seine Arbeit im Vatikan schien den Ausschlag für die Entscheidung gegeben zu haben, in Paradeisos zu bleiben. Seine Miene verriet, dass er sich nun nicht mehr umstimmen ließ.

»Vorerst nicht, Dottoressa«, erklärte er und schüttelte heftig den Kopf. »Ich habe keine Lust mehr, weiterhin die schmutzigen Geschäfte der Kirche zu erledigen. Es hat mir noch nie gefallen, und es ist jetzt höchste Zeit, das zu ändern. Das Leben bietet mir eine einmalige Chance, und ich wäre ein Dummkopf, wenn ich sie mir entgehen ließe. Ich werde nicht zurückkehren. Ich bleibe, wenigstens eine Zeitlang. Oben gibt es nichts, was mich hält, und ich würde gern ein paar Monate auf Khutenptahs Plantagen mitarbeiten.«

»Und was sollen wir denen da oben dann erzählen? Wie sollen wir ihnen Ihr Verschwinden erklären?«, fragte ich beklommen.

»Behaupten Sie, ich sei tot«, erwiderte er, ohne zu zögern.

»Sie haben nicht alle Tassen im Schrank, Kaspar!«, rief Farag wütend. Cato, Ahmose und Darius folgten unserer Unterhaltung aufmerksam, ohne sich einzumischen.

»Ich werde Ihnen ein hieb- und stichfestes Alibi verschaffen, mit dem Sie alle Verhöre der Kirchen überstehen werden und das mir erlauben wird, in einigen Monaten zurückzukehren, ohne dass jemand Verdacht schöpft«, erwiderte der Felsen.

»Wir können dir dabei helfen, *Protospatharios*«, sagte Ahmose, »wir machen derlei schon seit ein paar Jahrhunderten.«

»Ist es dein fester Wille, eine Weile hierzubleiben, Kaspar?«, wollte Cato wissen, während er genießerisch einen Löffel voll gemahlenem Weizen mit Zimt, Sirup und Dörrpflaumen auf der Zunge zergehen ließ.

»Es ist mein fester Wille, Cato«, antwortete Glauser-Röist. »Ich meine damit nicht, dass ich von euren Ideen und eurem Glauben überzeugt bin, aber ich wäre euch sehr dankbar, wenn ich hier in Paradeisos etwas ausruhen könnte. Ich muss mir überlegen, wie ich in Zukunft leben möchte.«

»Du hättest einfach nicht tun sollen, was dir so missfiel.«

»Das verstehst du nicht, Cato«, wandte der Felsen ein, ohne dass sich seine unerschrockene Miene dabei veränderte. »Oben beschäftigen sich die Menschen nicht immer mit dem, was ihnen gefällt. Ganz im Gegenteil. Mein Glaube an Gott ist stark, und das hat mich aufrechterhalten in all den Jahren, die ich für die Kirche gearbeitet habe, eine Kirche, die das Evangelium vergessen hat und die, um ihre Privilegien nicht zu verlieren, lügt und betrügt und Gottes Wort auslegt, wie es ihr gerade passt. Nein, ich will nicht mehr zurück.«

»Du kannst so lange bei uns bleiben, wie du willst, Kaspar«, erklärte Cato feierlich. »Und ihr, Ottavia und Farag, könnt natürlich gehen, wann immer ihr wollt. Gebt uns nur ein paar Tage, um eure Abreise zu organisieren, und dann könnt ihr wieder an die Erdoberfläche zurückkehren. In Paradeisos werdet ihr immer willkommen sein. Das hier ist euer Zuhause, denn letztendlich seid ihr nun Staurophylakes, falls es euch entgangen sein sollte. Die Skarifikationen auf euren Körpern belegen es. Wir werden euch draußen Kontakte beschaffen, damit ihr euch stets mit uns in Verbindung setzen könnt. Und jetzt möchte ich mich mit eurer Erlaubnis zurückziehen. Mein gesegnetes Alter erlaubt es mir nicht mehr, die Nacht zum Tage zu machen«, erklärte er schmunzelnd.

Cato CCLLVI. schlurfte auf seinen Stock gestützt hinaus. Seine Tochter Ahmose gab ihm an der Tür noch einen Gutenachtkuss und kehrte dann wieder zu uns zurück.

»Ihr müsst keine Angst haben«, sagte Darius. »Es ist verständlich, dass ihr euch Sorgen macht. Ihr bekommt eine harte Nuss zu knacken, wenn ihr euch den christlichen Kirchen stellen müsst. Aber mit Gottes Hilfe wird alles gut gehen.«

In diesem Augenblick erschien Candace mit einem Tablett voller Weingläser. Ahmose lächelte.

»Ich wusste, dass du uns den besten Wein von ganz Paradeisos kredenzen würdest!«, rief sie.

Darius streckte schnell die Hand aus. Er war ein Mann in den Fünfzigern mit grauem, schütterem Haar und sehr kleinen Ohren, die kaum zu sehen waren.

»Lasst uns anstoßen«, sagte er, als wir alle ein herrliches Alabasterglas in Händen hielten, »lasst uns anstoßen auf den *Protospatharios,* dass er hier glücklich werde, und auf Ottavia Salina und Farag Boswell, dass auch sie fern von uns glücklich werden.«

Wir lächelten uns zu und erhoben die Gläser.

Haidé und Zauditu hatten mein Zimmer hergerichtet und erwarteten mich schon, während sie letzte Hand an den Blumenschmuck und die Bettwäsche legten. Alles sah wundervoll aus, und das Licht der wenigen Kerzen verlieh dem Raum ein magisches Ambiente.

»Hast du noch einen Wunsch, Ottavia?«, erkundigte sich Haidé.

»Nein, nein danke«, antwortete ich schnell und versuchte, meine Nervosität vor ihnen zu verbergen. Als wir das Esszimmer verließen, hatte Farag mir zugeflüstert, ob er in mein

Zimmer kommen könne, sobald alles ruhig sei. Ich musste ihm nicht antworten; mein Lächeln hatte mich schon verraten. Wozu sollten wir noch warten? Unsere Reise hatte ihren Höhepunkt erreicht, und ich wünschte mir nichts sehnlicher, als mit ihm zusammen zu sein. So oft ich ihn auch ansah, dachte ich, dass ich nie genügend Zeit fände, um bei ihm zu sein, selbst wenn ich mehrere Leben hätte: weshalb also warten? Ohne recht zu wissen, warum, offenbarten sich mir plötzlich einige Dinge, und die Nacht mit Farag war eines davon. Ich wusste, dass ich mir meine Angst vorwerfen würde und der neuen Ottavia nicht mehr so sicher sein könnte, wenn ich es nicht täte. Ich war bis über beide Ohren verliebt, geradezu blind vor Liebe, und wahrscheinlich sah ich deshalb nichts Schlechtes daran, was ich zu tun gedachte. Neununddreißig Jahre Enthaltsamkeit waren genug. Gott würde das sicher verstehen.

»Ich glaube, der *Didaskalos* brennt darauf, endlich herzukommen«, erklärte Zauditu vorwitzig. »Er geht schon die ganze Zeit unruhig auf und ab.«

Farags Zimmer lag am anderen Ende des Korridors.

»Zauditu!«, schimpfte Haidé. »Vergib ihr, Ottavia. Sie ist noch zu jung, um zu begreifen, dass ihr oben andere Umgangsformen habt.«

Ich lächelte. Zu mehr war ich nicht fähig, ich konnte nicht einmal mehr reden. Ich wollte nur, dass sie endlich gingen und Farag käme. Die beiden wandten sich zur Tür.

»Gute Nacht, Ottavia«, murmelten Haidé und Zauditu schmunzelnd und verschwanden.

Zögernd trat ich vor den Spiegel und betrachtete mich darin. Ich sah nicht besonders gut aus. Mein Kopf glich einer Bowlingkugel, auf der meine Augenbrauen schwammen wie Inseln in einem haarlosen Meer. Aber meine Augen strahlten, und ein dümmliches Lächeln hatte sich meiner Lippen bemächtigt, das sich durch nichts auslöschen ließ. Ich war glücklich. Paradeisos war ein außergewöhnlicher Ort, der, was die Technologie betraf, zwar etwas unterentwickelt, in anderen Aspekten hingegen sehr fortschrittlich war. Hier kannte man weder Hektik noch Lebensangst, noch den täglichen Kampf ums Überleben in einer Welt voller Gefahren. Man lebte hier miteinander in schönster Harmonie und wusste zu schätzen, was man besaß. Gern hätte ich von Paradeisos diese wundervolle Fähigkeit, alles zu genießen, übernommen, und ich gedachte, es gleich heute Nacht in die Praxis umzusetzen.

Natürlich hatte ich Angst. Das Herz schlug mir bis zum Hals; wie ein verängstigtes Tierchen klopfte es in meiner Brust. Tu's nicht, Ottavia, tu's nicht, flüsterte eine Stimme in meinem Kopf. Noch konnte ich einen Rückzieher machen. Warum musste es gerade heute Nacht sein? Warum nicht morgen oder wenn wir wieder oben auf der Erdoberfläche waren? Warum wartete ich nicht, bis ich den Segen der Kirche hatte?

»Warum lasse ich es nicht einfach sein, für immer?«, sagte ich in vorwurfsvollem Ton zu meinem Spiegelbild.

Also wirklich, Ottavia, versuchte ich mir selbst Mut zuzusprechen, du willst es doch, du brennst darauf, es zu tun, wovor fürchtest du dich? Mein Herz klopfte nun noch heftiger, und der Schweiß brach mir aus allen Poren. Das fehlte gerade noch. Unwissentlich hatte ich mein Leben lang auf diesen Augenblick gewartet, und jetzt, nachdem so viele Bindungen gelöst waren, ich so viele Dinge erlebt und das enge Korsett abgelegt hatte, in das mein Körper irgendwann einmal gepresst worden war, jetzt hatte ich das große Glück gehabt, den wunderbarsten Mann der Welt getroffen zu haben, der sich nichts sehnlicher wünschte, als mir seine Liebe zu schenken. Warum war ich nur so verängstigt? Farag hatte mich erlöst und mit unendlicher Geduld gewartet, bis ich mit meinem bisherigen Leben gebrochen hatte. Wenn er mich küsste, gaben mir seine Lippen ein so festes Versprechen, vermittelten sie mir eine so glühende Leidenschaft, dass ich mich wie ein Schiff inmitten eines Orkans zu unbekannten Gefilden fortgerissen fühlte. Wenn ich mich seinen Lippen hingeben konnte, warum dann nicht auch seinem Körper?

Es klopfte dreimal leicht an die Tür.

»Komm rein«, forderte ich ihn nervös auf. »Du brauchst nicht so vorsichtig zu sein. Wenn sie uns hören wollen, dann hindert sie nichts und niemand daran.«

»Du hast recht«, stimmte er zu, als er völlig aufgewühlt das Zimmer betrat. »Ich vergesse immer wieder, dass sie unsere Gedanken lesen können.«

»Na ja, so weit würde ich nicht gehen …«, erwiderte ich und schlang meine Arme um seinen Hals. Farag war genauso nervös wie ich, wie ich an seinen unaufhörlich blinzelnden Augen und an seiner bebenden Stimme merkte.

Er küsste mich behutsam.

»Bist du dir vollkommen sicher, dass du es wirklich willst?«, fragte er mich dann. Wo war nur der Casanova geblieben?

»Natürlich will ich es«, beteuerte ich und küsste ihn zärtlich. »Ich will, dass du die ganze Nacht bei mir bleibst. Diese Nacht und alle Nächte, die noch vor uns liegen.«

In dieser Nacht aller Nächte verlor ich jegliches Gefühl für die Zeit. Und ich verlor mein Herz, das für alle Ewigkeit mit dem seinen verschmolz. Ich hörte auf, ich selbst zu sein, ich hörte auf, die Ottavia Salina zu sein, die bis zu diesem Moment existiert hatte, um mich in ein vor Leidenschaft und Liebe glühendes Wesen zu verwandeln. Ich ließ mich zum Bett bringen, auch wenn ich mich nicht mehr daran erinnere, wie dies geschah, da der Geschmack seines Mundes so intensiv war, dass es mir vorkam, als wäre es der Geschmack des Lebens selbst, der sich für mich auf Farags Lippen verdichtet hatte.

Die Nacht verstrich, und ich, mit seinem Körper vereint, mit ihm verschmolzen in einem Abglanz der Ewigkeit und versunken in einen wilden Rausch von Gefühlen, die wie Ebbe und Flut von der sanftesten Zärtlichkeit bis zum reinsten Liebeswahn reichten, ich entdeckte, dass das, was ich da gerade tat, ganz und gar nicht so schrecklich war, wie es alle Religionen über Jahrhunderte hinweg behauptet und verdammt hatten. Waren sie denn nicht ganz bei Trost? Warum sollte es sündhaft sein, wenn man entdeckte, dass das vollkommene Glück auf dieser Welt möglich war? Farags kräftiger, lang aufgeschossener Körper wurde zum Einzigen, was ich begehrte. Ich spürte, wie ich mich in eine völlig neue Frau mit klopfendem Herzen verwandelte, für die diese Augenblicke der Liebe und des unendlichen Liebeswahns ewig währten. Anfangs peinigte die Unsicherheit mich noch mit unsichtbaren Fesseln, bis ich, die Haut schweißnass und das Herz kurz vor dem Zerspringen, merkte, dass nicht nur ich mich mit Farag in diesem Bett befand, sondern sich auch all die falschen Tabus und lächerlichen Heucheleien darin breitgemacht hatten, mit denen ich groß geworden war und die mich in meiner Freiheit eingeschränkt hatten. Es war nur ein flüchtiger, aber äußerst wichtiger Gedanke für mich. Nackt kniete ich mich auf die Laken und blickte Farag an, der mich müde und glücklich betrachtete.

»Weißt du was, Farag?«

»Nein«, erwiderte er und lachte leise, »aber du wirst es mir sicher gleich sagen.«

»Liebe zu machen ist die schönste Sache auf der ganzen Welt«, behauptete ich kühn, woraufhin er abermals leise lachte.

»Freut mich, dass du das endlich entdeckt hast«, flüsterte er, nahm meine Hände und wollte mich schon zu sich ziehen, doch ich machte mich los, setzte mich auf seine Beine und begann seine Brust zu liebkosen. Was hatte Glauser-Röist mir zu Beginn unserer Ermittlungen erzählt? Er sprach davon, dass bei den Volksstämmen Afrikas und den jungen Leuten, die mit der Mode gingen, die Skarifikationen eine hohe erotische Komponente hätten und ein sexuelles Stimulans seien … Während meine Finger über die Linien auf Farags Körper glitten, dachte ich, dass durchaus etwas Wahres daran sein konnte.

»Weißt du, dass ich mir ein Leben ohne dich gar nicht mehr vorstellen kann? Ich weiß, es klingt ziemlich kitschig, aber es ist die Wahrheit.«

»Da mach dir mal keine Gedanken, denn mir geht's genauso.«

Nackt sah er einfach zum Anbeißen aus!

»Ist dir schon aufgefallen, wie sehr ich dich liebe?«, murmelte ich und beugte mich wieder über ihn, um ihn zu küssen.

»Und dir?«, erwiderte er. »Ist dir denn aufgefallen, wie sehr ich *dich* liebe?«

»Nein, das habe ich noch nicht bemerkt. Zeig's mir noch einmal.«

Er richtete sich auf, fasste mich um die Taille und küsste mich lange und innig, bis das Begehren so gewaltig auflebte wie beim ersten Mal. Der Zauber kehrte zurück, und unsere Körper erkundeten sich erneut und vereinigten sich mit derselben Intensität wie schon zuvor. Die Nacht war viel zu kurz, und als der neue Tag anbrach, hatten wir noch immer kein Auge zugetan.

In den zwei Wochen, die wir in Paradeisos verbrachten, waren wir so mit uns beschäftigt, dass wir hinterher zwei Monate Schlaf nachzuholen hatten.

Nach einem Besuch in Crucis und Eden – in Lignum waren wir zuvor schon einige Male gewesen – bat man uns am dreizehnten Tag unseres Aufenthalts im Reich der Staurophylakes ins Basileion, um uns die letzten Instruktionen zu erteilen. Die Vorbereitungen für unsere Abreise hatte eine Kommission von *Shastas* getroffen, zu der auch Glauser-Röist gehörte, soweit ihm die Hydrokulturen und die schöne Khutenptah Zeit dafür gelassen hatten.

Man hatte uns durch einige uns noch unbekannte Korridore in einen großen Saal mit hohen Decken geführt, in dem sich die *Shastas* in zwei Reihen niedergelassen hatten. Am anderen

Ende des Raums, unter einer Freskenmalerei, auf der Dionysos von Dara als muslimischer Würdenträger gekleidet an die Tür von Nikephoros Panteugenos' bescheidenem Haus klopft, die Reliquie des Heiligen Kreuzes in Händen, erwartete uns Cato. Er stützte sich wie immer auf seinen schlanken Stock und blickte uns voller Zufriedenheit und Stolz entgegen.

»Kommt, kommt rein …«, forderte er uns auf, als er uns zaudern sah. »Wir haben soeben die letzten Einzelheiten festgelegt. Kaspar, setz dich bitte neben mich. Und ihr, Ottavia und Farag, setzt euch auf die Stühle dort in der Mitte.«

Glauser-Röist nahm schnell neben dem Cato Platz, wobei er seine Tunika schon wie ein echter Staurophylax raffte. Es war wahrlich sehenswert, wie sich der ehemalige Hauptmann der Schweizergarde in das alltägliche Leben von Paradeisos integriert hatte. Er passte sich ihnen so schnell an, dass er sich bald ganz als einer von ihnen würde ausgeben können. Ich hatte Farag schon erklärt, dass Khutenptahs Einfluss einiges mit diesem Phänomen zu tun hatte, doch er, stur wie ein Esel, beharrte darauf, dass die Veränderungen einzig und allein darauf zurückzuführen seien, dass Glauser-Röist gerade seine Vergangenheit ad acta lege und ein neues Leben beginne. Wie auch immer: Auf alle Fälle entwickelte sich der Felsen allmählich zu einem exzellenten Staurophylax, der sich nicht nur um Khutenptah, die Pflanzungen und die Vorbereitungen zu unserer Abreise kümmerte, sondern auch schon am Unterricht der diversen Bildungszweige teilnahm.

»Ihr werdet morgen in aller Frühe aufbrechen«, begann uns Cato zu erklären. Zu meiner Rechten sah ich Mirsgana in der zweiten Reihe sitzen und nickte ihr zu. Sie lächelte zurück. »Dann werdet ihr auch den genauen Standort von Paradeisos erfahren«, fügte er lächelnd hinzu. »Eine Gruppe Anuak wird euch nach Antioch bringen, wo ihr wieder an Bord von Kapitän Mariams Feluke gehen werdet. Mariam wird den Nil runter bis zum Delta segeln und euch an einem sicheren Ort in der Nähe von Alexandria absetzen. Von dem Moment an dürft ihr diesen Ort hier nie mehr in Gegenwart von Dritten erwähnen. Jetzt sprich du, Teodros.«

Teodros, der in der ersten Reihe auf der linken Seite saß, stand auf.

»Am 1. Juni dieses Jahres hatten die neuen Staurophylakes« – sprach er etwa von uns? – »zum letzten Mal Kontakt mit den christlichen Kirchen, das heißt genau vor einem Monat, und zwar im Patriarchat von Alexandria. Seither weiß man dort oben nichts mehr über den Verbleib von Kaspar, Ottavia und Farag. Den vertraulichen Auskünften zufolge, die wir bekommen haben, wurden die Katakomben von Kom el-Shoqafa von der ägyptischen Polizei gründlich durchsucht, doch liegt es auf der Hand, dass man rein gar nichts gefunden hat. Aus diesem Grund planen die Kirchen gerade, eine weitere Gruppe von Ermittlern auszusenden, die mit den bisher erhaltenen Informationen die Suche dort wiederaufnehmen sollen, wo Kaspar, Ottavia und Farag verschwunden sind. Ihre Bemühungen werden selbstverständlich vergeblich sein«, bemerkte Teodros hochnäsig, »aber was unsere drei hier fertigbrachten« – er zeigte zuerst auf den Felsen und dann auf Farag und mich –, »zwingt uns leider dazu, die Prüfungen für die Anwärter vorerst auszusetzen, bis wir uns wieder etwas sicherer fühlen können.«

»Warum verändern wir sie nicht? Oder schaffen sie ganz ab?«, fragte da jemand hinter unserem Rücken.

»Traditionen muss man wahren, Sisygambis«, erklärte Cato. Er hatte kurz den Kopf gehoben, stützte ihn jetzt aber wieder in die Hände.

»Das bedeutet, dass es in den nächsten zehn, fünfzehn Jahren keine weiteren Initiationen mehr geben wird«, fuhr Teodros fort. »Die entsprechenden Anordnungen sind bereits ergangen; unsere Brüder oben sollen alle Spuren beseitigen und sich auf mögliche Verhöre gefasst machen. Die Tore zu Paradeisos werden gerade geschlossen … Jetzt fehlt nur noch die Ausflucht, die Ottavia und Farag benutzen sollen, wenn sie in ihre Welt zurückkehren. Aber das wird euch Shakeb erzählen.«

Shakeb – der junge Lehrer, der an seinen pummeligen Händen mehrere Ringe trug – erhob sich von seinem Stuhl, während Teodros wieder Platz nahm und dabei mit einer eleganten Geste die Zipfel seiner Tunika raffte.

»Ottavia, Farag …« Trotz seines runden Gesichts war er mit seinen ausdrucksvollen schwarzen Augen wirklich hübsch. »Wenn ihr nach Alexandria zurückkehrt, werden seit eurem Verschwinden anderthalb Monate vergangen sein. Ihr werdet also erklären müssen, wo ihr die ganze Zeit über gesteckt und was ihr gemacht habt, und natürlich auch, was Hauptmann Glauser-Röist zugestoßen ist.«

Im Saal war die maßlose Neugier der Versammelten deutlich zu spüren. Alle wollten wissen, welches Täuschungsmanöver man sich für Farag und mich ausgedacht hatte, mit dem wir allen Widerständen zum Trotz ihre kleine Welt retten sollten. Auch uns war beklommen zumute.

»Unsere Brüder in Alexandria haben in den Katakomben von Kom el-Shoqafa damit begonnen, einen falschen Tunnel zu graben, der an einem entlegenen Zipfel des Mariutsees, nahe dem einstigen Caesarium, enden soll. Ihr werdet behaupten, auf der dritten Ebene von Kom el-Shoqafa entführt worden zu sein; man habe euch niedergeschlagen, und ihr hättet das Bewusstsein verloren, aber zuvor hättet ihr gerade noch den Zugang zum geheimen Tunnel gesehen. Wir werden euch eine einfache Karte mitgeben, mit deren Hilfe ihr den Gang genau lokalisieren könnt. Dann sagt ihr aus, dass ihr an einem Ort namens Al-Farafra wieder zu euch gekommen seid. Das ist der Name einer schwer zugänglichen Oase in der Sahara. Den Hauptmann hättet ihr allerdings nirgends entdecken können. Eure Entführer hätten behauptet, er wäre gestorben, als man ihm die Kreuze und Buchstaben eintätowierte, die auch eure Körper schmücken, aber man hätte euch seine Leiche nicht sehen lassen. Dadurch hält sich Glauser-Röist eine Tür offen für den Fall, dass er in ein paar Monaten doch zurückkehren möchte. Ihr solltet die Oase wie eine Ansiedlung beschreiben, die dem Dorf der Anuak ähnelt, so verstrickt ihr euch nicht in Widersprüche. Da Al-Farafra Antioch jedoch nicht im Entferntesten gleicht, werdet ihr große Verwirrung stiften. Erwähnt keine Namen, nur den des Beduinen, der euch dreimal am Tag das Essen in die Zelle brachte, in der man euch gefangen hielt: Bahari. Dieser Name kommt in Ägypten so häufig vor, dass er keinerlei Fährte bilden kann. Nehmt den Stammesführer der Anuak, Berehanu Bekela, um Baharis Äußeres zu beschreiben, aber denkt daran, dass seine Haut heller sein muss.« Er holte Luft und fuhr dann fort: »Nachdem die ruchlosen Staurophylakes euch die ganze Zeit über in der Zelle festgehalten hätten« – hier brachen alle in schallendes Gelächter aus – »und man mehrmals damit gedroht habe, euch umzubringen, habe man euch am 1. Juli, das heißt heute, wieder niedergeschlagen und nahe dem Tunneleingang an den Ufern des Mariutsees bewusstlos ausgesetzt, nicht ohne euch zuvor gewarnt zu haben, auch nur ein einziges Wort über das Geschehene zu verlieren. Selbstverständlich wollt ihr die Ermittlungen nun nicht mehr weiterführen, weshalb ihr euch nach den Verhören einen ruhigen Ort möglichst fern von Rom oder, besser noch, fern von Italien suchen wollt. Und damit verschwindet ihr. Wir werden in eurer Nähe sein, damit euch nichts zustößt.«

»Wir müssen uns Arbeit suchen«, erklärte ich, »deshalb …«

»Was das betrifft, so möchten wir Staurophylakes euch gern ein Abschiedsgeschenk machen«, schnitt Cato mir das Wort ab und hob die Hand. Der Felsen warf uns ein geheimnisvolles Lächeln zu. »Vor ein paar Minuten hatte ich gesagt, dass man die

Traditionen wahren muss, und das stimmt auch. Aber manchmal muss man sie auch brechen oder Veränderungen zulassen können. Während der Prüfungen zu den sieben Todsünden hat sich euer Leben, wie auch das aller Staurophylax-Anwärter vor euch, so radikal verändert, dass eine Umkehr nicht mehr möglich ist. Arbeit, Heimat, religiöse Berufung, Glauben, Denkweisen … alles musstet ihr über Bord werfen, um hierherzugelangen. Da oben bleibt euch fast nichts mehr, und dennoch seid ihr willens, zurückzukehren, um euch eine neue Existenz nach euren Wünschen aufzubauen. Farag könnte zwar wieder seine Arbeit im Griechisch-Römischen Museum von Alexandria aufnehmen, aber für Ottavia besteht keine Möglichkeit mehr, jemals wieder das Hypogäum zu betreten. Bei ihrem akademischen Lebenslauf stehen ihr alle Türen offen, aber … wenn wir euch nun etwas schenken, das euch erlaubt, eure Zukunft frei zu gestalten?«

Ich spürte Farags Händedruck und erinnere mich, wie sich die Muskeln meines Halses spannten. Der Felsen grinste nun so breit, dass man seine beiden Zahnreihen sehen konnte.

»Die Prüfung zur Sühne des Geizes, die in Konstantinopel zu bestehen ist, wird künftig an einem anderen Ort stattfinden. Wir werden die Brüder bitten, irgendwann in den kommenden Jahren die Prüfung mit den Winden an eine andere Stelle der Stadt zu verlegen, so dass ihr das Mausoleum und die Gebeine Konstantins des Großen *auffinden* könnt. Dies ist unser Abschiedsgeschenk. Ich hoffe, es gefällt euch.«

Ein paar Sekunden waren Farag und ich wie vom Donner gerührt. Dann drehten wir wie in Zeitlupe die Köpfe zueinander und starrten uns verblüfft an. Ich war die Erste, die einen Luftsprung machte, so hoch, dass ich den *Didaskalos* mit mir riss, wobei es an ein Wunder grenzte, dass ich ihm dabei nicht die Hand ausriss. Vom ersten Augenblick an, als ich die Wächter des Kreuzes kennenlernte, hatte ich mir Konstantin aus dem Kopf geschlagen und ihn seither überraschenderweise auch völlig vergessen gehabt. Alles war in den letzten Wochen so rasend schnell vor sich gegangen, dass mein Gehirn die vorangegangenen Minuten immer schnell löschen musste, um Platz für neue Erlebnisse zu schaffen; kurzum, mir waren einfach viel zu viele interessante Dinge zugestoßen, als dass ich meine Zeit damit vertrödeln konnte, an Konstantin zu denken. Als nun aber Cato verkündete, uns die Entdeckung des Mausoleums mit den Reliquien des Kaisers schenken zu wollen, schien sich der Himmel über mir zu öffnen. Farag und ich hatten soeben unsere Zukunft auf einem silbernen Tablett präsentiert bekommen.

Wir umarmten und küssten uns, und wir umarmten und küssten auch Glauser-Röist, bevor wir überglücklich von jenem Versammlungssaal in den großen Speisesaal des Basileion schwebten, wo Candace und seine Getreuen uns ein wahres Festbankett für sämtliche Sinne auftischten.

Bis in die frühen Morgenstunden spielte die Kapelle danach zum Tanz auf, und als die *Shastas*, die Diener des Basileion und wir fröhlich und etwas angeheitert auf die Straßen von Stauros stürzten, um im angenehm temperierten Kolos ein Bad zu nehmen – der Cato hatte sich schon Stunden zuvor in seine Gemächer zurückgezogen –, sahen wir die Menschen aus ihren Häusern kommen und mit großer Begeisterung mitfeiern. Die Lichter gingen wieder an, und aus allen Ecken strömten Kinder, Jongleure und allerlei Gaukler. Als die erste Stunde des neuen Tages schlug, erreichte das Volksfest seinen Höhepunkt, doch Glauser-Röist und Khutenptah erinnerten uns daran, dass wir leider gehen müssten, da wir die Anuak nicht mehr länger warten lassen dürften.

Wir verabschiedeten uns von unzähligen Menschen, die wir nicht einmal kannten, verteilten links und rechts haufenweise Küsschen, bis wir nicht mehr wussten, wen wir da eigentlich geküsst hatten. Schließlich griffen Glauser-Röist und Khutenptah ein; mit Hilfe von Ufa, Mirsgana, Gete, Ahmose und Haidé entrissen sie uns den Armen der Staurophylakes und holten uns aus dem Festtrubel heraus.

Alles war vorbereitet. Eine Kalesche mit unseren Habseligkeiten erwartete uns am Eingangsportal des Basileion. Ufa kletterte auf den Kutschbock, und Farag und ich stiegen hinten ein, ohne jedoch Glauser-Röists Hände loszulassen.

»Pass gut auf dich auf, Kaspar.« Den Tränen nahe, duzte ich ihn zum ersten Mal. »Es war mir ein Vergnügen, dich kennengelernt und mit dir gearbeitet zu haben.«

»Nicht schwindeln, Dottoressa«, brummte er und versuchte ein Lächeln zu verbergen. »Wir hatten anfangs ziemlich viele Probleme miteinander, weißt du nicht mehr?«

Da wir nun schon einmal von Erinnerungen sprachen, kam mir plötzlich etwas in den Sinn, das ich ihn noch unbedingt fragen musste. Ich musste es wissen, vorher konnte ich auf keinen Fall abreisen.

»Ach übrigens, Kaspar«, begann ich nervös, »hat Michelangelo nun die Uniformen der Schweizergarde entworfen oder nicht? Was weißt du darüber?«

Es war wichtig. Fern dem Vatikan würde ich meine Neugier bezüglich dieses Rätsels nicht mehr auf eigene Faust befriedigen können. Der Felsen brach in lautes Gelächter aus.

»Nein, Dottoressa, Michelangelo hat sie nicht entworfen, auch Raffael nicht, wie jemand anders behauptet hat. Es ist eines der bestgehüteten Geheimnisse des Vatikans, weshalb du da oben nicht weitererzählen sollst, was ich dir jetzt offenbare.«

Endlich! Nach so vielen Jahren würde ich es endlich erfahren!

»Die pittoreske Galauniform hat in Wirklichkeit eine unbekannte Schneiderin entworfen. Das war Anfang des 20. Jahrhunderts, genauer gesagt 1914. Der damalige Papst Benedikt XV. wünschte für seine Soldaten eine originelle Tracht, weshalb er die Schneiderin bat, sich etwas Neues einfallen zu lassen. Die Frau ließ sich offensichtlich von Gemälden Raffaels inspirieren, auf denen auffällig bunte Uniformen mit geschlitzten Ärmeln zu sehen waren, was im Frankreich des 16. Jahrhunderts groß in Mode war.«

Einige Sekunden lang sagte ich kein Wort, starrte den Hauptmann nur an, als hätte er mir soeben einen Dolchstoß versetzt.

»Dann …«, stammelte ich, »dann ist sie gar nicht von Michelangelo?«

Glauser-Röist lachte erneut laut auf.

»Nein, Dottoressa, Michelangelo hat die Uniform nicht entworfen; es war eine einfache Frau im Jahr 1914.«

Vielleicht hatte ich zu viel getrunken und zu wenig geschlafen, jedenfalls spürte ich maßlose Wut in mir aufsteigen. Ich runzelte die Stirn.

»Es wäre besser gewesen, wenn du es für dich behalten hättest!«, rief ich aufgebracht.

»Wieso bist du denn jetzt so sauer?«, fragte Glauser-Röist erstaunt. »Eben hast du noch behauptet, froh zu sein, mich kennengelernt und mit mir zusammengearbeitet zu haben.«

»Weißt du, wie sie dich heimlich nennt, Kaspar?«, platzte es auf einmal aus diesem Judas namens Farag heraus. Ich versetzte ihm einen Fußtritt, der einen Elefanten zum Zittern gebracht hätte, aber er ließ sich nicht erschüttern. »Sie nennt dich *Felsen.*«

»Verräter!«, rief ich und blickte ihn mit düsterer Miene an.

»Macht nichts, Dottoressa«, meinte da Glauser-Röist lachend. »Ich habe dich auch immer … nein, besser ich sag's nicht.«

»Hauptmann Glauser-Röist!«, schrie ich, aber genau in diesem Moment hob Ufa die Zügel und ließ sie auf die Hinterhand der Pferde sausen. Ich musste mich an Farag festklammern, um nicht herunterzufallen. »Sagen Sie's! Sagen Sie's mir!«, schrie ich, als die Pferde in Trab fielen.

»Leb wohl, Kaspar!«, brüllte Farag und wedelte mit einem Arm in der Luft, während er mich mit dem anderen auf meinen Sitz drückte.

»Lebt wohl!«

»Hauptmann Glauser-Röist! Sagen Sie's mir! Auf der Stelle!«, schrie ich, doch vergeblich, denn die Kalesche entfernte sich immer weiter vom Basileion. Beschämt und bedrückt ließ ich mich schließlich neben Farag in die Polster fallen.

»Wir werden wiederkommen müssen, damit du es herausfinden kannst«, versuchte er mich zu trösten.

»Ja, und damit ich ihn umbringen kann«, stimmte ich ihm zu. »Ich habe ja schon immer gesagt, dass er ein höchst unangenehmer Zeitgenosse ist. Wie konnte er es wagen, mir einen Spitznamen zu verpassen! Ausgerechnet mir!«

EPILOG

Fünf Jahre sind vergangen, seit wir Paradeisos verlassen haben, fünf Jahre, während derer wir, so wie es vorauszusehen war, von den verschiedenen Polizeibehörden der Länder, die wir bereist hatten, und allen Geheimdiensten der christlichen Kirchen verhört worden waren, insbesondere von Glauser-Röists Nachfolger, einem gewissen Gottfried Spitteler, auch er Hauptmann der Schweizergarde, der sich so leicht keinen Bären aufbinden ließ und uns deshalb wie ein Schatten überallhin gefolgt war. Einige Monate blieben wir in Rom, gerade so lange, dass die Ermittlungen abgeschlossen werden konnten und ich meine Angelegenheiten mit dem Vatikan und meinem Orden zu regeln vermochte. Danach fuhren wir für ein paar Tage nach Palermo zu meiner Familie, aber es lief alles andere als erfreulich, so dass wir vorzeitig abreisten: Auch wenn wir scheinbar dieselben geblieben waren, so war der Abgrund zwischen uns doch unüberwindbar geworden. Das Einzige, was ich tun konnte, war, mich von ihnen zu distanzieren, so viel Abstand wie möglich zu ihnen zu halten, damit es aufhörte, wehzutun. Zurück in Rom, nahmen wir dann ein Flugzeug nach Ägypten, wo uns Butros trotz seiner Vorbehalte mit offenen Armen empfing. Wenige Tage später nahm Farag seine Arbeit im Griechisch-Römischen Museum von Alexandria wieder auf. Wir wollten so wenig Aufsehen wie möglich erregen, weshalb wir ein ruhiges und geordnetes Leben führten, so wie die Staurophylakes es uns angeraten hatten.

Die Monate zogen ins Land, und in der Zwischenzeit widmete ich mich meinen Studien. Ich nahm Farags Arbeitszimmer in Beschlag und kontaktierte alte Bekannte und Freunde aus der akademischen Welt, die mir fast unmittelbar darauf ein Angebot nach dem anderen schickten. Ich nahm jedoch nur die Forschungsaufträge, Publikationen und Essays an, die ich von zu Hause, das heißt von Alexandria aus erledigen konnte, die mich also nicht dazu zwangen, mich von Farag zu trennen. Zudem begann ich, Arabisch und Koptisch zu lernen und mich für die Hieroglyphenschrift zu begeistern.

Von Anfang an waren wir hier sehr, sehr glücklich; ich müsste lügen, wenn ich behaupten wollte, dass dem nicht so gewesen wäre. Allerdings lag uns die ständige Gegenwart des verflixten Gottfried Spitteler, der Rom kurz nach uns verlassen und ein Haus in direkter Nachbarschaft im Saba-Facna-Viertel gemietet hatte, während der ersten Monate wie ein Alp auf der Brust. Nach einiger Zeit entdeckten wir jedoch, dass der Trick darin bestand, ihn gar nicht weiter zu beachten, so als wäre er unsichtbar, und bald ist es ein Jahr her, dass er aus unserem Leben verschwunden ist. Er musste unverrichteter Dinge in die Kasernen der Schweizergarde nach Rom zurückkehren in der Überzeugung, dass unsere Geschichte mit der Oase Al-Farafra stimmte.

Kurz nachdem wir uns in der Muharram-Bey-Straße häuslich niedergelassen hatten, hatten wir eines Tages seltsamen Besuch bekommen. Vor unserer Tür stand ein Viehhändler, der uns eine wunderschöne Katze brachte. »Ein Geschenk des Felsens«, wie dem beigefügten Zettel zu entnehmen war. Ich habe bis heute nicht begriffen, warum Glauser-Röist uns diese Katze mit ihren riesigen, spitzen Ohren und dem graubraun gesprenkelten Fell schickte. Der Händler meinte nur, wir sollten das Tier gut behandeln, da es sich um eine sehr wertvolle Abessinierkatze handele. Seit damals stolziert das nie müde werdende Viech nun durch unsere Wohnung, als gehöre sie ihm. Mit ihrem Spieltrieb und ihrem Zärtlichkeitsbedürfnis hat sie das Herz des *Didaskalos* (meines nicht!) im Sturm erobert. Wir haben sie auf den Namen »Felsen« getauft, in Erinnerung an Glauser-Röist, und manchmal überkommt mich ehrlich gesagt das Gefühl, in einem Zoo zu leben, wenn ich Butros' Hündin und Farags Katze miteinander spielen sehe.

Vor Kurzem haben wir begonnen, unsere Reise in die Türkei vorzubereiten. Vor fünf Jahren reisten wir aus Paradeisos ab, und noch immer haben wir unser »Geschenk« nicht eingelöst. Höchste Zeit, das in Angriff zu nehmen. Momentan sinnen wir darüber nach, wie wir es am besten einrichten, rein »zufällig« auf Konstantins Mausoleum zu stoßen, ohne den Weg über den Brunnen der rituellen Waschungen im Vorhof der Fatih-Camii-Moschee nehmen zu müssen. Diese Überlegungen haben unsere ganze Aufmerksamkeit beansprucht, bis zum heutigen Morgen, als uns der gleiche Händler, der uns die Katze gebracht hatte, einen langen, eigenhändig geschriebenen Brief von Hauptmann Glauser-Röist überreichte – endlich! Da Farag arbeitete, schlüpfte ich in meine Schuhe, zog die Jacke über und hastete ins Museum, um ihn dort gemeinsam mit ihm zu lesen. Viel zu viel Zeit war vergangen, ohne etwas von Glauser-Röist gehört zu haben!

Seinem Brief nach zu schließen, war der Felsen hingegen sehr genau über alles unterrichtet, was wir im Laufe der letzten Jahre getan oder nicht getan hatten. Er wusste zum Beispiel, dass wir noch nicht in Konstantinopel gewesen waren, so dass er uns riet, es bald zu tun, da sich inzwischen »alles beruhigt habe«. Seit fast fünf Jahren lebe er nun mit Khutenptah zusammen, fuhr er fort. Leider sei Cato CCLVII. gestorben, vor vierzehn Tagen habe er das Zeitliche gesegnet. Der neue Cato, der zweihundertachtundfünfzigste in der langen Geschichte der Bruderschaft, sei jedoch schon gewählt worden. In einem Monat werde man ihm im Tempel des Heiligen Kreuzes feierlich sein Amt übertragen. Der Felsen bat uns inständig, an diesem Tag doch nach Paradeisos kommen, da der neue Cato sich wahnsinnig darüber freuen würde. Dieser Tag solle der glücklichste in Catos Leben werden, was aber nur möglich sei, wenn wir an der Zeremonie teilnähmen.

Da hob ich die Augen von dem Papier – dasselbe dicke, rauhe Papier, auf dem die Staurophylakes uns die Fährten für die Prüfungen geliefert hatten – und sah Farag fragend an.

»Und ob es ihm wichtig ist, wer auch immer es sein mag!«, bemerkte ich erstaunt. »Wer wird wohl der neue Cato sein? Ufa? Teodros? Candace …?«

»Schau dir die Unterschrift an«, stammelte Farag als einzige Antwort mit weit aufgerissenen Augen und einem Lächeln auf den Lippen.

Der Brief von Hauptmann Glauser-Röist, mit Glauser-Röists Namen auf dem Umschlag und von Hauptmann Glauser-Röist verfasst, war unterzeichnet mit

Cato CCLVIII.

LESEPROBE AUS:

DIE JESUS VERSCHWÖRUNG

THRILLER

Aus dem Spanischen von
Sybille Martin

Fünfzehn Jahre, nachdem Ottavia und ihre Mitstreiter das Rätsel um die Staurophylakes gelöst haben, steht ihnen ein neues Abenteuer bevor, das nicht weniger gefährlich ist:

Nach Überzeugung des Vatikans kann und darf es sie nicht geben: die sterblichen Überreste Jesu Christi. Doch genau danach sucht die Paläographin Ottavia Salina gemeinsam mit ihrem Mann Farag Boswell und ihrem alten Freund Kaspar Glauser-Roist. Die Spur führt das Trio von der Mongolei über Istanbul bis nach Israel. In den Katakomben des Berges Meron erwarten sie neun mörderische Prüfungen, alle mit Bezug auf die Seligpreisungen der Bergpredigt. Wird es Ottavia und ihren Mitstreitern gelingen, bis ins Innerste des Berges vorzudringen? Und was werden sie dort finden?

Die lang ersehnte Fortsetzung zu *Wächter des Kreuzes* erscheint im Januar 2018.

EINS

Wie hinlänglich bekannt ist, wird die Geschichte von den Siegern geschrieben, und die Sieger erlangen mit der Zeit die Macht, uns glauben zu lassen, was sie geschrieben haben, und uns vergessen zu lassen, was nicht niedergeschrieben wurde, und uns Angst einzuflößen vor dem, was nie hätte geschehen dürfen. Und das alles nur, um weiterhin ihre Macht demonstrieren zu können, sei es religiöse Macht, politische Macht oder wirtschaftliche Macht. Das ist egal. Sie, die Sieger, interessiert die Wahrheit nicht mehr, und uns, die Menschen, auch nicht mehr. Von dem Moment an schreiben wir die Vergangenheit alle zusammen neu, wir machen uns zu Komplizen derjenigen, die uns täuschten, einschüchterten und beherrschten. Aber die Geschichte ist nicht unverrückbar, die Geschichte ist nicht in Stein gemeißelt, es gibt weder eine einzige Version noch eine einzige Interpretation, obwohl man uns das glauben macht und, was noch schlimmer ist, obwohl man uns die Geschichte mit unserem Leben, unserer Hingabe oder unserem Geld rechtfertigen lässt. So entstehen Orthodoxien, große Wahrheiten, aber auch Kriege, Konflikte und Teilungen. Und dann haben sie uns für immer besiegt. Dennoch, sobald wir uns mit Mut wappnen, einen Schritt zurücktreten und die Welt zur Abwechslung einmal aus einem anderen Blickwinkel betrachten, werden wir die wichtigste aller Lektionen erkennen und begreifen: die

Ungewissheit. Die Wahrheit wird euch freimachen, sagte Jesus. Schön, aber die Wahrheit schreiben die Sieger, so dass uns nur Ungewissheit, Misstrauen und Zweifel bleiben, um wirklich frei zu sein. Und auch ein kleiner Kunstgriff, den anzuwenden mir lange schwerfiel: sich immer bewusst zu machen, dass die Häretiker – welcher Couleur auch immer, nicht nur die religiösen – ebenso wenig zu leugnen sind wie die Orthodoxien und dass sie außerdem nie versuchten, sich gewaltsam durchzusetzen oder durch Einschüchterung die Oberhand zu gewinnen. Deshalb sind sie die Verlierer.

»Mein Gott! Endlich!«, stöhnte ich an jenem Spätnachmittag, als wir nach Hause kamen, wobei ich meine verhassten Stöckelschuhe von mir schleuderte.

»Schon zurück?«, rief Isabella aus dem Wohnzimmer.

»Ottavia, sie werden gleich da sein«, erinnerte mich Farag klugerweise, als er sein Jackett in den Garderobenschrank hängte.

»Wieso?«, protestierte ich. »Wieso müssen wir nach diesem blöden Fest auch noch Besuch bekommen?«

Farag antwortete nicht. Er kam mit einem geduldigen Lächeln näher und drückte mir energisch einen Kuss auf die Lippen, der eher nach Versiegelung als nach Leidenschaft schmeckte. Ich erwiderte ihn gleichermaßen energisch, und wir mussten lachen. Immerhin ein Kuss, oder?, dachte ich zufrieden, wandte mich mit einem amüsierten Blick von ihm ab und ging ins Wohnzimmer.

Meine unverschämt junge und schöne Nichte Isabella, unerhörte neunzehn Jahre alt und Informatikstudentin der UofT, der Universität von Toronto, an der Farag und ich seit einem knappen Jahr arbeiteten, lümmelte auf dem Sofa und schaute fern. Ich ging um den Tisch herum und stieg über ihre Hausschuhe und eine leere Tüte dieser Schweinereien, die sie ständig in sich hineinstopfte und die sie zu allem Überfluss weder dick machten noch ihr den Appetit verdarben. Sie reckte den Hals, um sich von mir auf die Wange küssen zu lassen, und schob mich dann sanft zur Seite, weil ich ihr den Blick auf den Fernseher verstellte.

»Los, räum das weg und schließ dich in dein Zimmer ein«, sagte ich, als ich mir rasch ihr Tablet, ihr Smartphone und ihre Hausschuhe schnappte. »Gleich kommt Präsident Macalister mit wichtigen Mäzenen der Universität.«

»Aber ihr kommt doch gerade von Macalister?«, fragte sie überrascht, sprang auf und half mir, ihr Chaos zu beseitigen.

Isabella war eine typische Salina, so rebellisch wie gehorsam. Nachdem sie das Abitur gemacht und zum größten Missfallen ihrer Mutter beschlossen hatte, nichts von den Familiengeschäften wissen und auch nicht länger in Sizilien leben zu wollen, war sie letztes Jahr zu uns gezogen. Isabella war – von den fünfundzwanzig Kindern meiner acht Geschwister – von Geburt an meine Lieblingsnichte, und weil sie das ganz genau wusste, war sie eine Expertin darin, mich zu manipulieren und alles von mir zu bekommen, wonach ihr gerade der Sinn stand. Ganz zu schweigen davon, dass sie für ihren Onkel Farag schlichtweg das größte Wunder der Schöpfung, die intelligenteste Hochbegabte und als erwachsene Frau das erlesenste Kunstwerk war (wenngleich auch als Kind die Schönste der Welt).

Während Isabella mit der Fernbedienung den Fernseher ausschaltete, reckte sie erneut den Hals und hielt ihrem Onkel die Wange zum Kuss hin. So war sie eben, ausgesprochen liebevoll, einen Meter achtzig groß und gertenschlank, mit wunderschönen, von langen Wimpern umrahmten schwarzen Augen sowie aufsehenerregendem kastanienbraunen Haar, das sie als Pferdeschwanz trug. Mit anderen Worten: Dem Aussehen nach ähnelte sie mir nicht im Geringsten.

»Stimmt, wir kommen von Macalister«, bestätigte ich und drückte ihr den ganzen Krempel samt Hausschuhen in die Arme. »Aber der Herr Präsident hat uns eröffnet, dass er uns Punkt sieben Uhr in Begleitung wichtiger Persönlichkeiten in unserem bescheidenen Heim aufsuchen wird, weil die uns kennenlernen wollen.«

»Schon wieder Konstantin …?«, fragte sie gelangweilt und bereits auf dem Weg zur Treppe, die nach oben zu ihrem Zimmer führte.

»Du darfst nicht vergessen«, erwiderte ihr Onkel, als er sich auf den Platz sinken ließ, auf dem Isabella bis eben gesessen hatte, »dass wir die großartigen und berühmten Entdecker des Grabes von Konstantin dem Großen sind. Unser Ruf und unsere Reputation eilen uns voraus.«

»Ist ja gut«, schnaubte sie verächtlich und verschwand im oberen Flur. Obwohl wir von der englischen Sprache umzingelt waren, sprachen wir zu Hause Italienisch. »Viel Spaß, bis morgen.«

»Gute Nacht!«, rief ich und setzte mich zu Farag, der den Arm über meine Schulter legte und mich an sich zog. »Nur über meine Leiche, ich habe keine Lust mehr, von Konstantin dem Großen zu reden«, maulte ich und seufzte resigniert.

»Wie ich schon sagte, Basileia, unser großer Ruf und unsere Repu…«

»Oh, sei endlich still, Professor!«, unterbrach ich ihn und biss ihn scherzhaft in den Hals.

»Aua!«

In dem Augenblick klingelte es an der Tür. Wir zuckten zusammen.

»Wie spät ist es?«, fragte Farag mit hektischem Blick auf seine Armbanduhr. »Es ist doch erst zehn vor sieben!«

»Versteck meine Stöckelschuhe« war das Einzige, was mir einfiel, als ich in unser Schlafzimmer flitzte, um flache Schuhe anzuziehen, die gut zu meinem schönen blauen ägyptischen Blazer und dem schwarzen Rock passten.

Ich schaffte es rechtzeitig an die Haustür, um mit strahlendem und freudigem Gesicht den Präsidenten der UofT, Stewart Macalister, und ein reizendes achtzigjähriges (oder neunzigjähriges) Ehepaar mit offenem und sympathischem Lächeln zu begrüßen. Tatsächlich kam mir das Gesicht des Mannes irgendwie bekannt vor, ich wusste aber nicht, woher.

»Guten Abend, Ottavia«, begrüßte mich Macalister. »Farag … Guten Abend. Erlauben Sie mir, Ihnen Becky und Jake Simonson vorzustellen, alte Freunde von mir und große Förderer unserer Universität.«

»Simonson …?«, riefen Farag und ich unisono und blickten das achtzigjährige (oder neunzigjährige) Ehepaar überrascht an, das uns breit anlächelte und von Macalister in unser Haus geschoben wurde.

Jake Simonson, mit weißem Spitzbart und Altersflecken auf der Pergamenthaut, ergriff meine Hand und führte sie mit einer höflichen Verneigung an seine Lippen, während Farag es ihm mit der hageren, eleganten Becky gleichtat.

Wer hatte noch nie von den Simonsons gehört …? Es waren Flüsse aus Tinte über sie, ihre Familie und ihren unermesslichen Reichtum vergossen worden; es wurden Bücher geschrieben über ihre Zugehörigkeit zu hochgefährlichen Geheimbünden, über ihr Faible für Verschwörungen, um die Welt zu beherrschen, und über ihre unangefochtene Abstammung von Außerirdischen. Natürlich wirkten sie in meinem Haus in Toronto wie ein ganz gewöhnliches, wohlhabendes altes Ehepaar, und sollten ihre Vorfahren wirklich von einem anderen Planeten stammen, war ihnen das nicht anzusehen. Eine ganz andere Sache war, dass sie die Welt beherrschen wollten; vielleicht stimmte das sogar, aber wozu, wenn sie doch mit ihren Geschäften und Ölkonzernen schon alles besaßen? Jetzt begriff ich, welche Art der Förderung sie der UofT angedeihen ließen: Geldmittel. Und vermutlich in beträchtlichen Mengen.

Als wäre Macalister der Hausherr (was er tatsächlich auch war, denn das Haus gehörte zum Universitätscampus), führte er Becky und Jake zu den Sofas und begann, Getränke einzuschenken (Bourbon für die Herren, Gin für Becky und ein Erfrischungsgetränk für mich, denn für mich schmeckte Alkohol immer nach Medizin). Zum Glück beeilte sich Farag, die Mäntel der Simonsons in die Garderobe zu hängen, und gesellte sich rechtzeitig zu uns, um Macalister die Eiswürfel für die Drinks zu reichen. In den ersten Minuten war das Gespräch ziemlich banal. Becky Simonson erzählte mir, wie traurig sie über die Rückkehr in ihre Heimatstadt Toronto sei, weil dieser Mai so verregnet und bewölkt war, und beklagte sich nebenbei über die Kälte, die in meinem Wohnzimmer herrschte. Es stimmte zwar, dass wir grässliches Wetter hatten, passender zum Winter als zum Frühling in Kanada – bestimmt der Klimawandel –, doch ich fand die Wohnzimmertemperatur ideal. Trotzdem drehte ich die Heizung höher, weil auch Jake sich verstohlen die Hände rieb, um warm zu werden, während Macalister ihm gerade erzählte, welch große Bedeutung es für die Universität hatte, die beiden Entdecker des Mausoleums von Konstantin dem Großen zu ihren Professoren zählen zu können. Offensichtlich waren sie gerade von einem deutlich wärmeren Ort zurückgekehrt, wahrscheinlich verbrachten sie den Winter auf irgendeiner Kanarischen Insel. Ich hätte nicht gedacht, dass die Simonsons Kanadier sind. Wegen ihres unermesslichen Reichtums hätte ich eher auf eine britische oder nordamerikanische Herkunft getippt.

Eigentlich hatten Farag und ich nie die Absicht gehabt, an der Universität von Toronto zu arbeiten oder in Kanada zu leben. Nachdem wir Alexandria verlassen hatten, um das Grab von Konstantin zu *entdecken*, sahen wir uns aufgrund der weltweiten Aufregung und des Drucks der türkischen Regierung gezwungen, acht Jahre in Istanbul zu leben. Wir arbeiteten sehr viel, veröffentlichten unzählige Artikel, hielten massenhaft Vorträge, erhielten mehrere internationale Preise, gaben Interviews, drehten Dokumentarfilme fürs Fernsehen und erhielten Angebote von sämtlichen Universitäten der Welt. Doch wir wollten eigentlich immer nach Alexandria zurück, nach Hause. Unglücklicherweise starb in diesen Jahren Farags Vater Butros Boswell, und Farag, der ziemlich besorgt die zunehmende Islamisierung Ägyptens und die Terroranschläge auf die Kopten verfolgte, brauchte nur den geeigneten Anlass – die Proteste gegen die Regierung der Moslembrüder im November 2012 und den Militärputsch 2013 –, um unseren gesamten Besitz einzupacken, die Häuser zu verschließen und diesen Lebensabschnitt für beendet zu erklären.

Die letzten Monate des Jahres 2013 verbrachten wir in Rom und versuchten zu entscheiden, welche der vielen Universitäten, die uns haben wollten, unseren beruflichen Plänen am besten entgegenkäme. Die 2008 einsetzende globale Wirtschaftskrise erlaubte uns nicht, die Entscheidung allzu lange hinauszuzögern, aber wir hatten ein wenig Erspartes, mit dem wir noch ein paar Monate ohne Einschränkungen unsere Wohnung in Rom halten sowie das Unterstellen unserer Möbel aus Alexandria bezahlen konnten. Und dann kam wie eine erlösende Erscheinung der Präsident der Universität von Toronto, Stewart Macalister, auf seinem weißen Pferd angeritten (wie man so sagt), ein Mann in den Siebzigern, allerdings noch ausgesprochen attraktiv und mit dichtem grauen Haar, der Farag den Posten als Direktor des renommierten Fachbereichs für Archäologie der Universität Toronto und mir das fabelhafte Owen-Alexandre-Stipendium für wissenschaftliche Forschung offerierte, damit ich im Gegenzug für ein paar Stunden Unterricht in byzantinischer Paläographie im Fachbereich Mittelalter-Studien eine meiner wichtigsten Arbeiten weiterführen konnte: anhand mehrerer Codizes den berühmten, verlorengegangenen Text des *Panegyrikon* des heiligen Nikephoros zu rekonstruieren, woran ich schon seit über zehn Jahren arbeitete, diese Arbeit jedoch aus den unterschiedlichsten Gründen immer wieder unterbrechen musste und deshalb noch nicht fertiggestellt hatte. Es war perfekt. Doch da in dem

Sommer Isabella zu uns gezogen war und der Präsident sah, dass sie zum Gesamtpaket gehörte, machte er ihr das Angebot, ein Studium ihrer Wahl an der Universität aufzunehmen, woraufhin sie sich, dem Vorbild vieler älterer Cousins folgend, für Informatik entschied, ein Studienfach, für das die Uni Toronto zu den zehn besten weltweit zählt.

In wenigen Monaten würden wir bereits ein Jahr hier leben, und wir fühlten uns wirklich wohl in diesem hübschen Haus. Nach der irrwitzigen Zeit in der Türkei und in Rom war dieses Heim eine Oase des Friedens, des Studiums und der Ruhe, mal abgesehen von meiner neunzehnjährigen Nichte mit ihrem übergroßen Selbstwertgefühl und ihrer ausgeprägten Neigung zur Tyrannei.

»Gefällt es Ihnen in Kanada, Frau Doktor Boswell?«, fragte Jake Simonson liebenswürdig und riss mich damit aus meinen Gedanken.

Ich sah den Multimillionär lächelnd an.

»Frau Doktor Salina, Mister Simonson, Salina«, stellte ich richtig. »Nicht Boswell.«

Mein Gott, was für eine Unart der Angelsachsen, uns Frauen den Familiennamen wegzunehmen!

»Ja, es gefällt mir«, antwortete ich auf seine triviale Frage. »Farag und mir gefällt es hier sehr gut. Kanada hat zwar nichts mit unseren Heimatländern Italien und Ägypten zu tun, aber wir mögen die hiesige Kulturvielfalt und schätzen die Toleranz und den Respekt der Kanadier.«

»Aber Sie müssen mir doch recht geben, dass das Wetter und diese Kälte grauenhaft sind«, merkte Becky Simonson mit entschuldigendem Lächeln an. Obwohl es im Wohnzimmer schon ziemlich warm war, ging Farag zum Thermostat und drehte ihn noch ein wenig höher.

Die oberflächliche, für meinen Geschmack ziemlich langweilige Unterhaltung plätscherte dahin, und ich begann mich langsam zu fragen, was zum Teufel die Simonsons um diese Uhrzeit in meinem Haus verloren hatten. Noch hatten sie die wunderbare Sache mit dem Mausoleum von Konstantin nicht mal ansatzweise zur Sprache gebracht, obwohl der Universitätspräsident es schon erwähnt hatte, was sehr, sehr merkwürdig war. Jake und Becky Simonson schienen an unserer großen archäologischen, historischen und akademischen Leistung überhaupt nicht interessiert zu sein. Ich kannte die Dynamik solcher Besuche ziemlich gut und wusste, dass etwas nicht stimmte. Sie waren eindeutig nicht wegen des ersten christlichen Kaisers gekommen. Farag warf mir verstohlen einen Blick zu, und ich wusste, dass er dasselbe dachte wie ich. Das war dem alten Simonson nicht entgangen.

»Sie fragen sich wahrscheinlich nach dem Grund dieses unverhofften Besuchs«, sagte er leise, »und zu einer so unpassenden Zeit.«

»Um Gottes willen, Jake, nein!«, rief Macalister, wobei er die Beine übereinanderschlug und mit beiden Händen sein Glas Bourbon umschloss. »Direktor Boswell und Frau Doktor Salina freuen sich über euren Besuch und wissen, dass Leute wie ihr nur wenig Zeit haben.«

Noch nie hatte ich Macalister so rücksichtsvoll (oder so anbiedernd) mit jemandem umgehen sehen. Klar, es handelte sich um die Simonsons, trotzdem wirkte sein Verhalten etwas übertrieben. Mister Simonson war klein, hager, hässlich und fast glatzköpfig, hatte aber ein freundliches, redliches Gesicht, und sein weißer, perfekt gestutzter Spitzbart verlieh ihm einen Anflug von mittelalterlichem Ritter. Seine Frau Becky war eine ausgesprochen attraktive alte Dame, bei deren Anblick man sofort wusste, was für eine aufregende Schönheit sie in ihrer Jugend gewesen war. Jetzt hingegen hatte sie eine so durchsichtige Haut, dass man darunter den Verlauf der Adern sehen konnte, und silbergraues Haar, das ein eigenes Licht auszustrahlen schien. Obwohl das auch an ihrem Schmuck liegen konnte, dessen Wert jegliche Summe, die ich mir vorstellen konnte, weit übersteigen dürfte.

Jake machte dem Präsidenten ein Zeichen der Dankbarkeit für seine Worte und dann auch uns. Anschließend lehnte er sich neben seiner Frau gemütlich im Sofa zurück und sagte zu ihr:

»Becky, könntest du mir bitte den Reliquienschrein geben?«

Becky öffnete ihre sagenhafte Krokodilledertasche von Hermès und holte vorsichtig ein rechteckiges Silberkästchen heraus, das genau in ihre gepflegte Hand passte. Jake ergriff es, ohne auch nur eine Sekunde den Blick davon abzuwenden, und hob dann den Kopf, um uns neugierig anzusehen, als wäre er ein Anthropologe, der die Reaktion zweier Aborigines beim Anblick eines Raumschiffes studiert. Erst da wurde mir bewusst, welches Wort er benutzt hatte, als er seine Frau um das Kästchen bat: Reliquienschrein, er hatte es Reliquienschrein genannt, und soweit mir bekannt war, diente ein Reliquienschrein nur einem einzigen Zweck. Mir blieb fast das Herz stehen. Welche Art von Reliquie beherbergte dieser Schrein? Und noch wichtiger, was hatte eine Reliquie in meinem Haus verloren? Ich begann, aus allen Poren zu schwitzen, redete mir jedoch ein, dass es an der verdammten Heizung lag.

Ich war dreizehn Jahre lang Nonne gewesen, Schwester der Kongregation der Glückseligen Jungfrau Maria in Italien, und leitete als solche von 1991 bis 2000 das Labor für Restaurierung und Paläographie des Vatikanischen Geheimarchivs; im Jahr 2000 erhielt ich zusammen mit Farag (in den ich mich nebenbei verliebte und seinetwegen schließlich das Ordenskleid und andere Dinge ablegte) von der höchsten Instanz der katholischen Kirche den Auftrag, die Reliquien des Heiligen Kreuzes zu suchen – das Holzkreuz, an dem Jesus von Nazareth gestorben war, wie man seit seinem Auffinden im IV. Jahrhundert glaubt –, Reliquien, die damals aus allen möglichen christlichen Kirchen der Welt gestohlen wurden. Weil wir bei dieser Suche gescheitert waren und die Diebe nie festgenommen wurden, hatte man uns vier lange Jahre vom Militär und der Vatikanpolizei überwachen lassen, was so weit ging, dass man in Rom bereits wusste, wenn wir in Alexandria einen Seufzer ausstießen, noch bevor er ausgestoßen war.

Aufgrund meiner Erziehung und meiner Liebe zu Gott war ich eine glühende Katholikin, weshalb ich nicht an Reliquien glaubte und sie auch nicht mochte, und seit unserer Suche nach dem Heiligen Kreuz verursachten sie mir zudem Ausschlag und Atemnot. Zu allem Unglück befand sich jetzt nach vierzehn Jahren eine davon ausgerechnet in meinem Wohnzimmer, weshalb sämtliche Alarmglocken und -lichter in meinem Kopf gleichzeitig anschlugen. Mein armer Mann schwitzte genauso stark wie ich, aber im Gegensatz zu mir, die ich meinen Blazer abgelegt hatte, hatte er wieder in sein Jackett schlüpfen müssen, um den Gästen die Tür zu öffnen. Die Hitze und die Reliquie ließen mich unvermittelt wieder an die rotglühende Eisenplatte auf dem Boden der Katakomben in Syrakus und an den Glutteppich denken, den wir in Antioch barfuß überwinden mussten. Diese alten Erinnerungen waren der schlagende Beweis für mein Gefühl, dass Gefahr drohte.

Jake Simonson stellte den Reliquienschrein auf den Tisch und schob ihn vorsichtig zu uns herüber. Mein Sachverstand der promovierten Paläographin und Kunsthistorikerin ließ mich unwillkürlich die außergewöhnliche Schönheit des Kästchens bewundern. Es stellte einen kleinen silbernen Sarkophag mit Glasdeckel dar, dessen Beinchen aus vier winzigen Adlern bestanden und dessen Seiten wunderschöne Emailarbeiten in Blau und Gold aufwiesen.

»Könnten Sie dieses Stück datieren?«, fragte uns der alte Simonson.

Stellte er uns auf die Probe?, fragte ich mich überrascht, denn sollte dem so sein, bliebe mir trotz meiner Selbstschutzmechanismen nichts anderes übrig, als auf die Provokation einzugehen. Ich trug es in den Genen, ich konnte nichts dagegen tun. Ob ich wollte oder nicht, ich war eine Salina aus Sizilien, und wenn man die Salinas herausforderte, stürzten sie sich kopfüber ins Abenteuer, auch wenn es sie das Leben kosten könnte.

»Eindeutig 13. Jahrhundert«, sagte ich im Brustton der Überzeugung. »Frankreich. Limonsiner Email.«

Jake Simonson versuchte erst gar nicht, seine Bewunderung zu verhehlen.

»In weniger als einer Minute«, sagte er überrascht. »Und ohne es genauer untersucht zu haben. Sie hat es nicht mal angerührt. Sie sind zweifelsohne noch besser als Ihr Ruf, Frau Doktor Salina, und das will einiges besagen.«

Fast hätte ich mich von seinen Schmeicheleien einlullen lassen, doch dank meines genuinen Misstrauens schoss mir plötzlich der Gedanke durch den Kopf, dass das Ganze überhaupt nicht natürlich war, dass die Herausforderung möglicherweise der Gewissheit geschuldet war, dass ich sie annehmen würde, und dass das eigentliche Ziel darin bestand, meine ausgeprägte – und offensichtlich bekannte – berufliche Eitelkeit anzustacheln, um mich weichzuklopfen oder zumindest auf das einzustimmen, was Jake wirklich wollte und bestimmt gleich folgen würde.

»Nehmen Sie es bitte in die Hand«, bat er mit sanfter Stimme, »und schauen Sie es sich genau an.«

Ich rührte mich nicht. Wenn in diesem Kästchen eine Reliquie lag, wollte ich nichts davon wissen und sie schon gar nicht anrühren. Aber Farag beugte sich vor und nahm das Kästchen in die Hand. Sein Gesicht verdüsterte sich, und er blinzelte nervös, als seine wunderschönen blauen Augen hinter der kleinen, altmodischen Nickelbrille, die er so liebte, beim Anblick des Reliquienschreins unruhig hin und her hüpften.

»Was ist?«, fragte ich ihn.

Er wollte den Mund öffnen und mir antworten, brachte aber

keinen Ton heraus. Stattdessen drehte er sich mir zu und reichte mir das Kästchen weiter. Meine Beklemmung war verflogen, aber trotz meiner großen Fähigkeit, immer das Schlimmste zu befürchten, katapultierte mich der Anblick unter dem Glasdeckel des verfluchten Kästchens ins Abseits. Damit hatte ich wirklich nicht gerechnet.

»Erkennen Sie die Reliquie?«, fragte Becky Simonson ausgesucht höflich.

Ich hätte sie umbringen können, würde ein solches Verbrechen nicht gegen mein Gewissen verstoßen. Wozu es auch leugnen: Vor vierzehn Jahren waren wir verantwortlich für eine großangelegte weltweite Operation, um diese winzigen Holzsplitter zu suchen und zu finden, die im ersten Jahrtausend unserer Ära von Pilgern und Königen aus dem Kreuz gebrochen, gestohlen und verschenkt worden waren, weshalb wir ganz genau wussten, was wir gerade in Händen hielten. Es handelte sich ohne jeden Zweifel um einen Splitter des Heiligen Kreuzes. Und das Merkwürdigste daran war, dass er auf keinen Fall echt sein konnte, denn Farag und ich wussten als Einzige (außer den Betroffenen, die nur allzu gern schwiegen), dass es auf der Welt keine echten Reliquien des Heiligen Kreuzes mehr gab, dass sie allesamt Fälschungen der katholischen Kirche waren, um die Gläubigen bei der Stange zu halten. Doch hier handelte es sich um die Simonsons, und was wäre Leuten mit diesem Namen nicht möglich? Aber nein, sagte ich mir, nicht einmal sie konnten so mächtig sein, um den hochintelligenten Dieben der *ligna crucis* – Plural des lateinischen *lignum crucis*, Holz des Kreuzes –, die wir kennengelernt hatten, zu entkommen.

»Ist das ein Dorn aus Jesus' Dornenkrone?«, scherzte Farag ausweichend.

»Möglich«, bestätigte der alte Jake. »Die Analysen mit der Radiokarbonmethode datieren ihn auf das 1. Jahrhundert unserer Zeitrechnung. Aber wenn Sie genau hinschauen, Direktor Boswell, werden Sie erkennen, dass es kein Dorn, sondern ein Holzsplitter ist. Es ist eine Reliquie des Heiligen Kreuzes.«

Ich konnte mich nicht mehr beherrschen.

»Woher wissen Sie das? Sie könnten sich irren!«

Der alte Simonson sah seine Frau an, und beide lächelten gefällig.

»Wie Sie bestimmt wissen, Frau Doktor Salina, finanzieren wir weltweit zahlreiche archäologische Ausgrabungen, das gehört zu den kulturellen Aktivitäten unserer Museen und Universitäten«, erklärte er lächelnd und streckte die Hand nach der Reliquie aus. Nichts wünschte ich mehr, also gab ich sie ihm zurück und strich mir den Rock glatt, eine unbewusste Geste des Händesäuberns. »Ich versichere Ihnen, dass der Ort, an dem sie bei den Ausgrabungen gefunden wurde, keinen Zweifel an seiner Echtheit aufkommen lässt, ebenso wenig der Brief von Ludwig IX. von Frankreich an Güyük Khan, dem Großkhan der Mongolen von 1246 bis 1248, in dem er unter anderem diese Reliquie und ihren schönen Reliquienschrein als Geschenk zu Güyüks angeblicher Konvertierung zum Christentum erwähnt.« Sein Mund verzog sich ironisch. »Der Dominikanermönch André de Longjumeau war beauftragt, den Brief und die Geschenke zu überbringen, aber als der gute Mönch nach der einjährigen Reise in Karakorum, der Hauptstadt der Mongolei, eintraf, war Güyük ärgerlicherweise gerade gestorben, und zwar, ohne je Christ geworden zu sein, weshalb er die Geschenke zu seinem großen Bedauern der Witwe Güyüks, Kaiserin Ogul Qaimish, übergeben musste, wegen seiner tiefen Frömmigkeit das heilige Holz aber einfach behielt.«

»Er konnte es doch nicht diesen Heiden aushändigen!«, erklärte Becky aufgebracht, wohl eher in der Absicht, uns begreiflich zu machen, wie unangenehm die Situation für Longjumeau gewesen sein musste, als die Mongolen beleidigen oder herabwürdigen zu wollen. »Bruder André sah sich genötigt, die Reliquie zu retten, als er Ogul Qaimish die anderen Geschenke aushändigen musste, die zwar auch wertvoll, aber zu ersetzen waren.«

»Wir wissen nicht, wie ihm das gelang«, fuhr ihr Mann fort und strich dabei über die Seiten des Kästchens. »Aber er hatte sie auf dem Rückweg bei sich und traf mit ihr in Palästina ein. Faktisch gab er sie auch König Ludwig IX. nicht zurück, als er ihn in Caesarea traf und über das Ergebnis seiner Mission informierte. Ludwig befand sich als ranghöchster Monarch des siebten Kreuzzuges auf Heiligem Boden und war gerade nach Zahlung eines beträchtlichen Lösegelds von den Mamelucken befreit worden. Ich fürchte, dass Bruder André entweder Gefallen an der Reliquie gefunden hat,« betonte Jake lächelnd, »oder Ludwig misstraute und befürchtete, er könnte sie wieder einem Heiden schenken oder als Lösegeld einsetzen. Die Reliquie wurde in Longjumeaus Grabstätte gefunden, die man kürzlich bei Ausgrabungen in der Kathedrale St. Peter des alten Caesarea zwischen Tel Aviv und Haifa in Israel entdeckte.«

Nach Jakes letzten Worten erfüllte Schweigen den Raum. Farag ergriff meine Hand und drückte sie fest. Wir mussten uns irgendwie ohne Worte verständigen und die Gedanken, die uns durch den Kopf schossen, austauschen, ohne dass Macalister oder die Simonsons etwas davon mitbekamen. Der Händedruck bestätigte mir, dass Farag ebenso verblüfft und überrascht war wie ich und dieser Splitter vor uns auf dem Tisch zweifellos das letzte echte *lignum crucis* auf der ganzen Welt sein musste.

Becky ließ uns mit ihrem reizenden Lachen hochschrecken.

»Oh Jake, du hast sie zu Stein erstarren lassen!«, sagte sie äußerst amüsiert.

»Ich sehe es, meine Liebe, ich sehe es«, antwortete er ebenfalls lachend. »Ich hoffe, die Bemerkung meiner Frau hat Sie nicht beleidigt.«

Da meldete sich Macalister zu Wort. Er wirkte sichtlich irritiert und schien zu spüren, dass hier etwas vor sich ging, von dem er keine Ahnung hatte.

»Sei unbesorgt, Jake«, stammelte er und versuchte, ein natürliches Lächeln aufzusetzen. »Die Boswells werden doch wegen eures Scherzes nicht beleidigt sein.«

Ich war versucht zu rufen: Doch, das sind wir!, aber Becky hatte wirklich recht: Farag und ich waren wie versteinert. Allerdings ahnten wir noch nicht, dass es noch eine Steigerung geben würde.

»Schön«, sagte der alte Simonson und stellte das Kästchen wieder auf den Tisch. »Und was halten Sie davon, wenn wir jetzt ein wenig über die Staurophylakes und Ihren guten Freund reden, den derzeitigen Cato und früheren Hauptmann der Schweizergarde im Vatikan, Kaspar Glauser-Röist?«

ZWEI

Ich habe an Farag immer seine Fähigkeit bewundert, sich in komplizierten Situationen schnell wieder zu fangen und die Zügel geschickt und entschlossen in die Hand zu nehmen. Ich konnte das nie. Bei mir schlägt immer die Emotionalität, mein mediterranes Temperament durch. Ich neige eher dazu, die Krallen auszufahren und dem Gegner die Augen auszukratzen (natürlich nicht im wörtlichen Sinne). Aus diesem Grund hatte mir Glauser-Röist vor Jahren – wie ich später erfuhr – einen unschönen Spitznamen verpasst, den zu erinnern ich mich standhaft weigere. Ich hatte ihn nämlich wegen seines sagenhaft sympathischen und höflichen Verhaltens »den Felsen« getauft. Doch in meinem Fall erlaubte es mir eine Art göttliche Gerechtigkeit, ihn so zu nennen, denn der Spitzname war absolut passend. Welche schwerwiegenden Gründe hatte er gehabt, mich hinterrücks derart zu beleidigen, und das, obwohl ich damals sogar noch Nonne war? Keinen, auch wenn er am Ende der einflussreiche Cato oder geistige Anführer einer jahrtausendealten Sekte geworden ist. Und warum, fragte ich mich mit herausforderndem Blick auf unsere Gäste, wagte es Jake Simonson, Glauser-Röist einfach so zu erwähnen? Wer war er denn, abgesehen von einem gewöhnlichen Multimillionär, um derart leichthin das ehrwürdige, tausendsechshundert Jahre alte Geheimnis anzusprechen, mit dem Kaspar ins Amt eingeführt wurde? Wie schon gesagt, zum Glück für mich konnte mein Mann mit komplizierten Situationen viel diplomatischer umgehen.

»Wovon reden Sie, Mister Simonson?«, fragte er den Alten mit gefährlicher Kälte in der Stimme, während er fest meine Hand drückte, um jedweden Kommentar oder auch nur die leiseste Regung meinerseits zu unterbinden. »Unser Freund Kaspar Glauser-Röist starb vor vielen Jahren, und es ist für meinen Geschmack nicht sehr respektvoll, wie Sie über ihn sprechen.«

Statt einer Antwort wandte sich der gewöhnliche Multimillionär an Präsident Macalister.

»Stewart, würdest du bitte Becky und mich mit Frau Doktor Salina und Direktor Boswell allein lassen? Ich weiß, eine solche Bitte ist nicht sehr höflich, aber ich versichere dir, es ist notwendig.«

Auch wenn seine Worte anders klangen, enthielt Simonsons Tonfall keinerlei Anflug von Bitte oder Rücksicht. Er klang eher nach Befehl, und Macalister erfasste das sofort. Eigentlich war er schon seit einem Weilchen fehl am Platze und sich dessen wohl bewusst. Er sah und hörte Dinge, die er nicht sehen und hören sollte.

»Selbstverständlich, Jake, keine Sorge«, erwiderte er, stellte seinen Bourbon auf den Tisch und stand auf. »Ein kleiner Spaziergang nach Hause wird mir guttun. Es war ein harter Tag.«

»Unser Wagen kann dich bringen, Stewart«, schlug Becky höflich vor, die eine derartige Brüskierung des Präsidenten der Universität von Toronto ungerührt hinnahm, als wäre sie von Kindesbeinen an solches Verhalten gewöhnt.

»Nein, nein«, sagte er ablehnend und legte Farag, als er auf dem Weg zur Haustür hinter dem Sofa entlangging, kurz die Hand auf die Schulter. »Bleibt bitte sitzen. Ich weiß, ihr habt wichtige Dinge zu besprechen, und ich möchte mir noch die Beine vertreten und ein wenig frische Luft schnappen.«

Wie recht er hatte. Auch ich hätte sehr gern ein wenig frische

Luft geschnappt, weil in unserem Wohnzimmer unerträgliche Hitze herrschte, aber ich konnte weder gehen noch mich beklagen, denn obwohl ich mir wünschte, diese beiden Achtzigjährigen (oder Neunzigjährigen) auf Nimmerwiedersehen aus dem Haus zu werfen, war die Angelegenheit mit Glauser-Röist viel zu heikel, um sie zu ignorieren, und zu gefährlich, um den Dingen einfach ihren Lauf zu lassen. Zum Wohle der geheimen Bruderschaft der Staurophylakes und vor allem zum Wohle des Cato CCLVIII. (dem zweihundertachtundfünfzigsten) mussten wir erfahren, worauf das alles hinauslaufen sollte. Schwierig war nur, den Simonsons Informationen zu entlocken, ohne ihnen im Gegenzug irgendetwas anzubieten.

In absoluter Stille hörten wir Macalister das Haus verlassen und die Tür dumpf ins Schloss fallen. Es wurde langsam Zeit, dass unsere Gäste ihre Karten auf den Tisch legten.

»Nun gut, Mister Simonson«, sagte Farag mit verhaltener Gereiztheit. »Erklären Sie uns bitte, was das alles soll. Ich bin mir nicht ganz sicher, ob das soeben Erlebte ausgesprochen unhöflich gegenüber dem Präsidenten der Universität war oder das gerade in meinem Haus Geschehene eine Angelegenheit zwischen Ihnen beiden ist, der ich keine Wichtigkeit beimessen sollte.«

»Machen Sie sich wegen Stewart keine Sorgen, Direktor Boswell!«, beschwichtigte der Multimillionär Farag mit einer Geste, die der Sache ihre Brisanz nehmen sollte. »Wir kennen ihn seit seiner Kindheit. Seine Großeltern und seine Eltern waren Freunde von uns.«

Seine Großeltern und seine Eltern? Aber wie alt waren diese Leute eigentlich? Offensichtlich konnte man sich mit viel Geld irgendwo ein längeres Leben kaufen.

»Dann kommen Sie bitte direkt zur Sache«, sagte Farag mit gerunzelter Stirn, »denn es ist schon spät, und Sie wollen bestimmt auch nach Hause.«

Ich glaube nicht, dass Jake Simonson daran gewöhnt war, dass jemand so mit ihm sprach, das konnte ich seinem Gesichtsausdruck entnehmen, und auch nicht, dass man ihn irgendwo rauswarf.

»Zuallererst«, kam Becky Jake zuvor, der mit offenem Mund dasaß, »möchte ich mich bei Ihnen für das brüske Verhalten meines Mannes entschuldigen. Wenn ihm etwas wichtig ist, zeichnet er sich nicht gerade durch gute Umgangsformen aus. Und es ist ihm wichtig, die Staurophylakes zu finden. Das müssen Sie verstehen.«

»Alles, was wir vor vierzehn Jahren im Auftrag des Vatikans über die Staurophylakes herausfinden konnten«, erklärte Farag mit müder Stimme, wobei sein fast verschwundener arabischer Akzent wieder anklang, »haben wir damals schon der Kirche und der Polizei erklärt.« Er holte Luft und begann ihnen eine Kurzfassung der vom ständigen Wiederholen auswendig gelernten Lektion über die Ereignisse jener zurückliegenden und gescheiterten Nachforschungen vorzutragen. »Als wir am ersten Junitag 2000 in den Katakomben von Kom el-Shoqafa in Alexandria forschten, wurden wir brutal zusammengeschlagen, entführt und zur Oase Al-Farafra in der ägyptischen Wüste verschleppt. Unsere Entführer, die Staurophylakes, die wir über die halbe Welt verfolgt hatten, sagten uns, dass Hauptmann Glauser-Röist schwer verletzt wurde und gestorben sei, obwohl wir seine Leiche nie gesehen haben. Einen Monat lang brachte uns ein Beduine namens Bahari dreimal täglich Essen in die Zelle, in die wir eingesperrt waren, bis man uns Anfang Juli schließlich unter Drogen setzte und wir das Bewusstsein verloren. Als wir im Eingang eines alten Tunnels zum Mariutsee in Alexandria aufwachten, erinnerten wir uns an nichts. Daraufhin wollten wir die Nachforschungen nicht weiterführen, und der Vatikan hat ein anderes Team auf die Reliquienräuber des Heiligen Kreuzes angesetzt. Wie das Ganze ausging, wissen wir nicht.«

Die Simonsons wechselten einen Blick, der besagte, dass sie Farag kein Wort glaubten.

»Ja, das alles wussten wir schon«, räumte Jake ein, und Becky nickte schweigend. »Und ich muss zugeben, es ist wirklich eine gute Geschichte. Gewiss haben die Staurophylakes Ihnen geholfen, sie zu erfinden, oder? Ich studiere diese Bruderschaft schon mein halbes Leben lang und weiß, wozu sie fähig ist. Becky und ich haben Ihr Abenteuer im Jahr 2000 mit großer …«

»Unmöglich«, unterbrach ich ihn.

»Nein, meine Liebe«, erwiderte Becky beschwichtigend. »Jake sagt Ihnen die Wahrheit. Wir haben gute Freunde im Vatikan und auch in anderen Glaubensgemeinschaften. Als bekannt wurde, dass überall auf der Welt Reliquien des Heiligen Kreuzes gestohlen wurden, war Jake und mir klar, dass die Bruderschaft der Staurophylakes endlich aktiv geworden, dass der Zeitpunkt gekommen war, auf den sie seit Jahrhunderten gewartet hatten, und dass sie nicht aufzuhalten wären. Wir erfuhren ganz genau, was Sie gerade taten und was Sie entdeckten, wir ließen parallel zu Ihnen ein Expertenteam arbeiten, das jedes Detail, jede Spur und jede Prüfung von Dantes Kreisen des Fegefeuers bestätigte …«

»Und wozu?«, wollte Farag mit eisiger Stimme wissen. Wir schützten etwas ausgesprochen Wichtiges, das auf keinen Fall in die Hände von ein paar verrückten Fanatikern gelangen durfte, so reich sie auch sein und so viel Einfluss sie auch haben mochten.

»Weil es das erste Mal war«, gestand Jake mit Rührung in der Stimme, »dass die Staurophylakes zum Greifen nah waren, und ich konnte nicht zulassen, dass sie mir entwischten.«

»Sie sind Ihnen entwischt, Mister Simonson?«, fragte ich naiv.

Im Gesicht des Greises stand großes Bedauern.

»Ja, sie sind mir entwischt. Und nicht nur das. Sie haben auch die Prüfungen der Kreise des Fegefeuers entfernt, und wir konnten den Eingang nicht mehr finden.«

»Deshalb sind wir hier«, erklärte Becky mit einem besorgten Blick auf ihren Mann. »Wir brauchen Ihre Hilfe. Wir haben darauf gewartet, dass irgendwo eine letzte echte Kreuzreliquie auftaucht«, sagte sie seufzend. »Sie können sich nicht vorstellen, wie schwierig das war. Wie Sie ja wissen, sind alle Kreuzreliquien auf der Welt gut gemachte Fälschungen«, sagte sie lächelnd. »Aber diese hier ist echt. Die letzte echte. Weshalb ihr Wert für sie … die Staurophylakes natürlich, unermesslich ist. Es fehlt ihnen nur dieses eine Fragment, dann ist ihr Kreuz vollständig. Und uns ist natürlich klar, dass es unsere letzte Chance ist.«

Farags Hand drückte meine fester. Was wollte ein altes Paar von Multimillionären von einer fanatischen religiösen Sekte, die von dem Kreuz, an dem Jesus starb, besessen war? Irgendwas wussten wir noch nicht, es fehlte noch ein wichtiges Teilchen der Geschichte.

»Ihr Freund Kaspar hätte diese Reliquie bestimmt gern, oder?«, fragte Jake mit schelmischem Blick.

»Kaspar ist tot«, wiederholte Farag schroff.

»Wenn Sie das sagen, Direktor Boswell.«

»Wir haben seine Leiche nicht gesehen, aber so wurde es uns gesagt«, fügte ich schnell hinzu. Wir mussten hartnäckig bei der Version bleiben, die wir über lange Zeit immer wieder erzählt hatten, ebenso wie bei unserem Schweigegelübde gegenüber der Bruderschaft. »Wir haben seit vierzehn Jahren nichts mehr von ihm gehört. Ich glaube, einen besseren Beweis für seinen Tod gibt es nicht.«

»Wie dem auch sei, Mr. und Mrs. Simonson«, sagte Farag scharf, wobei er sich vorbeugte. »Warum wollen Sie die Staurophylakes aufspüren? Haben Sie etwa die Absicht, sie Ihrer Sammlung von archäologischen Trophäen hinzuzufügen? Wir konnten sie nicht finden und hatten die größtmögliche Hilfe. Ich kann Ihnen versichern, dass wir unser Bestes getan haben, sie uns aber trotzdem besiegten. Das alles ist Schnee von gestern.«

Jake Simonson blickte Farag schweigend an. Es war ein sehr langer Blick und ein sehr vielsagendes Schweigen. Dann fuhr er sich mit seiner arthritischen Hand über den fast kahlen Schädel und stieß ein Grunzen aus.

»Lügen und mehr Lügen!«, rief er schließlich, und ich riss überrascht die Augen auf, denn als der Achtzigjährige (oder Neunzigjährige) uns der Lüge bezichtigte, lächelte er uns zufrieden an. »Dennoch hätte mich jede andere Antwort enttäuscht«, fügte er hinzu. »Sie sind gut, Becky! Genau die Art von Mensch, die wir suchen, stimmt's?«

Seine Frau nickte, wobei das wunderschöne schwarze Perlenkollier an ihrem Hals funkelte. Jake fuhr fort:

»Schön, ich will Sie nicht länger auf die Folter spannen. Wir brauchen Hilfe. Sie müssen verstehen, dass Becky und ich …« Er verstummte kurz, als suchte er nach den richtigen Worten. »Sie müssen verstehen, dass diese Sache sehr wichtig für uns ist. Es handelt sich um ganz besondere, sehr heikle Nachforschungen … Eine Sache, die man nicht irgendjemandem anvertrauen kann.«

Becky öffnete erneut ihre schöne Hermès-Tasche und nahm ein Lederetui (oder die Hülle eines Taschenknirpses, je nach Blickwinkel) heraus, aus dem sie ein paar eingerollte Bögen, etwas größer als ein Blatt Papier, zog und mir überreichte. Es handelte sich um zwei Fotos. Die Qualität der Bilder war phantastisch, es waren Vergrößerungen von alten Pergamenten, damit sie besser lesbar waren, und man konnte noch die kleinsten Details erkennen … Was es war? Natürlich ein griechischer Text. Die Originalpergamente hatten ausgefranste und eingerissene Ränder sowie eine dunkelbraune Farbe, die ihr Alter und ihre sichere Aufbewahrung über lange Zeit an einem verschlossenen Ort mit hohen Temperaturen bezeugte. Als Paläographin hatte ich solche Schriftstücke schon oft gesehen, daher wusste ich das. Alles in allem konnte man die mit schwarzer Tinte geschriebenen Buchstaben sehr gut erkennen.

»Können Sie das lesen, Frau Doktor Salina?«, fragte Becky.

Obwohl Farag ein Pokerface zog, konnte er seine Neugier nicht länger bezwingen und beugte sich zu mir herüber, um einen Blick auf die Fotos zu werfen. Auch er konnte Griechisch (neben etlichen anderen lebenden und toten Sprachen), und wir stritten uns gelegentlich heftig über Feinheiten bei Transkriptionen, weil er sich immer darauf versteifte, absolut wörtlich zu übersetzen, was man aus meinem Blickwinkel der Expertin beim Übertragen eines Textes niemals tun sollte.

»Einige Buchstaben sind schwer zu entziffern«, murmelte ich. »Aber ja, ich kann es lesen.«

»Dann tun Sie es bitte«, bat Jake mich freundlich.

»Ich brauche meine Brille«, sagte ich, reichte Farag die Fotos und stand auf, um sie zu holen. Sie musste in greifbarer Nähe sein, denn ich legte sie immer auf ein Möbel im Wohnzimmer oder auf den Nachttisch im Schlafzimmer. Auf dem Nachttisch fand ich sie auch und eilte zurück. Doch da las Farag gerade laut vor:

»Is to onoma tou Christou tou Estavromenou …«

Im Namen des gekreuzigten Jesus Christus …, übersetzte ich in Gedanken. Ich sank auf das Sofa, setzte die Brille auf und beugte mich dann über Farag und die Fotografien, die nebeneinander auf dem Tisch lagen, um sie besser lesen zu können. *Εἰς τὸ ὄνομα τοῦ Χριστοῦ τοῦ ᾿Εσταυρομένου …*

Es handelte sich um einen alten Brief von einem gewissen Dositheus, dem orthodoxen Patriarchen von Jerusalem, an einen gewissen Nicetas, dem orthodoxen Patriarchen von Konstantinopel.

Farag übersetzte weiter laut, wobei sein gestelztes Griechisch ein wahrer Ohrenschmaus war, während ich eilig den Text überflog, ihn entschlüsselte und mich daran verschluckte:

»Im Namen des gekreuzigten Jesus Christus wünsche ich, Dositheus, Patriarch von Jerusalem, dir, Nicetas, Heiligster Patriarch von Konstantinopel, Gesundheit, Segen und Frieden. Du musst wissen, Heiligster, dass am Sonntag, am sechsten Tag der Theophanie unseres Herrgotts und Erlösers Jesus Christus im Jahr des Herrn 1187, in der Umgebung von Nazareth in einer Höhle eine sehr große und reich geschmückte alte jüdische Grabstätte gefunden wurde. In ihrem Innern fanden sich vierundzwanzig steinerne Ossuarien, die alle mehrere Körper beinhalten, doch in einer Nische fand man weitere neun Ossuarien mit nur je einem Körper darin und seinem Namen in den Stein gemeißelt, und diese neun hatten als einzige Grabinschriften. Da in Nazareth sofort Gerüchte laut wurden, dass es sich um das Grab unseres Herrn Jesus und der Heiligen Familie handelt, ließ Letard, der lateinische Erzbischof von Nazareth, die Grabstätte verschließen, verbot die Anbetung und Verehrung der Höhle und befahl, die Gerüchte gewaltsam zu unterbinden. Aber unsere Gläubigen vor Ort haben uns darüber unterrichtet, dass Letard einen Priester namens Aloysius mit der Übersetzung der Inschriften der neun Ossuarien beauftragt hat, die in den Sprachen Hebräisch und Aramäisch verfasst sind. Letard hat diese Übersetzung dem lateinischen Patriarchen von Jerusalem, Heraclius von Caesarea, zukommen lassen, ein Mann von großer Tugend und Klugheit, wie ich von Männern unseres Vertrauens weiß, der gestern, am 26. Januar, dem Festtag des Heiligen Apostels Thimotheus, einen Geheimbotschafter mit einem Eilbrief an den lateinischen Papst Urban III. nach Rom geschickt hat. Dank besagter Männer unseres Vertrauens habe ich auch erfahren, dass diesem Eilbrief die Übersetzung beiliegt, die Aloysius von den Inschriften der neun Ossuarien angefertigt hat. Und hiermit lasse ich sie dir ebenfalls zukommen:

Yeshua ha-Mashiahh ben Yehosef, Jesus der Messias, Sohn von Josef
Yehosef ben Yaakov, Josef, Sohn von Jakob
Yehosef ben Yehosef akhuy d'Yeshua ha-Mashiahh, Josef, Sohn von Josef, Bruder von Jesus der Messias
Yaakov ben Yehosef akhuy d'Yeshua ha-Mashiahh, Jakob, Sohn von Josef, Bruder von Jesus der Messias
Shimeon ben Yehosef akhuy d'Yeshua ha-Mashiahh, Simon, Sohn von Josef, Bruder von Jesus der Messias
Yehuda ben Yehosef akhuy d'Yeshua ha-Mashiahh, Judas, Sohn von Josef, Bruder von Jesus der Messias
Miryam bat Yehoyakim, Maria, Tochter von Joachim
Salome bat Yehosef, Salome, Tochter von Josef
Miryam bat Yehosef, Maria, Tochter von Josef

Ich kann mir deine Überraschung und dein Missfallen vorstellen, Heiligster, denn mir erging es ebenso. Der Teufel will in seinem Eifer, die Christenheit irrezuführen, den Schwachgläubigen einreden, dass unser Herr Jesus nicht von den Toten auferstanden ist, dass die Heilige Jungfrau Maria keine Jungfrau war und noch weitere Kinder mit ihrem Mann Josef hatte, und dass auch sie nicht mit Körper und Seele zum Himmel aufgefahren ist. Es gibt keine größere Abscheulichkeit. Mich beruhigt lediglich die Gewissheit, dass Patriarch Heraclius, den ich gut kenne, höchstselbst die neun Ossuarien zerstören lassen würde, wenn es nach ihm ginge, er dafür aber die Erlaubnis des Papstes benötigt. Dennoch, wie Urban auch immer entscheidet, diese Ossuarien müssen zerstört werden, weil sie das Werk des Bösen sind, und wenn die Lateiner es nicht tun, werden wir es tun. Ich weiß, dass du damit einverstanden sein wirst. Mehr gibt es nicht zu sagen. Ich empfehle mich dir, Heiligster, möge dich Gott für immer schützen. Verbleibe in der heiligen, süßen Liebe Gottes.«

Ich zuckte zurück, um mich körperlich von diesem Brief zu entfernen, als handle es sich um einen Infektionsherd. Wie bitte …? Gütiger Gott, in meinem ganzen Leben hatte ich noch keine solche Ungeheuerlichkeit gehört. Ich fühlte mich zutiefst verletzt, als hätte man mich geohrfeigt und mir eine Lanze ins Herz gebohrt. Ich verspürte den dringenden Wunsch, Jesus um Verzeihung zu bitten dafür, mit dieser Blasphemie in Berührung gekommen zu sein. Natürlich zweifelte ich keinen Augenblick daran, dass diese neun Ossuarien, sollten sie denn wirklich existiert haben, gewiss nur erbärmliche und respektlose Fälschungen waren: Im 12. Jahrhundert, mitten in den Kreuzzügen, war es eher wahrscheinlich, dass irgendein erzürnter Emir oder Sultan – auch wenn ich Muslime nicht gern bezichtige (schon gar nicht nach achthundert Jahren) – die Idee hatte, auf diese Weise ordentlich Verwirrung in der Christenheit zu stiften, denn abgesehen von der zweifelhaften Beteiligung des Teufels schien mir der Gedanke schwer vorstellbar, dass die Christen jener Zeit, seien es lateinische, griechische oder syrische, genügend Mut aufgebracht hätten, so etwas zu tun. Wie geschmacklos, mein Gott, und was für ein Mangel an Respekt!

Ein jeder dieser Gedanken schien mir unmittelbar ins Gesicht geschrieben zu stehen, denn als ich aus meiner Bestürzung herausfand, merkte ich, dass Jake und Becky mich irritiert anblickten.

»Ist etwas mit Ihnen, Frau Doktor Salina?«, fragte Becky wie eine besorgte Großmutter.

Farag wandte den Kopf und sah mich an.

»Das hat dich getroffen, was?«, sagte er zärtlich.

Er kannte mich besser als irgendwer und wusste ganz genau, dass ich auf die Sache mit den Ossuarien sehr persönlich reagierte. Über lange Zeit hatte ich mit unendlicher Geduld und Respekt, wenn auch vergeblich, versucht, wenigstens seinen Glauben an Gott zu wecken, denn mir war inzwischen klar, dass er unmöglich Vertrauen zu irgendeiner Kirche fassen würde. Sein Atheismus schmerzte mich wie eine Wunde, und obwohl ich ihn liebte und gelernt hatte, mit einem Ungläubigen zusammenzuleben, bedeutete das nicht, dass es mir leichtfiel. Natürlich war es auch für einen Heimat- und Gottlosen wie ihn nicht leicht, mit einer gläubigen Katholikin zusammenzuleben, das behauptete er zumindest, aber ich war davon überzeugt, dass es nicht stimmte. Weshalb sollten ihn mein Glaube und meine Liebe zu Gott stören oder schmerzen? Das konnte nicht sein. Doch jedes Mal, wenn ich auf seine verdrängten religiösen Gefühle zu sprechen kam, behauptete er starrsinnig das Gegenteil, also vertieften wir das Thema nicht weiter. Farag hatte also meine Überraschung und tiefe Abneigung bezüglich der Sache mit den verdammten Ossuarien aus dem 12. Jahrhundert sofort erfasst.

»Schön«, sagte ich im Versuch, mich zusammenzureißen. »Das hat mich wirklich getroffen, klar, aber es ist und bleibt ein historisches Dokument, das aus christlichem Blickwinkel keinerlei Relevanz hat.«

»Da irren Sie gewaltig, Frau Doktor Salina«, erwiderte Jake derart trocken, dass es wie ein Peitschenhieb klang. »Es ist von größter Relevanz. Tatsächlich handelt es sich bei den Nachforschungen, von denen ich vorhin sprach, genau darum, diese neun Ossuarien zu finden.«

Leichenblass. Ich wurde leichenblass. Unmöglich zu glauben, was ich da hörte. Ich war vollkommen versteinert.

Farag legte die Fotografien auf den Tisch neben das Kästchen mit dem Holzsplitter und ergriff meine Hände, diesmal im Versuch, mir wieder Leben einzuhauchen.

Ich konnte verstehen, dass sich die Simonsons – trotz des offensichtlichen Schwindels von dieser angeblich heiligen Familie – einer religiösen, historischen und archäologischen Herausforderung von solcher Größenordnung stellen wollten, aber es war trotzdem völlig absurd: Wozu neun falsche Ossuarien aus dem

12. Jahrhundert suchen, von denen nicht mal mehr ein Steinchen übrig sein dürfte? Und selbst im unwahrscheinlichsten hypothetischen Fall, dass sie noch existierten und wir sie fänden, wem würde diese Entdeckung nutzen? Niemandem! Höchstens Atheisten wie Farag. Für gläubige Christen wie mich wäre es schlicht ein Affront, ganz zu schweigen von dem Hohngelächter, wenn sich herausstellen sollte, dass es sich um Fälschungen handelte.

»Warum wollen Sie die Ossuarien finden? Welchen Wert hätten solche falschen Reliquien für Sie?«, fragte Farag und klopfte mir beruhigend auf den Handrücken.

»Wert, Direktor Boswell?«, fragte Becky erstaunt. »Ihr Wert interessiert uns nicht. Diese neun Ossuarien sind echt, und wir wollen, dass Sie sie finden.«

Glaub nicht, was du siehst

Denn der schöne Schein trügt

Tibor Rode
DAS MONA-LISA-VIRUS
Thriller
464 Seiten
ISBN 978-3-404-17556-7

In Amerika verschwindet eine Gruppe von Schönheitsköniginnen und taucht – durch Operationen entstellt – wieder auf. In Leipzig sprengen Unbekannte das Alte Rathaus, und in Mailand wird ein Da-Vinci-Wandgemälde zerstört. Gleichzeitig verbreitet sich auf der ganzen Welt ein Computervirus, das Fotodateien systematisch verändert.
Wie hängen diese Ereignisse zusammen? Die Frage muss sich die Bostoner Wissenschaftlerin Helen Morgan stellen, als ihre Tochter entführt wird und die Spur nach Europa führt – hinein in ein Komplott, das in der Schaffung des berühmten Mona-Lisa-Gemäldes vor 500 Jahren seinen Anfang zu haben scheint...

Bastei Lübbe